HEYNE <

Das Buch

Captain Braylar Killcoin, der Anführer der berühmt-berüchtigten syldoonischen Söldnertruppe, ist ein Getriebener: Tag für Tag suchen ihn die Seelen derjenigen heim, die er mit seiner mächtigen Waffe *Blutrufer* getötet hat. Die einzige, die ihn von seinem Fluch befreien könnte, ist seine Schwester Soffjian, eine mächtige Magierin - doch kann Braylar ihr wirklich vertrauen?
Eines Tages werden Braylar und seine Söldner nach Sonnenmatt, in die Hauptstadt des Reiches, zurückbeordert. Dort sollen sie dem neuen Kaiser Cynead, der die Macht mit unlauteren Mitteln an sich gerissen hat, die Treue schwören. Gleichzeitig schmiedet der abgesetzte Kaiser Thumaar einen Plan, um sich den Thron zurückzuholen. Einen Plan, für dessen Durchführung er Soffians und Braylars Hilfe benötigt. Und plötzlich ist Braylar, der kampferprobte Haudegen, mitten drin in einem Netz aus Lügen, Intrigen und Verrat. Ein Netz, das ihn das Leben kosten könnte ...

Finstere Gestalten, dunkle Magie und ein packendes Abenteuer - mit *Die Klinge des Königs* setzt Jeff Salyards sein großes Fantasy-Epos fort.

Der Autor

Jeff Salyards wuchs in einem kleinen verschlafenen Ort nördlich von Chicago auf. Schon früh träumte er sich in laute und chaotische Welten voller unbezähmbarer Charaktere. Seine Faszination für die Fantastik hat er niemals verloren. Neben seinem Job bei der American Bar Association widmet er sich dem Schreiben fantastischer Abenteuer. Der Autor lebt mit seiner Frau und seinen drei Töchtern in der Nähe von Chicago. Von Jeff Salyards ist bereits im Heyne Verlag erschienen: *Tanz der Klingen.*

JEFF SALYARDS

Die Klinge des Königs

ROMAN

WILHELM HEYNE VERLAG
MÜNCHEN

Titel der amerikanischen Originalausgabe
VEIL OF THE DESERTERS
Deutsche Übersetzung von Jürgen Langowski

MIX
Papier aus verantwortungsvollen Quellen
FSC® C014496
FSC
www.fsc.org

Verlagsgruppe Random House FSC® N001967

Deutsche Erstausgabe 01/2017
Redaktion: Rainer Michael Rahn

Printed in Germany
Umschlaggestaltung: Nele Schütz Design, München
Umschlagillustration: Melanie Korte
Karte: William MacAusland
Satz: Schaber Datentechnik, Austria
Druck und Bindung: GGP Media GmbH, Pößneck

ISBN: 978-3-453-31504-4

www.heyne.de

Für Jane,
die mich immer wie ihr eigen Fleisch
und Blut behandelt hat

MONDSCHWURBERGE
SYL
THURVACIA
KNOCHENMEER
Grautorf
OLIAD
Messingfeld
Seuchendorf
Heckwald
Vorposten der Hornmänner
Totmoos-wald
KÖNIGREICH ANJURIEN

Urglovia
Sonnenmatt
Getrenntes Meer
…ischer Reich
Land der Fluchtgötter
…errscherweg
Gurtagoi
Götterschleier
N
W
O
S
Vortnall
Rottal
Tempelruine
Vagabundenweg
Schuldfluss
…winkel
Zechingen
Grünes Meer
Flusstal
Universität Hochwald
WM

1

Mein Ausflug zum Großen Jahrmarkt war von wundervollen Aromen, Düften und Anblicken begleitet gewesen. Der Rückweg zum *Traurigen Hund* fühlte sich dagegen an wie der Gang zum Schafott. Wenn man es recht bedachte, war der Vergleich gar nicht mal so falsch.

Auf dem Weg zum Basar hatte ich die kräftigen Düfte von Brot, Fleisch und Kochfeuern wahrgenommen. Auf dem Rückweg roch ich nur den Urin, nach dem die kleinen Gassen stanken. Anfangs war ich von der neu gefundenen Freiheit so begeistert gewesen, dass ich den abscheulichen Gestank überhaupt nicht wahrgenommen hatte. Federnden Schritts hatte ich den Syldooner verlassen und den Jahrmarkt erkundet. Auf dem Rückweg zum *Traurigen Hund* sah ich nur noch den Kot von Pferden und Hunden und schleimige Massen, die ich nicht näher bestimmen konnte. Obendrein war all das darauf aus, mir einen Schuh zu stehlen oder die Hose zu verschmutzen. Stinkender Treibsand, das war es.

Selbst die Gesichter und Stimmen veränderten sich. Auf dem Hinweg hatte ich Freude, Fröhlichkeit und Staunen gesehen, jetzt waren es die Gereiztheit eines Besuchers angesichts seiner stark erleichterten Börse, die Abscheu in der Miene eines Lehnsherren, dem die Untertanen im Gedränge unangenehm nahe kamen, die stumpfen Gesichter der Huren, die sich durch das Gedränge schoben und halbherzig versuchten, neue Freier in die Freudenhäuser zu locken, und hier und dort ertönte der schrille Schrei einer Mutter, die mit den ungehorsamen Kindern schimpfte.

Der Weg hin und zurück war der gleiche - in so kurzer Zeit hatte sich natürlich nicht viel verändert -, aber meine Stimmung und Wahrnehmung hätten kaum unterschiedlicher sein können. Es war erstaunlich, wie eine Kleinigkeit die Einstellung zur ganzen Welt derart ins Gegenteil verkehren konnte. Das zerschlagene Gesicht des jungen Hornmannes in der Menge, das gegenseitige Erkennen, seine blitzartige Flucht und die Einsicht, dass ich uns alle ins Verderben gestürzt hatte, als ich Braylar im Gras gebeten hatte, den Soldaten zu verschonen - es reichte aus, um mir den wunderschönen Tag zu verderben, und womöglich hatte ich auch dafür gesorgt, dass sowieso nicht mehr viele folgen würden, ob gute oder schlechte.

Es kostete mich viel Überwindung, einen Fuß vor den anderen zu setzen. Jeder Schritt war schwerer als der vorige, ich hatte Angst, und mein Magen revoltierte und verkrampfte sich umso schlimmer, je näher ich meinem Ziel kam. Ich hatte mich entschlossen, zum *Traurigen Hund* zurückzukehren und dem Captain zu beichten, was ich gesehen hatte. Zweifellos würde er einen Wutanfall bekommen, dessen Ziel natürlich ich wäre. Das war durchaus verständlich. Aber die Alternativen waren noch unerquicklicher. Ich würde bestimmt nicht zum Baron laufen oder versuchen, aus Zechingen zu fliehen. Die Begegnung mit dem Captain würde nicht erfreulich verlaufen, aber die anderen Wege führten nur zu Schlimmerem. Ich dachte auch daran, überhaupt nichts zu sagen und so zu tun, als hätte ich den Hornmann nicht erkannt. Falls Braylar aber irgendwie herausfand, dass ich den Mann gesehen und geschwiegen hatte, so unwahrscheinlich dies auch sein mochte, würde mein Leichnam sehr bald zum gewaltigen Gestank in den Gassen beitragen.

Als ich mich dem Gasthof näherte, brachte ich es jedoch nicht über mich, auch die letzten paar Schritte zu gehen, und bog in eine Seitengasse ab. Ich hoffte, der Druck in der Brust ließe nach, und mein Herz, das wie ein aufgescheuchter Vogel im Käfig hüpfte, beruhigte sich endlich wieder. So beschloss ich, mich ein Stück weit mit der Menge treiben zu lassen und mit dem Strom zu schwimmen, wohin er mich auch tragen mochte, um all das eine Weile zu vergessen, so kurz die Spanne auch sein mochte. Ich war nicht bereit, jemandem zu erzählen, was ich gesehen hatte. Noch nicht. In Bewegung bleiben, das lenkte mich ab.

Nachdem ich den Weg zur Hauptstraße eingeschlagen hatte, sollte es nicht lange dauern, bis mein Wunsch erfüllt wurde. Fast sofort wurde ich mitgerissen. Ich hätte hungrig oder durstig sein müssen - ich hatte nicht einmal das Bier ausgetrunken und die Muscheln aufgegessen, an denen ich mich verschluckt hatte -, aber mir war der Appetit vergangen. Mein Magen rebellierte und zeigte sich unleidlich. So gab ich mich damit zufrieden, dem Strom der Menschen zu folgen, und achtete nicht mehr auf Wegweiser oder die abgeblätterten Emaillestreifen an den Wänden. Auch wenn ich kaum mehr als Wasser im Bauch hatte, würde es mir sicherlich schwerfallen, den Rückweg zum *Traurigen Hund* zu finden, aber das war mir in diesem Augenblick egal.

Ich wanderte umher und folgte der Menge. Wenn der Strom dünner wurde und mich in Seitenstraßen oder Wohnviertel spülte, machte ich kehrt und suchte ein Gedränge, das mich in eine andere Richtung schob. Obwohl viele Besucher in ihre Hütten und auf die Höfe zurückgekehrt waren und die ersten Straßenhändler die kleinen Baldachine aus Leder und verschossener Leinwand abbauten, waren immer noch sehr viele Menschen unterwegs. Deshalb war es nicht schwer, eine neue Menschentraube zu finden, die mich irgendwohin mit sich zog.

Als ich einen Platz erreichte, hörte ich ein wildes Durcheinander von Geräuschen - entzücktes Quietschen, vielleicht mischte sich auch Angst darunter, es war schwer zu erkennen, und viel Gemurmel. Die Art von Raunen, die entstand, wenn sich viele Leute zu den Nachbarn beugten und ihnen aufgeregt etwas erklärten, sich dabei aber bemühten, leise zu sprechen, weil sie zugleich beunruhigt und ergriffen waren. Eine einzelne, in solchen Dingen offenbar recht geübte Stimme übertönte den Lärm. In regelmäßigen Abständen vernahm ich noch etwas anderes. Es war ein fremdartiges Geräusch, eine Art durchdringendes Kreischen oder Brüllen, bei dem mir der Atem stockte und mein Bauch sich verkrampfte. Wenn es ertönte, verstummten alle anderen Geräusche vorübergehend und setzten erst nach einer kleinen Atempause wieder ein.

Mitten auf dem Platz hatten sich die Zuschauer zu einem dichten Kreis versammelt. Von einem Impuls getrieben, den ich selbst nicht recht verstehen konnte, drängte ich mich auf eine Art und Weise nach vorn, auf die Mulldoos stolz gewesen wäre. Allerdings fehlte es mir an Körpermasse, um die Leute rasch wegzuschieben, und ich bekam einige Flüche und böse Blicke ab, als die Leute erkannten, dass ich nur ein dürrer Bursche war, der sich vordrängen wollte. Geräusche wie diejenigen, die mitten auf dem Platz entstanden, hatte ich zwar noch nie gehört, aber trotzdem wusste ich irgendwie, woher sie kamen. Und als ich die obere Kante eines hohen Käfigs entdeckte, war ich sicher, dass ich richtiglag.

Freilich konnte mich diese Gewissheit nicht auf das vorbereiten, was ich dann sah.

Als Kind hatte ich mich immer gefragt, ob die Augen der Ungeheuer in den Märchen wie Laternen glühten, ob sie wie Mist oder sogar noch schlimmer stanken, welche Geräusche die Krallen machten, wenn die Ungeheuer über die Dielen des Gasthofs oder draußen direkt hinter mir über die Felder schlichen, und ganz besonders, wie ihr Brüllen und ihr Angriffsschrei klang. Nun verrenkte ich mir den Hals, um über die Leute vor mir hinwegzuspähen, und war drauf und dran, das erste Ungeheuer meines Lebens in Fleisch und Blut zu sehen.

Der hohe Käfig war gut zwanzig mal dreißig Schritte groß. In der hinteren Ecke führte ein Durchlass zu einer vergitterten Rampe, die ihrerseits mit einem stabilen Wagen verbunden war. Die Ladefläche war mit Eisenstangen gesichert und mit Holz überdacht. Zugtiere waren nicht angespannt. Ein Stück entfernt stand ein zweiter Wagen mit einer flachen Ladefläche, vor den sechs sichtlich nervöse Ochsen geschirrt waren.

An der Seite des Käfigs gab es ein fest verschlossenes Tor. Von dort aus führte ein kurzer gesicherter Gang zu einem kleinen rechteckigen Käfig, der sich innerhalb des größeren Gefängnisses befand. Nun erst sah ich auch das Wesen, das den kleineren Käfig in der Mitte umkreiste, der im Augenblick allerdings leer war.

Das Ungeheuer war ein riesiger Vogel, gut anderthalbmal so groß wie ein Mann, mit schwarz und gelb gesprenkeltem Gefieder und einem dicken, muskulösen Hals. Der Kopf war fast so groß wie der eines Pferds, vorne ragte ein kräftiger Schnabel hervor.

Genau wie Lloi es beschrieben hatte, besaß das Untier keine Flügel, sondern dünne gefiederte Gliedmaßen, die in drei Klauen ausliefen. Zwei davon waren sehr kurz, die dritte war viel länger und gekrümmt und trug am Ende eine sichelförmige rasiermesserscharfe Kralle. Die Beine waren kräftig und stämmig wie kleine Bäume, liefen ebenfalls in mächtigen Klauen aus und warfen den Staub hoch, wenn das Wesen im Käfig hin und her schritt. Die kleinen schwarzen Augen starrten böse die Gaffer an.

Auch der Schausteller lief im Kreis herum, allerdings außen vor dem Käfig. Er trug eine offene Weste. Seine Haut, das Haar und der Gabelbart waren gleichermaßen stark eingefettet. In Nase und Ohren trug er unzählige Ringe und Stecker, auf denen die untergehende Sonne blitzte. In einer Hand hatte er einen langen Treibstock. Zwei jüngere Versionen seiner selbst, die sich nur dadurch von ihm unterschieden, dass sie statt des Vollbarts lediglich Stoppeln im Gesicht hatten und weitere Hosen trugen, liefen am Rand der Menge entlang. Einer hatte einen Eimer mit Fleisch dabei, der andere eine Schale, um die Münzen einzusammeln.

Die Schausteller waren gewiss keine Grashunde, versuchten aber offenbar, deren Erscheinungsbild nachzuahmen. Der Vater rief: »Meine Damen und Herren, dies ist ein echter Reißer. Das gefährlichste Raubtier im Grünen Meer. Ich habe gesehen, wie er mit einem einzigen Hieb ein Pferd getötet und ihm die ganze Kehle herausgerissen hat.«

Er wartete, bis das erstaunte Murmeln der Menge abgeklungen war. »Jetzt bekommt Ihr die Gelegenheit, auf die Ihr schon lange gewartet habt. Für einen kleinen Beitrag könnt Ihr das Ungeheuer von draußen füttern.« Er deutete mit dem Treibstock auf den kleineren Käfig in der Mitte. »Die Mutigen unter Euch können auch erleben, wie es ist, dem Reißer sehr nahe zu kommen. Ihr könnt spüren, wie sich die letzten Augenblicke anfühlen, wenn man ihm als Beute dient und zerfleischt wird.« Mehrere Zuschauer keuchten, worauf er lächelte und ein paar silberne Zähne zeigte. »Nur keine Angst – das Ungeheuer mag stark und schnell sein, aber kein Reißer kann die

Stangen zerbrechen oder verbiegen. Da drinnen seid Ihr völlig sicher und könnt trotzdem etwas erleben, das außer Euch noch niemand erlebt hat.« Er hob die Stimme noch weiter. »Wer unter Euch will nun das Ungeheuer füttern, dessen Blutdurst niemand stillen kann?« Er betrachtete den Reißer, dann wieder die Menge. »Und wer unter Euch wagt sich in den inneren Käfig? Du vielleicht?« Er zielte mit dem Treibstock auf ein verschrecktes Mädchen. »Oder Ihr?« Ein Mann, der ein paar Reihen weiter hinten stand. »Oder vielleicht Ihr, junger Herr?« Er deutete auf einen Bauern, dessen Mädchen sich eng an ihn schmiegte.

Nach kurzem Zögern lief ein Junge nach vorne und warf eine Münze in die Schale. Der Sohn des Schaustellers spießte mit einer langen Gabel ein Stück Fleisch auf und gab dem Jungen einige Anweisungen, die vermutlich vor allem darauf hinausliefen, ja keinen Arm in den Käfig zu stecken. Dann trat er zur Seite und machte dem Jungen Platz, der langsam zum Käfig ging und das Fleisch vor sich hielt, wenngleich nicht so hoch, dass ich es sehen konnte.

Einige Schritte vor dem Gitter blieb er stehen, das Fleisch ragte gerade eben hinein. Der Reißer ließ sich nicht zweimal bitten. Mit erstaunlicher Geschwindigkeit machte er zwei rasche Schritte quer durch den Käfig. Der Junge fuhr zurück und ließ die Gabel fallen, worauf die Zuschauer lachten. Der Reißer störte die Belustigung, indem er den Schnabel hob und wieder ein schrilles Kreischen ausstieß, dass einem das Blut in den Adern stockte. Die Zuschauer murmelten untereinander, und der Schausteller ermunterte den Jungen, das Fleisch wieder in den Käfig zu halten. »Kind, die Stangen schützen dich! Beherrsche dich und füttere das Untier!«

Der Junge machte einen Schritt, in der Menge johlten ein paar andere Jungen. Er schob das Fleisch durch die Stangen, und der Reißer fuhr herum und riss es von der Gabel. Dabei hätte er fast das Werkzeug mitgezerrt.

Die Menge jubelte. Bleich und erschüttert hob der Junge den Arm, als hätte er einen gewaltigen Feind besiegt oder wäre dem sicheren Tod entronnen.

Dann marschierte ein Freund des Jungen, der ihn offenbar ausstechen wollte, zu dem Sohn des Schaustellers und fragte so laut, dass es alle hören konnten: »Was kostet es, nach drinnen zu gehen?«

Es wäre überzeugender gewesen, wenn dabei nicht seine Stimme gebrochen und die Augen nicht hinter dem zerzausten Haar verborgen geblieben wären, aber immerhin war es doch eine hübsche Angeberei. Ich weiß nicht, in welcher Situation solche Burschen dümmer sind: Wenn sie ihr eigenes oder das andere Geschlecht zu beeindrucken versuchen. Wie auch immer, die Menge applaudierte anerkennend, als wäre dies ein harmloses Puppentheater und kein Junge, der sich freiwillig in die gefährliche Nähe einer tödlichen Kreatur begab.

Der Schausteller klatschte zweimal in die Hände. »Sehr gut, sehr gut. Hier entlang, mein Junge, hier entlang!« Er führte ihn zu dem vergitterten Durchgang und schloss das Tor auf. Der Reißer achtete kaum auf den idiotischen Jungen, dem der Schausteller gerade eine lange Gabel mit einem großen Stück blutigen Fleischs gab. »Pass gut auf, Junge. Wenn du da drin bist, musst du den Stangen fernbleiben.«

Der Junge schnappte sich die Gabel. »Ich passe auf das auf, worauf ich aufpassen will, alter Mann. Du hast mir gar nichts zu sagen.«

Es war nicht zu erkennen, ob es nur das Spiel der Schatten war oder tatsächlich blitzschnell ein Anflug von Wut über das Gesicht des Schaustellers zog. Falls Letzteres zutraf, so sorgte die Gegenwart des zahlenden Publikums dafür, dass der Unmut rasch wieder verschwand. Er verneigte sich. »Wie Ihr wünscht, junger Herr. Trotzdem werden meine Söhne immer in der Nähe sein, also keine Angst.«

»Bestimmt nicht«, behauptete der Junge und machte ein paar Schritte in den gesicherten Korridor hinein. Die ersten beiden erfüllt von dem dummen Überschwang, den ein Jugendlicher jederzeit mühelos an den Tag legen konnte, den dritten zögernd, weil ihn der Reißer von der anderen Seite des Geheges aus neugierig beobachtete. Vielleicht auch abschätzend. Der Junge bemerkte es, spürte es und hielt inne.

Nun rief der Schausteller: »Mitten hinein, Junge, mitten hinein. Da ist es sicherer. Gehe mitten hinein und füttere ihn von dort aus.«

Als ihn der Reißer direkt anstarrte, die Augen so sanft wie geschmolzener Stein, dämmerte dem Jungen, worauf er sich eingelassen hatte, und er eilte weiter. Es kam ihm nicht mehr darauf an, irgendjemanden zu beeindrucken. Die Söhne des Schaustellers folgten ihm.

Der Reißer öffnete den riesigen Schnabel. Ich rechnete mit einem weiteren drohenden Kreischen, doch er stieß nur ein gedehntes leises Fauchen aus und verfolgte den Jungen, der sich jenseits der Gitter bewegte, weiter mit seinen Blicken. Schließlich stand der Junge mitten in dem geschützten Bereich und starrte das Wesen an, das ihm von dort aus sicherlich viel beeindruckender und gefährlicher erschien als vorher in der Gesellschaft der anderen dummen Jungen.

Der Schausteller wanderte wieder um den Käfig herum und rief: »Das Fleisch, Junge. Tritt an das Gitter heran. Nahe, aber nicht zu nahe, und halte es dem Ungeheuer hin. Hilf ihm, Askill.« Der Junge reagierte nicht, sondern blieb einfach in dem Käfig stehen, die Arme hingen an den Seiten herab, als wären sie festgebunden. Der größere Sohn des Schaustellers trat neben ihn und zeigte ihm, wie es weiterging, während der andere den Reißer beobachtete.

In der Menge ließen sich ein paar Freunde des Jungen vernehmen, aber es war schwer zu erkennen, ob es Ermunterung oder Spott war. Wahrscheinlich ein wenig von beidem.

Der Junge sah sich zum Publikum um. Er wirkte jetzt erheblich jünger als vorher und wünschte sich offenbar, er hätte den Mund gehalten und wäre draußen geblieben. Dann aber trat er näher an das Gitter heran und hörte Askill zu. Langsam hob er die Gabel und schob sie ein paar Handbreit weit hinaus. Am Ende baumelte das Fleisch.

Ich überlegte noch, welchem Tier das Fleisch einmal gehört haben mochte, da hob der Reißer den Kopf. Abwechselnd starrte das Untier den Jungen und das an, was in erreichbarer Nähe vor dem Gitter hing. Fast schien es, als beobachtete und berechnete das Wesen, um einzuschätzen, wie stark der Junge war. Oder wie schnell.

Das Wesen machte ein paar Schritte ins Zentrum des Käfigs und sah abermals den Jungen an, der die Gabel zwischen zwei Gitterstäben hinausstreckte. Und dann, als hätte es den Jungen mit einem Zauber an Ort und Stelle gebannt, machte es drei Schritte – so groß, unerwartet und blitzschnell, dass man es kaum glauben konnte. In einem Augenblick war er noch zwanzig Schritte von dem kleineren Käfig in der Mitte entfernt, im nächsten stand der Reißer vor dem Gitter und schnappte nach der Gabel.

Dann drehte das Ungeheuer den großen Kopf ruckartig zur Seite, aber statt loszulassen, wie man es ihm vermutlich eingeschärft hatte, hielt der Junge fest, wurde bis ans Gitter gezogen und prallte mit der Schulter dagegen. Als er endlich losließ, war es schon zu spät. Der Reißer schob die dünnen Arme zwischen den Stäben hindurch und packte das Handgelenk des Jungen mit den kleinen Klauen. Jetzt kreischte er. Die Söhne des Schaustellers stachen mit den Treibstöcken zu, waren aber nicht schnell genug. Der Reißer zog den Arm des Jungen durch die Stäbe, ließ die Gabel fallen und schnappte mit dem großen Schnabel nach dem Unterarm, den er mit den Klauen festhielt.

Askill und sein Bruder stachen dem Reißer die Stöcke in die Seite, doch einen wehrte er mit der sichelförmigen Kralle des freien Armes ab, und den zweiten ignorierte er ganz und gar. Askill sprang zurück, als der Reißer zweimal zubiss. Man hörte Knochen brechen und Fleisch zerreißen, während das Opfer aufschrie. Dann stürzte der Junge gegen den jüngeren Sohn des Schaustellers und stieß ihn und den Treibstock zurück. Aus dem verstümmelten Unterarm spritzte das Blut.

Der Reißer entfernte sich mit einem Sprung vom Käfig und war außer Reichweite der Treibstöcke. Zweimal kaute er die abgetrennte Hand im Schnabel, dann verschluckte er sie.

Abgesehen von gelegentlichen spöttischen Rufen einiger Jungen, hatte sich die Menge bisher eher ruhig verhalten. Jetzt aber waren überall Schreie zu hören. Viele Zuschauer verlangten lautstark nach der Stadtwache. Der Junge stieß einen letzten Klagelaut aus, ehe er zu Boden sank und das Blut anstarrte, das aus dem Armstummel spritzte. Askill rief nach dem Vater, der Bruder bedeckte unterdessen die Wunde mit dem Hemd und versuchte, die Blutung so gut wie möglich zu stillen. Dabei sah er sich Hilfe suchend um.

Als ich den Jungen betrachtete, der schockiert den verletzten Arm mit dem gesunden stützte, während sich die fehlende Hand im Bauch des Reißers auflöste, musste ich an Lloi denken, die in ihrer Jugend verstümmelt worden war. Ich fragte mich, wie ihre Familie das getan hatte und ob sie danach ebenso schockiert die blutigen kleinen Stummel angestarrt hatte, wo vorher die Finger gewesen waren. Auch wenn sie vermutlich schon lange mit dieser Strafe gerechnet hatte, konnte man denn wirklich darauf vorbereitet sein, dass einem ein Körperteil einfach abgehackt wurde? Hatte sie ihr Schicksal hingenommen oder sich gewehrt? Hatten sie diejenigen, die sie für ihre Verwandten gehalten hatte, am Ende fesseln müssen? Wenn ich Lloi richtig einschätzte, dann hatte sie sich vermutlich erbittert gewehrt und wahrscheinlich sogar einige Angehörige verletzt, ehe es vollendet war.

Was hätte sie wohl zu diesem gefangenen Reißer, dem Anjurier und seinen Söhnen gesagt, die das Ungeheuer von Stadt zu Stadt schleppten, um den Zuschauern einen billigen Nervenkitzel und eine gefährliche Attraktion zu bieten? Hätte sie ihn gehasst und ihm etwas Böses gewünscht? Wahrscheinlich nicht. Trotz der Misshandlungen hatte sie nicht einmal ihr eigenes Volk gehasst.

Das konnte mich freilich nicht besänftigen. Die Szene hatte mich wütend gemacht, und ich wollte den Schausteller anschreien, er sei ein Scharlatan und ein Schurke, und er selbst hätte es verdient, einen Arm zu verlieren. Fast war es, als hätte er den Jungen selbst verstümmelt. Auf jeden Fall zog er einen Nutzen daraus. Einen irren Augenblick lang überlegte ich, ob das Untier ihn angreifen würde, seinen Häscher und Peiniger, wenn es mir irgendwie gelänge, den Käfig zu öffnen. Oder würde es weglaufen oder vielleicht sogar einen Unschuldigen in der Nähe anfallen?

Da fiel mir ein, wie dumm es wäre, den Schausteller anzuschreien. Nicht nur, weil ich damit nichts erreichen würde, sondern auch, weil in diesem Getümmel sowieso niemand auf mich hören würde. Und selbst wenn, damit hätte ich nur unerwünschte Aufmerksamkeit erregt. Gleich als Nächstes wurde mir bewusst, wie dumm ich mich ganz allgemein verhalten hatte.

Meine Bitte, Braylar möge den jungen Hornmann im Gras verschonen? Dumm. Nicht sofort zum *Traurigen Hund* zurückkehren, nachdem ich ihn auf dem Jahrmarkt erkannt hatte? Ungeheuer dumm. Und Flusstal mit den Syldoonern zu verlassen war vermutlich das Dümmste, was ich überhaupt jemals getan hatte. Aber es war zu spät, es war geschehen, ich konnte es nicht rückgängig machen. Also blieb mir nichts anderes übrig, als zum *Traurigen Hund* zu laufen und zu versuchen, so gut wie möglich mit alledem zurechtzukommen.

Schweren Herzens und mit einem flatternden Gefühl im Bauch verließ ich den Platz und kehrte zum Gasthof zurück, ohne mich auch nur einmal über die Schulter umzusehen. Meine Füße waren schwer, obwohl ich mich endlich in die richtige Richtung bewegte.

2

Als ich endlich vor dem Vordereingang des *Traurigen Hundes* stand, konnte ich mich nicht überwinden, auch noch die letzten Schritte zu tun und das Haus zu betreten. Am liebsten hätte ich ein- oder zweimal das Gebäude umrundet, um Mut zu fassen, aber das kam mir albern vor. Also blieb ich stehen und machte mir zugleich Vorwürfe, weil ich mich nicht rührte. Es war nicht nur die Angst vor einem Rüffel. Auch wenn sich mein Mitgefühl jetzt als schrecklicher Fehler erwiesen hatte, der Captain würde kaum mehr tun, als mir eine Standpauke halten, und angesichts seiner eigenartigen Verfassung würde vielleicht nicht einmal dies geschehen. Zumindest vorläufig. Immerhin war er und nicht ich derjenige gewesen, der im Grünen Meer die Armbrust gehalten hatte. Er hatte entschieden, den Hornmann laufen zu lassen, auch wenn ich ihn irgendwie dazu überredet hatte. Eine Teilschuld musste er auf sich nehmen. Na ja, vielleicht doch nicht. Aber wie auch immer, es war nicht der zu erwartende Wutausbruch, der mich zögern ließ, sondern vielmehr die Befürchtung, ich könnte mit meinem Eingeständnis das bisschen Achtung verspielen, das er mir entgegenbrachte, nachdem ich ihm am Tempel das Leben gerettet hatte.

Zugleich ärgerte es mich, dass ich mir solche Sorgen machte, ich könnte die ohnehin begrenzte Anerkennung eines Mannes verlieren, der ein raffinierter Ränkeschmied war. Schließlich riss ich mich zusammen, trampelte den Kot und den Dreck von meinen Stiefeln, trat durch die Vordertür und stieg die Treppe hoch. Ich hatte mich entschlossen, Braylar zu unterrichten, und danach würde es eben kommen, wie es kommen musste. Mit Zaudern konnte ich nichts gewinnen.

Als ich den Gang hinunterlief, sah ich Mulldoos und Vendurro vor der Tür des Gemeinschaftsraums stehen. Sie steckten buchstäblich die Köpfe zusammen, und Mulldoos hatte Vendurro die riesige Pranke auf den Nacken gelegt, um ihn dicht an sich zu ziehen, während er leise auf den jüngeren Mann einredete. Die Worte konnte ich nicht verstehen, was vermutlich auch gut war, denn es handelte sich offensichtlich um ein vertrauliches Gespräch und verriet eine Zuneigung, die ich bei Mulldoos nie vermutet hätte. Ich wollte mich schon umdrehen und sie in Ruhe lassen, da nickte Vendurro zweimal, und Mulldoos klopfte dem kleineren Syldooner fest auf den Rücken. Dann drehte er sich um und bemerkte mich. Die Zärtlichkeit, die gerade noch da gewesen war, verschwand sofort hinter einer finsteren Miene.

Mulldoos sah Vendurro an und sagte: »Richte dem Cap aus, dass ich mich darum kümmere.« Dann humpelte er den schmalen Gang hinunter und erwartete offenbar von mir, dass ich ihm Platz machte, was ich wortlos tat. Als ich mich an die Wand gedrückt hatte, blieb er vor mir stehen und rückte sogar noch näher heran. Mir fiel ein, dass Vendurro sich bei unserer ersten Begegnung genauso verhalten hatte, nur dass er damals auf einem Pferd gesessen hatte. Mulldoos zu Fuß war doppelt so schrecklich. »Du hast eine Gabe, dort aufzutauchen, wo man dich nicht braucht, und dort nicht zu sein, wo du sein solltest. Ist das eine Kritzler-Sache, oder bist nur du so gut darin, andere Leuten zu piesacken wie ein brennender Pfeil im Arsch?«

Die Worte sprudelten heraus, ehe ich richtig darüber nachgedacht hatte. »Ich kann nicht für die ganze Zunft der Chronisten sprechen, also nehme ich an, dass es nur für mich gilt. Oder du bildest es dir vielleicht auch nur ein.« Auf der bleichen Stirn entstand eine Falte, er machte eine überraschte Miene und versetzte mir direkt unter dem Brustbein einen harten Stoß mit dem Ellenbogen. Ich krümmte mich und griff nach seinem Arm, um mich festzuhalten, aber auch das war ein Fehler, denn er zog sich zurück, und ich stürzte auf Hände und Knie und schnappte nach Luft, die ich nirgends finden konnte.

Er beugte sich vor. »Gless ist tot. Lloi ist tot. Hacker und ich und der Cap, wir sind alle verletzt. Was du jetzt gerade erlebst, diese komische Panik, die tränenden Augen, dieses Gefühl, das Knoblauchzeug käme gleich wieder aus dem Magen hervorgeschossen, das ist noch gar nichts.« Er tätschelte den Knauf des großen Falchions an der Hüfte. »Du kannst dich glücklich schätzen, Kritzler. Wirklich glücklich.«

Mulldoos lief die Treppe hinunter, während ich mir kniend den Bauch hielt. Offensichtlich wusste er genau, welche Stelle man treffen musste, denn er hatte die Symptome richtig beschrieben. Verschwiegen hatte er nur, dass mir alles vor den Augen verschwamm und ich vor Übelkeit und Schmerzen beinahe ohnmächtig wurde. Endlich füllte sich die Lunge wieder mit Luft.

Ich hustete einige Male und sah auf einmal eine Hand vor meinem Gesicht. Zuerst fürchtete ich, Mulldoos sei zurückgekommen und habe sich entschlossen, mich noch einmal zu beglückwünschen, aber als ich den Kopf hob, sah ich Vendurro vor mir stehen. Erleichtert schlug ich ein und ließ mich von ihm hochziehen.

»Ich habe schon öfter gesehen, wie er das gemacht hat. Mehr als einmal habe ich auch selbst etwas abbekommen. Kein Mann schlägt dich schneller nieder als Mulldoos. Er hat wirklich spitze Ellenbogen. Wirklich spitz.«

Ich versuchte, mich aufzurichten, worauf sich sofort wieder mein Magen verkrampfte. Fast hätte ich mich doch noch übergeben. Als der Anfall vorbei war, unternahm ich einen neuen Anlauf. Meine Rippen brannten, aber ich war sicher, keine dauerhaften Schäden davongetragen zu haben. »Warum ...« Ich wartete noch etwas, bis ich freier atmen konnte. »Was habe ich getan? Warum ist er so wütend auf mich?«

Vendurro lächelte leicht. Es war nicht so breit und strahlend, wie ich es erwartet hatte, aber es war ein Lächeln. »Oh, ich denke nicht, dass es direkt mit dir zu tun hat. Jedenfalls nicht mehr als mit allen anderen Dingen und Menschen. Wenn der Leutnant auf eine Sache nicht wütend ist, dann ist er auf eine andere umso wütender. Im Augenblick würde ich sagen, dass es nicht so sehr um das geht, was du getan hast, sondern eher um das, was nicht geschehen ist. Du hattest keine Rüstung, du hattest keine Ausbildung, und trotzdem hast du den Kampf zwischen den dünnen Bäumen praktisch ohne einen Kratzer überstanden. Hackspeer hat gesagt, dass du dich da drin viel besser als erwartet geschlagen und ausgeharrt hast, als die meisten sich in die Hose gemacht und das Hasenpanier ergriffen hätten. Aber Mulldoos sieht nur jemanden, der überlebt hat, obwohl er nicht hätte überleben dürfen, während die anderen, die noch leben müssten, gestorben sind. Es ist nichts Persönliches.«

»Oh, richtig.« Endlich bekam ich ein paar Worte heraus, ohne meinen Magen wieder in Unruhe zu versetzen. »Es ist nichts Persönliches. Er wünscht sich nur, ich wäre tot, und nicht Tomner oder Gless ...«

Vendurros Lächeln verschwand, als ich innehielt. Zu spät. Ich suchte nach etwas, das meine Worte abmildern konnte, aber ich konnte nur stottern: »Es tut mir leid, Vendurro. Ich wollte nicht … ich meine, ich …«

Er fuhr sich mit der Hand durch den dichten Haarschopf. »Schon gut, Buchmeister. Aber du hast es auf den Punkt gebracht. Der Cap ist nicht der Einzige, den die Verluste schmerzen. Damit meine ich nicht den Ausgang der Schlachten. Wir haben meist gewonnen oder wenigstens ein Unentschieden herausgeschlagen, je nachdem, wie man zählt. Aber die Männer, die Leute zu verlieren … das geht ihnen unter die Haut. Damals, als wir noch eine große Truppe waren, hatte ich ein paar Untergebene, zwei jüngere und zwei ältere. Allerdings haben wir keinen Krieg geführt und wurden nur in ein paar Scharmützel verwickelt, bei denen kaum jemand gefallen ist. Deshalb weiß ich nicht aus eigener Erfahrung, wie das ist. Jetzt habe auch ich, genau wie die drei anderen Offiziere, erlebt, dass wir Männer verloren haben, und das ist eine harte, bittere Erfahrung. So ist das.«

Vendurro atmete gedehnt aus. »Deshalb ist es nicht persönlich gemeint. Es wurmt den Leutnant nur, dass du überlebt hast, während die Männer, die er ausgebildet hat und die er seit Jahren kannte, nicht zurückgekehrt sind.«

Es war nicht zu erkennen, ob er noch mehr sagen wollte oder ob er wünschte, er hätte überhaupt nichts gesagt. Ich hielt mich zurück, weil ich ihn nicht unterbrechen wollte, falls er wirklich weitersprach, aber ich wollte ihn auch nicht bedrängen. Tatsächlich fuhr er fort, und wenn man sah, wie zögernd die Worte herauskamen, hätte man meinen können, er wäre derjenige gewesen, der gerade einen Schlag in den Bauch bekommen hatte. »Ich will dir nicht raten, dass du besser den Mund hältst, wenn Mulldoos in der Nähe ist. Ich meine, das ist ein vernünftiger Ratschlag, aber ich weiß, dass du ihn sowieso nicht beherzigst, genau wie ich damals. Manchmal weiß ich heute noch nicht, wann es besser ist, die Klappe zu halten. Im Laufe der Jahre habe ich mir mit meinem losen Mundwerk eine Menge Ärger eingehandelt. Nur war es eben so, dass Gless mich immer herausgehauen hat, wenn mein Mund schneller gearbeitet hat als mein Gehirn. Er hat mir immer den Rücken freigehalten, darauf konnte ich mich jederzeit verlassen. Und das war sicher auch ein Grund dafür, dass ich manchmal so unüberlegt dahergeredet habe. Aber ...«

Er ließ den Satz unvollendet. Ich brach das unbehagliche Schweigen. »Hat Mulldoos ... als ich heraufgekommen bin, hatte ich den Eindruck, dass er mit dir über Glesswik gesprochen hat.«

Vendurro nickte langsam. »Ja, das hat er.«

Ich wartete schweigend und dachte, er würde schon weiterreden, wenn er ein gutes Gefühl dabei hatte. Vendurro starrte an mir vorbei den Flur entlang, als rechnete er damit, dass Mulldoos zurückkehrte. Oder vielleicht auch Glesswik. Als ich schon drauf und dran war, mich zu entschuldigen und Captain Killcoins Zimmer zu betreten, sagte Vendurro: »Es ist unvermeidlich, dass Soldaten immer wieder ihre Kameraden verlieren. Das ist einfach so. Man kann es nicht verhindern und nicht schönreden. Besonders gilt das natürlich für die Syldooner, die ständig im Einsatz sind. Immer auf einem Feldzug oder auf Streife, eine Invasion beginnen, den Feind zurückwerfen, der eine oder andere Auftrag. Da hat man nicht viel Zeit, dem Moos beim Wachsen zuzusehen, wenn du verstehst, was ich meine. Früher oder später - meistens wohl früher - siehst du, wie ein Turmkamerad oder gleich mehrere fallen. So ist es eben bei den Syldoonern. Du verlierst deine Brüder. Etwas Schlimmeres gibt es nicht, weil es in der bekannten Welt keine engere Gemeinschaft gibt als einen syldoonischen Turm. Es ist nie leicht, wenn so etwas passiert. Aber Gless und ich ...« Er runzelte die Stirn. »Hast du Brüder?«

Meines Wissens hatte ich keine Geschwister, aber höchstwahrscheinlich lebten irgendwo welche, die ich noch nie gesehen hatte. Ich schüttelte den Kopf.

Er lächelte traurig. »Das ist schade. Jeder sollte ein oder zwei Brüder haben. Bei uns Syldoonern sind die anderen Jungs im Turm wie Brüder, wie leibliche Brüder. Vielleicht sogar noch wichtiger. Gless und ich standen uns sehr nahe. Ich hatte einfach nicht daran gedacht, dass auch er eines Tages fallen könnte. Das konnte ich mir nicht vorstellen.« Er brach ab und starrte wieder den Flur entlang.

Ich hatte das Gefühl, ich müsste ihm eine Hand auf die Schulter legen und ihn auf irgendeine Weise trösten, aber Gesten und Worte kamen mir leer und unbeholfen vor, selbst wenn sie aufrichtig gemeint waren. Um ihn wenigstens etwas von dem Kummer abzulenken, sagte ich: »Hat dir denn das, was Mulldoos gesagt hat, ein bisschen geholfen?«

Vendurro rieb sich den Nacken, als erinnerte er sich daran, dass Mulldoos ihn dort berührt hatte, und seine Augen wurden feucht. »Er hat mir gesagt, ich solle trauern, wenn ich traurig sei – daran sei nichts Falsches –, aber dann sollte ich die Sache begraben und mich bereit machen, weil meine Brüder meine volle Wachsamkeit brauchten. Uns gehen ja so langsam die guten Sergeanten aus.« Er lachte ein wenig, und dann, ganz unerwartet, lachte er noch einmal. »Mulldoos ist wirklich kein Mann, von dem man ausgefeilte Reden erwarten kann. Aber er sieht das völlig richtig.«

Beinahe hätte ich ihn darauf hingewiesen, dass es erst einen Tag her war und dass eine so frische Wunde Zeit brauchte, um sich zu schließen und abzuheilen, aber ich war natürlich kein Soldat, und vielleicht hatte Mulldoos ja recht. Wenn man ständig in Lebensgefahr schwebte, war es wohl keine gute Idee und der Sicherheit nicht förderlich, mit einem schweren, bekümmerten Herzen Dienst zu tun. Es stand mir nicht zu, ihm vorzuschlagen, er solle sich mehr Zeit zum Trauern nehmen.

Ich war froh, dass ich kein Soldat war. Das war eine harte, brutale Welt.

Schließlich legte ich ihm impulsiv doch noch die Hand auf die Schulter und sagte: »Ich kann nicht behaupten, ich wüsste, wie es ist, einen Bruder zu haben. Ganz zu schweigen davon, ihn zu verlieren.« Langsam zog ich die Hand zurück und fügte lahm hinzu: »Es tut mir leid.«

Vendurro lächelte wieder. »Danke, Arkamondos. Gless war ein gemeiner Dreckskerl und hat immer nach Wegen gesucht, sich vor unangenehmen Aufgaben zu drücken. Es sieht ihm ähnlich, dass er jetzt weg ist und ich seine Arbeit mit übernehmen muss.«

Ich nickte. »Du kannst mich Arki nennen. Vor dem Captain hat mich noch niemand so genannt, aber ich gewöhne mich daran, und das ist immer noch besser als Tintenaffe, Kritzler oder ...« Das nächste Wort sprachen wir im Chor aus: »Pferdefotze.« Dann lachten wir.

Aber wie die Sonne von Wolken verdeckt wurde, verschwand die Fröhlichkeit so schnell, wie sie gekommen war. Und diese Wolken schienen düsterer zu sein und langsamer abzuziehen als die letzten. Wieder wollte ich ihn nicht bedrängen und schwieg, bis er von sich aus weitersprach.

Nachdem er eine Weile seine Füße angestarrt hatte, sagte Vendurro: »Ich hab dir doch gesagt, dass er ein beschissener Ehemann war, oder? Er war fast nie daheim, besonders in den letzten Jahren, als wir in ganz Anjurien unterwegs waren. Auch davor, als wir in Sonnenmatt stationiert waren, ist er anscheinend gerade mal lange genug zu Hause gewesen, um ein Kind zu zeugen.«

Vendurro fuhr sich mit den Fingern durch die Haare und trampelte von einem Fuß auf den anderen, dann lehnte er sich an die Wand und trat mit der Hacke dagegen. In diesem Moment, bei dieser Gelegenheit, kam er mir zehn Jahre jünger vor. Das änderte sich schlagartig, als er weitersprach. Auf einmal schien er viel älter. »Er hat eine gute Frau geheiratet. Oder jedenfalls keine schlechte. Sie heißt Mervulla und stammt aus Thurvacia. Die Turmkommandanten raten uns immer, einheimische Frauen zu nehmen und uns hübsch einzurichten. Wer kann schon sagen, was sie in dem Drecksack gesehen hat? Frauen sind so komisch wie Katzen.«

Er lehnte den Hinterkopf an das Holz und schloss die Augen. »Die Syldooner kümmern sich um sie. Um sie und ihr Kind, weil sie ja verheiratet war. Sie hatte auch ein eigenes Einkommen, weil ihnen ein paar Olivenbäume gehört haben. Sie haben das Land an die Arbeiter verpachtet. Da sie in der Hauptstadt lebt, wird sie das Land wohl nicht verkaufen. Wahrscheinlich kassiert sie immer noch die Pacht. Sie muss also nicht um Brot betteln oder anschaffen gehen. Aber trotzdem.«

»Um Brot betteln? Anschaffen gehen?«

»Genau. Viele Witwen haben keinen eigenen Lebensunterhalt und können von einem gewissen Alter an auch keinen mehr finden. Wenn sie die Männer verlieren, verlieren sie alles. Die einzigen Möglichkeiten sind dann, auf Almosen zu hoffen oder das zu verkaufen, was man hat. Syldoonische Witwen sind in der Hinsicht besser dran. Wir sorgen für unsere Leute. Trotzdem, und was sie auch für Gless empfunden hat, ich kann mir nicht vorstellen, dass es ihr gefällt, neuerdings eine Witwe zu sein. So was hört niemand gern, es sei denn, man hasst jemanden. Er war vielleicht ein Drecksack, aber er hatte auch seine guten Seiten. Insgesamt gesehen jedenfalls. Also wird es ihr wohl nicht gefallen, wenn sie es hört.«

»Und du ... musst du ihr die Nachricht überbringen? Ist es deine Aufgabe, es ihr zu sagen?«

»Ob ich es muss?« Er schlug mit dem Hinterkopf gegen das Holz und starrte die Decke an. »Nein. Niemand muss so etwas tun. Aber ich kannte ihn besser als jeder andere, und sie kennt mich. Deshalb soll sie es von mir erfahren. Die traurige Neuigkeit und das mit der Witwenrente. Darum komme ich nicht herum.«

Ehe ich mir überlegt hatte, was ich überhaupt sagen wollte, sprudelten die Worte schon aus mir hervor. »Soll ich dich begleiten?«

Vendurro löste sich langsam von der Wand und sah mich an. »Würdest du das tun?«

Jetzt war es heraus, und ich wünschte mir, ich hätte vorher darüber nachgedacht. Es wurde sicherlich sehr peinlich und schwierig und ... schmerzlich. Aber ich konnte nicht mehr zurück. Also nickte ich, und er dachte eine Weile darüber nach, ehe er antwortete. »Ich kann das nicht von dir verlangen. Jedenfalls kannst du nicht bis zur Tür mitkommen. Sie kennt dich nicht und wüsste sofort, dass etwas nicht stimmt.« Auf einmal schien er wieder viel jünger zu sein. »Aber wenn du mich den größten Teil des Weges begleiten willst und wartest, damit wir später etwas trinken können ... nein, wir werden eine Menge trinken. Das wäre schon, also, es wäre ...«

»Natürlich. Ich begleite dich, so weit du willst, und ich gebe ein oder zwei Runden aus. Vorausgesetzt, der Captain zahlt mir den Sold etwas früher.«

Nach meinem Angebot und dem halbherzigen Scherz schien sich seine Stimmung tatsächlich etwas aufzuhellen. So ergriff ich die Gelegenheit und wechselte rasch das Thema. »Ach ja, der Captain – ist er in seinem Zimmer?«

»Ja, er ist da«, antwortete Vendurro. »Er ist vor einer Weile zurückgekehrt und hat mir aufgetragen, dafür zu sorgen, dass er nicht gestört wird. Wahrscheinlich kämpft er jetzt allein dagegen an, so gut er kann, weil ja Lloi ihn nicht mehr behexen kann. Er war auch nicht sehr erbaut darüber, wie das Gespräch mit dem Baron verlaufen ist. Du solltest ihm lieber etwas Zeit geben, falls du nicht ständig Krügen oder Tellern ausweichen willst.«

»Tja«, antwortete ich und wählte meine Worte mit Bedacht, »darauf bin ich wirklich nicht scharf. Aber es gibt da eine Sache ... die seine Aufmerksamkeit erfordert. Ich glaube, er wird mir sogar dankbar sein, wenn ich ihn wachrüttele. Na ja, jedenfalls nachdem er alle möglichen Sachen nach mir geworfen hat.«

Vendurro überlegte kurz, dann holte er den Schlüssel aus dem Beutel am Gürtel. »Lieber du als ich. Hoffentlich hast du recht damit, dass es wichtig ist. In dieser Gegend gibt es vermutlich nicht sehr viele Schreiber, die man anheuern könnte.« Er ging zur Tür.

Ich hatte schon immer gern den Gang anderer Menschen beobachtet. Ihre Haltung, die Schritte, den Schwung der Arme, die Neigung des Kopfs, ob sie steif oder locker liefen oder einen Sichelfuß hatten. Die Haltung und der Gang verrieten mir eine Menge über das, was der Betreffende ertragen hatte, über seine Einstellung, seine Stimmung, seine Beweglichkeit und Schnelligkeit. Ein Humpeln wegen einer frischen Verletzung konnte ich meistens leicht von einem alten Leiden unterscheiden, an das sich der Betreffende so sehr gewöhnt hatte, dass es ihm kaum noch bewusst war.

Als ich Vendurro kennengelernt hatte, schritt er aus, als wollte jedes Bein das andere überflügeln. Es war ein federnder, ungestümer, jugendlicher Gang gewesen. Jetzt lief er, als wäre er um zwanzig Jahre gealtert, hätte seit Tagen nicht geschlafen und trüge bleierne Stiefel. Angesichts seines Verlusts war das nicht weiter überraschend. Fraglich war nur, ob er eines Tages die alte Spannkraft zurückgewinnen würde oder ob er nie wieder so unbefangen auftreten würde wie früher.

Vendurro schloss die Tür auf, ich bedankte mich bei ihm, und wir traten ein. Nachdem er von innen abgeschlossen hatte, setzte er sich neben der Tür auf einen Hocker und sah mir zu, als ich ein paar Schritte zur Kammer des Captains machte und wieder innehielt. Sobald ich Braylar gesagt hatte, was ich wusste, gab es kein Zurück mehr. Es war verlockend, stattdessen einfach in mein eigenes Zimmer zu gehen oder sogar wieder hinaus zum Jahrmarkt. Ich konnte behaupten, ich befolgte lediglich Vendurros Ratschlag, den Captain nicht zu stören. Doch wenn ich das tat, verlor ich womöglich den Mut, es dem Captain überhaupt noch zu erzählen. Also warf ich Vendurro einen raschen Blick zu. Er schüttelte den Kopf und tat so, als duckte er sich. Ich klopfte leise an die Tür des Captains.

Nichts. Keine heiseren Drohungen oder Beschimpfungen, nicht das kleinste Geräusch. Ich klopfte noch einmal, lauter, und wartete, hörte aber immer noch nichts. Dann drehte ich mich zu dem jungen Sergeanten um, der mit den Achseln zuckte. Schließlich versuchte ich, die Tür zu öffnen, und rechnete damit, dass sie verschlossen war, doch sie ging knarrend auf. Ich steckte den Kopf hinein und war darauf gefasst, mich sofort wieder zurückzuziehen, falls etwas geflogen kam. Drinnen war es finster, der schwere Vorhang verdeckte die Läden aus Hornschuppen und das schwindende Sonnenlicht dahinter. Es dauerte einen Augenblick, bis sich meine Augen umgestellt hatten.

Ich rief den Captain, und als ich immer noch nichts hörte, trat ich ganz ein und drückte hinter mir die Tür wieder zu. Er lag reglos auf dem Bett. Langsam näherte ich mich ihm. Es war zu dunkel, um viel zu erkennen, aber immerhin sah ich, dass sich seine Brust hob und senkte. Außerdem hielt er mit beiden Händen Blutrufer fest, der auf seinem Bauch lag, wie ein Betrunkener den Weinschlauch halten mochte, dem er seinen Zustand verdankte.

Wieder rief ich seinen Namen, wieder bekam ich keine Antwort. Anscheinend war er in seinen inneren Abgründen versunken, aber dieses Mal war keine Lloi zur Stelle, die ihn retten konnte. Müde setzte ich mich auf die Bank an der Wand, achtete nicht mehr darauf, dass sie laut knarrte. Captain Killcoin rührte sich nicht.

Im Grünen Meer hatte er gesagt, es verliefe jedes Mal anders, und es sei unmöglich, seine Reaktion auf die gestohlenen Erinnerungen einzuschätzen, die jetzt wieder auf ihn einstürmten. Vielleicht war seine Verfassung etwas Vorübergehendes. Es widerstrebte mir, in den Gemeinschaftsraum zurückzukehren und Vendurro hinzuzuziehen. Wahrscheinlich hatte er seinen Captain schon öfter so liegen sehen und wäre nicht sehr schockiert, aber freuen würde er sich über die Neuigkeit sicher auch nicht.

Nach meinen Erfahrungen in der Prärie war es allerdings auch keine Hilfe für den Captain, wenn ich einfach nur herumsaß. Ich hatte keinerlei Fähigkeiten, die ihm nützlich waren, und meine Gegenwart allein war sicherlich keine Linderung, sofern er mich überhaupt bemerkte. So saß ich eine Weile unschlüssig herum und wartete, während meine Ängste mit jeder Minute wuchsen. Obendrein hatte ich nicht viel, um mir die Zeit zu vertreiben. Braylars Zimmer war klein, und seit meinem letzten Besuch hatte sich nicht viel verändert. Irgendjemand, zweifellos ein verschreckter Laufbursche oder eine Magd, hatte – vermutlich auf Vendurros Geheiß – die zertrümmerte Kanne weggeräumt und das verschüttete Bier aufgewischt. Außer einigen Truhen und der Kleidung, die auf ihnen lag, sowie dem Tisch und den Stühlen am Bett befand sich in dem Zimmer nur noch der lange Kasten, den wir vor einigen Tagen heraufgeschleppt und verstaut hatten. Diese Kiste wollte der Captain anscheinend um jeden Preis in seiner Nähe haben.

Nicht zum ersten Mal betrachtete ich das Behältnis ungläubig und staunend. Selbst wenn man berücksichtigte, dass die Anjurier abergläubisch waren und großen Wert auf Zeremonien und Pomp legten, kam es mir mehr als eigenartig vor, dass sie das Fehlen der königlichen Gewänder derart beunruhigend fanden. Aus diesem Grund konnten doch kaum Unruhen oder Aufstände ausbrechen. Offensichtlich verfolgten die Syldooner in dieser Gegend mehrere Pläne gleichzeitig, und die gestohlenen Kleidungsstücke stellten nicht den Angelpunkt ihrer Machenschaften dar. Die List, auf die Baron Brune und Hohepriester Henlester hereingefallen waren, bewies dies ohne jeden Zweifel, und soweit ich es wusste, hatten die Syldooner noch weitere Eisen im Feuer.

Dennoch, es kam mir seltsam vor, dass sie solche Mühen auf sich genommen hatten, um etwas zu stehlen und zu transportieren, das für ihre Pläne bestenfalls von untergeordneter Bedeutung war. Meiner Ansicht nach würde dieses Manöver nicht viel Nutzen bringen, und ich war sicher, dass die syldoonischen Soldaten der gleichen Meinung waren. Der junge König hatte seine Regentschaft gegen viele Widerstände angetreten und war nicht sehr beliebt. Zwischen dem Monarchen und vielen Baronen gab es böses Blut; den Zwist hatte er von seinem kürzlich bestatteten Vorgänger geerbt. Vielleicht würden diejenigen, die ihm nicht wohlgesinnt waren, auf die fehlenden Statussymbole und Gewänder verweisen und dies als eines von vielen Zeichen dafür bewerten, dass der Junge nicht der richtige Herrscher sei oder dass seine Regentschaft mit einem Unglück enden werde. Ich war kein Experte für höfische Politik, aber das alles kam mir doch eher nebensächlich vor, auch wenn man dem Ritual der Thronbesteigung eine große Bedeutung beimaß.

Vielleicht musste man Anjurier sein, um das alles wirklich zu verstehen. Vielleicht waren die fehlenden Gewänder Grund genug, um die ohnehin schon fragwürdige Übergabe der Macht und des Titels vollends zu verwerfen. Wer konnte das schon sagen?

Ich hatte von solchen Machtwechseln bisher nur gelesen. Der alte König Xefron hatte mindestens vierzig Jahre lang geherrscht. Er hatte den Krieg gegen die Syldooner überstanden und einen Waffenstillstand ausgehandelt, aber nicht lange genug gelebt, um sicherzustellen, dass sein Nachfolger ein stabiles Königreich übernahm und klug und scharfsinnig genug war, um es auch zu führen. Ob die Gewänder sehr alt waren? Die Anjurier wollten doch sicher nicht einen neuen Monarchen mit zerlumpten, vergilbten und verblichenen Gewändern in der Öffentlichkeit auftreten lassen. Das war gewiss kein Bild, das den Untertanen Mut machte. Andererseits war dies vielleicht ein Teil der Zeremonie, und das zerschlissene Tuch, das so viele Vorfahren getragen hatten, galt als Beweis dafür, dass bei der Thronfolge alles mit rechten Dingen zuging. Wie alt waren die Gewänder überhaupt? Wer hatte sie als Erster getragen? Stil und Schnitt waren sicherlich völlig anders als die derzeitige höfische Mode.

Ich hatte es noch nicht richtig durchdacht, da kniete ich schon vor dem Behältnis und sah mich noch einmal rasch zu Braylars regloser Gestalt um, ehe ich das Segeltuch wegzog.

Ein Schloss. Natürlich war die Kiste abgeschlossen. Beinahe hätte ich mich wieder auf die Bank gesetzt, aber meine Neugierde war geweckt. Selbstverständlich war mir völlig bewusst, dass alles, was ich jetzt tat, eine Riesendummheit war, aber ich wollte mir die Kleidungsstücke unbedingt einmal ansehen, nur ein einziges Mal. Eine bessere Gelegenheit als diese würde sich vermutlich niemals bieten. Außerdem, so sagte ich mir, wusste ich ja schon, was sich darin befand. Deshalb konnte es doch nicht schaden, mir den Inhalt etwas genauer anzusehen. So ging ich zu den abgelegten Kleidungsstücken, fand Braylars Gürtel und Beutel und suchte denjenigen heraus, in dem der Schlüssel stecken musste.

Aufgeregt steckte ich den Schlüssel ins Schloss. Die Zuhaltungen waren gut geölt, klickten aber trotzdem recht laut. Hoffentlich war Vendurro noch mit seinem Kummer beschäftigt, und wenn jemand anders kam, hörte ich wahrscheinlich rechtzeitig die Stimmen.

Sobald ich das Schloss geöffnet hatte, klappte ich den Deckel hoch, der nicht ganz so gut geölt war und laut quietschte. Selbst im trüben Licht sah ich sofort, dass überhaupt keine Kleider in der Kiste lagen. Kein einziges Kleidungsstück, nicht einmal ein Fetzen. Vielmehr entdeckte ich unzählige Schriftrollen von unterschiedlichen Größen, einige umfangreich und mit kleinen Ketten zusammengehalten, andere dünner und mit Lederbändchen gesichert. Manche waren mit Streifen aus Seide zusammengebunden, und in mehreren rissigen Lederröhren steckten vermutlich ebenfalls Dokumente. Viele Schriftrollen waren auf dicke hölzerne Rundstäbe gewickelt, die ihrerseits ebenfalls sehr unterschiedlich aussahen. Manche waren schlicht und einfach, andere aufwendig mit Schnitzereien geschmückt, während das Holz unterschiedlich gefärbt war. Einige Dokumente bestanden anscheinend aus Papyrus, andere aus dickem und altem Pergament, das den Anschein erweckte, es könnte durch einen bloßen Atemstoß zu Staub zerfallen.

Außerdem befanden sich Tafeln aus Ton und Wachs in dem Behälter.

Vorher hatte ich schnell geatmet. Jetzt setzte mein Atem beinahe aus. Anscheinend stammten diese Dokumente von verschiedenen Orten und aus verschiedenen Zeitaltern. Was hatte das zu bedeuten?

»Mir war gar nicht bewusst, dass der Jahrmarkt heute abgesagt wurde. Wie schade.«

Ich ließ den Deckel fallen und klemmte mir die Finger ein. Beinahe hätte ich vor Schmerzen laut aufgeschrien.

Nachdem er stundenlang nicht gesprochen hatte, klang die Stimme noch heiserer und rauer als sonst, aber es war nicht zu verkennen, dass Captain Killcoin wach und keineswegs in den gestohlenen Erinnerungen versunken war.

Ich befreite meine Finger, stand auf und drehte mich zu ihm um. Wieder einmal fühlte ich mich wie ein Kind, das die Mutter beim Diebstahl einer kleinen Münze aus der Börse ertappt hatte. Das Blut schoss mir ins Gesicht, der Herzschlag dröhnte in den Ohren, und ich empfand gleichzeitig schreckliche Verlegenheit, Angst und auch Zorn, weil man mich schon wieder getäuscht hatte. »Da sind gar keine königlichen Gewänder drin.«

Braylar richtete sich im Bett auf. Es war schwer, bei dem schlechten Licht seine Miene zu erkennen. Wie hatte er sich nur so leise bewegen können, und das auch noch, ohne die Ketten des Flegels klimpern zu lassen? Er legte Blutrufer auf das Bett und klatschte dreimal langsam in die Hände. »Oh, wie aalglatt du doch bist, Arki. Wirklich. Da habe ich dich auf frischer Tat ertappt, du hast dir die Finger eingeklemmt, was hoffentlich eine hübsche Prellung hinterlässt, und du besitzt die Frechheit, mich indirekt zu beschuldigen. Das ist eine hübsche Ablenkung. Vielleicht besteht doch noch Hoffnung für dich.«

Meine Scham, die Angst und die Wut nahmen sogar noch zu. Ich bemühte mich, gleichmütig zu sprechen und meine Empfindungen zu verbergen. »Sagt Ihr überhaupt irgendwann einmal die Wahrheit?«

Darauf lachte er, gleich darauf musste er husten. »So selten, wie es nur irgend möglich ist, und auch nur dann, wenn alle anderen Möglichkeiten ausgeschöpft sind. Oder falls es meinen Absichten dient. Was selten genug vorkommt, aber immerhin denkbar ist.«

»Aber warum? Warum diese Geschichte, Ihr hättet Gewänder gestohlen? Warum habt Ihr mir überhaupt irgendetwas erzählt?«

Braylar stand langsam auf. Jetzt war offensichtlich, dass seine Benommenheit auf das Bier zurückzuführen war, denn er schwankte leicht. Anscheinend hatte er eine Menge im Bauch behalten, ohne sich zu übergeben. »Ich habe auch eine Frage, die viel dringender ist: Wo sind die Krüge? Ich habe sie nicht abräumen lassen. Hast du das veranlasst? Für dieses schreckliche Verbrechen musst du mit einer schlimmeren Bestrafung rechnen als für das Öffnen der verschlossenen Kiste. Oh ja, ich nehme den Schlüssel gleich wieder an mich, nachdem du abgeschlossen hast.«

Ich tat, was er verlangte, und ging langsam zu ihm. Inzwischen war auch ich nicht mehr ganz sicher auf den Beinen. Furcht war das Einzige, was ich jetzt noch empfand.

»Nun komm schon, ich bin kein brutaler Grashund, der dir die halbe Hand abhackt. Ehrlich gesagt, finde ich deine jüngsten Aktivitäten so erstaunlich - oder ich bin zu betrunken, was ich nicht endgültig entscheiden kann –, dass ich eher amüsiert als verärgert bin. Aber ich kann dir nicht versprechen, wie lange das anhalten wird.« Er schnippte mit den Fingern. »Den Schlüssel.«

Ich gab ihm den Schlüssel und war froh, die Hand und die Finger behalten zu dürfen.

»Was deine Frage angeht, so wollte ich feststellen, ob auf einmal ein Gerücht über gestohlene Kleidung die Runde macht oder ob du die Geschichte sogar selbst in unfreundliche Ohren geflüstert hast.«

»Also war es ein Test? Eine Falle?«

»Oh ja, eine böse Falle.«

»Dann habt Ihr mich beschatten lassen?«

»Tja, es wäre kein guter Test gewesen, wenn ich den Ausgang nicht überwacht hätte, oder?«

Benommen stand ich da und fragte mich, ob mein Verfolger auch den jungen Hornmann oder meine Reaktion auf ihn beobachtet hatte. »Und?«, fragte ich langsam und leise.

»Nun ja, wenn du zum guten Baron gerannt wärst, dann wäre diese Unterhaltung in einem ganz anderen Ton verlaufen. Ich hatte gehofft, dass du dich als loyal erweist, und das hast du getan. Jedenfalls bis du in meinen Sachen herumgeschnüffelt hast.«

Ich blickte zu der Kiste und fürchtete, meine Stimme könnte versagen. »Was sind das für Dokumente?«

Er steckte den Schlüssel in den Beutel und zog ihn zu. »Meine nachsichtige Stimmung verfliegt. Lass mich allein. Sofort. Und schick mir noch mehr Bier herein. Auf der Stelle.«

Mir brannten unzählige Fragen unter den Nägeln, aber mir war klar, dass ich den guten Willen des Captains vorerst aufgebraucht hatte. Eigentlich hatte ich sein Zimmer betreten, um ihn über den Hornmann zu unterrichten, aber das erschien mir jetzt wie der schlechteste Einfall, den ich überhaupt haben konnte.

Als ich gehen wollte, sagte Braylar mit seiner Reibeisenstimme: »Oh, und wenn du mir noch einmal etwas klaust, kannst du sicher sein, dass ich dich niederschlage, dir alle Rippen breche und dir ins heulende Gesicht spucke. Sofern ich mich nachsichtig fühle. Wenn nicht, wird es schlimmer. Hast du das verstanden?«

Ja, es war nicht der richtige Augenblick für irgendwelche Eingeständnisse. Anscheinend hatte Mulldoos damit recht gehabt, dass es mein Glückstag war. Ohne mich noch einmal umzudrehen, nickte ich und verließ den Captain und seine dunkle Kammer, so schnell mich die Füße tragen wollten.

3

Vendurro sah zu, wie ich hinter mir die Zimmertür des Captains schloss. »Keine Blutflecken. Anscheinend hat er dir auch nichts gebrochen, oder du hast tapfer die Schreie unterdrückt.« Er ließ den langen Dolch oder das Kurzschwert – was es war, wusste ich nicht genau – vor sich auf dem Tisch kreiseln.

Wahrscheinlich war es das Beste, möglichst nichts Verfängliches zu sagen und rasch das Thema zu wechseln. »Was ist das?« Ich deutete auf die Klinge. »Ich meine, es ist eine Waffe, aber ist das nun ein Dolch oder ein Kurzschwert? Aus meiner Sicht könnte es beides sein.«

Vendurro hörte damit auf, die Klinge zu drehen. »Das ist ein Suroka. Ich habe nie richtig darüber nachgedacht. Es reicht mir vollkommen zu wissen, wie man damit die Gegner ersticht.«

»Aha, also ein Suroka. Jetzt habe ich etwas gelernt. Wie auch immer, der Captain war nicht erfreut, dass sein Bier alle ist. Er lässt dich bitten, ihm etwas zu besorgen. Auf der Stelle, so hat er es ausgedrückt. Er war sehr ungehalten. So würde ich es ausdrücken.« Vendurro stand von seinem Hocker auf. Allein diese Bewegung ließ ihn schon wieder viel älter erscheinen. Er wollte hinausgehen, hielt aber noch einmal inne. »Hat der Cap gut ausgesehen? Ich meine, natürlich geht es ihm nicht sehr gut. Ich habe ja gesehen, wie er gegen diese Sache angekämpft hat, bevor er Lloi fand. Das ist ziemlich hässlich. Aber wie geht es ihm jetzt? Ist es schlimm?«

Ich schüttelte den Kopf und fragte mich, wie lange Braylar sich noch auf diese Weise betrinken konnte und was passieren würde, wenn er es nicht mehr tat. Würde Hackspeer das Kommando übernehmen? Oder Mulldoos? Bei diesem Gedanken schauderte ich. »Er ist gereizt und erteilt Befehle, also würde ich sagen, es geht ihm angesichts der Umstände so gut, wie man es erwarten kann.«

Damit gab sich Vendurro zufrieden, oder jedenfalls schien es so. Ganz sicher war ich nicht.

Ich kehrte in mein Zimmer zurück und staunte, wie grundlegend und radikal sich alles verändert hatte. Gestern hatten wir anscheinend noch die Pläne eines vermeintlich mordlustigen Priesters durchkreuzt und dabei das einzige Mitglied der Truppe verloren, das dem Captain bei seinem Leiden oder seinem Fluch helfen konnte, was auch immer es war, und heute entdeckte ich, dass so gut wie nichts von dem, was ich geglaubt hatte, der Wahrheit entsprach. Und wenn die Lügen aufgedeckt wurden und der Wahrheit wichen, kam mir auch diese fragwürdig vor. Lügen über Lügen. Der Baron war entweder an der Nase herumgeführt worden oder hatte uns an der Nase herumgeführt, und ich hatte einen Hornmann gesehen, der möglicherweise alle Pläne vereiteln konnte, die wir hier verfolgten. Wahrscheinlich waren wir schon so gut wie tot. Ich hatte die Gelegenheit verpasst, dem Captain zu berichten, was ich gesehen hatte. Nun hatte ich eine ganze Menge zu verdauen. In meinem Kopf drehte sich alles, als ich den Federkiel und die Tinte aus dem Schreibkasten holte. Als dann die Aufzeichnungen auf dem neuesten Stand waren, überlegte ich, ob ich wieder zum Jahrmarkt gehen sollte, solange ich noch die Gelegenheit dazu hatte. Die Dämmerung hatte längst eingesetzt, und inzwischen beleuchteten Laternen die Stellen, die von der schwachen, schwindenden Sonne nicht mehr erreicht wurden. Die Besucher des Jahrmarkts bemühten sich vermutlich, auch noch das letzte bisschen an Vergnügen oder Zügellosigkeit mitzunehmen, oder was sie auch sonst in Zechingen zu finden hofften, ehe die Sperrstunde ausgerufen wurde. Ich hatte allerdings keine Ahnung, was der angeschlagene und verletzte Hornmann jetzt tun würde. Würde er mich seinen Vorgesetzten melden? Wahrscheinlich nicht, denn er musste damit rechnen, ausgepeitscht zu werden, weil er es nicht schon viel früher getan hatte. Hatte er große Angst? War er in seiner Unterkunft oder in einem eigenen Zimmer und durchdachte alle Möglichkeiten, genau wie ich?

Einen kleinen Augenblick lang spielte ich mit dem verrückten Gedanken, nicht etwa in den Strom der Jahrmarktbesucher einzutauchen, sondern vielmehr die Kaserne der Hornmänner aufzusuchen. Wenn ich mit dem jungen Soldaten sprach, konnte ich vielleicht ... was denn eigentlich? Ihn an den Schwur erinnern, den er abgelegt hatte, als er so verängstigt gewesen war, dass er sich beinahe in die Hose gemacht hätte? Er würde ja keinesfalls auf die Idee kommen, mich auf der Stelle doch noch seinen Vorgesetzten zu melden, oder?

Nein, es wäre sehr dumm, den *Traurigen Hund* in diesem Augenblick zu verlassen, selbst wenn ich nicht den Soldaten suchte. Falls mich der Bursche wirklich gemeldet hatte, konnte ich jederzeit von den Hornmännern aufgegriffen und zum Verhör geschleppt werden. Sie beaufsichtigten die Straßen und die Wasserwege, beschützten angeblich die anjurischen Reisenden und zogen Steuern ein. Der Captain und ich waren allerdings der Ansicht, dass sie sich ebenso oft wie gewöhnliche Wegelagerer verhielten. Sie waren direkt dem König unterstellt und dem Einfluss der Barone und Bürger auf den Straßen entzogen. Hatten sie überhaupt das Recht, mich zu befragen und mich hinzurichten, während ich mich in einer der größten Städte des Königreichs aufhielt? Oft kam es zum Streit zwischen den Hornmännern und den Baronen, wenn es um die Zuständigkeit in den Gasthöfen der Städte ging. Dort herrschten zweierlei Gewalten.

Die toten Hornmänner im Gras waren ein guter Grund, uns aufzuhängen, aber selbst wenn mich die Hornmänner an Baron Brune auslieferten, würde ich vermutlich doch nur in einer Kammer tief in der Burg enden, wo mir der stinkende Essigdunst in den Augen und in der Nase brannte - auf einen seiner Tische geschnallt und verzweifelt kreischend, während ich gefoltert und verstümmelt wurde. Dort würde ich alles herausschreien, was ich wusste, und konnte nur noch hoffen, dass es bald ein Ende hatte.

Nein, es war ganz gewiss keine gute Idee, jetzt den Gasthof zu verlassen. Zu bleiben war aber auch nicht viel besser.

Obwohl ich die Muscheln und das Bier zum größten Teil wieder ausgespuckt hatte, verspürte ich keinen Hunger. Deshalb gab es nicht einmal einen Grund, nach unten in den Hauptraum des *Traurigen Hundes* zu gehen. Die Vorstellung, mich in irgendeine Ecke zu verkriechen, kam mir durchaus verlockend vor - den Gästen zusehen, wie sie kamen und gingen, wie sie stritten, würfelten und vielleicht sogar sangen. Ja, ein Lied wäre schön gewesen, selbst das heisere Krächzen der betrunkenen Lümmel in der Schenke. Aber im Grunde hatte ich keine große Lust, irgendetwas anderes zu tun, außer mich ins Bett zu legen und die Deckenbalken anzustarren.

Das tat ich auch, allerdings nicht so lange wie erwartet, denn ich fiel bald in einen glücklicherweise traumlosen Schlaf und wachte erst am nächsten Tag auf, als ich im Gemeinschaftsraum vor meiner Tür Stimmen hörte. Es klang, als sei Hackspeer zurückgekehrt. Ich stand auf und wollte mich zu den anderen gesellen, hielt aber an der Tür inne und dachte, auch Mulldoos könne dort sein. Dann verfluchte ich mich selbst. Es spielte keine Rolle, ob er da war – wenn ich mich in mein Zimmer zurückzog, dann aus freien Stücken und nicht etwa, weil ich vor dem Tyrannen mit der großen Klinge Angst hatte.

Also trat ich hinaus. Captain Killcoin und Vendurro saßen auf Stühlen, Hackspeer hatte sich an einen Balken gelehnt. Er war immer noch steif und schonte die Seite, wo die Rippen verletzt waren. Vendurro unterbrach sich mitten im Satz, als er mich sah. Dann fuhr er fort: »Ich soll dir ausrichten, dass er einigen Gerüchten nachgeht und am Abend zurück sein will. Er sagte, du wärst der glücklichste Hurensohn, den er je gesehen hat. Verzeihung, Cap, ich gebe das nur weiter.«

Braylar hatte sich ein wenig gesäubert, das Hemd gewechselt und die Haare mit Öl zurückgekämmt. Jetzt sah er wieder einigermaßen ansehnlich aus, war aber immer noch sehr bleich, und die Augen waren blutunterlaufen. Er trank einen kleinen Schluck Bier und antwortete: »Nun ja, auch ein Gerücht ist immer noch besser als gar nichts. Und du, Hackspeer? Was hast du zu berichten?«

Hackspeer sah mich kurz an, ehe er antwortete. »Ich habe jemanden gefunden, der Lloi in die Prärie bringen kann. Morgen bricht eine Pilgergruppe auf.«

Braylar setzte den Krug mit einem Knall ab und lachte. Es tat ihm weh, und er musste die Hand an die Kehle heben. »Die Pilger sind zu dieser Jahreszeit geradezu besessen von der Prärie. Ich hoffe, sie nehmen ein oder zwei Wächter mit. Nicht, dass irgendjemand Interesse hätte, eine Leiche zu stehlen.« Er hob den Krug, hielt aber inne, ehe er ihn an die Lippen setzte. »Da war doch nicht zufällig eine dicke Frau mit einem großen Hut dabei?«

Ich hielt den Atem an, doch Hackspeer schüttelte den Kopf, sodass die in den Bart geflochtenen Münzen klingelten. Das war gut. Ein einziger dummer Zufall war schon schlimm genug.

Braylar trank, die anderen schwiegen. Ich ging zu den beiden Syldoonern am Tisch und rückte mir einen Stuhl zurecht. Braylar nahm einen letzten Schluck, um die Dämonen im Bier zu ersäufen, und deutete auf die Kanne und einen Krug.

Ich bediente mich, während Vendurro sagte: »Weißt du noch, wie wir uns in Flusstal über die schlimmsten Arten zu sterben unterhalten haben? Tja, ich habe eine vergessen. Wir haben es alle übersehen, aber jetzt ist es mir wieder eingefallen, auch wenn ich beim besten Willen nicht sagen kann, warum.«

»Ach?« Braylar schien nicht sonderlich interessiert, war aber offenbar ganz froh über die Ablenkung.

»Ja. Wheldon. Erinnert ihr euch an den armen Kerl?«, fragte Vendurro.

»Ja, leider«, stöhnte Hackspeer.

Vendurro sah mich an. Er war mit dem Herzen nicht ganz bei der Sache, erzählte aber weiter. »Na ja, Wheldon hatte dauernd Bauchschmerzen. Waschlappen Wheldon, so haben wir ihn genannt. Kein Tag, an dem er uns nicht von seinem schmerzenden aufgedunsenen Bauch, von seinem Dünnschiss, seinen komischen Krämpfen und so weiter erzählt hat. Tag für Tag ging es so. Ich glaube, er hat mich von Anfang an immer so begrüßt: ›Ich bin Wheldon. Ich hätte mir heute beinahe in die Hose gemacht.‹ So ging es die ganze Zeit, die ich ihn kannte. Einmal gerieten wir an der Westgrenze in ein Scharmützel mit Stämmen aus den Bergen. Wie hießen sie noch gleich? Masukas? Marlukas? Etwas in der Art.«

Niemand schien sich zu erinnern oder Lust zu haben, ihn zu korrigieren, falls er falschlag.

»Gless hätte sich daran erinnert. Für solche dummen Kleinigkeiten hatte er immer ein hervorragendes Gedächtnis.« Er machte eine fahrige Geste und fuhr fort: »Jedenfalls haben wir die Dreckskerle in die Höhlen zurückgetrieben, damit sie nicht mehr die anständigen Leute unten im Tal ermorden konnten. Soweit ich mich erinnere, hatten wir kaum Verluste. Aber Wheldon hatte eine große Wunde am Hinterkopf. Eine Steinaxt, glaube ich. Hat ihn mit einem Hieb zu Boden gestreckt und den Schädel mittendurch gespalten.«

»Das klingt etwas garstig, aber ich muss schon sagen, das ist nichts im Vergleich mit den anderen Geschichten, die ihr erzählt habt«, warf ich ein. »Ich denke jetzt besonders an Rokliss.«

Vendurro lächelte. »Oh, sein Tod war nicht besonders schrecklich. Schrecklich war das, was danach geschah. Wheldon hatte zeit seines Lebens Bauchschmerzen, aber in ihm lebte etwas, das ihm diesen Ärger bereitet hat. Kurz nachdem er gefallen war, krochen lange bleiche Würmer aus seinen Ohren, aus der Nase und ein oder zwei sogar aus dem Mund. Anscheinend fanden sie es nicht so gut, dass ihr Futterplatz zerstört war, und beschlossen, sich eine andere Unterkunft zu suchen. Es waren bestimmt zwanzig wackelnde kleine Mistviecher, die sich fast verknotet haben, weil sie so eilig von dem armen toten Wheldon wegkommen wollten.«

Hackspeer lachte und trank einen Schluck. »Sergeant, du bist ein widerlicher kleiner Mann.«

Vendurro zuckte mit den Achseln. »Ich war es ja nicht, der die Würmer im Bauch hatte. Wheldon war der widerliche Kerl.«

Die Syldooner kicherten, ich lächelte. Es gab eine kleine Pause, dann betrachtete Braylar nacheinander die Gesichter der anderen. »Wer von euch hat mal einen guten Tod gesehen?«

Vendurro trank einen Schluck. »Das kommt darauf an, was du damit meinst, Cap.«

»Nichts Besonderes. Ich meine nur, wir haben uns über die schlimmsten Todesarten unterhalten. Ziemlich ausführlich sogar. Wir alle haben viele Männer auf viele schreckliche Arten sterben sehen. Das war also eine leichte Übung. Jetzt frage ich, ob ihr auch schon mal gesehen habt, wie jemand einen guten Tod starb? Das ist wahrscheinlich schwieriger zu beantworten, oder?«

Es war schwer zu sagen, ob es sich nur um eine rhetorische Frage handelte oder ob er uns etwas zum Nachdenken geben wollte. Vendurro nahm ihn jedenfalls beim Wort. »Ehe ich zu den Syldoonern gekommen bin, habe ich mit einer Gruppe Überfälle verübt. Zenvugo, so hieß unser Stamm, das weiß ich noch genau. Wir waren darauf aus, das Lager eines anderen Stammes zu überfallen. Ich war kaum alt genug, um Speer und Schild zu halten, und erst recht nicht zu Pferde, aber mein Vater glaubte, ich müsste mich der Truppe so früh wie möglich anschließen. Es hätte ein Kinderspiel werden sollen - rasch zuschlagen, mit ein paar Kühen verschwinden, vielleicht ein oder zwei Pferde mitnehmen und durch den Wald zurücklaufen. Es hieß, die meisten Männer ihres Lagers wären auf der anderen Seite des Tals unterwegs. Leider ahnten sie wohl, dass wir kommen würden, denn sie hatten eine bis an die Zähne bewaffnete Truppe aufgestellt, die sogar erheblich größer war als unsere. Sie haben uns böse überrascht. Wir haben uns gewehrt, so gut wir konnten, aber wir waren einfach nicht genug. Viele von meinem Stamm wurden verwundet oder haben ins Gras gebissen. Aber soweit ich weiß, hat danach kein Einziger Würmer ausgespuckt. Na ja, unser Hauptmann - so haben wir ihn natürlich nicht genannt, in meiner Sprache war er der *survote*, aber er war so eine Art Hauptmann. Ich sag das nur, um es klarzustellen. Also, der Hauptmann hat sofort erkannt, dass wir keine Chance haben, und zum Rückzug geblasen. Aber sie haben uns schnell wieder eingeholt, weil wir ja auch die Verwundeten schleppen mussten. Wir rannten durch eine Furt, die Hälfte unserer Leute stützte die andere Hälfte, und ich sah mich nach den berittenen Verfolgern um, die hinter uns aus dem Wald kamen. Wir konnten es nicht mehr bis in unser Lager schaffen, das war zu weit, und sie waren gut ausgeruht und furchtbar wütend, weil wir ihnen die Kühe stehlen wollten. Ich war drauf und dran, mir in die Hose zu machen, und mein Herz schlug so schnell wie das eines Kaninchens. Da stieg ein Zenvugo ab – der Name fällt mir einfach nicht mehr ein, sosehr ich auch grüble – und watete mitten in die Furt. Er trommelte mit dem Schwertgriff auf seinen Schild und forderte einen ihrer besten Krieger zum Zweikampf heraus.«

Hackspeer nickte, als hätte er schon damit gerechnet und fände es nur recht und billig. Braylar hörte aufmerksam zu, die blutunterlaufenen Augen schienen hellwach.

»Damit hat er für uns die Zeit herausgeschunden, die wir brauchten, um zu verschwinden. Ich habe mich im Wald versteckt und beobachtet, was im Fluss passiert ist. Die Nontir – das war der andere Stamm – debattierten auf ihrer Seite des Flusses und riefen etwas, während unsere Truppe so schnell wie möglich ritt. Endlich stieg einer ihrer Krieger ab und schritt dem Zenvugo entgegen.«

»Warum haben die Nontir darauf verzichtet, sich an euch zu rächen?«, fragte ich. »Sie hatten euch doch schon fast eingeholt, und sie wussten sicher auch, dass sie euch damit genug Zeit für die Flucht gaben. Oder etwa nicht?«

»Den meisten Stämmen und Clans war die Ehre heilig«, antwortete Hackspeer. »Wenn sie so eine Herausforderung abgelehnt hätten, dann hätten sie das Gesicht verloren.«

Vendurro nickte. »Der Nontir war tapfer und von dem Ehrgefühl beseelt, das der Leutnant gerade erwähnt hat, aber damit allein gewinnt man keinen Zweikampf. Es brauchte kaum drei Hiebe, da stürzte er schon mit einer klaffenden blutenden Bauchwunde ins Wasser. Ich sah aus dem Wald zu, wie unser Mann wieder auf den Schild trommelte und den nächsten Krieger herausforderte. Die Nontir waren nun aber der Ansicht, sie hätten der Ehre Genüge getan. Gleich darauf flog ein Pfeil quer über den Fluss und traf den Zenvugo im Hals. Er ließ Schwert und Schild fallen und sank auf die Knie. Ehe er ins Wasser fiel, traf ein zweiter Pfeil seine Brust.«

Vendurro blickte Braylar an und schüttelte den Kopf. »Er hat unsere Truppe gerettet, indem er in den Fluss gewatet ist und den Gegner herausgefordert hat. Ich wünschte, ich könnte mich an seinen Namen erinnern. Jedenfalls wusste er, dass er diesen Kampf letzten Endes nicht gewinnen konnte, und trotzdem hat er es getan. Man könnte sagen, dass er einen guten Tod gewählt hat. Aber von Pfeilen durchbohrt zu werden, das war ein beschissener Tod. Beschissener geht es kaum. Ich denke, das hebt das edle Opfer wieder auf, und am Ende war er einfach nur tot. Es gibt keine guten Tode, Cap. Nein, die gibt es nicht.«

Braylar lächelte traurig, aber Hackspeer ließ zwei Münzen in seinem Bart klingeln, als wären es winzige Kastagnetten. »Mein lieber Sergeant, ich fürchte, ich muss dir widersprechen.« Vendurro wollte ihn unterbrechen, doch der Leutnant hob eine Hand. »Gerade eben ist Glesswik gefallen. Er hat wie ein Löwe gekämpft und seine Befehle ausgeführt. Das allein würde schon ausreichen, um zu behaupten, er sei einen guten Tod gestorben. Aber ehe er niedergestreckt wurde, hat er mindestens zwei Syldoonern das Leben gerettet, und ich finde, es gibt, abgesehen vom Kampf für die Familie, keine größere

Ehre, als dafür zu kämpfen, dass die Waffenbrüder überleben. Dein namenloser Stammesangehöriger hat genau das vor vielen Jahren getan. Glesswik hat es ebenfalls getan. Er hat sich behauptet und für seine Brüder gekämpft. Er ist einen guten Tod gestorben, Vendurro. Vergiss das nicht.«

Vendurro trank rasch einen Schluck Bier. Verstohlen versuchte er, sich die feuchten Augen trocken zu reiben.

Vor dem inneren Auge sah ich ein Pferd, das böse zubiss, und eine Frau, die kreischend an einem Baumstamm herunterrutschte. Mit belegter Stimme sagte ich: »Nicht nur Männer können einen guten Tod sterben. Und auch nicht nur die Syldooner. Lloi ist gestorben, als sie dir das Leben retten wollte, Hackspeer. Ihr Tod war furchtbar. Grässlich. Aber nach deiner Definition war es trotzdem ein guter Tod.«

Hackspeer lächelte, bückte sich und nahm einen Krug. Er hob ihn und prostete Vendurro zu. Ich folgte seinem Beispiel. »Auf die guten Tode.«

Wir drei tranken, nur der Captain starrte mit hängenden Schultern ins Leere. Er hatte nach dem Krug gegriffen, ihn aber nicht vom Tisch hochgehoben, als wäre das Ding auf einmal ungeheuer schwer geworden. Ohne mich oder sonst jemanden anzusehen, sagte er: »Was ist mit dem Hauptmann der priesterlichen Wache, Arki? In den Ruinen? Würdest du behaupten, dass auch er einen guten Tod gestorben ist?«

Wie so oft war es schwer zu erkennen, ob er wirklich eine Antwort hören wollte oder ob er sich die Antwort längst zurechtgelegt hatte und lediglich wissen wollte, ob ein anderer in dem Raum scharfsinnig genug war, um sie ebenfalls zu finden. Ehe ich antwortete, dachte ich noch einmal über das nach, was ich gesehen hatte. »Er war tapfer. Oder unbezähmbar. Ich bin nicht sicher, was zutrifft. Vielleicht beides. Aber er hätte nicht sterben müssen. Er hätte sich ergeben und warten können, bis Ihr abgezogen seid. Er hat sich aber entschlossen, sich Euch zu stellen, obwohl er wusste, dass er sterben würde, und obwohl es eigentlich keinen Sinn mehr hatte. Er hat niemandem das Leben gerettet, und er hat nicht mehr gekämpft, um seine Brüder, seinen Herrn oder ein Stück Land zu verteidigen. Deshalb bin ich nicht sicher. Wie dehnbar ist diese Definition? Ich denke mir, dass er zwar tapfer, zugleich aber auch dumm war.«

Braylar starrte unverwandt ins Leere und fixierte irgendeinen Punkt oder ein Bild, das niemand außer ihm sehen konnte. Langsam atmete er ein und aus, und da seine Tätowierung entblößt war, konnte ich beobachten, wie sich die Schlinge auf dem Hals bewegte, wenn er schluckte. Auf einmal zuckte er zusammen, als hätte er Schmerzen. Wir warteten, ob er etwas sagen wollte, aber er schloss die Augen, blies die Nasenflügel auf und atmete langsam aus. Ich erkannte die Anzeichen sofort wieder. So hatte er sich verhalten, als ihn in der Prärie dic fremden Erinnerungen zu übermannen drohten.

Immer noch mit geschlossenen Augen sagte er: »Er hieß Dargus. Es ist seltsam, den Namen eines Mannes zu kennen, dessen Gesicht man nie gesehen hat.«

Vendurro blickte zu Hackspeer und zu mir, dann wieder zum Captain. »Hat er sich dir vorgestellt, ehe ihr zwei euch geprügelt habt, Cap?«

Braylar öffnete die Augen nicht, nur die Lider und die Narben über der Lippe zuckten ein wenig. »Ich habe den Namen in seinen Erinnerungen gehört. Von ihm habe ich mehr gesehen und gefühlt als gewöhnlich. Viel zu viel. Viel zu viel.« Die Ketten klingelten, als er Blutrufer hob und auf den Tisch legte. »Lange bevor der Hauptmann der Wache einen Fuß in den Tempel setzte, gehörte er zu einer Söldnertruppe. Er war jung, er kam schon sehr jung dazu. Er war der jüngste von vier

Brüdern. Die anderen waren Färber. Aber das war nicht das Leben, das er sich erträumte. Deshalb schloss er sich einer Truppe an, die vorbeikam. Das war ...« Wieder flatterten die Augenlider. »Vor dreißig Jahren? Oder noch früher? Es ist schwer zu sagen. Die Syldooner und Anjurier führten gegeneinander Krieg, als er in den Dienst trat. Aber das nützt nicht viel, um den Zeitpunkt zu bestimmen. Die Länder haben bis zum kürzlich geschlossenen Waffenstillstand länger gekämpft, als irgendein Mann je gelebt hat. Da die Anjurier kein stehendes Heer unterhielten und die Streitkräfte nicht beliebig lange bezahlen konnten, haben sie oft auf Söldner zurückgegriffen. So ist das eben bei ihnen. Nach zwei Jahren gab es einen Waffenstillstand. Die Söldner hofften natürlich, es sei wie so oft nur eine vorübergehende Sache. Aber das war in diesem Fall anders. Die Seuche brach aus.«

Braylar legte den Kopf schief. »War das die Seuche in deiner Jugend, Hacker?« Er fragte es, als wäre Hackspeer nicht einmal anwesend. Als spräche er nur mit einer Erinnerung oder dem Geist des Kameraden.

Hackspeer setzte sich langsam, grunzte und legte die großen Hände flach auf den Tisch. Dann lehnte er sich zurück. »Das kann ich nicht sagen, Captain. Keine Ahnung.« Er sprach leise, als rechnete er nicht damit, dass Braylar es hörte. Den Blick hatte er auf den jungen Mann vor ihm geheftet. Vendurro sah mich fragend an, doch ich hatte keine Antwort für ihn und zuckte nur mit den Achseln.

»Es spielt auch keine Rolle«, fuhr Braylar fort. »Wichtig ist nur, dass der Waffenstillstand länger andauerte. Dann geschah das, was fast immer in solchen Fällen geschieht. Eine große Gruppe bewaffneter Männer, die nichts anderes kannten und keine Möglichkeit sahen, ihre Fähigkeiten einzusetzen, solange sie nicht zum organisierten Blutvergießen abkommandiert wurden, verlegte sich auf das Banditentum. Sie terrorisierten das Land, wie es arbeitslose Söldner schon immer taten, seit es die ersten Söldner gab. Unser Hauptmann, der damals noch kein Hauptmann war, sondern ein junger Bursche, blieb bei seiner Gruppe. Ich ... ich spürte, dass er Vorbehalte hatte. Aber er ging mit. Sie verübten Überfälle und Plünderungen und griffen Adlige und einfache Bürger mit der gleichen Wut an. Sie waren ebenso eine Seuche wie die anderen, die von Zeit zu Zeit die Welt heimsuchen, so rücksichtslos wie eine Naturgewalt. Die örtlichen Milizen konnten nicht hoffen, eine solche Truppe zu fangen und zu bestrafen. Sie waren überall, sie hatten im Krieg Erfahrungen gesammelt, und sie kannten keine Gnade. Also stahl die Bande weiter und tötete jeden, der sich ihnen in den Weg stellte. Dargus raubte und vergewaltigte wie alle anderen und wartete auf einen echten Krieg, damit er wieder ein Ziel vor Augen hatte.«

»Cap ... bist du ... ist es ...«, setzte Vendurro an und brach gleich wieder ab, als Hackspeer eine Hand hob.

Braylar hatte es gar nicht bemerkt. Er fuhr mit den Fingern über die Ketten des Flegels, hob die Kettenglieder hoch und ließ sie wieder fallen. »Große Festungen konnten sie nicht angreifen – das heißt, sie hätten es tun können, aber eine Belagerung entsprach nicht ihren Gewohnheiten. Hart zuschlagen, mitnehmen, was sie zusammenraffen konnten, und weiterziehen. Hin und wieder boten sie sich auch wehrlosen Dörfern als Beschützer an und behaupteten, sie würden alle anderen umherstreifenden Banditen abwehren. Dafür verlangten sie freilich einen stolzen Preis. In einem dieser Dörfer weigerten sich die Ältesten. Waren sie wirklich so dumm, aus irgendeiner Richtung Milde oder Rettung zu erwarten? Ich kann es nicht sagen. Jedenfalls forderten sie die Truppe auf zu verschwinden. Sie brauchten keinen Schutz. Der Söldnerhauptmann lachte und befahl einem seiner Männer, einen gefangenen Dorfbewohner zu töten. Das tat der Mann, und es war kein guter Tod. Der Älteste erbleichte, gab aber immer noch nicht nach. Der Hauptmann wurde ungeduldig und befahl Dargus, die Gefangene zu töten, die er festhielt.« Lippe und Augenlider zuckten. »Dargus sah den Ältesten an und flehte ihn an, Vernunft zu zeigen und einzuwilligen, aber es war, als wären die Lippen des Mannes zusammengenagelt. Der Hauptmann fluchte und befahl Dargus, es zu tun, aber Dargus wollte nicht. Er wünschte, er hätte nie den Gestank der Färberhütte verlassen und Abenteuer in der weiten Welt gesucht. Aber der Hauptmann hatte ihm vor allen anderen einen Befehl gegeben, und er wusste, dass man ihm selbst die Kehle aufschlitzen würde, wenn er nicht gehorchte.«

Ich vermochte mir nicht vorzustellen, wie es war, solche Erinnerungen zu empfangen. Und ich war außerordentlich dankbar dafür, dass ich es nie erleben würde.

»Das Mädchen wehrte sich, es kreischte und weinte, aber Dargus packte fester zu. Immer noch hoffte er, der dumme Älteste würde einlenken. Als er es nicht tat, schloss Dargus die Augen und wollte dem Mädchen rasch den Dolch quer über den Hals ziehen, um es hinter sich zu bringen. Allerdings strampelte und kreischte das Mädchen, sodass die Klinge vor allem den Unterkiefer aufschlitzte, worauf das Kreischen nur noch lauter wurde. Der Hauptmann wies Dargus an, die Sache zu beenden, und ließ einen anderen Gefangenen nach vorne bringen. Dargus gehorchte und stach zweimal zu, um ganz sicherzugehen. Das Mädchen erschlaffte in seinen Armen und stürzte auf den Boden, als er es losließ.«

Braylar hob einen Kopf des Flegels ein paar Handbreit hoch und drehte das mit Dornen bewehrte, gequälte Gesicht des Fluchtgottes herum, bis er das augenlose Antlitz betrachten konnte. Ich fand es bizarr, dass diese Waffe das Blut der Menschen vergießen sollte, obwohl sie nach dem Bild der Götter geformt war, die das Menschengeschlecht aufgegeben und seinem Schicksal überlassen hatten. Oder war Blutrufer ein Instrument der Strafe, das die Fluchtgötter zurückgelassen hatten, um uns zu foltern? Um uns daran zu erinnern, wie sehr wir dazu neigten, uns gegenseitig umzubringen? Vielleicht war das für sie auch der Grund gewesen, uns vor einem Jahrtausend im Stich zu lassen. Die Menschen hatten Kinder, Unschuldige und Bewaffnete getötet. Mord und Totschlag, wohin man blickte. Vielleicht hatten sie uns deshalb verlassen und hinter sich den Götterschleier errichtet, damit wir ihnen nicht folgen konnten. Wir waren einfach hoffnungslos verdorben.

Braylar fuhr fort: »Der Älteste erkannte nun, dass seine Weigerung nur zu weiteren Hinrichtungen führen würde. So gab er nach, während ihm die Tränen über das Gesicht liefen. Für das Mädchen war es freilich zu spät. Und auch für Dargus. Danach führte er zwar die Befehle aus, hasste sich aber selbst dafür und wartete nur auf den richtigen Augenblick, um sich in der Nacht davonzustehlen. Doch jeden Morgen gestand er sich ein, dass es ihm nicht gelungen war, und hasste sich noch mehr. Aber auch wenn er Angst hatte zu fliehen, er schwor sich, nie mehr so weit zu sinken und so schreckliche Dinge zu tun.«

Braylars Miene war angespannt, als bemühte er sich, die Erinnerungen zu verstehen, oder als sträubte er sich gegen sie. »Viele Monate gingen die Plünderungen und Erpressungen weiter, bis die Gruppe einen Tempel ausraubte. Einen Tempel der Wahrheit. Sie hielten dem Priester das Schwert an die Gurgel und fragten nach den versteckten Schätzen. Leuchter, Kerzenhalter, Urnen, was auch immer einen Wert besaß, und besonders Gold und Edelsteine. Der Priester schwor, sie hätten nichts von Wert, aber der Hauptmann war überzeugt, dass der Mann log. Deshalb griff er wieder auf die bewährte Taktik zurück und befahl einigen Männern, die Novizen hereinzubringen. Dargus war einer dieser Bewaffneten. Doch Dargus hatte genug davon, solche Befehle auszuführen. Er ging zu seinem Hauptmann, der wütend über die Verzögerung war. Der Hauptmann wollte etwas sagen, kam aber nicht weit. Dargus stach ihn nieder.« Braylar ließ mit einem Knall den Kopf des Fluchtgottes auf den Tisch fallen.

»Er hackte ihm den Schädel entzwei, zog die blutige Klinge heraus und lief. Er rannte um sein Leben. Auch der Priester und die Novizen rannten jetzt, und im Tempel brach das Chaos aus. Dargus konnte entkommen, genau wie der Priester. Dargus fand ihn später im Wald, wo er sich schaudernd in einer Hütte versteckt hatte, und forderte ihn auf, zu ihm aufs Pferd zu steigen. Der Priester kam ohne ein weiteres Wort hervor, und sie ritten davon. Der Priester war sogar noch jünger als der Bandit, der ihm wie durch ein Wunder das Leben gerettet und ihn vor Verletzungen geschützt hatte. Als sie wohlbehalten einen anderen, mehrere Meilen entfernten Tempel erreicht hatten, war der Priester so klug, sich die Gelegenheit nicht entgehen zu lassen. Er forderte den Banditen mit den toten Augen auf, sich von allen Missetaten loszusagen, und versprach ihm ein neues Leben, eine Aufgabe und sogar eine vornehme Berufung.«

Braylar wog die Flegelköpfe in einer Hand. Obwohl er die Augen immer noch nicht geöffnet hatte, hielt er sie sich vor das Gesicht, als wollte er sie untersuchen. Beinahe hätte Vendurro ihn abermals unterbrochen, aber Hackspeer hielt ihn mit einer Geste zurück, und so warteten wir drei schweigend, bis Braylar weitersprach. Es war nur noch ein heiseres Flüstern. »Zwanzig Jahre später – der Priester und sein Mann waren in dem Orden aufgestiegen – lebten sie in einem überwucherten, verfallenen Tempel. Als der Hauptmann der Priesterwache sah, dass ich den Hellebardier bezwungen hatte, stand er auf. Er blutete und war verletzt und hatte keine Hoffnung, mich zu besiegen, aber Hauptmann Dargus, dessen Gesicht ich niemals sah, überwand sich und richtete sich auf, um mich abermals anzugreifen. Und was war der Grund?«

Ich war nicht sicher, ob er mit Blutrufer, mit sich selbst oder mit uns allen gesprochen hatte, aber in diesem Moment riss er die Lider auf, dass man die blutunterlaufenen Augen erkennen konnte, und sah uns aufmerksam an. »Er knirschte mit den Zähnen, wenn die gebrochenen Knochen aneinanderrieben, frisches Blut strömte seine Gliedmaßen hinab und sammelte sich in den Stiefeln. Stolpernd kam er hoch und griff mich ein letztes Mal an, denn in mir sah er den Anführer der Söldnertruppe. Den Mann, der den Tod von Unschuldigen und Kindern befohlen hatte und auch den Priester töten wollte, den zu beschützen Dargus geschworen hatte. Der Anführer, den er viele Meilen entfernt vor vielen Jahren in einem anderen Tempel ermordet hatte, war irgendwie zurückgekehrt und suchte ihn jetzt heim. Er wollte lieber im Kampf gegen diesen Mann sterben als mit dem Wissen weiterleben, dass es ihm abermals an Willenskraft gefehlt hatte.« Er ließ die Flegelköpfe fallen. Dieses Mal fuhr ich hoch.

Braylar fixierte mich, und in dem Blick erkannte ich zu gleichen Anteilen Wut, Trauer und eine tiefe Verzweiflung, die ich weder ergründen noch verstehen konnte. »Die Frage, ob ein Tod gut oder schlecht war, ist nicht so einfach zu beantworten.«

Damit stand er unsicher auf und ging in seine Kammer.

Danach gab es nicht mehr viel zu sagen, aber das konnte Vendurro nicht aufhalten. Er sah mich an. »Du hast schon mal gehört, wie er so etwas erzählt hat, das konnte ich dir ansehen. Es hat dich überhaupt nicht überrascht. Das kann nur im Gras gewesen sein. Stimmt das?«

Ich nickte. »Er hat einen Hornmann getötet. Der Soldat ist aber nicht sofort gestorben. Es dauerte eine Weile, bis er der Verletzung, die ihm der Captain zugefügt hatte, erlegen ist. Dann erst sind die Erinnerungen über ihn hereingebrochen. Der Hauptmann der Priesterwächter ist sofort gestorben, deshalb hatten die giftigen Erinnerungen etwas mehr Zeit ... auf Braylar einzuwirken. So hat Lloi es beschrieben.«

Vendurro schüttelte den Kopf und sah Hackspeer an. »Und du, Leutnant? Auch du warst nicht überrascht. Anscheinend hast auch du so etwas schon einmal erlebt.«

Der ältere Mann hielt sich steif und bewegte sich nur, wenn es unbedingt sein musste. Anscheinend schmerzten die Rippen immer noch. Es war schwer, sich einen Mann vorzustellen, der so aufrecht saß und dennoch so niedergeschlagen wirkte. »Ich habe es schon einmal erlebt. Jeder in unserer Gruppe weiß, dass er irgendein Leiden hat, aber wir versuchen, die Einzelheiten geheim zu halten. In den letzten Jahren ist es schlimmer geworden. Lloi hat ihm eine Weile geholfen, aber jetzt ...« Hackspeer ließ den Satz unvollendet.

Vendurro hatte den gleichen Gesichtsausdruck wie beim Anblick des Götterschleiers hinter dem zerstörten Tempel, hin- und hergerissen zwischen Staunen und Furcht, während er etwas auf sich wirken ließ, das weit über unser Verständnis ging. Er schüttelte den Kopf. »Was dem Cap passiert, ist nicht natürlich. Und es ist auch nicht natürlich, dass jemand ihn in Ordnung bringen muss. Wie du gesagt hast ... Ich wusste schon immer, dass er gegen etwas Komisches ankämpft, gegen etwas Unnatürliches, aber es zu sehen, oder vielmehr, es zu hören ...« Die nächste Frage nahm er mir aus dem Mund. »Lloi haben wir durch einen glücklichen Zufall gefunden. Was passiert, wenn Mulldoos keine zweite Lloi auftreibt? Eine Memoridin können wir nicht einschalten, aber mir scheint, uns bleibt kaum noch etwas anderes übrig.«

Hackspeer stand langsam auf und atmete vorsichtig ein. »Vielleicht wird es dieses Mal gar nicht so schlimm. Manchmal ist es schlimm, aber nicht immer. Bis jetzt kommt er anscheinend ganz gut zurecht. Vielleicht bleibt es so.«

Es war nicht zu erkennen, ob er das wirklich glaubte oder ob er es nur sagte, um uns zu beruhigen. Er war sicher kein so geschickter Lügner wie Braylar, aber andererseits hatte ich Braylar anfangs auch nicht zugetraut, dass er andere Menschen derart raffiniert hinters Licht führen konnte.

Hackspeer verließ den Gemeinschaftsraum, ehe Vendurro weitere Fragen stellen konnte. Dabei hatte Vendurro anscheinend gar keine Fragen mehr, sondern heftete den Blick auf den Tisch, trank einen Schluck Bier, schüttelte den Kopf und starrte den feuchten Ring auf dem Holz an.

Ich war in Versuchung zu bleiben und mit ihm darüber zu reden oder ihm zuzuhören, wenn er mir erzählte, was er vom Captain gehört hatte. Andererseits spürte ich, dass er sich nicht wohlfühlte. Deshalb stand ich ebenfalls auf und überlegte, ob ich noch etwas sagen sollte. Mir fiel allerdings nichts ein, und ich hatte im Grunde sowieso keine große Lust, noch irgendetwas beizusteuern.

So ging ich allein in mein Zimmer und blieb den Rest des Tages dort. Als der Abend kam und mein Magen knurrte, nachdem ich nur ein paar verschrumpelte Früchte und alten Käse im Zimmer gegessen hatte, wurde es Zeit, meine Beine in Bewegung zu setzen. Vielleicht war es keine gute Idee, den *Traurigen Hund* zu verlassen, aber das hieß ja nicht, dass ich mich verkriechen musste wie ein verschreckter Vogel. Ich konnte auf jeden Fall in den Schankraum gehen und eine richtige Mahlzeit einnehmen. Hoffentlich fand ich dort einen Platz, wo ich mich nicht an irgendeinem Gespräch beteiligen musste. Auf jeden Fall würde es mir guttun, eine Weile in der Gesellschaft von Menschen zu sein, die keine großen Geheimnisse hatten, nicht bekümmert waren und nicht an unseligen Flüchen litten.

4

Der *Traurige Hund* füllte sich recht schnell. Trotz der vielen Nischen mit den gewölbten Decken und der kleinen schattigen Alkoven gab es kaum noch verschwiegene Sitzplätze. Ich holte mir einen Teller mit gebratenen Fleischklößen und Weinblättern, die mit Reis und gekochten Eiern gefüllt waren, und ging in den Garten hinaus.

Unter dem dichten Blätterdach der Eichen und zwischen den hohen Mauern des Gartens konnte man fast vergessen, dass dies eine der größten Städte Anjuriens war. Selbst der Lärm der Jahrmarktsbesucher, die auf der Straße vorbeigingen, schien weit entfernt zu sein. Die meisten Bänke waren besetzt, aber ich fand einen freien kleinen Tisch an einem Baum und lehnte mich gegen den Stamm. Trotz der vielen trunkenen Unterhaltungen und der gelegentlichen prahlerischen Rufe war dies vermutlich der friedlichste Ort in ganz Zechingen. Es hätte leicht sein sollen, alles zu vergessen, was in den letzten Tagen geschehen war. Doch selbst nach mehreren Gläsern starkem Wein, als das Laternenlicht bereits verschwamm und leicht flackerte, wollten die Sorgen nicht von mir weichen: die Toten, die geheimen Pläne, der misstrauische und brutale Baron, der Fluch, für den es keine Erlösung gab, der Hornmann, den ich gerettet hatte und der uns allen vielleicht den Untergang brachte.

Ich stand auf, suchte eine Biermaid und lachte trunken über mich selbst, als ich mich fragte, warum man sie niemals Weinmaiden nannte. Meinen Platz wollte ich nicht aufgeben, aber es war dringend nötig, neuen Wein zu bekommen, also suchte ich mir zwischen den Bänken und den Menschentrauben einen Weg zu der Tür, die nach drinnen führte.

Als ich mich ihr mit unsicher tappenden Füßen näherte, bemerkte ich Mulldoos, der durch die Menge zur Treppe ging. Er hatte mich nicht gesehen, deshalb dachte ich mir, es sei vielleicht besser, sofort umzukehren und zu verschwinden. Doch die Person direkt hinter ihm ließ mich innehalten.

Er führte ein kleines Mädchen durch den Gasthof. Die Hände waren gefesselt. Das helle Haar war beinahe weiß und völlig zerzaust. Im Gesicht und auf den Armen hatte sie Prellungen und Schwellungen, eine Lippe war aufgesprungen, auf der Hemdbrust zeichneten sich mehrere Blutflecken ab. Die Schuhe – oder was bei ihr als Schuhe galt – waren verschlissen und zerrissen, einer war sogar mit einer Schnur zusammengebunden.

Kurz und gut, sie war in einer fürchterlichen Verfassung, die aber bei Weitem nicht so sehr ins Auge stach wie ihr Verhalten. Verprügelte Kinder hefteten den Blick gewöhnlich auf den Boden oder bemühten sich, den Blickkontakt mit Fremden in der Nähe zu vermeiden. Dieses zerschlagene, blutende und gefesselte Mädchen aber reckte das Kinn und sah alle Neugierigen herausfordernd an, als wollte sie die Gäste warnen, lieber den Mund zu halten und sie in Ruhe zu lassen.

Nun war die Gelegenheit, mich zu verdrücken, vertan, denn Mulldoos hatte mich bemerkt. Die Menge teilte sich vor dem seltsamen Paar, was vor allem daran lag, dass er mit Knuffen der Ellenbogen und bösen Blicken nicht sparte, aber die Leute wichen auch aus, um die seltsame Gefangene genauer zu betrachten.

Mulldoos nickte in Richtung Treppe, als er an mir vorbeikam, und ich folgte den beiden hinauf. Der Leutnant rief und klopfte an die Tür, die Vendurro gleich darauf aufsperrte. Mulldoos schob die winzige Gefangene zuerst hinein. Vendurros Miene konnte ich nicht erkennen, aber ich hörte ihn rufen: »Die Seuche soll mich holen! Wo hast du denn die ertränkte Katze her?«

Statt sich einschüchtern zu lassen, wandte sich das Mädchen an ihn und fauchte.

»Oh, eine Wildkatze«, fügte er hinzu.

Mulldoos sah Vendurro an und zeigte ihm seine Arme, die offenbar mit Kratzern und Bisswunden bedeckt waren. »Eher eine böse kleine Höllenkatze.«

Das Mädchen wollte sich zu ihm umdrehen, aber er packte sie fest im Nacken. »Weiter, Höllenkatze.«

»Finger weg!«, schrie sie und wehrte sich, so gut es einem kleinen Mädchen mit gefesselten Händen überhaupt möglich war, wenn ein breitschultriger muskulöser Soldat sie antrieb, der keine Veranlassung sah, besonders sanft vorzugehen.

Er wandte sich an Vendurro. »Hol mal lieber den Cap.«

Vendurro klopfte beim Captain an. Als Braylar nicht gleich antwortete, klopfte er noch einmal und rief: »Cap, Mulldoos ist wieder da. Er hat eine Gefangene mitgebracht. Oder vielleicht auch nur eine halbe. Aber ich nehme an, du willst sie sehen.« Er drehte sich um und betrachtete die beiden, dann stieß er einen gedehnten leisen Pfiff aus. »Dann warten wir mal auf den Cap. Ich hoffe, die Geschichte ist unterhaltsam.«

Mulldoos lächelte, was ich sehr beunruhigend fand. »Oh, du wirst sie bald hören.« Er blickte zu Braylars Zimmer, dann wieder zu Vendurro. »Geht es ihm nicht gut?«

Vendurro antwortete nicht sofort, sondern sah mich und dann die misshandelte kleine Gefangene an, als müsste er überlegen, wie viel er verraten durfte. »Ich würde sagen, es ging ihm schon mal besser. Aber wenn man Leutnant Hacker oder Arki glauben kann, war es auch schon mal viel schlimmer. Er schlägt sich tapfer, so könnte man es wohl ausdrücken.«

»Hast du Hacker gesehen? Was treibt er so?«

»Der Cap sagte, er hätte vielleicht einen guten Hinweis auf ...« Sein Blick wanderte zu dem kleinen Mädchen. »Auf den Kerl bekommen, hinter dem wir her sind. Das überprüft Hacker jetzt. Er müsste bald wieder da sein.«

Endlich kam Braylar aus seinem Zimmer. Die Augen waren immer noch blutunterlaufen, aber sonst schien er nicht schlimmer dran zu sein als zuvor. Doch wie Vendurro schon gesagt hatte, darüber konnte man sich nicht vorbehaltlos freuen. Es war schwer zu erkennen, was ihm mehr zusetzte - das Bier oder die Dämonen, die er damit zu ertränken versuchte.

Anscheinend lag ihm schon eine bissige Bemerkung auf der Zunge, doch er hielt inne, sobald er den ungewaschenen kleinen Neuzugang bemerkte, und wandte sich an Mulldoos. »Tja, das wäre dann wohl die wilde Hexe, oder?«

Ehe Mulldoos antworten konnte, sagte das Mädchen: »Bin keine Hexe. Das hab ich allen im Dorf gesagt, das hab ich diesem Dreckskerl gesagt, und jetzt will ich ...«

Mulldoos knuffte sie hinter dem Ohr. »Benimm dich. Du sprichst mit einem Captain.«

Sie schüttelte den Kopf. »Er könnte der König persönlich sein, und ich würde ihm immer noch das Gleiche sagen. Was sie auch behaupten, was ich angeblich gemacht habe, sie haben gelogen. Verlogene Mistkerle, das sind sie, und ich hoffe, die Seuche kommt bald wieder und trifft Aschenrain als Erstes.«

Braylar grinste. »Und ich dachte, Lloi sei die aufsässigste Traumdiebin, der wir je begegnet sind.« Er betrachtete ihre

Prellungen. »Es ist gut zu sehen, dass du behutsam, wählerisch und diskret vorgegangen bist.«

Mulldoos zuckte mit den Achseln. »Der größte Teil des Drecks war schon vorher da. Soweit ich mich erinnere, kam es jetzt auch eher darauf an, Ergebnisse zu erzielen, als vorsichtig umherzuschleichen. Die Einwohner waren gerade dabei, sie hinzurichten, als ich ins Dorf ritt. Aber wenn du willst, dass ich das fauchende Kätzchen nach draußen in die Wildnis jage, musst du es nur sagen. Wenn du sie lieber im Fluss ersäufen willst, soll es mir auch recht sein.«

Sie stampfte auf und versuchte, nach seinem Schienbein oder seinem Fuß zu treten, traf jedoch überwiegend den Boden. Wieder packte er sie im Nacken. »Gib Ruhe, du kleines Miststück.« Daraufhin schlug sie sogar noch heftiger um sich, bis er sie kräftig schüttelte.

»Oh, sie wird noch eine Weile bleiben«, entschied Braylar. »Zumindest bis ich entschieden habe, ob sie nützlich ist. Oder eben auch nicht, was ich für wahrscheinlicher halte.«

Darauf trat und strampelte das Mädchen wieder. »Wenn mir dein Schwanz zu nahe kommt, beiße ich ihn ab und spucke ihn dir ins Gesicht. Genau das mache ich. Wart's nur ab.«

Mulldoos knuffte sie hinter dem anderen Ohr. Braylar sagte: »Oh, daran zweifle ich nicht. Aber nun beruhige dich. Ich bevorzuge erheblich ältere Konkubinen, die außerdem frisch gebadet und erheblich weniger feindselig sind.«

Sie funkelte ihn an, wehrte sich aber im Augenblick nicht mehr.

Braylar ging zum Tisch und setzte sich. Wenigstens stolperte und taumelte er nicht. Er faltete die Hände auf dem Tisch und starrte das wütende junge Ding an. »Leutnant, mir ist klar, dass du darauf brennst, mir alle Einzelheiten zu berichten. Also fang bitte an. Erzähle mir, wie du dieses böse und schmutzige kleine Geschöpf gefunden hast, das deiner Ansicht nach in meine

Nähe kommen darf, wenn ich hilflos auf der Pritsche liege. Diese Geschichte würde ich wirklich gern hören.«

Mulldoos lächelte wie eine Katze, der ein Mauseschwanz aus dem Mundwinkel hing. »Ich und die Jungs, wir haben uns in allen Gasthöfen und Schenken in der Stadt umgehört, ob es da draußen irgendwo eine Hexe gibt, auch wenn wir uns nicht viel davon erhofft haben. Die Sucherei hat uns sehr durstig gemacht. Zechingen ist groß, und im Umland liegen noch viele kleine Dörfer und Weiler. Von zwei Kandidatinnen haben wir gehört, eine in Zehntal, die andere in Aschenrain. Die meisten Wilden werden schnell entdeckt und noch schneller erledigt. Deshalb sind wir eilig aufgebrochen. Wir hätten uns aufgeteilt, aber Zehntal war nicht weit vom Weg nach Aschenrain entfernt, also sind wir zuerst dorthin geritten.«

»Dort ist aber anscheinend nichts herausgekommen.«

»Nein, sie hatten ihre Hexe bereits gesteinigt. Sie war schon zwei Tage tot und an einen Baum genagelt. Also ritten wir noch einen halben Tag weiter bis Aschenrain und rechneten damit, dass es dort ähnlich aussehen würde. Aber die Leute haben dort nicht viel Abwechslung und wollten einen richtigen Prozess durchführen. Das hätte natürlich auf die gleiche Weise geendet wie immer, aber sie hielten sich damit lange genug auf, sodass das Mädchen noch lebte, als wir auf den Dorfplatz geritten sind.«

Braylar beugte sich vor. »Bitte sag mir, dass du für die Gefangene bezahlt und nicht alle Einwohner von Aschenrain getötet hast.«

»Keine Sorge. Also, ich meine, ja, wir haben niemanden getötet, sondern nur bezahlt. Die Dorfältesten waren nicht gerade begeistert darüber, dass sie auf ihr Vergnügen verzichten sollten. Steinigen, Ertränken, Verbrennen, was auch immer sie sich für die junge Dame ausgesucht hatten.« Das Mädchen funkelte ihn böse an, hielt aber den Mund. Mulldoos fuhr fort: »Sie haben eine hübsche Stange Geld für die Kleine verlangt, und sie haben sicher nicht nach Gewicht gerechnet. Ich habe mir schon überlegt, ob ich nicht einen der Mistkerle zerstückeln sollte, um die Verhandlungen zu beschleunigen, aber dann habe ich doch bezahlt. Wir haben keinen Tropfen Blut vergossen.«

Braylar beäugte das Mädchen. »Und du glaubst wirklich, dass sie die, äh, die erforderlichen Fähigkeiten besitzt?«

Mulldoos schüttelte den Kopf. »Keine Ahnung. Aber die Leute im Dorf waren ziemlich sicher, dass sie Träume gestohlen hat.«

»Lügner!«, fauchte das Mädchen.

Mulldoos war anscheinend durchaus bereit, sie noch einmal zu züchtigen, verzichtete aber vorläufig darauf. »Ob es wahr ist oder nicht, sie behaupteten, die Kleine wäre fähig, den Leuten in den Kopf zu kriechen. Besonders im Schlaf. Sie wusste Dinge, die sie nicht wissen konnte. Deshalb ist es gut möglich, dass sie ein bisschen wildes Blut in sich hat. Aber vielleicht auch nicht. Die Einheimischen sind abergläubische Hurensöhne, die ihren Arsch nicht vom Gesicht unterscheiden können. Trotzdem, sie war die Einzige in der Nähe. Ich würde ja sagen, wir sollten eine richtige Memoridin holen und auf die Konsequenzen scheißen. Es müsste doch eine in der Nähe sein. Ich vermute, das Reich hat eine auf uns angesetzt.«

Braylar antwortete bei Weitem nicht so giftig, wie ich es erwartet hätte. Vor einigen Tagen hatte er Mulldoos noch regelrecht zur Schnecke gemacht. »Nein, Leutnant. Die hier ist diejenige, mit der wir arbeiten müssen.« Er starrte sie an. »Also, Mädchen, leugnest du immer noch, dass du eine Traumdiebin bist?«

Sie strich sich eine fettige Haarsträhne aus dem Gesicht. »Das habe ich schon beantwortet.«

Braylar pochte auf den Tisch. »Mädchen, du bist nicht dumm. So viel ist sicher, und das ist gut so. Dummköpfe kann ich wirklich nicht gebrauchen. Aber Aufsässigkeit nützt dir hier gar nichts. Mein Mann ist vielleicht nicht der zärtlichste Soldat auf der Welt, aber er hat dich vor einem sehr unangenehmen Ende bewahrt. Du tätest gut daran, jetzt mit uns zusammenzuarbeiten, denn sonst gerätst du noch heute Nacht in ähnlich ungünstiges Fahrwasser. Wie heißt du, Mädchen?«

Wieder schob sie sich eine Strähne hinter das Ohr. Ich dachte, sie würde bald wieder den Handrücken des Leutnants spüren, aber dann sagte sie leise: »Junjee. Junjee Mühlstein.«

»Gut, Junjee. Also, die anderen Einwohner deines Dorfs, die Freunde und die Verwandten und alle anderen, wollten dich aufhängen, weil sie der Meinung waren, du hättest ihre Träume angesehen und dir genommen, was du haben wolltest. Trotzdem beteuerst du deine Unschuld, ja? Ich will dich noch einmal fragen: Kannst du solche Dinge tun? Ich frage dich nicht, weil ich dich dafür töten oder bestrafen will, sondern um dich zu schützen und zu retten, damit du mir helfen kannst. Also antworte mir, Mädchen, und sag die Wahrheit.«

Junjee reckte das stolze kleine Kinn und suchte mit der Haltung einer Frau, die zwei- oder dreimal so alt war, seinen Blick. »Ich habe keine andere Antwort für Euch als diejenige, die ich Euch schon gegeben habe. Ich habe sie gegeben und noch einmal gegeben. Mehr habe ich nicht zu sagen. Also tut, was Ihr tun müsst. Aber wenn Ihr mich verletzt, dann werde ich …«

»Ja, ich weiß. Du wirst mir den Schwanz abbeißen. Das hatten wir schon.« Braylar senkte den Blick, und mir war klar, dass er Blutrufer ansah, der irgendwo unter dem Tisch wartete. »Du musst wissen, dass ich dringend jemanden mit den Fähigkeiten suche, die du angeblich nicht besitzt. Die meisten Menschen würden dich aufhängen, wenn du es zugibst, aber ich bin Syldooner. Ich weiß nicht, was du über uns gehört hast ...«

»Meine Mutter sagte immer, ihr wärt mordlustige Hunde.«

»Damit hat deine Mutter gar nicht so falschgelegen. Aber sie hat dich auch nicht hinter ihren Röcken versteckt, als die Leute dich aufhängen wollten, was?« Er wartete auf ihre Antwort, doch sie reckte ungerührt das Kinn. »Wenn du die Syldooner ein wenig kennst, dann solltest du auch wissen, dass wir Frauen brauchen, die diese verbotene Fähigkeit besitzen«, fuhr er fort. »Du bist nun ohne Angehörige und Freunde und mittellos in einer riesigen Stadt, die dich bei nächster Gelegenheit verschlingen wird. Ich frage dich zum letzten Mal, ob du es dir noch einmal überlegen willst. Ich kann dir nicht nur das bloße Überleben bieten, sondern auch einen Lebensunterhalt. Du bekommst einen Lohn und genießt ein hohes Ansehen. Wenn dir also die Furcht die Lippen verschließt, Mädchen, dann ...«

»Gestern hätten mich meine Verwandten beinahe umgebracht. Ich habe gute Gründe, Angst zu haben. Große Angst vor allem. Im Augenblick habe ich gar nichts, wie Ihr richtig bemerkt habt. Hätte ich das, was Ihr verlangt, oder könnte ich wenigstens so tun und Euch damit täuschen, dann würde ich es Euch geben. Aber sie wollten mich aufgrund von Gerüchten und Unwahrheiten aufhängen. Ich kann keine Träume sehen. Und so wahr das Blut rot ist, ich kann erst recht keine stehlen. Ich habe im ganzen Leben noch nichts gestohlen.«

Braylar beobachtete aufmerksam ihr Gesicht, während sie sprach, und wog den Wahrheitsgehalt ihrer Worte ab. Dann atmete er langsam durch die Nase aus, nickte, stand auf und trat einen Schritt von dem Tisch zurück. Ich hatte die schreckliche Vorahnung, er werde gleich Mulldoos den Befehl geben, das Mädchen hinauszubringen und in der Gasse zu töten oder in den Kanal zu werfen. Im Gegensatz zu Dargus würde Mulldoos keine Einwände erheben.

Doch Captain Killcoin sagte: »Gut, Junjee. Leutnant, löse ihre Fesseln. Gib ihr ein paar Münzen und lasse sie frei.«

Junjee machte ein überraschtes Gesicht, ihre ganze Wut war verflogen, und sie sperrte ein wenig den Mund auf. Mulldoos zog sein Suroka, schob es zwischen die Stricke und schnitt sie durch. Das Mädchen starrte die ganze Zeit den Captain an. »Ich weiß nicht wohin ... wollt Ihr mich einfach so freilassen?«

Braylar sah sie kalt an. »Soll er dir lieber die Handgelenke aufschneiden, statt die Fesseln zu lösen?«

»Nein, natürlich nicht. Es ist nur ...« Sie schniefte und wollte sich die Nase abwischen. Mulldoos riss ihre Hände nach hinten, weil er mit den Fesseln noch nicht fertig war. »Ich dachte ... ich dachte, ich sei Eure Gefangene. Wo soll ich jetzt hin?«

»Das ist ganz allein deine Sache«, entgegnete Braylar. »Aschenrain würde ich dir jedenfalls nicht empfehlen. Du bekommst genug Geld, um dir ein paar Kleider und ein paar warme Mahlzeiten zu kaufen. Was du danach tust ...«

»Ihr seid doch ein Heer, oder? Ich habe gehört, Heere brauchen Wäscherinnen, Näherinnen und so weiter. Ich bin geschickt, ich kann ...«

»Wir sind jetzt kein Heer, und auf einem Feldzug sind wir erst recht nicht. Wir können dich nicht gebrauchen. Du wurdest nur hierhergebracht, weil die Möglichkeit bestand, dass du tun konntest, was man dir vorgeworfen hat. Nicht mehr und nicht weniger.« Er wollte sich umdrehen und wieder in seine Kammer gehen.«

Ihre Miene - die Angst, die Verzweiflung, die Wut, alles rang miteinander und kämpfte gegeneinander an - war herzzerreißend. »Captain?«, sagte ich. »Was ist mit dem *Traurigen Hund*?

Könnten sie nicht jemanden brauchen, der putzt, die Ställe ausmistet und Wasser holt? Irgendetwas? Wenn Ihr ein gutes Wort für das Mädchen einlegt ...«

Braylar blieb stehen, drehte sich aber nicht um. Im Gesicht des Mädchens flackerte Hoffnung auf und erlosch sofort wieder, als Braylar über die Schulter sagte: »Archivar, es belustigt mich, dass du meinst, wir wären Geistliche, die sich um die Verlassenen und Vergessenen kümmern.« Das Seil war gelöst, sie rieb sich langsam die Handgelenke, wirkte dabei niedergeschlagen, verloren und sehr jung.

Der Captain seufzte. »Trotzdem, es kann nicht schaden, wenn wir uns erkundigen, oder? Vendurro, frag bei Gremete nach. Frage sie in meinem Namen, ob sie ein dankbares und ... lebhaftes Mädchen braucht. Junjee, begleite ihn. Wenn der *Traurige Hund* dich haben will, dann wirst du es sofort erfahren. Wenn nicht, nun ja. Du bist in einer großen Stadt, in der sich an jeder Ecke neue Möglichkeiten bieten.« Die Diebe, Mörder und Vergewaltiger, die ebenfalls an jeder Ecke lauerten, erwähnte er nicht. Trotzdem, sie lebte noch, und das war immerhin etwas. Ich wünschte ihr, sie fände hier ein Heim oder könnte wenigstens einen Neuanfang wagen.

Junjee wischte sich das Gesicht am Ärmel ab und zuckte zusammen, als sie die blutige Nase und die aufgeplatzte Lippe berührte. Dann richtete sie sich auf. »Es ist schrecklich, wenn Fremde freundlicher sind als die eigenen Verwandten.«

»Leider bist du nicht die Erste, die so etwas sagt«, stimmte Braylar zu. Dann ging er zu seiner Zimmertür hinüber. »Mulldoos, anscheinend musst du die Suche fortsetzen, und ich muss weiter große Mengen Alkohol trinken. Lass uns nicht die Zeit vertrödeln.«

Damit verschwand er in seinem finsteren Gemach und schloss hinter sich die Tür.

5

Am nächsten Vormittag klopfte jemand energisch an meine Tür. Ich hatte mich schon an der Waschschüssel frisch gemacht, mich angezogen und die jüngsten Ereignisse aufgezeichnet. Es war ohnehin Zeit, etwas zu essen. Deshalb war ich schon zur Tür unterwegs, als sich das Klopfen wiederholte. Draußen ließ sich Vendurro vernehmen: »Schnell, beeil dich, wenn es dir genehm ist, Meister der Federkiele.«

Als ich hinaustrat, sah ich Braylar und Mulldoos im Gemeinschaftsraum am Tisch sitzen. Sie hatten Teller mit Pfefferwurst, Honigkuchen und eine Schale mit geschnittenem Kürbis und Erbsen vor sich. Braylars Verfassung schien nicht schlechter als am vergangenen Tag zu sein, aber es ging ihm sicherlich auch nicht besser. Mulldoos sah mich kurz an und runzelte über den dünnen Augenbrauen die Stirn, sagte aber nichts.

Ich wollte Vendurro fragen, was die Eile sollte, aber Braylar kam mir zuvor. »Gut, Sergeant, da unser saumseliger Kritzler sich endlich zu uns gesellt hat und alle da sind, kannst du zu deinen wichtigen Neuigkeiten kommen.«

Zuerst dachte ich, Vendurro sei vielleicht der Ansicht, ich gehörte endgültig zur Truppe, oder der Captain hätte ihn geschickt, mich zu holen. Wie auch immer, es war überraschend, dass ich einbezogen wurde, nachdem er mich beim Schnüffeln erwischt hatte. Vendurro störte jedoch meine Gedankengänge. »Ja, es gibt da etwas, das man als Neuigkeit bezeichnen könnte, aber ich bin nicht der Richtige, sie zu verkünden. Hackspeer wird bald da sein, und ich will es ihm überlassen, es mitzuteilen. Er hat mich als Boten vorausgeschickt. Wir werden wohl bald Gesellschaft bekommen.«

Sein Tonfall und seine Miene verrieten mir, dass der andere Gast nicht sonderlich willkommen sein würde.

Mulldoos hielt abrupt im Kauen inne, die Backen dick vom letzten Bissen, die zweizinkige Gabel schon mit dem nächsten zum Mund unterwegs. Braylar fuhr auf und legte instinktiv die linke Hand auf Blutrufer. »Heraus damit, Sergeant - wer ist der unerwartete Besuch?«

Vendurro kratzte sich das Haarbüschel am Kinn und schnaufte laut. Es gefiel ihm überhaupt nicht, diese Neuigkeit überbringen zu müssen, aber es blieb ihm erspart, weil in diesem Augenblick jemand an die äußere Tür klopfte. Erleichtert ging er hinüber, ließ sich den Namen des Neuankömmlings nennen und schloss auf.

Hackspeer kam herein und salutierte vor dem Captain. Vendurro schloss die Tür hinter ihm nicht wieder, sondern wartete und spähte um die Ecke. »Unser Gast ist noch nicht da. Schließ die Tür, Sergeant«, sagte Hackspeer.

Vendurro gehorchte, und nun schaltete sich Braylar ein. »Diese Spannung ist geradezu unerträglich. Wer wird denn nun als Nächster durch diese Tür kommen?«

Hackspeer rang sich ein Lächeln ab. Es gelang ihm nicht recht, und er stellte den Versuch gleich wieder ein. »Captain, Soffjian ist in Zechingen. Sie wird gleich hier sein.«

Falls Braylar schockiert war, so ließ er es sich nicht anmerken. Die Gereiztheit konnte er allerdings nicht ganz so gut verbergen. Er funkelte Mulldoos an, der beschwichtigend beide

Hände hob. »Sieh mich nicht so an, Cap. Damit habe ich nichts zu tun.« Während er langsam die Hände sinken ließ, fügte er hinzu: »Aber vielleicht ist das gar keine so schlimme Wendung. Die Höllenkatze war ja unnütz, und selbst wenn, es wäre keine Dauerlösung gewesen. Was auch immer ich gegen deine Hure mit der halben Hand einzuwenden hatte – und da gab es eine ganze Menge, weil sie lästig war wie ein Pickel am Schwanz –, sie hat es immer geschafft, dich gut hinzukriegen. Jedenfalls warst du danach wieder kampfbereit. Aber es kann sein, dass sie in dir einiges kaputtgemacht hat, und deshalb ist es vielleicht gar nicht so schlecht, dass Soff ihren dürren Arsch hierher…«

»Ihr Kommen kündigt Schmerzen, Leiden und sogar Katastrophen an. Und das sind noch die angenehmsten Konsequenzen.« Braylar wandte sich an Hackspeer. »Das erklärt auch das Unbehagen, mit dem die Neuigkeit überbracht wurde. Nun gut. Das macht die Sache komplizierter. Wie viel Zeit haben wir noch?«

Hackspeer trat an den Tisch und nahm den Becher entgegen, den Mulldoos ihm anbot. »Sie hat mich vor zwei Stunden auf der Straße entdeckt. Das war im Grunde gar nicht so überraschend, kam aber trotzdem unerwartet. Sie hat keinerlei Erklärungen abgegeben, aber auch das war nicht überraschend. Ich weiß nicht, warum sie sich nicht sofort zum *Traurigen Hund* aufgemacht hat. Da ich also nicht ergründen konnte, was sie hier zu suchen hat, kann ich nur Mutmaßungen anstellen. Falls sie nicht gerade die Absicht hat, sich auf dem Jahrmarkt ins Vergnügen zu stürzen, würde ich damit rechnen, dass sie bald hier auftaucht. Jedenfalls, soweit man das bei jemandem erwarten kann, der das Unerwartete zu seiner wichtigsten Aufgabe gemacht hat.« Wieder zeigte er das unsichere Lächeln, dann trank er einen Schluck Wein und setzte sich steif an den Tisch.

Braylar ließ das Bier in seinem Krug kreisen. »Sehr gut. Nein, gut ist es eigentlich nicht, aber wir müssen mit dem arbeiten, was wir haben, ja? Und jetzt haben wir wohl weniger als gedacht. Weniger Zeit, Glück, Ressourcen. Es ist nicht alles verloren, aber es ist weniger geworden.«

Den Namen hatte ich noch nie gehört, aber der Wortwechsel und der Tonfall, die Art und Weise, wie die Syldooner auf einmal nervös den Getränken zusprachen, dazu die Erinnerungen an andere gereizte Augenblicke in anderen Gesprächen, all das fügte sich auf einmal zusammen, und ich platzte damit heraus. »Sie ist Eure Schwester, nicht wahr? Diese Soffjian ist Eure Schwester.«

Mulldoos klatschte zweimal langsam in die Hände. »Du bist ein Wiesel und eine feige Pferdefotze, aber du bist nicht dumm, das muss ich dir lassen.«

Ich fragte mich, ob ich mich jetzt verteidigen sollte. War ich in seiner Achtung gestiegen, oder wartete er nur auf einen Vorwand, mich niederzustrecken und mir die Zähne herauszuschlagen? Aber wenigstens hatte er bestätigt, dass ich richtiglag. Ohne auf Mulldoos zu achten, sprach ich weiter. »Und Eure Schwester ist eine Memoridin. Aber warum ist sie so unwillkommen? Ich dachte, die Syldooner haben die Memoridinnen unter Kontrolle. Welchen Grund habt Ihr, Eure Schwester zu ...« Beinahe hätte ich »fürchten« gesagt, was sicherlich üble Folgen für mich gehabt hätte. »... warum wollt Ihr nicht, dass sie herkommt?«

Mulldoos schüttelte den Kopf. »Ganz so helle ist er wohl doch nicht.«

Jetzt war Braylar gereizt, aber mir war nicht klar, ob es an meiner Frage oder an der drohenden Ankunft seiner Schwester lag. Ehe er mich zurechtweisen konnte, sagte Hackspeer: »Die Turmkommandanten befehligen die Memoridinnen genauso wie die Soldaten im Feld. Wir sind alle demselben Kommandanten unterstellt. Wenn Memoridinnen und Syldooner in demselben Theater auftreten, dann ... dann stehen sie allerdings nicht direkt nebeneinander. Sie haben ihre Aufträge, wir haben unsere.«

»Das Problem dabei ist, dass sie sich manchmal gegenseitig auf die Stiefel treten«, fügte Mulldoos hinzu.

»Du meinst, sie treten sich auf die Füße«, meinte Hackspeer.

»Von mir aus treten uns die Memoriden auch auf die Füße, du alter Ziegenbock. Ich weiß nur, dass es nie gut ist, wenn sie irgendwo auftauchen. Damit hat der Cap völlig recht. Das verheißt nichts Gutes. Es sei denn, der vorgesetzte Offizier benutzt einen komischen verfluchten Flegel, der Erinnerungen stiehlt. Über so was wissen die Memoridinnen mehr als jeder andere. Vielleicht ist es gar nicht mal so schlecht, dass sie auf einmal hier auftaucht, weil ...«

»Genug!« Braylar klatschte mit der flachen Hand auf den Tisch. »Sie ist da. Wir werden sie so gut ertragen, wie es eben geht, bis sie verschwindet. Das ist alles. Aber wenn jemand auch nur noch einmal darüber flüstert, Soffjians Anwesenheit wäre von Vorteil, dann nagle ich seine Zunge an die Tür. Ob mit oder ohne Kopf. Je nach meiner Stimmung. Ist das klar?« Alle nickten, Mulldoos etwas widerwilliger als die anderen.

Ich hatte gelesen, dass die Memoridinnen vor allem eingesetzt wurden, um Informationen zu sammeln, Gefangene zu verhören und Menschen zu ermorden. In den Büchern fand man nicht viel über sie, wenn man davon absah, dass sie immer im Schatten blieben und sich mit Erinnerungsmagie beschäftigten, was verständlicherweise dazu beitrug, dass man sie für sehr gefährlich hielt. Aber diese Berichte stammten von Anjuriern, Gurtagern oder den eigenartigen Ulldesiern.

Da die Syldooner die Memoridinnen kontrollierten, und nicht etwa anders herum, hatte ich immer angenommen, nur die Menschen außerhalb des Reichs zitterten vor Angst. Auch wenn die Memoridinnen eine gewisse Selbstständigkeit besaßen, mussten sie doch immer noch demselben Kommandanten gehorchen wie die Soldaten. Ich verstand nicht, weshalb diese erfahrenen und kaltschnäuzigen Krieger sich so aufregten, nur weil eine Memoridin in der Stadt war. Schon vor der Ankunft der Schwester hatten die Syldooner ausgesprochen gereizt reagiert, wenn man diese Frau auch nur erwähnte. Offensichtlich war Braylar aber nicht in der Stimmung, irgendetwas zu erklären, also hielt ich den Mund. Das war immer klug, und ganz besonders, wenn man sich nicht die Zunge an die Tür nageln lassen wollte.

Braylar wandte sich an Hackspeer. »Also gut. Es schien mir so, als gäbe es außerdem noch ... weniger beunruhigende Neuigkeiten. Was kannst du uns mitteilen?«

Hackspeer stellte den Becher ab. »Auch wenn die erste Neuigkeit alles ein wenig verändert hat, ich habe etwas von Henlester gehört.«

Braylar beugte sich vor. »Tatsächlich? Also wissen wir, wo er sich aufhält? Ich dachte, unsere Ohren in seinem Haus wurden ... verschlossen?«

»Wir wissen nicht, ob Dothelus und Mikkner noch leben. Ich nehme an, genau wie du auch, dass der Hohepriester sein Gefolge erheblich dezimiert hat. Trotzdem, wir haben bisher keine Leichen gefunden, also haben sie vielleicht überlebt. Aber wenn, dann haben sie sich jedenfalls nicht gemeldet.«

Braylar runzelte die Stirn. »Haben wir schon etwas von der Burg gehört?«

Hackspeer nickte. »Ja. Völlige Gewissheit haben wir nicht, aber es scheint, als sei Henlester aus dem Baronat geflohen und habe sich in einem Jagdhaus verkrochen. Angeblich kommen dafür drei Orte infrage: der Südzipfel des Heckwaldes oder etwas weiter im Westen zwei Jagdhäuser im Totmooswald. Der Wald ist recht groß.«

»Also ist er nicht in sein eigenes Haus hier im Baronat zurückgekehrt. Der Mann ist ein Betrüger und ein Lügner und hat Huren ermordet, aber dumm ist er nicht. Wem gehören die anderen Häuser?«

Nun ergriff Mulldoos das Wort. »Sie gehören bestimmt seinen Priesterbrüdern, was? Diese selbstgerechten Hunde stehen Schulter an Schulter, wenn es darum geht, dem Herrn des Landes zu trotzen.«

Hackspeer kicherte. »Mulldoos, du bist heute regelrecht wortgewandt, entwickelst wahre Beredsamkeit; das ist erfreulich, so eine poetische Ader. Aber du liegst richtig. Beide Jagdhäuser gehören Hohepriestern des Ordens, wenngleich in anderen Baronaten.«

Mulldoos kippte den Stuhl nach hinten und balancierte auf zwei Stuhlbeinen. Ich verspürte den starken Wunsch, ihm unter dem Tisch einen Stoß zu versetzen, damit er auf den Hintern fiel. »Da hast du es. Brune ist ein brutaler Schweinehund und kneift vor Angst den Arsch zusammen, aber er ist der rechtmäßige Herrscher des Landes und sucht einen Flüchtling. Diese Priestersäcke ...«

»Wie gesagt, sie leben in einem anderen Baronat«, erinnerte Hackspeer ihn. »Sie sind womöglich einem Baron untertan, aber es ist nicht Brune. Herrscht nicht Segwiss im Süden?«

Vendurro schaltete sich ein. »Segrick, Leutnant. Ich glaube, er heißt Segrick.«

»Segrick, richtig! Also ...«

Mulldoos unterbrach ihn. »Es spielt keine Rolle, wie der Baron dort heißt. Wenn der brutale Brune herausfindet, wo sich der

Hühnerficker versteckt hält, wird er auch den bescheuerten Hundesöhnen Saures geben, die den Priester aufgenommen haben. Ich rechne sogar damit, dass Brune sich in diesem Fall nicht sehr um Gebiete und Gemarkungen scheren wird.«

»Gebiete sind Gemarkungen.«

»Was ich sagen wollte, du alter Schrumpelschwanz ...«

»Alle Schwänze sind verschrumpelt, bis sie es nicht mehr sind.«

»Nein, du bist immer verschrumpelt, das ist was anderes. Was ich sagen wollte, die Priester begehen einen schrecklichen Fehler, wenn sie zusammenhalten wie ein Haufen Würmer und einen ihrer Leute verstecken. Wenn Brune sie nicht selbst erledigt, dann wird er laut und lange genug jammern, bis Segwick ...«

»Segrick«, berichtigte Vendurro ihn abermals.

»Beiß mir doch die Eier ab«, gab Mulldoos zurück. »Segrick ist ein Baron, und auch die Barone halten zusammen wie Pech und Schwefel. Jedenfalls wenn es darum geht, den Priestern eins auszuwischen.«

Braylar hatte genug von dem Gezanke. »Die Beziehungen zwischen Baronen und Priestern und die Diplomatie interessieren uns nicht. Wann schlägt Brune los? Sobald er genau weiß, wo Henlester ist?«

Hackspeer nickte. »Ja, sofern die Informationen zutreffen.«

»Sofern?«

Hackspeer lehnte sich zurück und zuckte zusammen, als er dabei auch die angeschlagenen oder gebrochenen Rippen bewegte. »Brune ist auf seine verweichlichte Art und Weise brutal, aber er ist auch findig. Und nach dem Vorfall im Theater weiß er, dass es in seinem eigenen Haus feindliche Augen und Ohren gibt. Vielleicht glaubt er sogar, es seien Henlesters Agenten. Aber falls er denkt, es seien unsere – der Mann ist ja nicht unbedingt geneigt, uns mit sonderlich viel Vertrauen zu begegnen –, nun ja, er ist gerissen, und …«

»Ja, verstanden.« Braylars Hand wanderte zu den Flegelköpfen, ob absichtlich oder automatisch, konnte ich nicht erkennen. »Wenn er die Spione im eigenen Haus sucht, könnte er die Hinterlist, die ihn von drei Seiten bedroht, vergessen und sich auf eine einzige konzentrieren, und wie du schon gesagt hast, er ist kein Dummkopf, also müssen wir mit allem rechnen. Schicke sechs Männer, jeweils zwei, zu den Jagdhäusern. Lass sie Ausschau halten, ob Brunes Späher von dort zurückkehren. Wenn die Informationen zutreffen und nicht einfach nur eine Falle sind, setzt er seine Soldaten ein, sobald er genau weiß, wo Henlester steckt. Also müssen wir genau das auch selbst herausfinden.«

Hackspeer leerte seinen Becher. »Alles klar, Captain.«

Er wollte aufstehen, da sagte Mulldoos: »Und wenn der raffinierte schwanzlutschende Baron uns eine Falle stellt? Hauen wir dann ab?«

Braylar ließ die Fluchtgötter fallen, die Kugeln prallten klirrend aufeinander. »Wir beißen nicht an. Wie ich neulich schon sagte, haben wir viel geopfert, um die Dinge hier in Bewegung zu bringen, und ich gebe das nicht einfach auf, nur weil irgendjemand misstrauisch wird. Wenn der Baron wirklich gefährliche Informationen hätte, dann wären wir schon längst auf die Tische in seinem Keller geschnallt und würden nicht mehr über Taktik reden. Falls er uns eine Falle stellt, die nicht zuschnappt, beschwichtigen wir damit ein wenig sein Misstrauen oder geben ihm eine neue Richtung. Er ist bereit zu glauben, dass sich seine Priester gegen ihn verschwören, und deshalb dürfen wir nicht zulassen, dass ihm Henlester in die Hände fällt. Der Hohepriester muss uns gehören oder beseitigt werden. Ich hoffe, ich habe mich damit unmissverständlich …«

Es klopfte, und als dem Klopfen kein Ruf folgte, griffen sie alle nach den Waffen, sprangen auf und traten von dem Tisch zurück. Ich war gleichermaßen erleichtert und bestürzt, weil ich unbewaffnet war. Vendurro zog das Schwert aus der Scheide, Mulldoos das Falchion. Hackspeer nahm den Streitkolben vom Gürtel, Braylar hielt Blutrufer bereit.

Braylar sah Vendurro an und winkte in Richtung Tür. Als er mich verunsichert herumstehen sah, zischelte er, um meine Aufmerksamkeit zu erregen, und deutete auf seine Kammer. Ich verstand nicht sofort, was er wollte, und zog die Schultern hoch. Da wurde seine Miene sogar noch finsterer, und er deutete abermals auf sein Zimmer. Es dauerte einen Augenblick, bis ich mich an die Armbrust erinnerte. Ich eilte hinüber und fand nach einigen panischen Augenblicken die Waffe und den Köcher.

Sofort setzte ich die Teufelskralle hinter die dicke Sehne, spannte den Mechanismus, so schnell ich konnte, und legte einen Bolzen in die Rinne. Dann eilte ich in den Gemeinschaftsraum zurück und achtete darauf, nicht zu stolpern und versehentlich einen Schuss abzugeben. Es war ein Wunder, dass die Soldaten trotz der vielen Übungen und Trainingsschüsse nicht mehr eigene Leute töteten oder verletzten, als es tatsächlich der Fall war.

Entweder, ich hatte für das Laden der Armbrust länger gebraucht als angenommen, oder Vendurro hatte sich schneller als erwartet vergewissert, wer vor der Tür stand, denn als ich in den Gemeinschaftsraum zurückkehrte, öffnete er schon die Tür. Das Schwert hatte er allerdings noch nicht in die Scheide gesteckt.

Zwei Frauen traten ein. Sie waren so unterschiedlich wie Tag und, nun ja, mindestens Abenddämmerung. Die erste war für eine Frau recht groß, sie überragte sogar mich und Mulldoos, erreichte fast die Körpergröße von Braylar. Zwei weitere Dinge fielen mir sofort auf. Zuerst einmal trug sie ein außergewöhnliches Kleid und eine seltsame Rüstung. Es war ein Brustharnisch aus silbernen Schuppen, nicht unähnlich der Rüstung, die Braylar im Grünen Meer getragen hatte, aber nicht ganz so fleckig, und um die Hüften hatte sie einen Panzerschurz angelegt. Auch die Oberarme waren mit Metallschuppen geschützt. Darüber trug sie einen kurzen roten Umhang mit Fransen, außerdem hatte sie eine Hose an, die nur bis zur Hälfte der schlanken Waden reichte. Die Füße steckten in staubigen Sandalen. Die Frau war schlank, aber ihre Muskeln waren nicht zu übersehen, auch wenn sie sich kaum bewegte. Die Rüstung passte ihr wie angegossen.

An der linken Hüfte hing ein Suroka, das anscheinend die Standardwaffe des Reichs war. Daraus schloss ich, dass sie eine Syldoonerin war, doch sie hatte keine tätowierte Schlinge am Hals. Die Stangenwaffe, die sie trug, war nicht zu übersehen. Es handelte sich um eine Partisane, die sie sogar noch überragte. Unter der Spitze hingen rote Quasten, deren Farbe zum Umhang passte. Sie war vielleicht keine syldoonische Soldatin, aber diese Frau konnte sicher gut auf sich aufpassen.

Waffen und Rüstung waren schon für sich genommen beeindruckend, aber das war gar nichts gegen das Gesicht und ihre Miene. Das kastanienbraune Haar fiel locker auf die Schultern, einige mehr oder weniger willkürlich angeordnete Zöpfe sorgten dafür, dass ihr Gesicht völlig frei blieb. Die Nase war schmal, die Lippen waren voll, auf den Wangen zeichneten sich keinerlei Narben, Unreinheiten oder Schönheitsfehler ab. So gut wie jeder hätte sie für sehr attraktiv und manch einer sogar für ausnehmend schön gehalten. Aber die vollen Lippen zeigten weder einen Sinn für Humor noch für Erotik, sondern einen Ausdruck, der zwischen Missfallen und herablassendem Hohn lag. Die Augen unter den schmalen dunklen Augenbrauen waren keine Meere, in die man stürzen konnte. Vielmehr gewann ich den Eindruck, dass es sehr unerfreulich werden konnte, wenn man die Frau zu lange anstarrte und über Gebühr ihre Aufmerksamkeit erregte. Die Augen waren kalt, hart und berechnend. Große Ähnlichkeit mit ihrem Bruder hatte sie nicht, und sie kam mir viel kriegerischer vor, als ich mir die Memoridinnen vorgestellt hatte, aber sie konnte nur Soffjian sein. Der Blick verriet es mir.

Die Frau, die ihr in den Raum folgte, war ein völlig anderer Typ. Klein, nicht unbedingt füllig, aber doch mit runden Hüften. Auch sie trug eine Hose, die ihre kräftigen runden Waden frei ließ. Abgesehen von dem langen Suroka besaß sie keine weiteren Waffen und keine Rüstung. Sie trug nur ein bescheidenes aschgraues Hemd und einen Umhang, eine dunkle orangefarbene Schärpe um die Hüfte und auf der Brust ein Abzeichen aus Zinn, das einen rennenden Schakal darstellte.

Sie war dunkler als Soffjian, aber lange nicht so dunkel wie Hackspeer, der aussah wie das Innere einer Laterne. Nein, ihre Hautfarbe erinnerte eher an Sandnüsse. Die Haare waren sehr dunkel und nicht lang genug, um mit Zöpfen, einem Knoten oder einem Pferdeschwanz gebändigt werden zu müssen, benötigten aber doch eine große Zahl von silbernen Stiften und Klammern, damit eine Art Ordnung entstand. Sie erinnerte mich an die Wasserfinken, die ich als Kind gesehen hatte. Die Federn dieser Vögel standen wild in alle Richtungen ab. In den Augenbrauen und an den Ohren der kleineren Frau klemmten Silberringe, am Nasenflügel blitzte mindestens ein Stecker. Soffjians Augen waren dunkel und gefährlich, ihre waren so hell, dass man kaum erkennen konnte, ob sie blau oder farblos waren. Trotzdem schienen sie unendlich viel wärmer zu sein. Sie hatte einen etwas schalkhaften Ausdruck, als fände sie den Anblick mehrerer bewaffneter Männer aus irgendeinem Grund belustigend. Grübchen, Pausbacken, eine kleine Nase mit einer hinreißenden, fast quadratischen Spitze und eine Spur Bosheit in den ungewöhnlichen Augen - während Soffjian kriegerischer und körperlich viel beeindruckender war, als ich es bei einer Memoridin erwartet hätte, war diese Frau viel zu koboldhaft. Vorausgesetzt, sie war überhaupt eine Memoridin.

Soffjian sah sich in dem Raum um und nahm alles auf eine Art und Weise auf, die ich nur zu gut kannte. Als ihr Blick auf Braylar fiel, sagte sie: »Bruder.« Dann lehnte sie die Partisane beinahe gelangweilt an die Schulter. »Ich könnte es beleidigend finden, dass ich von so vielen scharfen und spitzen Gegenständen begrüßt werde, aber Hackspeer sagte mir schon, dass ihr neulich bei einem Zusammenstoß mit den Einheimischen ein paar Kratzer und blaue Flecken abbekommen habt und deshalb besonders wachsam seid. Das ist natürlich verständlich und nicht anders zu erwarten. Aber trotzdem, das Ausbleiben der Umarmung ist doch etwas schmerzlich.«

Braylar lächelte völlig humorlos und hakte Blutrufer an den Gürtel, machte aber keinerlei Anstalten, sich ihr zu nähern. »Soffjian, meine liebe Soffjian, ich hoffe, meine zahlreichen Mitteilungen haben dich in den letzten Jahren stets wohlauf erreicht.«

Sie erwiderte das Lächeln, dem auch bei ihr jegliche Wärme fehlte, während Braylar sich schon an Vendurro wandte. »Sergeant, du hast doch hoffentlich nicht versäumt, sie abzuschicken?«

Vendurro schien ebenso verwirrt wie betroffen. »Briefe?«

Soffjian schaltete sich ein. »Ich fürchte, dein Captain hat auf deine Kosten einen Scherz gemacht. Musst du denn ständig deine Untergebenen zum Narren halten und in Verlegenheit bringen, mein lieber Bruder? Du bist ein richtiger Tyrann. Aber mir geht es gut, danke der Nachfrage, ob sie nun von Herzen kam oder nicht. Du siehst dagegen ein wenig angeschlagen aus. Die vorstehenden Wangenknochen, der übernächtigte Ausdruck, die Prellungen am Hals und – ja, richtig, viele neue Narben. Verzeih mir, aber ich würde sagen, dass es dir ausgesprochen schlecht geht.«

Die andere Frau trat näher. »Ach, Soff, musst du immer so kritisch sein? Wäre es dir denn lieber, er sähe wie ein gut genährter Schweinehirte aus? Er ist schließlich ein syldoonischer Captain. Ich weiß ja, wir haben Anweisung, uns nicht zu sehr mit euch Jungs einzulassen, aber ich muss schon sagen, all der Stahl und diese Narben, das ist recht einnehmend. Ganz entzückend sogar.« Mit einem Lächeln zeigte sie, dass der Spott durchaus freundschaftlich gemeint war. »Hackspeer, Mulldoos, Vendurro, es ist schön, euch wiederzusehen.« Als sie mich hinten im Raum bemerkte, hielt sie inne und winkte. »Und du, Fremder mit der Armbrust? Ich hoffe, du senkst sie noch ein wenig. Wir sind hier alle Freunde. Oder jedenfalls keine erklärten Feinde. Es sei denn, ich habe da etwas falsch verstanden. Das passiert mir hin und wieder mal. Ich fürchte fast, wir haben unseren Auftrag vor so langer Zeit erhalten, dass ich nicht mehr genau weiß, warum wir überhaupt hierhergeritten sind.«

Verlegen, weil ich es nicht schon längst getan hatte, ließ ich die Armbrust sinken. Braylar sah seine Schwester an. »Natürlich bin ich ungeheuer erfreut, dich hier zu treffen, aber ich brenne auch darauf, ins Bild gesetzt zu werden. Warum habt ihr zwei euch auf eine so weite Reise begeben? Das war doch sicherlich sehr anstrengend. Ich hätte euch einen viel angenehmeren Empfang bereiten können, wenn unser Turmkommandant mir eine Nachricht geschickt hätte.« Er gab sich keine Mühe, den Sarkasmus und die Seitenhiebe zu kaschieren. Es war schwer zu erkennen, was ihn mehr ärgerte – die Ankunft der Memoridinnen, die Tatsache, dass seine Schwester dabei war, oder die Überraschung, die sie ihm bereitet hatte. Wahrscheinlich war es all das zugleich.

Sie setzte ein schmales, verkrampftes Lächeln auf. »Nun gut, dann beenden wir den Austausch von Höflichkeiten. Meine Ankunft selbst ist in gewisser Weise eine Benachrichtigung. Es scheint, du hast mit deinem Gefolge so viel Unruhe gestiftet, wie es in dieser Region nur möglich ist. Ihr werdet zurückgerufen.«

»Wirklich?« Braylar zog eine Augenbraue hoch. »Das kommt mir aber seltsam vor. Wir sind auf Befehl des Turmkommandanten hier. Dir ist bekannt, dass wir mehrere Jahre in dieser Gegend verbracht haben, um alles zu planen und vorzubereiten und schließlich in die Tat umzusetzen. Unsere Befehle waren und sind völlig klar.«

Von Angesicht zu Angesicht stand sie ihm gegenüber. »Vielleicht hättest du sie etwas schneller ausführen sollen.«

»Wenn Kommandant Darzaak einen Grund hätte, sich Sorgen zu machen oder ungehalten zu sein, dann hätte ich längst davon gehört. Und zwar auf direktem Wege, von ihm selbst.«

»Käme der Rückruf von Kommandant Darzaak allein, dann hättest du sicherlich recht. Aber er kommt von Kaiser Cynead persönlich.«

»Höchstpersönlich«, fügte die kleinere Frau hinzu. Als die Geschwister einander anfunkelten, fuhr sie fort: »Nun ja, nur um das klarzustellen. Solche Botschaften werden oft verstümmelt, wenn sie von einem zum nächsten Ort befördert werden. Einzelheiten gehen verloren, werden vermengt, was weiß ich. Ich wollte nur sichergehen, dass in Bezug auf die Einzelheiten niemand einem Irrtum unterliegt. Ich bin selbst oft etwas durcheinander. Das ist eine unangenehme Art und Weise, durch das Leben zu gehen.«

»Halt den Mund, Skeelana«, befahl Soffjian. Auch das erinnerte stark an ihren Bruder.

Braylar wandte sich an Soffjian. »Der gute Kaiser ist sich doch darüber im Klaren, dass unser Einsatz hier ein Teil eines groß angelegten Unternehmens ist, das seine Regierung genehmigt hat? Diese Tatsachen sind ihm doch hoffentlich nicht entgangen, auch wenn er von seiner Regentschaft stark in Anspruch genommen wird? Selbst in der Hauptstadt gehen hin und wieder Einzelheiten unter.«

Skeelana nickte. »Guter Einwand.«

Soffjian pochte mit dem Schaft ihrer Partisane auf den Holzboden. »Es war nicht sein Auftrag, mein Bruder. Es war der seines Vorgängers. Er hat die Befehle nicht sofort aufgehoben, was ich aber kaum als klare Bekräftigung auffassen würde. Jetzt aber ruft er jedenfalls deine Gruppe und auch die meisten anderen aus Anjurien zurück, wenn man den Gerüchten glauben kann. Aber ich überbringe keine Gerüchte, sondern nur eine kalte, grausame Tatsache, wie man sie für die Nachwelt notieren kann. Selbst wir Memoridinnen vertrauen dem Gedächtnis nicht immer und vorbehaltlos.« Sie zog eine Schriftrolle aus der Gürteltasche und überreichte sie Braylar.

Er prüfte das Siegel nicht auf Echtheit, sondern brach es sofort. Blutrote Wachsstückchen fielen auf den Boden. Mulldoos und Hackspeer wechselten einen Blick, während Braylar das Dokument las und rasch die Zeilen überflog. Ich fragte mich, ob es verschlüsselt oder als Klartext in syldoonischer Sprache verfasst war.

»Ziehen sie wirklich alle Gruppen ab?«, fragte Vendurro. »In dieser Gegend sind viele Syldooner.«

»Gerüchte, Sergeant«, antwortete Soffjian. »Gerüchte sind die Hure, die du über einen Stuhl legst und nie wiedersiehst. Die Wahrheit ist die Dame, die du freien sollst.«

Mulldoos schob das Falchion in die Scheide zurück. »Die Wahrheit erweist sich meist als Miststück, das doppelten Ärger macht. Ein Bett voller Gerüchte nehme ich jeden Tag.«

Skeelana lachte, Soffjian blieb ernst. »Ah ja, Leute wie du haben eine Vorliebe für Huren und Schankmaiden.«

Mulldoos rülpste laut und lange, als hätte er sich diese Erwiderung eigens für diese Gelegenheit aufgespart. »Deren Gesellschaft ist besser als viele andere. Ich lasse mich nur mit feinen Damen und mächtigen Miststücken ein, wenn mir nichts anderes übrig bleibt.«

Soffjian ließ Mulldoos keinen Moment aus den Augen. Sie schien allmählich wütend zu werden, antwortete aber gleichmütig. Es war nicht zu erkennen, ob der freundliche Tonfall echt war. »Miststücke oder Hexen, schwer zu sagen, was schmeichelhafter ist. Aber mächtig? Mulldoos, du bist zu freundlich.«

Ehe das Geplänkel eskalieren konnte, rollte Braylar das Dokument wieder zusammen. »Tja, Mulldoos, du und alle anderen, die keine Lust mehr auf die anjurische Politik haben, können aufatmen. Anscheinend gibt es hier nicht mehr viel Spielraum. Wir kehren nach Sonnenmatt zurück. Auf der Stelle sogar.« Der Tonfall passte überhaupt nicht zu den Worten. Er war keineswegs glücklich und zufrieden mit dieser Wendung.

Soffjian drehte mit zwei Fingern langsam den Schaft der Partisane hin und her und sah zu, wie die Quasten über ihrem Kopf flogen. »Bruder, es schmerzt mich, dass mein Wort allein dich nicht überzeugen konnte, aber im Grunde überrascht es mich nicht. Deshalb war ich froh, das Dokument mitnehmen zu dürfen. Du warst so viele Jahre auf Reisen, dass dies doch eine willkommene Überraschung sein müsste.«

Die beiden Narben in Braylars Mundwinkel zuckten. »Es ist wirklich überraschend. Aber nicht minder überraschend ist, dass eine geschätzte Memoridin geschickt wird, um die Nachricht zu überbringen. Waren meine Schakalbrüder so beschäftigt, dass niemand als Kurier einspringen konnte? Du hast dich doch hoffentlich nicht danebenbenommen und schon wieder Kommandant Darzaaks Missgunst erregt.«

Die Partisane drehte sich nicht mehr. Nun war es an Soffjian, sich ein gekünsteltes Lächeln abzuringen. »Oh nein, ich habe mich freiwillig gemeldet. Ich wollte die Gelegenheit nicht versäumen, dich nach so vielen Jahren wiederzusehen.«

Dieser Wortwechsel war voller Zwischentöne, die ich nicht verstand. Ich bekam aber keine Gelegenheit, weiter darüber nachzudenken, weil Braylar grinste wie ein Raubtier. »Wenn du etwas später gekommen wärst, hättest du uns vielleicht überhaupt nicht mehr ausfindig gemacht.«

In Soffjians Augen flackerte etwas, das viel eher Hass als Liebe war, doch das falsche Lächeln blieb unverändert. »Oh, mein lieber Bruder, ich werde immer fähig sein, dich aufzuspüren. Immer.«

»Das ist mir wirklich ein großer Trost.«

Skeelana nickte. »Nur unter uns gesagt, ich bin sicher, wir könnten diese Gruppe so gut wie überall finden.« Sie sagte es beiläufig und scherzend, aber auch hier gab es Untertöne. Eine Drohung?

Braylar setzte sich auf seinen Stuhl. »Nach dieser unerwarteten Wendung müssen wir Pläne schmieden und Vorbereitungen treffen. Wir können nicht einfach aus der Gegend verschwinden, ohne viel von der Arbeit zu zerstören, die wir hier geleistet haben.«

Soffjian hob die Partisane und betrachtete die Delle, die sie mit dem Schaft in den Holzboden gestoßen hatte. »Natürlich habe ich deine Befehle nicht gelesen und kann deshalb nichts zu den Einzelheiten sagen, aber ich hatte den Eindruck, dass Kommandant Darzaak eine Anordnung des Kaisers ausführte, als er sie ausfertigte. Deshalb nehme ich an, dass du lieber umgehend gehorchen solltest.«

Braylars Lächeln wirkte jetzt ein wenig aufrichtiger, aber keine Spur angenehmer. »Ah ja. Ich vermute, du musst sehr bald nach Sonnenmatt zurückkehren. Du brauchst nicht auf uns zu warten. Wenn du gehen musst, dann reise unbedingt so schnell wie möglich ab. Wir werden dir sehr bald folgen.«

Skeelana antwortete, ehe Soffjian etwas sagen konnte. »Nein, ich glaube nicht, dass wir das tun können. Nein, nein. Ihr müsst wissen, dass wir Befehl haben, Euch auf jedem Schritt des Weges zu begleiten. Kommandant Darzaak hat das sehr nachdrücklich betont. Ihr zwei werdet also viel Zeit haben, miteinander zu plaudern. Wenn Ihr mich fragt, ist das wundervoll, einfach wundervoll.«

»Wie rührend«, meinte Hackspeer.

Braylar ignorierte die beiden und konzentrierte sich auf seine Schwester. »All die Fähigkeiten, all die Macht, und immer noch eine Spielfigur wie alle anderen, was? Keine Angst, wir brechen bald auf. Sobald wir die restlichen Befehle ausgeführt haben, die dem Rückruf vorausgingen. Die Einzelheiten überlasse ich deiner unerschöpflichen Fantasie. Wir müssen nun in sehr kurzer Zeit sehr viel erledigen. Wenn du jetzt so freundlich sein willst, uns zu entschuldigen ...«

Über diese Entlassung war Soffjian mindestens so erfreut wie Braylar über den Rückruf, doch sie nickte. »Natürlich. Nichts liegt mir ferner, als die Arbeit von Soldaten und Saboteuren zu stören. Ich nehme doch an, dass dies deine Tätigkeit in diesem Gebiet treffend beschreibt? Da ich ja lediglich eine Spielfigur bin, bekomme ich nur selten erschöpfende Informationen.«

Ich fragte mich, von welchem Elternteil die Geschwister diese bissige Art geerbt hatten.

Braylars Lächeln änderte sich nicht, schien aber mehr seiner Willenskraft als einem echten Gefühl geschuldet. »Ich habe unsere anregenden Debatten sehr vermisst, Schwester. Wirklich. Aber wir werden das ein andermal fortsetzen, ja?«

Soffjian hielt sich an der Partisane fest, verbeugte sich übertrieben und knickste. »Wie du wünschst, Bruder. Vergiss nicht, dass der Ruf ursprünglich von Cynead und nicht von Darzaak kommt. Es wäre klug, nicht zu sehr zu trödeln. Ich schlage vor, dass du bald deine letzten Manöver durchführst. Dieser Kaiser ist nicht sehr nachsichtig. Aber welcher wäre es schon gewesen?«

Damit machte sie kehrt und ging zur Tür. Ehe sie den Raum verließ, hielt sie noch einmal bei Vendurro inne und legte ihm eine Hand auf die Schulter. »Es tut mir wirklich leid, dass Glesswik gefallen ist.«

Wenn es irgendjemand seltsam fand, dass sie so kurz nach ihrer Ankunft schon davon wusste, so ließ es sich niemand anmerken. Vendurro nickte knapp. »Danke.«

Soffjian ließ Skeelana zuerst hinausgehen, dann zog sie hinter sich die Tür zu. Wir alle lauschten, als ihre Schritte auf dem Flur und der Treppe verklangen. Schließlich brach Mulldoos das Schweigen. »Was hast du jetzt vor, Cap? Soll ich die Soldaten zusammentrommeln und marschbereit machen?«

In der Frage lag eine gewisse Schärfe, als wären die Antwort, mit der er rechnete, und diejenige, auf die er hoffte, nicht ein und dieselbe.

Braylar enttäuschte ihn nicht. »Ich habe nicht die Absicht, meiner Schwester die Genugtuung zu geben, dass wir sofort verschwinden. Aber sie hat natürlich recht – der Kaiser ist kein geduldiger Mann. Also brechen wir morgen auf. Sagt den anderen Männern, sie sollen die Wagen und die Vorräte vorbereiten. Wir treffen sie danach.«

Mulldoos sah Hackspeer an, dann wieder den Captain. »Danach?«

Braylar stand auf und ging zu seinem Zimmer. Erst auf dem Weg wurde ihm bewusst, dass Mulldoos ihm eine Frage gestellt hatte. Ich war nicht sicher, ob es daran lag, dass er im Geiste schon mehrere Schritte weiter war, oder ob die gestohlenen Erinnerungen ihren Tribut forderten. Er sah Mulldoos an. »Morgen suchen wir den Hohepriester. Mach zwanzig Mann bereit, die uns begleiten. Nein, fünfundzwanzig, wenn dann noch genug bleiben, um die Wagen zu kutschieren. Ach was, zwanzig müssen reichen. Ich habe keine Lust, unsere Fracht nur schwach bewacht auf die Reise zu schicken.«

Offensichtlich kam das bei Mulldoos nicht sehr gut an, doch der Krieger hielt sich zurück und schluckte die hitzigsten Erwiderungen hinunter. »Der Hohepriester? Cap, was nützt das? Brune würde uns sowieso schon liebend gern in sein Spielzimmer schleppen lassen. Sobald wir abhauen, wird er auf die Idee kommen, dass wir mit Henlester unter einer Decke stecken oder noch Schlimmeres getan haben. Was nützt es da, den Priester aufzuspüren? Es spielt keine Rolle mehr, ob wir die heilige Pferdefotze zum Schweigen bringen oder fangen. Brunes Wohlwollen haben wir so oder so verspielt. Ich wüsste nicht, was wir dadurch noch zu gewinnen hätten, Cap. Was übersehe ich da? Oder sehe ich das nur wieder von der schrägen Seite?«

Ich rechnete damit, dass Braylars Wut wieder aufflammte, weil ihn sein Leutnant so kurz nach ihrer letzten Auseinandersetzung schon wieder behelligte, aber er schien recht ruhig, als er an den Tisch zurückkehrte. »Du hast recht. Der liebe Baron wird zweifellos das Schlimmste vermuten. Dank eines überstürzt handelnden und dummen Kaisers haben wir die vielen Mühen vergebens auf uns genommen. Das Gleiche gilt wohl auch für die anderen Baronate. Wer sein Leben verloren hat, der hat es jetzt umsonst verloren. Du hast völlig recht: Hier können wir nichts mehr ausrichten. Jedenfalls im Augenblick nicht. Aber auch Henlester ist eine Figur auf dem Spielbrett. Eine wertvolle Figur. Wenn wir ihn ohne weitere Verluste fassen können, dann werden wir es tun.«

Mulldoos machte Anstalten, noch einmal zu widersprechen, doch wahrscheinlich erinnerte er sich an die Standpauke, die er in aller Öffentlichkeit auf sich gezogen hatte. So hielt er lieber den Mund und sah Hackspeer Hilfe suchend an.

Hackspeer war lange nicht so heißblütig wie der bleiche Keiler, aber seine Gedanken bewegten sich, was diese Angelegenheit anging, anscheinend in eine ähnliche Richtung. »Captain, wie wir es schon besprochen haben: Es besteht immer noch die Möglichkeit – oder vielleicht ist es sogar sehr wahrscheinlich –, dass Brune uns eine Falle stellt, indem er uns den Aufenthaltsort des Priesters wissen lässt. Vielleicht wartet er nur darauf, dass wir in seine Falle tappen.«

Mulldoos konnte sich nicht mehr zurückhalten. »Genau wie am zerstörten Tempel, Cap. Du hast gesagt, man würde uns dort eine Falle stellen, aber ich habe nicht auf dich gehört. Dabei hast du völlig recht gehabt, und ich habe völlig danebengelegen. So, jetzt habe ich es laut und deutlich gesagt. Aber warum sollten wir es jetzt riskieren, noch einmal in eine Falle zu tappen?« Braylars Lippen zuckten und lächelten. »Wir haben in dieser Gegend schon genug Verluste erlitten, Cap. Das hast du selbst gesagt, und zwar schon vor Cyneads Rückruf. Jetzt sind die Verluste noch größer, es wird immer schlimmer, und es wird nichts dabei herauskommen. Nichts und wieder nichts, und ...«

»Genau deshalb bemühen wir uns, den Hohepriester zu schnappen. Oder wir wollen ihm wenigstens so nahe kommen, dass wir erkennen, ob dort eine Falle auf uns lauert und ob er überhaupt dort ist. Wenn sich die Möglichkeit bietet, ihn zu fangen, dann können wir Anjurien mit etwas verlassen, das die Verluste wenigstens zum Teil aufwiegt. Aber wenn wir gar nicht erst hinreiten und uns nicht einmal umsehen, können wir nichts als tote Syldooner auf die Abrechnung setzen. Das ist nicht akzeptabel. Wir dürfen den kaiserlichen Befehl nicht missachten, sosehr ich es auch möchte, aber wir können auch nicht mit leeren Händen zurückkehren. Das lasse ich nicht zu.«

Wie üblich war Mulldoos immer noch nicht zufrieden, doch Hackspeer war so klug, ihm zuvorzukommen. »Nun gut, Captain. Aber das wirft die Frage auf, ob es nicht klüger wäre, unsere Kräfte zu bündeln. Wenn Brune uns eine Falle stellt, spielen wir ihm sogar in die Hände, indem wir uns aufteilen. Und wir haben durchaus noch etwas für die Abrechnung vorzuweisen. Ich meine die alten Schriftrollen und Karten, die alten Bücher. Wir laufen Gefahr, auch sie noch zu verlieren, wenn wir sie ohne Schutz zurücklassen, um einem Gerücht nachzujagen.«

Braylar lächelte. »Wie der brave Leutnant gerade gesagt hat, gibt er Gerüchten jederzeit den Vorzug. Wir wissen nicht genau, was wir erworben haben. Es könnte nichts Wertvolles sein, vielleicht nur alte Kritzeleien auf billigem Pergament, die von keinerlei Bedeutung sind. Hingegen besteht durchaus die Möglichkeit, dass wir Henlester ohne große Mühe entführen können. Falls die verstaubten Schriftrollen etwas Nützliches enthalten, kann er sogar einen Beitrag leisten und bei der Entschlüsselung helfen. Die anderen Männer werden nur einen halben oder höchstens einen ganzen Tag hinter uns sein. Wir haben die Möglichkeit, den Hohepriester zu fassen und den Wert unserer Fracht zu verdoppeln. Morgen früh brechen wir auf. Macht die Männer marschbereit. Das ist alles.«

Hackspeer stand auf. Ihm war klar, wie sinnlos es wäre, weiter zu widersprechen, aber er konnte doch nicht ganz schweigen. »Soffjian meinte, der Kaiser erwartet von uns, dass wir uns in aller Eile zurückziehen.«

»Das werden wir auch tun«, antwortete Braylar. »Wahrscheinlich rechnet sie damit, dass wir erst in einigen Tagen aufbrechen. Sicherlich stellt sie sich vor, dass ich mich bemühe, ihr Steine in den Weg zu legen, wie sie es auch bei mir tun würde. Der Totmooswald liegt gar nicht so weit abseits des Weges, und wenn wir gleich morgen aufbrechen, sind wir dem Zeitplan sogar ein wenig voraus. Gibt es sonst noch etwas, oder seid ihr zwei Faulpelze jetzt endlich bereit, meine Befehle auszuführen?«

Mulldoos schüttelte den Kopf, dass sich der dicke Hals in Falten legte, und beschränkte sich auf eine knappe Erwiderung: »Und wenn du wieder eine Falle witterst, Cap? Was machen wir dann?«

Braylars Lächeln verschwand. »Wenn ich eine Falle spüre, wirst du der Erste sein, der es erfährt, und der Erste, der mich daran erinnert, was geschehen ist, als wir uns das letzte Mal nicht zurückgezogen haben, solange wir noch Zeit dazu hatten. Ich werde uns nicht in den Untergang führen. Wenn unsere Späher, ob aus Fleisch und Blut oder aus Stahl ...«, er klopfte auf Blutrufers Heft, »... wenn sie mir auch nur den leisesten Hinweis darauf geben, dass etwas nicht stimmt, stoßen wir zu unseren Wagen und unseren Toten und fahren nach Hause, und die Abrechnung kann mich mal. Jetzt macht die Männer bereit.«

Seine Leutnants salutierten und gingen hinaus. Vielleicht widerwilliger als in Flusstal, und zweifellos grollend und murrend. Das schien bei Soldaten öfter vorzukommen.

Braylar beäugte mich. »Ja? Hast du auch etwas anzumerken? Heraus damit. Warum sollten meine treuen Leutnants die Einzigen sein, die alle meine Bewegungen und Beweggründe hinterfragen? Nachdem Lloi fort ist, musst du nun einspringen, Arki. Ich sehe, dass du gern etwas beisteuern möchtest, also tu es.«

Das traf zu, aber ich hatte die Absicht, es zu einer anderen Zeit zur Sprache zu bringen. Andererseits gab es ohnehin keine Situation, in der ich eine bereitwillige und umfassende Antwort bekommen hätte, also sagte ich: »Ihr habt die erbeuteten Schriftrollen erwähnt.«

Er starrte mich an. »Von Beute war meines Wissens nicht die Rede. Trotz des Siegels unseres Turms sind wir keine Schakale oder Krähen. Was ist damit?«

»Sind sie nicht alt? Sehr alt sogar?«

Er funkelte mich böse an, also sprach ich rasch weiter. »Ich beherrsche eine Reihe von zeitgenössischen und alten Sprachen, und wenn Ihr die Dokumente überwiegend in Anjurien erb... gefunden habt, dann steht Euch mein Mittel- oder Alt-Anjurisch zur Verfügung. Ich könnte sie für Euch entziffern. Oder ich könnte es wenigstens versuchen.«

Er warf mir einen Blick zu, den ich nicht einordnen konnte, einen von der Sorte, die mich am stärksten beunruhigte. »Ein interessanter Vorschlag. Machst du mir das Angebot, weil du dich unserer Sache jetzt verpflichtet fühlst oder weil du der Verlockung eines wissenschaftlichen Geheimnisses nicht widerstehen kannst?«

Ich sah eine Möglichkeit und erklärte ohne großes Nachdenken: »Was Eure Sache ist, weiß ich immer noch nicht, und mir ist nicht einmal klar, ob das, was Ihr tut, und das, was Ihr angeblich tut, wirklich ein und dasselbe sind. Aber ich mag Geheimnisse. Ihr müsstet niemanden sonst hinzuziehen, und die Strafe für Verrat kenne ich bereits. Daran habt Ihr keinen Zweifel gelassen.«

Braylar antwortete nicht sofort, sondern lächelte leicht und wog die Vorteile, wenn er mich weiter einweihte, gegen das Misstrauen ab, das er immer noch empfand. Nervös wartete ich, bis er endlich antwortete: »Die Syldooner denken praktisch und sind immer auf ihren Vorteil bedacht. Wir erkennen Begabungen, nutzen sie und belohnen sie. Das ist ein Geheimnis unseres Erfolges und unserer Überlegenheit gegenüber Königreichen, in denen es vor allem um Abstammung geht, ganz egal, wie dünn, verwässert und vergiftet das Blut sein mag. Deshalb bin ich froh, dass du von dir aus diesen Vorschlag gemacht hast. Das erspart mir die Mühe, es selbst anzuregen.«

Als er meine Miene sah und beobachtete, wie es mir langsam dämmerte, lachte er. Ausnahmsweise klang es echt und war auch noch frei von Spott, Hohn und ähnlichen hässlichen Dingen. Ich sagte: »Ihr habt mich und die anderen Schreiber vor mir vor allem deshalb in Dienst genommen, richtig? Ihr wolltet mich prüfen, und wenn Ihr zufrieden gewesen wärt, hättet Ihr die Kiste geöffnet und mich gebeten, mir den Inhalt anzusehen, oder?«

Er wechselte in die syldoonische Sprache. »Oh, ich habe immer noch meine Zweifel. Das darfst du nie vergessen. Aber ja, du sollst die Gelegenheit bekommen, die Rätsel zu lösen, Buchmeister. Lass uns sehen, was du siehst. Aber nicht heute Abend. Heute Abend packst du, denn wir brechen morgen früh auf.«

Braylar wartete, ob ich es verstand. Ich hatte nie zugegeben, dass ich auch die syldoonische Sprache gelernt hatte und sie recht gut verstand, aber schrecklich unbeholfen war, wenn ich Syldoonisch sprechen sollte. Deshalb antwortete ich lieber auf Anjurisch: »Danke, Captain Killcoin. Ich bereite mich auf die Reise vor und freue mich darauf, die Geheimnisse zu lösen, die Ihr gefunden habt.«

Wieder lachte er, fast war es ein Bellen, und schüttelte den Kopf. »Ich hätte es wissen sollen. Was bin ich doch für ein Dummkopf.« Damit drehte er sich um und ging in sein Zimmer. Ich blieb stehen und war ganz benommen, weil ich eine Art Sieg errungen hatte; und ich freute mich darauf, dass ich etwas zu tun hatte, das mich beschäftigte und bei dem ich meine Fähigkeiten zur Geltung bringen konnte. Das war besser, als immer nur die zweifelhaften Taten meines Herrn und seines Gefolges aufzuzeichnen.

6

Nachdem ich alles für den Aufbruch am Morgen vorbereitet hatte, starrte ich die Deckenbalken an und lauschte den Gästen unten im Biergarten. Ich war hellwach und unruhig, weil ich ständig daran denken musste, welche Geheimnisse und welches Wissen in dem Material stecken mochten, das die Syldooner gesammelt hatten. Sie gaben sich doch nicht so viel Mühe, die Dokumente zu stehlen, wenn es sich nur um unwichtige geschäftliche Aufzeichnungen, das Inhaltsverzeichnis einer Speisekammer oder etwas ähnlich Alltägliches und Langweiliges handelte. Die Soldaten waren insgeheim sehr weit gereist, um die Dokumente zu beschaffen, also musste sich doch irgendetwas Fantastisches in den Schriftrollen finden lassen. In einigen wenigstens. Diese Möglichkeit war nicht von der Hand zu weisen. Aber was enthielten sie? Was würde ich entdecken? Welche Geheimnisse würde ich lüften, sofern ich meine sprachlichen Fähigkeiten nicht völlig übertrieben dargestellt hatte?

Die Möglichkeiten waren so verlockend, dass ich stundenlang nicht einschlafen konnte. Soldaten waren am Vorabend einer Schlacht aufgeregt, und vielleicht ging es auch Seeleuten so, die zu einer weiten Reise aufbrechen wollten. Mein Ehrgeiz war bescheidener und wäre den meisten Männern vielleicht sogar albern vorgekommen. Besonders denen, die nicht sehr gebildet waren. Die Vorstellung, man könne seine Zeit damit verbringen, staubige Wälzer durchzusehen und uralte Randbemerkungen zu entziffern, wäre ihnen ungeheuer langweilig vorgekommen. Für mich war es das, was ich seit der Universität am meisten vermisste – die Gelegenheit, mir Wissen anzueignen, ob es nun neu oder in verstaubten alten Dokumenten zu finden war, weil unsere Vorgänger es als erhaltenswert betrachtet und aufgezeichnet hatten. Es konnte sogar recht spannend sein, ein altes Geschäftsbuch zu finden, die Übersetzung anzufertigen und damit den Geist zu schulen. Und nichts war mit der Erregung zu vergleichen, wenn man auf etwas stieß, das aus irgendeinem Grund im Laufe der Jahre einen gewissen Wert gewonnen hatte, etwa ein verlorenes oder besonders wichtiges Werk, irgendein ein bedeutendes Dokument, für das manche Sammler eine hübsche Summe bezahlen oder für das sie womöglich sogar jemanden ermorden würden.

Ich würde nie ein Krieger und niemals reich werden oder Macht besitzen. In den meisten Kreisen galt ich nicht einmal als besonders wichtiger Zeitgenosse. Aber wenn ich inmitten all dieser Seiten einen Schatz entdeckte, dann wäre ich, und sei es nur für kurze Zeit, ein bedeutender oder gar unersetzlicher Mann. Gewiss, Braylar konnte leicht einen anderen Gelehrten finden, aber er hatte schon einige in Dienst genommen, und ich hatte mir inzwischen einen festen Platz in der Gemeinschaft erobert, den ich nicht einmal verloren hatte, als ich die Kiste geöffnet hatte. Vielleicht war genau das sogar der Grund. Vielleicht hatte der Captain darauf gewartet, dass ich die Initiative ergriff. Wie auch immer, ob ich nun eine Prüfung bestanden hatte oder ob er mir meinen Fehler verziehen hatte, er gewährte mir eine großartige Gelegenheit. Ganz egal, wie gering die Zahl der Menschen war, die das wirklich verstanden, ich konnte vor Begeisterung kaum an mich halten. Ich fühlte mich, als hätte ich endlich meine wahre Bestimmung gefunden.

Vielleicht war es doch keine so dumme Entscheidung gewesen, mich den Syldoonern anzuschließen.

Es schien mir so, als wäre ich gerade erst eingeschlummert, da spürte ich schon eine Hand auf der Schulter, die mich unsanft schüttelte.

Ich schlug die Augen auf, Laternenlicht blendete mich. »Was ... was ist los? Was soll das?«

Vendurro zog sich einen Schritt zurück. Seine Stimme erkannte ich, ehe sich die verschwommene Silhouette herausschälte. »Aufstehen, Arki. Der Cap sagt, wir müssen aufbrechen.«

Ich blickte aus dem Fenster und sah nicht einmal die schwächste Andeutung der Morgendämmerung. Natürlich sprach ich es aus: »Es dämmert noch nicht einmal, oder? Ich dachte ... der Captain sagte, wir würden irgendwann am Morgen aufbrechen. Ich meine, etwas später als jetzt. Bei Tageslicht, meine ich. Was hat sich geändert?«

Vendurro wollte zur Tür gehen, sah sich aber noch einmal über die Schulter um. Die Laterne warf zuckende Schatten auf die Wand, während sie in seiner Hand pendelte. »Blutrufer.« Dieses eine Wort klang Unheil verkündend, als hätte man eine riesige bleierne Glocke angeschlagen. »Der Cap sagt, uns steht eine Art Kampf bevor. Sehr bald schon, wie es scheint. Der Cap weckt uns nicht und setzt uns nicht in Marsch, wenn es keinen guten Grund dafür gibt. Das weißt du so gut wie jeder andere. Ich kann es nicht erklären, du kannst es nicht, und alle anderen können es auch nicht, aber jeder weiß, wie es ist, wenn er etwas spürt. Je stärker er es fühlt, desto gefährlicher wird es. Und wenn du jetzt sein Gesicht sehen könntest, dann wüsstest du, dass es keinerlei Zweifel gibt. Deshalb brechen wir sofort auf und stellen uns der Gefahr. Wir alle. Zieh dich an und nimm deine Sachen mit.«

Er hängte die Laterne an einen Haken, wo sie noch eine Weile hin und her pendelte, und zog hinter sich die Tür zu. Draußen hörte ich Stimmen. Zweifellos waren die anderen Syldooner schon auf den Beinen und bereit, sich auf den Weg zu machen. Hinaus, um sich im Dunklen einem unbekannten Feind zu stellen.

Die Gedanken an Schriftrollen und glückliche Übersetzungen verschwanden so schnell wie Wasser, das man in den Sand goss. Kostbar und blitzschnell versiegt, als hätten sie nie existiert.

Ich sprang aus dem Bett, stolperte über die Decke und wäre beinahe aufs Gesicht gefallen. Hoffentlich irrte sich der Captain. Er hatte sich auch in den *Drei Fässern* geirrt. Na ja, zur Hälfte jedenfalls. Die Gewalt war ausgebrochen, hatte aber nicht die Syldooner betroffen. Als uns Henlesters Soldaten im zerstörten Tempel auflauerten, hatte er nicht herausfinden können, was dort eigentlich im Gange war. Braylar hatte Vorahnungen, wie es seinem von Natur aus misstrauischen und berechnenden Wesen entsprach, und er hatte auf jeden Fall mit irgendetwas gerechnet. Aber Blutrufer hatte ihn nicht wirklich gewarnt, oder jedenfalls nicht deutlich genug, um ihm etwas Brauchbares an die Hand zu geben.

Andererseits hatte der Captain in der Prärie völlig richtiggelegen. Das war gespenstisch, und man konnte es nicht als bloßen Zufall abtun. Schon vorher hatte er ganz genau gewusst, dass es zu Gewalttaten kommen würde. Wenn er jetzt ähnlich fest davon überzeugt war ...

Ich zog mich so schnell wie möglich an und klammerte mich an die schwache Hoffnung, dass er sich vielleicht doch irrte, fürchtete zugleich aber, dass sich seine Ahnungen höchstwahrscheinlich bewahrheiten würden. Glücklicherweise hatte ich meine Schreibutensilien und die Kleidung schon vorher zusammengepackt und brauchte nicht lange. Als ich fertig war, sah ich mich noch ein letztes Mal um und wollte gerade die Tür schließen, da bemerkte ich, dass ich beinahe Llois Krummschwert vergessen hätte. Es steckte in der Scheide und lehnte am Fußende des Betts an der Wand.

Natürlich war mir klar, dass ich damit eher mich selbst als irgendeinen Gegner verletzen würde, aber es war ein gutes Gefühl, irgendetwas zu haben, mit dem ich mich verteidigen konnte. Außerdem konnte ich es nicht einfach zurücklassen. Das wäre zwar niemandem aufgefallen, und es wäre den anderen sowieso egal gewesen, aber es hatte ihr gehört, und damit gehörte es jetzt mir. Also nahm ich es mit. Ich stellte den Schreibkasten auf den Boden, legte den Schwertgurt an, sammelte meine Sachen wieder auf und bemerkte auf einmal, dass ich gar nicht aufbrechen wollte.

An diesem Ort hielt mich eigentlich nichts. Das Zimmer war nichts Besonderes, und ich hatte nur wenige Tage dort verbracht. Teilweise lag es sicher an der Furcht vor der unbekannten Gefahr, die da draußen lauerte. Das Blutvergießen, das ich sehen und an dem ich vielleicht sogar teilnehmen würde. Aber das war noch nicht alles. Ich war fast ebenso nomadisch veranlagt wie die Grashunde und nie lange an einem Ort geblieben. Es war dumm, hierbleiben zu wollen, denn ich hatte von Anfang an gewusst, dass der *Traurige Hund* nur eine vorübergehende Unterkunft war, weil wir nicht ewig in Zechingen bleiben würden. Aber auch wenn ich es nicht ungewöhnlich fand, ständig unterwegs zu sein, ich war noch nicht bereit, das Zimmer zu verlassen.

Ich erschrak, als Vendurro mich rief. »Bist du endlich fertig? Ist aber auch egal, wir brechen jetzt auf.« Er steckte den Kopf zur Tür herein und nickte, als er sah, dass ich meine

Sachen gepackt hatte. »Also gut, dann los.« Damit verschwand er wieder.

Im Gemeinschaftsraum herrschte viel Betrieb. Syldooner, die ich nur ein- oder zweimal gesehen hatte, schleppten Vorräte, liefen eilig hin und her, schoben sich aneinander vorbei. Rüstungen klirrten, Stiefel schlurften, die Männer fluchten und flüsterten aufgebracht, wenn es an der Tür zum Flur ein Gedränge gab. Der Bewohner eines benachbarten Zimmers öffnete die Türe und beschwerte sich über den Lärm. Jemand brüllte ihn an, worauf er sich eilig zurückzog. Offensichtlich hatte Braylar nicht die Absicht, in der Nacht wie ein Gespenst davonzuschleichen, und kümmerte sich auch nicht darum, welchen Eindruck er erweckte. Er musste seiner Sache sehr sicher sein, wenn er schon vor der Morgendämmerung alle seine Soldaten aufgescheucht hatte. Das war kein gutes Omen.

Ich drückte meine Schreibkiste an die Brust und hatte mir einen Ranzen über die Schulter geschlungen. Mir wurde bewusst, dass ich als Einziger keine Rüstung besaß. Und ich war der Einzige, der untätig herumstand.

Braylar kam aus seinem Quartier marschiert. Sofort fiel mir auf, dass er eine schwere Rüstung trug, die ich noch nie gesehen hatte. Im Gras und am zerstörten Tempel hatte er nur den Schuppenpanzer unter dem Hemd getragen. Jetzt hatte er ein Kettenhemd und einen Lamellenharnisch angelegt, dazu verstärkte Armschienen von einer ungewöhnlichen Machart und stabile Beinröhren. Er rechnete offensichtlich mit einem schweren Kampf und machte keinen Hehl aus seiner Absicht, sich entschlossen hineinzustürzen. Captain Killcoin gab Hackspeer eine rasche Anweisung, worauf dieser nickte und hinausging. Als mich der Captain sah, kam er zu mir, beäugte mich von oben bis unten und betrachtete nachdenklich Llois Schwert. Ich rechnete schon damit, dass er mich anwies, es abzuschnallen, aber stattdessen sagte er: »Oh, es ist gut, dass sich noch ein erfahrener Veteran im Führungsstab befindet. Das ist ein leuchtendes Beispiel für die Truppen. Da du offenbar zum Aufbruch bereit bist, nehme ich an, dass Vendurro dich ins Bild gesetzt hat.«

Rasch sah ich mich um. Hackspeer hatte darauf hingewiesen, dass nur das Allernötigste über Blutrufer bekannt werden sollte. »Vendurro hat mir gesagt, wir müssten mit einem Kampf rechnen. Er war seiner Sache sehr sicher. Oder er war sicher, dass Ihr Euch sicher seid, was wohl auf das Gleiche hinausläuft. Ist es ... wie im Grünen Meer? Seid Ihr sicher?«

Er kam einen Schritt näher. Sein Atem stank nicht mehr nach Bier wie vorher, aber angenehm roch er immer noch nicht. Es gelang ihm, gleichzeitig zu flüstern und zu knurren. »Sehr wenig in dieser Welt ist gewiss, aber meine Wut ist dir sicher, wenn du nicht leise sprichst. Was die kommenden Ereignisse angeht, so muss es genügen, dass ich nicht bereit bin, nachlässig zu sein und einen Fehler zu begehen.«

Zwei Soldaten prallten gegen uns. Sie trugen die Kiste mit den Schriftrollen - meinen Schatz! - und entschuldigten sich murmelnd beim Captain, ehe sie gegen den Tisch rannten.

»Ich habe neugeborene Kälber gesehen, die besser als ihr das Gleichgewicht halten konnten. Passt doch auf, ihr Hurensöhne.«

»Verzeihung, Cap«, sagte einer. Dann eilten sie weiter und ließen einen anderen Syldooner eintreten, ehe sie den Flur hinuntertrampelten.

Ich wollte Braylar gerade fragen, was wir vorhatten, da tauchte Mulldoos auf, und ich hielt lieber den Mund. »Die Jungs sind so gut wie fertig, Cap. Die Haupttruppe zieht mit dir, der Rest bleibt bei den Wagen, wie du es befohlen hast. Aber wir haben da ein Problem.«

»Ich glaube, wir haben sogar mehrere. Immer wenn man mitten in der Nacht die Truppen weckt und ihnen sagt, dass sich die Pläne geändert haben, geht eine Menge schief. Was genau meinst du jetzt gerade?«

Mulldoos sah sich über die Schulter um. Da keine anderen Soldaten in der Nähe waren, erklärte er: »Ich vermute, wir treten gegen Brunes Haufen an, was? Ich meine, du hast es nicht gesagt, aber das war auch gar nicht nötig. Also, die Tore werden erst kurz nach dem Morgengrauen geöffnet, wenn der Jahrmarkt beginnt. Falls dieser Mistkerl von Gurdinn oder ein anderer Brunejunge misstrauisch wird, besteht die Möglichkeit, dass die Tore verschlossen bleiben, selbst wenn wir ihre Leichen ohne eigene Verluste in den Straßen liegen lassen. Und auch wenn wir hinauskommen, die Wagen mit den Nachzüglern hinter uns könnten in Gefahr geraten. Vielleicht sollten wir sie gleich mitnehmen. Wenn wir angegriffen werden, ist es am besten, gemeinsam und mit aller Kraft durchzubrechen.«

Braylar nickte. »Das mag sein. Aber auch wenn der Baron zweifellos versucht hat, sich zu vergewissern, wie viele Syldooner in seiner Stadt sind, haben wir unsere Zahl verschleiert und uns weit verstreut. Er rechnet damit, dass wir als Gruppe fliehen. Die Wagen fahren langsamer. Selbst wenn wir einige Vorräte opfern, sogar den größten Teil, die neueste Fracht werden wir nicht zurücklassen. Sie ist zu groß für ein Pferd, also muss es ein Wagen sein. Wenn der größte Teil unserer Truppe ihre Leute tot auf den Straßen zurücklässt und zum Tor durchbricht, ob es nun geschlossen ist oder nicht, rechnen sie nicht damit, dass der Rest von uns kurz danach in einer kleinen Gruppe folgt.«

»Das ist ein guter Einwand, aber ...«

»Ich war noch nicht fertig, Leutnant. Beweglichkeit ist unser stärkster Verbündeter. So war es immer, und so wird es immer sein. Wir legen also dem Hinterhalt einen Hinterhalt und fliehen, aber die Wagen würden uns nur behindern. Die einzige Möglichkeit, sie wohlbehalten hinauszubekommen, besteht darin, dass sie getrennt von uns fahren, sobald die Tore frei sind, und außerhalb von Zechingen wieder zu uns stoßen. Bis dahin haben wir etwaige Verfolger besiegt oder abgeschüttelt.«

Mulldoos nickte lebhaft. »Also fahren wir getrennt. Na gut. Aber wir sollten zusätzlich noch für eine andere Art von Ablenkung sorgen. Ich meine, mal davon abgesehen, dass wir die Brunejungs auf den Straßen töten. Falls wir hinauskommen ...«

»Sobald.«

»Sobald wir draußen sind, werden sie an den Toren hellwach sein, auch wenn sie nicht direkt nach weiteren Syldoonern suchen. Vielleicht überprüfen sie auch die Wagen sehr genau. Ich würde es tun. Und du würdest sie doppelt genau überprüfen.«

Braylar musste beinahe lächeln. »Richtig. Woran denkst du jetzt?«

Als Mulldoos nicht sofort antwortete, wurde deutlich, dass er bisher nur improvisiert hatte. Wieder einmal waren die Worte heraus, ehe ich wirklich darüber nachgedacht hatte. »Der Reißer.«

Die beiden Männer sahen mich überrascht an. Offenbar hatten sie mich ganz vergessen. Ich sprach sofort weiter. »Neulich habe ich in der Nähe des Hauptplatzes einen Reißer in einem Käfig gesehen. Er wurde dort zur Schau gestellt, und die Kreatur ist mindestens so schrecklich, wie Lloi sie beschrieben hat. Vielleicht sogar noch schlimmer. Das Ungeheuer hat einem Jungen die Hand abgebissen, als ... als hätte er lediglich eine Seite aus einem Buch gerissen. Wenn jemand dieses Untier freilässt ...«

Ich ließ den Satz unvollendet, weil ich nicht wirklich über die Konsequenzen nachgedacht hatte, und als ich es mir richtig überlegte, war ich nicht mehr fähig, es auszusprechen.

Braylar ging sofort darauf ein. »Ein herumstreunender Reißer würde eine Menge Unruhe stiften. Genau das Durcheinander, das die Aufmerksamkeit sämtlicher Wächter in der Stadt erfordert.«

Mulldoos nickte. »Der bringt mit Sicherheit ein paar Leute um. Wer bis dahin noch nicht zu den Toren unterwegs war, wird umgehend das Weite suchen, und Brune würde den Schaden nicht noch dadurch vergrößern, dass er die Leute aufhält.« Er lächelte und zeigte mir mehrere überraschend weiße, ungleichmäßige Zähne. »Das ist böse, Kritzler. Richtig böse. Ich hätte nicht gedacht, dass so etwas in dir steckt.« Er wandte sich wieder an Braylar. »Ich wünschte, ich hätte selbst daran gedacht, aber es ist so gut wie perfekt.«

Braylar nickte. »So gut wie. Sorg dafür, dass es geschieht.«

Mulldoos sah mich noch einmal an und zeigte mir statt der offenen Abscheu etwas, das widerwillige Anerkennung sein mochte. Er salutierte vor dem Captain und ging zur Tür.

Als ich mit dem Vorschlag herausgeplatzt war, hatte ich vor dem inneren Auge die Kreatur durch die Stadt streifen und alle Einwohner in Angst und Schrecken versetzen sehen. Dummerweise hatte ich nicht daran gedacht, dass sie vermutlich auch einige Menschen töten würde. Selbstverständlich würde sie das tun. Das Ungeheuer hatte einen Jungen durch die Gitterstäbe angegriffen. Wenn es frei in der Stadt herumlief, und sei es nur für eine kurze Zeit, ehe es die Wächter oder Soldaten in die Enge trieben und töteten, würde es eine Menge toter Körper oder Teile davon hinterlassen.

Es drehte mir den Magen um. »Captain, was den Reißer angeht, so ...«

»Sehr klug, Arki. Außerordentlich sogar, um ehrlich zu sein. Mulldoos hat recht. Ein überraschend kaltschnäuziger, gut berechneter Plan. Ich fürchte, du bist schon zu lange in unserer Gesellschaft. Du wirst syldoonischer als die Syldooner selbst.«

Er klopfte mir auf die Schulter und kehrte in sein Zimmer zurück, doch da hörte er eine Stimme, die ihn sofort innehalten ließ. Es war Soffjian. »Bruder, ich muss schon sagen, ich hätte nicht damit gerechnet, dass du dich so schnell fügst. Nein, ich hatte sogar damit gerechnet, dass ich dich mehrmals daran erinnern muss, wie begrenzt die Nachsicht unseres Kaisers ist. Aber nun sehe ich, wie ihr emsig alles vorbereitet, als plantet ihr eine Invasion. Das ist schon seltsam.«

Der Captain drehte sich um und gab sich keinerlei Mühe, sein höhnisches Grinsen zu verbergen. »Fast so seltsam wie die Tatsache, dass du vor der Dämmerung hier auftauchst.«

»Ich hoffe, du wolltest nicht ohne mich aufbrechen. Der Kaiser und Kommandant Darzaak haben es sehr deutlich ausgedrückt. Skeelana und ich begleiten euch in die Hauptstadt. Den ganzen Weg. Und was mein plötzliches Auftauchen angeht, so hast du doch sicher nicht vergessen ...«

»Ich weiß, du hast deine Möglichkeiten. Natürlich habe ich es nicht vergessen. Also lass uns mit dem Theaterspielen aufhören, Schwester. Du weißt, dass wir uns auf einen unerwarteten Kampf vorbereiten. Es gibt gute Gründe für die Annahme, dass uns die Feinde noch heute Morgen angreifen. Sehr bald jedenfalls.«

Soffjian stieß den Schaft ihrer Partisane auf den Boden. »Oh, du meine Güte. Und welche Feinde sind das?«

Ohne auch nur einen Wimpernschlag zu zögern, sagte Braylar: »Die Art Feinde, die Schwerter trägt und einen Groll hegt, meine liebe Schwester. Sie werden sehr bald hier sein, wenn wir uns nicht in Bewegung setzen. Wie ich sehe, bist du bereits gerüstet und hast sicher auch schon gefrühstückt. Du darfst dich uns gern anschließen. Natürlich nur in deiner Eigenschaft als kaiserliche Eskorte. Ich würde nie erwarten, dass sich die Memoridinnen einmal in einen Konflikt einschalten, den sie nicht selbst inszeniert haben. Andererseits kannst du auch hierbleiben und noch ein paar Tage lang den Jahrmarkt genießen. Schließe später zu uns auf, was dir dank deiner Fähigkeiten ja keine Mühe bereiten wird. Wie auch immer, wenn ich mich nicht spute, werden meine Männer in wenigen Minuten womöglich ohne mich aufbrechen, was einem Captain wie mir überhaupt nicht gut zu Gesicht steht. Wenn du mich entschuldigen möchtest, ich müsste mich jetzt dringend um das Kriegshandwerk kümmern.«

Soffjian war über diese Antwort nicht sonderlich erfreut, schien aber auch nicht geneigt, weiter nachzubohren. Ich hatte den Eindruck, dass sie nicht sicher war, ob ihr Bruder sie irgendwie hereinlegen wollte. Das war ein durchaus gesundes Misstrauen. So etwas hätte ich schon viel früher gut gebrauchen können.

Sie nickte und verbeugte sich leicht. Ich war nicht sicher, ob es höflich oder spottend war, und Braylar ließ sich nichts anmerken. »Da es dir einerlei ist, werde ich dich begleiten, wenn du aufbrichst, um dich deinen Feinden zu stellen. Ich werde mich bemühen, dir nicht im Weg zu sein. Wenn man einen Großen Jahrmarkt gesehen hat, dann hat man sie alle gesehen, nicht wahr?«

Soffjian wartete nicht auf seine Antwort, sondern stolzierte hinaus und wich gewandt einem syldoonischen Soldaten aus, der gerade hereinkam. Braylar betrachtete mich und meine Habseligkeiten. Es war viel weniger, als die meisten Menschen hatten, aber zu viel für ein Pferd. »Verstaue die Reservekleidung und die Schreibsachen auf einem Wagen im Stall. Beeile dich.«

»Es klang, als würden ein paar Tage vergehen, bis wir sie wieder treffen. Soll ich nicht den Schreibkasten mitnehmen? Wenn es geht, würde ich das gern tun.«

»Wie du willst«, antwortete Braylar. »Glaubst du, du kannst es vermeiden, dein Pferd, dich selbst oder einen meiner Männer zu erschießen, wenn ich dir eine Armbrust gebe, sodass du mit uns ins Gefecht ziehen kannst?«

Als ich »Gefecht« hörte, kämpfte ich den Drang nieder, schwer zu schlucken oder von einem Fuß auf den anderen zu trampeln. »Captain, als ich das letzte Mal eine Armbrust hatte, konnte ich einen von Henlesters Männern lange genug ablenken, damit Ihr ihn töten konntet. Ein Pferd habe ich auch getroffen, und das war sogar noch schwieriger, als Euch oder den Wächter nicht anzuschießen. Habe ich mich damit gut genug bewährt, um wieder eine Waffe zu tragen?«

Die Worte sprudelten viel zu schnell heraus. Beinahe hätte ich mich entschuldigt und alles zurückgenommen. Er starrte mich eine Weile an und sagte schließlich: »Verstaue deine Sachen, Armbrustschütze Arkamondos. Ich werde dich neu bewaffnen.«

Mir schien, je länger ich mich bei dem überlegten, berechnenden Captain aufhielt, desto überstürzter und impulsiver wurde ich selbst. Das war keine gute Entwicklung.

Als ich zur Tür ging, fügte er hinzu: »Bleib in Vendurros Nähe. Ich habe ihn nicht eigens angewiesen, auf dich aufzupassen, aber ich nehme an, er mag dich und beschützt dich vielleicht hin und wieder. Suche besser nicht meine Nähe, denn ich werde mitten im Getümmel sein und habe keine Geduld mit dir, wenn du mir in die Quere kommst.«

Nach dieser liebenswürdigen Erklärung verließ ich den Gemeinschaftsraum und beherrschte mich, um mich nicht umzudrehen und ihn ein letztes Mal zu betrachten. An dem Raum war nichts Besonderes, und er schien das Unglück anzuziehen.

Ich war zum letzten Mal hier und hatte vielleicht nicht mehr lange zu leben. Darüber wollte ich nicht weiter nachdenken. So trat ich rasch durch die Tür und stieg die Treppe hinunter. Fast wäre ich mit einem anderen Syldooner zusammengestoßen. Ich wich ihm nur halb so gewandt aus wie Soffjian. Besonders geschickt war ich noch nie gewesen, aber in dieser Gesellschaft fühlte ich mich so unbeholfen und unsicher wie noch nie im Leben.

Im Gegensatz zu den *Drei Fässern* in Flusstal gab es im *Traurigen Hund* keine Gäste, die zum halben Preis im Schankraum nächtigten, aber Gremete war bereits auf. Vermutlich begannen die Arbeitstage der Wirtin lange vor der Dämmerung. Sie stand mitten im Raum, hatte die Arme vor der Brust verschränkt und war offenbar nicht sonderlich erbaut, dass die Soldaten so früh die Treppe rauf- und runtertrampelten. Sie zeigte allerdings nicht die Gereiztheit eines Menschen, den man gerade aus dem Schlaf gerissen hatte.

Braylar beugte sich oben über das Geländer. Der Lamellenpanzer und die Waffen klimperten, falls man dieses Wort für eine derart tödliche Ausrüstung überhaupt benutzen durfte. »Werte Wirtin, ich entschuldige mich für die Störungen. Die Unterkunft war insgesamt außerordentlich.«

Hätte sie in einer kleineren Stadt oder einem Gasthof an der Straße so früh ein Getümmel von Bewaffneten gesehen, dann hätte sie womöglich nachdenklich oder besorgt reagiert, aber Gremete schien ungerührt. »Und Ihr wart ein guter Gast. ›Außerordentlich‹ wäre vielleicht übertrieben, aber Ihr habt mich nicht betrogen, Ihr wart sauberer als die meisten, und Ihr habt Manieren. Im Großen und Ganzen jedenfalls, und wenn man berücksichtigt, dass Ihr Soldaten seid.« Das sagte sie in dem halb belustigten und halb verärgerten Tonfall, den sich jede Mutter rasch aneignete.

Braylar entging es nicht. Er lächelte viel aufrichtiger und länger als sonst. Dann kam er die Treppe herunter, die Hand im Panzerhandschuh schabte leicht über das Geländer. Als er unten angekommen war, warf er ihr eine kleine Börse mit klimpernden Münzen zu. Gremete schnappte sie. Auch wenn sie bislang nicht betrogen worden war, zeigte sie keine Neigung, in diesem Augenblick damit zu beginnen. Sie öffnete das Beutelchen und zählte im schwachen Licht blinzelnd die Münzen. Dann sah sie Braylar an. »Ich kann besser rechnen als die meisten anderen Leute, aber es scheint mir, als hättet Ihr ein wenig zu viel bezahlt. Mehr als nur ein wenig, um ehrlich zu sein. Fast das Doppelte dessen, was Ihr schuldig seid. Muss ich mir deshalb Sorgen machen?«

Braylars Lächeln blieb unverändert. Es hielt sich beängstigend lange. »Ein Syldooner bezahlt nie zu viel, Frau Wirtin. Gelegentlich zu wenig, aber meistens auf den Heller genau und niemals zu viel. Essen und Unterkunft wie besprochen. Die zusätzliche Summe soll den Schaden decken.«

Gremete blickte zum ersten Stock hinauf, dann sah sie wieder den Captain an. »Soll ich das mit dem guten Gast widerrufen? Was habt Ihr denn mit meinen Zimmern gemacht, Syldooner?«

»Die Zimmer sind in Ordnung, Gremete. Sie waren nie besser in Schuss. Aber ich könnte mir vorstellen, dass der Gasthof demnächst Schaden nehmen wird. Das wird bald klar werden.« Er sah mich an, das Lächeln verschwand. »Ich hatte gehofft, die Rüstungen und die Waffen und all das hätten dir verdeutlicht, dass ein Kampf bevorsteht. Waren die Andeutungen etwa zu zart? Beweg dich, Arki.«

Er ging hinaus, als Gremete zu einer weiteren Frage ansetzte. Sie unterbrach sich, weil sie erkannte, dass er nicht in der Stimmung war, weitere Diskussionen zu führen. Dann sah sie mich an, doch ich konnte nur mit den Achseln zucken. »Der Mann versteht etwas von Schäden, aber ich habe keine Ahnung, was er damit meint.«

Sie steckte die Börse in die Schürze, warf sich ein Handtuch über die Schulter und verschwand kopfschüttelnd in einem dunklen Flur.

Ich dagegen eilte Braylar hinterdrein. Der Schreibkasten, der Ranzen, die Armbrust und der Köcher pendelten in verschiedene Richtungen.

Als ich mich den Ställen näherte, erfasste das erste Morgenlicht die Dächer und Giebel im Osten, doch der größte Teil Zechingens lag noch im Schatten der Burg. Der Halbmond stand bleich wie eine Kristallscherbe über einem Dach. Die fehlende Hälfte war zu Staub zerfallen oder hinter den Horizont gestürzt. Im Stall hing gleich neben der Tür eine Laterne an der Wand, sonst wäre es im Inneren völlig dunkel gewesen, obwohl der Morgen bereits anbrach. Die meisten Syldooner saßen schon auf den Pferden, auch Soffjian und Skeelana waren zur Stelle.

Die Gruppe war größer als erwartet und umfasste mehr Menschen, als im *Traurigen Hund* abgestiegen waren. Wir waren achtzehn: fünfzehn Soldaten, zwei Memoridinnen und ich. Es war noch so kalt, dass die Atemwolken wie Gespenster vor den Mündern wallten. Ich fand den Anblick beinahe hypnotisierend. All die bewaffneten, gerüsteten und berittenen Soldaten zogen in ein Gefecht, von dem höchstens eine Handvoll wirklich eine Vorstellung hatte. Vielleicht vertrauten die einfachen Soldaten blind darauf, dass ihr Captain sie nicht ohne guten Grund mitten in der Nacht geweckt hatte. Das entsprach ja höchstwahrscheinlich auch der Wahrheit. Als ich schauderte, hatte es weniger mit der Kälte des Morgens und viel mehr mit einem innerlichen Frösteln zu tun.

So gut wie möglich verstaute ich meine Sachen auf dem Pferd, das derart beladen fast ebenso unbeholfen wirkte wie ich. Wenigstens musste es nicht noch das zusätzliche Gewicht einer Rüstung tragen. Wenn Captain Killcoin recht behielt, würde ich mir allerdings wohl bald wünschen, eine zu besitzen. Auf dem Weg zum Tempel hatte ich damit gerechnet, ein Gefecht zu beobachten, war aber nicht darauf gefasst gewesen, selbst mitten hineinzugeraten. An diesem Morgen bestand kein Zweifel mehr daran.

Der Captain drehte den Helm in den Händen, breitete die Kettenbrünne aus, neigte den Kopf und setzte ihn sich auf. Die mit Nieten befestigten Ringe legten sich auf die Schultern, und nun war das Gesicht bis auf die Augen verdeckt. So sah er noch beängstigender aus als sonst.

Mulldoos kam und machte Meldung. »Alle Männer sind bereit. Die Wagen werden wie befohlen erst später ausrücken.«

Braylar nickte, zog einen Handschuh zurecht und spannte die Finger. »Sehr gut. Gibt es sonst noch etwas?«

Mulldoos nickte. »Der Zeitablauf ist schwierig, Cap, aber der Reißer wird im richtigen Augenblick erscheinen, sonst bekommt es der Mann, der dafür zuständig ist, mit mir zu tun.«

»Wen hast du dafür eingeteilt?«, wollte Braylar wissen.

»Lugger, Brunzlo, hierher«, rief Mulldoos.

Die beiden Soldaten kamen im Laufschritt, die Lamellenpanzer klapperten.

Mulldoos sagte: »Der Cap will euch was fragen.« Dann ging er weg, um vermutlich dieses und jenes zum dritten oder vierten Mal zu inspizieren.

Braylar wandte sich an die Männer. »Schafft ihr das?«

Der größere Soldat, dessen Helm eine beachtliche Delle am Nasenschutz aufwies, antwortete ihm: »Aye, Cap. Wir haben ihn sicher eingesperrt, keine Sorge.«

»Und die Besitzer?«

Der kleinere Syldooner kicherte und fuhr sich mit dem Finger quer über den Hals. Diese Geste war seit Anbeginn aller Zeiten überall ohne Worte verständlich. Ich erinnerte mich, wie wütend ich auf die Schausteller gewesen war, die mit einem eingesperrten Ungeheuer die Dummheit der Bauerntölpel ausnutzten, aber das hieß nicht, dass sie es verdienten, ermordet zu werden. Mein Magen führte einen Ringkampf mit sich selbst aus.

Braylar nickte. »Der Zeitablauf ist entscheidend. Wenn ihr den Käfig zu früh öffnet, verderbt ihr uns den Überraschungseffekt und werdet womöglich sogar getötet. Wenn ihr zu spät dran seid, werdet ihr ebenfalls umkommen. Durch das Schwert oder durch die Klaue. Oder durch Mulldoos. Wie auch immer, wenn ihr Erfolg habt, seid ihr Helden, und wenn ihr versagt, dann ...« In Höhe seiner Kehle fuhr er sich mit dem Zeigefinger über die Ketten der Halsberge.

Die Soldaten salutierten und führten die Pferde aus dem Stall in die Gasse, die in die Hauptstraße mündete. Ich setzte mein Reittier in Bewegung und näherte mich dem Captain. Nach einem raschen Blick zum Hintereingang des Gasthofs, wo niemand zu sehen war, fragte ich so leise wie möglich: »Ist das wirklich klug, Captain? Ich habe die Kreatur gesehen, sie ist kein abgerichtetes ...«

»Es war dein Vorschlag, und er war besser als die andere Möglichkeit.«

»Welche wäre das denn gewesen?«

»Feuer.«

»Feuer?«

»Ein Element. Dasjenige, das heiß ist.«

Ich dachte an die Ställe, das Heu, das Weidengeflecht, das von Lehm zusammengehalten wurde, das alte Holz in fast allen

Gebäuden. Ja, sogar ein kleines Feuer wäre viel gefährlicher gewesen als ein frei laufender Reißer.

»Aber wenn das Untier nun die Gäste tötet? Oder die Kaufleute und die Besucher des Jahrmarkts?«

»Es ist ein Reißer. Ich wäre enttäuscht, wenn er sie nur anstupsen und ihnen den Bauch hinhalten würde, damit sie ihn kraulen.« Braylar nahm es auf die leichte Schulter, aber der Schausteller und seine Söhne lagen schon irgendwo in einer Blutlache, und höchstwahrscheinlich würden bald andere Menschen folgen. Mir wurde schon wieder übel.

»Habt Ihr deshalb Gremete mehr Geld gegeben? Weil ...«

Braylar senkte die Stimme und flüsterte heiser: »Gremete wurde entschädigt. Großzügig, wenn ich mich nicht irre. Ich glaube, sie wird im Haus sicher sein. Deine Zuneigung für angeschlagene Soldaten, dicke Pilgerinnen, dürre Mädchen und abgebrühte alte Wirtinnen ist lobenswert und wird zur Kenntnis genommen, aber anscheinend vergisst du, dass ich alles Menschenmögliche tue, um meine Männer und unsere Mission zu schützen. Wenn es dazu erforderlich sein sollte, Zechingen in Schutt und Asche zu legen, dann würde ich es mit Freuden tun. Aber wenn wir Glück haben, werden unsere Feinde das Hauptgericht darstellen, und das Untier wird gejagt und getötet, ehe es ernsthaften Schaden anrichten kann.«

Braylar blickte zum dämmernden Himmel hinauf, die Dachziegel und die oberen Teile des Dachs waren jetzt deutlicher zu erkennen. Wie ein stummer Dieb schlich sich das Tageslicht an. »Wir müssen aufbrechen. Jetzt sofort. Aber ich kann dir versichern, mein zart besaiteter Schreiber, dass dies vermutlich einigen Menschen das Leben retten wird. Zumindest rettet es uns selbst. Und das ist letzten Endes das Einzige, was wirklich zählt.« Dann rief er die anderen Soldaten in der Scheune. »Führt die Pferde hinaus. Wir setzen uns in Marsch.«

7

Auf dem Kälberweg, der Hauptstraße, entfernten wir uns in östlicher Richtung vom *Traurigen Hund*. Die Gegend war zu dieser frühen Stunde so gut wie menschenleer. Obwohl die Sperrstunde noch nicht aufgehoben war und die ersten Besucher des Jahrmarkts noch nicht über die Brücken und durch die Tore herbeiströmten, waren schon einige wenige Einwohner Zechingens auf den Beinen und wanderten durch die Straßen. Die meisten verzogen sich allerdings in den Schatten oder in kleine Gassen, sobald sie unsere große berittene Truppe bemerkten, sodass ich nicht erkennen konnte, welchen Tätigkeiten sie gerade nachgingen. Wahrscheinlich handelte es sich um Bäcker oder Handwerker, vielleicht auch um Diebe und Trunkenbolde. Falls Letzteres zutraf, so wurden sie erstaunlich schnell nüchtern und verschwanden in sichere Gefilde.

In diesem Bezirk – es war ein Viertel mit vielen Geschäften, über denen oft die Kaufleute wohnten – gab es sehr unterschiedliche Häuser und Fassaden. Einige Gebäude hatten vorspringende obere Stockwerke, hier und dort war die Farbe oder Tünche abgeblättert, einige Wände waren mit unregelmäßigen Vertäfelungen, verblichenen Zeichnungen, Emaillemosaiken und neuen oder rissigen alten Zierkacheln geschmückt. Im schwachen Licht waren die Farben gedämpft und erschienen überwiegend wie Grautöne, doch die Vielfalt der Konstruktionen und Verzierungen war dennoch eine Augenweide, genau wie die vielen Schilder, die auch den Ungebildeten erklärten, was die Geschäfte feilboten – teils waren es hölzerne Silhouetten wie die Schere, die vor der Schneiderei hing, während es beim Sattler ein Sattel war, anderswo waren die betreffenden Gegenstände einfach auf eine Holztafel gemalt, wie etwa ein Stiefel für den Schuhmacher, eine Kerze für den Kerzenzieher und so weiter. Einige waren sehr einfach und schmucklos, doch manche Händler hatten begabte Künstler angestellt, um Hüte, Geldbörsen, Wagenräder, Schlösser, Handschuhe und alles andere zu malen, was sie jeweils anzubieten hatten.

Vendurro ritt neben mir. Sein Helm und die Lamellenrüstung waren stumpf, da die Sonne gerade erst über die höchsten Dachfirste lugte. Er wollte mich begrüßen, gähnte aber so laut, dass Mulldoos ihm über die Schulter einen bösen Blick zuwarf, und biss herzhaft in ein hart gekochtes Ei. Gelbe Krümel landeten im dichten Bart, kullerten die Rüstung hinunter und fielen auf den Sattel. Er wischte sie weg und grunzte etwas. Anscheinend störte ihn das vergeudete Essen viel mehr als die Tatsache, dass wir wahrscheinlich einem Blutvergießen entgegensahen.

Ich beugte mich zu ihm hinüber. »Hat der Captain schon verraten, wohin wir reiten?«

Vendurro bot mir ein Ei an, in das er glücklicherweise noch nicht gebissen hatte. Zuerst wollte ich ablehnen, dann fiel mir ein, dass ich noch nicht gefrühstückt hatte. Obwohl es noch sehr früh war, und obwohl mit jedem Schritt meines Pferds Tod und Vernichtung näher rückten, hatte ich Hunger. Also nahm ich das Ei entgegen. Leise, um niemandes und besonders nicht Mulldoos' Zorn zu erregen, beantwortete er meine

Frage. »Man muss nicht lange mit dem Cap reiten, um zu begreifen, dass er nicht zu denen gehört, die sich über das Wie und Wo auslassen, solange der richtige Augenblick nicht gekommen ist. Ich würde meinen, dass es noch nicht so weit ist, weil ich noch nichts gehört habe. Du könntest einen der Leutnants da vorne fragen, aber ich vermute, du hast keine Lust, einen Knuff auf die Ohren zu bekommen, was ich wiederum für sehr wahrscheinlich halten würde. Genau deshalb hast du ja mich gefragt, was?«

Ich nickte und biss von dem Ei ab. Ein oder zwei Salzkörnchen klebten darauf, aber sonst war es so neutral und geschmacklos, wie es ein gekochtes Ei nur sein konnte. Trotzdem, es würde meinen Magen eine Weile beruhigen. »Hat er etwas darüber verlauten lassen, was er ...« Ich sah mich nach den anderen Syldoonern um, die in der Nähe ritten, weil ich keine Lust verspürte, einen Stoß in den Bauch oder gegen einen anderen Körperteil zu bekommen, den Mulldoos gerade bevorzugte. Als ich noch überlegte, wie ich die Frage möglichst unverfänglich formulieren konnte, sagte auf der anderen Seite ein Soldat, den ich nicht kannte: »Schreiber, ich würde lieber den Mund halten. Es sei denn, du willst, dass deine Lippen so geschwollen sind, dass sie sich sowieso nicht mehr öffnen wollen.« Dann nickte er in die Richtung von Braylar, Hackspeer und Mulldoos und den beiden Memoridinnen, die vor uns ritten. Ich hatte so angestrengt über meine Frage nachgedacht, dass mir völlig entgangen war, wie Soffjian und Skeelana zu uns gestoßen waren.

Ja, es war sicher gut zu schweigen, zumal mir bewusst wurde, dass ich der Einzige war, der, wenngleich flüsternd, überhaupt etwas gesagt hatte.

Obwohl Soffjian angekündigt hatte, sie wolle sich aus den Kämpfen heraushalten, hatte sie ihren Schuppenpanzer angelegt. Skeelana trug lediglich einen kurzen Mantel über der Jacke mit der Schärpe. Mir fiel auf, dass sich die Frauen etwas seltsam benahmen. Alle anderen blickten unverwandt nach vorne oder sahen sich höchstens einmal um, wenn aus einem dunklen Gebäude oder einer Seitenstraße ein Geräusch drang. Die Memoridinnen jedoch drehten sich unablässig hin und her, als suchten sie etwas. Nicht, als fürchteten sie eine Gefahr oder reagierten auf Geräusche, sondern als wollten sie sich vergewissern, dass ihnen ja nichts entging und sie alle Einzelheiten wahrnahmen. Das war unnatürlich. Auch Vendurro beobachtete sie, warf mir einen Blick zu und zuckte mit den Achseln. »Die seltsamste Gesellschaft, mit der man überhaupt reiten kann, Kritzler.«

Dem konnte ich nicht widersprechen.

Meine Frage hinsichtlich unseres Ziels wurde bald beantwortet. Braylar führte uns die Schanze hinunter, eine Seitenstraße, die schmaler war als der Kälberweg. Ein paar Häuser weiter unten trat jemand aus einer Gasse. Sofort verkrampfte ich mich und hätte fast nach der Armbrust gegriffen, aber die anderen waren nicht beunruhigt. Als wir nahe genug waren, erkannte ich den Mann als Syldooner, hinter dem noch zwei weitere auftauchten.

Braylar stieg ab und überließ dem Soldaten die Zügel. Mulldoos und Hackspeer folgten seinem Beispiel, nahmen aber zuvor die Armbrüste und Köcher an sich. Als sich auch Vendurro in Bewegung setzte, schloss ich mich ihnen an. Die drei Soldaten führten nacheinander unsere Pferde in die Gasse. Zuerst hatte ich die Einmündung gar nicht bemerkt, weil von Norden her ein Wagen die Sicht versperrte. Auf der anderen Seite des Kälberwegs, direkt vor der gegenüberliegenden Gasse, diente ein großer Kistenstapel dem gleichen Zweck. Im Zwielicht war der Durchgang kaum auszumachen.

Die Syldooner spannten die Armbrüste, die Hälfte der Männer verschwand in der Gasse im Schatten. Die meisten übrigen liefen in die gegenüberliegende Gasse. Offensichtlich planten wir eine Art Hinterhalt. Die Frage war nur, was es hier zu überfallen galt.

Braylar rief Vendurro zu sich. Da ich nichts zu tun hatte, hielt ich mich an den Rat, in der Nähe des Sergeanten zu bleiben, und folgte ihm im Laufschritt. Dabei achtete ich darauf, die Armbrust auf den Boden zu richten, ohne direkt auf meine Füße zu zielen. Viel zu oft schon hätte ich beinahe versehentlich die Waffe abgefeuert, und wenn es unbedingt geschehen musste, dann war es immer noch besser, meinen eigenen Fuß zu treffen, als einen Syldooner oder eine Memoridin zu erschießen, was letztlich auch für mich zu erheblich größeren Schmerzen geführt hätte.

Der Captain unterhielt sich leise mit seinen beiden Leutnants und dem Sergeanten. Nach wie vor verdeckte der Helm den größten Teil des Gesichts, was hier draußen nicht weniger beunruhigend war als im Stall. Hackspeer fragte gerade: »Rechnest du damit, dass sie über den Kälberweg kommen, Captain?«

Braylar nickte. Die Rüstung klimperte leise. »Das vermute ich. Ich bin allerdings nicht ganz sicher, ob sie nicht doch durch die Unterstraße vorstoßen. Zechingen ist so verwinkelt und unübersichtlich, und diese Straße führt ebenfalls zum *Traurigen Hund*. Ein Stückchen östlich vom Gasthof stößt sie auf den Kälberweg. Allerdings ... spricht alles dafür, dass sie direkt über den Kälberweg anrücken.« Er wandte sich an Vendurro und deutete in die Gasse, in der die Pferde verschwunden waren. »Vergewissere dich, dass wir dort tatsächlich einen Fluchtweg haben, ja?« Vendurro nickte. »Gut. Ich hoffe, wir brauchen ihn nicht, aber falls wir uns zurückziehen müssen, wäre das in einer Sackgasse ausgesprochen unergiebig.«

Dann führte er uns zu der anderen Gasse, gegenüber den Pferden. Ich hatte nicht die geringste Lust zu kämpfen und würde erst recht unsere eigenen Leute gefährden, wenn ich es vom Pferderücken aus versuchte. Andererseits fühlte ich mich nicht wohl damit, dass ich kein Pferd mehr hatte, auch wenn es nicht weit entfernt gegenüber in der Gasse auf mich wartete. Falls ich fliehen musste, war ich beritten viel schneller als zu Fuß.

Braylar blieb am Eingang der Gasse stehen. Mulldoos war ein paar Schritte weitergegangen, und als hinter einem Fass eine Ratte hervorschoss, trat er darauf und brach ihr mit einem Knacken das Rückgrat. Mit einem leisen Quieken hauchte sie ihr Leben aus. Falls sie Geschwister hatte, waren diese so klug zu bleiben, wo sie waren. Ich ging zu Braylar, kam ihm aber nicht zu nahe, um ihn nicht zu bedrängen. »Ich verstehe nicht viel vom Kampf ...«

»Wirklich? Du bewegst dich wie der erfolgreiche Sieger von tausend Gefechten.«

»Aber warum habt Ihr entschieden, abzusitzen und zu Fuß zu kämpfen? Sofern wir überhaupt kämpfen müssen.«

Seine Hand wanderte zur linken Seite, die Finger tippten nachdenklich auf Blutrufers Heft. Auch wenn das Gesicht und die finstere Miene hinter der Kettenbrünne verborgen blieben, ich hörte immer noch heraus, wie gereizt er war. »Wir müssen kämpfen, mach dir da nichts vor. Es ist jetzt ... sicherer denn je. Was die Kampfweise angeht, so ist dir vielleicht entgangen, dass Geschwindigkeit und Beweglichkeit die wichtigsten Vorzüge eines Reittiers sind. In diesen schmalen, engen Straßen kommt beides nicht zur Geltung, besonders nicht, sobald das Kampfgetümmel beginnt. Wir würden uns hier nur gegenseitig behindern. Auf einer Hauptstraße in der Nähe des Hauptplatzes sähe das ganz anders aus. Aber dort ist es sehr schwierig, zwanzig Pferde zu verstecken, und das macht es wiederum viel schwieriger, jemandem einen Hinterhalt zu legen. Und jetzt schweig. Auch unnützes Geplapper kann das Überraschungsmoment verderben. Außerdem geht es mir ungeheuer auf die Nerven.«

Wir warteten, und was mich anging, so war ich mindestens so unruhig wie am zerstörten Tempel, als wir auf Henlesters Priester gewartet hatten. Von der Vorstellung, dass wir unser Leben riskierten und vielleicht in wenigen Augenblicken getötet werden konnten, lenkte ich mich ab, indem ich mich auf alle kleinen Einzelheiten in der Umgebung konzentrierte, aber leider kehrten meine Gedanken immer wieder zu unerfreulichen, ungemütlichen oder gar unerträglichen Dingen zurück. Der starke Uringestank in der Gasse, der von Tieren, Betrunkenen und Dieben stammen mochte und sich mir wie eine klamme Decke über den Kopf legte. Die Geschwister der toten Ratte, die im Schatten Aas und Abfall knabberten, die Exkremente und die verfaulten Überreste, die sogar sie verschmähten. Die abblätternde, unebene Wand hinter mir, gegen die sicherlich schon viele Leute gepisst hatten, bis sie sich halb aufgelöst hatte. Als ich das letzte Mal auf diese Weise gewartet hatte, war wenigstens Lloi dabei gewesen und hatte mir Gesellschaft geleistet. Jetzt waren nur noch die gefährlichen Syldooner und die noch geheimnisvolleren und erstaunlichen Memoridinnen da.

Da war es fast schon besser, ich dachte an die bevorstehende Schlacht und das Blutvergießen.

Braylar wandte sich an mich. »Halte die Waffe bereit, Arki. Wenn wir losschlagen, bleibst du bei Vendurro, solange es möglich ist. Danach gehst du nach hinten. Schieße nur, wenn du es unbedingt musst und wenn du in Lebensgefahr schwebst. Vielleicht nicht einmal dann. Ich bin immer noch nicht sicher, ob du nicht versehentlich doch jemandem, den ich mag, das Gesicht durchlöcherst.«

Vielleicht waren Urin und Unrat doch nicht so schlecht.

Auf einmal hob Braylar eine Hand. Ich fragte mich, ob er dank Blutrufer etwas gespürt hatte, aber dann nahm ich es wahr – das schwache, aber unverkennbare Trampeln vieler Füße auf dem Pflaster des Kälberwegs. Sie marschierten nicht und trampelten nicht, und zu jeder anderen Tageszeit wären die Schritte im Alltagslärm untergegangen. Selbst wenn man genau darauf achtete, war es schwer, die anrückenden Männer zu hören. Ich spähte zwischen einigen Kisten hindurch und sah sie auf dem Kälberweg in westlicher Richtung zum *Traurigen Hund* ziehen. Sie gingen an der Kreuzung mit der Schanze vorbei. Es waren Bewaffnete, viele trugen Kettenhemden, soweit ich es erkennen konnte. Genau wie es der Captain vorhergesehen und vorhergesagt hatte. Die Männer bewegten sich so leise, wie es Kriegern in Rüstungen am frühen Morgen in einer Stadt eben möglich war.

Ich zählte sie, als sie vorbeikamen und verschwanden. Da fiel mir etwas auf. Sie alle trugen Bandeliers. Die meisten waren Rechtshänder und hatten die Schwerter und Dolche links befestigt. Einer drehte sich um und blickte den Kälberweg entlang. Dabei bemerkte ich den Griff des Horns, das auf der anderen Seite an der Hüfte hing.

Also waren es Hornmänner und keine Brunemänner, die sich heimlich näherten, um uns zu fangen oder zu töten. Es waren mindestens dreißig Soldaten, vielleicht noch mehr. Anscheinend waren die Hornmänner der Ansicht, auch die Gasthöfe in Zechingen unterständen ihrer Gewalt, oder zumindest waren sie bereit, Brunes Zorn auf sich zu ziehen, indem sie die Syldooner festnahmen.

Ich war sicher, dass auch Braylar die Bandeliers bemerkt hatte, aber um ganz sicher zu sein, flüsterte Vendurro direkt hinter mir: »Das sind gar keine Brunejungs, Cap. Die Hornmänner hast du aber gründlich verärgert. Ein Glück, dass wir nicht mehr im Bett liegen.«

Als Braylar antwortete, wandte er sich an mich. »Es wäre tatsächlich ein schlechter Tag, um lange im Bett zu bleiben.« Allmählich tastete sich das Tageslicht an den Häusern herab, aber die Gasse erreichte es noch nicht, und selbst wenn, da sein Gesicht hinter der Kettenbrünne verborgen war und die Augen im Schatten lagen, konnte ich seine Miene nicht erkennen. Den wütenden Blick spürte ich durchaus. Die Tatsache, dass ich seine Miene nicht sah, machte alles nur noch schlimmer.

Dank meiner Fürsprache war der junge Hornmann im Gras, der mir dann auf dem Basar über den Weg gelaufen war, verschont geblieben. Ich konnte kaum schlucken. Mir wurde bewusst, dass alles Blut, das an diesem Tag vergossen wurde, höchstwahrscheinlich auf meine Kappe ging.

»Wo sind ihre Pferde?«, krächzte ich.

»Wahrscheinlich haben sie die Tiere ein paar Straßen entfernt zurückgelassen. Sie dachten wohl, es wäre einfacher, wenn sie sich zu Fuß anschleichen.«

In der Nähe der Kreuzung trat ein Syldooner, den ich noch nicht bemerkt hatte, aus einer Tür. Er war nur vier Schritte von den vorbeiziehenden Soldaten entfernt gewesen und gab nun ein Handzeichen, das ich nicht verstand. Damit war ich wohl der Einzige, denn die anderen setzten sich sofort in Bewegung. Braylar trat auf die Schanze hinaus. Die Armbrust hielt er zwar entspannt, doch er war bereit, den Gegnern auf große Entfernung den Tod zu bringen. Wir folgten ihm. Ohne ein weiteres Wort kehrte er dem Kälberweg den Rücken und ging schnell in die andere Richtung. Auch das fand außer mir niemand sonst seltsam, denn die Syldooner sammelten sich sofort hinter ihm und marschierten los, wenngleich meiner Ansicht nach in die falsche Richtung. Ich bemühte mich, die Armbrust so zu halten wie die anderen Soldaten. Falls sich versehentlich ein Schuss löste, flog der Bolzen nach oben und konnte niemanden aus der Truppe gefährden. Das galt freilich nicht für die Leute, die im ersten Stock den Kopf aus dem Fenster steckten, um das Nachtgeschirr zu leeren oder nachzusehen, was die Unruhe auf der Straße zu bedeuten hatte. Auf jeden Fall war das besser, als auf meine Füße zu zielen.

Als wir die nächste Seitenstraße erreichten, begriff ich, warum wir in die vermeintlich falsche Richtung gelaufen waren. Wir bogen in die Unterstraße ein und gingen nach Nordwesten. Schnellen Schritts näherten wir uns wieder dem *Traurigen Hund.*

Kurz vor der nächsten Kreuzung wurde Braylar langsamer und schlich an den Fassaden und verschlossenen Türen vorbei, die sich mit allen Schatten, die sie aufbieten konnten, gegen den dämmernden Tag stemmten. Als uns die Straße über eine lang gezogene Kurve wieder zum Kälberweg zurückführte, hätte ich beinahe wie ein Irrer gelacht. Ich fühlte mich fast wie ein kleiner Junge, der Verstecken spielte, als wir durch die Schatten schlichen. Nur dass die Männer mit echten Waffen, nicht mit Stöcken bewaffnet waren und das Blut der Feinde vergießen wollten. Eine ganze Menge Blut.

Ich war sicher, dass uns die Gegner hörten, sobald wir die Kreuzung erreichten, genau wie wir die Hornmänner gehört hatten. Unsere Gruppe war lange nicht so groß, und wir bewegten uns vorsichtig, aber eine Rüstung gab immer irgendwelche Geräusche von sich, und wir waren eine ansehnliche Truppe. Doch als wir zur Ecke der Unterstraße schlichen, fiel es mir ein: Wir hatten auf sie gewartet und aufmerksam gelauscht, während sie einen Gasthof überfallen wollten und nicht mit Gegnern rechneten, die ihnen auflauerten. Die Hornmänner richteten die Aufmerksamkeit ganz und gar auf den *Traurigen Hund.*

Alle kehrten uns den Rücken, als sie vor dem Haupteingang stehen blieben. Der Anführer deutete auf die Ställe, die wir vorhin erst verlassen hatten.

Wir traten auf den Kälberweg hinaus und näherten uns ihnen. Gleich würde der Kampf beginnen. Wie es mir befohlen war, blieb ich hinten in der Nähe der Memoridinnen und achtete darauf, den langen Abzug aus Stahl nicht zu berühren, während die Armbrust nach oben zielte.

Die Hornmänner schienen bereit, mit dem Überfall zu beginnen und die wenigen Syldooner zu fangen oder zu töten, die sie drinnen vermuteten. Offensichtlich rechneten sie nicht damit, dass genau diese Männer sie von hinten angriffen.

Die Syldooner schwärmten zu einer breiten Linie aus, Braylar hob die Armbrust und zielte, die anderen Syldooner folgten seinem Beispiel. Damit bildeten die Memoridinnen und ich eine viel kleinere zweite Linie. Skeelana sah mich an und bemerkte, dass ich immer noch nicht auf die Hornmänner zielte. Überrascht zog sie die mit Ringen verzierten Augenbrauen hoch, ehe sie die Aufmerksamkeit wieder auf die Silhouetten vor uns richtete. Jetzt schossen die Syldooner die erste Salve ab. Für jemanden, der ohne Rüstung an einem Kampf teilnahm, war die Memoridin erstaunlich gelassen.

Wir waren beinahe hundert Schritte entfernt, doch die Syldooner waren zu Pferd ausgezeichnete Schützen und doppelt so gut, wenn sie zu Fuß kämpften. Ich glaubte nicht, dass viele Bolzen ihr Ziel verfehlten, auch wenn das Licht noch schwach war. Die Hornmänner, die Braylar im Grünen Meer vertrieben hatte, waren mit Gambesons nur unzulänglich gerüstet gewesen. In dieser Gruppe hier hatten viele Soldaten Kettenpanzer angelegt. Mehr als ein Dutzend wurden getroffen und schrien auf oder stöhnten, aber nur eine Handvoll stürzte, und die meisten Gefallenen trugen, soweit ich es erkennen konnte, ebenfalls nur Gambesons. Allerdings hatten auch einige, die Rüstungen besaßen, Bolzen in den Rücken oder in die Beine bekommen. Die Hornmänner brauchten einen Augenblick, um sich von dem Schreck zu erholen, fanden aber rasch heraus, dass die Gefahr von hinten kam, und drehten sich mit erhobenen Schilden herum.

Unterdessen setzten die Syldooner mit erschreckender Geschicklichkeit die Teufelskrallen ihrer Waffen ein. Ich hatte beobachtet, wie geschickt Braylar und zwei andere Syldooner die Waffen auf dem Pferderücken spannen konnten. Nun aber verblüffte es mich erst recht, wie schnell die Armbrüste erneut gespannt und mit Bolzen geladen waren. Schon klappten die Männer die Krallen ein und legten die Armbrüste wieder an.

Ich rechnete damit, dass die Hornmänner wegliefen oder ausschwärmten, um in Deckung zu gehen, dass sie seitlich an den Gebäuden entlangliefen oder sich hinter Pfosten und Fässern versteckten. Doch der Anführer befahl denen, die einen Schild besaßen, einen Wall zu bilden. Die anderen, die Speere hatten, versammelten sich dahinter. Als die zweite Salve einschlug, rückte der Schildwall bereits vor.

Die Gegner waren zu nahe, um die Bolzen in einem Bogen über die Schilde zu schießen und die weiter hinten stehenden Männer zu treffen. Mehrere Geschosse prallten gegen die Schilde, viele flogen aber auch vorbei und prallten von den Helmen ab. Eines schaltete einen Speerträger in der zweiten Reihe aus, der den Bolzen mitten ins Gesicht bekam und sofort starb.

Andere wurden unterhalb der Rüstungen in den Beinen getroffen. Ein Mann stürzte auf die Knie, was ein Loch in den Schildwall riss. Die Hornmänner wurden langsamer, schlossen die Lücke und stießen energisch weiter vor. Die Verwundeten ließen sie zurück.

Es gelang den Syldoonern, die Waffen ein drittes Mal zu spannen und abzufeuern. Der Angriff war nicht koordiniert, aber die Bolzen flogen ungefähr gleichzeitig los, weil die Männer geübt und wendig waren. Es war, als stünden sie keiner Truppe bewaffneter, wütender Feinde gegenüber, sondern als führten sie nur eine Übung durch.

Zwei weitere Hornmänner fielen. Einer bekam einen Bolzen in den Hals, der andere ins Knie. Die Syldooner duckten sich, legten fast sanft die Armbrüste ab und nahmen die Schilde, Schwerter, Falchions, Hackspeere und einen besonders bösartigen Flegel zur Hand, um sich auf den Angriff vorzubereiten. Vorne stand eine breitere Linie, einige Schritte dahinter eine kleinere Gruppe.

Ich war der Einzige, der noch eine Armbrust hielt, hatte es aber nicht eilig, zwischen den Syldoonern hindurch oder an ihnen vorbei auf die Hornmänner zu schießen. Soffjian hielt die Partisane bereit, griff aber nicht ein, und Skeelana blieb in meiner Nähe, weil sie für den Kampf womöglich noch schlechter gerüstet war als ich. Dennoch wirkte sie eher konzentriert als verängstigt oder auch nur nervös, und sie schien auch keine aufkommende Panik zu unterdrücken, wie ich es tat. Wie zuvor sah sie sich aufmerksam in alle Richtungen um und beobachtete keineswegs nur die große Gruppe Männer, die uns angreifen wollte. Ich folgte ihrem Blick und sah nichts als Hinweisschilder, dunkle Hauseingänge und den *Traurigen Hund*. Nichts, was mehr Aufmerksamkeit erfordert hätte als die bewaffneten Soldaten, die uns in Stücke schneiden wollten.

Sobald die Hornmänner erkannten, dass keine Bolzen mehr fliegen würden, rückten sie schneller vor und zogen die Schilde etwas auseinander. Sie fluchten laut und brüllten unverständliche Worte, waren offenbar sehr erbost, weil wir sie überrumpelt hatten, nachdem sie genau das Gleiche mit uns vorgehabt hatten. Sie waren aufgebracht, weil ihre Überzahl dezimiert worden war, ehe sie überhaupt eine Gelegenheit bekommen hatten, den Feind anzugreifen, und jetzt wurden sie von Blutdurst getrieben und glaubten, mit ihrer größeren Zahl und ihrer Wildheit könnten sie die Gegner einfach überrennen. Es sah nicht so aus, als irrten sie sich. Die Hornmänner stürmten wild und ungeordnet vor.

Die Syldooner hielten die Stellung, in der ersten Reihe quer über den Kälberweg waren zwar zu wenig Männer, um einen eigenen Schildwall zu bilden und die Feinde zurückzutreiben, aber sie ließen den Hornmännern nicht genug Platz, sie zu umgehen und in der Flanke anzugreifen, weil hinter ihnen noch eine Handvoll Soldaten bereitstanden und warteten. Die Syldooner in der vorderen Reihe blockten die ersten Hiebe ab oder wichen ihnen aus und ließen zu, dass die Hornmänner mit ihrem eigenen Schwung die erste Reihe durchbrachen. Im Vorbeigehen schlugen sie noch einmal zu, überließen es dann aber den hinteren Kameraden, die Gegner zu erledigen. Mulldoos' Falchion grub sich in den Hals eines Hornmannes und hinterließ eine klaffende, heftig blutende Wunde. Schon lag der Soldat zuckend am Boden, und Mulldoos wandte sich einem Hornmann zu, dem ein anderer Syldooner einen Hieb auf den Arm versetzt hatte. Der Mann war verletzt, aber noch nicht kampfunfähig. Rasch schlug das Falchion zu. Der Hornmann hob rechtzeitig den Schild, um den Hieb abzulenken, doch nun war seine Seite ungeschützt, und ein anderer Syldooner durchtrennte ihm knapp unter der Rüstung die Beinsehnen.

Heulend stürzte der Hornmann. Mulldoos schob den Schild mit einem Tritt zur Seite, dann setzte der andere Syldooner nach und schlug zweimal mit dem Schwert zu. Anschließend wechselten die beiden eilig den Standort, um die Gefährten zu unterstützen.

So oder ähnlich sah es auf der ganzen Linie aus, als die übereifrigen Hornmänner durchbrachen und gleich danach niedergemacht wurden. Zehn Schritte vor mir ließ ein Syldooner einen Hornmann vorbeistürmen und stellte ihm ein Bein. Keiner der beiden konnte den entscheidenden Hieb anbringen. Der Syldooner konnte nicht angreifen und musste einem Kameraden helfen, der neben ihm drei Hornmänner gleichzeitig abzuwehren hatte. Die Krieger schlugen aufeinander ein, blockten ab und schüttelten sich, wenn ein Hieb die Rüstung traf.

Der Hornmann, der durchgebrochen war, wurde nicht sofort angegriffen, da die anderen Syldooner hinter der ersten Linie gerade beschäftigt waren. Deshalb fasste er einen Moment lang mich ins Auge, sah einen Nicht-Soldaten, dessen Waffe in den Himmel zielte, und beschloss, den ungeschützten Syldooner anzugreifen, der ihn durchgelassen hatte. Fast hätte er es geschafft, doch als er zuschlagen wollte, schoss eine Partisane vor. Die lange Spitze traf sein Knie von der Seite, die gekrümmte Klinge verletzte die Rückseite seines Beins. Er sackte in sich zusammen, gewann noch einmal das Gleichgewicht zurück und drehte sich zu Soffjian um. Zwei weitere Male stieß sie zu, einmal hoch und einmal tief. Einen Hieb blockte er ab, dem zweiten konnte er ausweichen. Allerdings war klar, dass er sich mit dem schwer verletzten Bein nicht mehr schnell bewegen konnte. Obwohl ihre Stange nicht ganz so lang war wie Hackspeers Waffe, hatte sie eine erheblich größere Reichweite als die des Hornmanns.

Er trat vor, um die Partisane zu unterlaufen, doch da gab sein Bein nach, und Soffjian nutzte die Gelegenheit. Sie hob die Partisane, als wollte sie nach seinem Kopf schlagen. Der Hornmann bemerkte den drohenden Hieb und hob den Schild, um sich zu schützen. Genau darauf hatte sie gewartet. Sie zog die Spitze herunter und schlug wie eine Giftschlange zu. Die lange Spitze traf den Oberschenkel des gesunden Beins und durchbohrte das Gambeson. Als nun beide Beine des Hornmannes nachgaben, fing er den Sturz mit den Knöcheln der Schwerthand ab, doch die Waffe half ihm nicht mehr. Soffjian war schon aufgerückt, ihre Klinge blitzte in der Morgendämmerung, als sie ihm das Gesicht zerschnitt.

Der Hornmann wälzte sich kreischend am Boden und presste beide Hände auf das Gesicht. Das Blut lief am Gambeson bis zum Brustbein hinunter. Soffjian drehte sich kurz um und sah mich böse an. Ich wollte einwenden, dass ich Befehl hatte, mich herauszuhalten, solange es irgend möglich war. Dass ich eigentlich einen Federkiel halten sollte, während ich den Kampf aus der relativen Sicherheit eines Fensters im ersten Stock beobachtete. Vermutlich wäre es ihr einerlei gewesen. Sie stach zweimal nach dem verwundeten Hornmann und erledigte ihn.

Trotz des ungeordneten Angriffs und der anfänglichen Verluste waren die Hornmänner noch im Vorteil. Die Syldooner waren die besseren Kämpfer, sie unterstützten sich gegenseitig und verlockten die Gegner immer wieder, sich Blößen zu geben, aber die zahlenmäßige Überlegenheit der Gegner schien den Ausschlag zu geben. Die Hornmänner formierten sich jetzt und versuchten, die Flanke der Syldooner anzugreifen. Zwei von Braylars Männern waren tot oder lagen im Sterben.

Auf der anderen Straßenseite war Hackspeer mit zwei Hornmännern beschäftigt. Einer war mit Schwert und Schild, der andere mit einem großen Zweihandschwert bewaffnet. Ohne Schild, das ihm Deckung gab, mit den verletzten Rippen und nur mit dem langen Speer für Angriff und Abwehr bewaffnet, wäre es trotz der größeren Reichweite sicher bald um ihn geschehen. Tatsächlich hätten ihn die Hornmänner rasch niederstrecken können, wenn sie besser zusammengearbeitet, gleichzeitig angegriffen und ihn gezwungen hätten, die Aufmerksamkeit zwischen ihnen zu teilen. Der Mann mit dem Langschwert hätte den Gefährten mit dem Schild als Deckung benutzen können, bis er nahe genug heran war. Sie taten keines von beidem. Vielmehr griffen sie zögernd an und standen nebeneinander. Sie waren unsicher, wussten ihren Vorteil nicht zu nutzen und rückten nur widerstrebend weiter vor. Selbst wenn sie einfach aufs Geratewohl angegriffen hätten, wäre einer von ihnen vielleicht niedergemacht worden, aber der andere hätte Hackspeer überwältigt. Offensichtlich hielten sie ihn aber für einen erfahrenen Kämpfer, und keiner der Soldaten wollte tot im Straßendreck liegen bleiben. Also griffen sie Schulter an Schulter gemeinsam an. Sie waren zu langsam.

Hackspeer täuschte einen Angriff auf den Mann mit dem Schwert und dem Schild an und zwang ihn, anzuhalten und mit erhobenem Schild außer Reichweite zu warten. Der Kämpfer mit dem Langschwert machte einen weiteren Schritt. Hackspeers Waffe schoss vor, die Spitze sauste an der Abwehr des Soldaten vorbei, der zu spät die eigene Klinge hob, und traf an der Kehle die Falten des Kettenhemds. Man konnte zwar nicht erkennen, ob der Panzer durchbohrt wurde, aber es war ein harter Stoß, und der Mann krümmte sich, ließ mit einer Hand das Heft des Schwertes los und fasste sich an den Hals.

Der Soldat mit dem Schwert und dem Schild dachte, dies sei seine Gelegenheit. Er stieß rasch vor, hielt den Schild vor sich und spähte über den oberen Rand. Hackspeer hatte wohl damit gerechnet, doch er wich nicht rückwärts oder zur Seite aus, griff auch nicht sofort an, um den Gegner aufzuhalten, sondern ließ ihn zwei Schritte weiter vorrücken. Als der Hornmann angreifen wollte, machte Hackspeer überraschenderweise noch einen Schritt nach vorn, wechselte den Griff, bis der Speer fast quer vor ihm lag, hob das Ende des Schafts an und drehte sich, um den Hieb des Gegners mit der Klinge abzufangen. Gleichzeitig hielt er mit dem Schaft den Schild ab und schob energisch, ehe der Soldat eine Gelegenheit bekam, damit zuzustoßen. Nun machte Hackspeer einen Schritt nach links, bewegte sich an der Kante des Schilds vorbei und war außer Reichweite. Der Soldat wollte sich mit ihm drehen, wurde aber durch den eigenen Schwung weitergetragen. Offensichtlich hatte er kein so aggressives Manöver des größeren Mannes erwartet.

Hackspeer blockierte das Schwert des Gegners, drehte sich blitzschnell und schob den Schaft am gegnerischen Schild vorbei. Jetzt hatte er einen Ansatzpunkt. Er machte einen raschen Schritt, drehte den Speer einmal ganz herum und schlug mit einer fließenden Bewegung mit dem Dorn am Fußende des Schafts zu. Der Dorn war viel kürzer als die Klinge an der Spitze, traf den Soldaten jedoch mitten im Gesicht, etwas links von der Nase und knapp unter dem Auge. Der Hieb tötete den Soldaten zwar nicht, beendete aber den Kampf, denn der Mann hob instinktiv die Hände, um sich zu schützen, was mit dem Schild in einer und dem Schwert in der anderen Hand allerdings unmöglich war. Hackspeer nutzte die Verschnaufpause, um vorzutreten und einen bösen Schlag auf das Schlüsselbein des Hornmannes loszulassen. Der Soldat ließ das Schwert fallen und fuchtelte verzweifelt mit dem Schild herum, konnte jedoch Hackspeer, der ständig in Bewegung blieb, nicht treffen. Der letzte Schlag traf den Hornmann seitlich am Unterkiefer und richtete erheblich mehr Schaden an als der erste mit dem Dorn. Der Hornmann war besiegt. Er zuckte nur noch und würde, wie es aussah, bald das Zeitliche segnen.

Hackspeer schien zu überlegen, ob er dem Mann den Garaus machen sollte, aber dann erinnerte er sich an den Hornmann mit dem Langschwert und drehte sich um. Er sah es im gleichen Moment wie ich. Vendurro stand vor dem niedergestreckten Gegner, sein kurzes Schwert war rot vom Blut des Mannes. Oder auch von dem eines anderen. Jedenfalls lag der Mann mit dem Langschwert still wie ein Stein in einer dunkelroten Blutlache.

Hackspeer nickte dem jüngeren Mann zu und suchte sich den nächsten Gegner. Auswahl hatte er genug, viel zu viel sogar, doch ehe er sich anderswo ins Getümmel stürzen konnte, bemerkte er einen Syldooner, der zehn Schritte entfernt gegen einen Hornmann kämpfte, während ihn ein zweiter von hinten angreifen wollte. Hackspeer hielt die Langwaffe mit einer Hand, löste mit der anderen den Streitkolben vom Gürtel und warf ihn nach dem zweiten Hornmann. Die Waffe überschlug sich in der Luft. Ich war nicht sicher, ob sie gut genug ausbalanciert war, um als Wurfgeschoss zu dienen, aber die Zacken an der Spitze trafen den Helm des Soldaten von hinten. Der Hornmann war einen Augenblick benommen, und als er sich hastig herumdrehte, um sich dem Gegner zu stellen, war Vendurro schon nahe genug und konnte seinerseits zuschlagen. Hackspeer stützte sich auf seinen Speer, den er in die Erde gesteckt hatte, und hielt sich mit der freien Hand die verletzten Rippen, denen der Wurf mehr zugesetzt hatte als der Kampf gegen die Hornmänner.

Die Syldooner schienen die Oberhand zu gewinnen. Ich war nicht sicher, ob sie eigens für diese Art von chaotischen Straßenkämpfen ausgebildet wurden, aber sie arbeiteten offenbar als Einheit außerordentlich gut zusammen. Selbst wenn sie verstreut waren, beschützten sie sich gegenseitig und hielten die Augen offen, sodass sie den Waffenbrüdern, die in Unterzahl in Not gerieten, beistehen konnten.

Beinahe wäre Hackspeer getötet worden, als er dort vorgebeugt und mit hängendem Kopf einen Augenblick verschnaufte und sich die Rippen hielt, die gebrochen waren und aneinander rieben oder tief im Brustkorb sogar die Organe durchbohrt hatten. Zwei Hornmänner rückten gegen ihn vor. Einer trug ein Kettenhemd, der andere ein schmutziges Gambeson. Beide zielten mit den Speeren auf ihn und waren drauf und dran, ihn zu durchbohren. Doch genauso, wie er gerade einem anderen Syldooner geholfen hatte, wurde nun auch er gerettet, wenngleich nicht auf eine Art und Weise, mit der ich gerechnet hätte.

Soffjian trat vor, um die beiden Angreifer aufzuhalten. Obwohl ich sie schon einmal im Kampf beobachtet hatte, hätte ich nicht vermutet, dass sie es mit zwei Gegnern gleichzeitig aufnehmen würde. Die Hornmänner sahen sie und änderten die Richtung, um sie zu attackieren. Als sie die Partisane mit einem Arm zurückzog und beinahe hinter sich hielt, in dieser Situation gewiss die schlechteste aller Verteidigungen, während der andere Arm gerade nach vorne zielte und die Finger gespreizt waren, als wollte sie irgendwie den Angriff abwehren, da zweifelte ich nicht daran, dass sie schon so gut wie tot war.

Aber dann geschah etwas sehr Ungewöhnliches. So etwas hatte ich noch nie gesehen, und ich fragte mich, ob ich es tatsächlich richtig wahrgenommen hatte. Die Hornmänner schlossen rasch zu ihr auf und waren fast schon in Reichweite, während sie sich noch keinen Fingerbreit bewegt hatte. Dann aber blieben die Angreifer wie angewurzelt stehen und ließen die Speere los, als stünden die Schäfte in Flammen. Der Mann mit dem Gambeson hob die Hände zum Gesicht und vor die Augen, der mit dem Kettenhemd trat zurück und zerrte an der Halsberge, um sie sich abzureißen; er schlug sich auf die Gliedmaßen und in die Seite, als würde er von einem Schwarm Insekten gestochen, der nirgends zu sehen war. Dann stolperte er über die eigenen Füße und fiel hin. Statt die unsichtbaren Plagegeister abzuwehren, presste er sich nun die Panzerhandschuhe auf die Ohren, und dann kroch er von Soffjian weg, so schnell er konnte, stemmte die Füße auf den Boden und krabbelte hektisch davon.

Obwohl ich aufmerksam lauschte, konnte ich außer den Kampfgeräuschen nichts hören - die Männer grunzten, riefen und schrien, Metall klirrte gegen Metall oder prallte auf Holz. Kein neuer Lärm war entstanden, und auch wenn die vorherrschenden Geräusche grässlich waren, so konnten sie doch sicherlich nicht die Ohren attackieren. Dennoch kroch der Mann weg und hielt sich die Ohren zu, als kreischten Dämonen seinen Namen.

Soffjian behielt die seltsame Haltung bei, drehte sich allerdings ein wenig und konzentrierte sich auf den Hornmann, der vor ihr war. Der Soldat presste sich die Hände vor das Gesicht und kratzte, bis das Blut floss. Dann stieß er einen schrillen und schrecklichen Schrei aus.

Der Hornmann mit dem Gambeson sank auf die Knie, und der durchdringende Schrei wurde sogar noch schriller. Es klang nach einem Menschen, der von etwas erschreckt und gequält wurde, das nicht von dieser Welt war. Unablässig schrie er, während er sich das Gesicht zerkratzte. Das Blut strömte zwischen den Händen hervor, und dann riss er sich ein Auge heraus, was dem Schrei vorübergehend eine weitere grässliche

Note verlieh, bis er zu meiner großen Erleichterung schlagartig verstummte und stürzte, die Finger nach wie vor in das verunstaltete Gesicht gekrallt. Er rührte sich nicht mehr, und mir war klar, dass er an dem gestorben war, was ihn gequält oder von ihm Besitz ergriffen hatte. Er war unverkennbar tot, sein Leben und seine Schreie ausgelöscht, als hätten sie nie existiert.

Hackspeer hatte sich wieder einigermaßen aufgerichtet und starrte Soffjian an. Sein Gesicht war bleich, aber ich konnte nicht erkennen, ob es an seinen Schmerzen lag oder an dem, was er, genau wie ich, beobachtet hatte. Immerhin fing er sich rasch wieder und eilte zu dem anderen Hornmann, der am Boden saß und sich benommen umsah. Der Soldat bekam keine Gelegenheit mehr, das abzuschütteln, womit Soffjian ihn attackiert hatte, denn Hackspeer trat direkt hinter ihn und zog ihm die Schneide der Speerspitze durch die Kehle.

Unterdessen entspannte Soffjian sich etwas und zog sich wieder zurück. Sie schüttelte leicht den Kopf, als wäre sie benommen. Ich hatte keine Ahnung, was sie getan hatte, aber es war einschüchternd und schrecklich. Ich wusste, dass die Memoridinnen übersinnliche Kräfte besaßen, aber mit eigenen Augen zu sehen, wie zwei Männer verkrüppelt und anscheinend in den Wahnsinn getrieben wurden, bis einer der beiden sogar starb, das war eine ganz andere Sache. Dagegen kam es mir beinahe angenehm vor, Hackspeer zu beobachten, wie er jemandem die Kehle durchschnitt.

Skeelana war bei mir geblieben und gab sich damit zufrieden, das Kämpfen den Soldaten zu überlassen. So konnte sie auch rasch fliehen, falls der Kampf eine ungünstige Wendung nahm. Das war immer noch möglich, denn die Hornmänner waren nach wie vor in der Überzahl, obwohl die Syldooner disziplinierter kämpften und die Memoridin ihnen half. Braylar hatte mir zwar eingeschärft, mich zurückzuhalten, aber er hatte mich auch bewaffnet und anerkannt, dass ich ihm das Leben gerettet hatte. Offenbar war jetzt der Augenblick gekommen, mich in den Kampf einzuschalten.

Ich hob die Armbrust und achtete darauf, mit den Fingern nicht den langen Abzug zu berühren, bis ich genau wusste, was ich tun wollte. Das Getümmel hatte sich ein wenig aufgelöst, hier und dort kämpften kleinere Gruppen von Männern miteinander. In diesem Straßenkampf war kein Platz für ordentliche Formationen. Ich betrachtete die Gruppe, die mir am nächsten war. Vier Hornmänner trieben zwei Syldooner zurück. Die Hornmänner behinderten einander mehr, als dass sie sich unterstützten, während die Syldooner sich nicht weit vorwagen durften und sich darauf beschränkten, die Hiebe abzuwehren, zu blocken und langsam Schulter an Schulter zurückzuweichen.

Ich wartete, bis sie mir ein gutes Schussfeld auf die Hornmänner boten, während die Wahrscheinlichkeit, versehentlich einen Syldooner zu töten, möglichst gering war. Sie erhörten meinen Wunsch jedoch nicht. Deshalb wich ich nach links aus, näher an das Gebäude heran, und versuchte, von dort aus eine gute Schussposition zu finden. Als ich rechts von mir ein Geräusch hörte, fuhr ich herum und hätte beinahe abgedrückt. Es war aber nur ein runzliger Mann, der in der Tür stand. Der Fluch blieb ihm in der Kehle stecken, als er meine Armbrust und vor allem die Dutzende Männer sah, die sich auf der Straße gegenseitig umbrachten. Wortlos knallte er die Tür wieder zu, und ich drehte mich zu den Kämpfern um und hoffte, es sei noch nicht zu spät.

Wenn ich auf die perfekte Schussgelegenheit wartete, würde ich niemals zum Schuss kommen. Also zielte ich und drehte mich mit den Männern, so gut es eben ging. Schließlich legte ich drei Finger auf den langen Abzug und drückte ihn durch.

Der Bolzen flog über die kurze Distanz schneller, als ich es verfolgen konnte. Ich traf einen Hornmann hoch im Rücken. Zwar konnte ich nicht erkennen, wie tief der Bolzen eindrang, aber es reichte aus, dass er herumfuhr und mit einer Hand danach griff, während er den Speer in der anderen hielt. Dann hielt er inne, weil ihm bewusst wurde, dass das Geschoss zu tief im Körper steckte. Beim Herausreißen hätte er möglicherweise nur einen noch größeren Schaden angerichtet. Zugleich wurde ihm aber bewusst, dass der Schütze die Armbrust jederzeit nachladen konnte.

So wäre es auch gekommen, wenn ich ihn nicht einfach nur dumm angestarrt und darauf gewartet hätte, dass er endlich umfiel. Als er mich bemerkte, packte er den Speer mit beiden Händen und rannte auf mich zu. Welchen Schaden der Bolzen auch verursacht hatte, es reichte nicht aus, um den Mann nachhaltig zu behindern.

Endlich griff ich nach dem nächsten Bolzen und fummelte hektisch damit herum, weil ich kaum den Blick von dem Mann wenden konnte, der mich durchbohren wollte. Beinahe ließ ich den Bolzen fallen, als ich den Hebel der Teufelskralle ansetzte. Mir war klar, dass er mich erreichen würde, ehe ich die Armbrust neu gespannt hatte und noch einmal schießen konnte. Er würde mir den Speer durch den Bauch jagen, bis er auf der anderen Seite wieder herauskam, und ich würde auf die Erde fallen und langsam oder schnell sterben, aber auf jeden Fall würde ich sterben. Weglaufen konnte ich nicht mehr, deshalb mühte ich mich weiter mit dem Hebel und der Kralle ab, um das Hanfseil zurückzuziehen und den Bolzen in die Kerbe zu setzen. Jetzt musste ich nur noch die Kralle wegnehmen, damit sie nicht mehr störte, wie Braylar es mir gezeigt hatte, die Armbrust heben und schießen. Ich hörte die Schritte des Hornmannes, der mich fast erreicht hatte, und machte unverdrossen weiter. Sonst konnte ich nichts tun, und jeden Augenblick würde ich eine schmerzvolle Explosion im Bauch spüren.

Auf einmal brachen die Schritte ab. Ich hob den Kopf und fragte mich, warum er mich nicht durchbohrt hatte. Der Hornmann stand drei Schritte vor mir, doch statt mit dem Speer zuzustechen, hob er eine Hand vor das Gesicht und schüttelte rasch den Kopf, als versuchte er, sich aus einem schlechten Traum zu lösen.

Dann erkannte ich den Grund. Skeelana stand direkt neben und etwas hinter mir. Sie hatte die Hand gehoben und wie Soffjian die Finger gespreizt, die Lippen schmal vor Konzentration, die Augen fest geschlossen. Nur, dass sich der Soldat dieses Mal nicht die Augen auskratzte oder kreischte. Er schüttelte nur den Kopf, machte eine verwirrte Miene und wedelte leicht mit einer Hand.

Skeelana flüsterte: »Lade zu Ende. Lade den Bolzen. Und beeil dich, wenn es dir recht ist.«

Als der Hornmann ihre Stimme hörte, schien der Bann zu brechen, oder die Schleier lösten sich ein wenig auf. Sein Blick wurde klarer, und nun bemerkte er uns. Er holte beidhändig mit dem Speer aus, machte einen Schritt nach vorn und überlegte, wer von uns beiden als Erster sterben sollte. Skeelana hob die andere Hand und spreizte wieder die Finger. Der Hornmann hielt inne, fletschte die Zähne wie ein wütender Hund und sah sich mit unstetem Blick und abermals verwirrt um. Dennoch stieß er zu, aber die Waffe traf nur den leeren Raum zwischen uns.

Ich war just in dem Augenblick mit dem Laden fertig, als er erneut ausholte. Offensichtlich konnte er nichts sehen, oder er sah etwas, das nicht da war, aber selbst ein Blinder oder ein Verrückter konnte jemanden mit einem Speer töten, wenn er nur lange genug stocherte.

Der zweite Angriff des Hornmanns verfehlte Skeelana nur um Haaresbreite. Automatisch sprang sie nach rechts, um dem Stoß zu entgehen, und als der Soldat wieder klar sehen konnte, setzte er sofort nach.

Ehe er sie durchbohren konnte, zuckte er zurück. In seinem Hals, über dem Panzer und unter dem Nasalhelm, steckte bis zur Befiederung ein Bolzen in seinem Hals. Mit weit aufgerissenen Augen ließ er den Speer fallen, taumelte zwei Schritte zurück und versuchte, den Bolzen zu packen. Er berührte die Befiederung und fuhr zusammen, als wäre sein Verhängnis erst dadurch wahr geworden, dass er den Bolzen im Fleisch tatsächlich spürte. Dann sank er auf die Knie und sah mich eher anklagend als panisch an. Er versuchte, den Bolzen herauszuziehen, öffnete den Mund und spie sein Blut über die ganze Rüstung. Dann fiel er auf den Bauch. Aus dem Rücken ragte der erste Bolzen, mit dem ich ihn getroffen hatte. Er hatte die Rüstung kaum durchschlagen und war vermutlich nicht viel tiefer als bis zum Gambeson eingedrungen, das der Mann darunter trug. Kein Wunder, dass ihn dies nicht aufgehalten hatte. Ich hatte ihm nur einen Kratzer zugefügt. Nun ja, bevor ich ihn in den Hals geschossen hatte.

Mit polterndem Magen drehte ich mich zur Seite. Nur gut, dass er auf dem Gesicht gelandet war, was die anklagende Miene verbarg. Trotzdem konnte ich nicht verhindern, dass Bier und unverdautes Ei aus meinem Mund sprudelten. Ich achtete darauf, dass die Armbrust nichts abbekam. Braylar wäre sicher nicht erfreut über eine Armbrust, auf der verkrustetes Erbrochenes klebte. Ein guter Tag für Armbrüste. Wieder würgte ich, aber jetzt kamen nur noch Speichel und Galle heraus. Ich stemmte die freie Hand auf das Bein, um nicht zu stürzen. Es wunderte mich nicht, dass Arm und Bein heftig zitterten. Es kam schließlich nicht jeden Tag vor, dass ich jemanden anschoss und tötete.

Blind vor Tränen, würgte ich noch einmal. Als ich eine Hand auf der Schulter spürte, drehte ich mich um und hob die Armbrust. Außer dem vom Zauberbann getroffenen und von mir erschossenen Hornmann konnte ich nichts mehr wahrnehmen.

Skeelana hatte sich einen Schritt zurückgezogen, um der Armbrust zu entgehen. »Ich bin ja kein Fachmann, aber das Ding funktioniert bestimmt besser, wenn es geladen ist.«

Ich ließ die Waffe sinken und wischte mir die Augen aus. Ich fühlte mich schwach und schämte mich, und mir war immer noch ziemlich übel.

»Ich meinte damit nicht, dass du die Armbrust wegstecken sollst, Federkielchen.« Sie deutete auf die Männer, die ein Stück entfernt auf der Straße kämpften. »Da gibt es genug Gründe, noch ein- oder zweimal zu schießen.«

Ihre Hände waren leer. Sie hatte nicht einmal eine Waffe. Trotzdem hatte sie es geschafft, einen sehr wütenden Mann davon abzuhalten, uns die Bäuche aufzuschlitzen, indem sie ihre Memoriden-Hexerei eingesetzt hatte. Allmählich begriff ich, warum die Syldooner diese Frauen achteten und ihnen zugleich misstrauten. Ich war froh, noch zu leben, aber was sie getan hatte, war einfach nicht natürlich.

»Warum ... warum hast du ihn nicht einfach getötet, wie es Soffjian getan hat?«, fragte ich sie.

»Warum hast du nicht das Schwert an der Hüfte gezogen, statt mit der Armbrust herumzufummeln?«, gab Skeelana gereizt zurück. »Und außerdem, warum hast du nicht nachgeladen, großer Beschützer? Willst du mit der Armbrust nach den Feinden werfen?«

Ich mühte mich wieder mit dem Hebel ab und spannte die Waffe etwas geschickter, da gerade niemand in der Nähe war, der mich aufspießen wollte. Ich schauderte, rülpste und schmeckte, was mein rebellierender Magen bisher zurückgehalten hatte. Als die Armbrust wieder geladen war, wartete ich darauf, dass Skeelana die Führung übernahm.

Sie schüttelte den Kopf. »Schau mich nicht so an, Federkielchen. Ich weiß noch weniger über das Kriegshandwerk als du.« Sie betrachtete die Armbrust. »Es kam mir nur so vor, als sei das Ding nützlicher, wenn es geladen ist. Wenn du eine Empfehlung brauchst, würde ich sagen, dass die beiden Leute, die am wenigsten Kampferfahrung haben, genau hier bleiben. So weit wie möglich von allem entfernt.«

Da konnte ich kaum widersprechen. Gerade hätte ich beinahe den Tod über uns gebracht, als ich mich eingemischt hatte. Während ich die Männer beobachtete, die in kleinen Gruppen kämpften, und zu verstehen versuchte, was dort vorging, kam es mir so vor, als hätten die Syldooner die Hornmänner recht gut abgewehrt und die Feinde erheblich dezimiert. Aber sie wurden müde und konnten jederzeit überwältigt werden.

Auch wenn es vergeblich schien, ich hob noch einmal die Armbrust und versuchte, einen weiteren Hornmann zu finden, auf den ich schießen konnte. Wahrscheinlich würde ich mit den anderen zusammen sterben, aber das war immer noch besser, als mich zurückzuhalten und untätig zuzuschauen. Da hörte ich es. Ein Geräusch zwischen einem Brüllen und einem Kreischen, so wild und fremdartig, dass mir das Blut in den Adern stockte. Auch die anderen hielten inne. Sogar der Hornmann und der Syldooner, die an einem Fass standen. Sie hatten die Hauptwaffen fallen gelassen und nach den Dolchen gegriffen.

Wieder brüllte der Reißer hinter den Hornmännern. Ich blickte am *Traurigen Hund* vorbei den Kälberweg hinunter, und da war er. Lugger und Brunzlo hatten fast zu lange gewartet, aber während des Kampfes war es ihnen gelungen, den gestohlenen Wagen mitten auf die Straße zu schieben und die große Segeltuchdecke vor den Gitterstäben wegzuziehen. Von der offenen Tür. Der riesige albtraumhafte Vogel hockte hinten im Käfig, beäugte die Öffnung, witterte und beobachtete die Kämpfer auf der Straße.

Sah das Tier den Stahl und die Gefahr? Oder nur das Fleisch? Zuerst dachte ich, es wollte sich umdrehen und die beiden Syldooner angreifen oder durch die verlassenen Straßen in die Freiheit entfliehen, aber sie stachen es zweimal von hinten mit den Speeren, worauf der Reißer noch einmal brüllte und sich entschied. Er rannte aus dem Wagen und war auf den mächtigen Beinen auch jetzt wieder schneller, als ich es mir je vorgestellt hätte. Mit vier großen Schritten erreichte er die verletzten Hornmänner, die zurückgeblieben waren. Einer sah das Untier kommen und wollte wegkriechen, doch der Reißer drückte ihn gegen einen Pfahl. Der riesige Schnabel schnappte nach dem Helm des Mannes. Der Soldat schrie auf, und als der Reißer bemerkte, dass er das Eisen nicht durchbeißen konnte, riss er mit den kurzen Krallen den Helm ab und zerquetschte den Schädel des Mannes mit dem Schnabel. Der Schrei brach abrupt ab.

Der Kommandant der Hornmänner blickte zu den Syldoonern und überlegte, welche Bedrohung die größere sei. »Formieren und vorstoßen«, befahl er. Seine Stimme bebte nur leicht.

Die Männer wechselten Blicke, als ihnen bewusst wurde, dass sie es nun mit einem schrecklichen Ungeheuer zu tun bekamen, das direkt einem grausigen Bestiarium entsprungen schien. Zögernd drehten sie sich um und vergaßen die Syldooner, gegen die sie gerade noch gekämpft hatten. Ein verletzter Hornmann, der kein Versteck mehr fand, versuchte, das Wesen mit dem Speer abzuhalten. Der Reißer fauchte, schlug die Waffe mit der langen sichelartigen Klaue zur Seite, sprang hoch und drückte den Soldaten mit einem dicken Bein auf den Boden, um ihm mit der anderen Kralle die Kehle aufzuschlitzen.

Die Hornmänner zauderten, obwohl der Kommandant sie anschrie. Ein paar rückten vor und hielten inne, sobald sie bemerkten, dass sie allein waren. Trotz der vielen Soldaten zwischen uns und dem Untier hatte ich Angst. Mir war nicht klar, warum sie nicht einfach flohen, doch der Kommandant nannte sie Feiglinge und Schlimmeres und befahl ihnen, sich zu formieren. Endlich siegte die Ausbildung über die Furcht. Als sich der Reißer fauchend weiter näherte - das Blut tropfte noch von dem klappernden Schnabel -, traten die Hornmänner vor und griffen ihn an. Die menschlichen Feinde hatten sie völlig vergessen. Vielleicht dachten sie auch, die Syldooner würden sich ihnen anschließen, ehe es dort weiterging, wo sie gerade unterbrochen worden waren.

Sie irrten sich.

Die Syldooner ließen sie ein paar zögernde Schritte zum Reißer machen, dann griffen sie mit aller Macht von hinten an. Vorher war der Kampf verwirrend gewesen, jetzt brach das Chaos aus. Männer schrien, der Reißer kreischte und sprang, die Syldooner hackten und stachen die Hornmänner nieder.

Nachdem es einige Augenblicke so gegangen war, lagen viele Tote auf der Straße, und es war vorbei. Der Kommandant der Hornmänner war zur Seite gekippt und hielt sich den Bauch, aus dem die Därme quollen. Ohne ihn war es um die Moral der übrigen Männer geschehen. Sie flohen in alle Richtungen. Einige entfernten sich von dem Reißer, einige wichen ihm aus, andere zogen sich in Hauseingänge zurück, wieder andere brachten sich vor allem vor den Syldoonern in Sicherheit.

Der Reißer jagte einige Hornmänner eine Straße hinunter, auch die anderen rannten los, aber das hielt die Syldooner nicht davon ab, sie niederzumachen. Mehrere Hornmänner starben mit Wunden im Rücken. Vendurro verpasste einem, der vorbeilaufen wollte, einen Hieb auf den Unterschenkel, worauf Mulldoos nachsetzte, um den Hornmann mit Schlägen auf die Schultern, den Rücken und die Arme zu traktieren. Der Mann sank auf die Knie. Keiner der Hiebe hatte die Rüstung zerstört – es schien, als wäre das mit einer einhändigen Waffe nahezu unmöglich, wenn es auch dem starken Mulldoos nicht gelang –, aber er und Vendurro prügelten auf den Soldaten ein, bis sich der Mann nicht mehr wehrte. Mulldoos hatte allerdings kein Interesse daran, Gefangene zu machen. Er baute sich vor dem stöhnenden Mann auf, der sich gerade langsam aufrichtete, und hackte auf dessen Nacken ein. Der Mann sackte in sich zusammen und zuckte nicht mehr. Selbst aus dieser Entfernung konnte ich das freigelegte, zertrümmerte Rückgrat erkennen.

Mulldoos spuckte dem toten Hornmann auf den Rücken und sah sich nach dem nächsten Kandidaten um, den er niederschlagen konnte, doch die meisten Hornmänner waren entkommen. Auch Braylar ging nicht nachsichtig mit den fliehenden Feinden um. Sein Gegner wollte zurückweichen und wehrte Blutrufers Köpfe ab. Dabei sah er sich immer wieder über die Schulter um, damit er nicht stolperte. Als er aber bemerkte, dass sich ihnen nun auch Hackspeer näherte, hatte er keine Wahl mehr. Offensichtlich wollte er noch einen letzten Hieb ablenken, ehe er sich umdrehte und weglief, doch

Braylar hatte dies anscheinend gespürt. Statt noch einmal zuzuschlagen, hielt er Blutrufer hinter dem eigenen Schild bereit und trat einen Schritt vor.

Da Hackspeer in wenigen Augenblicken bei ihnen wäre, änderte der Hornmann die Taktik. Er schlug mit dem Schwert nach Braylars Helm und hoffte, den Gegner zurückzutreiben oder ihn zu zwingen, den Schild zu heben, bis er nichts mehr sah, um eine Gelegenheit zur Flucht zu bekommen. Braylar ahnte es jedoch und unterlief den Schlag, lenkte das Schwert hoch in die Luft ab und schwang gleichzeitig Blutrufer. Mitten in der Bewegung riss er das Heft jedoch nach links, und als der Hornmann abwehren wollte, entpuppte sich das Manöver als Finte, denn Braylar zog die Flegelköpfe so schnell herunter, dass man die Bewegung kaum erkennen konnte. Die mit Dornen bewehrten Köpfe trafen den Hornmann so heftig an der Seite, dass unter der Rüstung die Knochen brachen und dem Mann die Luft aus der Lunge getrieben wurde. Er krümmte sich und ließ den Schild sinken. Braylar hob Blutrufer, um ihn endgültig zu erledigen.

Da rief Hackspeer etwas, das ich nicht verstand, doch es veranlasste Braylar, den Schlag nicht zu führen. Der Captain beobachtete seinen Leutnant, der humpelnd zu ihm gerannt kam.

Unterdessen warf der Hornmann das Schwert auf den Boden und versuchte, den Arm aus den Riemen des Schilds zu befreien. Mit seinen gebrochenen Rippen wollte er sich offensichtlich ergeben, doch nun schlug Hackspeer mit seiner langen Waffe zu, traf den Hornmann in der Seite und zerriss dabei die Schärpe. Die Rüstung war immer noch intakt, doch der Mann war darunter schwer verletzt und krümmte sich abermals. Das Horn fiel auf den Boden. Er wollte den Kopf heben und um sein Leben flehen, doch nicht einmal dazu hatte er genug Zeit. Hackspeer trat näher heran und zog ihm beinahe gemächlich die lange Klinge des Speers durch die Kehle. Der Soldat brach zusammen. Wenigstens musste er nicht mehr leiden. Das Blut färbte die Erde dunkel.

Aufgebracht ging ich hinüber und sah, wie die letzten Hornmänner entkamen. Wenigstens verfolgten die Syldooner sie nicht. Ich war noch zehn Schritte entfernt. Obwohl ich die Absicht gehabt hatte, meinen Protest leise und allein dem Captain vorzutragen, rief ich auf einmal: »Warum habt Ihr sie getötet? Sie waren besiegt!«

Braylar sah den letzten Hornmännern nach, die hinter einer Ecke verschwanden, dann betrachtete er den Soldaten, den Hackspeer gerade ausgeschaltet hatte. Er hängte Blutrufer an den Gürtel, beugte sich vor und zog sich den Helm und die Kettenbrünne vom Kopf. Seine Rüstung war glitschig vom Blut der Gegner. Das Haar klebte vor Schweiß am Kopf, als wäre es geölt, und auf der Stirn hatte er einen roten Abdruck, wo die Polsterung des Helms ihn wund gerieben hatte. Endlich drehte Braylar sich zu mir um, und jedes Wort war hitziger als das letzte. »Ich erinnere mich an einen anderen besiegten Feind, der verschont wurde. Du auch? Erinnerst du dich an ihn? Denn das hier war ein Triumph der Dummheit.« Er machte eine Geste, die den Kälberweg und die toten und sterbenden Männer umfasste. »Ich werde sicher nicht zulassen, dass so etwas noch einmal passiert. Und jetzt halte den Mund, damit ich dich nicht für den dümmsten Schrumpelschwanz halte, der je geboren wurde.«

Schlagartig verflüchtigte sich meine Wut, und meine Wangen wurden heiß. Dieser Überfall, die Toten und Verwundeten, all das war geschehen, weil ich im Grünen Meer den Cap zu einem Akt der Gnade überredet hatte.

Braylar barg seinen Helm in der Armbeuge. »Hast du etwas hinzuzufügen? Nein? Das dachte ich mir.« Er rief seine Männer, und die Stimme klang so heiser wie noch nie. »Zu den Pferden! Wir haben schon viel zu lange in Zechingen verweilt. Mulldoos, sorge dafür, dass Lugger und Brunzlo beim nächsten Sold einen Zuschlag bekommen. Außerdem achtest du darauf, dass sie mindestens zehn Tage länger als gewöhnlich darauf warten müssen.«

8

Braylar übernahm die Führung. Mulldoos humpelte neben ihm, auf der anderen Seite benutzte Hackspeer seine Stangenwaffe als Krücke. Die Verletzung der Rippen war vermutlich durch den Kampf schlimmer geworden. Zwei Syldooner liefen voraus, um festzustellen, ob der Weg zu den Pferden frei war, zwei weitere übernahmen die Nachhut, falls die Hornmänner sich neu formierten oder falls die Stadtwache oder die Brunemänner auf das Blutvergießen aufmerksam geworden waren und nachforschten. Ich sah mich unentwegt um und rechnete ständig damit, dass noch mehr Soldaten in unsere Richtung getrampelt kamen oder dass der Reißer unversehens aus einer Gasse stürzte und jemanden zerfetzte.

Erst als Vendurro mich ansprach, fiel mir auf, dass er neben mir war. »Ich habe beobachtet, wie du den Hornmann ausgeschaltet hast. Mehr habe ich nicht mitbekommen, aber das habe ich bemerkt. Du hast dich wirklich gut geschlagen, Arki. Wirklich gut. Wenn du so weitermachst, wirst du mal ein besserer Schütze als die meisten Syldooner. Natürlich nicht besser als ich, aber besser als die meisten.« Er zwinkerte, und ich nickte stumm. Ich wollte nichts sagen und nicht mehr über die jüngsten Ereignisse nachdenken. Lieber blickte ich zu den mit Läden verschlossenen Fenstern hinauf. Vielleicht verbarg sich dort jemand, der die Truppe blutiger bewaffneter Männer beobachtete, die unten durch den Dreck marschierte.

Als Soffjian rasch an mir vorbeiging und sich zum Captain gesellte, ging ich ebenfalls nach vorne. Ich wollte ihnen nahe genug sein, um alles zu hören, aber nicht so nahe, dass ich mir eine Zurechtweisung einfing.

»Deine Ahnungen haben dich nicht getrogen, Bruder. Das war außergewöhnlich. Anscheinend hast du sogar gewusst, welchen Weg die Soldaten nehmen würden, noch bevor sie ihn überhaupt eingeschlagen hatten. Wirklich beeindruckend. Nicht einmal eine Memoridin könnte das so geschickt und genau bewerkstelligen. Wie immer bin ich voller Ehrfurcht, Bray. Allerdings frage ich mich, warum du das alles überhaupt veranstaltet hast.«

Statt ihr zu antworten, drehte Braylar sich ein wenig zu Mulldoos herum. »Wer bin ich?«

Mulldoos zögerte keine Sekunde. »Der böseste, dreckigste Schweinehund auf der ganzen Welt.«

»Ja, das stimmt schon. Aber ich meine jetzt die offizielle Version.«

Mulldoos erwiderte seinen Blick. »Du bist der Hauptmann einer syldoonischen Kompanie.«

»Ah ja, danke. Manchmal vergesse ich das. Anscheinend muss ich ständig Fragen hinsichtlich jeder kleinen taktischen oder strategischen Entscheidung beantworten und mich für die Art und Weise rechtfertigen, wie wir sie umsetzen. Ist das nicht eigenartig?«

Soffjians Partisane pochte auf den Boden, während sie ging. Es ähnelte Hackspeers Gang, allerdings benötigte sie den Stab nicht als Stütze und hatte nicht bei jedem Schritt Schmerzen. »Ich habe dich nur gelobt, Bruder. Von Könner zu Könner.« Dann verstummte sie, aber ich hatte das deutliche Gefühl, dass sie sich nur etwas Zeit ließ, ehe sie ihn wieder mit Fragen behelligte oder versuchte, ihn zu einem Fehler oder einer unachtsamen Enthüllung zu verleiten.

Ich drehte mich um und wollte mit Vendurro sprechen, der sich jedoch etwas entfernt hatte und leise mit einem Mann redete. Vielleicht beglückwünschte er ihn, weil er sich beim Blutvergießen hervorgetan hatte. Der Knoten in meinem Magen wurde größer.

Obwohl Hackspeer versucht hatte, den Captain zu schonen, hatte Blutrufer wieder Blut gekostet. Kämpfte Braylar bereits gegen die Nachwirkungen an? Nahm er die Erinnerungen von ein oder zwei Männern in sich auf? Oder waren es noch mehr? Fragen konnte ich ihn nicht, solange seine Schwester in der Nähe war, und höchstwahrscheinlich hätte er mich sowieso gescholten, wenn ich das Kindermädchen gespielt hätte.

Ohne Zwischenfälle erreichten wir die Pferde, stiegen auf und hielten auf eine breitere Straße zu, die vom Kälberweg abzweigte. Dort konnten wir ein wenig ausschwärmen und mussten nicht mehr Nüstern an Schweif hintereinanderreiten. Als ich bemerkte, dass jemand neben mir war, dachte ich, es wäre wieder Vendurro, und wollte mich umdrehen, um etwas zu ihm zu sagen. Da erkannte ich Skeelanas gepiercftes herzförmiges Gesicht. Sie blickte unverwandt nach vorne und ließ sich nicht anmerken, was in ihr vorging, entfernte sich aber auch nicht, als ich sie ansah, sondern sagte nur: »Es muss eine willkommene Abwechslung sein, einmal keinen unrasierten Affen anzustarren. Aber trotzdem, du starrst mich an. Nur dass du's weißt.«

Ich war in Versuchung, mich abzuwenden. Andererseits war mir klar, dass ich doch wieder nur über aufgeschlitzte Kehlen und im Schlamm liegende Tote nachdenken würde, wenn ich mit meinen Gedanken allein war. Einen der Toten hatte ich sogar selbst auf dem Gewissen. »Dein Name ist Skeelana, richtig?«

Sie grinste schief. »Schon immer und für immer.«

Ich überlegte, wie ich die Frage am besten formulieren konnte, gab es nach einer Weile auf und sagte einfach: »Ich bin neugierig ... das, was du am *Traurigen Hund* gemacht hast ... wie du den Soldaten aufgehalten hast ...«

»Die meisten neugierigen Leute stellen Fragen. Wie lautet deine Frage? Ich hatte den Eindruck, sie zielt in eine bestimmte Richtung, aber ... irgendwie wohl doch nicht.«

»Ja. Tut mir leid. Warum hast du nicht einfach das getan, was Soffjian getan hat? Warum hast du ihn abgelenkt, oder was du auch gemacht hast, statt ... statt ihn einfach auszuschalten?«

»Ah, das ist doch wenigstens eine Frage. Unhöflich, aber eine Frage. Sie nennen dich Arki, oder? Hat das damit zu tun, dass du ein Archivar bist?«

Nun war es an mir zu lächeln. »Es hat damit zu tun, dass ich eigentlich Arkamondos heiße.«

Überrascht sah sie mich an. »Arkamondos der Archivar? Also, das ist aber ein Zufall, was? Oder hielten es deine Eltern für richtig, dir gleich den passenden Namen für den späteren Beruf zu geben?«

Das Lächeln verging mir. »Was mein Vater dachte, habe ich nie erfahren, und meine Mutter dachte nur an sich selbst. Vielleicht habe ich den Weg gewählt, den ich selbst für klug hielt.«

Skeelana beließ es dabei. »Oh, ganz bestimmt. Aber du bist doch ein Archivar, oder? Ein Chronist, der aufzeichnet, was er sieht und hört, und alles festhält, was er erkundet?«

»Das klingt vielleicht etwas hochgestochen, aber ich beobachte und schreibe alles nieder, ja.«

»Dann versuchst du jetzt zu verstehen, was du gesehen hast, um es später besser aufschreiben zu können? Ist das ungefähr richtig?«

Ich nickte. »Das trifft in etwa zu.«

Sie legte den Kopf schief und betrachtete die Syldooner vor uns. »Dir ist vielleicht entgangen, dass die Syldooner die von unserer Art nicht so gern mögen. Ich meine uns Memoridinnen. Nein, eigentlich können sie uns überhaupt nicht leiden. Wenn sie sehen, dass du zu oft in meiner Nähe bist und dich sogar mit mir anfreundest, um zu klären, was vorhin geschehen ist, könntest du bei ihnen an Ansehen verlieren, Archivar.«

»Dir ist vermutlich entgangen, dass sie sowieso nicht viel von mir halten. Es ist schwer, im Ansehen zu sinken, wenn man schon ganz unten ist. Oder dem Status einer Memoridin so nahe, dass man den Unterschied kaum noch erkennt.«

Skeelana lachte, was sie selbst zu überraschen schien, denn sie überspielte es mit einem Husten und hielt sich die Hand vor den Mund.

Als sich ein Syldooner in der Nähe umdrehte, sagte ich: »Dann beantworte doch bitte meine Frage. Es ist sehr schwer, etwas aufzuzeichnen, wenn man es nicht versteht.«

»Ich könnte dir jetzt sagen, dass du lieber die Syldooner fragen sollst. Wahrscheinlich sollte ich das sogar tun. Sie können es recht gut erklären, und vielleicht verbessert das deine Beziehung zu ihnen.«

Jetzt hätte auch ich beinahe laut gelacht. »Indem ich sie wegen des Themas bedränge, über das sie am liebsten überhaupt nicht reden? Das bezweifle ich sehr.«

Sie antwortete nicht gleich und dachte anscheinend darüber nach. Schließlich sagte sie: »Ich bin nicht sicher, wie sich Soffjian damit fühlen würde. Möglicherweise verlieren wir beide an Achtung.«

»Dann können wir einander Gesellschaft leisten.« Ich wollte mit einem Lächeln schließen, aber der Gedanke, dass eine wütende Soffjian die Aufmerksamkeit auf mich richtete, ließ mich schaudern.

»Auch gut.« Sie überlegte noch eine Weile, ehe sie fortfuhr: »Ich habe nicht das Gleiche getan wie sie, weil es bei uns genauso ist wie in einem Heer, wo die Infanteristen, Kavalleristen, Generäle, Köche, Burschen und Dirnen unterschiedliche Aufgaben haben. Jeder Mitspieler dient einem bestimmten Zweck und hat bestimmte Fähigkeiten. So ist es auch bei den Memoridinnen.«

»Demnach wärst du also die Köchin?«, fragte ich.

Wieder grinste sie schief. »Eher die Marketenderin. Ich halte mich vom Kampf fern, soweit es irgend möglich ist. Nicht einmal in den hinteren Reihen fühle ich mich wohl. Aber die Befehle bringen uns eben an unerwartete Orte.«

Sie war vielleicht klüger als Lloi, aber ebenso wenig geneigt, bei der Sache zu bleiben. »Demnach hast du andere Fähigkeiten als Soffjian. Was hast du mit dem Hornmann gemacht, der so darauf brannte, mich aufzuspießen?«

»Hast du bemerkt, dass ich mich vor der Schlacht ein wenig umgesehen habe? Natürlich hast du das bemerkt. Du hast mich mindestens zweimal schräg angeschaut.«

»Ja, es ist mir aufgefallen.«

»Nun, ich habe mir die Umgebung eingeprägt.«

»Eingeprägt?«

Skeelana sprach so leise, dass nur ich sie hören konnte, obwohl die meisten Syldooner doch nach ihren eigenen Worten sowieso schon mehr oder weniger wussten, was die Memoridinnen taten. Sie plauderte also keine Geheimnisse aus. Oder doch? »Wie man dem Namen entnehmen kann, besitzen alle Memoridinnen ein gutes Gedächtnis, das viel genauer und klarer ist als bei untrainierten Menschen. Und manche sind sogar nach unseren Begriffen herausragend.« Nun grinste sie breit und war dabei erschreckend bezaubernd. »Wenn ich ›einprägen‹ sage, dann meine ich damit, dass praktisch alles hängen bleibt. Ich könnte dir sagen, welche Schilder über den Läden vor Kurzem lackiert wurden, wo die Aufhängungen Rostflecken hatten, welche hölzerne Markise als Einzige verzogen war und dringend repariert werden müsste, die genaue Lage jeder einzelnen Pfütze beschreiben und so weiter. Um es mir einzuprägen, habe ich in so viele Richtungen wie möglich geschaut, aber besonders hinter uns und nicht in Richtung Hornmänner.«

Hätte jemand anders so etwas behauptet, ich hätte es für Angeberei gehalten und wäre misstrauisch geworden, aber nachdem ich beobachtet hatte, was Skeelana und Soffjian tun konnten, war ich gern bereit, meinen Unglauben zurückzustellen. »Hinter uns? Warum denn das?«

»Ich musste mir merken, wie jeder Abschnitt dieser Straße aussah, wenn sie völlig verlassen und niemand von uns in der Nähe war.«

Ich wartete auf eine nähere Erklärung. Im Gegensatz zu Lloi begriff Skeelana anscheinend, dass ich noch nicht zufrieden war, und schien sich daran zu erfreuen, meine Neugierde zu wecken, war aber anscheinend auch bereit, das Gespräch jederzeit einschlafen zu lassen. Also bohrte ich nach. »Warum war das so wichtig?«

»Erinnerst du dich an die Miene des Hornmannes, als ich eingegriffen habe, weil er dich aufspießen wollte? Er war verwirrt, benommen, ungläubig und hatte Angst.«

Ich nickte. »Es ist schwer, so ein Gesicht zu vergessen. Sogar für Leute, die keine Memoriden sind.«

»Nun ja, ich habe ihm eine falsche Erinnerung eingegeben, als er mit dem Speer ausgeholt hat. In einem Moment sah er einen dürren Archivar, der sich fast in die Hose machte – nimm's nicht persönlich –, und im nächsten sah er das Geschäft, die Eingänge, die Fensterläden aus Hornplatten und alles andere hinter dir. Als wärst du nicht mehr da. Als starrte er eine völlig verlassene Straße entlang.«

»Eine falsche Erinnerung? Echt?«

»Ja, genau. Eine echt falsche Erinnerung.« Wieder grinste sie. »Das Problem war nur, dass ich sie überstürzt zusammenfügen musste. Das Bild konnte nicht lange vorhalten, wenn man genau hinsah.«

Ich verdrängte die Angst, die ich in jenem Augenblick empfunden hatte, und versuchte, mich ganz genau an seinen Gesichtsausdruck zu erinnern. Es war, als wäre er einem Gespenst begegnet. Oder zumindest einer Art Hexerei. Er hatte gleichzeitig Angst und war wütend. »Warum ... warum hat es nicht lange vorgehalten?«

»Dafür gibt es eine Menge Gründe. Wie gesagt, ich habe mich beeilt. Ich hatte das Gelände hinter uns nicht aus allen möglichen Entfernungen und Winkeln betrachtet. Außerdem werden unsere Erinnerungen von unseren eigenen Erlebnissen und Erfahrungen gefärbt. Wenn du ein quengelndes Kind in einer Menge anschaust, erinnert es dich vielleicht an dein eigenes Kind, und du lächelst und erinnerst dich später liebevoll daran. Ich betrachte dasselbe Kind, und es erinnert mich vielleicht an die Kinder, die ich bei der Geburt verloren habe, und deshalb ist meine Erinnerung traurig. Verstehst du das?«

Auch wenn ich es nicht völlig durchschaute, nickte ich, damit sie fortfuhr. »Wenn ich den Betreffenden kenne, kann ich ihn studieren und feststellen, in welche Geschichten seine eigenen Erinnerungen eingebunden sind. Dann habe ich eine bessere oder überhaupt eine Aussicht, etwas Überzeugendes zu schaffen. Etwas, das sich für ihn echt anfühlt. Konturen, glaubhafte Sinneseindrücke, die genau zu seinen Erfahrungen passen. Verstehst du das?«

Ich begriff es immer noch nicht, aber ehe ich es aussprechen konnte, fuhr sie fort: »Außerdem spielt natürlich die Größe eine Rolle.«

»Die Größe?«

»Du wirst dich erinnern, dass er groß war. Nicht so groß wie dein Freund Matinios. Entschuldige, Hackspeer. Also, nicht übermäßig groß wie er, aber der Junge war größer als ich. Ich bin ziemlich klein, also fällt der unterschiedliche Blickwinkel schnell auf. Ich hatte das Gebäude und die Straße aus meiner Perspektive betrachtet. Um es wie er zu sehen, hätte ich einen Hocker gebraucht. Es hat mich immer geärgert, dass ich nicht größer bin, aber wenn ich jemandem falsche Erinnerungen einpflanzen will, und es klappt nur deshalb nicht, weil ich so kleine Eltern hatte, bin ich besonders wütend.«

Ich dachte darüber nach und erinnerte mich an die heftige Reaktion des Hornmannes. »Also hat er bemerkt, dass das, was er gesehen oder nicht gesehen hat, nicht der Realität entsprach?«

»Genau«, bestätigte Skeelana. »Zuerst hat es ihn überrumpelt, aber die Illusion war schnell zerstört. Er konnte uns zwei nicht sehen, wusste aber, dass es nur eine Täuschung war. Wir waren ja nicht wirklich verschwunden – so viel war ihm klar –, und die verlassene Straße, die er sah, flimmerte an den Rändern. Es hätte nicht lange vorgehalten. Deshalb griff er weiter an. Manche, die es mit der Erinnerungsmagie zu tun bekommen, drehen sich um und laufen weg, ob sie nun Illusionen sehen oder nicht. Er aber schien eher wütend als verängstigt. Das heißt, bis du ihn in den Hals geschossen hast.«

Das brachte die Unterhaltung vorerst zum Erliegen. Wir bogen auf den Olivenweg ein, der noch breiter war, und ritten nach Westen. Inzwischen waren einige Leute wach und öffneten die Geschäfte, klappten die Fensterläden auf oder kippten den nächtlichen Unrat in die schmalen Gassen, aber es war immer noch relativ ruhig und menschenleer. Braylar führte uns zu einem breiten und flachen Brunnen. Ich versuchte, nicht mehr an den Bolzen im Hals des Soldaten zu denken, und erst recht nicht daran, dass ich derjenige war, der ihn abgeschossen hatte. »Du hast erwähnt, es gebe auch bei euch Memoridinnen unterschiedliche Fähigkeiten. Daraus schließe ich, dass Soffjian nicht wie du Erinnerungen erschaffen oder eingepflanzt hat.«

Auf einmal wurde Skeelana deutlich ernster. Ich war nicht sicher, aber vielleicht schauderte sie sogar. Das konnte natürlich an der feuchten Morgenkühle liegen, aber bisher hatte sie kein einziges Mal geschaudert. Sie öffnete den Mund, um zu antworten, aber inzwischen hatten wir den Brunnen erreicht.

Braylar keuchte heiser: »Nichts zieht so viele unerwünschte Fragen auf sich wie das frische Blut eines anderen auf den Händen und der Rüstung. Säubert euch, und beeilt euch. Eine Truppe Soldaten, die in einem Brunnen badet, macht die Einheimischen sehr nervös.«

Einige Syldooner kicherten, die meisten stiegen ab und wuschen sich wenigstens die Hände und die Unterarme, wo die meisten Blutspritzer gelandet waren. Ich sah mich auf dem kleinen Platz um. Hier herrschte bei Weitem nicht so viel Verkehr wie auf den größeren Plätzen, aber es waren immerhin schon einige Händler da, die ringsum ihre Stände aufbauten. Dank des frühmorgendlichen Dämmerlichts blieb ihnen vorerst verborgen, dass die Syldooner das flache Becken in allen nur denkbaren Schattierungen rosa färbten. Braylar hatte natürlich recht. Je weniger Argwohn wir erregten, desto besser.

Skeelana und ich sahen uns gleichzeitig an, als wollten wir gegenseitig prüfen, ob wir Blutspritzer abbekommen hatten, doch wir waren sauber. Das war einer der großen Vorzüge der Armbrust.

Da wir beide nicht abstiegen, um uns zu waschen, sagte ich: »Über die Hexerei habe ich bisher immer nur gelesen. Ich hätte nie damit gerechnet, jemandem zu begegnen, der sie praktiziert, mir aber immer vorgestellt, man müsste dabei glühende Runen in die Luft malen oder Feuerkugeln hervorzaubern, die über den Himmel ziehen, oder ...«

Skeelana lachte. »So auffällig stellst du es dir vor?«

»Ja. Und soweit ich es sagen kann, hast du genau die gleiche Haltung eingenommen wie Soffjian und etwas Ähnliches mit den Händen gemacht, aber die Ergebnisse waren ... ganz anders, um es vorsichtig auszudrücken. Deshalb muss ich noch einmal fragen: Was hat Soffjian gemacht? Wie hat sie den Hornmann ausgeschaltet, ohne ihn überhaupt zu berühren?«

Skeelana blickte unverwandt zu Soffjian, die gerade am Rand des Brunnens niedergekniet war und die Finger hineintauchte, eigentlich nur die Spitzen, und sie vorsichtig über einige Schuppen ihrer Rüstung rieb. Der Umhang verbarg das Blut, das dort gelandet sein mochte. Ohne die andere Frau aus den Augen zu lassen, sagte Skeelana: »Oh, sie kann auch Erinnerungen einpflanzen, wenn sie das will, aber ehrlich gesagt nicht ganz so sauber und überzeugend wie ich. Das ist nicht ihre Stärke. Ihre Fähigkeiten sind ... etwas aggressiver.«

»Sie scheint eine geübte Kämpferin zu sein.«

»Wie kommst du darauf? Nur wegen der glänzenden Rüstung oder der langen spitzen Waffe, mit der sie gern herumfuchtelt?«

Das spöttische Grinsen und der boshafte Blick der hellen Augen entgingen mir nicht. »Also ist Soffjian eine Art Krieger-Memoridin?«

Skeelanas Lächeln wurde breiter. »Diesen Ausdruck habe ich noch nie gehört. Aber er gefällt mir. Sehr treffend. Ja, sie ist etwas in dieser Art. Genau wie die Syldooner werden wir unseren Fähigkeiten entsprechend ausgebildet. Soffjian zeigte schon früh, dass ihr Verstand ... messerscharf war.«

Nun war es an mir zu lächeln, während ich Braylar auf der anderen Seite des Brunnens beobachtete. »Das scheint in der Familie zu liegen, was?«

»Allerdings. Sie wurde in verschiedenen Arten der Erinnerungsmagie ausgebildet, hat aber auch eine umfassende Kampfausbildung genossen. Sie ist zwar keine voll ausgebildete syldoonische Soldatin ...«

»Aber sie kann sich ganz gut durchschlagen.«

»Ja, das kann sie.« In der Antwort schienen zugleich Stolz und Furcht mitzuschwingen. »Und was den armen Hornmann angeht, der den Fehler beging, sie für einen leichten Gegner zu halten, nun ja, ich bin nicht sicher, ob ich dir das verraten darf.«

Es war schwer zu erkennen, ob sie es ernst meinte oder mich nur ködern wollte. »Du sagtest, die Syldooner wissen eine ganze Menge darüber. Oder jedenfalls über die Auswirkungen der Magie. Ich bitte dich ja gar nicht, mir die geheimen Einzelheiten deiner schwierigen Kunst zu offenbaren. Obwohl du es gern tun kannst, wenn du willst.«

Wir sahen den anderen zu, die gerade wieder auf die Pferde stiegen, und dann setzten wir uns in Bewegung, überquerten den Platz und ritten in die Kanalstraße, die zum Westtor führte. Jedenfalls dachte ich das. Bisher war es mir noch nicht gelungen, die Keramikkacheln an den Häuserwänden zu entschlüsseln, die angeblich die Wege anzeigten und dem Kundigen verrieten, in welchem Viertel er sich befand und in welche Richtung er gerade ging.

Von der anderen Seite aus hatte ich es nicht bemerkt, aber in einer Ecke des Platzes, nahe an der Einmündung der Leuchtfeuerstraße, gab es einen Pranger. Ich hoffte, er wäre unbenutzt, doch als wir uns ihm näherten, sah ich einen Mann, der dort zur Schau gestellt wurde. Kopf und Hände steckten in einem Stück Holz, der Leib in einem anderen. So kniete er auf den Steinen. Er ließ den Kopf hängen, und ich fragte mich, ob er tot ist. In der vergangenen Nacht war es nicht sehr kalt geworden, und tagsüber wurde es nicht brüllend heiß, aber er hatte dort keinerlei Schutz. Wer konnte schon sagen, wie lange er bereits den Elementen ausgesetzt war, wie oft man ihm zu essen gab und sich um seine Gebrechen kümmerte. Er war hager - noch nicht ganz zum Skelett abgemagert, aber viele Reserven hatte er nicht mehr. Als wir uns ihm näherten, riss er den Kopf hoch. Er hatte einen Stoppelbart, aber die Augen in den dunklen Höhlen blickten uns hoffnungsvoll an. Er leckte sich über die Lippen. »Etwas Wasser? Die Götter mögen Euch schützen, nur ein paar Tropfen?«

An seinem Hals hing eine Holztafel, auf die ein einziges Wort geschrieben war: »Dieb«. Es gab schlimmere Bezeichnungen, die man am Hals haben konnte, aber auch bessere.

Als er sah, dass wir Soldaten waren, schwand die Hoffnung dahin, und sobald er die Schlingentätowierungen an den Hälsen der Syldooner bemerkte, verflog sie gänzlich. Eine seltsame Art von Mut war ihm jedoch geblieben. »Meine Herren, Ihr seid keine Freunde der Anjurier, und ...«

»Dieb, du bist Anjurier«, entgegnete Braylar.

»Das ist sonnenklar, aber ich meinte die Barone und den König. Die feinen Herren, die auf dem hohen Ross sitzen. Für die empfindet Ihr ebenso wenig Liebe wie ich. Erübrigt doch ein paar Tropfen für mich, ich bitte Euch.«

»Sei dankbar, dass ich dir nicht ins Gesicht pisse, du dummes Schwein«, sagte Mulldoos. »Beim nächsten Mal lässt du dich lieber nicht erwischen.«

Verzweifelt ließ der Gefangene den Kopf hängen. Das fettige dunkle Haar fiel ihm wie ein Vorhang über das Gesicht.

Wir ritten weiter. Die Menschen waren wirklich erfindungsreich, wenn es darum ging, einander Schmerzen oder Unbill zuzufügen oder sich zu töten. Ich rang mit mir, ob ich nicht doch umkehren und dem Mann etwas Wasser geben sollte. Wahrscheinlich war er schuldig, aber es bestand immer die Möglichkeit, dass er es eben doch nicht war. Und selbst wenn, es wäre vermutlich weniger grausam gewesen, ihm eine Hand abzuhacken. Aber dann beugte sich Skeelana etwas zu mir herüber, wenngleich nicht so weit, dass man es als verschwörerisches Flüstern auffassen konnte. »Ich sag dir was, Archivar. Es hat aber weniger mit deinen nicht gerade sehr geschickten Fragen zu tun, sondern eher mit meinem großen Mund, den ich nicht sehr lange geschlossen halten kann. Falls du es hören willst.«

Ich hatte den Eindruck, dass sie erraten hatte, was in mir vorging, und nun das Wort ergriff, um mich abzulenken, bis wir weit genug von dem Pranger entfernt waren.

»Sehr gern.« Ich bemühte mich, den armen Teufel zu vergessen.

»Gut. Es wäre schwierig, es ganz und gar zu erklären, und ich müsste wohl verschiedene Regeln brechen, um dir genügend Anhaltspunkte zu geben, damit du es völlig durchschaust. Und da du nicht einmal ein Syldooner bist, verstehst du ja noch weniger davon als ein blutiger Anfänger.«

»Herzlichen Dank auch.«

»Gern geschehen. Es läuft ungefähr so. Was wir spüren – mit den Augen, den Ohren, der Zunge, der Nase und der Haut –, erzeugt in uns den Eindruck, wir hätten die ganze Welt wahrgenommen. Unsere Gedanken, Erinnerungen, Erfahrungen, alles wird durch unsere Sinne definiert und durch sie gefiltert. Ist das klar?«

Ich nickte. »Bis jetzt kann ich dir folgen.«

»Gut. Aber genau das ist der springende Punkt. Alles wird gefiltert.«

»Jetzt folge ich dir nicht mehr.«

Damit hatte Skeelana gerechnet. »Natürlich nicht. Aber das ist eine der ersten Sachen, die du in der Ausbildung zur Memoridin lernst. Man muss sich darüber bewusst sein, dass wir alles durch einen Schleier wahrnehmen.«

»Einen Schleier?«

»Genau genommen sogar mehrere. Sie filtern mehr Empfindungen heraus, als du dir überhaupt vorstellen kannst, und lassen nur einen Bruchteil wirklich durch.«

Das entsprach überhaupt nicht dem, was ich auf der Universität gelernt hatte. Angesichts der Quelle war ich aber trotzdem bereit, aufmerksam zuzuhören. »Warum nehmen wir alles durch einen solchen Schleier wahr? Oder sogar mehrere?«

»Weil die Götter nicht immer grausam sind.« Sie lachte. Es war ein angenehmes Geräusch. Ansteckend. »Hätten wir diese Filter nicht, dann wären wir bald überwältigt. Vollständig und hoffnungslos überwältigt. Auf der Stelle. Oder jedenfalls jeder, der nicht auf die gleiche Weise wie die Memoridinnen ausgebildet ist. Wir lernen, nach und nach die Schichten des Schleiers zu entfernen, und lassen mit der Zeit immer mehr durchkommen, ohne von der Flut der Eindrücke überschwemmt zu werden. Es braucht Jahre, das zu erreichen, aber es ist die Grundlage für fast alles andere, was wir tun – das Verständnis, wie die Schleier wirken und wie man sie manipulieren kann.«

Das war eine verwirrende Vorstellung, bei der mir fast schwindlig wurde, und ich war nicht sicher, ob ich das alles auch nur halbwegs begriff, aber mir war klar, dass ich sie nicht unbegrenzt lange mit meinen Fragen behelligen konnte. Außerdem gab es sicherlich auch Grenzen für das, was sie mir sagen konnte oder wollte. »Was genau hat Soffjian denn nun mit dem Hornmann gemacht?«

Wir verließen den Platz und zogen durch die Straße, die uns zur Stadtmauer und einem Tor führen sollte. Skeelana beugte sich leicht zu mir herüber und lächelte. »Ob eingeweiht oder nicht, ich hätte doch gedacht, dass ein kluger Junge wie du längst darauf gekommen ist. Es ist beinahe eine Kunst – Soffjian hätte nur ein oder zwei Schichten wegnehmen und ihn ohnmächtig werden lassen oder ihm die Orientierung rauben können, um ihn mithilfe der verstärkten Wahrnehmungen auszuschalten. Sie hätte dabei sehr präzise vorgehen können, wenn sie es gewollt hätte. Doch die Krieger-Memoridinnen, wie du sie so treffend nennst, ähneln den Syldoonern viel mehr als wir anderen. Sie wollte keinen Gefangenen machen und es nicht jemand anders überlassen, ihn zu töten, und hat deshalb ihre ganze Kraft eingesetzt. Sie hat dem Hornmann auf einen Schlag sämtliche Schleier weggerissen. Dabei hat sie sich besonders auf den ersten konzentriert. Sie zerriss die Barriere in winzige Stücke und fegte sie weg, als hätte sie nie existiert. Diesen Schaden konnte man nicht mehr reparieren, selbst wenn jemand hier gewesen wäre, der die Kraft und die Neigung gehabt hätte, es zu versuchen. Der arme Kerl wurde von Tausenden, vielleicht von Zehntausenden Eindrücken überflutet, mit denen er nicht umgehen konnte. Hätte sie ihm eine oder zwei Schichten gelassen, dann wäre er verrückt geworden, aber da er nichts mehr hatte, was ihn schützen konnte, brachte es ihn einfach um.«

Sie verstummte, und ich betrachtete Braylar, der unsere Truppe anführte, und Soffjian, die diskret ein Stückchen hinter ihm ritt. »Äußerlich sehen sie sich nicht sehr ähnlich, aber die Gemeinsamkeiten sind geradezu unheimlich.«

Skeelana grinste kurz, doch es war ein humorloses Lächeln, das mit einem weiteren Schauder einherging. Die nächste Frage war schon heraus, ehe ich richtig darüber nachgedacht hatte. »Du hast nie gekämpft, oder?«

Sie sah mich kurz an, dann heftete sie den Blick wieder auf den Reiter vor uns. »Nein. Nein, noch nie.« Das Eingeständnis schien widerwillig herauszukommen, als fühlte sie sich damit minderwertig. Seltsam, dass ich in diesen Dingen tatsächlich mehr Erfahrung hatte als ein anderes Mitglied unserer kleinen Truppe. Sogar Lloi hatte schon an einigen Schlachten teilgenommen. Schon bevor sie von ihrem Stamm verstoßen worden war, und erst recht danach, hatte sie zweifellos eine ganze Reihe Männer sterben sehen.

Skeelana hob die Genugtuung, die ich empfand, sofort wieder auf. »Ich vermute, du hast auch noch niemals vorher einen Mann angeschossen und getötet, oder?«

Einen Moment lang spielte ich mit dem Gedanken zu lügen, aber aus irgendeinem Grund, ich konnte es mir selbst nicht erklären, entschied ich mich für die Wahrheit. »Ich habe schon einmal auf Männer geschossen. Einige Male sogar. Es war einfach notwendig. Aber bis heute Morgen hatte ich noch nie jemanden getötet.«

Als ich es laut aussprach, empfand ich eine seltsame Mischung aus Erleichterung und Entsetzen. Ich würde nie mehr sagen können, dass ich noch nie jemanden getötet hatte. Ganz egal, in welche Richtung ich weiterschritt, es gab kein Zurück.

Skeelana nickte einmal knapp und schnell. »Dann sind wir beide in dieser kampferprobten Gemeinschaft fehl am Platze. Ich würde vorschlagen, dass wir hinten bleiben.«

Die Übelkeit legte sich ein klein wenig. »Einverstanden. Oder auch in der vorletzten Linie. Man weiß nie, was einen unversehens aus dem Rücken angreift.«

Während sie lachte, kämpfte ich den Impuls nieder, mich über die Schulter umzusehen. Aber solange der Reißer nicht auftauchte und mich ansprang und aus dem Sattel zerrte, lag die größte Gefahr wohl vor uns. Direkt vor uns. Wir hatten das Stadttor fast erreicht.

9

Auf der Brücke wurden wir langsamer. Hier dauerte es allerdings bei Weitem nicht so lange wie auf der Heldenbrücke, über die wir anfangs nach Zechingen gekommen waren. Zu dieser frühen Stunde herrschte noch nicht viel Verkehr. Anscheinend waren wir die Einzigen, die hinauswollten, und so früh am Morgen hatten erst die Bewohner der nächstgelegenen Dörfer und Gehöfte den Weg bis zur Stadt geschafft. Es würde keine Verzögerungen durch Leute, Karren, Vieh oder Wagen geben, und wir mussten wohl auch nicht mit überraschenden Inspektionen rechnen.

Theoretisch sollten wir demnach schon sehr bald draußen sein. Vorausgesetzt, man verhaftete uns nicht. Als uns die Pferde weitertrugen, fielen mir ein Dutzend Gründe ein, warum es eben doch geschehen konnte. Ein verräterischer Blutfleck, den jemand versehentlich nicht abgewaschen hatte. Oder irgendjemand hatte gemeldet, dass die Syldooner Dutzende Männer auf der Straße getötet hatten; oder die entkommenen Hornmänner hatten Hilfe gesucht und formierten sich neu. Allein schon die Tatsache, dass eine große Gruppe bewaffneter Syldooner durch die Stadt zog, gab Anlass zu Misstrauen. Hinauszukommen war leichter, als die Stadt zu betreten, aber ganz egal, in welche Richtung wir gingen, bei unserem Anblick wurden die Wächter unruhig.

Wir erreichten das erste Tor. Das Fallgatter war hochgezogen, und die Wächter traten aus dem Torhaus, um nachzusehen, warum eine große Gruppe so früh am Tag aufbrach. Es waren zwei, die schmutzige Gambesons und Lederkleidung trugen. Sie wirkten nicht besonders besorgt oder gereizt und hielten die Speere eher, um sich darauf zu stützen, und nicht wie Waffen. Bis sie erkannten, wen sie vor sich hatten.

Als der jüngere Wächter bewaffnete und gerüstete syldoonische Soldaten sah, deren Schlingen nicht einmal verdeckt waren, hielt er inne, richtete sich auf und packte den Speer fester. Besorgt blickte er den älteren Wächter an, der die Führung übernehmen sollte. Auch der ältere Mann hatte sich verkrampft, aber dann veränderte sich seine Miene. Es dauerte einen Augenblick, bis ich ihn erkannte. Er war der Wächter, der uns erlaubt hatte, die Stadt vor dem Ende der Sperrstunde zu verlassen, als wir mit Hauptmann Gurdinn und den Brunemännern zur Tempelruine geritten waren.

Aus den Ohren und unter dem Rand des Eisenhelms ragten dicke Haarbüschel hervor, im Gesicht hatte er graue Stoppeln. Dem Aussehen nach war er ein erfahrener Soldat, aber vermutlich nicht an den Kampf gewöhnt, sondern eher daran, hier und dort einen Streit zu schlichten oder einen Dieb zu fassen. Nun erkannte er eine mögliche Bedrohung durch die Syldooner und musste entscheiden, wie er mit ihnen verfahren wollte.

Ich beneidete ihn nicht.

Er fing sich rasch wieder und kniff die Augen zusammen. »Ich habe Euch neulich schon einmal die Stadt verlassen sehen. Da wart Ihr allerdings weniger. Und ich erinnere mich, dass Ihr da auch ein wenig anders gekleidet wart.«

Braylar zog den Helm aus der rechten Armbeuge und klemmte ihn mit dem linken Arm ein. Das Kettenhemd fiel über die

Armschienen. Ich hatte den Eindruck, dass er die stärkere Hand freibekommen wollte, um Blutrufer vom Gürtel oder die Armbrust vom Sattel zu nehmen, falls es nötig werden sollte. Gleichmütig, als verließen jeden Tag am frühen Morgen Syldooner eine anjurische Stadt, entgegnete er: »Du hast ein gutes Gedächtnis. Anscheinend vergisst du niemals ein Gesicht.«

»Aye.« Der ältere Wächter sah den jungen streng an und zog die Augenbrauen herunter, bis die Augen nur noch Schlitze waren. Der junge Wächter nickte, als hätte man mit ihm gesprochen, und eilte in den gedrungenen Wachturm. Mir fiel ein, dass hier sicher noch mehr Wächter stationiert waren. Diese beiden waren lediglich diejenigen, die in der kalten und feuchten Morgenluft als Posten eingeteilt waren.

Der ältere Wächter nickte. »Ich erinnere mich auch, dass Ihr mit den Männern des Barons ausgeritten seid.« Über uns gingen gleichzeitig mehrere Fensterläden mit lautem Knarren auf. Ich wäre fast aus dem Sattel gefallen. Die Fensterläden wurden aufgestoßen, und eine ansehnliche Anzahl von Bogenschützen blickte auf uns herab. Sie legten die Pfeile ein, spannten aber nicht die Sehnen, soweit ich es erkennen konnte. Dennoch, als einer von nur zwei Leuten, die keine Rüstung trugen, begann ich trotz der Kälte sofort zu schwitzen. Skeelana neben mir schien ähnlich nervös zu werden.

Als hätte er die Fensterläden nicht gehört, erklärte der ältere Wächter: »Der Baron konnte euch hier gut gebrauchen, er hatte sicher seine Gründe, auch wenn ich sie nicht begreife, aber das geht mich ja auch nichts an. Er wäre wohl nicht erfreut, wenn ihn ein Torwächter weckt und ihn fragt, warum Ihr hier herumschleicht. Also wird das auch nicht passieren.«

Auch Braylar tat so, als hätte er die Bogenschützen über uns nicht bemerkt. »Das klingt, als könntest du die Stimmungen deines Lehnsherren gut einschätzen. Zurückhaltung und gut darin, Gesichter zu erkennen. Kein Wunder, dass du diesen wichtigen Posten bekommen hast.«

Der Wächter machte einen Schritt und tätschelte die Nüstern von Braylars Pferd, als führten sie eine freundliche Unterhaltung. »Nein, es ist nicht nötig, den Baron einzuschalten. Aber eins kann ich Euch sagen, Schwarze Schlinge. Da seit einer Weile Frieden herrscht, haben manche Leute in Anjurien gar nichts mehr gegen Euch. Aber ich gehöre nicht dazu. Ihr und Eure Leute haben mir gleich nördlich von Messingfeld meinen Bruder genommen. Ihr Fotzen habt unser Grenzgebiet überfallen.«

»Hm, ich erinnere mich nicht daran, überhaupt einmal in Messingfeld gewesen zu sein.« Braylar wandte sich an Hackspeer. »Haben wir in Messingfeld mal einen Überfall begangen, Leutnant?«

»Nein, Captain, nicht, dass ich wüsste.«

»Das dachte ich mir schon.« Er wandte sich an den Wächter. »Für diesen Angriff stehen mir weder Ruhm noch Vorwurf zu. Hat dein Bruder heldenhaft gekämpft? Manche tun es, andere nicht. Nein, manche machen sich sogar in die Hose, stolpern über die Speere und werden von den eigenen Leuten niedergetrampelt. Ich hoffe, er ist auf edlere Weise gestorben. Wer ehrenvoll stirbt, wird oft in Liedern verewigt, aber für diejenigen, die sich in die Hose machen, werden nicht viele Lieder komponiert.«

Der Torwächter packte die Zügel, bis die Knöchel weiß anliefen, und blickte zu Braylar empor. Ich hörte, wie zwei Bogensehnen gespannt wurden, und musste meine ganze Willenskraft aufbieten, um nicht hochzublicken oder mein Pferd anzutreiben und das Weite zu suchen. »Damals war er erst zweiundzwanzig. Noch nicht mal ein Jahr verheiratet. Hatte gerade eine Tochter bekommen. Ich bemühe mich jetzt wirklich sehr, einen guten Grund zu finden, euch von meinen Jungs nicht mit Pfeilen spicken zu lassen, Brune sei verdammt. Die Erklärungen könnten wir uns später immer noch zurechtlegen.«

Da nun ernsthaft damit zu rechnen war, dass mir, je nachdem was Braylar als Nächstes sagte, sehr bald schon ein Pfeil in der Brust stecken würde, bekam ich große Angst. Der Captain beugte sich vor und sagte: »Du tust deine Pflicht, wie du es für richtig hältst. Ich kann es einem Soldaten nicht vorwerfen, wenn er entschlossen handelt. Selbst wenn sich später herausstellt, dass seine Entscheidung höchst überstürzt war. Ich denke, der Baron wird nicht sehr freundlich reagieren, wenn er hört, dass wir am Tor niedergemacht wurden, zumal er uns doch ursprünglich eigens nach Zechingen gerufen hat. Ich hatte das Vergnügen, gerade erst vor ein paar Tagen dem Baron meine Aufwartung zu machen. Er hat einen seiner Männer befragt, der den dummen Fehler gemacht hatte, vorschnell zu handeln und einen Befehl zu missachten. Warst du schon einmal in den Verliesen des Barons und hast seinen Foltermeister kennengelernt? Ein angenehmer Mann, aber nicht sehr gesprächig, mit einem auffälligen Muttermal im Gesicht?«

Der Wächter antwortete nicht, lockerte aber den Griff um die Zügel. Selbst wenn er den Mann nicht persönlich kannte, er wusste sicherlich um dessen Ruf. »Nein, wohl nicht«, fuhr Braylar fort. »Nur Verräter und Schurken werden ihm vorgeführt. Ausnahmsweise auch mal ein böser Dreckskerl wie ich, der herbeigerufen wurde, um die zu vernichten und zu verhaften, die gegen deinen guten Baron arbeiten. Also, wenn du die Zellen und die wundervollen Möglichkeiten, sich darin die Zeit zu vertreiben, kennenlernen willst, dann gib deinen Männern ein Zeichen, damit sie auf uns schießen. Mach uns bis auf den letzten Mann nieder. Sei entschlossen. Oder sei klug und erspare dir und deinen Männern Folter und Tod. Es liegt ganz bei dir, Torwächter.«

Langsam richtete Braylar sich wieder auf, während der ältere Wächter stocksteif stehen blieb, wo er war. Im Gegensatz zu einer Armbrust, die einem die Arbeit abnahm, konnte man einen Bogen nicht beliebig lange gespannt halten. Die Männer mussten entweder schießen oder die Sehne entspannen. Ich hielt den Atem an und wartete auf das Summen der Bogensehnen und die schrecklichen Schmerzen, die darauf folgen würden.

Doch der Wächter gab die Zügel frei, wich widerstrebend zwei Schritte zum Wachturm zurück und rammte das Ende des Speers auf das Pflaster. Der Knall hallte zwischen den Mauern des Torhauses. Ich hätte mir fast in die Hose gemacht. Doch als ich ein paar Augenblicke später nach oben blickte, hatten sich die Bogenschützen zurückgezogen und schlossen gerade die Fensterläden. Ohne ein weiteres Wort drehte sich der Wächter um und kehrte in den Turm zurück. Zweifellos erstickte er fast an seiner eigenen Wut, weil er an den Männern, die er für den Tod seines jüngeren Bruders verantwortlich machte, keine Rache üben durfte. Vorher hatte ich ihn nicht beneidet, aber jetzt machte ich mir Sorgen um den nächsten Mann oder die nächste Frau, die etwas später auch nur eine Kleinigkeit tat, um ihn in Rage zu versetzen. Sie würden schwer dafür büßen müssen.

Skeelana sah mich mit bleichem Gesicht an und rang sich ein Lächeln ab. »Oh, was für ein aufregender Morgen. Dabei ist es noch so früh.«

»Wenn du es aufregend findest, dich selbst zu beschmutzen, dann ja. Dann war es wirklich aufregend.«

Ich fragte mich, ob die Memoridinnen bereit gewesen waren, etwas zu unternehmen, damit wir der drohenden Katastrophe entkommen konnten, die Braylar geradezu heraufbeschworen hatte. Andererseits glaubte ich, dass sie nicht viel hätten tun können, um die erste Pfeilsalve abzuhalten.

Wir setzten uns wieder in Bewegung, ritten durch das Torhaus und über die Zugbrücke. Nun konnte ich etwas freier atmen. Ein Mann und eine Frau mit einem Esel wichen uns eilig aus. Die Menschen rissen die Augen weit auf, als sie die tätowierten Schlingen sahen. Den Esel kümmerte es nicht.

Manchmal wünschte ich, ich wäre ein Esel.

Als wir uns auf dem Vagabundenweg wahrscheinlich auf Nimmerwiedersehen von Zechingen entfernten, blieben die beiden mit dem Esel nicht die Einzigen, die uns auswichen oder uns die Straße ganz überließen, sobald sie die tätowierten Schlingen bemerkten. Die Syldooner gaben sich keine Mühe, sich zu verbergen. Über den Rüstungen trugen sie nichts weiter, und die Hälse waren gut zu erkennen. Ich nahm an, dass es sowieso sinnlos gewesen wäre. Wir waren aus Zechingen heraus und nach Sonnenmatt unterwegs, der Hauptstadt des Syldoonischen Reichs. Trotzdem, wir befanden uns immer noch in Anjurien, und wie der Torwächter bewiesen hatte, waren die Syldooner in Anjurien nicht beliebt, ob nun ein Waffenstillstand herrschte oder nicht. Deshalb fragte ich mich, warum der Captain den Männern nicht befahl, die Schlingen lieber noch eine Weile zu verbergen. Es schien mir aber dumm, deshalb seinen Zorn auf mich zu ziehen, und so verkniff ich mir die Frage.

Während der ersten Meile schwiegen wir alle, aber sobald wir Zechingen wirklich hinter uns gelassen hatten, wies Braylar zwei Männer an, die Nachhut zu übernehmen und die Straße hinter uns zu überwachen. Zwei weitere Syldooner schickte er voraus. Wir ritten eilig weiter, und ich musste schon wieder den Drang unterdrücken, mich über die Schulter umzusehen und mich zu vergewissern, dass die beiden Syldooner nicht etwa eilig herbeiritten und uns vor Verfolgern warnten: noch mehr Hornmänner, vielleicht auch Brunemänner, möglicherweise sonst jemand, den Braylar absichtlich oder unabsichtlich beleidigt hatte, den er bestohlen oder belogen oder dessen Angehörige er getötet hatte. Es hätte mich nicht überrascht, wenn hinter uns eine Meute von Pilgern eine Staubwolke aufgewirbelt hätte.

Als wir uns von der Stadt, den blutigen Brunnen und den gefiederten Untieren entfernten und das Ackerland und die Höfe langsam an uns vorbeizogen, begannen die Soldaten zu plaudern, wenngleich mit knappen Bemerkungen und ohne große Begeisterung.

Vor mir sagte ein Soldat mit einer großen fleischigen Nase, die er in zahllose Krüge gesteckt hatte: »Habt ihr die Mienen dieser Hornkröten gesehen, als der Reißer sie zerfleischt hat? Bei der Hölle, die haben sich aber nass gemacht!«

Der Soldat neben ihm, ein Mann mit schläfrigen Augen, antwortete gedehnt: »Der einzige Grund dafür, dass du dir nicht auch die Hose braun gefärbt hast, ist die Tatsache, dass du es vorher gewusst hast. Sag mir nicht, das Vieh hat dir nicht die Eier schrumpfen lassen. Du wärst ein Lügner, wenn du das behaupten würdest.«

Der erste Mann schien beleidigt. »Das war doch bloß ein Tier, nichts weiter.«

»Ein riesiges Tier, das die Leute zerreißt wie nasses Papier.«

»Ja. Na und? Ist trotzdem bloß ein Tier. Nur größer und böser, das ist alles. War ja kein Ungeheuer oder so.«

»Wenn das kein Ungeheuer war, dann hoffe ich, dass du nie eins siehst.«

Die Knollennase überlegte kurz. »Wir hätten es mitnehmen sollen. Das ist doch eine Art Geheimwaffe, was?«

»Die Geheimwaffe hat Bulsinn den Arm abgerissen, du verdammter Trottel.«

Knollennase sah Bulsinn an, der weiter vorne zusammengesunken ritt. »Ja, na gut. Eigentlich nur die Hand, oder? Aber das meine ich ja. Das Biest fügt den Leuten ernsthaften Schaden zu. Vielleicht sollten wir uns ein Ei besorgen und selbst ausbrüten, das Vieh aufziehen und ausbilden. Und dann lassen wir es los, wenn ...«

»Du verdammter Idiot.«

»Was?«

Der zweite Soldat schüttelte den Kopf. »Du bist ein verdammter Idiot mit einem Haufen Schweinedreck im Kopf.«

»Na ja, das wäre eine höllische Waffe. Mehr sag ich doch gar nicht.«

Damit war das erledigt. Die meisten Gespräche dauerten genauso lange wie dieses oder waren sogar noch schneller beendet, und dann herrschte wieder Schweigen. Niemand flüsterte über die Memoridinnen und ihren Anteil an dem Kampf. Niemand achtete auf sie, obwohl sie jetzt mit uns ritten. Die beiden hätten ebenso gut Gespenster sein können. Soffjian ritt ein Stück hinter der Spitze, und Skeelana hatte zu ihr aufgeschlossen.

Ich beobachtete Bulsinn, der ein Stück vor mir war, wie er mehrmals schwankte, bis ein anderer Syldooner zu ihm eilte und ihn festhielt. Er fragte ihn etwas und bot dem Verletzten Wein oder Wasser an. Bulsinn schüttelte den Kopf, nahm aber die Flasche entgegen. Dabei musste er sich ungeschickt verdrehen und sie mit der gegenüberliegenden Hand greifen. Nun ja, früher war es die gegenüberliegende Hand gewesen. Jetzt war es seine einzige. Ich fragte mich, ob er überleben würde. In Flusstal hatte ich viele vernarbte und versehrte Veteranen gesehen, abhängig von der Barmherzigkeit der reichen Bürger, die in der Stadt das Sagen hatten. Ihnen hatten Finger und ganze Gliedmaßen gefehlt, sie hatten mit Triefaugen und heiseren Stimmen über alte Schlachten geredet. Sie hatten überlebt. Ich fragte mich, ob auch sie, gleich nachdem sie eine Hand verloren hatten, schon wieder geritten waren. Vielleicht. Eine Schlacht hielt nicht wegen eines einzigen Soldaten inne. Nicht einmal wegen zehntausend.

Es war seltsam. Als ich im Grünen Meer Braylars beunruhigendes Verhalten gesehen hatte, als ich beinahe im Wagen erstochen worden wäre, als ich beobachtet hatte, wie der Captain die Gegner besiegt und niedergeschlagen hatte, als Lloi sich später um ihn gekümmert hatte, da war ich schockiert und entsetzt gewesen wie noch nie im Leben. Heute hatte ich Dinge gesehen, die noch weit darüber hinausgingen. Ein riesiger Raubvogel hatte Männer in Stücke gerissen, bei seinem durchdringenden Schrei hatten sich Krieger in die Hose gemacht. Die meisten Tiere, die man aus der Gefangenschaft befreite, liefen weg oder erkämpften sich den Weg in die Freiheit. Der Reißer war jedoch vor allem darauf aus gewesen, sich an den Menschen in der Nähe zu rächen und so viele umzubringen, wie er nur konnte. In dem Untier hatte ich Bösartigkeit, vielleicht sogar Hass entdeckt.

Der zweite Soldat hatte recht. Es war ein Ungeheuer.

Und dann die Memoridinnen. Sie benutzten eine unsichtbare Art von Hexerei, um das Gehirn der Gegner zu schmelzen wie Wachs, und trieben die Feinde in den Wahnsinn oder streckten sie nieder, ohne sie auch nur zu berühren ... so etwas wollte ich nie wieder erleben. Die Unsichtbarkeit war schlimmer als alles andere. Wären aus Soffjians Fingern Flammen hervorgeschossen, die den Mann in Brand gesetzt hätten, oder hätte Skeelana den Hornmann, der sie angreifen wollte, mit tanzenden Lichtern geblendet, mit etwas Realem, das ich sehen konnte ... dann wäre es immer noch übernatürlich und furchtbar gewesen, aber wenigstens hätte ich es irgendwie nachvollziehen können. Für das, was die Memoridinnen taten, war der Begriff »unnatürlich« noch viel zu schwach. Kein Wunder, dass die Syldooner nichts mit ihnen zu tun haben wollten.

Und abgesehen davon war direkt vor meinen Augen ein Mann gestorben, den ich selbst getötet hatte. Vielleicht wäre es noch schlimmer gewesen, wenn ich ihm eine Klinge zwischen die Rippen gejagt oder ihm die Kehle durchgeschnitten hätte. Natürlich wäre das schlimmer gewesen. Aber er war auf jeden Fall durch meine Hand gestorben. Hinterließ er eine Familie? Kinder? Mindestens Eltern musste er doch haben, sofern sie nicht schon unter der Erde auf ihn warteten. Zweifellos hatte er Freunde gehabt. Wer es auch war, die Hinterbliebenen würden keine Gelegenheit bekommen, sich von ihm zu verabschieden und ein freundliches Wort zu sagen. Hatte ihn seine Geliebte auf die Lippen geküsst, ehe er in der frühen Morgendämmerung durch Zechingen in den Tod geritten war?

Ich war froh, dass Blutrufer nicht mir gehörte. Auch ohne viel über ihn zu wissen, war es schon schwer genug, an den Mann zu denken, den ich getötet hatte. Hätte ich gewusst, wen er hinterließ und wer um ihn trauerte, seine Leidenschaften, seine Ängste, Träume und Zwänge gekannt ...

Das war zu viel.

Mein Schweigen war nicht gerade freundlich – nein, es war sogar ausgesprochen verdrießlich. Deshalb hielt ich mich an Vendurro, der im Augenblick allein ritt. Normalerweise hätte er sich mit Glesswik über irgendetwas gestritten. Falls Glesswik noch da gewesen wäre. Ich rang mir ein Lächeln ab und rief Vendurros Namen.

Er nickte, als er mich sah, und verzog das Gesicht mit den Sommersprossen einen Moment lang zu einem Grinsen. Es war nicht das breite, mitreißende Lächeln, das ich früher bei ihm gesehen hatte, aber inzwischen hatte er mehrere Kämpfe überstanden und einen Freund verloren, also war es immer noch besser als die bedrückte Begrüßung, die ich erwartet hatte. Ich rutschte auf dem Sattel hin und her, meine Beine und der Rücken protestierten bereits, aber dann wurde mir bewusst, dass es auch seine Vorteile hatte, keine Rüstung zu tragen. Die Soldaten waren zweifellos an das zusätzliche Gewicht gewöhnt, das an ihren Schultern zerrte, aber es war und blieb eben eine zusätzliche Last.

Ich fragte mich, wie viel Blut Vendurro sich von den Händen gewaschen hatte, wie viele Männer er schon getötet hatte. Allein an diesem Morgen in Zechingen waren wieder einige hinzugekommen. Das schien mir eine Frage zu sein, die man besser nicht stellte, also begann ich mit etwas Unverfänglichem: »Wie lange warst du nicht mehr in Sonnenmatt?«

Seine Miene hellte sich ein wenig auf. »Das ist recht lange her. Länger, als es uns allen lieb ist, würde ich sagen.« Er hielt inne und überlegte. »Es sind schon ein paar Jahre, aber es kommt mir noch länger vor. Es kommt einem immer länger vor, wenn man nicht daheim ist.«

»Daheim? Ich dachte ...«

Ich ließ den Satz unvollendet, doch Vendurro hakte nach. »Was meinst du?«

»Also ... einige Soldaten haben anscheinend Jahrzehnte in Sonnenmatt gelebt. Oder sie sind immer dorthin zurückgekehrt, wenn sie nicht auf einem Feldzug waren. Dort waren sie länger als in der Gegend, in der sie geboren wurden. Es scheint mir richtig, dass sie diesen Ort als ihre Heimat betrachten. Aber du bist doch nicht viel älter als ich, wenn überhaupt. Wie hat Hackspeer es noch ausgedrückt? Ihr wurdet als Kinder ausgewählt?« Er nickte. »Deshalb hast du dein halbes Leben als Syldooner verbracht, aber die andere Hälfte warst du bei deiner Familie.« Seine Miene wurde ernst. »Ich meine die Familie, in der du geboren wurdest. Die, aus der du ursprünglich kommst.«

Anscheinend war ich ihm zu nahe getreten oder hatte einen wunden Punkt berührt. Er blickte stur geradeaus, das Lächeln war völlig verschwunden. Offensichtlich besaß ich eine Begabung dafür, in alle möglichen Fettnäpfchen zu treten. Ich überlegte schon, ob ich ganz und gar das Thema wechseln oder warten sollte, bis er schneller ritt oder sich zurückfallen ließ, oder ob ich mich entschuldigen und mich zurückziehen sollte, da sagte er: »Was die Zeit angeht, so hast du recht. Zur Hälfte in einem, zur Hälfte im anderen Leben, das stimmt schon. Aber wenn du einen Brotlaib hast, bei dem eine Hälfte gut und die andere verschimmelt ist, dann sind die beiden Hälften nicht gleich. Was machst du mit der Hälfte, die grün ist? Du schneidest sie ab, wirfst sie weg und isst das, was noch übrig ist. Es sei denn, du isst gerne Schimmel. Ich kenne aber nicht viele Leute, die das mögen. Magst du Schimmel, Arki?«

»Nicht sehr gern. Also ... also hast du diesen Teil deines Lebens abgeschnitten? Dein früheres Leben? Den Ort, wo du aufgewachsen bist, und die Leute, die dich erzogen haben?«

Dieses Mal antwortete Vendurro sofort. »Vielleicht sollte ich einige Dinge klarstellen. Zuerst einmal habe ich diesen Teil nicht völlig herausgeschnitten. Das verschimmelte Brot war nur ein Beispiel.«

»Also ein Gleichnis, ja?«

Das Lächeln war wieder da. »Nein, es war wörtlich gemeint, um es deutlich zu machen.« Da er die meiste Zeit den harten Kerl spielte, konnte man leicht vergessen, dass er wie alle Syldooner eine umfassende Ausbildung genossen hatte. Das durfte ich nicht vergessen. Besonders nicht in Sonnenmatt. Es war ein böser Fehler, diese Männer zu unterschätzen. »Tatsächlich schicke ich meinem alten Clan immer noch ab und zu etwas Gold.«

»Wirklich? Nur das Gold, oder schickst du auch Botschaften mit?«

»Ich könnte Briefe schreiben, aber was würde das nützen? Man würde damit nur ein Feuer entfachen. Das Gold ist Botschaft genug. Es bedeutet, dass ich noch lebe, und solange ich lebe, werde ich immer wieder etwas schicken. Ich frage nicht einmal, wer es annimmt. Ich will gar nicht wissen, wer dort noch lebt. Das gehört dazu, wenn man sich mit einem harten Schnitt befreit. Im übertragenen Sinne. Aber ganz frei werde ich nie sein. Diese Menschen haben mir das Leben geschenkt, sie haben mich gelehrt, wie man kämpft und eine Ziege melkt, wie man Schafe hütet. Und dazu die meisten anderen Fähigkeiten, die ich schon hatte, ehe mich die Syldooner aufgenommen haben. Aber jetzt kommen wir zum zweiten Punkt.«

»Und der wäre?«

»Die Familie, die dich in die Welt setzt, kannst du dir nicht aussuchen. Sie steckt dir im Blut. Sie gibt dir dein Blut. Aber sobald du bei den Syldoonern aufgenommen bist, gibt es kein Zurück. Das ist lebenslänglich. Du weißt es in dem Augenblick, in dem du unterschreibst. Du unterschreibst mit all dem Blut, das du hast, und gibst sogar noch mehr hin. Das ist eine ganz andere Angelegenheit. Du entscheidest dich bewusst für die Bindung und widmest ihr dein Leben. Du versprichst, deine Brüder und deine Turmkameraden zu beschützen, solange du atmest. Als Sklave tust und siehst du Dinge, die dich mit den anderen stärker verbinden, als es in einer Familie möglich wäre, und sobald du die Verbindung eingehst und die Schlinge nimmst, gibt es kein Zurück mehr.«

So leidenschaftlich hatte ich Vendurro noch nie erlebt. Es schien ihm ein wenig peinlich zu sein, aber dann zuckte er mit den Achseln und sagte: »Sonnenmatt ist die einzige Heimat, die ich habe, Arki. Ganz egal, wie lange ich fort war. Es ist ein harter Ort voller harter Menschen, aber es wird immer der Ort bleiben, an dem ich die Schlinge genommen habe, und deshalb ist die Rückkehr dorthin der schönste Ritt, den ich mir vorstellen kann.«

Er sah mich an, während ich darüber nachdachte. »Was ist mit dir, Arki? Mulldoos hat es auf den Punkt gebracht – du stammst ursprünglich nicht aus Flusstal. Vermisst du deine Heimat? Den Ort, an dem du aufgewachsen bist? Wie fühlt es sich an, in die entgegengesetzte Richtung zu reisen?«

Hätte mir Mulldoos oder ein anderer Syldooner diese Frage gestellt, dann hätte dahinter die Absicht gesteckt, mich zu verletzen oder der Lächerlichkeit preiszugeben. Vendurros Miene verriet mir jedoch, dass er nichts dergleichen im Sinn hatte. Trotzdem versetzte es mir einen kleinen Stich. »Nein, meine Situation ist ganz anders als deine. Ich vermisse nicht das Heim, in dem ich aufgewachsen bin, weil es eigentlich gar nicht existiert hat. Deshalb war es nicht so schwer, mich loszusagen. Aber danach habe ich nicht so wie du etwas anderes gefunden. Die Universität war fast wie eine Heimat, auch wenn ich von Anfang an wusste, dass es nur etwas Vorübergehendes sein würde. Deshalb bin ich keine dauerhaften Bindungen eingegangen. Später war ich fast immer auf Reisen. Gelegentlich habe ich irgendwo verweilt, aber ich habe nie etwas gefunden, das man Heimat nennen könnte, das diesen Namen verdient hätte.«

Ich hätte nie gedacht, dass ich es einmal sagen würde, aber es gab keinen Grund, es für mich zu behalten. Wenigstens Vendurro gegenüber. »Ich glaube, darum beneide ich dich. Nein ganz sicher beneide ich dich. Du hast etwas, das ich nie bekommen werde. Vielleicht finde ich eines Tages einen Ort, der für mich zur Heimat wird. Erst hoffte ich, es könnte Flusstal sein, aber irgendwie wusste ich die ganze Zeit schon, dass ich auch dort nicht lange bleiben würde. Sonst wäre ich wahrscheinlich auch nicht mit Captain Killcoin geritten. Aber was ihr Syldooner habt ... diese starke Bindung, diese Gemeinsamkeit, diese Blutschwüre für die Kameraden, das ist anders als alles, was ich je gesehen oder gehört habe, sogar bei anderen Soldaten.«

»Das ist wahr, es ist ganz anders.«

Ich seufzte und wurde wütend auf mich selbst, weil mir der Laut über die Lippen gekommen war. »Ganz egal, wo ich Wurzeln schlage und mich niederlasse, ich werde die Welt niemals so sehen wie ihr. Das ist ... etwas ganz Besonderes.« Das Gespräch war mir viel zu ernst geworden, und ihm ging es sicher ähnlich. Deshalb fügte ich hinzu: »Wenn ich das haben könnte, ohne mich zehn Jahre als Sklave zu verdingen, um danach jeden Tag ein paar Feinde zu töten, na ja, das wäre hübsch.«

Vendurro lachte so laut, dass sich der Soldat vor ihm über die Schulter umsah. Der Mann bemerkte mich und fragte sich wohl, ob sein Kamerad über mich lachte. Als er zu erkennen glaubte, dass dies zutraf, drehte er sich wieder um.

»Ja, leck mich doch«, meinte Vendurro. »Wenn du es so ausdrückst, vermisse ich beinahe meine alte Familie.« Wir lachten zusammen, was uns einen finsteren Blick des Soldaten vor uns eintrug.

Es tat gut zu lachen, nachdem ich den Kampf in Zechingen gesehen hatte. Nein, ich hatte ihn ja nicht nur beobachtet, sondern auf die schlimmste nur denkbare Weise selbst daran teilgenommen. Auch wenn ich lediglich mich selbst und Skeelana verteidigt hatte, ich hatte einen Menschen getötet. Außerdem hatte ich vorgeschlagen, den Reißer zu befreien, der seinerseits noch mehr Menschen umgebracht hatte. Fast bekam ich Schuldgefühle, weil ich lachte, aber trotzdem, es tat gut.

Danach schwiegen wir eine kleine Weile. Ich wollte nichts sagen oder fragen, was uns den Augenblick verdorben hätte, aber andererseits wusste ich nicht, wann sich die nächste Gelegenheit bieten würde, also versuchte ich es einfach. »Hast du nicht gesagt, dass ihr drei Jahre in Anjurien wart?«

Vendurro nickte. »So ungefähr. Die Tage habe ich nicht gezählt. Du könntest Hackspeer fragen, der Mann weiß so gut wie alles. Der Leutnant könnte es dir vermutlich bis auf die Minute genau sagen.«

»Und Lloi war zwei Jahre oder fast zwei Jahre in der Truppe?«

Vendurro überlegte kurz. »Das passt so ungefähr.«

Ich sah mich über die Schulter um, ob auch niemand in Hörweite war. »Wie lange hat Captain Killcoin schon seinen Blutrufer?«

»So ungefähr seit vier Jahren«, erklärte Vendurro. »Er fand ihn, etwa ein Jahr ehe wir nach Anjurien beordert wurden.«

»Und wie ist die Waffe zu ihm gekommen? Lloi sagte, er habe Blutrufer ausgegraben, aber sie war offensichtlich nicht selbst dabei. Was hat sie damit gemeint?«

Vendurro sah mich an und bewegte die Unterlippe und mit ihr den Flecken hellblonder Haare auf dem Kinn, als ränge er mit sich, wie oder ob er überhaupt antworten wollte. Dann blickte er nach vorn, um sich zu vergewissern, dass niemand ihn belauschte. Da wir die Straße für uns allein hatten, ritten wir mit recht großen Abständen. Wer unsere Unterhaltung hören wollte, musste ein ganzes Stück aufschließen oder sich zurückfallen lassen. »Ich war dabei, als es passiert ist. Ich wünschte, ich wäre woanders gewesen. Und der Cap, der wünscht sich jetzt vermutlich das Gleiche.«

»Wo war es denn?«

»Wir sind für das Heer Aufklärung geritten, das war in …«

»Aufklärung?«

Vendurro unterbrach sich. »Ich vergesse immer, dass du über das Militär nur das weißt, was du in Büchern gelesen hast. Du hast doch gesehen, wie der Captain ein paar Leute voraus und nach hinten geschickt hat?« Ich nickte, darauf fuhr er fort: »Also, ein Heer macht das Gleiche, nur in größerem Maßstab. Normalerweise sucht eine kleine Einheit im Land nach Proviantlagern und Spuren der Feinde. Manchmal vernichtet sie auch die Ernte, vergiftet Brunnen oder begeht andere Untaten. Darin war die Armbrustkavallerie immer am besten – Spähen, Informationen sammeln, das tun, was man eben tun musste, und zerstören, was zerstört werden musste.«

»Armbrustkavallerie? Damit meinst du anscheinend eure Einheit, ja?«

Vendurro tippte sich seitlich an die lange Nase. »Genau. Du hast es begriffen, Arki. Damals waren wir in den Hügeln von Gurtagoi. Der Krieg gegen Anjurien war noch nicht ausgebrochen, deshalb war nicht das ganze Heer unterwegs. Nur ein paar Kompanien, die den Gerüchten über aufsässige gurtagische Banditen nachgehen sollten. Das ist die schlimmste Art Aufklärung, die es gibt. Man muss sich einen Eindruck vom Gelände verschaffen und rechnet nicht mit Gefechten, man soll kein Aufsehen erregen. Einfach nur reiten, schlafen, reiten, schlafen. Als wir einen Grabhügel erreichten und der Cap sagte, er wolle ihn sich näher ansehen, waren wir schrecklich gelangweilt und neugierig wie die Katzen.«

Ich hatte schon von Grabhügeln gelesen, aber noch nie einen gesehen. »Sagtest du Gurtagoi? Dort in der Nähe gibt es doch keine Stämme oder Clans, richtig? Wenn ich mich recht erinnere, wurde die Provinz schon vor längerer Zeit befriedet.«

»Genau. Viel offenes Land, aber keine Stämme, soweit ich weiß. Wer dort gelebt hatte, ist längst ausgelöscht. Warum?«

»Ich weiß aus meinen Büchern, dass in den Grabhügeln verschiedener Stämme oft wertvolle Beigaben waren. Aber da dies in einer befriedeten Region war, müsste ein solcher Grabhügel doch längst geplündert worden sein, oder? Was hat den Captain veranlasst, ihn sich trotzdem anzusehen?«

Vendurro kratzte sich mit zwei Fingen die Bartstoppeln am Hals. »Das kann ich nicht sagen. Du bist nicht der Einzige, der auf diese Idee gekommen ist. Einige Männer haben genau das Gleiche gesagt. Mulldoos am lautesten. Aber du kennst ja den Cap. Wenn er einmal einen Gedanken gefasst hat ...«

»Dann könnte ihm nicht mal ein Schmied mit der Zange den Gedanken wieder entreißen.«

Vendurro kicherte. »Genau. Du wirst dich erinnern ... nein, vielleicht auch nicht, weil du es wahrscheinlich gar nicht weißt, aber ehe der Captain zu den Syldoonern kam, waren er und seine Schwester ...«, er blickte zu Soffjian, die vor uns ritt, »... sie waren so was wie Fachleute für das Ausrauben von Grabhügeln. Das hat er jedenfalls erzählt. Vielleicht konnte er an den Blumen, an der Erde oder an der Neigung der Böschung etwas ablesen, oder weiß der Teufel, was er da gesehen hat, aber jedenfalls war er ziemlich sicher, dass es sich lohnte, diesen Grabhügel näher zu untersuchen. Da wir es sowieso nicht sehr eilig hatten, waren die meisten Männer froh, die Pferde fressen zu lassen und sich ins Gras zu legen, während der Cap und ein paar von uns die Sache untersucht haben. Wir sind ihm gefolgt, als er den Hügel umrundete. Der sah zunächst aus wie ein beliebiger, mit Gras bewachsener Buckel, aber dann erreichten wir den Eingang. Eine große alte Steinplatte mit ein paar krakeligen Inschriften. Der Cap trug uns auf, einige Baumstämme zu suchen, mit denen wir den Eingang aufbrechen sollten. Mulldoos sah den Cap an, wie er es eben immer tut, und sagte: ›Cap, wie kommst du auf die Idee, hier wäre noch niemand eingebrochen? Warum wühlen wir im Dreck? Lass uns zum Lager zurückkehren.‹ Aber der Cap war eben der Cap, und er meinte: ›Hast du denn keinen Abenteuergeist, Leutnant?‹ Na ja, Mulldoos ist kein Mann, dem es gefällt, wenn man seine Männlichkeit infrage stellt, also half er, ein paar Stämme zu holen und die Steinplatte aufzubrechen. Sie war schwerer als vermutet. Wir haben ziemlich geschwitzt, aber schließlich bekamen wir sie heraus.«

»Hattet ihr Fackeln dabei?«

»Nein, daran hatten wir nicht gedacht, weil es ja Mittag war, und außerdem sah der Hügel gar nicht so groß aus. Da würde schon genug Sonne hineinfallen, damit wir etwas sehen konnten. Aber der Cap bestand darauf, dass wir Fackeln holen sollten, was ihm wieder einen dieser Blicke von Mulldoos eintrug. Wir haben es getan und ein paar Fackeln angefertigt, und dann sind wir hineingegangen.«

»Hat es ... gerochen?«, fragte ich.

Vendurro lachte. »Ja, jetzt, da du es erwähnst – es hat gerochen. Aber nicht nach Tod und Verwesung. Nur abgestanden, als wäre lange nicht gelüftet worden. Als hätte die Erde gerülpst, aber kein Loch gefunden, um es abzulassen. Wir haben also die improvisierten Fackeln genommen und sind hineingegangen. Der nackte Boden war festgetreten, im Laufe der Jahre hatte sich Staub gesammelt, und es waren keine Fußabdrücke zu erkennen. Es kam mir nicht so vor, als wäre da schon jemand vor uns eingedrungen. Als wir den geneigten Gang hinunterliefen, fiel es wohl auch Hackspeer auf, denn er sagte: ›Captain‹ – du musst wissen, dass er nie ›Cap‹ sagte, das würde nicht zu ihm passen –, ›Captain, ich bin durchaus abenteuerlustig, aber findest du es nicht eigenartig, dass eine Gruft wie diese so lange unbehelligt geblieben ist?‹«

Vendurro konnte die anderen einschließlich Rhythmus und Sprachmelodie sehr gut nachahmen. »Also, der Cap sieht ihn an und sagt: ›Mag sein, aber jetzt wird sie behelligt. Willst du wirklich umkehren, ehe wir gesehen haben, was da drin ist?‹ Das wollte natürlich keiner von uns. Also sind wir weiter dem Tunnel nach unten gefolgt. Der Cap hatte recht gehabt, nachdem wir ein Stück vom Eingang entfernt waren, war das Sonnenlicht so klug, uns nicht mehr zu folgen, deshalb waren die Fackeln sehr nützlich.«

»Das dachte ich mir gleich«, stimmte ich lächelnd zu.

»Du hast schon einen klugen Kopf auf den Schultern. Jedenfalls gingen wir weiter, bis wir die Grabkammer erreichten. Sie war groß, viel größer als erwartet. Die Decke war gut doppelt mannshoch, also konnte sich sogar Hackspeer wieder aufrichten. War mit Holzbalken gestützt. Die Decke, meine ich, nicht Hackspeer.«

»War die Kammer wirklich so groß?«

»Nun ja, wäre ich nicht dabei gewesen, dann hätte ich wohl die gleiche Frage gestellt. Ich hatte mich ja auch noch nie als Grabräuber betätigt, weil ich aus einem Stamm komme, der keine Grabhügel gebaut hat.«

»Nein?«

»Nein, wir haben die Toten einfach nur verbrannt. Den Grund weiß ich nicht mal genau. Aber so hielten wir es immer. Der Cap sagte dann, dieser Hügel hätte vermutlich einem bedeutenden Krieger gehört. Und wenn es so ähnlich sei wie dort, wo er herkam, dann hätten sie den Krieger nicht mit leichtem Gepäck ins Nachleben geschickt. Auch damit lag er völlig richtig. An den Wänden der Kammer waren viele Gegenstände aufgereiht. Krüge, die früher Öl oder Met oder wer weiß was sonst enthalten hatten. Einige Flöten, die Hackspeers Aufmerksamkeit erregten. Er mag ja diese Blasinstrumente. Ein kleiner Tisch mit einer Art Spielbrett, aber die Figuren waren so sehr mit Staub überzogen, dass man sie kaum noch unterscheiden konnte. Den Staub wegpusten, fast ersticken, erkennen, dass sie aus Onyx bestehen, in den Beutel packen. Tabletts mit Essen. Weidenkörbe, Trinkhörner, Kämme und Bürsten, Fuchsfelldecken. Und so weiter. Mulldoos schnappte sich ein paar alte Halsringe aus Messing. Allmählich machte ihm die Sache doch Spaß. Wir gingen umher, untersuchten dieses und jenes und sackten alles ein, was nicht zu sehr verbogen oder kaputt war. Aber der Cap war schon auf der anderen Seite der Kammer, wo es eine Tür gab. ›Tand ist das. Kommt her, Männer.‹ Damit verschwand er im nächsten Raum, ohne auf uns zu warten.«

Vendurro unterbrach sich einen Moment und starrte den Sattelknauf und die Zügel an, die er locker in den Händen hielt. Dann sah er mich an. Man hätte meinen können, dass er schauderte, aber vielleicht hatte ich es mir nur eingebildet. Vielleicht auch nicht.

»Was ist?«, fragte ich.

»Du kennst mich. Na ja, eigentlich kennst du mich nicht. Aber du weißt, dass ich kein Feigling bin. Und ich neige auch nicht zum Aberglauben. Aber als ich mich der offenen Tür näherte, bekam ich das Gefühl, wir hätten nicht dort eindringen dürfen. Es war nicht nur, weil wir gleich dem Toten begegnen würden, dem das Loch im Boden gehörte. Nein, da war noch etwas anderes. Ich blieb vor der Tür stehen und sah zu, wie Caps Fackel Schatten an die Wand warf. Er wühlte im Staub herum, und es fühlte sich ... falsch an. Wie ein schrecklicher Fehler. Es ist schwer, das in Worte zu fassen. Aber vielleicht hatte Hackspeer recht. Vielleicht gab es einen guten Grund dafür, dass wir nach so langer Zeit die Ersten waren, die die Platte aufgebrochen hatten.«

»Blutrufer. Und sein ...« Ich zögerte, das Wort auszusprechen, aber nichts anderes passte. »Sein Fluch.«

»Damals wussten wir das noch nicht, aber du hast recht. Und es war zu spät. Der Cap war da drinnen, wir waren draußen, und obwohl ich wusste, dass es eine Dummheit war, legte ich die Hand an den Schwertgriff, als ich durch die Tür trat. Mitten in dem Raum standen drei Steintische, größer als der mit dem Spielbrett. Auf einer Seite lag das Skelett eines Pferds. Es hatte wohl früher einen schönen Sattel gehabt, auf dem Geschirr waren viele Glöckchen. Gegenüber zwei Skelette in Lumpen. Auch sie hatten vermutlich früher vornehme Kleider getragen. Der Cap spürte wohl, was in uns vorging. Als wir um die Tische herumgingen, sagte er: ›Sie schicken den Krieger mit dem besten Pferd und den beiden besten Sklaven in den Tod. Das würde ich jedenfalls vermuten. Wir haben es in meiner alten Heimat ähnlich gehalten. Das sollte eine Ehre sein, aber das Pferd und die Diener waren vermutlich anderer Ansicht.‹«

Vendurro kratzte sich wieder an den Bartstoppeln. »Auf dem mittleren Tisch lag der große Häuptling höchstpersönlich. Knochen und ein besticktes, aber überwiegend morsches Grabgewand. War früher sicher ein prächtiger Anblick. Das Gewand, meine ich. Neben ihm lag seine Ausrüstung. Ein großer Schuppenpanzer aus Bronze, ein Eisenhelm mit einem Visier in der Form eines bärtigen, schreienden Mannes, ein Schild – das Leder war natürlich verrottet –, ein Schwert in einer Scheide, ein Speer mit einer starken Spitze aus schwarzem Eisen, gewunden wie eine erschrockene Schlange. Und ... nun ja, den Rest weißt du ja schon. Der Cap sah den bösen Flegel, die Waffe zog ihn regelrecht an, er fuhr im flackernden Licht mit den

Fingern darüber, schüttelte sanft den Staub von den Ketten und hob die Waffe langsam hoch. Es klirrte, die Ketten klirrten da drin viel lauter, als sie es hätten tun dürfen. Der Cap reinigte Blutrufer – damals kannte er natürlich noch nicht den Namen – und untersuchte die Köpfe. Das ganze Ding hatte überhaupt keine Patina angesetzt und war nicht so vergammelt wie viele andere Dinge in der Gruft. Es sah nicht neu aus, aber man konnte erkennen, dass die Waffe immer noch gut zu gebrauchen wäre, sobald man sie richtig gereinigt hatte. Sie war auch nicht verrostet, wie sie es hätte sein sollen.«

Ich versuchte, mir die Szene vorzustellen. »Hat Captain Killcoin gespürt, dass irgendetwas nicht in Ordnung war?«

Vendurro schüttelte den Kopf. »Nicht dass ich wüsste. Aber man kann ihn sowieso nicht besser verstehen als ein Buch mit leeren Seiten. Auch wenn er etwas spürte, er gab uns die Erlaubnis einzusammeln, was sich mitzunehmen lohnte, und die Beute mit den anderen Männern zu teilen. Wir machten uns an die Arbeit und bewegten uns sehr leise, obwohl niemand mehr da war, den wir stören konnten. Der Cap saß nur da, an den Steintisch gelehnt, und drehte die Köpfe der Fluchtgötter herum. Ich kann nicht sagen, ob er etwas Ungutes spürte, aber sein Verhalten war schon seltsam. Anscheinend hatte ihn das Ding völlig in seinen Bann geschlagen. Er hatte zwar schon immer seltsame Stimmungsschwankungen, aber ich hatte noch nie gesehen, dass er von etwas so besessen gewesen war. Außerdem hatte er noch nie irgendeine Zuneigung oder ein Interesse für die Fluchtgötter gezeigt. Es war seltsam, wie er diese schrecklichen Köpfe im Fackelschein drehte, deren dunkles Metall das Licht zu schlucken schien. Aber trotzdem, ich hätte nie gedacht, dass dem Mann etwas Schreckliches widerfahren würde. Nein, das hätte ich nie angenommen.«

Es fiel mir schwer, mir die Stimmung der Männer und Frauen vorzustellen, die den Toten begraben hatten. Der Schmerz, als die Fluchtgötter dieses Reich verlassen und uns hinter dem Götterschleier allein zurückgelassen hatten, war für diese Menschen sicherlich schärfer und frischer gewesen. Selbst jetzt, viele Jahrhunderte später, hätte ich es furchtbar gefunden, eine so böse Waffe zu entdecken, die nach ihrem grässlichen Bild geformt war. Ich wäre sofort in die andere Richtung geflohen.

»Und selbst wenn wir eine Art Warnung bekommen hätten, das hätte den Cap nicht aufgehalten«, fuhr Vendurro fort. »Es hätte ihn vielleicht sogar noch mehr verlockt.«

Damit hatte er wohl recht. Wenn Braylar sich einmal etwas in den Kopf gesetzt hatte, dann ließ er sich nicht mehr davon abbringen. Mit Ausnahme des Hornmannes, der verschont geblieben war, hatten alle Versuche, den Mann zu überzeugen oder von etwas abzubringen, nur dazu geführt, dass er umso entschlossener auf dem einmal eingeschlagenen Weg weitergeschritten war. »Lloi erwähnte irgendwann, dass er von den Erinnerungen behelligt wird, die Blutrufer stiehlt. Ihr hättet versucht, die Waffe wieder zu vergraben. Das war aber nicht derselbe Grabhügel, oder?«

Vendurro schüttelte den Kopf. »Nein. Wenn ich mich recht entsinne, waren wir schon ein Stück entfernt. Er hatte im Kampf mehrere Gegner mit dem Ding getötet, nachdem er es aus der Grabkammer gestohlen hatte. Ich weiß nicht mehr wie viele, aber im Laufe eines Jahres waren es sicher mehr als zwei oder drei. Blutrufer schien sich allerdings Zeit zu lassen, seine böse Magie zu wirken. Es ging ganz langsam. Wir alle bemerkten, dass etwas nicht stimmte. Mindestens ich und Gless und die Leutnants. Wir kannten ihn besser als die meisten anderen und hatten viel Zeit mit ihm verbracht. Deshalb bemerkten wir die

Veränderung. Das Kotzen nach jedem Kampf, das war neu. Der Cap war schon immer ein harter Knochen gewesen und hatte nie weiche Knie bekommen, wenn er mal jemanden töten musste. Jedenfalls nicht, bevor er den Flegel hatte. Die Erinnerungen der Toten überschwemmten ihn wohl schon eine ganze Weile, bis er es endlich zugab. Niemand will gern an Flüche glauben, es sei denn, es trifft einen selbst. Hätte es jemand anders erzählt, wir hätten ihn für verrückt gehalten. Aber er war der Cap, und wir konnten sehen, wie er litt. Er hatte Anfälle und schien wegzutreiben wie ein dürrer Ast in einem großen Strom. Nur dass es einer war, den niemand sehen konnte. Wir konnten ihm nicht helfen.«

»Was war mit den anderen Männern unter seinem Kommando?«

»Was soll mit ihnen sein?«

»Konnten sie nicht erkennen, dass ihr Captain ... nicht auf der Höhe war?«

Vendurro nickte. »Klar doch, das ist ihnen nicht entgangen. Und sobald das Getuschel losgeht, kann man es kaum noch unterdrücken. Glücklicherweise wollte Mulldoos nichts von diesem Unsinn wissen. Als er das erste Mal hörte, wie jemand darüber redete, stieß er das Gesicht des Mannes gegen einen Baum, bis der Kerl fast an der Rinde erstickte und ihm die Augen hervorquollen. Mulldoos sagte ihm, er solle den Mund halten, sonst würde er ihm die Klappe selbst verschließen. Du kennst ihn ja.«

»Ich kenne ihn.«

»Deshalb haben wir mitten in der Nacht nach einem Gefecht versucht, den Flegel zu begraben. Nur dass es dem Cap danach noch schlechter ging als mit dem Ding in der Hand. Es quälte ihn, er schrie und schlug um sich, als wäre er in Brand geraten. Also gruben wir das Ding wieder aus und brachten es zurück. Danach schien es ganz von selbst besser zu werden. Jedenfalls für eine Weile. Wir überlegten uns, ob wir die Verbindung wenigstens vorübergehend aufheben konnten, um das zu zerstören, was ihn plagte, und um sein Leiden auf einen Schlag zu beenden. Natürlich gelang uns das nicht. Es dauerte eine Weile, bis ihn das Ding wieder plagte, es war zwar nicht mehr so schlimm wie früher, aber es ging dem Cap immer schlechter. Ein Mann überlegte laut, ob es die Seuche oder etwas Schlimmeres wäre, aber ich habe ihn nicht gegen einen Baum gepresst, sondern ihm nur eingeschärft, er solle sich lieber selbst die Zunge abbeißen, ehe ich sie ihm herausschnitt. Dann trafen wir Lloi.«

Ich führte mir den Zeitablauf vor Augen. »Das klingt so, als wärt ihr in dieser Zeit in Anjurien auf einem Feldzug gewesen.«

»Das stimmt.«

»Dann ...« Ich blickte nach vorn zu den Frauen, die abseits von den anderen ritten. »Seine Schwester und die anderen Memoridinnen wissen demnach nicht, wie es um ihn bestellt ist und was Blutrufer ihm antut? Die gestohlenen Erinnerungen und die Warnungen, die er bekommt, das alles ist ihnen nicht bekannt?«

Vendurro beugte sich herüber und senkte die Stimme, obwohl die beiden ganz sicher nicht in Hörweite waren. »Nein. Und ich würde meinen, dass der Cap es dabei belassen will. Das ist ihm sehr wichtig. Also erwähne es bloß nicht, wenn jemand in der Nähe ist, ob Memoridin oder nicht. Es ist das Beste, überhaupt nicht darüber zu reden, außer mit mir, mit den Leutnants oder dem Cap. Mulldoos könnte auf die Idee kommen, dass du Rinde fressen musst, oder er schlägt dich einfach nieder. Und der Cap, nun ja, wenn du ihm in dieser Hinsicht zu sehr zusetzt, dann wird er vielleicht bald von deinen Erinnerungen heimgesucht. Anscheinend mag er dich aber lieber als die letzten Archivare, die wir hatten. Trotzdem, es wäre das Beste, seine Nachsicht nicht zu sehr auf die Probe zu stellen.«

Mit einem Zwinkern ritt Vendurro nach vorn und überließ mich meinen Gedanken. Was immer eine gefährliche Sache war.

10

Braylar befahl eine kurze Rast, um die Pferde zu tränken und zu füttern. Wir verließen die Straße, und ich folgte dem Beispiel der Syldooner und legte meinem Pferd Beinfesseln an. Das Gras wogte hier nicht wie im Grünen Meer, wuchs aber reichlich und saftig genug, um unterwegs die Pferde einer kleinen Truppe zu versorgen. Ich überließ mein Pferd sich selbst und ging zu Braylar, der abwesend Grimms Hals tätschelte. Sein zweites Reittier zupfte ein Stück entfernt am Gras.

Mir lagen ganz bestimmte Fragen auf der Zunge, doch ich zögerte, sie auszusprechen. Natürlich hätte ich mich ihm erst nähern sollen, wenn ich wirklich bereit war, denn mein stummes Herumlungern reizte ihn so sehr, als hätte ihm jemand etwas in die Ohren gebrüllt. »Ich habe das unbehagliche Gefühl, dass du irgendetwas sagen willst, und trotzdem stehst du stumm herum wie ein nervöser Schauspieler, der händeringend und füßescharrend wartet, dass sich der Vorhang hebt. Du willst keinen Argwohn erregen und tust trotzdem genau das. Stell dir vor, der Vorhang sei oben. Heraus damit.«

Musste der Mann denn immer so reizbar sein? »Captain, ich habe mich nur gefragt, wann wir uns wieder mit den Wagen treffen.«

Er nahm die Hand von Grimms Hals und drehte sich zu mir um. »Wirklich? Und warum genau hast du dir darüber Gedanken gemacht?«

»Wegen einer Sache. Nein, eigentlich sind es zwei.«

»Bist du sicher, dass es nicht drei waren?«

Ich holte tief Luft. »Ich habe über Eure Kiste nachgedacht, die Ihr mir gezeigt habt. Die mit den Schriftrollen.«

Er machte zwei Schritte auf mich zu, bis sich unsere Nasen beinahe berührten, und sagte mit gesenkter Stimme: »Nachdem ich dir den Inhalt gezeigt habe, wissen alle bis auf zwei darüber Bescheid. Vermagst du dir vorzustellen, welche beiden das sind?« Er wartete nicht auf meine Antwort, sondern fuhr fort, sobald er sie in meinen Augen erkannte. »Dabei würde ich es gern belassen. Auf unbestimmte Zeit. Und ehe du jetzt nach dem Grund fragst, was du sicherlich tun willst, wie ich dich kenne, gehe ich lieber gleich darauf ein. Frage gar nicht erst danach. Was war die zweite Sache, die dir am Herzen liegt? Vorausgesetzt, sie hat nicht mit der ersten zu tun.«

Ich senkte die Stimme. »Nun ja, ohne über den Inhalt zu reden, habe ich mich gefragt, wann meine Dienste nützlich sein könnten.«

»Wenn wir uns mit den Wagen treffen, wirst du die Gelegenheit bekommen zu beweisen, dass du besser übersetzen als Fährten lesen kannst. Allerdings gibt es mehr als eine Kiste zu bearbeiten. Sonst noch etwas? Mein Pferd entfernt sich zu weit.«

Ich blickte ins Gras. Er hatte gespürt, dass sich das Tier langsam von der Straße entfernt hatte, oder er hatte gehört, wie das Kaugeräusch leiser geworden war. Dieses Mal sah ich mich um und vergewisserte mich, dass niemand lauschte. »Ihr habt in Zechingen jemanden niedergeschlagen.«

Braylar kniff die Augen zusammen. »Du weißt schon, wie man eine Frage stellt, oder? Ich mache es dir vor: Sind alle gelehrten Jungen so beschränkt?«

Hastig versuchte ich es noch einmal. »Seid Ihr ... geht es Euch gut? Hackspeer hat versucht, es Euch zu ersparen ...« Mein Blick wanderte zu Blutrufer. »Er hat eingegriffen, aber Ihr habt damit jemanden getötet, oder? Ich frage nur, weil, nun ja, ohne Lloi scheint das Trinken das Einzige zu sein, was hilft. Und es hilft wohl nicht sehr gut. Ihr könnt die Truppe nicht führen, wenn Ihr betrunken seid, oder? Da diese Junjee Euch nichts genützt hat, und da es wohl keine Möglichkeit gibt, einen Ersatz zu finden, wollt Ihr da nicht vielleicht ...« Ich sah mich noch einmal um. Soffjian ließ ihr Pferd ein Stück entfernt grasen. »... wollt Ihr nicht vielleicht um Hilfe bitten?«

Auf Braylars Starren wäre sogar ein Reißer stolz gewesen. »Das waren nun also doch mehrere Fragen, und jede war dümmer als die vorhergehende. Erstaunlich. Du hättest es wirklich bei den unausgesprochenen Fragen belassen sollen. Du bist ein Mann, der beim Glücksspiel zwei Münzen gewinnt und danach wieder vier verliert und nicht weiß, wann er aufhören muss.« Voller Abscheu schüttelte er den Kopf und zeigte mir, dass das Gespräch beendet war, indem er sich umdrehte und rasch wegging.

Das war keine Antwort, nicht einmal eine ausweichende, aber es hätte zu nichts Gutem geführt, wenn ich ihn darauf hingewiesen hätte. Deshalb kehrte ich zu meinem grasenden Pferd zurück. Was zwischen den Memoridinnen und den Syldoonern vorging, konnte ich immer noch nicht richtig verstehen, und wenn ich sah, wie sparsam mir die Informationen gegeben wurden, konnte es noch eine ganze Weile dauern, bis ich es durchschaute. Offensichtlich war jetzt aber nicht der richtige Zeitpunkt, noch einmal nachzubohren, und der Captain war sicher nicht der Mensch, den ich fragen sollte.

Ich holte meinen Schreibkasten, setzte mich ins Gras und zeichnete alles so sorgfältig auf, wie ich konnte. Manchmal verging die Zeit beim Schreiben sehr langsam, und manchmal sehr schnell. In diesem Fall traf Letzteres zu. Ich hatte das Gefühl, mich kaum gesetzt zu haben, da gab Braylar schon den Befehl, wieder aufzusitzen.

Ich hatte einige Male den Blickkontakt mit Skeelana gesucht und mich gefragt, was sie über all das dachte oder ob sie vielleicht offener sprechen würde. An der Universität herrschte kein Mangel an Texten über die Syldooner. Die meisten waren allerdings aus der anjurischen Perspektive oder von anderen Völkern geschrieben worden, die ausgeplündert, erobert, dezimiert oder vom Syldoonischen Reich geschluckt worden waren. Diese Texte waren naturgemäß nicht eben schmeichelhaft und wohl auch nicht ganz wahrheitsgetreu. Die Dokumentationen über die Memoridinnen waren hingegen weit weniger umfangreich und vermittelten bestenfalls einen eher flüchtigen Eindruck.

Es gab wohl niemand Besseren als eine Memoridin, dem ich meine Fragen stellen konnte. Dabei dachte ich vor allem an eine ganz bestimmte, die nicht offen feindselig und nicht einmal fähig war, mein Gehirn zu Dampf zu verkochen oder zu zerquetschen oder was Soffjian auch immer mit dem armen Hornmann getan hatte. Soffjian war vermutlich noch schlimmer als ihr Bruder, aber vielleicht konnte ich mit Skeelana reden, wenn sich die Gelegenheit bot.

Andererseits versuchte ich vielleicht auch nur, einen Vorwand zu finden, um überhaupt mit ihr zu reden. Sie war eine angenehme Gesprächspartnerin, warmherzig und humorvoll, selbst wenn sie mich neckte. Aber sie war auch eine Memoridin. Das durfte ich nicht vergessen. Bisher war sie allerdings sehr nachsichtig mit mir umgegangen.

Braylar rief mich. »Schreiber, du trödelst. Du wirst nicht fürs Trödeln bezahlt. Steig auf.«

Nachdem ich eilig meine Federkiele eingepackt hatte, klappte ich die Schreibkiste zu, schob sie in das Lederfutteral, das seitlich am Sattel hing, und stieg auf. Die Innenseiten meiner Oberschenkel waren wund und taten weh.

Ich fragte mich, ob ich zwischen den Beinen eine Hornhaut bekäme, wenn ich häufig ritt. Hoffentlich nicht.

11

Wir ritten schweigend weiter. Ich war der Einzige, der so unbehaglich auf dem Sattel hin und her rutschte. Sogar Skeelana schien besser und entspannter zu reiten als ich. Es kostete mich viel Überwindung, nicht nach hinten zu blicken. Ich musste darauf vertrauen, dass die beiden Reiter, die Braylar zur Aufklärung eingesetzt hatte, sofort zu uns aufschließen und uns Bescheid geben würden, falls Ärger drohte oder Verfolger anrückten. Trotzdem, wir hatten in Zechingen eine Menge Hornmänner getötet, einen Reißer freigelassen und einen Baron verärgert, der es nicht mochte, wenn man ihm nicht gehorchte. Ich war sicher, dass uns die Verfolger schon auf den Fersen waren.

Ich ließ mich hinter Vendurro, Mulldoos, Hackspeer und Braylar zurückfallen. Weit genug, damit sie nicht das Gefühl bekamen, ich wollte mich aufdrängen oder sie belästigen, und vor allem weit genug, um höchstens einen finsteren Blick von Mulldoos auf mich zu ziehen, aber immer noch nahe genug, um unter den übrigen Männern der Erste zu sein, der es erfuhr, wenn irgendetwas geschah. Falls irgendetwas Bemerkenswertes geschah. Angesichts der Gesellschaft, in der ich mich befand, war natürlich jederzeit damit zu rechnen.

Am Opferwinkel zweigte eine Straße beinahe geradewegs nach Norden ab, während der andere Weg weiter nach Westen führte. Ich hatte erwartet, dass wir nach Norden ritten, wo Sonnenmatt lag, doch wir zogen nach Westen. Fort von Thurvacia. Offensichtlich war mir schon wieder etwas entgangen.

Soffjian zögerte keine Sekunde und stürmte an mir vorbei. Ich war nicht sicher, ob es ein schwacher oder starker Galopp war, aber langsam war sie nicht. Skeelana folgte ihr, ritt aber nicht ganz so schnell. Sie führte einige Reservepferde mit. Ich sah sie fragend an, als sie vorbeikam, doch sie zog nur die gepiercten Augenbrauen hoch. So ritt auch ich schneller und schloss zu den syldoonischen Offizieren auf, verhielt mich dabei aber so unauffällig wie nur irgend möglich.

Soffjian überholte ihren Bruder, zog das Pferd herum, das protestierend wieherte, und hielt direkt vor ihm an. Er hätte ihr ausweichen können - der Weg war breit genug, wir befanden uns nicht in einer engen Gasse -, doch er blieb ebenfalls stehen und wartete, was sie zu sagen hätte.

Sie schien sehr geübt darin zu sein, ihre Gefühle zu verbergen, wenn sie es für angebracht hielt. Vielleicht war sie darin genauso geschickt wie Braylar, der immer nur einen Gesichtsausdruck oder eine Regung zeigte, wenn er eine bestimmte Wirkung erzielen wollte. Jetzt war sie allerdings sehr wütend. »Mir ist nicht entgangen, dass du nicht mehr heimwärts reitest, Bruder. Du warst ja lange nicht mehr dort. Ich hoffe doch, du hast nicht etwa den Weg vergessen?«

Braylar erwiderte ihren Blick. »Wie immer weiß ich deine aufrichtige Sorge um meine Fähigkeiten zu schätzen, aber - natürlich ist mir bewusst, dass dich dies überraschen wird - ich weiß tatsächlich genau, wohin ich will. Trotzdem danke, dass du aufgepasst hast. Das berührt mich wirklich.«

Einen Augenblick lang dachte ich, ihre Wut werde gleich einen heftigen Ausdruck finden, doch die gewohnte Maske war so schnell wieder da, dass man beinahe glauben konnte, lediglich ein Schatten oder eine rasch dahinziehende Wolke habe ihre Miene verändert. Aber auch nur beinahe. »Der Kaiser und Kommandant Darzaak haben mir zwar nicht den Befehl selbst gezeigt, aber sie haben nachdrücklich verlangt, dass du Zechingen verlassen sollst, sobald du kannst, und sofort nach Sonnenmatt zurückkehren musst. War der schriftliche Befehl irgendwie unverständlich? Gibt es Unklarheiten? Bitte erkläre mir, was ich übersehe.«

Ich drängte mein Pferd etwas weiter nach vorne, um sein Gesicht zu sehen. Ja, er lächelte. Das war kein gutes Omen. »Oh nein, du hast völlig recht. Der Auftrag, sofort zurückzukehren, war unmissverständlich. Da gibt es keinen Zweifel und keinen Spielraum für Missverständnisse.«

Soffjian lachte. Einen humorloseren Laut hatte ich selten gehört. »Wirklich? Also missachtest du einfach einen Befehl des Kaisers?«

»Unsere Rückkehr in die Hauptstadt wird so schnell vonstattengehen, wie es nur irgend möglich ist. Genau, wie es den Anweisungen entspricht.«

Soffjian funkelte ihn an, immer noch spielte das unfreundliche Lächeln um ihre Lippen. »Ach, ja? Es ist mir nach wie vor rätselhaft.«

»Der Befehl erlaubt es uns zu vollenden, was wir für nötig halten, ehe wir das Gebiet verlassen und zurückkehren. Dieser Teil lässt mir einen gewissen Spielraum für Interpretationen.«

Mulldoos schaltete sich ein. Auch er lächelte, aber er schien die Auseinandersetzung tatsächlich zu genießen. »Cynead hätte sich genauer ausdrücken müssen. Der Cap hat etwas Spielraum, und du kannst sicher sein, dass er ihn nutzt.«

Soffjian ließ ihren Bruder nicht aus den Augen. »Syldooner, wir reden über Kaiser Cynead. Ich nehme an, der Kaiser wird über die Verzögerung nicht erfreut sein.«

Mulldoos ließ sich nicht beeindrucken, was nicht weiter schockierend war, aber es verriet mir viel über seinen Mut, seine Dummheit oder seine Empörung. »Ich nehme an, er hat in all seiner Kaiserlichkeit vergessen, dass es eine kaiserliche Anordnung war, die uns und alle anderen Truppen nach Anjurien geschickt hat. So ein Kaiser mag es nicht, wenn Dreck oder Blut an seinen Fingern kleben. Dafür sind wir Soldaten da, und wir haben schon viel zu viele verloren. Keiner von uns ist auf eigenen Wunsch hier, Memoridin.«

Soffjian trieb ihr Pferd ein wenig an. Man konnte meinen, sie würde gleich die gespreizten Finger ausstrecken und Mulldoos in den Staub werfen. Nicht, dass sie ihm das Gehirn umrühren sollte wie weiche Butter, aber irgendwie hoffte ich doch, sie würde ihn ordentlich zurechtstutzen. Doch sie zügelte ihr Pferd und sich selbst und antwortete mit kalter, gleichmütiger Stimme: »Dein politischer Kommentar interessiert mich nicht besonders. Vielleicht interessiert sich aber der Kaiser dafür. Du wirst in Sonnenmatt reichlich Gelegenheit bekommen, deinen Standpunkt darzulegen.«

Wenn Soffjian ein drohender Blitzschlag war, dann schien Mulldoos jederzeit bereit zu sein, das Schwert in die Luft zu halten und in voller Rüstung umherzulaufen. »Cynead ist ein verdammter Idiot. Er gibt uns den Befehl zur Rückkehr genau in dem Augenblick, in dem wir endlich etwas in Bewegung setzen.« Er spuckte auf den Boden. »Kaiser oder nicht, der Mann ist eine riesige Pferdefotze. Das ist kein Standpunkt, das ist eine Tatsache.«

Nachdem er sich so oft mit Braylar über genau diesen Punkt gestritten und darauf bestanden hatte, die Syldooner müssten sich zurückziehen, überraschte es mich doch, dass Mulldoos jetzt genau die gegenteilige Position vertrat. Vielleicht verachtete Mulldoos den Kaiser so sehr, dass es sein Verhalten auf diese Weise beeinflusste. Oder er genoss es, eine Memoridin zu piesacken, die ihn niederstrecken konnte, ohne ihn zu berühren.

Soffjian sah den Krieger mit undurchdringlicher Miene an. »Deine Erfolge, Misserfolge und Verluste sind nicht mein Problem. Meine Aufgabe ist es, dafür zu sorgen, dass ihr Kaiser Cyneads Befehl und Kommandant Darzaaks Anordnung gehorcht und umgehend zurückkehrt. Mir scheint, dein Captain hat die Absicht, den Befehl zu verweigern; wenn schon nicht ganz und gar, dann doch mindestens im Geiste.«

Mulldoos wollte etwas erwidern, doch Braylar kam ihm zuvor. »Der Leutnant hat völlig recht. Wir haben in dieser Gegend auf Befehl des Kaisers Männer verloren, meine liebe Schwester, und die Gefallenen können wir so wenig zurückholen wie die verlorenen Jahre. Das ist das Schicksal des Soldaten. Wir empfangen Befehle und gehorchen ihnen, so gut wir es eben können, und in seltenen Fällen bekommen wir eine angemessene Belohnung. Das nehmen wir hin. Und Cynead ...« Soffjian wollte ihn unterbrechen, doch Braylar hob eine Hand und fuhr fort. »Ich bitte um Verzeihung. *Kaiser* Cynead war schon so viele Jahre nicht mehr an der Front, dass er vielleicht vergessen hat, welchen Gefahren der gemeine Soldat ausgesetzt ist und was er in Feindesland, weit von daheim entfernt, ertragen muss. Das mag ein verzeihliches Versäumnis sein. Aber wenn man weiß, mit welch raffinierten Intrigen er sich Tag für Tag an seinem Hof befassen muss, dann überrascht es doch, wenn er darauf besteht, dass seine Agenten auf seinen Befehl hin auf der Stelle ihre Arbeit einstellen.«

»Bray, du überschreitest ...«

»Er mag ein paar verdorbene Früchte gegessen haben und schreckliche Bauchschmerzen bekommen haben, was ihn veranlasste, auf einmal seine Politik zu ändern und alles zu untergraben, was wir für ihn hier mit größter Mühe in die Wege geleitet haben. Diese Flatterhaftigkeit ist sein kaiserliches Vorrecht, ja? Aber ich will dreimal verdammt sein, wenn ich dieses Gebiet verlasse, ehe ich nicht etwas getan habe, das all das vergossene Blut wert ist. Wenn er sieht, wie gewissenhaft wir unseren Rückzug durchgeführt haben, wird er zweifellos die Anstrengungen gutheißen, die wir auf uns genommen haben. Alles für den Ruhm des Reichs und für den Kaiser. Selbstverständlich.«

Soffjian lenkte ihr Pferd neben das des Captains. Ich fürchtete, Grimm werde dem anderen Tier das Gesicht zerfleischen. Oder auch ihr, falls die Stute eine Gelegenheit dazu bekam. »Du spielst ein sehr gefährliches Spiel, obwohl du nur eine Figur auf dem Brett bist. Der einzige Spieler, auf den es wirklich ankommt, ist derjenige, der dir befohlen hat zurückzukehren. Auf der Stelle. Du kannst sicher sein, dass er es nicht mag, wenn seine Figuren auf einmal erklären, sie seien unabhängig und könnten seine Züge verweigern. Du tätest gut daran, dich an deine Position und deine Rolle zu erinnern, mein Bruder.«

Braylar lachte, hustete und rieb sich die wunde Kehle. »Oh, ich kann dir ohne jede Anmaßung versichern, dass mein Gedächtnis fast so gut ist wie das einer Memoridin, Soffjian. Ich habe sogar Schwierigkeiten, manche Dinge zu vergessen. Keine Angst, unser Umweg wird nicht groß sein, und wir werden bald auf die Straße nach Norden zurückkehren. Ich habe nicht die Absicht, den Befehl zu ignorieren oder unseren Herrscher zu verärgern.«

Skeelana sah zu, meiner Einschätzung nach vor allem neugierig, wie die andere Memoridin das Pferd abermals herumzog, ihm die Hacken in die Seiten trat und nach Westen davonritt. Um ihre Lippen spielte sogar ein kleines, boshaftes

Lächeln, als sie Braylar zunickte. »Geschwister.« Dann folgte sie Soffjian.

Braylar und seine Leutnants sahen den beiden Frauen nach. Schließlich meinte Mulldoos: »Es wäre schön, wenn sie direkt nach Sonnenmatt ritte. Nur dass sie sich in die falsche Richtung bewegt. Sie reitet in die gleiche Richtung wie wir, nur schneller. Ich will ja wirklich nicht für sie Partei ergreifen ...«

»Dafür bin ich dir sehr dankbar, Mulldoos.«

»Und es schmerzt mich, es zuzugeben, auch wenn sie gar nicht mehr hier ist ...«

»Deine Sorge ist nicht zu übersehen.«

»Und sie hat in vielen Dingen sicher nicht recht, aber in einem Punkt liegt sie richtig. Selbst wenn sie so herumgezickt hat, bleibt die Frage, warum wir in die falsche Richtung reiten, Cap.«

Braylar betrachtete die Staubwolke, die sich hinter seiner Schwester langsam legte. »Wir reiten nicht in die falsche Richtung, Leutnant. Ich leide an allen möglichen Gebrechen, aber mein Orientierungssinn ist vorzüglich.«

»Sosehr es mir widerstrebt, für meinen temperamentvollen jungen Gefährten Partei zu ergreifen ...«, setzte Hackspeer an.

»Du Schrumpelschwanz«, fiel ihm Mulldoos ins Wort. »Es gibt zwei von uns, damit wir uns ab und zu mal zusammentun und dem Mann etwas Vernunft eintrichtern können.«

Hackspeer ging nicht darauf ein. »Aber ich frage mich doch, ob es klug ist, so weiterzumachen, Captain. Wir riskieren den Zorn des Kaisers, selbst wenn wir nur ein paar Tage später eintreffen als erwartet. Und so gern Mulldoos deine Schwester am Horizont verschwinden sieht, sie wird uns auf dem ganzen Rückweg begleiten. Die Götter wissen, dass sie sich keinerlei Mühe geben wird, vor dem Kommandanten oder dem Kaiser selbst irgendeine deiner Entscheidungen oder Handlungen in einem günstigen Licht darzustellen.«

Braylar sah seine Offiziere an. Offenbar war er an ihre Skepsis gewöhnt, obschon sie ihn zum Zorn reizte. »Frechheit zieht Frechheit nach sich. Wir haben immer noch die Möglichkeit, Hohepriester Henlester zu schnappen, und das werden wir versuchen, ehe wir Anjurien verlassen.«

Mulldoos und Hackspeer wechselten einen Blick. Der bleiche Keiler war offenbar verblüfft, während der ältere dunkelhäutige Mann nachdenklich wurde. Mulldoos antwortete als Erster, wenngleich vorsichtiger, als ich es erwartet hätte. »Ich dachte, nachdem wir Zechingen auf diese Weise verlassen haben, könnten wir uns das schenken.«

Braylar schien erst jetzt zu bemerken, dass ich in der Nähe war. Sein Blick war feindselig und scharf wie eine Speerspitze. »Nachdem uns die Hornmänner aus dem Nest vertrieben haben, hätten wir in Anjurien sowieso nicht mehr viel ausrichten können. Selbst wenn die Memoridinnen nicht eingetroffen wären.«

Ich bemühte mich, nicht rot zu werden, was die Färbung meiner Wangen womöglich sogar noch vertiefte. Er fuhr fort: »Also holen wir uns Henlester, weil man nicht sagen kann, ob oder wann wir jemals in diese Gegend zurückkehren. Dies ist unsere beste und die letzte Gelegenheit. Darüber gibt es keine Diskussionen. Es tut mir leid, falls ihr verwirrt seid und dachtet, wir könnten jetzt debattieren.«

Mulldoos sah mich an. Offensichtlich war er nicht glücklich darüber, dass ich den Wortwechsel mit angehört hatte, aber er hielt den Mund.

Vielleicht regte mich die Nähe der Syldooner an, hinter allem und jedem nach verborgenen zweiten und dritten Ebenen zu suchen, aber auf einmal war ich fast sicher, dass sich Henlesters Gefangennahme wohl doch nicht ganz so einfach bewerkstelligen ließ, und ich sagte: »Es geht jetzt gar nicht mehr um Baron Brune oder darum, in Anjurien Unruhe zu stiften, nicht wahr? Das kann es nicht mehr sein, seit man Euch aus Zechingen abberufen hat. Es hat mit den Schriftrollen zu tun, die Ihr ...« Beinahe hätte ich »gestohlen« gesagt. Ich beherrschte mich im letzten Augenblick. »Die Ihr sichergestellt habt. Ist das richtig?«

Hackspeer verzog die bartlose Oberlippe zu einem Lächeln. »Glückwunsch, Arki – du bist der erste Schreiber, der tatsächlich lange genug gelebt hat, um den wahren Zweck unseres Einsatzes hier herauszufinden.« Er wandte sich an Mulldoos. »Siehst du? Ich wusste doch, dass er sich bewährt. Dafür habe ich einen Riecher.«

»Steck du deine Nase lieber in die verstaubten Spalten alter Weiber, du verdammter Ziegenbock.« Mulldoos wandte sich an Braylar. »Ich nehme an, du hättest den Schreiber schon erledigt, wenn er deine Kiste geknackt hätte. Das bedeutet, dass du ihm gesagt hast, was wir herumschleppen. Ich meine, das ist schon wieder etwas, das ich nicht begreife.«

»Arki hätte die Natur der Fracht früher oder später sowieso herausgefunden. Das hätte sich gar nicht vermeiden lassen«, erklärte Braylar. »Wir müssen die Texte übersetzen, und zwar je eher, desto besser. Besonders, da man uns zurückgerufen hat.«

Die linke Hand wanderte zu Blutrufers Ketten, die Fingerspitzen strichen darüber, während er mich ansah. »Ja, Arki, unsere Jagd auf den schurkischen Hohepriester dient mehr als einem Zweck. Unser Einsatz in Anjurien mag vorbei sein, wenigstens für den Augenblick. Aber eine Geisel und besonders eine, die in Erpressung, Verrat und einen angeblichem Mord verstrickt ist, könnte durchaus nützlich sein. Selbst wenn sie in einer bequemen Zelle in Sonnenmatt sitzt.«

Das leuchtete mir ein, je länger ich darüber nachdachte. Wie immer blieb vieles unausgesprochen, und ich wollte schon nachfragen, da stieß Vendurro zu uns. Ich rechnete damit, dass er fragte, warum wir nicht weiterritten oder etwas ähnlich Wichtiges. Doch stattdessen sagte er: »Hat schon mal jemand von euch Kupfer geschmeckt?«

Alle sahen ihn an. Braylar mit unbewegter Miene, Hackspeer leicht belustigt, Mulldoos mehr als ein wenig gereizt. Vendurro fuhr fort: »Ich frage wegen Yargos. Er hat in Zechingen den Ellenbogen einer Hornkröte ins Gesicht bekommen und einen Zahn verloren. Er blutet wie ein abgestochenes Schwein und stöhnt und jammert, als könnte er die Schmerzen schneller stillen, wenn er uns in den Ohren liegt. Jedenfalls meint er, das Blut schmeckt wie Metall. Die Leute sagen immer, dass es wie Metall schmeckt. Normalerweise denken sie an Kupfer. Das habe ich oft gehört. Die meisten Leute sagen es, als wäre es die reine Wahrheit. Hat schon mal jemand von euch Kupfer geschmeckt?«

Mulldoos schüttelte den Kopf. »Pferdefotze.«

Vendurro schien verwirrt. »Blut schmeckt wie Pferdefotze? Oder schmeckt Kupfer so? Oder ...«

»Du.«

»Nein, ich schmecke bestimmt nicht so. Hoffentlich nicht. Wenn es so wäre, hätte ich ein Problem.«

Mulldoos wandte sich an Hackspeer. »Wir müssen mal über die Neuen reden, die wir in die Truppe aufnehmen. Mir scheint, die Anforderungen sinken jedes Jahr weiter.«

Vendurro lächelte. Mulldoos schüttelte den Kopf und spuckte ins Gras. Dann stieg er ab und führte sein Pferd weg.

Vendurro lachte und rief ihm nach: »Du bist der reizbarste Dreckskerl, der mir je begegnet ist, keine Frage.« Dann sah er die anderen an und hielt bei Braylar inne. »Also ... rasten wir jetzt hier?«

Ich lachte, und als die anderen mich verständnislos ansahen, schenkte ich mir die Erklärung.

Braylar blickte zu der Straße, auf der seine Schwester verschwunden war. »Wir könnten heute noch ein paar Meilen schaffen. Aber im Augenblick haben wir es nicht eilig. Wir bleiben hier.«

Das taten wir dann auch.

12

Falls die Syldooner überrascht waren, dass wir etwas früher als gewöhnlich anhielten, so ließen sie es sich nicht anmerken. Vielleicht waren sie auch einfach an den launenhaften Captain gewöhnt, oder sie waren froh, sich nach dem Kampf des Tages nicht noch weiter anstrengen zu müssen. Möglicherweise fragten sie sich auch, ob Braylar unter Blutrufers Fluch litt. Sie kannten zwar nicht alle Einzelheiten, aber es war unverkennbar, dass er an irgendetwas Unnatürlichem litt. Das war gewiss beunruhigend. Zweifelten sie an seinem Urteilsvermögen? Hackspeer und Mulldoos wollten verständlicherweise dafür sorgen, dass die Informationen nicht weiter verbreitet wurden, aber womöglich wurde es noch schlimmer, wenn die Leute nicht alle Einzelheiten kannten, weil die Männer dann insgeheim grübelten oder seine Fähigkeiten als Kommandant infrage stellten.

Andererseits schienen die Syldooner gegenüber ihren vorgesetzten Offizieren und den Turmkameraden, wie Vendurro sie nannte, loyaler zu sein als alle anderen Männer, denen ich je begegnet war. Alle anderen auf der Welt, vor allem die Anjurier, betrachteten die Syldooner als wenig vertrauenswürdiges Volk, das jederzeit bereit war, den Menschen außerhalb des Reichs mit Täuschung und Hinterlist zu begegnen. Einerseits war das natürlich eine treffende Beschreibung. Anderererseits hatte ich inzwischen erfahren, dass die Türme genauso sehr daran interessiert waren, sich gegenseitig auszumanövrieren und dabei nur unwesentlich mehr Zurückhaltung an den Tag legten. Aber für die eigenen Leute, für ihre Fraktion oder ihren Turm, waren diese Männer die aufrechtesten, treuesten Verbündeten, die man sich nur wünschen konnte.

Sie zankten sich und stritten leidenschaftlich miteinander, sie verspotteten sich und machten sich mit größter Begeisterung übereinander lustig, aber man konnte nicht leugnen, dass sie ohne Nachdenken und Klagen die eigenen Leute gegen alles und jeden verteidigten. Das war erstaunlich.

Unterdessen war mir vor allem danach, mich laut zu beklagen. Meine Oberschenkel waren wund gerieben, und die Muskeln im Rücken taten weh, obwohl ich noch nicht einmal einen ganzen Tag lang geritten war. Ich zuckte zusammen, als ich mir vorstellte, wie viele Tage noch folgen würden.

Die Männer sattelten die Pferde ab und ließen sie im hohen Gras am Straßenrand fressen. Später führten sie die Tiere in ein Gehölz, das in der Nacht etwas Deckung bot. Die meisten Soldaten ergriffen die Gelegenheit, die Rüstungen zu überprüfen und kleine Reparaturen durchzuführen, die Klingen zu schärfen und sich etwas Dörrfleisch und Trockenobst in die Münder zu stopfen.

Ich lud die Schreibkiste ab und begann mit den Notizen, denn ich wollte nicht in Verzug geraten.

Leider kam ich nur langsam und mit vielen Unterbrechungen voran, während ich Käse und Nüsse knabberte. Es gelang mir nicht, mich auf die jüngsten Unterhaltungen und Erkenntnisse zu konzentrieren, weil meine Gedanken immer wieder zu den Ereignissen in Zechingen zurückkehren wollten. Zu dem, was ich dort gesehen und vor allem getan hatte. Ich gab mir große Mühe, auf diesem Weg nicht allzu weit zu reisen.

Als ich fertig war, schloss ich erst die Kiste und dann die Augen, den Kopf auf den Sattel gelegt und die Decke eng um mich gewickelt. Nach den Ereignissen des Tages und in unserer unsicheren Lage, in einer Baumgruppe an einer Straße versteckt, auf der jederzeit Brunemänner und Hornmänner auftauchen konnten, hatte ich befürchtet, ich könnte nicht einschlafen.

Ehe ich mich's versah, weckte mich Vendurro in der Morgendämmerung. Schon war es wieder Zeit, auf die Pferde zu steigen. Gut ausgeruht fühlte ich mich freilich nicht.

Wir legten einige Meilen zurück, während die Sonne höher stieg. Die nächtliche Kälte war längst verschwunden, und es versprach, ein heißer Tag zu werden. Ich blickte zum unendlichen Himmel hinauf. Er wirkte künstlich wie ein Gemälde in der größten Kuppel der Schöpfung. Das Blau war fast zu strahlend und zu rein, die zahlreichen Wolken waren beinahe perfekt geformt, aschgraue Konturen an den Rändern schufen einen weichen Übergang, die Formen waren so vielfältig, als hätte der Künstler den Auftrag bekommen, die ganze Bandbreite aller nur denkbaren Wolken abzubilden. Sie schienen sich nicht zu bewegen, sondern standen still, als wollten sie dort bleiben, bis die Farbe Risse bekam, abblätterte und auf den staunenden Dummkopf herabrieselte, der in den Himmel gaffte. Kein Lüftchen regte sich, kein Wind kam auf, der die Hitze kühlte und die Wolken in Bewegung versetzte. Ich wollte nichts lieber als die Augen schließen und schlafen.

Wie gewöhnlich war jedoch meine Neugierde unersättlich. Im Geiste ging ich die Unterhaltung des vergangenen Tages auf der Straße durch, und wie üblich hatte ich mehr Fragen als Antworten.

Als wir anhielten, damit sich die Pferde ausruhen konnten, bemerkte ich, wie sich der Captain und die Leutnants ein Stückchen zurückzogen. Das taten sie häufig: abgesondert vom Rest der Truppe, aber nicht zu weit entfernt.

Mulldoos lehnte mit geschlossenen Augen an einem Baum. Hackspeer schnitzte an seiner Flöte, Braylar fummelte an seinem Helmgurt herum.

Braylar hob den Kopf, als ich vor den dreien stehen blieb. »Du siehst schon wieder so nachdenklich aus wie immer, wenn du beunruhigende Fragen stellen willst. Heraus damit.«

Nun ja, diese Direktheit ersparte mir die Mühe, mich in ein Gespräch hineinzuschleichen, bis ich endlich etwas fragen konnte. Ich vergewisserte mich, dass niemand in Hörweite war. »Die Schriftrollen, die ich für Euch übersetzen soll – in welcher Verbindung steht Hohepriester Henlester zu ihnen? Ihr sagtet, sie stammten aus alten Sammlungen und Bibliotheken.«

Mulldoos öffnete die Augen und richtete sich auf. Hackspeer hörte auf, an der Flöte zu schnitzen. Ich rechnete damit, von einem oder allen dreien zurechtgewiesen zu werden, sei es durch eine scharfe Erwiderung, durch bösen Spott, raffinierte Ausflüchte oder bedrückendes Schweigen. Doch nach einem kurzen Blickwechsel zwischen den Leutnants und dem Captain hatten sie offenbar eine stumme Übereinkunft erzielt. Captain Killcoin blickte die Straße hinunter, ob nicht etwa Soffjian herbeigestürmt käme, dann wandte er sich an mich. »Du weißt, dass das Syldoonische Reich aus verschiedenen Fraktionen besteht, nicht wahr? Sie manövrieren und intrigieren gegeneinander. Theoretisch sind die Soldaten dem Reich verpflichtet, aber ihre wahre Treue gilt dem Turm, zu dem sie gehören. Bei den Memoridinnen ist es ähnlich – auch sie gehören zu irgendeinem Turm und unterstehen dem Turmkommandanten.«

»Ich weiß nicht viel über das, was sie tun oder nicht tun können. Nur das, was ich an der Universität gelesen habe. Das war aber nicht viel, und ...«

»Alles nur Pferdekacke«, warf Mulldoos ein.

Da konnte ich kaum widersprechen, also schwieg ich dazu. »Aber ich habe Soffjian und Skeelana in Zechingen gesehen. Sie haben Dinge getan, die ... erstaunlich waren. Wie können die Türme sie da kontrollieren und bei der Stange halten?«

»Wie der Captain schon gesagt hat, gibt es bei ihnen genau wie bei uns verschiedene Fraktionen«, erklärte Hackspeer. »Die Memoridinnen aus einem Turm hüten ihre Geheimnisse, wetteifern mit den anderen und sind verschlossen. Sie treffen nicht oft mit ihren Schwestern aus den anderen Türmen zusammen. Und es gibt noch andere Faktoren, die sie bei der Stange halten, wie du es ausdrückst.«

»Der Schrumpelschwanz will darauf hinaus, dass jeder Turm anders ist«, ergänzte Mulldoos. »Manche sind größer, manche sind kleiner, je nachdem, aber auf jeweils fünfzig Syldooner kommt höchstens eine Memoridin. Kein Turm bekommt mehr, nicht einmal dieser Trottel Cynead. Das Verhältnis ist eben, wie es ist. Sie sind vielleicht Miststücke und Hexen, aber allmächtig sind sie nicht.«

Ich dachte darüber nach. »Das leuchtet mir ein. Eine Begrenzung der Zahl ist auf jeden Fall eine Einschränkung. Aber wer hindert sie daran, den Turmkommandanten zu verschleppen oder zu ermorden? Sie könnten auch aus Sonnenmatt fliehen. Offensichtlich sind sie nicht genug, um euch im offenen Kampf zu besiegen, aber das ist sowieso nicht ihre Stärke. Nun ja, mit Ausnahme der Schwester des Captains. Dahinter steckt also noch mehr, oder?«

Mulldoos zog die hellen Augenbrauen zusammen. »Und das hast du dir wirklich ganz allein ausgedacht, ja? Vielleicht ist dir der Teil entgangen, als Hackspeer von anderen Faktoren sprach. Mehrzahl, verstehst du? Dank deiner vornehmen

Ausbildung weißt du doch sicher, was ›Mehrzahl‹ bedeutet, oder?«

Ich bemühte mich, nicht mit den Zähnen zu knirschen. »Das war eben meine Art, nach den anderen Faktoren zu fragen.«

»Vielleicht solltest du beim nächsten Mal einfach sagen: ›Welches sind die anderen Faktoren, die der alte Ziegenbock erwähnt hat?‹ Siehst du, wie das funktioniert? Eine einfache, direkte Frage. Keine Verwirrung. Niemand kommt auf die Idee, deine Intelligenz infrage zu stellen. Halte dich daran. Das ist viel sicherer für dich, Kritzler.«

Ich kämpfte den Drang nieder, es ihm heimzuzahlen, und wandte mich an Hackspeer. »Du hast also andere Faktoren erwähnt, ja?«

»Siehst du, so geht das!«, rief Mulldoos. »Nur den Teil mit dem Ziegenbock hast du vergessen.«

»Die Memoridinnen sind an den Turmkommandanten gebunden«, erklärte Hackspeer. »Die meisten Syldooner wissen nicht viel über diesen Vorgang, nur die engsten Vertrauten des Kommandanten sind eingeweiht. Deshalb kann ich dazu nicht viel sagen. Nur so viel, dass die Turmkommandanten keine Magie praktizieren. Deshalb ist es eine sehr ungewöhnliche Bindung. Dabei spielt ein gewisses Konstrukt eine Rolle, und der Mechanismus oder das Ritual, diese Bindung eben, beschützt den Kommandanten nicht nur vor der Magie, welche die Memoridinnen wirken können, sondern hindert die Hexen auch daran, sich allzu lange von dem Rahmen ...« Ich wollte unterbrechen und nachfragen, doch er kam mir zuvor. »Sie können sich nicht sehr lange von dem Konstrukt entfernen. Unter anderem deshalb werden sie auch nicht eingeteilt, um Gruppen wie die unsere längere Zeit zu begleiten. Diese Bindung und die Seltenheit der Memoridinnen sorgen dafür, dass sie gehorchen. Wir wissen allerdings nicht viel über diesen Prozess, und ich vermute, selbst diejenigen, die unmittelbar damit zu tun haben, wissen weniger, als sie selbst glauben.«

Mulldoos kicherte. »Warte mal, hast du etwa gerade zugegeben, dass es ein Thema gibt, über das du nicht besser Bescheid weißt als alle Stämme auf der Welt? Hast du das gerade gesagt? Das hast du doch gesagt, oder? Vor Zeugen und so weiter, ja? Leck mich doch, das war das erste Mal, dass du so was gesagt hast.«

»Also gut«, antwortete ich aufgeregt, weil ich endlich einmal ein paar klare Antworten bekam, auch wenn ich Mühe hatte, alles zu verstehen. »Was hat das mit den verstaubten Dokumenten aus einem anderen Königreich zu tun? Und mit Henlester?«

Mulldoos nickte übertrieben leutselig. »Siehst du, das war eine direkte Frage, Junge. Du lernst. Langsam, aber du lernst.« Ich war nicht sicher, ob er sich über mich lustig machte. Nein, natürlich machte er sich über mich lustig, aber er war nicht ganz so bissig wie sonst. Das war immerhin ein Fortschritt.

Hackspeer antwortete: »Wie du ja weißt, werden die Syldooner aus einer Reihe von Gründen geschmäht, und es trägt sicher nicht zu unserem guten Ruf bei, dass wir die Memoridinnen sinnvoll einsetzen, während sie in allen anderen Königreichen zu Tode gehetzt werden. Die Erinnerungshexen gibt es schon sehr lange, und schon immer wurden sie gehasst, gefürchtet, verbrannt und ertränkt. Niemand weiß genau, woher ihre Kräfte kommen. Manche glauben, die Fluchtgötter schenken sie den Menschen.«

Mulldoos schaltete sich ein. »Das war, bevor sie beschlossen haben, nicht mehr mit ihren kaputten Spielsachen zu spielen und uns im Stich zu lassen.«

Hackspeer warf Mulldoos einen Blick zu, der gleichermaßen väterlich und bedauernd war. »Es ist eine Schande, eine so begrenzte Fantasie und Wertschätzung zu zeigen.«

»Es ist eine Schande, wenn man eine plappernde alte Windmühle ist. Aber ich will deine Geschichtsstunde nicht stören. Blöke ruhig weiter.«

Hackspeer ignorierte die Bemerkung. »In vielen Gebieten werden seit Jahrhunderten die Erfahrungen mit den Hagazussen aufgezeichnet. Meist waren es nur anekdotische Berichte über die Anklagen, wie viele gleichzeitig wann und wo aufgehängt oder auf andere Weise ermordet wurden. Einige Gelehrte in einigen Teilen der Welt beschlossen aber, die Hexen wirklich zu studieren und Berichte über ihr Verhalten, die Ursprünge und die Beschreibungen ihrer unnatürlichen Fähigkeiten zu sammeln.«

Nun war es an mir, ihn zu unterbrechen. »Lass mich raten: Ihr habt viele davon in Anjurien gefunden.«

Mulldoos jubelte, ja, er jubelte wirklich: »Da hast du es! Ist er nicht unglaublich klug?«

Ich wollte schon antworten, doch glücklicherweise kam mir Hackspeer zuvor. »Das ist richtig, Arki. Die nützlichsten Texte sind in Alt-Anjurisch geschrieben, einige auch in Mittel-Anjurisch.«

»Und Ihr glaubt offenbar, der Tempel der Wahrheit besäße solche Unterlagen oder etwas in dieser Art?«

»Na, siehst du, Junge«, warf Mulldoos ein. »So direkt wie ein Bolzen ins Gesicht. Er wird immer klüger.«

Ich überwand mich und ignorierte die Bemerkung. »Aber warum diese Mühe, die Schriftrollen und Berichte zu erhalten und zu übersetzen? Was könntet ihr schon lernen, das ihr nicht längst wisst? Das Reich setzt die Memoridinnen seit Jahrhunderten ein. Ihr müsst doch ein beeindruckendes, umfangreiches Wissen besitzen. Ihr wisst sicherlich besser als alle anderen Völker auf der Welt, wozu die Hexen fähig sind.« Dann untergrub ich meine eigene entschiedene Aussage, indem ich fragte: »Oder etwa nicht?«

Braylar nickte. »Natürlich wissen wir, wozu sie fähig sind. Aber wir reden über die Ursprünge. Über die frühesten Erfahrungen und Begegnungen mit Erinnerungshexen. Die meisten Menschen haben versucht, sie zu vernichten, wie Hackspeer schon gesagt hat, aber es gab auch einige, sehr wenige, die sie studiert haben. Die Syldooner sind nicht die Einzigen, die versuchen, sie zu kontrollieren. Wir gehen nur besonders systematisch vor und sind besonders erfolgreich. Es ist also gut möglich, dass wir Informationen finden, die uns noch nicht bekannt sind. Etwas Altes, Vergessenes, das heute sehr nützlich sein könnte. Auf der Grundlage dieser alten Bemühungen könnten wir jetzt einen Vorteil erringen.«

»Aber ... Ihr beherrscht die Hexen doch schon. Wie soll denn so ein Vorteil aussehen? Und gegenüber wem? Ich ... das verstehe ich nicht.«

Als Mulldoos zu einer Antwort ansetzte, rechnete ich damit, dass er mich wieder verspotten würde, doch er wählte Hackspeer als sein Ziel aus. »Das ist doch leicht zu erkennen. Aber bei so viel Geplapper schlafe ich immer ein.«

Hackspeer ignorierte den Seitenhieb und sagte nur: »Die Kontrolle ist beschränkt.« Dann wandte er sich an mich. »Jeder Turm kontrolliert nur die eigenen Memoridinnen.«

Anscheinend machte ich ein sehr verwirrtes Gesicht, denn Braylar ergänzte: »Was mein Leutnant so umständlich ausdrückt, ist die Tatsache, dass wir einen Weg suchen, auch über die Memoridinnen anderer Türme die Kontrolle zu erlangen. Wir wollen nicht nur die eigenen, sondern alle beherrschen. Die Priester der Wahrheit könnten sich dabei als nützlich erweisen. Oder vielleicht auch nicht. Wir haben nur begrenzte Informationen und müssen spekulieren. Aber wenn wir etwas Glück haben, weisen deine Übersetzungen den Nachforschungen den richtigen Weg.«

Ich wollte noch etwas sagen, da hörten wir Hufschläge. Wir hoben die Köpfe und beobachteten den Reiter, der sich uns von Osten näherte. Aus Richtung Zechingen. Er galoppierte nicht. Falls es ein syldoonischer Späher war, schwebten wir offenbar nicht in Gefahr. Oder nicht in unmittelbarer Gefahr.

13

Braylar und seine Offiziere standen auf. Ich folgte ihrem Beispiel, und dann warteten wir, bis der Reiter sein Pferd zügelte. Ich fragte mich, ob die einfachen Soldaten mich um meine Position der Gruppe beneideten. Dann fiel mir ein, dass ich nur ein Schreiber war, den sie im Grunde kaum wahrnahmen. Auch Vendurro hatte den Reiter bemerkt. Er kam zu uns, rülpste und sagte: »Was meint ihr? Gute oder schlechte Neuigkeiten?«

Niemand antwortete, wir warteten schweigend.

Der Reiter war einer der beiden, die unsere Nachhut bildeten. Er hielt das Pferd an und salutierte.

Braylar trat einige Schritte vor. »Berichte, Syldooner.«

Der Späher nahm den Helm ab. Sein Gesicht war gerötet und verschwitzt. »Unsere Wagen kommen gut voran, Cap. Sie sind nicht mehr weit entfernt. Noch ein paar Meilen, aber sie werden bald da sein.« Er blickte in die Runde. »Hätte nicht damit gerechnet, Euch so bald schon einzuholen.«

Braylar lächelte und zuckte. »Das ist einer der Vorteile, wenn man der Captain ist, Soldat. Gelegentlich kann man eine Memoridin zur Weißglut reizen, ohne mit schlimmen Folgen rechnen zu müssen. Besonders schön ist es, wenn die fragliche Memoridin die eigene Schwester ist. Nein, manchmal ist es auch weniger schön. Wie auch immer, sie hat mir einen Vorwand geliefert, das Tempo zu drosseln und ein wenig die Landschaft zu genießen.« Er machte eine ausholende Geste, die einige wenig bemerkenswerte Kiefern und die unebene Straße einschloss.

Der Späher wusste nicht recht, was er damit anfangen sollte. »Äh, ich wollte einfach nur Bescheid sagen, dass wir bald Gesellschaft bekommen, Cap.«

»Sehr gut, Soldat. Ruh dich aus, so lange du willst. Dann kehrst du auf die Straße zurück und passt gut auf.«

»Aye, Cap.« Er salutierte und ritt durch das Gras zu den anderen Soldaten.

Sobald er außer Hörweite war, tat Mulldoos das, was er anscheinend, vom Töten anderer Menschen abgesehen, am besten konnte. Er hinterfragte die Befehle seines Vorgesetzten. »Cap, du kennst mich ja, ich habe nicht viel für die Memoridinnen übrig.«

Braylar drehte sich sofort um. Offenbar ahnte er schon, was kommen würde. »So wenig wie für verkrüppelte Huren, die ähnliche Fähigkeiten zeigen wie die Memoridinnen. Von dürren Schreibern hältst du auch nicht viel. Du magst keinen Rost auf der Rüstung. Eigentlich hast du für überhaupt nichts irgendetwas übrig, solange es nicht um Bier, leichte Mädchen, Flüche oder um eine Gelegenheit geht, Anjurier aufzuschlitzen. Fahre fort.«

Mulldoos ließ sich nicht zweimal bitten. »Aber wenn ich sehe, dass sie es schon melden will, wenn du auch nur ein bisschen trödelst und einen kaiserlichen Befehl so auslegst, wie es dir passt, ist es wohl nicht so klug, sie auch noch mit einem spitzen Stock zu piksen, oder? Vielleicht sollten wir einen Reiter schicken und sie wissen lassen, dass wir auf die Wagen warten, oder ...«

»Befehligt meine Schwester diese Einheit, Mulldoos?«

Der Leutnant wedelte eine fette Fliege weg. »Natürlich nicht, Cap. Aber …«

»Sehr gut. Solange ich also nicht mit Gewalt von meinen Pflichten entbunden werde, befehlige ich die Einheit, wie ich es für richtig halte. Wenn die uns zugeteilte Memoridin wegrennt wie ein missratenes Kind, dann bin ich nicht unbedingt geneigt, irgendetwas zu tun, um sie zu beruhigen, zu besänftigen oder sonst wie zu beschwichtigen. Wir warten auf die Wagen. Genau hier.«

Mulldoos blickte zu Hackspeer, der seufzte und widerstrebend den Faden aufnahm. »Da kommt die Eskorte auch schon.« Er blickte in die andere Richtung, und tatsächlich tauchten auf dem nächsten Hügel gerade zwei winzige Gestalten auf, die einige freie Pferde mitführten. »Captain, auch wenn gespielte Unterwürfigkeit zu viel verlangt wäre, so möchte ich doch vorschlagen, dass uns ein wenig Freundlichkeit gut dienen könnte. Jedenfalls angesichts dieser Umstände. Angesichts der Geschichte und Beziehungen. Mit allem Respekt, Captain.«

»Dein Respekt ist glatt gelogen. Siehst du, das ist eben das Problem, wenn man sich verstellt. Für einen geübten und misstrauischen Lügner ist das leicht zu durchschauen. Ich werde meiner Schwester nichts vorspielen. Das würde nur die Feindseligkeit verstärken und noch mehr Misstrauen wecken. Aber eure Sorgen und Vorschläge nehme ich wohlwollend zur Kenntnis.«

Mulldoos lachte. Es klang eher wie ein Schnauben. »Die Liste der Vorschläge, die der Mann im Laufe der Jahre zur Kenntnis genommen und ignoriert hat, ist lang. Länger als mein Arm, würde ich sagen.«

Braylar wandte sich an Hackspeer. »Siehst du? Da ist nichts Vorgespiegeltes. Aufsässigkeit und freches Gemurre, offen und deutlich sichtbar für die ganze Welt.«

»Nur für dich, Cap. Und für den alten Ziegenbock.« Er deutete mit dem Daumen auf Vendurro und mich. »Und vielleicht noch für zwei andere Zeugen. Aber mehr sind es nicht.«

Braylar wandte sich an den bulligen Leutnant. Es war schwer zu erkennen, ob er ihm beipflichten oder ihn zurechtweisen wollte. Nun schaltete sich aber Vendurro ein. »Entschuldigung, Cap, aber ...«

»Wenn die Entschuldigung am Anfang steht, reagiere ich erst recht gereizt. Was gibt es?«

»Entschuldigung auch dafür, Cap, und Entschuldigung, dass ich so unverblümt bin, aber ... und das ist sicher nicht als Subordination oder sonst etwas gemeint ... aber was haben wir davon, wenn wir deine Schwester ärgern? Dient es irgendeinem Zweck, wenn wir ihr auf die Stiefel pissen? Ich versuche nur, es zu verstehen, mehr nicht.«

Der Captain lächelte völlig humorlos und wandte sich an mich. »Zwischen der schmierigen Kriecherei des großen Mannes und der unverblümten Angriffslust des bleichen Mannes finden wir Vendurro, der entweder der Klügste in der Truppe ist oder vielleicht auch der Einzige, der die eine Haltung nicht von der anderen unterscheiden kann. Sei dankbar, dass wir keine Gräben oder Latrinen ausheben müssen, sonst würden dir die ersten drei Schaufeln gehören.«

Braylar entfernte sich in eine Richtung, dann klatschte Mulldoos die flache Hand auf einen Baumstamm und entfernte sich in die andere.

Da sich auch die anderen bald entfernen würden, ergriff ich die Gelegenheit und fragte: »Warum herrscht zwischen dem Captain und seiner Schwester so viel Zwietracht? Entspricht das der Art und Weise, wie Syldooner und Memoridinnen einander gewöhnlich begegnen? Ich habe allerdings den Eindruck, dass noch mehr dahintersteckt.«

Vendurro sah Hackspeer an. Der ältere Mann blickte unverwandt zum fernen Horizont. Mir dämmerte, dass es da eine dramatische Geschichte gab, aber ich ahnte bereits, dass ich sie höchstwahrscheinlich nie hören würde.

Hackspeer blickte Braylar hinterdrein, der sich immer noch von unserem Lager entfernte. »Damit hast du völlig recht. Es steckt wirklich eine Menge mehr dahinter. Aber das erzählt dir am besten der Captain selbst, vorausgesetzt, er hält es für richtig, dir die Einzelheiten mitzuteilen. Ich vermute aber, das wird er nicht tun. Also ...« Er sah mich direkt an, und sein Blick zeigte mir, wie ernst er die Warnung meinte, auch wenn er nachsichtig sprach. »Also würde ich dir vorschlagen, mit niemandem sonst darüber zu reden, und du kannst sicherlich einigen Unannehmlichkeiten entgehen, wenn du auch ihn nicht darauf ansprichst.«

Damit stakste Hackspeer davon, und als ich mich an Vendurro wandte, hob dieser beide Hände und wich zurück, als hätte ich mit einer geladenen Armbrust auf ihn gezielt. »Nein. Äh, nein. Denk nicht einmal daran. Du hast gehört, was der Leutnant gesagt hat. Wenn du vor einer wirklich hässlichen Schlangengrube stehst, solltest du nicht noch darin herumstochern, um zu sehen, was passiert. Du gehst am besten weg und lässt sie in Ruhe.« Damit ließ auch er mich allein.

Antworten wie diese weckten natürlich erst recht meine Neugierde. Ich hatte zwar gewartet, bis Mulldoos gegangen war, aber er verkörperte möglicherweise meine größte Hoffnung, eine nicht beschönigende und offene Antwort zu bekommen. Genauso gut konnte es natürlich auch sein, dass ich auf dem Rücken im Dreck landete und seinen Stiefel auf der Brust spürte.

Trotzdem, auch wenn ich in den letzten Tagen eine Menge über die Syldooner erfahren hatte, fand ich es auf eine seltsame Weise beruhigend, dass mir gewisse Dinge vorenthalten blieben. Hätten sie auf einmal alles ausgeplaudert, nach dem ich fragte, dann hätte ich den Verdacht bekommen, dass sie mich anlogen oder dass mein Leben sehr bald enden würde.

Soffjian und Skeelana trafen vor den Wagen ein. Erstere war fröhlich wie eine Katze, die man in ein Fass Wasser getunkt hatte. In ihrem Fall wäre es eine Dschungelkatze aus Thulmora gewesen, und selbst dieses Tier wäre für den Eintunker weniger gefährlich gewesen.

Braylar war von dem kurzen Ausflug in den Wald zurückgekehrt und saß neben Hackspeer und Mulldoos. Die drei Männer redeten miteinander - oder stritten, was ihre bevorzugte Art des Austauschs war -, und während Skeelana abbog und für die Reservepferde einen freien Platz am Straßenrand suchte, ritt Soffjian direkt auf ihren Bruder zu. Selbst aus der Ferne und obwohl sie ihre Miene immer unter Kontrolle hatte, war völlig klar, dass sie ihm keinen Blumenstrauß schenken wollte.

Auch ich bewegte mich in diese Richtung. Es gab keinen Grund, mich zu beteiligen, wenn man von der Befriedigung meiner Neugierde einmal absah, aber das war mir Grund genug, und ich nahm an, der zu erwartende hitzige Wortwechsel lenkte die anderen sowieso von mir ab.

Soffjian schwang ein Bein über den Pferderücken und sprang auf den Boden. »Du hättest mir sagen können, dass du unerwartet haltmachen willst, Bray.«

Braylar stand auf, ehe er antwortete. »Und du hättest fragen können, bevor du losgestürmt bist wie ein wütendes Kind. Unsere Wagen sind fast da. Meine Späher haben mich unterrichtet, dass sie viel besser als erwartet aus den Gassen von Zechingen herausgekommen sind. Deshalb war es sinnlos weiterzureiten.«

»Und du hättest uns nicht etwa einen Reiter hinterherschicken können?«

»Ich konnte mir nicht vorstellen, dass du ohne Halt bis Wagenfurt reitest. Ich war sicher, dass du es dank deiner übernatürlichen Wahrnehmungskraft sofort bemerkst, wenn wir nicht mehr direkt hinter dir sind, und schließlich umkehrst. Und da bist du auch schon.«

Soffjian machte einen Schritt auf ihn zu. Wie Hackspeer gab sie anscheinend die Stangenwaffe nie aus der Hand. Im Gegensatz zu einer traditionellen Waffe, die in einer Scheide steckte oder am Gürtel hing und somit keine unmittelbare Gefahr darstellte, war eine Stangenwaffe immer nur eine blitzschnelle Bewegung vom Blutvergießen entfernt. Vielleicht lag es auch an der Größe. Jedenfalls sah ich die Partisane, die sie mit einer Hand hielt, und dazu ihre Miene, und rechnete damit, dass sie gleich die andere Hand heben und die Finger spreizen würde, um ihn mit ihren unsichtbaren, erschreckenden Kräften anzugreifen. Oder sie durchbohrte ihn einfach mit der Klinge.

Stattdessen sagte sie: »Syldooner, du kannst mich sticheln, solange du willst. Widersetze dich nur auf dieser Straße. Und auf der nächsten, die uns nach Hause führt. Ganz wie du willst. Aber glaube nicht, dass es ungesühnt bleiben wird.«

Braylar ging ihr entgegen und blieb erst stehen, als sie einander so nahe waren, dass jeder den Atem des anderen riechen konnte. »Nach Hause, sagst du? Selbst jetzt nach so vielen Jahren hätte ich nie vermutet, dass du so viel Zuneigung und Sehnsucht zeigst. Strengen Gehorsam, ja, aber ich habe immer angenommen, du hieltest dein Herz fest verschlossen. Anscheinend habe ich mich geirrt.« Sie setzte zu einer Antwort an, doch er nickte in Richtung Straße und ließ sie nicht zu Wort kommen. »Unsere Wagen sind in Sicht, also können wir bald heimwärts reisen. Du darfst dich gern auf einen Wagen setzen und die Pferde ausruhen lassen.«

Sie blickte nicht in die Richtung, in die er zeigte, und war nicht im Mindesten besänftigt. »Das Einzige, was ich begrüßen würde, wäre es, dich gedemütigt zu sehen. Jeder Augenblick, den ich mit dir reise, sagt mir, dass es nicht mehr lange dauern kann.«

Soffjian legte sich die Partisane über die Schulter und stach Hackspeer beinahe ein Auge aus, als sie sich abrupt auf dem Absatz umdrehte, die Zügel ihres Pferds packte und zu Skeelana ging.

Braylar wandte sich an sein Gefolge. »Da«, sagte er. »Da seht ihr, was es mir einbringt, wenn ich höflich bin. Die Männer sollen sich bereit machen. Sobald die Wagen da sind, brechen wir auf. Arki, du fährst mit mir im ersten Wagen.«

Als sich der Captain von uns entfernte und den Stöpsel aus einer Flasche Wein zog, fragte ich mich, ob es am Ende nicht doch angenehmer wäre, im Sattel zu sitzen. Der Captain schien die unsichtbaren Dinge, die ihn plagten, recht gut zu verkraften, aber ich nahm an, dass er noch erheblich mehr Wein oder Bier brauchen würde, damit es auch so blieb. Nüchtern war er reizbar, aber betrunken war er völlig unberechenbar und noch viel unangenehmer.

14

Die Wagen stießen zu unserer kleinen Karawane, und die Kutscher berichteten, der Aufbruch aus Zechingen sei ohne Zwischenfälle verlaufen. Anscheinend hatte der Reißer, der frei herumlief und die Einwohner zerfleischte, für genau die Ablenkung gesorgt, auf welche die Syldooner gehofft hatten. Dann brachen wir auf. Abgesehen von Yargus, der einen blutigen Mund hatte, und Bulsinn, dem das Untier eine Hand abgerissen hatte, waren die Folgen der Schlacht in der Morgendämmerung nicht so schlimm wie erwartet. Gewiss, viele Syldooner hatten Verletzungen erlitten, aber soweit ich es erkennen konnte, waren alle harmloser als das, was Bulsinn widerfahren war. Die kleine Truppe hatte im Kampf vier Krieger verloren, was angesichts der feindlichen Übermacht lange nicht so übel war, wie es hätte sein können. Da jetzt noch die Soldaten mit den beiden Wagen hinzukamen, waren wir fünfundzwanzig Krieger, zwei Memoridinnen und ich. Ich fragte mich, wie viele Syldooner abgestellt gewesen waren, um die verschiedenen Tempel und Häuser des Barons zu unterwandern, und wie viele Männer die Schriftrollen und Pergamente beschafft hatten.

Ich stieg zu dem Captain auf den führenden Wagen. Er sah demjenigen, mit dem wir durch das Grüne Meer gereist waren, recht ähnlich - vorne der Kutschbock, dahinter eine lange, ebene Ladefläche, die völlig unauffällig war. Einige schwache Spuren der blauen Farbe waren noch zu sehen, den Rest hatten Regen und Wind abgeschliffen. Darüber war eine geflickte, fleckige Segeltuchdecke gespannt, und an den Seiten drehten sich große Räder. Drinnen standen einige Fässer, Kisten und Säcke, und an den Haken im Inneren hingen verschiedene Gegenstände, die es schwierig oder beinahe unmöglich machten, sich dort zu bewegen. Die Anjurier bevorzugten kleinere, ganz aus Holz bestehende Wagen, die entweder offen oder mit geschlossenen Aufbauten versehen waren. Die Holzflächen waren oft mit Schnitzereien oder Beschlägen verziert und lackiert. Andererseits waren Dächer aus Segeltuch auch nicht so ungewöhnlich, dass wir unnötig damit auffielen und Fragen herausforderten. Genau das hatte der Captain anscheinend beabsichtigt. Groß genug, um die Vorräte der Syldooner zu tragen, aber trotzdem völlig unauffällig.

Der Captain stellte unmissverständlich klar, dass er mit seinem Wein allein gelassen werden wollte, und verbannte mich ins Innere des Wagens. Darüber hätte ich mich vielleicht sogar gefreut, wenn dieser Wagen die Schriftrollen transportiert hätte, die ich übersetzen sollte. Dann hätte ich damit wenigstens anfangen können. Leider wurde die Ladefläche von langweiliger Fracht in Anspruch genommen, und die Kisten mit den Dokumenten befanden sich im nächsten Wagen hinter uns. Also verzog ich mich nach hinten und sah zu, wie die weitgehend uninteressante Landschaft vorbeirollte. Zwischen den Hügeln und Wäldern tauchten manchmal kleine Dörfer und Gemeinden auf, hier und dort auch einzelne, von schmalen Fichten, breiten Linden und strengen Eichen umgebene Höfe.

Je weiter wir uns von Zechingen entfernten, desto weniger Verkehr bewegte sich in Richtung Stadt, die inzwischen mehr als einen halben Tagesritt hinter uns lag. Niemand war gern des Nachts unterwegs, auch wenn die Hornmänner angeblich die Reisenden beschützten und die Straße überwachten. Die wenigen Menschen, denen wir begegneten, wichen unserer großen bewaffneten Gruppe eilig aus.

Wir zogen nach Südwesten und entfernten uns mit jedem Schritt weiter von Zechingen und der Straße, die nach Sonnenmatt im Norden führte. Zugleich näherten wir uns ... irgendeinem Ziel. Henlester hatte sich in einer Jagdhütte verkrochen, wahrscheinlich suchten auch die Brunemänner nach ihm, und es würde ziemlich sicher zu einem Kampf und zu weiteren Verlusten kommen. Kaum zu glauben, aber Sonnenmatt schien in diesem Moment das angenehmste und sicherste Ziel zu sein. Auch wenn dort die verschiedenen Fraktionen erbittert gegeneinander kämpften, ging es doch wohl nicht so weit, dass die Auseinandersetzungen auf den Straßen ausgetragen wurden. Oder jedenfalls nicht sehr oft.

Es war sinnlos, mit meinem Schicksal zu hadern. Ich hatte mich entschieden, die Syldooner und ihren Captain zu begleiten, also musste ich auf Gedeih und Verderb gehen, wohin sie mich führten, wobei Verderb wohl das Wahrscheinlichere war.

Vergeblich massierte ich einen Getreidesack, um ihn in ein Kissen oder eine andere bequeme Unterlage zu verwandeln, lehnte mich an und beschloss, die Meilen schlafend zu verbringen, sofern es mir gelang. Ich wand und drehte mich und hatte das Gefühl, ich wäre gerade erst eingeschlafen, als unser Wagen langsamer wurde. Das kam mir seltsam vor, weil wir meiner Ansicht nach nicht weit genug gefahren waren, um schon wieder zu rasten. Braylar hatte erwähnt, wir würden den vorgesehenen Rastplatz in der Abenddämmerung erreichen, und es war noch Nachmittag. Da bemerkte ich, dass bei mir im Wagen noch zwei andere Syldooner saßen. Sie hatten Hemden über die Rüstungen gestreift und die tätowierten Schlingen mit Kapuzen verdeckt. Beide waren mit Armbrüsten bewaffnet.

Sie kamen mir bekannt vor, waren mir aber wie die meisten Männer aus Braylars Einheit fremd geblieben. Es wäre schon beunruhigend genug gewesen, aufzuwachen und Bewaffnete neben mir sitzen zu sehen. Offenbar hatte ich doch tiefer geschlafen als vermutet. Jetzt war ich völlig wach und obendrein sehr nervös.

Einer, dessen große Ohren fast im rechten Winkel abstanden, sagte: »Gut geschlafen, Prinzessin?«

Die beiden lachten. So schnell ich konnte, krabbelte ich zwischen der Ladung nach vorne und zog das Segeltuch zur Seite, um nach draußen zu spähen.

Hundert Schritte vor uns stand ein kleiner, aus Stein und Holz gebauter Turm mit mehreren einstöckigen Gebäuden als Anbau. Der Turm sah alt aus und war etwas schief. Ich schirmte die Augen mit der flachen Hand ab, konnte aber nicht mehr erkennen. »Was ist das, Captain?«

Braylar deutete auf die Fahne, die schlaff auf dem Turm hing. »Wenn sich meine Späher nicht schrecklich getäuscht haben, ist das ein Vorposten der Hornmänner.«

Er sagte es so ruhig und gelassen, als ginge es nur um die Beschaffenheit der Erde unter den Pferdehufen.

Auch der Captain hatte die Rüstung mit Hemd und Halstuch verdeckt. Als ich ganz nach vorn kletterte und mich neben ihn setzte, wurde mir bewusst, dass unsere Gruppe erheblich kleiner geworden war: der Captain, ich selbst, die beiden im Wagen und die paar, die auf dem Wagen hinter uns hocken mochten. Das war alles.

Braylar hatte sich keine Decke über den Schoß gelegt, also musste ich mir wohl keine Sorgen machen, dass er gleich jemanden erschießen würde. Noch nicht.

Irgendwo in der kleinen Gebäudegruppe stieg aus einem krummen Schornstein eine Rauchfahne empor. Ich dachte an die Hornmänner, die sich dort drinnen aufhielten, und sehnte mich auf einmal nach Wein. Nach einer Menge Wein. »Captain?«

Er sah mich nicht an, sondern beobachtete unverwandt den Vorposten der Hornmänner. Abschätzend, aufmerksam, berechnend. »Archivar?«

»Es ist ... das ist ... ist das klug? Wenn wir uns einfach so einem Turm der Hornmänner nähern? Wenn sie nun schon wissen, was in Zechingen geschehen ist?«

»Eins der Gebäude ist wahrscheinlich ein Stall. Ich nehme an, dass dort die Pferde der Hornmänner stehen. Erinnerst du dich an einen Hornmann, der vorbeigaloppiert ist, an den Schaum vor dem Mund des schweißüberströmten Tiers, an die weit aufgerissenen Augen des Reiters, weil er genau die Gruppe überholte, die er der Grenzpatrouille melden sollte? Nein, natürlich nicht, du hast ja geschlafen. Ich kann dir aber versichern, dass irgendjemand in meiner Gruppe einen solchen Reiter auf jeden Fall bemerkt hätte. Wir sind in dieser Hinsicht sehr aufmerksam. Es erfordert eine gründliche Ausbildung, damit man diese kleinen Einzelheiten nicht übersieht. Außerdem entdecke ich hier keinen Krähenhorst, sodass uns höchstwahrscheinlich auch kein geflügelter Bote überholt hat.«

»Dann glaubt Ihr nicht, dass sie misstrauisch werden?«

»Warum? Wegen zwei Wagen und ein paar Männern? So etwas sehen sie jeden Tag.«

»Wo sind die anderen Syldooner?« Ich sah mich nach beiden Seiten um. Es gab keine Bäume in der Nähe, erst hinter dem Vorposten der Hornmänner, mehrere Hundert Schritte entfernt, erstreckte sich ein großer Wald.

Er bemerkte meinen Blick. »Dein Scharfsinn ist ganz außerordentlich.«

»Warum fahren wir nicht einfach mit den Wagen durch den Wald und umgehen den Vorposten?«

Braylar klopfte mit den Knöcheln auf die Bank. »Siehst du, das ist das Ergebnis, wenn man nicht viel davon versteht und keine Ausbildung genossen hat. Der Wald ist zu dicht für einen Wagen. Wenn überhaupt käme man dort nur sehr langsam voran. Auch dort gibt es übrigens Patrouillen. Deshalb wollte ich keinen zusätzlichen Tag opfern, nur um einen einsamen Wachturm zu umgehen. Und was die Männer angeht, so ist eine kleine, unzulänglich bewachte Karawane lange nicht so bedrohlich wie fünfundzwanzig Berittene.«

»Hat Blutrufer ... habt Ihr etwas gespürt ...«

»Hör mit diesem nervösen Geplapper auf. Sie haben uns sowieso schon gesehen. Wir würden viel mehr Misstrauen wecken, wenn wir auf einmal umkehren, davonfahren und uns mit Wagen und Pferden in wilder Flucht absetzen. Was immer du gleich tust, lass dir auf keinen Fall anmerken, dass du in Zechingen einen ihrer tapferen Soldaten getötet hast. Wenn du glaubst, dass du deine Nerven nicht weit genug beruhigen kannst, um das zu schaffen, dann schlage ich vor, dass du dich hinten unter einem großen Sack Feigen versteckst.«

Dann lachte er und klopfte mir auf den Rücken. Ich musste die ganze Zeit daran denken, wo sie hier draußen wohl die Gefangenen hinrichteten. Einen Galgen gab es nicht. Hängten sie die Leute an die knorrigen Apfelbäume? Oder schnitten sie ihnen hinter den Gebäuden die Kehle durch? Vielleicht dienten die Gefangenen auch als Übungsziele für Pfeil und Bogen. Das wäre sehr passend.

»Selbst der Chronist, der mich verraten hat, war nicht so mürrisch. Du bist und bleibst mir ein Rätsel, kleiner Gelehrter. Ein großes Rätsel.«

Als wir näher heranfuhren, bemerkte ich zwei Soldaten hinter den Zinnen des Turms, die uns beobachteten. Eine kleine Brise bewegte die Flagge gerade weit genug, dass die weißen Hörner auf dem grünen Untergrund sichtbar wurden. Auf der einsamen Straße zwischen den Feldern diente der Turm anscheinend eher der Beobachtung als der Verteidigung. Das Tor und der Zaun bestanden aus Holz, beide waren nicht sehr hoch und stabil. Dennoch konnte der Vorposten eine stattliche Anzahl von Soldaten beherbergen. Meine Nerven summten wie Bogensehnen, als drei Hornmänner aus dem Gebäude kamen, zur Straße gingen und uns anhielten.

Braylar winkte lächelnd zurück und wandte sich an mich. »Ich muss dich doch nicht erinnern, den Mund zu halten, oder?«, sagte er sehr leise. »Das sollte eigentlich nicht nötig sein, aber irgendwie habe ich das Gefühl, ich müsste es dir noch einmal einschärfen.«

Ich schüttelte den Kopf.

»Gut.« Er winkte wieder und lächelte.

Ein Hornmann mit gelben Zähnen, einem gelben Umhang und einem alten gelben Horn, das an der rissigen Schärpe hing, sprach uns an, während er die Wagen und die an den Seiten festgebundenen Pferde musterte. »Gab es Schwierigkeiten auf der Straße?«

Es klang eher gelangweilt als drohend, aber auch der erste Hornmann im Grünen Meer hatte sich anfänglich nicht sonderlich feindselig gezeigt, und danach hatten sie alle versucht, uns zu töten. Man konnte sich eben auf nichts verlassen.

Braylar schüttelte den Kopf. »Nein, Herr. Vielen Dank für Eure Sorge.«

Der Hornmann nickte etwas abwesend. »Bist du der Inhaber dieses Unternehmens?«

Braylar nickte. »Das bin ich, Herr. Aber ›Unternehmen‹ ist vielleicht etwas zu hoch gegriffen.«

Der Hornmann interessierte sich nicht für den Einwand. »Ich nehme an, du warst auf dem Großen Jahrmarkt?«

»Ja, schon zum vierten Mal.«

Der Hornmann sah mich an, und ich versuchte zu lächeln, aber meine Lippen fühlten sich auf einmal an wie zappelnde Würmer, die sich aus eigenem Antrieb bewegten. Ich gab den Versuch sofort wieder auf.

Er fragte, was wir beförderten. Im Gegensatz zu den Hornmännern im Gras, die nichts weiter als Banditen gewesen waren, führte dieser Mann nur eine oberflächliche Prüfung durch und wollte es möglichst bald hinter sich bringen.

Braylar versorgte ihn mit einer verkürzten Version der Geschichte über den Federkielhändler, die er auch den Hornmännern im Grünen Meer aufgetischt hatte. Ich hielt das für eine schlechte Wahl, weil ich mich genau erinnern konnte, wie es geendet hatte, doch abgesehen von einem mitfühlenden Brummen, schien der Hornmann die meiste Zeit gar nicht zuzuhören.

Schließlich sagte Braylar: »Nun, Herr, dies ist wohl eine Zollstation, oder?«

»Dann hätten wir wenigstens die Münzen zu zählen, um uns die Stunden zu verkürzen. Nein, dies ist ein Wachturm.«

»Welchem Zweck dient er denn?«, fragte Braylar unschuldig.

Der Hornmann antwortete langsam, als spräche er mit dem dümmsten Menschen auf der Welt. »Wir halten Wache.« Als Braylar ihn mit überzeugend gespielter Verständnislosigkeit ansah, fügte er hinzu. »Räuber. Grashunde, die sich hierher verirren. Oder irgendwelche anderen zwielichtigen Elemente.«

»Ah, verstehe. Dann patrouilliert Ihr sicher auch in diesem Gebiet?«

Der Hornmann hatte offensichtlich keine Lust mehr, das Gespräch fortzusetzen. »Patrouillen patrouillieren, Wächter halten Wache. Und Händler sollten sich bewegen, wenn sie längs der Straße etwas verkaufen wollen.«

Braylar winkte. »Einen guten Tag noch, Herr. Ich werde Euch oder den Patrouillen Bescheid geben, falls ich etwas Schändliches auf der Straße bemerke.«

»Tu das.« Der Hornmann drehte sich um und kehrte zum Turm zurück, die anderen beiden Soldaten folgten ihm.

Mein Atem ging leichter, und ich verfluchte mich selbst, weil ich so zappelig war, doch da kam ein anderer Hornmann aus dem Turm. Er rieb sich die Hände, blies hinein und näherte sich uns. Alter war zwar nicht immer mit einem höheren Rang gleichzusetzen, aber abgesehen von dem grauen Haar und dem ebenso grauen Bart, trat er auch wie ein Vorgesetzter auf, als er sich an den Soldaten wandte, der uns befragt hatte. »Das war es? Nicht einmal eine flüchtige Inspektion?«

Der andere Mann zuckte mit den Achseln und sah sich über die Schulter zu uns um. »Meine Einschätzung. Ich wollte lieber am Feuer sitzen und sauren Wein trinken, als hier draußen meine Zeit verschwenden und einen Wagen inspizieren, obwohl es keinen Grund dafür gibt.«

»Der Grund ist der«, erklärte der ältere Mann empört, »dass es deine Aufgabe ist. Deine Pflicht. Du hast einen Eid geleistet, und wenn du dich drückst, dann kannst du Gift darauf nehmen, dass ich ...«

Der andere hob ergeben die Hände. »Also gut, dann verschwenden wir unsere Zeit. Meinetwegen. Es ist nicht nötig, das gleich zu melden.« Er wandte sich an die beiden Hornmänner, die ihn begleiteten. »Beeilt euch.«

Während sich die jüngeren Soldaten, offensichtlich wütend und erbost, dem Wagen näherten, blieben die beiden älteren Hornmänner zurück.

Braylars Lippen bewegten sich kaum, als er flüsterte: »Geh nach hinten herum. Wenn ich den Befehl gebe, ziehst du die Plane weg und machst dich klein.« Dann drehte er sich zu mir um und sagte so laut, dass es die Hornmänner hören konnten: »Sei ein guter Junge – spring hinunter und öffne ihnen die hintere Klappe, ja? Lass die braven Soldaten ihre Pflicht tun, damit wir weiterfahren können.« Er lächelte, aber das Lächeln erreichte nicht die Augen, und auch die Lippen bewegten sich kaum.

Ich fürchtete das, was er gleich tun würde, aber mir war auch klar, dass ich es nicht verhindern konnte. Wenn man mit den Syldoonern ritt, dann ritt man eben mit den Syldoonern.

Ich nickte unmerklich und kletterte hinunter. Die kurzen Stiefel waren bleischwer, als ich auf dem Boden stand. Das Herz schlug mir bis zum Hals, das Blut pochte in den Ohren, während ich langsam nach hinten ging. Obwohl ich mich bewegte, kam es mir so vor, als stünde die Zeit still.

Sobald ich hinter dem Wagen stand, sah ich mich um. Captain Killcoin war ebenfalls abgestiegen und stand, immer noch das falsche Lächeln auf den Lippen, gelassen neben dem Kutschbock, um den älteren Hornmann zu beobachten, der seinerseits die Vorgänge am Wagen verfolgte. Wie konnte es sein, dass sie so lange nichts bemerkten und nichts Böses ahnten? Doch sie sahen der flüchtigen Inspektion zu und gaben nicht zu erkennen, dass irgendetwas nicht stimmte. Selbst die Soldaten oben hinter den Zinnen waren verschwunden, um dem Wind zu entgehen, der jetzt schärfer, kalt und wechselhaft wehte.

Die beiden Hornmänner sahen mich an, während ich untätig herumstand und wartete – auf irgendein Zeichen, auf einen Befehl, irgendetwas. Einer, er hatte durchdringende grüne Augen, sprach mich schließlich an. »Nun? Wir wollen es hinter uns bringen. Öffne die Ladeklappe.« Sie wichen mir aus, bis sie direkt vor der Klappe standen.

Ich nickte und griff nach dem Segeltuch. Da hörte ich trommelnde Hufe. Vier Syldooner ritten eilig aus dem Wald heraus und hielten genau auf den Turm zu. Hinter ihnen flogen Erde und Grasbüschel hoch.

»Jetzt!«, rief Braylar.

Obwohl ich vorbereitet war, verlor ich die Nerven und ließ die Plane beinahe wieder fallen. Zwei Bolzen flogen heraus, ich machte mir fast in die Hose. Ein Hornmann setzte sich aufs Hinterteil und starrte benommen die Befiederung an, die aus seiner Brust ragte. Der andere wich stolpernd mehrere Schritte zurück und versuchte, mit einer Hand den Bolzen im Bauch zu packen, während er mit der anderen nach dem Schwert tastete. Er sah mich an, das Blut breitete sich auf dem Gambeson aus, seine Miene ähnelte der eines Betrunkenen. Da sauste ein zweiter Bolzen an mir vorbei und traf ihn mitten in die Brust. Er stürzte und krümmte sich am Boden.

Ich blickte zum Wachturm. Auch der ältere Hornmann war tot, in seinem Brustbein steckte ein Bolzen, und er rührte sich nicht mehr. Der andere, der Mann mit dem gelben Umhang, hatte sich gebückt und wusste offenbar nicht, ob er in die Deckung des Turms zurücklaufen oder Braylar angreifen sollte, der schon geschickt die Teufelskralle ansetzte, um mit unglaublicher Geschwindigkeit die Armbrust zu spannen und nachzuladen.

Die Unentschlossenheit wurde dem Offizier zum Verhängnis. Der Hornmann zog endlich das Schwert und wollte auf Braylar losgehen, erkannte aber sogleich, dass er es nicht rechtzeitig schaffen würde, und drehte sich zur Tür des Turms um. Weit kam er nicht, bis Braylars Bolzen ihn im Kreuz traf. Er stürzte, brach beinahe zusammen, hielt aber doch noch das Gleichgewicht und machte ein paar weitere zögernde Schritte. Braylar fluchte.

Der Hornmann erreichte die Tür nicht. Im hinteren Wagen saßen zwei Syldooner, die ebenfalls zum Angriff bereit waren. Beide schossen jetzt auf den Verwundeten. Die Sehnen sirrten, ein Bolzen traf den fliehenden Hornmann ins Bein, der andere bohrte sich in die Schulter. Hustend ging er zu Boden und kroch weiter.

Etwas sauste an mir vorbei, und ich duckte mich erschrocken. Ich dachte, ein Syldooner hätte versehentlich auf mich geschossen. Dann sah ich zwischen den Hornmännern den Pfeil im Boden vibrieren und erinnerte mich an den Turm. Auf halber Höhe schoss ein Hornmann aus einer Schießscharte auf uns. Oben standen ebenfalls mehrere Soldaten, die aus der Deckung der Zinnen auf die Syldooner vor dem Turm und auf die anderen zielten, die sich eilig näherten. Überall flogen Pfeile, denn die Bogenschützen konnten schneller nachladen als die Syldooner.

Neben mir sprang ein Syldooner vom Wagen und rannte zum Turm. Zwei weitere Pfeile kamen geflogen, einer verfehlte ihn und bohrte sich vor dem Wagenrad in den Boden, der andere traf ihn in die Seite und flog in einem anderen Winkel weiter, weil ihn die Lamellenrüstung unter dem Hemd abgelenkt hatte.

Ich verschwand hinter dem Wagen und spähte um die Ecke. Braylar war, anscheinend ungehindert, zum Turm gerannt und stand bei dem Hornmann, der immer noch auf allen vieren versuchte, die Tür zu erreichen. Der Hornmann, in dem drei Bolzen steckten, blickte hoch. Er war so gut wie tot und wollte doch nicht daran glauben, schüttelte den Kopf, legte die Hand an die Tür und tastete nach dem Griff.

Braylar zog das lange Suroka, packte den Hornmann an den Haaren und schnitt ihm mit einer schnellen Bewegung die Kehle durch. Glücklicherweise sah ich die Wunde nicht, aber das Blut, das an die Tür spritzte, verriet mir, dass Braylar ganze Arbeit geleistet hatte. Der Hornmann fiel auf den Bauch, die Finger rutschten an der Tür hinab auf den Boden.

Die beiden Syldooner aus meinem Wagen liefen ebenfalls hinüber. Die Armbrüste ließen sie liegen, jetzt waren sie mit Schwertern und kleinen Schilden bewaffnet. Braylar wischte das Suroka am Ärmel des Toten ab, steckte es in die Scheide und nahm Blutrufer und den kleinen Schild vom Gürtel.

Oben richteten drei Hornmänner jetzt ihre Aufmerksamkeit auf die Reiter, die sich dem Turm näherten, und ließen die Pfeile fliegen. Ein Verteidiger beugte sich über die Zinnen, um auf die Syldooner an der Tür zu schießen, während die anderen beiden die Syldooner am hinteren Wagen eindeckten. Mehrere Pfeile steckten im Holz oder hatten die Plane durchbohrt. Der Hornmann in der Schießscharte jagte einen Pfeil nach dem anderen hinaus, kein Einziger fand ein Ziel.

Die Syldooner im hinteren Wagen schossen mit den Armbrüsten zurück, und die anderen, die auf uns zuhielten, schossen im Galopp die Armbrüste ab. Mehrere Bolzen trafen die Zinnen, Staub und kleine Steine rieselten herab. Einer flog darüber hinweg, ein anderer traf den Hornmann, der sich vorgebeugt hatte, um Braylar und die anderen am Fuß des Turms anzugreifen. Er stürzte hinter die Zinnen und stand nicht wieder auf.

Zwei Hornmänner rannten unbeholfen geduckt aus dem Stall herbei. Sie hatten die Schwerter gezogen, aber offenbar nicht mit einem heftigen Gefecht gerechnet, denn sie hatten keine

Schilde und schleppten eine lange Bank als Schutz mit. Da auf der einen Seite die berittenen Syldooner angriffen, auf der anderen die Syldooner aus dem hinteren Wagen schossen, konnten sie den Turm nicht erreichen. Die Bolzen flogen am Holz vorbei und trafen die Soldaten. Einer stolperte und stürzte, der andere wurde langsamer und versuchte, sich mit der Bank abzuschirmen. Nicht lange, und er bekam einen Bolzen in den Hals.

Ein Syldooner rüttelte an der Tür und wandte sich kopfschüttelnd an Braylar. Die Reiter zügelten die Pferde, schwangen die Beine über die Rücken der Tiere und stiegen mit fließenden Bewegungen ab. Vendurro und Mulldoos waren unter ihnen. Sie ließen die Armbrüste fallen und rannten los, Falchion und Schwert blank gezogen. Die anderen beiden blieben zurück und duckten sich hinter die Scheune, um die Armbrüste nachzuladen. Es war erstaunlich, wie schnell es ihnen gelang. Zusammen mit den Syldoonern, die in meinem Wagen hockten, beschäftigten sie die Bogenschützen gut genug, sodass diese nicht mehr nach Belieben schießen konnten, ohne selbst in Gefahr zu geraten.

Braylar rief etwas, worauf drei Syldooner losrannten und die lange Bank packten, die den beiden Hornmännern zuvor als Schild gedient hatte. Einer bekam einen Pfeil in die Schulter, doch es gelang ihnen, zur Tür zurückzukehren, während die Armbrüste ihnen etwas Luft verschafften. Schon donnerten zwei Syldooner die Bank gegen das Schloss. Wäre der Turm gebaut worden, um einer ernsthaften Belagerung standzuhalten, dann wäre die Vordertür viel dicker gewesen und wäre nicht mit einem improvisierten Rammbock wie diesem zu knacken gewesen. Offensichtlich hatten die Hornmänner nicht im Traum daran gedacht, dass sie hier angegriffen werden konnten. Die Holztür splitterte nicht, aber die Syldooner konnten sie aus den Scharnieren brechen, ehe die Bank in ihren Händen in Einzelteile zerfiel.

Ein Syldooner stieß die Tür nach innen, so weit es ging, worauf ihm zwei Pfeile durch die Lücke entgegenflogen. Einer traf seinen Arm, der andere sauste an den Männern vorbei.

Der Syldooner wich zur anderen Seite der Tür, als weitere Pfeile geflogen kamen. Braylar pfiff, und die beiden Syldooner, die mit den Pferden gekommen waren, rannten zu ihm. Die Bogenschützen auf dem Turm nutzten die kurze Verschnaufpause, um den Beschuss zu verstärken. Beinahe wäre es ihnen gelungen, die rennenden Syldooner zu treffen, doch die beiden im hinteren Wagen schossen mit den Armbrüsten zurück. Ein Bogenschütze stürzte schreiend hinter die Zinnen, und der Pfeilhagel hörte lange genug auf, damit die Syldooner die Tür erreichen konnten.

Mulldoos hielt den kleinen Schild vor die halb geöffnete Tür, um drei weitere Pfeile abzufangen. Einer prallte klirrend auf Stahl. Dann traten die aufgerückten Syldooner mit den Armbrüsten vor und schossen in den Turm hinein. Braylar führte den Angriff an, drückte die Tür ganz auf, hob den Schild und hielt Blutrufer bereit. Die anderen folgten ihm geduckt, die beiden Letzten ließen die Armbrüste fallen und bewaffneten sich mit Schwert und Axt.

Oben auf dem Turm konnte ich keine Bogenschützen mehr entdecken. Ich nahm an, die Soldaten liefen hinab, um die Eindringlinge abzufangen. Der Bogenschütze in der Schießscharte bemerkte anscheinend, dass ich um die Ecke des Wagens spähte, und schoss auf mich. Einen halben Schritt von meinem Gesicht entfernt, bohrte sich der Pfeil in die Seite des Wagens. Als mir die Splitter um die Ohren flogen, zog ich den Kopf wieder ein, fluchte über meine Dummheit und staunte zugleich. Ich war doch offensichtlich die geringste Bedrohung weit und breit. Warum war der Mann nicht einfach mit den anderen die Wendeltreppe hinuntergelaufen oder schoss wenigstens auf die Syldooner im Wagen, die mit Armbrüsten bewaffnet waren?

Aus der Deckung hörte ich Rufe im Turm, einen Schrei, ein Grunzen, und dann ließ der Lärm nach. Die Tür stand offen und hing schief im Rahmen, aber ich wollte nicht zu lange Ausschau halten, weil der Hornmann immer noch hinter der Schießscharte lauern konnte.

Obwohl es kühl wurde, lief der Schweiß in Strömen an mir herab, während ich wartete. Dann sah ich wieder jemanden auf dem Turm. Der Hornmann rannte herum wie ein gefangenes Tier, als könnte er doch noch einen Fluchtweg finden, den er zuvor übersehen hatte. Da es keinen Ausweg gab, zog er einen Pfeil aus dem Köcher an der Hüfte und legte ihn auf die Sehne. Er wich von der Falltür auf dem Dach zurück, bis er auf meiner Seite mit dem Rücken an den Zinnen stand. Die Syldooner mit den Armbrüsten, die noch unten waren, hatte er völlig vergessen.

Der Hornmann rief etwas, vielleicht eine Warnung an den Syldooner, der als Erster durch die Falltür nach oben klettern wollte, und spannte den Bogen. Dann wurde ihm wohl bewusst, dass seine Situation nicht haltbar war und dass der Pfeil, den er abschießen wollte, der Letzte seines Lebens sein würde. Er sah keinen Ausweg mehr und war anscheinend der letzte überlebende Hornmann. Die Syldooner im anderen Wagen schossen auf ihn. Beide verfehlten ihn, aber dann hatte der Hornmann genug. Er warf den Bogen und den Pfeil auf den Boden und hob die Arme über den Kopf, um sich zu ergeben.

Drei Syldooner kamen zu ihm auf das Dach, unter ihnen auch Mulldoos, dessen Falchion bereits blutig war. Der Hornmann sagte etwas, als Mulldoos zwei Schritte auf ihn zuging, und schüttelte den Kopf, als der bleiche Syldooner die Waffe hob.

Dann dämmerte ihm, dass der Syldooner keine Gnade walten lassen würde - oder vielleicht überkam ihn auch die nackte Panik -, und er sprang lieber über die Mauer, als niedergestreckt zu werden. Er hing an einer Zinne, bis Mulldoos über ihm erschien. Nun ließ er los und stürzte in die Tiefe.

Mit einem lauten Krachen kam er unten auf, sackte in sich zusammen und blieb stöhnend liegen. Das gebrochene Bein war unnatürlich abgewinkelt.

Mulldoos schüttelte den Kopf, und die Syldooner verschwanden wieder im Turm. Kurz danach kamen sie unten heraus. Einer hatte sich behelfsmäßig den Arm verbunden, ein anderer humpelte ein wenig. Anscheinend hatten sie alle den Angriff ohne größere Verletzungen überstanden.

Ich richtete mich auf und ging ihnen langsam entgegen. Um den Hornmann, der mit einem Bolzen in der Brust am Boden lag, machte ich einen großen Bogen. Er keuchte noch, hatte aber die Augen geschlossen. Sein Hemd war voller Blut.

Die Syldooner plauderten, einer scherzte darüber, dass die Hornmänner wohl etwas mehr üben mussten, wenn sie einen regelrechten Angriff überstehen wollten. Vendurro sagte zu niemand im Besonderen: »Zur Hölle, das ist aber verdammt schnell den Bach runtergegangen.«

Mulldoos wischte seine Klinge ab. »Früher oder später geht alles den Bach runter. Meistens sogar früher. Aber es hätte schlechter laufen können.«

Braylar ließ den Blick über die Szene schweifen und hielt inne, als er den Hornmann mit den gebrochenen Beinen sah. Mulldoos folgte seinem Blick und seufzte entnervt. »Ich hab die Klinge gerade erst abgewischt.« Er wandte sich an Vendurro.

»Das Delegieren ist das Beste, wenn man Offizier ist. Kümmere dich darum, Sergeant.«

Vendurro betrachtete den stöhnenden Mann und den Knochen, der aus dem Bein ragte. »Leck mich doch. Ist er wirklich gesprungen?«

Mulldoos lachte. »Wie ein Vögelchen, das nicht weiß, dass es noch nicht fliegen kann.«

»Ja, leck mich doch.« Vendurro schüttelte den Kopf.

Dann packte er einen Syldooner, der gerade vorbeikam, an der Schulter und drehte ihn zu dem Schwerverletzten herum. »Das Delegieren der beschissenen Aufgaben ist das Beste, wenn man Offizier ist. Das da ist eine beschissene Aufgabe. Kümmere dich darum.«

Mulldoos lachte laut, als der Syldooner seufzte, das lange Suroka zog und zu dem liegenden Hornmann ging.

Braylar bemerkte mich sofort, als ich mich ihnen näherte, und zweifellos erkannte er, was mich bewegte. Er kam mir unwirsch zuvor. »Ehe du auch nur daran denkst, schon wieder einen Mann zu verschonen, solltest du dich erinnern, wie viel Blut vor zwei Tagen in Zechingen geflossen ist, weil ich dummerweise einen anderen Mann auf deine Bitte hin verschont habe. Das wird kein zweites Mal passieren. Wir machen keine Gefangenen und hinterlassen keine Zeugen. Das ist die Art der Syldooner.«

Ich hörte es und konnte doch nicht den Blick von dem Hornmann am Fuß des Turms wenden. Mit dem gebrochenen Bein konnte er nicht einmal wegkriechen, als der Syldooner zu ihm kam, um ihm den Garaus zu machen. Der Hornmann zog sich hoch, bis er mit dem Rücken am Turm lehnte, und schrie auf, sobald er seine Position veränderte. Flehend hob er die Hände, schüttelte den Kopf und bat den Syldooner, sein Leben zu verschonen.

»Armes kleines Vögelchen«, murmelte Mulldoos.

Der Syldooner baute sich vor dem Mann auf und entgegnete etwas, das ich nicht verstehen konnte. Noch einmal und heftiger als zuvor schüttelte der Hornmann den Kopf. Als der Syldooner seine Worte wiederholte, ließ der Verletzte langsam die Hände sinken. Der Syldooner sagte noch etwas, worauf der Hornmann die Augen schloss und den Mund leicht öffnete. Ich fragte mich, ob er betete oder sich von jemandem verabschiedete.

Der Syldooner kniete sich neben den Verletzten und hob die Klinge, um ihn zu töten. Da geriet der Hornmann abermals in Panik und versuchte, die Waffe zu packen. Der Syldooner schnitt ihm die Hände auf, der Hornmann schrie und schlug um sich, wollte den Syldooner am Arm packen und gleichzeitig den Hals und das Gesicht schützen.

Ein Soldat in der Nähe lachte, als der Syldooner versuchte, seinen Arm freizubekommen, und angesichts der überraschend heftigen Gegenwehr das Gleichgewicht verlor.

Mulldoos schüttelte den Kopf. »Bei den Göttern.« Er ging zu den miteinander ringenden Männern hinüber. Beide waren inzwischen von dem Blut verschmiert, das aus den verletzten Händen und dem Bein des Hornmannes strömte.

Der bleiche Leutnant stieß den Syldooner zur Seite und versetzte dem Hornmann einen Tritt gegen die Schläfe. Sofort erschlaffte der Mann, und der Kopf sank auf die Brust, nachdem er hart gegen den Stein geprallt war. Dann schnitt ihm Mulldoos mit dem Falchion die Kehle durch und wich rasch zurück, um dem Blutschwall zu entgehen.

Der andere Syldooner hatte weniger Glück, er bekam einige Spritzer ab, während er eilig aufstand und das Suroka in die Scheide steckte. Er nahm Haltung an und rechnete offenbar mit einer scharfen Zurechtweisung. Mulldoos enttäuschte ihn nicht. »Wasch dich, du dummer Pferdeschwanz. Ich habe Feldschere gesehen, die weniger blutig waren als du. Und da wir schon einmal dabei sind, Gnade ist nicht unser Geschäft. Man hat dich hergeschickt, um das Leiden dieses armen Wichsers zu lindern oder ihm den Übergang in die wundervolle Nachwelt zu erleichtern. Du solltest ihn erledigen. Schnell und sauber.« Er betrachtete den Mann von oben bis unten und schüttelte angesichts der Blutspritzer den Kopf. »Also bring das in Ordnung, Junge. Und wenn du fertig bist ...« Er packte das Handgelenk des Soldaten und zog den Arm hoch. Der Soldat riss die Augen weit auf, doch Mulldoos klatschte ihm nur das Heft des Falchions in die Hand. »Dann machst du das Ding sauber und schärfst es, bis es glänzt, als hättest du es gerade aus der Waffenkammer geholt.«

Der Soldat nickte eifrig, worauf Mulldoos sich abrupt umdrehte und zum Captain zurückkehrte. Die anderen Männer, die innegehalten und die Szene beobachtet hatten, funkelte er böse an. »Und ihr faulen Pestgeschwüre sucht euch lieber eine Aufgabe, statt herumzustehen und zu gaffen, oder ich schwöre bei den Huren, die den Fehler begangen haben, euch in die Welt zu setzen, es wird euch leidtun.«

Die meisten sagten »Aye, Leutnant« und kehrten zu ihren Pferden zurück, doch Braylar hielt sie auf. »Wie es der Zufall will, habe ich genau die richtige Aufgabe für euch. Zieht die Bolzen aus den Toten und bringt die Hornmänner in den Stall. Lasst die Pferde frei und brennt alles nieder.«

Ein Syldooner mit weit auseinanderliegenden Augen und einer flachen, zerquetschten Nase – sein Gesicht sah aus, als hätte er einen Schlag mit einer Schaufel abbekommen – sagte: »Feuer, Captain?«

»Genau. Feuer. Das Ding, das andere Dinge verbrennt.«

Matschnase sagte: »Bitte um Verzeihung, Cap, aber ich meinte damit, dass der Turm aus Steinen besteht. Die brennen nicht so gut.«

Braylar drehte sich langsam um und fauchte: »Der Stall und die Scheune, du Arsch. Die großen Holzbauten direkt neben dem Turm, in denen vierbeinige Tiere stehen. Die Tiere lasst ihr vorher frei. Steckt die Gebäude an. Und beeilt euch. Ich will so schnell wie möglich weiterziehen.«

Der Syldooner salutierte und machte sich an die Arbeit.

Vendurro kratzte sich im Nacken und starrte unverwandt den toten Hornmann an, der vor dem Turm lag. Aus der zerrissenen Hose ragte ein bleicher Knochen. »Eine beschissene Aufgabe. Wirklich beschissen.«

Mulldoos drehte sich um und wollte wohl auch ihn anbrüllen, dann überlegte er es sich anders, fluchte und stakste zu seinem Pferd zurück. Vielleicht hatte er Vendurro zusammenstauchen wollen, weil er die Aufgabe weitergereicht hatte, doch dann war ihm eingefallen, dass er selbst genau das Gleiche getan hatte.

Unterdessen näherte sich ein Syldooner dem Hornmann, der hinter dem Wagen lag. Er packte den Mann unter den Armen und wollte ihn zur Scheune schleppen, doch als der Mann stöhnte, ließ er ihn fallen. Da er nicht das Blutbad wiederholen wollte, das er gerade beobachtet hatte, spannte er die Armbrust und jagte dem Mann gelassen einen weiteren Bolzen mitten in die Brust. Der Hornmann zuckte noch einmal und blieb reglos liegen.

Nun schwenkte der Syldooner die Armbrust am Riemen zur Seite, damit sie ihn nicht störte, und fuhr damit fort, den Toten in die Scheune zu zerren.

Es drehte mir den Magen um. Der Captain hatte recht, so schrecklich es war – die Toten in Zechingen gingen auf meine Kappe. Ich hatte ein Leben gerettet und damit mehrere andere zerstört. Bei diesem Außenposten hatte allerdings Braylar allein die Entscheidungen getroffen. Für den schrecklichen Ausgang konnte ich nicht verantwortlich gemacht werden.

Der Captain beäugte mich und schätzte meine Miene ein. »Ich sehe es dir an, Arki. Es steht dir deutlich wie mit Tinte ins Gesicht geschrieben.«

Ich machte mich auf Spott oder einen grausamen Seitenhieb gefasst. »Ja?«

»Ja. Es liegt an den Federkielen, nicht wahr?«

Immer noch besorgt, er wolle mich nur aufziehen, antwortete ich vorsichtig: »Es tut mir leid ... welche Federkiele?«

»Genauer gesagt, am Fehlen der Federkiele. Im Grünen Meer habe ich bemerkt, dass du es für eine schlechte Tarngeschichte gehalten hast. Und jetzt bist du absolut sicher, ja?«

Ich antwortete nicht, weil ich immer noch auf Arglist gefasst war.

»Nun, es schmerzt mich sehr, es zugeben zu müssen, aber du könntest damit recht haben. Ich halte die Geschichte immer noch für glaubwürdig und meine Darbietung für makellos, aber sie hat jetzt zweimal hintereinander nicht funktioniert. Deshalb musst du mir helfen, für die nächste Begegnung mit Hornmännern, Brunemännern oder anderen neugierigen Leuten, die im Wagen herumschnüffeln wollen, eine bessere Geschichte zu erfinden. Ich überlasse es dir.« Er sah zu, wie seine Männer die Toten über das Gelände schleppten. »Setze deinen schöpferischen Geist dafür ein und lass alles los, was dich bedrückt.«

Bedauerte er auf einmal, zu grob mit mir umgesprungen zu sein? Und falls das zutraf, lag es nur daran, dass er mich für zu schwach hielt, um seine Ausfälle zu ertragen? Oder hielt er sich selbst für übermäßig hart? Wieder einmal hatte ich Schwierigkeiten zu bestimmen, was ihn bewegte, aber immerhin bot er mir eine Atempause an. Oder er versuchte es.

Es schnürte mir die Kehle zu, als ich nickte. »Ganz egal, wie gut Ihr den Leuten die Geschichte verkauft habt, es könnten auch einfach der falsche Zeitpunkt oder ungünstige Begleitumstände gewesen sein.«

»Mag sein.« Braylar kletterte auf den Kutschbock.

Ich folgte ihm. »Oder Ihr seht einfach nicht wie jemand aus, der vom Verkauf von Federkielen lebt.«

Braylar sah mich an, und ich dachte schon, ich hätte alles verdorben. Hastig wollte ich noch etwas hinzufügen, doch er lachte und klopfte mir auf den Rücken. »Gut möglich. Ich wollte harmlos klingen.«

»Das könnte der Glaubhaftigkeit ein wenig Schaden zugefügt haben, Captain.«

Er nickte, das kleine Lächeln verschwand nicht. »Also gut, was würdest du dann vorschlagen, gelehrter Schreiber?«

Ich dachte darüber nach. Vorübergehend hatte ich vergessen, dass die Syldooner eine ganze Reihe von Toten versteckten und alles niederbrennen wollten. »Also, Ihr braucht eine Tarnung, die kein Misstrauen erregt und völlig einleuchtend erscheint. Wie wäre es mit Totengräber?«

Er warf mir den scharfen Blick zu, der gewöhnlich einer noch schärferen Zurechtweisung vorausging, und hielt inne, als ihm bewusst wurde, dass ich nur einen Scherz gemacht hatte. Wieder klopfte er mir auf den Rücken. »Sehr gut, Arki. Sehr gut.«

15

Wir ritten so eilig weiter, wie es auf der unebenen, steinigen Straße möglich war. Hinter uns stieg der dunkle Rauch über die Bäume. Den brennenden Stall konnte ich nicht mehr erkennen, nachdem wir einer Biegung der Straße gefolgt waren. Ich fragte mich, was geschehen wäre, wenn kurz nach dem Angriff andere Reisende vorbeigekommen wären. Aber im Grunde wusste ich es schon und war insgeheim dankbar, dass in der Scheune nur tote Hornmänner verbrannten. Wenigstens hatte der Captain die Pferde verschont. Er schien ein Herz für Tiere zu haben.

Die nächste Stunde über schwieg ich. Anscheinend hatte der Wind den Rauch in unsere Richtung geweht, denn der Geruch klebte die ganze Zeit an mir, obwohl ich den Flammen nicht nahe gekommen war. Mulldoos und Vendurro ritten neben uns, die anderen Syldooner blieben beim zweiten Wagen. Hinter der nächsten Biegung erwartete uns eine große Gruppe Berittener. Ich verschluckte mich beinahe an dem Wein, den ich trank, bis ich Soffjians roten Umhang erkannte. Die Soldaten reihten sich ein und nahmen unsere kleine Karawane in die Mitte. Es war nicht überraschend, dass Soffjian ausgesprochen beunruhigt wirkte, als sie sich unserem Wagen näherte.

Sie blickte unverwandt nach vorn und sagte: »Anscheinend löst du immer Konflikte aus, wo immer du auftauchst.«

»Viel Feind, viel Ehr.« Auch Braylar blickte stur geradeaus.

»Bist du sicher, dass deine Beute diese Umwege und Anstrengungen überhaupt wert ist, Bruder? Wir könnten schon auf halbem Wege nach Sonnenmatt sein, aber stattdessen reiten wir in die falsche Richtung, und die Wahrscheinlichkeit, dass du den Zorn des Kaisers auf dich ziehst, wächst mit jeder Meile. Natürlich würde mich nichts mehr entzücken als dies, deshalb frage ich vor allem aus müßiger Neugierde.«

»Schwester, an dir ist nichts Müßiges. Das entspricht dir nicht. Aber was deine Frage angeht: Uns wären sicherlich eine Menge Pläne eingefallen, die es nicht erfordert hätten, uns derart ins Zeug zu legen, wenn der Kaiser bereit gewesen wäre, uns etwas mehr Spielraum zu lassen. Da er uns aber befohlen hat, sofort zurückzukehren, ist dies der einzige Weg, doch noch die gesteckten Ziele zu erreichen, statt die ganze Unternehmung zum Scheitern zu verurteilen.«

Daraufhin lächelte sie. Die beiden waren einander nicht sehr ähnlich, aber das humorlose Lächeln wies sie als Blutsverwandte aus.

»Erkläre es mir doch noch einmal«, verlangte sie. »Warum stolpern wir hier herum? So weit von dem Weg entfernt, der nach Norden führt? Meine Neugierde, ob sie nun müßig ist oder nicht, will befriedigt werden.«

»Ach, wirklich? Nun gut, ich kann dir ein wenig erklären. Unsere Intrigen in Anjurien sollten vor allem eine Kaste gegen die andere aufbringen und die ohnehin bestehenden Spannungen zwischen ihnen noch weiter verstärken. Wir wollten das Land destabilisieren, um dem Reich die Invasion zu erleichtern.«

»Dazu ist es nicht gekommen.«

»Dazu ist es nicht gekommen«, stimmte Braylar zu. »Aber es könnte durchaus noch passieren. Das ist sogar sehr wahrscheinlich. Noch sind die Nachwirkungen der Seuche zu spüren, aber ich vermute, Cynead ist der Ansicht, dass wir uns gut genug erholt haben und nicht mehr im Hintergrund operieren müssen, um den Angriff vorzubereiten. Wenn dem so ist, dann übersieht er, dass sich auch Anjurien erholt hat. Das Land ist zersplittert und wird von einem sehr jungen Monarchen beherrscht, aber es wäre dumm, alles aufzugeben, was wir hier erreicht haben, und die Gelegenheit, die sich uns gerade bietet, ungenutzt zu lassen. Eine sehr seltene Gelegenheit übrigens.«

Soffjian dachte darüber nach oder tat zumindest so, dann sagte sie: »Und wenn deine brillante Eingebung falsch ist und er keine derartigen Pläne verfolgt? Wenn er jetzt keine Invasion durchführen will? Oder vielleicht nie?«

Braylar lachte. »Die Syldooner führen entweder Invasionen durch, planen eine Invasion oder ebnen dafür den Weg. Selbst ein ungewöhnlich friedliebender Kaiser sitzt nicht lange auf dem Thron, ohne uns das eine oder andere kriegerische Ziel vorzugeben. Wenn es uns zu langweilig wird, töten wir uns gegenseitig auf den Straßen, Soff. Oder wir setzen den Kaiser ab.«

»Das mag ja alles zutreffen, aber da du allein aufgrund von Annahmen handelst – aufgrund von substanzlosen Annahmen sogar –, kommt es mir seltsam vor, dass du so leichtfertig seinen Zorn riskierst, indem du eine Spielfigur vom Brett nimmst, während er möglicherweise längst mit einem ganz anderen Spiel beschäftigt ist.«

Sie blickte in unsere Richtung, als wartete sie auf eine Antwort. Nein, nicht in unsere Richtung. Meine Brust krampfte sich zusammen, als mir bewusst wurde, dass sie mich und nur mich ansah. Mit diesen dunklen, gefährlichen Augen. Natürlich wusste sie, wie gut ihr Bruder darin war, die Wahrheit zu verdrehen, und dass sie von ihm nicht viel erwarten konnte, aber sie schien – mit Recht – davon auszugehen, dass ich eher leicht durchschaubar als undurchsichtig war.

Wenn ich rasch den Blick abwandte, weckte ich ihr Misstrauen. Wenn ich dem Blick zu lange standhielt, forderte ich ein wildes Tier zum Kampf heraus. Sie sah mich scheinbar gleichgültig an, aber ich hatte das Gefühl, dass sie mir nach und nach die Schichten vom Gesicht abschälte.

Um mich unauffällig aus der Affäre zu ziehen, wandte ich mich an Braylar, als erwartete ich von ihm eine Antwort.

Er ignorierte uns beide, und ich fürchtete, er werde überhaupt nicht darauf eingehen, was mich dazu gezwungen hätte, mir ein weiteres unverfängliches Ausweichmanöver einfallen zu lassen oder mich gar zu entschuldigen und hoffentlich unbehelligt in den Wagen zu klettern. Doch schließlich sagte er: »Es ist wahr, ich bin weit von Cyneads innerem Kreis entfernt. Nein, ich bewege mich sogar eindeutig in seinen äußersten Kreisen. Ich weiß nicht, was in ihm vorgeht. Du weißt es aber auch nicht. Deshalb ist alles, was wir tun, mit Risiken verbunden. Alles. So ist es eben einfach.«

Sie schniefte. »Wie du meinst.« Dann gesellte sie sich zu Skeelana, die ein Stück weiter vorne ritt.

Ich sprach leise, widerstand aber dem Drang, mich vorzubeugen und zu flüstern. »Glaubt Ihr, sie ahnt etwas? Dass es noch andere Gründe gibt, Henlester zu fangen?«

»Du meinst, weil du herumgezappelt bist wie ein kleines Kind, das sich fast in die Hose macht, sobald man es scharf anschaut?«

Ich hatte mir noch nicht einmal eine Antwort zurechtgelegt, da fuhr er schon fort: »Aber selbst wenn du dich nicht wie ein unverbesserlicher Trottel benommen hättest, muss man davon ausgehen, dass sie grundsätzlich misstrauisch ist. Das liegt in unserem Wesen. Bei ihr ist es sogar noch schlimmer als bei den meisten anderen.«

Hackspeer und Vendurro hatten mich gewarnt, ja nicht zu weit zu gehen, aber beinahe hätte ich auf den klugen Rat gepfiffen und den Captain gefragt, warum sie so giftig miteinander umgingen. Der Zeitpunkt schien ideal zu sein, denn ich hatte ja gerade ein Wortgefecht zwischen den Geschwistern verfolgt, aber zugleich war es auch ein furchtbar unpassender Zeitpunkt. Offensichtlich hatte ich Braylar gereizt, und seine Schwester vielleicht sogar noch mehr.

Würde es denn überhaupt einmal eine Gelegenheit geben, geschickt die Sprache auf dieses Thema zu bringen, ohne dass er Steine zerkaute und die Stücke nach mir ausspuckte?

Unwahrscheinlich. Höchst unwahrscheinlich.

Als die Abenddämmerung nahte, fragte ich mich, ob wir nicht bald das Nachtlager aufschlagen wollten. Im Grünen Meer hatten wir einfach dort gelagert, wo wir gerade angehalten hatten, und auf dem Weg nach Zechingen hatte es kaum anders ausgesehen. Aber nachdem wir in Zechingen eine große Truppe Hornmänner und kurz danach am Turm eine kleinere Abteilung getötet hatten, konnten wir nicht einfach irgendwo am Straßenrand kampieren. Das war zu gefährlich. Wir mussten die Straße verlassen. Die Frage war, ob der Captain schon vorher einen passenden Ort ausgewählt hatte. Vermutlich war es zu viel verlangt, auf ein kleines Dorf zu hoffen, in dem es einen Gasthof gab.

Tatsächlich verließen wir bald darauf die Hauptstraße und bogen auf einen kleinen holprigen Weg ein, der gerade breit genug für einen Wagen war. Ich fragte mich, was wir tun würden, falls uns jemand entgegenkam, aber das geschah nicht. Der Weg war überwuchert und fast so stark mit Gras bewachsen wie die Böschungen. Abgesehen vom Vogelgezwitscher und dem allgegenwärtigen Summen und Brummen der Insekten, war kein Laut zu hören. Die kleinen Blutsauger wurden von den warmen Körpern angelockt und dann, wenigstens zum Teil, von den Kräutern vertrieben, die in den Wagen verstreut waren und an den Geschirren und Streben hingen.

Ein Fuchs kam aus dem Gebüsch gerannt, blickte kurz in unsere Richtung und sprang quer über den Weg, um auf der anderen Seite zu verschwinden.

Als wir um eine kleine Biegung kamen, sah ich einen Reiter mitten auf dem Weg stehen. Ich zuckte zusammen, weil ich ihn für einen Banditen oder einen Hornmann hielt, aber die anderen waren anscheinend nicht im Mindesten überrascht.

Der Syldooner ritt uns entgegen und berichtete, dass alles klar sei. Ich war nicht sicher, was er damit meinte, bis wir die Kurve hinter uns hatten und das Dorf erreichten. Es war die trostloseste Siedlung, die ich je gesehen hatte.

Nach den umgestürzten Zäunen, dem Unkraut, den tastenden Wurzeln und den wuchernden Pflanzen zu urteilen, war es schon vor längerer Zeit aufgegeben worden. Das Seltsamste aber war nicht der Verfall oder die Wildnis, die in diesen Raum vorgedrungen war, sondern die Tatsache, dass die meisten Gebäude stabil und gut erhalten schienen. Als wir weiterzogen, bemerkte ich mehrere offene Türen und Fenster. Ich spähte hinein und entdeckte drinnen die üblichen Gerätschaften, die man in jedem Haus zu finden erwartet – Kästen, Kommoden, Tische und Stühle, Teppiche auf dem Holzboden oder dem nackten festgestampften Lehm.

Auf dem Weg zur Universität Hochwald, damals noch ein ängstlicher kleiner Junge, hatte ich einmal eine ähnliche verlassene Siedlung gesehen. Sie hatte jedoch unverkennbar unter der Wut von Banditen oder Plünderern gelitten – oder wer auch immer die Einwohner vertrieben hatte. Die Häuser waren niedergebrannt, und alles, was irgendetwas Wertvolles zu enthalten schien, war aufgebrochen oder zerstört. Andere, alltäglichere Gegenstände waren zerbrochen oder aus Zorn oder Rachsucht zerschmettert. Das ganze Dorf war durchwühlt worden. Damals waren wir rasch weitergezogen, weil wir den Eindruck hatten, der Schaden sei erst vor Kurzem entstanden und die Diebe könnten sich noch in der Nähe herumtreiben.

Hier sah es völlig anders aus. Das Dorf war offensichtlich nicht angegriffen worden. In gewisser Weise erinnerte es mich an den Tempel am Schuldfluss. Jene Ruinen waren mir unheildrohend erschienen, dort hatte es kein intelligentes Leben gegeben, und ein Gefühl der Trostlosigkeit hatte vorgeherrscht. Dahinter hatte sich jedoch der schimmernde, unendliche, schreckliche Götterschleier erstreckt, der immerhin erklären konnte, warum der Tempel untergegangen war, denn der Schleier zerstörte den Geist der Menschen, die ihm zu nahe kamen.

Hier aber konnte ich mir nicht vorstellen, warum das Dorf völlig menschenleer war und warum es keine Plünderungen gegeben hatte. Es unterschied sich vom Tempel, war aber nicht weniger gespenstisch. Es kam mir so vor, als wären all die Einwohner von einem Tag auf den anderen wie durch Zauberhand verschleppt worden.

Mein Mund wurde trocken, und ich tastete nach dem Wein, ehe ich Braylar fragte: »Was ist hier passiert?«

Er fuhr weiter, ohne zu antworten, und sah sich in dem verlassenen Dorf um, als suchte er etwas. Schließlich deutete er auf ein Stück Land hinter einem Haus, auf dem Gräber zu erkennen waren. Es waren viele, und sie waren unterschiedlich groß. »Die Seuche.«

»Die …« Hektisch sah ich mich um. Die Wahrheit sprang mir so heftig ins Auge, dass es wehtat. Die Siedlung war verlassen, weil die Einwohner keine Lust mehr gehabt hatten, die Toten zu begraben. Die Überlebenden hatten so schnell wie möglich das Weite gesucht, um sich nicht auch noch anzustecken oder um aus dem Dorf zu entkommen, das nach dem Tod so vieler Bewohner dem Untergang geweiht war. Vielleicht hatten sie sogar befürchtet, ihre Habseligkeiten wären verseucht, denn vieles war zurückgeblieben und nicht mehr angerührt worden.

Deshalb war der Ort so unheimlich. Vielleicht gingen hier tatsächlich Gespenster um.

»Aber ... ist es denn klug, hier zu rasten? Manche Ärzte behaupten, die Seuche komme nach einem Ausbruch ganz von selbst zum Erliegen, aber andere meinen, sie könnte lange schlummern und auf einen Dummkopf warten, der herbeistolpert und sie wieder aufweckt. Ist das ... ist das nicht dumm? Mir kommt es dumm vor.«

Braylar warf mir einen jener harten Blicke zu, bei denen sich jeder unwohl fühlte. Ich wohl noch mehr als jeder andere. »Wir werden hier in der Nacht völlig ungestört sein, weil die Narren genau das Gleiche glauben wie du. Ich mache mir viel größere Sorgen wegen der bewaffneten Männer, die uns jagen, als wegen einer schlafenden Seuche, die sich erheben könnte wie ein rachsüchtiger Geist. Willst du sonst noch etwas hinzufügen? Nein? Sehr gut.«

Wir brauchten nicht lange, um das Zentrum der kleinen Siedlung zu erreichen. Dort hielten wir an. Braylar lenkte das Gespann in eine Scheune, die entweder die Überlebenden der Seuche oder seine eigenen Männer, die vorausgeritten waren, offen gelassen hatten. Zwar mieden die meisten Menschen das Dorf, doch er ging kein Risiko ein. Die anderen Männer folgten uns und brachten die Tiere und den zweiten Wagen nach drinnen. Das Gebäude war zu klein, um sie alle aufzunehmen. Einige führten ihre Pferde ein Stück weiter.

Braylar zündete eine Laterne an, hängte sie an einen Haken, schirrte Grimm ab und versorgte die Stute. Ich tat das Gleiche mit meinem weniger edlen Tier. Da ich das Pferd den ganzen Tag nicht geritten hatte, war ich in Versuchung, mich zu beeilen, doch die Stute des Captains hatte nicht schwerer gearbeitet, und trotzdem kümmerte er sich um sie, als wäre sie den ganzen Tag aus Leibeskräften galoppiert. Ich ahmte ihn so gut wie möglich nach. Sogar mein Pferd sah mich an, als wäre ich übereifrig, aber ich hörte erst mit Striegeln auf, als der Captain es auch tat. Es schien mir viel länger zu dauern als nötig.

Als wir fertig waren und die Pferde in einen Stall geführt hatten, schirrten wir auch die beiden ab, die den Wagen gezogen hatten, und versorgten sie wie die anderen. Da ich vor meiner Anstellung bei Captain Killcoin noch nie ein Pferd besessen und gepflegt hatte, war ich überrascht, wie viele Handgriffe man tun musste. Ich hatte immer angenommen, man ritt einfach, bis man müde war, und stieg ab.

Braylar hatte recht – manchmal war ich ganz schön dumm. Ich hoffte nur, er hatte ebenso recht damit, dass die Seuche in dem verlassenen Dorf keine Gefahr mehr darstellte. Unwillkürlich atmete ich so flach wie möglich, während mein Herz schlug wie das eines erschrockenen Kaninchens. Schließlich dämmerte mir, dass es wohl sowieso schon zu spät wäre, falls eine Gefahr drohte. Wir waren da, und wir würden hier übernachten. Wenn die Seuche einen von uns holen wollte, dann hatte sie sich das Opfer längst ausgesucht und arbeitete bereits an unser aller Untergang.

Als wir endlich mit den Pferden fertig waren, folgte ich Braylar nach draußen. Wir überquerten die Hauptstraße und eine kleine Steinbrücke, die einen trockenen Bachlauf überspannte. Unten hatten sich Äste und das Laub vergangener Jahre gesammelt. Ich hatte angenommen, er wollte in dem besten Haus übernachten, das vielleicht früher dem Bürgermeister gehört hatte, doch er ging weiter.

Schließlich blieb Braylar stehen, schwankte, griff nach der nächsten Wand und verfehlte sie beinahe. Ich streckte die Hand aus. Es widerstrebte mir, ihn einfach zu berühren, aber ich wollte ihm doch wenigstens irgendeine Art Hilfe anbieten. Er rieb sich unwirsch die Schläfen, während er sich an die Wand lehnte, knirschte mit den Zähnen, dass sie beinahe zersprangen, und legte den Kopf schief. Ich war sicher, dass er gleich stürzen würde, und nun packte ich ihn am Arm, doch er fing sich wieder, schüttelte mich ab und versetzte sich selbst eine Ohrfeige.

»Captain, geht es Euch ...«

»Gut«, behauptete er, ohne die Augen zu öffnen. »Mir geht es gut.«

»Ist es ...«

»Natürlich ist es das. Was sollte es denn sonst sein? Die gefürchtete Seuche?« Ohne auf meine Antwort zu warten, stieß er sich von der Wand ab, machte einen zögernden Schritt, schüttelte einmal den Kopf und ging weiter.

Kurz danach hielten wir vor einem unauffälligen Holzhaus an. Abgesehen von dem feinen Gebäude, war dies das Einzige, das zwei Stockwerke besaß. Im Gegensatz zu einer großen Stadt hatte hier jeder jeden gekannt, und die Besucher konnten sich kaum verirren. Deshalb gab es so gut wie keine Schilder. Dieses Gebäude war die einzige Ausnahme. Auf dem verblichenen, verzogenen Schild, das an einer Eisenspange hing, war etwas abgebildet, das man nicht missverstehen konnte: ein Bierkrug.

Natürlich gab es keine Schankmaiden, ob hübsch oder hässlich, ob schön oder schmutzig, und auch keine anderen offenen und geheimen Verlockungen, doch die Syldooner konnten anscheinend niemals der Einladung einer Schenke oder eines Gasthofs widerstehen. Als ich an der Tür innehielt, wurde mir bewusst, dass es vielleicht doch nicht nur um liebe alte

Gewohnheiten ging. Die Betten im Gasthof hatten unzählige Menschen beherbergt, während in den Häusern im Dorf nur die Toten oder diejenigen geschlafen hatten, die aus dem Dorf geflohen waren. Vielleicht war es einfacher, sich in einem Wirtshaus einzurichten.

Wenn ich aber andererseits bedachte, wie viele Menschen hier auf dem Weg nach Zechingen übernachtet und die Seuche mitgeschleppt hatten, kam es mir nicht viel sicherer vor. Doch dies war nun unser Quartier, also nützte es nicht viel, wenn ich noch länger darüber nachdachte. Ob es gut oder böse enden würde, wir waren in diesem Dorf und in diesem Gasthof.

Das Haus sah aus wie vor der Seuche, die das Dorf dahingerafft hatte, als wäre die Zeit stehen geblieben. Der Wirt hatte, falls er zu den Überlebenden zählte, sicherlich die Wertgegenstände und alles andere mitgenommen, was er tragen konnte, um woanders noch einmal von vorne zu beginnen, doch die Tische und Stühle standen noch im Raum. Alles war mit Staub bedeckt, und auf einigen Tischen sah man sogar noch Teller und Becher. Hier lag ein Putztuch, dort ein aus Horn geschnitzter Löffel, neben dem kalten Kamin hing ein schwarzes Schüreisen. Das Haus war nicht aufgeräumt und sicherlich in großer Eile geräumt worden, aber niemand hatte es geplündert oder verwüstet. Es war einfach nur verlassen, genau wie alle anderen Häuser im Dorf.

Ich stand da und bewunderte die Syldooner, die sich einrichteten und überhaupt nicht mehr an die vielen Hornmänner zu denken schienen, die sie getötet hatten. Sie schoben die Bänke und Tische weg, um in dem toten Ort ihr Nachtlager aufzuschlagen. Dabei konzentrierten sie sich immer nur auf das Naheliegende und vertrauten darauf, dass der Captain und seine Leutnants die wichtigen Entscheidungen trafen, die darüber hinausgingen. Ich fragte mich, wie ihnen das gelang.

Vendurro schwatzte mit einem anderen Soldaten. Skeelana stand ganz ähnlich wie ich etwas abseits und sah dem Treiben zu. Mulldoos bellte einem jungen Soldaten einen Befehl zu. Unterdessen überlegte ich, wo ich mich niederlassen wollte und ob ich eine abgeschiedene Stelle finden würde. Am liebsten hätte ich mich zu Skeelana gesellt, aber ich wusste nicht einmal, ob ich sie besonders anziehend oder nur am wenigsten bedrohlich fand. Körperlich war sie halb so schön wie Soffjian und doppelt so einnehmend. Mein Herz flog ihr zu, wann immer wir miteinander redeten. Sogar wenn sie mich sanft schalt.

Hackspeer saß mit stocksteifem Rücken und flach atmend allein an einem Tisch. Er hatte die Stirn in tiefe Falten gelegt und schnitzte mit einem kleinen Messer an seiner Flöte.

Ohne groß nachzudenken, ging ich zu ihm und hoffte, ihn nicht zu stören. Er hob den Kopf und deutete neben sich auf die Bank. »Setz dich, Arki. Wenn du willst.«

Er war kein Mann, der Unannehmlichkeiten auf sich nahm, nur um anderen einen Gefallen zu tun, also ließ ich mich nieder und betrachtete die Flöte aus der Nähe. Sie war etwas kürzer als sein Unterarm, und er hatte beachtliche Fortschritte gemacht, seit er vor ein paar Tagen damit begonnen hatte. Vorher war es ein kantiges und eher unschönes Stück Holz gewesen, jetzt war das Instrument mit zierlichen Ranken, gezackten Blättern und zarten Blüten verziert. Es war ein wirklich schönes Stück, und der Detailreichtum überraschte mich sehr. Ich selbst konnte überhaupt nicht schnitzen und war daher womöglich leichter zu beeindrucken als andere Menschen, aber ich hatte an der Universität einen außerordentlich begabten Studenten kennengelernt, mit dessen Werken sich Hackspeers Flöte durchaus messen konnte, wenn sie nicht sogar noch schöner war.

Als er meinen Blick bemerkte, lächelte er. »Du hättest nicht erwartet, dass ein erfahrener Mörder so geschickt ist, was, Arki?«

»Nein«, antwortete ich sofort. »Das heißt, nein, ich hätte dich nicht als erfahrenen Mörder bezeichnet.«

Immer noch lächelnd, machte er sich wieder an die Arbeit. »Du bist äußerst wortgewandt, junger Schreiber. Aber wenn du selbst nicht von den Lügen überzeugt bist, die du spinnst, kannst du sicher sein, dass dein Publikum ebenso skeptisch bleibt.«

Ich wollte etwas erwidern, hielt mich zurück und setzte noch einmal an. »Ja, du bist ein Soldat, und dazu ein erfahrener. Nimm es mir nicht übel«, fügte ich eilig hinzu.

»Schon gut«, antwortete er lächelnd.

»Und ich weiß, dass Soldaten Menschen töten. Aber ein erfahrener Mörder, das meint doch ... so nennt man jemanden, der es willkürlich tut. Oder voller Bosheit oder Genuss. Das sehe ich bei dir nicht.« Ich hielt inne. »Oder ist das zu naiv?«

Das winzige Messer schälte eine dünne Locke Holz ab. Er blies sie von der Klinge und sah ihr nach, wie sie, von keinem Lüftchen gestört, zu Boden sank und sich aus eigenem Antrieb leicht um sich selbst drehte. »Sind denn nicht alle Syldooner blutrünstige Mörder?«

Ich blickte zu Mulldoos hinüber, der auf der anderen Seite des Raumes, die Hände hinter dem Kopf verschränkt, seinen Stuhl gegen einen Pfosten zurückgelehnt hatte. Er regte sich nicht, vielleicht schlief er. Irgendwie sah man ihm trotzdem die aufgestaute Wut an. »Nein, ich glaube nicht. Jedenfalls gilt es nicht für dich. Du würdest sicher nicht zögern, alle nötigen Mittel einzusetzen, aber das scheint mir ...«

Mir wollte das richtige Wort nicht einfallen.

»Ja?« Wieder blies Hackspeer einen winzigen Span weg und beobachtete den wirbelnden Sturz auf den Boden.

»Rein praktisch bestimmt zu sein?«

Er hob den Kopf. »Da würde ich nicht widersprechen. Ich will mit dir nicht über den Begriff streiten und muss dir nicht eigens erklären, dass es immer auf die jeweiligen Umstände ankommt. Ich sage nur, ich habe andere Menschen getötet. Weniger als manche Krieger, aber mehr als viele andere. Das liegt vor allem an meinem fortgeschrittenen Alter und meiner Körperkraft.« Er zwinkerte mir zu, doch der Humor verflog so rasch, wie er aufgekommen war. »Aber ein Mann, der andere tötet, ist ein Mörder, ganz egal, was die Ursache ist und wie die Begleitumstände aussehen. Ganz egal, ob es eine große Schlacht zwischen Heeren ist, die das Risiko kennen, oder ob es nach zu vielen Krügen Bier im Wirtshaus geschieht. Ein erfahrener Mörder ist ein erfahrener Mörder, ganz egal, wie du es verkleidest und verzierst.«

Hackspeer hob die Flöte, blies an ihr entlang und entfernte mit der dunklen Hand den Staub, ehe er sie im Licht einer Laterne genauer betrachtete. Sie war noch nicht mit Sand geschliffen und poliert, und er war noch nicht mit dem Schnitzen fertig, aber es war ein außerordentliches Kunstwerk. »Ich kann dir versichern, dass ich nicht immer aus guten Gründen getötet habe, aber trotzdem schlafe ich wie ein Kleinkind.«

Der Gegensatz zwischen seinen Worten und dem kunstfertig geschnitzten Instrument in seinen Händen verblüffte mich. Es passte nicht, und trotzdem ... irgendwie gehörte es doch zusammen. Es war sehr ... syldoonisch.

»Das ist eine schöne Flöte.«

»Vielen Dank. Wahrscheinlich klingt sie wie ein erwürgter Vogel. Schnitzen kann ich viel besser als musizieren, aber sie sieht schön aus, das stimmt schon.«

»Für wen ist sie?«

Hackspeer machte einen Augenblick lang eine betrübte Miene. »Für meinen Enkelsohn Luhosiba.«

Ich wartete, aber mehr wollte er wohl nicht sagen. »Ich bin sicher, sie wird ihm gefallen. Das ist ein schönes Geschenk.«

Hackspeer drehte die Flöte in den Händen und untersuchte sie weiter. »Das wird sie sein, wenn sie vollendet, bemalt und lackiert ist. Vorausgesetzt, man kann sie gut spielen. Aber ich bin nicht sicher, ob ich eine Gelegenheit bekomme, sie ihm auch zu überreichen.«

Wieder gab er keine weitere Erklärung ab. Das Schweigen wurde drückend. War Luhosiba krank? War Hackspeer schlimmer dran als vermutet ... sickerte das Blut aus seiner Lunge in die Körperhöhlen? Gab es noch einen anderen, schlimmeren Grund?

Mir fiel nichts Einleuchtendes ein. Etwas zögernd fragte ich: »Ist Luhosiba ... ist er krank?«

Hackspeer sah mich an. »Nein, nein, nichts dergleichen. Oder wenigstens weiß ich nichts davon. Ich habe den Jungen seit mehreren Jahren nicht mehr gesehen, aber als ich fortging, war er völlig gesund.«

Obwohl ich die Antwort fürchtete, hakte ich nach. »Warum machst du dir dann Sorgen, du könntest keine Gelegenheit bekommen, sie ihm zu geben?«

Hackspeer legte die Flöte auf den Tisch und schob das kleine Messer in ein schön geschmücktes Lederetui. »Die Frau meines Sohnes und ich sind ... einander entfremdet, wenn man es freundlich ausdrückt.«

»Darf ich fragen warum? Aber wenn du nicht ...«

»Doch, schon gut«, antwortete er. »Es ist traurig, aber kein Geheimnis. Ein syldoonischer Soldat lebt immer im Hier und Jetzt und sieht höchstens die nahe Zukunft. Was wir in diesem Leben erreichen, ist genau das, was wir hinterlassen. Zwischen uns und den anderen Königreichen besteht in dieser Hinsicht ein großer Unterschied. Als Soldaten werden wir vielleicht reich und kaufen einen Bauernhof, einen Fischteich oder eine Mühle. Das Geld und ein gewisses Maß an Sicherheit kommen unseren Familien zugute, aber den Titel oder den Rang vererben wir nicht.«

»Dann wird der Nachkomme eines Syldooners nicht automatisch ebenfalls ein Syldooner?«

Er hob einen langen Finger. »Ganz und gar nicht, Arki. Er kann *niemals* ein Syldooner werden. Das ist eine unserer ältesten Traditionen. Mehr als das, es ist ein Gesetz.«

»Aber warum? Wäre es nicht besser, wenn jemand dazukommt, der die Kultur und die Anforderungen schon kennt, statt die Leute immer wieder in weit verstreuten Orten am Rand des Reichs zu rekrutieren?«

»Einfacher wäre es, aber nutzbringender wäre es nicht. Wir rekrutieren die Leute im Hinterland, weil die Einwohner dort abgehärtet sind. Während sie aufwachsen, müssen sie ständig ums Überleben kämpfen und Kriege führen. Allein durch ihr Überleben haben sie schon bewiesen, dass sie hart im Nehmen sind. Noch wichtiger ist, dass sie nur wenig über das syldoonische System wissen und gerade deshalb besonders geeignet sind. Kannst du dir ein verwöhntes syldoonisches Kind vorstellen, das privilegiert im kultivierten Sonnenmatt aufgewachsen ist und sich auf einmal einem harten und manchmal tödlichen Jahrzehnt der Sklaverei unterwerfen muss? Oder syldoonische Eltern, die dies zulassen würden?«

Er beantwortete die Frage selbst, ohne mich zu Wort kommen zu lassen. »Nein. Die Syldooner sind nur stark, solange sie immer wieder neue robuste und widerstandsfähige Rekruten gewinnen, die darauf brennen, sich zu beweisen, mit den anderen zu wetteifern, Prüfungen zu bestehen und zu überleben. Das macht das Reich zum stärksten Land auf der Welt und sorgt dafür, dass es auch in Zukunft so bleibt.«

Es war auf jeden Fall ein eigenartiges System. »Aber wie hat das zur Entfremdung geführt?«

Hackspeer lehnte sich seufzend zurück. »Mein Sohn Vedmurrien wollte Syldooner werden. Er brannte regelrecht darauf und konnte als kleiner Junge nicht verstehen, warum es ihm verboten war. Er wurde wütend, wenn neu angeworbene syldoonische Jungen und auch ein paar Mädchen in seinem Alter nach Sonnenmatt kamen. Ich musste ihm erklären, weshalb sie Syldooner werden konnten, er aber nicht. Ich versuchte, ihm begreiflich zu machen, dass er sicherer, gesünder und wahrscheinlich auch länger leben würde. Er konnte in der Welt tun, was immer er wollte. Künstler werden, ein Gewerbe lernen, eine Dattelplantage führen.« Er berührte die Flöte. »Sogar Musiker hätte er werden können. Aber er versteifte sich darauf, dass ihm ausgerechnet diese eine Sache verboten blieb.«

Er hatte nicht erwähnt, wie lange es her war, aber ich wollte ihn nicht unterbrechen, nachdem er gerade zu erzählen begonnen hatte. »Im Laufe der Jahre hörte Vedmurrien auf, weiter danach zu fragen. Wenn er eine Karawane überdachter Wagen mit neuen Rekruten oder die Zeremonie der Freilassung sah, kochte er innerlich, sprach aber nicht mehr mit mir darüber. Das Gesetz war eben, wie es war. Ehrlich gesagt, war ich ganz froh darüber. Das Soldatenleben ist beschwerlich. Er war ein guter Junge, aber sicher nicht aus diesem harten Holz geschnitzt. Er war oft krank und schwach und hatte auch keine guten Augen. Ich beging den Fehler zu glauben, er hätte es akzeptiert und sei darüber hinweg. Als Erwachsener würde er dann schon ein Handwerk lernen oder irgendetwas anderes tun. Es gab ja Dinge, für die er sich interessierte, zum Beispiel auch für Mädchen, und ich hoffte, er würde seinen Weg gehen und glücklich werden. Als er Adjunna heiratete, feierte ich mit ihm. Aber am nächsten Tag erklärte er, er werde sich den Hilfstruppen anschließen.«

»Hilfstruppen? Aber ich dachte, er könnte kein Soldat werden.«

Hackspeer seufzte. »Die Syldooner bilden den Kern der Truppe und sind ihr größter und bekanntester Teil, doch das Reich unterhält auch ein stehendes Heer, denn selbst in Friedenszeiten reicht die Zahl der Syldooner nicht aus, um alle Posten an den Grenzen, in den Provinzen und Städten zu besetzen. Die Nachkommen der Syldooner können keine Syldooner werden, dürfen sich aber als Schreiber, Ingenieure und Hilfssoldaten der Truppe anschließen.«

»Ich entnehme deinem Tonfall, dass es dir nicht gefallen hat.«

Er lehnte sich zurück und starrte zu den leeren Tischen und Bänken, wo früher unzählige Gäste gesessen hatten. »Nein, es hat mir nicht gefallen. Wie gesagt, er war nicht aus dem rechten Holz geschnitzt. Seine junge Frau Adjunna war strikt dagegen. Sie war überhaupt nicht damit einverstanden, dass ihr Gatte auf irgendeine Weise dem Reich diente, und schon gar nicht, wenn er dabei sein Leben aufs Spiel setzte.«

»Warum? Ich meine, ich kann verstehen, dass sie um sein Leben fürchtete, aber das klingt, als steckte noch mehr dahinter.«

Hackspeer sah mich an und lächelte. »Ah, entschuldige, das habe ich vergessen. Du bist vielleicht gebildet, aber das ist etwas ganz anderes, als selbst im Reich aufgewachsen zu sein. Es ist eine alte Übereinkunft. Bürger aus Thurvacia, selbst diejenigen, die in Sonnenmatt aufgewachsen sind und erzogen wurden – oder vielleicht sogar besonders diese Gruppe –, begegnen den Syldoonern, die über sie herrschen, mit gemischten Gefühlen. Angst, Hass, Verbitterung, Gleichgültigkeit, und in sehr günstigen und seltenen Fällen vielleicht sogar Wertschätzung und Achtung. Die Syldooner selbst – diejenigen, die zehn

Jahre Sklaverei überleben und sich einem Turm anschließen – sind Außenseiter, Barbaren aus weit entfernten Ländern. Grob, ungehobelt und ungebildet, wenn sie eintreffen. Und doch, nach ihrer umfassenden und auch etwas brutalen Ausbildung haben sie in allen Winkeln des Reichs die Macht in den Händen und beherrschen alle anderen Mitglieder der Gesellschaft.«

»Dann ... dann sind die Thurvacier lediglich Untertanen?«

»Sie dürfen zivile Posten bekleiden und halten das Reich am Laufen, aber sie dürfen niemals selbst herrschen. Nun siehst du, warum die einheimischen Bürger nicht so gut auf ihre Herren zu sprechen sind. Besonders nicht auf diejenigen, die mit harter Hand regieren.«

Ich nickte. »Adjunna war also eine Thurvacierin und konnte dich als Schwiegervater sowieso nicht gut leiden. Als sie dann auch noch erfuhr, dass dein Sohn zum Militär gehen wollte ...«

»Es wäre untertrieben zu sagen, dass sie kreidebleich wurde. Dennoch schluckte sie ihren Stolz herunter, wandte sich insgeheim an mich und bat mich, mit Vedmurrien zu reden und ihn davon abzubringen.«

»Aber das hattest du doch sowieso schon versucht, oder?«

»Natürlich habe ich mit ihm darüber gesprochen. Sehr laut und sehr oft. Bis mir fast die Adern in der Kehle platzten. Aber das Gesetz konnte nur verhindern, dass er ein Syldooner wurde. Nichts konnte ihn davon abhalten, ein Soldat zu werden, ganz egal, wie ungeeignet er dafür war. Da er verheiratet war und vor dem Gesetz als vollwertiger Mann galt, konnte er ganz allein über sein Schicksal entscheiden.«

Auf einmal sah man Hackspeer die Jahre an. Die Augen waren traurig, die Falten tief, der Bart und die Haare grauer denn je. »Also schrieb sich Vedmurrien ein. Ich nahm Einfluss, wo ich nur konnte, damit er auf einen möglichst leichten Posten versetzt wurde. Eine Weile ging es gut. Er und Adjunna bekamen einen Sohn, und auch wenn sie mir gegenüber immer kühl war – sie konnte mir nie verzeihen, dass ich ihn nicht daran gehindert hatte –, besuchte ich die drei, wann immer ich in Sonnenmatt war. Eine Zeit lang ging alles gut. Aber nicht für immer.«

Obwohl ich wusste, dass die Geschichte nicht erfreulich enden würde, fragte ich: »Und dann?«

»Es gibt wohl immer ein ›Und dann‹. Das ist eine der härtesten Lektionen des Lebens. Wir – also unsere Gruppe, die Armbrustschützen – trafen die Vorkehrungen, um hierher nach Anjurien zu reisen. Zwei Wochen vorher bekam ich einen Brief. Vedmurriens Einheit war ausgesandt worden, um einen Bauernaufstand in Urglovia niederzuschlagen. Besonders gefährlich war das nicht – so etwas können auch Hilfstruppen gewöhnlich mit Leichtigkeit erledigen. Als ich das Dokument las, machte ich mir vor allem Sorgen, er käme zu spät zurück, und ich könnte mich nicht mehr von ihm verabschieden. Wie sich herausstellte, kehrte er überhaupt nicht zurück. Er wurde bei einem kleinen Scharmützel niedergemacht. Es gab nur wenige Verluste, sie schlugen die Rebellen mühelos. Im Geschichtsbuch wurde ein weiterer großer Sieg für das Syldoonische Reich vermerkt.« Er schloss die Augen. »Es gab ja nur wenige Gefallene.«

Hackspeer schwieg, und ausnahmsweise war ich überhaupt nicht in der Stimmung, weiter nachzubohren. Was konnte ich schon einem Mann sagen, der seinen Sohn verloren hatte? Hatten sie den Toten nach Sonnenmatt gebracht? Hatte er wenigstens dann Abschied nehmen können?

So saßen wir eine Weile stumm beisammen, und ich bereute schon, ihn überhaupt gefragt zu haben, während er vermutlich bereute, dass er mir geantwortet hatte. Endlich hob Hackspeer langsam die Flöte und sah sie noch einmal genau an. »Tja«, sagte er, ohne den Blick von dem Instrument zu wenden. »Adjunna wollte nicht mehr mit mir reden, ehe wir zu diesem Feldzug aufbrachen. Zweifellos gab sie mir die Schuld an dem Verlust, den wir beide erlitten hatten. Sie wollte mich auch meinen Enkelsohn nicht sehen lassen. Die Briefe, die ich seitdem geschrieben habe, hat sie nicht angenommen.« Er drehte die Flöte auf dem Tisch und überprüfte, ob sie verzogen war. »Ich hoffe, der Junge mag Musik, und ich hoffe, ihm die Flöte geben zu können, wenn wir zurückkehren. Wir werden sehen, aber ich habe da so meine Zweifel. Drei Jahre haben die Schmerzen gelindert oder aber das Herz verhärtet. Ich will der Mutter nicht das Kind wegnehmen. Wirklich nicht. Aber der Junge ist auch von meinem Blut und verkörpert die letzte Verbindung zu meinem Sohn. Das darf man einem Mann nicht ewig vorenthalten, und einem Syldooner erst recht nicht. Es gibt schließlich einen Grund dafür, dass man uns erfahrene Mörder nennt.«

Er rang sich ein gequältes Lächeln ab und fuhr damit fort, die Flöte zu untersuchen. Es gab nicht viel, was ich dazu sagen konnte. Ich griff nach dem erstbesten Vorwand, der mir einfiel, weil ich nicht einfach wortlos gehen wollte. »Ich, äh, ich habe meinen Schreibkasten im Wagen gelassen.«

Als ich den Gasthof verließ und über die Brücke ging, war die Sonne bereits untergegangen. Im schwindenden Licht näherte ich mich der Scheune. Ich hatte nicht daran gedacht, eine Laterne mitzunehmen, und musste mich drinnen auf den Tastsinn verlassen. Nebenan im Stall schnaubten die Pferde. Mit erhobener Hand, um nicht über irgendetwas zu stolpern und zu stürzen, trat ich vorsichtig ein. Sobald ich den Wagen erreicht hatte, tastete ich mich an der Außenseite entlang und stieg hinein, um die Kiste zu holen und so schnell wie möglich in den Gasthof zurückzukehren.

Vorsichtig wich ich den Gegenständen aus, die an den Haken hingen, und schlich gebückt nach vorne. Dabei verfluchte ich mich, weil ich nicht gleich zur anderen Seite herumgegangen und von dort aus in den Wagen geklettert war. Ich fragte mich, ob Braylar befohlen hatte, die Kisten mit den Schriftrollen nach drinnen zu schaffen, und hoffte, bald eine Gelegenheit zu bekommen, die Dokumente durchzusehen. Selbst wenn ich nicht fand, was der Captain suchte, wäre es eine willkommene Ablenkung und eine Gelegenheit, die Fähigkeiten zu üben, die ich schon eine Weile nicht mehr benutzt hatte. Gerade hatte ich den kühlen Messingdeckel ertastet und den Kasten an mich genommen, da knarrte die Achse.

Ich war nicht allein.

Erschrocken zuckte ich zusammen. Wir waren die Einzigen im Dorf, also musste es jemand aus unserer Gruppe sein. Trotzdem wurden mir die Knie weich.

Langsam drehte ich mich um und versuchte, die Silhouette zu erkennen, die ein wenig schwärzer war als der dunkle Innenraum der Scheune dahinter. Ich hoffte, es wäre Vendurro.

Doch es war Soffjian, die sagte: »Ich warte schon lange auf die richtige Gelegenheit, mit dir zu plaudern. Ich hoffe doch, dies ist ein guter Augenblick?«

Sie kletterte ganz herein und setzte sich. Ausnahmsweise hatte sie die Partisane nicht dabei, aber ich fühlte mich keinen Deut sicherer. Diese Frau konnte auch ohne Waffen mühelos einen Mann niederstrecken.

Normalerweise war ich in der Gegenwart von Frauen sowieso schon recht nervös, besonders wenn sie sehr attraktiv waren. Ich machte mich dann gern zum Narren, drückte mich ungeschickt aus, sagte früher oder später zwangsläufig etwas Falsches und bereute es, überhaupt den Mund geöffnet zu haben. Als ich jetzt allein im Dunklen mit einer Frau im Wagen saß, die obendrein Braylars Schwester war und die Fähigkeit hatte, mein Gehirn im Handumdrehen in Schlick zu verwandeln oder mich völlig verrückt zu machen (und zwar nicht vor Liebe oder Lust), fühlte ich mich so unbehaglich wie noch nie im Leben. Da wäre mir fast schon Mulldoos lieber gewesen, und der Geist eines Seuchenopfers hätte nicht schlimmer sein können.

Ich ging in die Hocke, lehnte mich an ein Fass und fragte mich, wie weit ihre unsichtbare Macht reichte und ob ich es schaffen konnte, lebendig aus der Scheune zu entkommen, wenn ich vorne aus dem Wagen sprang.

Soffjian fasste mein Schweigen als Zustimmung auf. »Sehr gut. Nun denn, ich hatte gehofft, du könntest mir vielleicht einige Dinge erklären.«

Ihr Tonfall sollte wohl andeuten, dass sie sowieso schon mehr wusste, als ich ihr jemals verraten konnte, und nur noch eine Bestätigung suchte.

Ich holte tief Luft und suchte nach den richtigen Worten. »Natürlich will ich Euch gern helfen, so gut ich kann. Aber der Captain wird sich gleich fragen, wo ich bleibe, und ich fürchte, ich habe nicht viel Zeit, um hier im Dunklen zu sitzen und zu reden. Außerdem ...«

»Oh, keine Sorge, ich halte dich nicht lange auf, das verspreche ich dir. Ich will wirklich nichts tun, was deine Beziehung zum Captain gefährdet.«

Es fiel mir schwer, das zu glauben. Vielleicht war sie nicht ganz so hinterhältig wie ihr Bruder, aber ich bezweifelte es.

Soffjian fuhr fort: »Allerdings bin ich neugierig. In welcher Beziehung stehst du eigentlich zu Bray? Entschuldige, du gehörst ja nicht zur Familie. Also zu deinem Captain. Du kommst offensichtlich nicht aus dem Reich. Warum bist du in seine Dienste eingetreten?«

Ich legte mir eine Reihe von Antworten zurecht, die überwiegend darauf abzielten, so wenig wie möglich zu offenbaren. Allerdings vermutete ich, dass eine Memoridin die Wahrheit mühelos herausfinden konnte, falls sie es nicht sowieso schon getan hatte. Ich entschied mich für eine Halbwahrheit. »Ich stamme aus Vulmyrien. An der Universität Hochwald habe ich studiert und danach einige Jahre lang einer Reihe von Herren als Schreiber und Archivar gedient. So bin ich nach Flusstal gekommen. Dort habe ich gelebt, als Euer Bruder jemanden mit meinen Fähigkeiten gesucht hat. Ehrlich gesagt, ich hätte mich nicht bei ihm vorgestellt, wenn ich mit meinem bisherigen Leben zufrieden gewesen wäre. Aber ich wollte mehr bekommen als das, was ich hatte. Viel mehr. Also habe ich zugesagt.«

Die Silhouette war völlig entspannt. »Wie wundervoll offen und direkt du bist. Ich muss schon sagen, ich bin angenehm überrascht. Diese Unterhaltung verläuft sehr gut, das kann ich jetzt schon sagen.«

Auch das bezweifelte ich. »Ich bin nicht sicher, ob mein neuer Herr es gutheißen würde, wenn ich zu viel offenbare. Er ist recht wählerisch, wenn es darum geht, andere Menschen einzuweihen. Und Ihr ... Ihr scheint keine besonders gute Beziehung zu ihm zu haben, wenn ich das so sagen darf.«

Soffjian lachte. »Ja, das trifft zu. Es sei dir verziehen. Und ich weiß deine Loyalität zu schätzen. Loyalität ist wichtiger als alles andere.« Sie nahm im Schneidersitz auf dem Boden Platz. »Dann hat er den Schreiber, der anfangs seiner Einheit zugeteilt war, offenbar ersetzt.«

Das war anscheinend keine Frage, also ließ ich mir mit der Antwort Zeit. Nein, ich entschloss mich sogar, überhaupt nicht zu antworten.

Das schien sie nicht zu stören. »Weißt du denn, was aus dem Archivar geworden ist, der sich ursprünglich in seiner Gesellschaft befunden hat? Ehe du hinzugekommen bist? Ich glaube, er war Thurvacier, nicht wahr?«

Sorgfältig wog ich meine Antwort ab. Mir war bewusst, dass sie trotz ihrer gelassenen Haltung meine Worte genau prüfte, auf den Tonfall achtete und jedes Zögern bemerkte. »Das kann ich nicht sagen. Ich war nicht dabei, als diese Person in Dienst genommen wurde. Ich vermute aber, er ist seinen Pflichten nicht ordnungsgemäß nachgekommen.«

Kaum dass ich die Worte ausgesprochen hatte, fragte ich mich, was diese Frau sonst noch alles tun konnte. Forschte sie insgeheim in meinen Erinnerungen, während wir sprachen, und konnte sie auf diese Weise leicht feststellen, wann ich log? War sie dazu fähig?

Warum hatte ich nur meinen Schreibkasten vergessen?

»Na gut«, sagte Soffjian. »Ich danke dir für deine Offenheit, Arkamondos. Oder soll ich lieber Arki sagen? Ich habe beides gehört. Mulldoos hat natürlich noch viel schlimmere Wörter benutzt, dieser Hundsfott.«

Wollte sie mich verlocken, über einen Mann aus Braylars Gefolge herzuziehen? Sie schien den Leutnant so wenig zu mögen wie ich, aber höchstwahrscheinlich war es doch nur ein Manöver. Wollte sie zwischen uns eine Übereinstimmung herstellen, um mich zu verleiten, freier zu sprechen? Falls dem so war, gelang es ihr nicht. Obwohl ich Mulldoos nicht ausstehen konnte. »Ich kenne den Mann nicht gut, weil ich noch nicht lange in der Truppe bin. Einige andere Syldooner sagten mir, er würde sich mit niemandem gut verstehen, also versuche ich, es nicht persönlich zu nehmen. Was den Namen angeht, so könnt Ihr es halten, wie Ihr wollt. Ich höre auf beides.«

»Lernfähig, loyal und aufrichtig. Mein Bruder hat großes Glück, dass er dich gefunden hat, Arki.«

Hätte mir eine andere attraktive Frau ein solches Kompliment gemacht, dann wäre ich ebenso misstrauisch geworden. In diesem Fall war ich sogar doppelt wachsam, weil ich wusste, mit wem ich sprach. »Vielen Dank. Aber jetzt sollte ich wohl lieber zurückkehren, ehe der Captain in Erwägung zieht, schon wieder einen neuen Archivar in Dienst zu nehmen.«

Soffjian kicherte. »Nur noch ein paar Augenblicke, bitte. Ich weiß nicht, wie viele Gelegenheiten wir noch bekommen, so offen und ehrlich miteinander zu reden.«

»Wenn Ihr es wünscht, bleibe ich gern.« Schon während ich die Worte aussprach, stöhnte ich insgeheim über mich selbst.

»Also, ich weiß, dass du erst seit kurzer Zeit bei meinem Bruder und seinen Männern bist, aber ich hoffe, dass du mir noch etwas anderes erklären kannst. Du musst wissen, dass ich mich nicht als militärische Expertin betrachte, auch wenn ich gelegentlich eine Rüstung trage und unseren Truppen nahe an der Front diene. Mir ist allerdings die neue Waffe meines Bruders aufgefallen. Sie ist mehr als ungewöhnlich.«

Mir stockte der Atem in der Brust, sie hatte mich völlig überrumpelt. Ich überlegte, ob mir ein falsches Lachen helfen konnte, aber das wäre die schlechteste Möglichkeit überhaupt gewesen. Also tat und sagte ich überhaupt nichts.

Soffjian fuhr fort: »Wenn ich mich recht erinnere, hat er immer die traditionellen Waffen bevorzugt. Es kommt mir seltsam vor, dass er auf einmal einen Flegel benutzt. Die Syldooner werden natürlich an allen Waffen ausgebildet, aber wie jeder andere haben auch sie ihre Vorlieben, und Bray – Verzeihung, Captain Killcoin – hat immer kleine Äxte bevorzugt. Ich frage mich, warum er sich jetzt für einen Flegel entschieden hat. Hast du eine Vorstellung, was der Grund sein könnte?«

Die hatte ich, aber ich versuchte, nicht daran zu denken. »Auch das geschah mehrere Jahre bevor ich dazukam, weshalb ich nichts Genaues sagen kann. Da ich nur mit Federkielen bewaffnet bin ...«

»Und gelegentlich mit einer Armbrust.«

»Gelegentlich auch mit einer Armbrust«, gab ich zu. »Ich bin erheblich weniger kriegerisch als Ihr. Deshalb sind mir die Vorlieben der Soldaten ein Rätsel.«

Das ließ sie einen Moment im Raum hängen, ehe sie weitersprach. »Wie dem auch sei, es ist ebenso eigenartig - oder vielleicht sogar noch seltsamer -, dass die Köpfe des Flegels den Fluchtgöttern nachempfunden sind. Das kann man unmöglich übersehen.«

»Nein, das kann man bestimmt nicht übersehen.«

»Braylar war noch nie ein sonderlich frommer Mann. Selbst wenn er sich für eine neue Waffe entschieden hat, um sich damit vielleicht selbst eine neue Herausforderung zu verschaffen, hätte er einen weniger heiligen Flegel wählen können. Oder einen weniger unheimlichen, je nachdem, wie man es sieht.«

Wieder fragte ich mich, ob sie nicht viel mehr wusste, als sie durchblicken ließ. Allerdings hatte ich den starken Eindruck, dass sie nicht unbedingt mit mir spielte oder mich verleiten wollte, mich irgendwie zu verplappern. Ich war ihr unwichtig. Sie war auf neue Informationen aus, oder wenigstens auf Informationen, die einen bereits bestehenden Verdacht bestätigen konnten.

»Ich vermute, Ihr und Euer Bruder hattet eine Auseinandersetzung und habt Euch lange nicht gesehen, aber Ihr kennt den Captain jedenfalls gut genug, um zu wissen, dass er nicht sehr ... mitteilsam ist«, erklärte ich. »Besonders nicht gegenüber jemandem wie mir. Ich bin nicht sein Vertrauter. Deshalb kann ich Euch wohl wirklich nicht viel verraten. Ich weiß nur, dass der Flegel erschreckend ist, und auch wenn der Captain ihn erst seit kurzer Zeit benutzt, so weiß er ihn doch sehr wirkungsvoll einzusetzen. Es wäre sicher besser, Ihr würdet jemanden wie Hackspeer oder Mulldoos fragen.«

Sie antwortete nicht sofort, und ich konnte im Dunklen nicht erkennen, was in ihr vorging. Ich fügte hinzu: »Es war ein angenehmes Gespräch, aber jetzt ...«

Soffjian fiel mir ins Wort. Es klang lange nicht mehr so freundlich und nachsichtig wie gerade eben noch. »Da hast du sicher recht. Wahrscheinlich stelle ich die falschen Fragen, oder ich stelle sie der falschen Person. Lass es mich ein letztes Mal versuchen, ehe du zu deinem Herrn zurückkehrst. Mir ist zu Ohren gekommen, dass Braylar kurz vor meiner Ankunft ein kleines Mädchen verhört hat. Angeblich warf man ihr vor, eine Hexe zu sein. Ich glaube, sie arbeitet jetzt auf seine Bitte hin in der Küche des *Traurigen Hundes*. Auch das ist seltsam. Warum hat er mit einer Hagazussa gesprochen? Und warum hat er sich herabgelassen, ihr zu helfen? Der Captain einer syldoonischen Kompanie wird doch hoffentlich nicht vergessen, dass es ausschließlich die Aufgabe der Memoridinnen ist, neue Kandidatinnen zu rekrutieren.«

Mein Kopf summte vor Antworten, und jede war gefährlicher als die vorhergehende. Ich schluckte schwer. »Ein Mädchen? Hm, das kann ich nicht sagen. Ich weiß nicht ...«

»Ehe du den Weg des Heuchlers zu weit gehst und unsere kleine Unterhaltung verdirbst, will ich dir eines sagen. Als Memoridin habe ich ... gewisse Fähigkeiten. Beispielsweise könnte ich in deinen Kopf eindringen und deine Erinnerungen durchsuchen, wann immer es mir gefällt. Die Syldooner lassen sich manchmal Tricks einfallen, um uns zu täuschen, aber ich bin sicher, dass du mir keine Schwierigkeiten machen würdest. Skeelana ist in diesen Dingen viel geschickter als ich, und sie könnte es sogar sehr behutsam tun, wenn ich sie entsprechend anweise. Ich muss gestehen, dass ich selbst eher grob bin, wenn es um solche Nachforschungen geht. Wenn ich auf der Suche nach Antworten in dich eindringe, zerreiße ich dich. Ich zerfetze dich und zertrümmere dich. Ich zerstöre dich, während ich entdecke, was ich suche. Natürlich nicht absichtlich. Ich bin in dieser Hinsicht einfach nicht sonderlich begabt. Du befindest dich allerdings in der Obhut und unter dem Schutz meines Bruders. Deshalb werde ich nichts dergleichen tun, solange ich keinen ernsthaften Verdacht habe. Im Augenblick unterhalten wir uns nur. Wir tauschen Informationen aus. Ich hoffe, wir können dabei bleiben, dass wir einfach nur reden. Du doch sicher auch, oder?«

Ich packte meinen Schreibkasten so fest, dass ich fürchtete, ihn zu beschädigen. Mein Mund war so trocken wie ein Feldweg im Sommer.

Mit Ausflüchten kam ich nicht weiter. Aber wenn ich nur einen Bruchteil von dem offenbarte, was ich wusste, wäre ich beim Captain unten durch und würde höchstwahrscheinlich irgendwo im Graben landen, wo ich um das Leben flehte, dem Mulldoos lachend ein Ende setzte.

Ich saß in der Falle. Es gab keinen Ausweg.

Mein Atem ging schneller, als ich das Einzige tat, was mir einfiel. So verrückt es war, ich ging zum Angriff über. »Werdet Ihr eigentlich lieber Soffjian oder Soff genannt? Ich habe beides schon gehört. Und natürlich viel schlimmere Wörter von Mulldoos, der ein schrecklicher Barbar ist.«

Gleichmütig antwortete sie: »Zweifellos ist er das. Soffjian wäre mir lieber.«

»Nun, wir führen eine nette Unterhaltung, Soffjian. So nett, wie es eben in einer dunklen Scheune in einem von der Seuche vernichteten Dorf überhaupt möglich ist. Ich mag gute Unterhaltungen. Lieber wäre es mir, dabei mit gewürztem Wein an einem warmen Feuer zu sitzen, aber trotzdem, ich bin froh, dass Ihr mich ausgewählt habt. Bis jetzt habe ich mich gefragt, warum die Syldooner Euch und den anderen Memoridinnen gegenüber so vorsichtig sind. Ich glaube, allmählich verstehe ich es. Captain Killcoin - Verzeihung, Bray - hegt gegen Euch offenbar eine Abneigung aus Gründen, die ganz allein seine Sache sind. Allerdings war in der ganzen Truppe eine Anspannung zu spüren, als Ihr hinzugekommen seid, und die Spannung wird sich vermutlich erst wieder lösen, wenn Ihr weggeht. Jetzt begreife ich es, ich verstehe es wirklich.«

»Wirklich?« Noch nie hatte ich ein kälteres Wort gehört. »Und was ...«

Rasch sprach ich weiter, ehe sie beschloss, in meinem Kopf herumzuwühlen. »Ihr habt eine Frage gestellt, und wie es in einer guten Unterhaltung eben geht, seid Ihr nun an der Reihe zuzuhören. Die Soldaten macht Ihr nervös, aber mich erschreckt Ihr. Es wäre albern, irgendetwas anderes zu behaupten. Das wolltet Ihr, und das habt Ihr erreicht. Aber ich will Euch noch etwas sagen. Ich unterstehe dem Captain, wie Ihr gesagt habt. Ich bin sein Mann, und die Loyalität, für die Ihr mich gelobt habt, gilt ihm und nicht Euch. Ihm und niemand sonst. Ihm und seinem Gefolge und seiner Truppe. Das ist alles. Ich habe nichts zu verbergen, und ehrlich gesagt, weiß ich nicht einmal, wie viel er zu verbergen hat. Der Captain ist gewiss ein geheimnisvoller Mann, aber ich bin in seiner Truppe der Letzte, der irgendetwas erfährt. Ihr unterhaltet Euch also mit jemandem, der völlig ungeeignet ist, wenn Ihr hofft, etwas herauszufinden. Es gibt nichts, was ich Euch sagen kann.«

Als ich innehielt, spürte ich ein Pochen im Kopf. Ich zitterte und war sicher, ich würde gleich helle Lichter sehen, wenn sie mir den Schädel aufriss und darin herumstocherte. Ich wartete darauf, dass sie etwas tat oder sagte, aber sie saß nur wie erstarrt da und schwieg. Ich musste mich sehr beherrschen, sonst wäre ich über den Kutschbock gesprungen und weggelaufen.

Als ich draußen vor der Scheune jemanden rufen hörte, hätte sich meine Blase beinahe von selbst entleert. Ich sah Soffjian an, oder vielmehr ihre Silhouette, und wusste nicht, was ich sagen sollte.

Wieder rief Vendurro meinen Namen. Ich zog die vordere Plane zur Seite und krächzte: »Hier bin ich.«

»Bist du das, Arki?«

Ich nickte, dann wurde mir bewusst, dass er mich nicht sehen konnte. »Ja, ich bin es.«

»Was machst du da alleine in der dunklen Scheune? Massierst du das Einhorn?« Er lachte über seinen eigenen Scherz und kam näher. »Dazu musst du nicht in die Scheune gehen, Arki. Wir sind hier beim Militär, wir sind keine verdammten Bibliothekare. Obwohl auch die Bibliothekare und die Priester nachsichtig sein müssen, wenn ein Mann seinen Rückstau ablässt, was?«

Ich antwortete nicht und war froh, dass mein Gesicht im Schatten war, damit er nicht sehen konnte, wie heiß und rot es strahlte. Mit meiner Männlichkeit in der Hand erwischt zu werden wäre mir sogar lieber gewesen, als ertappt zu werden, wie ich heimlich mit der Schwester des Captains redete. Ich wusste nicht, was ich sagen sollte, und rechnete damit, dass Soffjian sich einschalten und mich endgültig bloßstellen würde, auch wenn ich genau genommen gar nichts Unrechtes getan hatte. Sie war ja zu mir gekommen, nicht anders herum.

Als ich mich umdrehte, fürchtete ich das Schlimmste, aber sie war fort.

Vendurro wartete sowieso nicht auf meine Antwort. »Leider hast du keine Zeit mehr, dein Werk zu vollenden. Zieh die Hose hoch und geh in den Gasthof. Der Captain hat uns allen etwas zu sagen.«

Ich nahm meine Schreibkiste und krabbelte über den Kutschbock. »Worum geht es denn?«

»Das hat er nicht gesagt. Er will warten, bis alle da sind. Geh rein.«

Die Wagenfedern quietschten leise, als ich hinuntersprang.

Vendurro betrachtete den Kasten und dann mich. »Schreibst du gern was auf, wenn du fertig bist?« Selbst im Dunklen konnte ich erkennen, dass er lächelte.

»Was? Nein. Nur deshalb war ich hier. Ich hatte den Kasten vergessen.«

Er nickte übertrieben. »Aber klar. Sicher doch.« Dann packte er mich am Arm und zog mich mit. »Nun komm schon. Du weißt doch, dass der Cap nicht gern wartet.«

Ich riskierte einen kurzen Blick über die Schulter, ehe wir um eine Hausecke bogen und die Scheune nicht mehr zu sehen war. Soffjian war nirgends zu entdecken.

»Sollten wir nicht das Scheunentor absperren oder so?«

Vendurro sah sich im verlassenen Dorf um. »Nein, hier dürfte nichts passieren.« Er versetzte mir einen Stoß gegen den Arm und begann zu laufen. »Komm schon«, rief er über die Schulter.

Wir rannten über die leere Straße zum Gasthof und überquerten die kleine Steinbrücke.

Ich erwartete, dass im Gasthof großer Lärm herrschte, denn die Truppe hatte sich im Schankraum eingerichtet, und ich würde sicher gleich prahlerische Scherze, abenteuerliche Geschichten, rollende Würfel und Flüche zu hören bekommen. Vielleicht hatten sie auf die Tische gestellt, was an Bier- und Weinbeständen noch vorhanden war.

Aber dort drinnen war es seltsam still. Zuerst dachte ich, es liege daran, dass wir die Nacht in einem Seuchendorf verbrachten, aber dann sah ich die Gesichter der Männer. Einige redeten miteinander, aber die meisten starrten nur ihre Becher oder die Deckenbalken an.

Irgendetwas stimmte nicht.

Auch Vendurro bemerkte es. »Also, ihr Drecksäcke, was ist hier los?«

Drei Soldaten, die in der Nähe saßen, wechselten Blicke, worauf Vendurro die Stimme hob. »Heraus damit, los.« Er war jünger und schmaler, hatte aber offenbar genau aufgepasst, wie Hackspeer und Mulldoos mit den Leuten umgingen, und ahmte sie recht gut nach.

Der Soldat in der Mitte stand auf. Er fühlte sich sichtlich unwohl. »Der Cap… er ist krank. Wie es manchmal passiert. Also … krank.« Er deutete zur Treppe. »Die Leutnants haben ihn nach oben gebracht. Ist es schlimm, Ven? Er hat übel ausgesehen, und …«

»Es heißt ›Sergeant‹, Craslo«, fauchte Vendurro. »Sergeant. Und wenn ich sehe, wie ich gerade hereinkomme und mich bei euch auch noch ausdrücklich erkundigen muss, ist das eine verdammt dumme Frage. Noch so eine Frage, und ihr hebt Latrinen aus.«

Craslo blickte zur offenen Tür, dann wieder zu seinem Sergeant. »Es ist doch schon dunkel.«

»Noch so eine verdammte dumme Bemerkung, du frecher Schlappschwanz, nur noch eine, und du gräbst sie im Dunklen und mit bloßen Händen. Es muss nicht mal eine Frage sein. Nur eine dumme Bemerkung, die aus deinem dummen Mund kommt. Mach nur weiter so.«

Craslo war so klug, den Mund zu halten. Zwar hatte ihn nicht Mulldoos angefahren, aber auch Vendurro war ein Offizier, und er war wütend.

Dann sah er mich an. »Komm mit!« Er sprang, immer zwei Stufen auf einmal nehmend, die Treppe hinauf. Ich hatte den Schreibkasten dabei und traute meiner Geschicklichkeit nicht ganz, deshalb folgte ich ihm etwas vorsichtiger. Vom Treppenabsatz aus entdeckte ich einen weiteren Syldooner, der vor einem Raum am Ende des Ganges Wache hielt. Mit weit aufgerissenen Augen sah der Mann Vendurro an.

»Geh nach unten«, befahl Vendurro ihm. »Es bringt nichts, wenn wir uns alle hier oben im Weg stehen. Geh was trinken.«

Der Soldat nickte, offensichtlich erleichtert, dass er abgelöst wurde. Ohne ein weiteres Wort legte er die Hand auf das Geländer und trampelte eilig nach unten, als wollte er vor einem Brand fliehen.

Vendurro kratzte sich am spärlichen Kinnbart, sah mich an und schien auf einmal viel weniger selbstbewusst als in Gegenwart des Soldaten. Er war genauso jung und nervös wie ich. Das hätte mich beruhigen sollen, aber ich fühlte mich nur noch schlechter.

Dann richtete er sich auf, stieß die Tür auf und sagte: »Vendurro und Arki treten ein.«

Anscheinend hatte der Raum früher dem Wirt gehört oder war den Lehnsherren vorbehalten gewesen, die hier übernachtet hatten. Er war größer als erwartet, wenngleich überwiegend leer. Ein paar Kommoden, eine geöffnete Kiste und ein Kleiderschrank, ebenfalls mit offenen Türen. Mitten im Raum befand sich ein großes Himmelbett, dessen geschnitzte Pfosten Hirsche, Jagdhunde und Jäger zeigten.

Hackspeer und Mulldoos standen daneben und betrachteten Braylar, der auf dem Rücken lag und alle Gliedmaßen ausgestreckt hatte. Er atmete flach und mühsam, genau wie im Grünen Meer.

»Er ist zusammengebrochen, oder?«, fragte ich. »Unten?«

Mulldoos wandte den Blick nicht von Braylar. »Wie bist du nur darauf gekommen? Etwa, weil er ohnmächtig hier liegt, als wäre er zusammengebrochen?«

Obwohl er mich nicht ansah, gab ich mir Mühe, nicht zu seufzen oder die Augen zu verdrehen. »Ich meinte damit, dass die Männer, dass eure Männer seinen Zusammenbruch gesehen haben. Das bedeutet, dass sie nicht …«

»Ja«, rief Mulldoos. »Die Männer. Unsere Männer«, äffte er mich nach. »Sie haben ihn zusammenbrechen sehen, du verdammter kleiner …«

Hackspeer unterbrach ihn. »Ich glaube, Arki wollte nur sagen, dass …«

»Schlägst du dich jetzt auf seine Seite? Dieser dumme kleine Dreckskerl.«

Hackspeer schüttelte den Kopf. »Es gibt keine Seiten, auf die man sich schlagen kann. Und abgesehen von einem Syldooner, würdest du kaum jemanden finden, der so viel Bildung genossen hat wie unser Schreiber. Aber die Männer haben den Captain jetzt mehrmals zusammenbrechen sehen, und womöglich fühlen sie sich damit nicht wohl.« Er wandte sich an mich. »Wolltest du darauf hinaus, Arkamondos?«

Ich nickte. »Ich glaube, sie sind …« Da ich Mulldoos bereits verärgert hatte, suchte ich verzweifelt nach dem richtigen Wort.

»Spuck es aus, Pferdefotze.«

»Verunsichert?«, half Vendurro mir. »Sie wirken verunsichert. Dazu haben sie auch einen guten Grund. Da Lloi nicht mehr da ist und diese wilde Hexe nicht brauchbar war …«

Mulldoos schien drauf und dran, auch ihn zu beleidigen, vielleicht auch mich oder sogar Hackspeer. Dann biss er die Zähne zusammen, im Hals spannten sich die dicken Muskeln, er riss die Augen weit auf und blickte wild in die Runde. Mit den unpassenden hellen Augenbrauen wirkte er sogar noch bedrohlicher. Doch er ließ seine Wut nur an einem Bettpfosten aus und versetzte ihm einen Tritt, dass es staubte und das Bett mehrere Handbreit verrutschte. Hätte dort jemand geschlafen, dann wäre er sofort aufgefahren. Selbst ein Betrunkener hätte sich mindestens gerührt und sich nuschelnd beschwert. Der Captain bewegte sich überhaupt nicht.

»Ich hätte nie gedacht, dass ich diese Hure Lloi mal vermissen würde. Verdammt will ich sein, verdammt soll er sein.« Mulldoos setzte sich auf einen Hocker, der unter seinem Gewicht beinahe zusammenbrach. Zum ersten Mal, seit ich ihn kannte, war er nicht mürrisch, wütend oder streitlustig. Er gab sich geschlagen.

Ohne den Captain aus den Augen zu lassen, fragte Mulldoos mich: »Wie lange war er im Gras außer Gefecht gesetzt, bis Lloi endlich ihren kleinen Arsch herbeigeschleppt und in seinem Kopf herumgepfuscht hat?«

Es schien kein guter Augenblick, das Offensichtliche zu betonen – dass ihr Herumpfuschen das Einzige war, was ihn auf den Beinen gehalten und in den letzten Jahren dafür gesorgt hatte, dass die Soldaten keine Gelegenheit fanden, die Fähigkeiten ihres Anführers zu hinterfragen. »Nicht sehr lange. Ein paar Tage. Die ersten Anzeichen der Übelkeit setzten aber schon früher ein.«

Mulldoos wandte sich an Hackspeer. »Wir haben keine Zeit. Die kleine Höllenkatze habe ich nur gefunden, weil ich in Zechingen in allen Schenken die Ohren gespitzt habe. Dann hat sich herausgestellt, dass sie es trotzdem nicht tun konnte. Hier draußen ...« Er schüttelte den Kopf. »Es sieht übel aus, wenn wir hier draußen in der Wildnis noch eine finden wollen. Sehr übel.«

Hackspeer lehnte sich an die Wandvertäfelung, deren Farbe ausgebleicht war und abblätterte. Er schälte einen langen Streifen mit den langen dunklen Fingern ab, dachte nach und ließ ihn auf den staubigen Boden fallen.

Vendurro hatte keine Ahnung, wie er sich verhalten sollte. Er starrte die Laterne an, als könnte er in dem trüben honiggelben Licht eine Antwort finden.

Da ich bei Mulldoos sowieso schon unten durch war – gab es überhaupt Menschen, die er wirklich mochte? –, widerstrebte es mir, mich noch einmal einzuschalten, aber da sonst niemand etwas sagte, hatte ich das Gefühl, ich müsste es wenigstens versuchen. Ich räusperte mich. Niemand sah mich an, also sprach ich einfach. »Wir könnten Soffjian fragen.« Mir fiel ein, was sie im Wagen gesagt hatte. »Oder Skeelana, das wäre noch besser. Vielleicht können sie helfen.«

Hackspeer dachte darüber nach, dann schüttelte er den Kopf. »Der Captain hat es ausdrücklich verboten. Wir müssen noch einmal Männer in die entlegenen Dörfer schicken.«

Vendurro ließ die Schultern hängen. »Das hier ist ein entlegenes Dorf. In dieser Gegend gibt es sonst keine Siedlungen. Vielleicht ein paar winzige Orte hier und dort, aber wie gut sind die Aussichten, im richtigen Augenblick einen zu finden, wo gerade eine Hexe aufgehängt werden soll? Nein, Mulldoos hat recht. Es sieht schlecht aus.«

Mulldoos starrte mich lange an, die blauen Augen waren zu hell, um wie Feuerstein zu glänzen, aber hart und unfreundlich waren sie auf jeden Fall. Was er als Nächstes sagte, schockierte mich. »Ich hätte nie gedacht, dass es was Schlimmeres gibt, als zugeben zu müssen, dass Hackspeer mit etwas recht hat, aber jetzt ist es passiert. Der Kritzler sieht das richtig. Ich habe dem Cap gesagt, er sollte es gleich in Zechingen erledigen. Du auch, du verschrumpelter Ziegenschwanz. Das ist das Einzige, was jetzt noch vernünftig ist. Besonders weil wir gar keine andere Möglichkeit mehr haben.«

Hackspeer schälte noch einen Streifen Farbe von der Wand ab, hielt ihn auf der Fingerspitze hoch und betrachtete ihn. »Du weißt, was zwischen ihnen passiert ist. Und selbst wenn wir das vergessen, gibt es eine Reihe von Gründen, warum sich der Captain die Memoridinnen möglichst weit vom Hals halten will. Wenn wir verlauten lassen, wie es ihm geht, laufen wir Gefahr, noch mehr zu offenbaren, und das darf nicht geschehen. Nicht jetzt.«

»Sie vermutet sowieso schon, dass er etwas verbirgt«, warf ich ein.

Hackspeer blies den Streifen Farbe von der Hand herunter. »Ach, ja?«

Mulldoos drehte sich auf dem Hocker herum. Er zuckte zusammen, als der Schmerz durch sein verletztes Bein schoss. »Redest du etwa mit Soffjian, du dünner Mistkerl? Das ist gediegen, ja, das ist es. Echt gediegen ist das.« Seine Hand fiel auf das Falchion an seiner Hüfte. Anscheinend wäre er am liebsten aufgesprungen und hätte es eingesetzt. »Versuchst du etwa, der Hexe unter den Rock zu kriechen?«

Eilig schüttelte ich den Kopf. »Nein. Sie trägt nicht einmal Röcke. Aber nein!«

»Es ist wirklich eine schlechte Idee, Informationen weiterzugeben, um die Hexe flachzulegen.« Mulldoos' Finger trommelten auf das Heft. »So oder so, es wird mit dir ein dreckiges Ende nehmen.«

Ich beherrschte mich und wich nicht zurück, obwohl mein Instinkt sagte, ich solle sofort fliehen. »Nein, so war das nicht.«

»Was denn? Hast du keine Informationen weitergegeben, oder hast du nicht versucht, den Schwanz in das trockenste Loch auf der Erde zu stecken?«

»Was? Keins von beidem. Ich habe keins von beidem getan«, antwortete ich hastig. »Sie hat mich vorhin in der Scheune abgefangen und mich über das Mädchen und über Blutrufer ausgefragt, und ...«

Mulldoos stand auf. »Und was hast du ihr gesagt, Kritzler?« Wie viele andere Menschen hatten in diese kalten Augen geblickt, ehe er ihnen den Bauch aufgeschlitzt hatte?

»Nichts. Ich bin den Fragen ausgewichen und habe auf Zeit gespielt.« Ich sah Vendurro an. »Glücklicherweise ist er gekommen, und sie verschwand, ehe sie irgendetwas erfahren hatte. Aber misstrauisch war sie schon vorher. Darauf wollte ich hinaus.«

Mulldoos wandte sich an Vendurro. »Stimmt das?«

Vendurro nickte. Er war sehr ernst. »Ja. Ich bin da reingekommen, wie er gesagt hat, und hab ihn mit runtergelassener Hose erwischt.«

»Was? Das ist nicht wahr!«, rief ich. Beinahe brach meine Stimme, als ich mich wieder an Mulldoos wandte. »Das ist nicht wahr!«

Vendurro lachte. »Nein, ich hab dich nur auf den Arm genommen, Arki. Es ist wahr, Leutnant. Ich habe sie nicht einmal mehr da drin gesehen. Sie ist wohl abgehauen, als ich mich genähert habe. Soffjian macht ihm so viel Angst, dass er jede Härte verliert. Mir übrigens auch, wenn ich ehrlich bin. Oder jedem anderen vernünftigen Mann. Er ist bestimmt nicht zu ihr gegangen, und er hätte nicht den Mut, auch nur daran zu denken, sie flachzulegen. Selbst wenn sie nicht Caps Schwester wäre. Aber das ist sie ja obendrein auch noch. Ich meine ja nur.«

Das war nicht gerade eine schmeichelhafte Verteidigungsrede, aber ich war dankbar, dass er überhaupt Partei für mich ergriff. »Er sagt die Wahrheit. Er ist rübergegangen, um seinen Kasten zu holen, und sie hat ihn im Wagen überrascht. Das ist alles«, ergänzte Vendurro.

Mulldoos machte einen Schritt auf mich zu. Erst jetzt wurde mir bewusst, wie verkrampft ich den Kasten an meine Brust presste. Ich bemühte mich, die Arme zu entspannen, falls ich damit nach ihm werfen musste, ehe ich weglief. Auch wenn mir das nicht wirklich helfen würde. »Also hast du nicht versucht, dir die Klunker reiben zu lassen, aber du hast trotzdem Informationen weitergegeben. Ich bin nicht sicher, aber das könnte sogar noch schlimmer sein.«

»Ich habe doch schon gesagt, dass ich überhaupt nichts verraten habe. Sie hat mich überrumpelt, und ich habe versucht, wieder herauszukommen, ohne den Eindruck zu erwecken, ich hätte etwas zu verbergen.«

Mulldoos kam nicht näher, nahm aber die Hand auch nicht vom Heft der Waffe. »Natürlich hast du das gemacht. Auch wenn wir dir nicht viel verraten haben, ist das immer noch zehnmal mehr, als diese alte Hexe wissen muss. Du hättest ihr überhaupt nichts sagen dürfen, du dürrer Wichser.«

Wenn er mich angriff, war ich tot, ehe ich auf den Boden prallte, aber ich war es leid, mich herumstoßen und demütigen zu lassen. »Ich habe ihr nichts gesagt. Sie weiß nichts. Ich sagte, dass sie einen *Verdacht* hat. Und gerade eben hast du noch gesagt, wir sollten uns an sie wenden. Jetzt sagst du, wir dürften ihr nicht vertrauen?«

»Das war, bevor ich wusste, dass du dich mit ihr im Dunklen getroffen hast.«

»Sie hat ihn gesucht, Mulldoos. Nicht andersherum«, warf Vendurro ein. »Und wie er schon sagte, er hat ihr nichts verraten, was sie nicht schon wusste oder zu wissen glaubte.«

Mulldoos war nicht gerade besänftigt, als er sich an den Sergeant wandte. »Er ist erst seit ein paar Wochen in der Truppe, und schon verliebst du dich in ihn, Ven? Ich dachte, wir hätten dich gelehrt, klüger zu sein. Nur die, denen du trauen kannst, sind deine Brüder. Der Rest der Welt? Ziele, Opfer oder Feinde. Manchmal Werkzeuge. Was glaubst du, was er ist?« Er zeigte mit einem dicken Daumen auf mich.

Hackspeer schnalzte mit der Zunge. »Arki hätte überhaupt nicht erwähnen müssen, dass er Soffjian begegnet ist. Er hat es trotzdem getan. Und sosehr ich es auch hasse, gegen einen Befehl des Captains zu verstoßen, ich muss zugeben, dass sein Vorschlag das Einzige ist, was überhaupt noch sinnvoll erscheint. Du hast es ja selbst schon ausgesprochen, ehe du in die Luft gegangen bist.« Er stieß sich langsam von der Wand ab und riss beinahe den ganzen Rest der Farbe herunter. »Sind wir einer Meinung? Wir ziehen die Memoridinnen hinzu, verraten ihnen nur, was sie unbedingt wissen müssen, und bitten sie, dem Captain zu helfen?«

Mulldoos nickte knapp und widerwillig. Er sah immer noch so aus, als hätte er am liebsten jemanden aufgeschlitzt. Hackspeer sah Vendurro fragend an, der junge Mann schluckte schwer. »Ich sehe keine andere Möglichkeit. Jedenfalls keine sinnvolle. Wenn du mich fragst, würde ich sagen, dass wir es tun sollten.«

Hackspeer nickte. »Gut. Vendurro, suche Soffjian oder Skeelana.« Er starrte den liegenden Captain an. »Und beeil dich, Junge. Mach schnell.«

Vendurro machte eine Miene, als hätte er den Befehl bekommen, die Hand in eine Schlangengrube zu stecken und mit den Fingern zu wackeln, doch er nickte knapp und verließ eilig den Raum.

Mulldoos kehrte zu seinem Hocker zurück und hielt Wache, auch wenn es nicht viel nützte.

Ich wünschte, ich hätte etwas sagen können, um ihn für mich einzunehmen – ihn erinnern, dass ich am Tempel dem Captain das Leben gerettet hatte, dass ich Hackspeer im Wäldchen geholfen hatte oder dass ich mich entschieden hatte zu bleiben, obwohl ich mühelos hätte weglaufen können, als wir in Zechingen waren, besonders nachdem ich den Hornmann gesehen hatte, den ich verschont hatte. Aber natürlich konnte ich das nicht tun. Es hätte sowieso nichts geändert.

Wenn Mulldoos recht hatte - wenn ich für die Syldooner nur ein Werkzeug war und wenn keine Aussicht bestand, jemals mehr zu werden, dann war es dumm, mich gegen Soffjian zu wenden, um diese Männer zu beschützen. Wie sich herausstellte, war ich so oder so der Dumme. Soffjian hätte mich im Handumdrehen ausschalten können, ganz egal, was ich gesagt hätte. Aber auf das alles kam es jetzt nicht mehr an. Wir sahen keine andere Möglichkeit mehr und taten genau das, was der Captain streng verboten hatte.

Die Frage war nur, ob sie oder Skeelana ihm helfen konnten, ob sie es überhaupt tun würden, und was herauskommen würde, wenn sie einen Zugang zum Inneren des Mannes erhielten.

16

Die Männer saßen schweigend herum, starrten ins Leere und warteten, wie es schien, eine halbe Ewigkeit, bis endlich jemand leise anklopfte. Vendurro trat ein, Soffjian und Skeelana folgten ihm. Obwohl sie die Waffe hier sicher nicht gebrauchen konnte, hatte Soffjian die Partisane dabei. Wenn ich in der Gesellschaft der Syldooner und der Krieger-Memoridin irgendetwas gelernt hatte, dann die Einsicht, dass es jederzeit unerwartet und an jedem Ort zu einem Blutvergießen kommen konnte. Skeelana war wie üblich nur mit dem Suroka bewaffnet, das bei ihr jedoch eher wie ein zeremonieller Gegenstand wirkte. Auch ich hätte mich mit so einer Waffe an der Hüfte sehr unwohl gefühlt.

Soffjian sah sich in dem Zimmer um und nahm alles langsam in sich auf. Wieder erinnerte mich ihr Verhalten an die Art und Weise, wie Braylar eine Szene oder eine Situation betrachtete, um ganz praktisch oder eiskalt, je nachdem, wie man es bewertete, die Lage einzuschätzen. Sie heftete den Blick auf mich und lächelte. Warm war das Lächeln nicht. »Nun, Arkamondos, anscheinend hat sich dein Bemühen um Geheimhaltung damit erledigt, oder es wird bald erledigt sein. Allerdings muss ich dich loben, weil du dich so ins Zeug gelegt hast, um die kleine Verstellung durchzuhalten.« Dann sah sie Mulldoos an. Mir war nicht klar, ob Vendurro mit ihr gesprochen hatte oder ob sie einfach nur eine Meisterin darin war, andere Menschen einzuschätzen, als sie sagte: »Du musst wissen, dass dein junger Schreiber ungeschickt und wenig kunstfertig war, aber er hat sich wirklich bemüht, mir nichts über die ungewöhnliche Verfassung eures Captains zu verraten.« Sie hätte genauso gut mit den Möbeln sprechen können.

Soffjian stellte den Schaft der Partisane auf den Boden und drehte sie langsam zwischen den Fingern. Die Quasten flogen wie die Röcke einer Tänzerin. Dann blickte sie Hackspeer an. »Vendurro sagte mir, dass ihr unsere Dienste benötigt.« Anschließend betrachtete sie Braylar wie ein Wundarzt, der überlegte, ob eine Verletzung tödlich war, eine Amputation erforderte oder noch behandelt werden konnte. »Ich weiß ja, wie verschwiegen eure Bruderschaft ist, aber jetzt sagt mir, was ich wissen muss. Spart nicht an Einzelheiten. Nicht, wenn wir meinen Bruder wirklich retten sollen. Ich nehme doch an, ihr habt uns deshalb hergerufen, oder?«

Hackspeer erklärte es den Frauen und teilte ihnen das Notwendigste mit. Hätte Vendurro sie ins Bild gesetzt, dann wäre es ein umfangreiches Wandbild geworden, dessen Anfertigung drei Tage gedauert hätte. Hackspeer beschränkte sich auf das Wesentliche und nannte nur die wichtigen Fakten – ein knapper Bericht über den Fund von Blutrufer, die eigenartige Wirkung der Waffe, die vergeblichen Versuche, die Bindung zwischen Waffe und Träger aufzuheben, die Aufnahme von Lloi in die Truppe und ihre Bemühungen, die giftigen Erinnerungen herauszusaugen, ihr Tod und die schlechten Aussichten, jemanden zu finden, der ihren Platz einnehmen und dem Captain helfen konnte.

Soffjian hörte meist nur zu, bat hier und dort um Klärung oder eine ausführlichere Schilderung. Scheinbar diente das alles nur dazu, seinen Zustand besser einzuschätzen und ihm besser helfen zu können, aber nachdem ich erlebt hatte, wie sie nachbohren konnte, bekam ich den Eindruck, dass sie mit ihren Fragen zugleich noch eine ganz andere Absicht verfolgte. Allerdings konnte ich mir nicht vorstellen, worum es ihr wirklich ging.

Auf das, was sie hörte, reagierte sie mit Neugierde, schien aber nicht sonderlich schockiert und manchmal höchstens milde überrascht.

Ein- oder zweimal blickte ich zu Skeelana, die abseits von den anderen saß, und hoffte, in ihrer Miene irgendetwas zu erkennen. Doch sie suchte nur ein einziges Mal meinen Blick und brach den Kontakt sofort wieder ab. Ich fragte mich, ob ich zu viel in manche Dinge hineinlas. Oder zu wenig.

Endlich schien Soffjian zufrieden zu sein, und Hackspeer war erlöst.

Mulldoos ergriff das Wort. »Wir haben dich hergeholt, damit du dich um ihn kümmerst. Es ist kein Geheimnis, dass ich euch nicht besonders gut leiden kann, aber ...«

»Wirklich?« Soffjian tat erschrocken. »Ich bin ebenso überrascht wie betroffen.«

»Aber ich dachte, wenn eine verkrüppelte Barbarenhure verhindern kann, dass er verrückt wird, dann solltest du und deinesgleichen ihn gut hinbekommen. Vielleicht könnt ihr ihn sogar heilen und ihn befreien. Aber eines muss ich dir sagen, Hexe ...«

»Oh, bitte, unbedingt.«

»Ich habe beobachtet, wie Lloi in ihm herumgetrampelt ist, um die gestohlenen Erinnerungen zu finden und herauszuziehen. Deshalb weiß ich, wie lange es gedauert hat. Und sie war nicht sehr geübt darin. Ich schwöre dir bei der Wahrheit, wenn ich das Gefühl bekomme, dass du dich zu lange herumtreibst und herumschnüffelst und dir mehr ansiehst, als eigentlich nötig ist, dann schneide ich dich in so kleine Stücke, dass nicht mal eine Ratte kauen müsste. Hast du das verstanden?«

Er war gewalttätig und sprach schrecklich überzeugend, es gab keinen Zweifel, dass er jedes Wort ernst meinte, und doch hatte es nicht den gewünschten Effekt. Soffjian blieb völlig ungerührt. »Deine Loyalität und dein Wunsch, deinen Captain zu beschützen, sind lobenswert. Aber ich glaube, mir missfällt dein Tonfall, Leutnant. Im günstigsten Fall könnte ich mich einfach weigern, ihm zu helfen. Im schlimmsten Fall weckst du den Zorn einer Krieger-Memoridin, die dich mit einem Augenzwinkern in den Wahnsinn treiben könnte. Ich möchte dir raten – und ich werde es nur einmal sagen –, einen etwas freundlicheren Umgangston an den Tag zu legen.«

Mulldoos hätte Angst bekommen sollen, doch man musste ihm zugestehen, dass er sie, sofern er überhaupt etwas empfand, gut zu verbergen wusste. »Gib deine verdammten Ratschläge, wem du willst. Die Warnung gilt. Der Cap wollte dich nicht an sich heranlassen, und ich mag das auch nicht. Aber uns bleibt nichts anderes übrig. Wir tun, was wir tun müssen. Nicht mehr und nicht weniger.«

Es hätte mich nicht überrascht, wenn sie einfach gegangen wäre oder ihn zu Boden gestreckt hätte, doch sie schwieg einige Sekunden, sah ihn kalt an wie ein Reptil und sagte schließlich: »Ich verstehe, Syldooner. Ganz bestimmt. Aber eine Memoridin hat ein gutes Gedächtnis. Vergiss das nicht.«

Dann drehte sich Soffjian zu Skeelana um, worauf die jüngere Frau aufstand und zu ihr ging. Soffjian legte ihr eine Hand auf die Schulter. »Wie ich dem ängstlichen Schreiber schon erklärt habe, ist hier ein wenig Feingefühl notwendig, das ich nicht besitze.«

»Wenigstens kann ich mich nützlich machen.« Alle anderen in dem Zimmer waren sehr angespannt, nur Skeelana war eifrig bei der Sache, als wollte sie an einem heißen Sommertag ins Wasser springen. »Was soll ich tun?«

»Es ist gerade so, als würdest du die Erinnerungen durchsehen und nach der Wahrheit suchen. Nur, dass wir jetzt nicht auf seine Erinnerungen aus sind, wie es uns die braven Soldaten hier so nachdrücklich erklärt haben. Wir suchen fremde Inhalte, die ihm nicht gehören.«

Skeelana nickte. »Es dürfte leicht sein, das zu finden. Aber ich habe noch nie ...« Sie holte tief Luft. Ich konnte nicht recht erkennen, ob sie nervös oder aufgeregt war. »Ich habe noch nie so etwas herausgeholt.«

Soffjian lächelte, und ausnahmsweise lag sogar ein wenig Wärme darin. Wenn auch nur eine kleine Andeutung. »Nun gut. Dann wirst du in die Geschichte eingehen. Wenigstens in die Geschichte der Memoridinnen. In seinem Kopf hat sich bereits eine unausgebildete Frau umgetan und das Wasser getrübt. Wenn sie das konnte, dann schaffst du es sicher auch.«

Ich warf ein: »Dir wird danach übel.« Die anderen sahen mich an, als hätten sie mich völlig vergessen. Sofort lief ich rot an. »Jedenfalls, wenn die früheren Erfahrungen ein Maßstab sind. Die gestohlenen Erinnerungen sind wie Gift, und wenn du sie herausziehst, fühlst du dich beinahe so wie der Captain. Aber das geht vorbei. Jedenfalls, nachdem du dich übergeben hast.«

»Vielen Dank, Arki«, sagte Skeelana. »Es ist schön, dass du so auf mich aufpasst. Ich kann es gar nicht erwarten, mich zu übergeben.«

Mulldoos schnaubte: »Du weißt, wie man Damen zu nehmen hat, ehrlich. Du bist ein richtiger Schwerenöter.«

Soffjian warf mir einen Blick zu, der mir eine Gänsehaut einjagte. »Kannst du auch etwas Nützliches beisteuern?«

Ich blickte zu Hackspeer, dann sagte ich: »Lloi hat um Flüssigkeit gebeten. Wein oder Wasser. Aber ich glaube, das lag daran, dass sie gesungen hat. Vielleicht auch nur, weil sie vor Anstrengung Durst bekommen hat. Das weiß ich nicht. Aber sie wollte viel trinken.«

»Also nichts Nützliches.« Sie wandte sich an Skeelana. »Du bist eine Memoridin der höchsten Stufe. Du tust zwar etwas, das über deine gewohnten Tätigkeiten hinausgeht, aber ich zweifle nicht daran, dass du der Aufgabe gewachsen bist. Und zwar ohne lächerliche Gesänge. Aber wenn du Durst bekommst, musst du es nur sagen, und Arki läuft und holt dir etwas. Von Wein würde ich allerdings abraten. Es ist hässlich, wenn er dir wieder hochkommt.«

Mulldoos lachte, doch Soffjian achtete nicht auf ihn. »Sind wir dann bereit?«

Skeelana nickte. Fast schien es, als müsste sie ein Lächeln unterdrücken. Sie war aufgeregt wie ein kleines Mädchen. »Dann schreiben wir Geschichte.«

Glücklicherweise gab es keine Gesänge, und ich musste auch nicht loslaufen, um irgendetwas zu holen. Skeelana entblößte nicht einmal den Oberkörper des Captains oder vollzog irgendein primitives Ritual, wie Lloi es getan hatte. Es dauerte auch nicht die halbe Nacht.

Sie setzte sich am Bett auf einen Hocker, hielt eine Hand dicht über seinen Kopf und schloss die Augen. Meist blieb ihr Gesicht völlig ruhig, nur gelegentlich rutschte sie hin und her oder zuckte, als hätte sie sich an einer unsichtbaren Nadel gepikst oder etwas Verdorbenes gekostet. Davon abgesehen, passierte nicht viel.

Niemand fühlte sich besonders wohl, am unruhigsten war Vendurro. Er entschuldigte sich und sagte, er müsste nach den Männern sehen. Mulldoos schritt einige Male hin und her, bis Soffjian ihn anfauchte, er solle still sein. Beinahe wäre er auf sie losgegangen, doch Hackspeer suchte seinen Blick, schüttelte den Kopf und nickte in Skeelanas und Braylars Richtung. Mulldoos schaute finster drein, lehnte sich aber wortlos an die Wand.

Es dauerte kaum mehr als zwei Stunden, die jedoch quälend langsam verstrichen. Als Skeelana die Augen öffnete, mit bleichem Gesicht rasch blinzelte und erklärte, es sei getan, beugte Mulldoos sich vor. »Bist du sicher, dass du alles herausgeholt hast?«

Soffjian machte »Tsk-tsk« und erwiderte: »Zuerst machst du dir Sorgen, sie könnte trödeln und die furchtbaren Geheimnisse aufdecken, die mein Bruder hat, und jetzt gehst du sie an, weil sie schnell und wirkungsvoll gearbeitet hat? Das passt nicht sehr gut zusammen, Syldooner.«

Trotzdem wiederholte er die Frage, während Skeelana mit weichen Knien aufstand. »Ja«, antwortete sie. »Ich habe alles herausgeholt. Und ich bin ziemlich sicher, dass eure Lloi damals nicht alles gefunden hat. Einige Reste waren alt ... sehr alt.« Dann sah sie mich an und wurde sogar noch bleicher. »Jetzt müsst ihr mich entschuldigen. Ich glaube, ich muss jetzt selbst etwas loswerden.« Damit rannte sie auf wackligen Beinen hinaus und zog mit einem Knall die Tür hinter sich zu.

Als sie die Treppe hinabtrampelte, richtete sich Braylar auf. Er wirkte benommen wie jemand, der nach einer großen Anstrengung zu früh aus dem Schlaf gerissen wurde, aber er brauchte nicht lange, um die Situation zu erfassen und zu erkennen, wer bei ihm im Zimmer war.

Sofort richtete er sich ganz auf und starrte seine Schwester an. Sie lehnte sich lächelnd an die Wand. »Schön, dass du wieder da bist, Bruder.«

Hackspeer trat ans Bett. »Wie fühlst du dich, Captain?«

Der Nebel, der noch da war, verbrannte blitzschnell. Ohne den Blick von seiner Schwester zu wenden, sagte er: »Ich fühle mich, als wäre es meinen braven Leutnants wieder einmal nicht gelungen, einem klaren Befehl zu gehorchen. Ich hätte nicht gedacht, dass da etwas misszuverstehen war, und würde wirklich gern die Rechtfertigung für diese unerhörte Pflichtverletzung hören. Wirklich, ich würde es gerne hören. Direkt nachdem sich meine Schwester verabschiedet hat.«

Ehe Hackspeer oder Mulldoos etwas sagen konnten, ergriff Soffjian das Wort. »Deine Männer haben dir das Leben gerettet, Bray. Sie hatten kein gutes Gefühl, als sie mich in dein Zimmer ließen, das kannst du mir glauben. Aber sie wussten, dass es keine andere Möglichkeit mehr gab. Du hattest dich in einer Vielzahl von Erinnerungen verirrt, die alle nicht deine eigenen waren. Deine Männer haben mich gerufen. Skeelana hat dich geheilt. Du bist ein schrecklicher Patient.«

»Sofern sich während meiner Bewusstlosigkeit nicht eine Menge geändert hat, dürfte Skeelana immer noch zu deiner Art gehören, Schwester. Und deshalb ist sie in meinem Schädel alles andere als willkommen.«

»Willkommen oder nicht, wir haben dich gerettet. Nun ja, ich hatte nicht viel damit zu tun. Aber Skeelana hat dich gerettet, und sie hat auch ein bisschen von dem Dreck aufgeräumt, den deine kleine Graselfe übersehen hat, obwohl du sie so freundlich eingeladen hast. Ich würde meinen, dass du dich wenigstens bedanken solltest.«

Ihre Selbstgefälligkeit sollte ihn reizen, doch er fragte nur leise: »Warum?«

»Warum was? Warum du dich bedanken solltest? Das dürfte doch auf der Hand liegen.«

Er schüttelte langsam den Kopf und lehnte sich an das wacklige Kopfende. »Nein. Warum habt ihr mir geholfen? Ich weiß, dass meine Männer meine Befehle missachtet und euch geholt haben. Aber warum hast du zugestimmt? Warum hast du mir geholfen?« Das war kein Trick und keine abweisende Antwort. Er war ehrlich erstaunt und beunruhigt.

Ich rechnete damit, dass Soffjian spöttisch oder gar sarkastisch reagierte, doch sie überlegte einen Moment und sagte schließlich: »Erinnerst du dich daran, wie die Syldooner auf unsere Insel gekommen sind, Bruder? Als die Freistatt ... zerstört wurde?«

Auch er schwieg lange. »Ja, natürlich. Was ist damit?«

»Dann erinnerst du dich auch an das, was wir gesehen haben. Was direkt vor unseren Augen geschah.«

Braylar löste sich vom Kopfende und saß steif und aufrecht. Die Augen waren blutunterlaufene Schlitze. Dennoch blieb seine Stimme gelassen. »Es gibt nicht genug Jahre, um so etwas zu vergessen. Ich hoffe, du kommst irgendwann zur Sache.«

Soffjian starrte ihn an ... oder starrte durch ihn hindurch. »Auch wenn du noch etwas benommen bist, weißt du genau, worauf ich hinauswill. Es sei denn, du hast den Schwur vergessen, den du danach geleistet hast.«

Mulldoos und Hackspeer wechselten einen neugierigen Blick, als ihr Captain antwortete: »Ein dummer, vom Kummer überwältigter Junge hat einen Eid abgelegt. Von seiner Schwester zu einer noch größeren Dummheit getrieben. Was soll das?«

Sie lächelte kalt. »Es war dein Recht, dich zu rächen. Mir wäre es sogar noch leichter gelungen, aber da ich keinen Schwanz habe, war das nicht so einfach. Deshalb habe ich dich unterstützt, dich beraten und dir geholfen, es zu planen ...«

»Du hast mir geholfen, es zu vermasseln. Ein dummes Kind hat ein anderes dummes Kind beraten.«

»Kinder oder nicht, du hast beim Leichnam deines Vaters einen Schwur geleistet und sogar die Ahnen und die Götter angerufen ...«

»Deshalb nennt man es ja einen Schwur.«

»Du hast geschworen, es zu vollbringen. Du wolltest den Mörder töten und sein ganzes Reich zu Fall bringen. Wenn mich die Erinnerung nicht trügt, klang es ein wenig melodramatisch und lebensfremd.«

Mulldoos klatschte sich auf das gesunde Bein. »Das kann man wohl sagen, Cap.«

»Ja, ich habe es geschworen«, fauchte Braylar. »Wie es dumme Kinder eben tun.«

»Du warst ein Kind«, bestätigte Soffjian. »Aber ein Schwur ist ein Schwur, oder? Nur, dass du ihn nie erfüllt hast. Zehn Jahre später hast du einen anderen Eid abgelegt, nicht wahr? Für genau die Mistkerle, die deinen Vater umgebracht hatten.«

»Ich habe mich dem Turm verpflichtet«, erwiderte Braylar. »Das ist ein Unterschied. Was ...«

»Oh, aber ihr alle seid im Herzen Mörder, nicht wahr? Also zwei Schwüre - einer für deine lebenden und toten Verwandten, und einer für die Dreckskerle, die dich verschleppt haben. Wenn du dich erinnern willst, ich war beide Male zugegen.«

»So etwas vergisst man nicht«, antwortete Braylar. In seinen Worten schien etwas mitzuschwingen, das ich nicht erfassen konnte.

»Als du mehrere Jahre später gezwungen warst, dich zwischen den beiden Seiten zu entscheiden, hast du dich auf die Seite der Eroberer und Plünderer geschlagen. Auf die Seite der Mörder mit den Schlingen. Trifft das nicht zu?«

Mulldoos schien verwirrt. »Cap, redet sie jetzt über ...«

Braylar ging nicht auf den Leutnant ein. »Ich habe meine Pflicht getan, Soffjian.«

»Für deine neuen Brüder. Für deine neue Familie. Ja. Aber dein Schwur, dein Versprechen für mich, für unseren Vater, für unsere Heimat, hatte keine Bedeutung mehr für dich. Hast du es damals wirklich ernst gemeint? Direkt nachdem sie unserem Vater eine Klinge in den Bauch gejagt haben? Hast du es ernst gemeint?«

Braylar bekam kaum die Zähne auseinander, als er mit belegter Stimme antwortete. »Schwester, du hast mich geheilt oder eine Rolle dabei gespielt. Dafür stehe ich leider in deiner Schuld. Aber das hält mich nicht davon ab, dich in dem Augenblick niederzuschlagen, wenn sie beglichen ist.«

Sie fuhr fort, als hätte sie ihn nicht gehört. »Wer kann schon einen Mann auf einen Schwur verpflichten, den er als wütendes Kind geleistet hat? Ob er nun die Ahnen als Zeugen angerufen hat oder nicht. Aber es ging nicht nur um unseren Vater. Du hattest die Gelegenheit, unser Volk zu retten, Bray, und du hast es nicht getan. Du hast deiner neuen Mörderfamilie gegenüber deinen Blutsverwandten den Vorzug gegeben.«

»Du übertreibst und überzeichnest, wie du es immer tust. Ich habe den Befehl meines Turmkommandanten ausgeführt. Ich bin meinem Schwur gerecht geworden. Nicht mehr und nicht weniger. Es gab keine Gelegenheit, irgendjemanden zu retten. Unser Volk, das ich, wie du genau weißt, seit fünfzehn Jahren nicht gesehen hatte, war mir fremd und hat sich selbst dem Untergang geweiht.«

»Dein Turmkommandant hat dich um Rat gebeten, und du hast mich um Rat gebeten. Genau wie du es getan hast, als du dich vor so vielen Jahren an den Mördern rächen wolltest. Nur dass du dieses Mal nicht auf meinen Rat gehört hast.«

»Ich habe meinem Turmkommandanten gesagt, was er wissen musste, Soff. Alles für das Reich. Du kannst dich an so vieles mit perfekter Klarheit erinnern. Erspare es dir. Wir sind jetzt das Reich. Du und ich, alle in diesem Raum. Es gibt kein Zurück.«

Soffjian beugte sich vor und ähnelte in diesem Augenblick ebenso sehr einem Raubtier wie sonst ihr Bruder. »Du hast dich von unserer Heimat, deinen Ahnen, deinem Volk losgesagt. Dir selbst kannst du einreden, was dir als Linderung dienen mag, aber tu nicht so, als hättest du für sie alles getan, was du hättest tun können. Du hättest den Turmkommandanten bewegen können, auf eine andere Weise vorzugehen.«

»Ich habe getan, was ich konnte. Das alles ist schon lange her und hat mit dem Hier und Heute nichts mehr zu tun.«

Soffjian packte den Schaft ihrer Partisane mit beiden Händen, dass die Knöchel weiß anliefen. »Du hast mich gefragt, warum ich dir geholfen habe.«

»Und darauf hast du in keiner Weise geantwortet.«

»Auch ich habe einen Schwur abgelegt. Vor demselben Kommandanten. Und ein Teil dieses Schwurs bestand darin, dass ich dich um jeden Preis am Leben halten muss.«

Er lächelte oder zuckte leicht. »Das ist sehr lobenswert. Da siehst du mal, wie schön es ist, wenn man seinen Schwur erfüllen kann.«

Soffjian entfernte sich von seinem Bett. »Eines musst du wissen, Bruder. Auch ich habe noch einen zweiten Schwur geleistet, veranlasst durch den Eifer, mit dem du Turm und Reich derzeit dienst. Wenn eine Zeit kommt, da mein Schwur, dein Leben zu schützen, überholt ist und mich nichts mehr zurückhält, kannst du sicher sein, dass ich meinen Hass auf dich in Taten umsetzen werde. Ich werde keine Sekunde zögern, dich zu zerstören. Das wird ein wahrhaft erhebender Augenblick sein.«

Braylar hatte die Armmuskeln straff angespannt wie Schnüre, um aufrecht zu bleiben. Vor Anstrengung zitterte er leicht.

»Ich stehe dir jederzeit zur Verfügung. Nun ja, im Augenblick liege ich ja noch. Aber trotzdem, vielen Dank für die Warnung.«

Soffjian marschierte hinaus und hinterließ ein bedrücktes Schweigen. Mir lagen hundert Fragen auf der Zunge, von denen ich keine einzige stellen konnte. Hackspeer und Mulldoos machten sich wohl schon auf die Standpauke gefasst, mit der sie nun rechnen mussten.

Der Captain lehnte sich wieder an das Kopfende. Er atmete schnell, sein Gesicht war gerötet, und die Finger bohrten sich in die Matratze, als wollte er das Stroh herausreißen. Den Blick hatte er auf die Tür geheftet.

Es kam mir vor, als wären wir in einem Fries erstarrt, so langsam verging die Zeit. Ich dachte, irgendwann müsste sich endlich einmal jemand räuspern oder etwas sagen, aber das Schweigen hielt sich, als wären wir verzaubert. Es war bedrückend und viel zu stark.

Endlich sagte Braylar zu allen und zu niemand im Bestimmten: »Ihr habt mich dem Untergang geweiht, ist euch das klar?«

Hackspeer sah uns beide an, ehe er antwortete. »Captain, wir wussten nicht mehr ein noch aus. Du warst zu weit weggetreten. Das war der Untergang. Ein Untergang, den wir uns nicht erlauben konnten. Deshalb ...«

»Glaubst du, meine Schwester wird dies hier einfach vergessen? Das, was sie entdeckt hat? Sie ist eine Memoridin. Blutrufer. Erinnerungsmagie. Eine Memoridin. Eine, die mich töten will. Aber das hier ist wichtiger als ich. Wenn Skeelana herausgefunden hat, welche Ziele wir außerdem noch in diesem Gebiet verfolgen, und es meiner lieben Schwester berichtet, dann werden auch diese gefährdet. Alles, was wir hier erreicht haben und zu erreichen hoffen, wird damit zerstört.« Er ließ die Matratze los und bog die Finger.

»Ich muss schon sagen, Cap«, entgegnete Mulldoos. »Das ist schon ziemlich undankbar. Es stimmt ja, wir haben deinen Befehl missachtet, aber Skeelana hat dich …«

»Wichtiger. Es ist wichtiger als ich. Hinaus. Ihr alle. Und schickt jemanden mit etwas Bier herein. Irgendein Bier soll mir recht sein, solange der Mann, der es bringt, keiner von euch ist. Denn sonst werde ich bald wieder die Hilfe meiner Schwester brauchen. Und das will ich mir nicht antun.«

Den Worten fehlte die übliche Lautstärke und Wut, aber es gab keinen Zweifel daran, dass er es völlig ernst meinte.

Ohne ein weiteres Wort gingen wir hinaus. Ich war der Letzte. An der Tür blieb ich noch einmal stehen und fragte ihn, ob ich die Tür schließen sollte oder nicht. Braylar starrte Blutrufer an, die Ketten hatte er neben sich auf dem Bett ausgebreitet. Ein Kopf der Fluchtgötter war geneigt und schien zurückzustarren. Oder er hätte Braylar angeblickt, wenn er Augen anstelle der Dornen gehabt hätte.

Rasch schloss ich die Tür. Ich schauderte, als hätte ich gerade ein Gespenst gesehen, konnte allerdings nicht sagen, was beängstigender war, der Mann oder seine Waffe.

17

So leise wie möglich schlich ich die Treppe hinunter. Unten war es dunkel, einige Kerzen verbreiteten kaum Helligkeit. Die meisten Männer hatten sich anscheinend in die Zimmer zurückgezogen oder schliefen in den Nachbarhäusern. Ein paar Gestalten lagen auch im Schankraum auf dem Boden. Hackspeer und Mulldoos waren nirgends zu sehen, daher nahm ich an, dass sie ihren Schlafplatz woanders gefunden hatten. Das war mir nur recht. Im Dunklen gegen Mulldoos zu prallen war nur geringfügig besser, als von Soffjian überrumpelt zu werden.

Die Füße der Gäste hatten im Laufe der Jahre die Treppenstufen glatt geschmirgelt und ausgetreten, doch auch wenn ich am Rand auftrat, knarrten und stöhnten die Bretter, als wollten sie jeden alarmieren, der im Umkreis von dreißig Schritten schlief. Trotzdem gelang es mir, unten anzukommen, ohne jemanden zu wecken. Ich war noch nicht bereit, mich schlafen zu legen. Ohne große Mühe suchte ich mir einen Weg durch den Raum, wäre aber fast über die Füße eines Schläfers gestolpert, bevor ich die Tür erreichte.

Die Nachtluft war kalt. Ich hielt den Schreibkasten fest und zog schaudernd den Kopf ein. Ohne mir überlegt zu haben, wohin ich überhaupt wollte, ging ich los. Im Wagen in der Scheune gab es ein paar Decken. Ich überlegte, ob ich mich dort verkriechen sollte, und wenn schon nicht die ganze Nacht über, dann wenigstens, bis ich wieder klar denken konnte. Aber da mein letzter Besuch dort nicht sehr angenehm verlaufen war, ging ich lieber weiter.

Obwohl der Mond und sein Hof hell am fast wolkenlosen Himmel standen und viele Sterne zu sehen waren, blieb es im Dorf und in der ganzen Umgebung stockfinster. Das Bewusstsein, dass die Gegend bis auf unsere kleine Truppe völlig verlassen war, verstärkte die eigenartige Stimmung noch. Im Grünen Meer hatte ich eine Trostlosigkeit und Hoffnungslosigkeit empfunden, die sich meiner Ansicht nach in einem besiedelten Gebiet nicht wiederholen konnten. Doch hier, wo es alle Anzeichen der Zivilisation gab, während die Bewohner fehlten, fühlte ich mich noch einsamer.

Kaum hatte ich mich dem Selbstmitleid und der Melancholie hingegeben, da glaubte ich, in einer kleinen Gasse zwischen zwei Häusern eine Gestalt zu entdecken. Meine Augen brauchten einen Moment, um sich auf das Zwielicht einzustellen, und dann war ich meiner Sache ganz sicher. Ich war nicht allein. Reglos wie eine Vogelscheuche, stand dort eine Gestalt, wo keine Vogelscheuche sein konnte. Mein Herz hämmerte heftig in der Brust, und ich verfluchte mich selbst, weil ich Llois Klinge im Wagen liegen gelassen hatte. Auch wenn ich damit eher mich selbst als jemand anders verletzen würde, ein Angreifer konnte dies ja nicht unbedingt sofort erkennen.

Ich zuckte zusammen, als mich die Gestalt ansprach. »Du hattest recht, was die Übelkeit angeht. Ich bin froh, dass ich keinen Wein getrunken habe. Der Wein hätte vielleicht das Gefühl etwas gedämpft, aber der Geschmack wäre nicht besser geworden.«

Sofort atmete ich auf und ging ihr entgegen, aber dann fiel mir ein, dass Skeelana vielleicht lieber allein sein wollte. »Wie geht es dir? Ich meine, ich weiß, dass es dir nicht gut geht. Ich habe ja schon einmal gesehen, wie jemand das Gleiche getan hat wie du jetzt, nur dass es anders war. Woanders.« Mulldoos hatte recht, ich war ein echter Schwerenöter. »Wie geht es dir?«

»Abgesehen davon, dass ich mir die Eingeweide aus dem Leib gekotzt habe?« Sie lachte. Es klang ein wenig gezwungen. »Na ja, vielen Dank. Und du hast recht, ich habe so was noch nie gemacht. Hoffentlich muss ich es auch nie wieder tun. Diese Erinnerungen an den Mann, den er mit dem Ding getötet hat, haben die meiste Zeit erfordert, aber das war noch das Einfachste. Sie in mich aufzunehmen und ihn davon zu befreien, das war ...« Ich konnte ihr Gesicht nicht erkennen. Sie hielt inne und schauderte, aber vielleicht bildete ich es mir auch nur ein. »Das war schmerzvoll. Und schwierig. Ich habe mich innerlich dagegen gesträubt. Ich habe schon mal jemandem die Erinnerungen genommen, aber das waren immer die eigenen. Das ist etwas ganz anderes. Diese ... die Frau in deiner Truppe hat es als Gift bezeichnet, ja? Das trifft bis zu einem bestimmten Punkt auch zu, aber ...«

Sie ließ den Satz unvollendet. Ich näherte mich ihr noch etwas und fragte leise. »Aber?«

»Aber das war noch nicht alles. Es war viel schlimmer.«

Ich war nicht sicher, ob ich es überhaupt wissen wollte. »Inwiefern?«

Wieder gab es eine kleine Pause. »Gift ist gefährlich oder sogar tödlich«, erklärte Skeelana. »Aber es ist etwas Natürliches und nicht bösartig. Diese Erinnerungen dagegen waren unnatürlich, und sogar noch mehr als das. Nicht nur, weil sie fremd waren und dem Mann nicht selbst gehörten, auch wenn das einen Teil erklärt. Es gab aber auch Rückstände von etwas ... Schlimmerem. Eine Art Makel.«

Das verstand ich nicht. »Ein Makel? Wieso?«

»Blutrufer. Der Captain hat die Erinnerungen nicht selbst gestohlen. Das hat die Waffe getan, und da war Bosheit im Spiel, oder sogar Schlimmeres. Es ist schwer zu beschreiben, und es laut auszusprechen ist bereits ...«

Sie suchte nach den richtigen Worten und schüttelte schließlich den Kopf. »Absurd. Es klingt absurd, ich weiß.« Skeelana schien müde und auch etwas benommen zu sein, als wäre sie die Treppe eines unglaublich hohen Turms hinaufgestiegen, immer im Kreis herum, bis sie völlig erschöpft endlich die Plattform erreicht hatte und eine weite, möglicherweise auch erschreckende Landschaft überblicken konnte. »Wenn man von diesen Erinnerungen bombardiert wird, von diesen unglaublich intimen Erinnerungen der Männer, die er getötet hat, dann ist es, als spräche man mit Geistern. Aber auch das trifft nicht ganz zu. Bei jeder Erinnerung, die ich von Killcoin übernahm, hatte ich das Gefühl, Blutrufer stünde direkt hinter mir. Das war ...« Sie schüttelte den Kopf. »Ich weiß, wie lächerlich das klingt, aber ich spürte eine Wut, eine stumme Wut. Der Flegel wollte nicht, dass ich ihm die Erinnerungen wegnahm. Wenn er es gekonnt hätte, dann hätte er mich abgewehrt. Der Wille dazu war da.«

Sie sah mich an. Die Ringe in der Nase und in den Ohren glitzerten im Mondlicht, und ich spürte, wie sie forschend und angespannt meine Reaktion abwartete, als fürchtete sie, ich würde lachen und sie eine Närrin schelten. In Wirklichkeit überlegte ich, welche Fragen ich stellen konnte, solange sich die Gelegenheit bot, ohne Skeelana zu sehr zu beanspruchen. »Soffjian hat nicht ... sie war nicht so überrascht, wie ich es erwartet hätte, als Hackspeer und die anderen beschrieben, was den Captain heimgesucht oder befallen hat. Beinahe kam es mir so vor, als hätte sie die Bestätigung für etwas gefunden, das sie schon wusste oder vermutete. Es ist wohl nicht das erste Mal, dass die Memoridinnen auf so etwas stoßen, nicht wahr?«

Skeelana antwortete nicht sofort, und ich fürchtete, eine Grenze überschritten zu haben, aber sie verfluchte mich nicht und tat auch nicht das, was andere Menschen oft taten, wenn ich Fragen stellte. Das fasste ich als gutes Zeichen auf. Schließlich sah sie sich um, ob sich auch niemand angeschlichen hätte und uns belauschte, dann sagte sie: »Nicht so etwas, nein. Aber wir haben früher Waffen von einer ähnlichen Natur entdeckt. Nur dass sie nicht funktioniert haben.«

»Meinst du damit, dass sie nicht verflucht waren?«

»Ich bin nicht sicher, ob ›verflucht‹ das richtige Wort ist. Meiner Ansicht nach - dabei muss ich allerdings zugeben, dass ich mich irren kann - tut Blutrufer genau das, was er tun soll. Nur, dass wir es nicht genau verstehen. Es entspricht aber wohl nicht unbedingt seinem Zweck, dem Besitzer Schaden zuzufügen oder ihn zu verletzen. Ich meine, wir wissen nicht genau, was er aus welchem Grund tut, aber er funktioniert. Das kann man mit Sicherheit sagen. Und dass wir so etwas noch nie gesehen haben. Nicht in dieser Form.«

Ich erinnerte mich an Soffjians angespannte Stimme, als sie ihre Fragen rasch und sehr präzise gestellt hatte. Das war keine Sorge, sondern Erregung gewesen. »Sie will die Waffe untersuchen, nicht wahr?«

»Natürlich will sie das. Warum auch nicht? Es ist die erste Waffe, von der wir wissen, dass sie auf diese Weise an den Träger gebunden ist.«

»Also, ich kann schon nachvollziehen, dass es für euch eine wichtige Entdeckung wäre.« Ich wählte meine Worte mit Bedacht. »Aber ich nehme an, der Captain wäre nicht begeistert, wenn er untersucht oder Experimenten unterworfen wird.«

Skeelana schien ehrlich überrascht. »Das vielleicht nicht. Aber ob es ein Fluch ist oder nicht, es belastet ihn, und es könnte noch viel schlimmer werden. Ich bin in ihn eingedrungen, weil ich etwas Bestimmtes tun sollte, und habe es getan. Mulldoos hatte große Lust, jemanden mit seiner großen Klinge in Stücke zu hacken. Also bin ich rasch rein- und wieder rausgegangen. Aber wenn wir durchschauen, wie die Waffe funktioniert, finden wir möglicherweise einen Weg, wie er Blutrufer benutzen kann, statt anders herum. Wenigstens besteht die Möglichkeit, dass wir eine Lösung finden. Aber dazu müssen wir die Waffe untersuchen.«

»Und ihn.«

»Und ihn. Wegen der Bindung, ja.«

Ich lehnte mich an ein Tor, das nicht so aussah, als könnte es meinem Gewicht lange Widerstand leisten. »Das klingt, als hätte Blutrufer eine Art Bewusstsein und sei feindselig. Du sagtest, die Waffe hätte dich abgewehrt, wenn sie es gekonnt hätte. Was ist, wenn sie sich auch dagegen sträubt, untersucht zu werden?«

Sie dachte darüber nach. »Bewusstsein oder nicht, eine Waffe ist ein Objekt, das man manipulieren kann. Man kann alle Objekte manipulieren. In diesem Fall ist es vielleicht schwieriger, aber das ist auch schon alles.«

»Mag sein. Aber was ist mit dem Captain? Er wird nicht ruhig dasitzen und sich manipulieren lassen. Ganz egal, wie sehr ihr ihn zu überreden versucht.«

Sie nickte langsam. Dann sagte sie müde oder traurig, oder vielleicht war es auch beides zugleich: »Möglicherweise bleibt ihm gar nichts anderes übrig.«

Darüber musste ich nachdenken. Auf einmal kam mir die Nacht viel kälter vor.

Auch Skeelana schien es zu spüren. Sie schlang die Arme um sich. »Du solltest jetzt schlafen, Arki. Ich glaube, wir brechen zeitig auf. Captain Killcoin grollt vielleicht, weil wir ihm geholfen haben, aber ich möchte wetten, dass er sich jetzt so gut fühlt wie noch nie, seit er Blutrufer das erste Mal in die Hand genommen hat. Gute Nacht.«

Damit drehte sie sich um und kehrte zu dem Haus zurück, in dem sie vermutlich mit Soffjian schlief. Ich wollte noch etwas rufen, aber der Augenblick war vorbei, und sie verschwand in der Dunkelheit.

Ich ging wieder zum Gasthof und überlegte, ob es wirklich klug gewesen war, Soffjian ins Spiel zu bringen und Braylars Männer zu bewegen, sie um Hilfe zu bitten. Skeelana hatte ihm zweifellos geholfen und ihm vielleicht sogar das Leben gerettet. Wahrscheinlich hatte sie viel sauberer gearbeitet, als Lloi es je gekonnt hätte.

Aber um welchen Preis?

18

Wie Skeelana es angekündigt hatte, verschwendete Braylar am nächsten Morgen keine Zeit und weckte seine Truppe schon vor der Dämmerung. Ich hatte das Gefühl, gerade erst die Augen geschlossen zu haben, und alle Muskeln waren steif. Selbst die durchgelegenen und wackligen Betten der meisten Gasthöfe an den Straßen waren besser als der kalte Boden. Ich hatte jedoch keine Lust gehabt, im Dunklen umherzustolpern und nachzusehen, welche Räume belegt waren. Außerdem war mir der Gedanke nicht geheuer, mich in diesem Dorf in ein fremdes Bett zu legen. Also hatte ich auf dem unbequemen Boden geschlafen.

Ich wusch mir das Gesicht, rieb mir die Augen und griff nach den Nüssen und dem Dörrobst, die mir angeboten wurden. Dann folgte ich den anderen Syldoonern hinaus. Auch sie grollten ein wenig, obwohl sie an solche Dinge gewöhnt sein mussten. Das half mir ein wenig.

Die Wagen waren schon aus den Scheunen gefahren. Niemand wollte sich vom befehlshabenden Offizier anraunzen lassen, weil er trödelte. Die Pferde wurden gesattelt, und es dauerte nicht lange, bis sich unsere kleine Truppe wieder in Bewegung setzte. Ich hockte im Wagen, Braylar vorn auf dem Kutschbock. Die anderen Syldooner ritten.

Ich hob die hintere Plane an und blickte zum Dorf zurück,

das nun wieder völlig verlassen war. Ich hatte nie die Absicht gehabt, mich irgendwo dauerhaft niederzulassen, aber in den letzten Wochen war ich mehr gereist als in meinem ganzen bisherigen Leben. Sogar der Abschied von einem toten Dorf, das die Seuche zerstört hatte, erfüllte mich mit ein wenig Wehmut.

Als der Wagen über die holprige Straße ruckelte und die Töpfe und Pfannen und alle anderen Dinge, die locker genug hingen, heftig hin und her pendelten, suchte ich mir eine Stelle, wo die Gefahr, irgendetwas an den Kopf zu bekommen, möglichst gering war. In diesem Augenblick rief Braylar mich nach vorne.

Ich hob die Arme, um die Gerätschaften abzuwehren, prallte aber mit dem Schienbein gegen eine Kiste, als ich die Plane zurückzog und ungeschickt auf den Kutschbock kletterte.

Der Captain ließ sich Zeit, ehe er etwas sagte. Ich fragte mich, ob ihm einer seiner Männer verraten hatte, dass ich den Vorschlag gemacht hatte, Soffjian hinzuzuziehen, oder dass ich sie in der Scheune getroffen hatte. Nun ja, eigentlich hatte sie mich in die Ecke gedrängt, als niemand sonst in der Nähe gewesen war. Wie auch immer, ich rechnete jedenfalls mit einer scharfen Zurechtweisung oder gar mit einer körperlichen Attacke. Als ich ihn kurz ansah, staunte ich jedoch, wie ruhig er war. Ganz anders als in der Prärie, wo er sich zurückgezogen und sich immer weiter in fremden Erinnerungen verloren hatte. Das war eine erzwungene und brüchige Ruhe gewesen. Dies hier war etwas ganz anderes. Ich hatte ihn verbittert, verärgert, berechnend und erzürnt erlebt, er hatte harte Befehle erteilt und bissige Antworten gegeben, er hatte mit großer Hingabe sarkastische Bemerkungen gemacht. Aber jetzt ... jetzt schien er nachdenklich. In meinem Leben waren mir nur ein oder zwei Männer begegnet, die klüger gewesen waren – Lehrer an der Universität –, doch Braylars Gedanken waren immer aufwühlend gewesen und hatten nicht selten zu Gewaltausbrüchen geführt. Oder er hatte sich raffinierte Pläne ausgedacht, ehe er dann eine Farce aufführte, die jeden Schauspieler neidisch gemacht hätte.

Derart besinnlich hatte ich ihn noch nie erlebt. Gewiss nicht, nachdem er in das Land der Lebenden zurückgefunden und erfahren hatte, dass eine Memoridin in seinem Kopf umhergekrochen war. Die unerwartete Ruhe war viel beängstigender als jeder Wutausbruch.

Schließlich brach ich das Schweigen. »Geht es Euch gut, Captain?«

Er antwortete nicht sofort, und ich wollte schon die Frage wiederholen, weil ich dachte, ich hätte mich vielleicht geirrt und er schwebte in Gefahr, sich wieder zu verlieren, doch dann antwortete er: »In mir hat sich jemand umgesehen, dem ich nicht traue, und in der Nähe war noch jemand, dem ich absolut nicht traue. Es ist ohne meine ausdrückliche oder auch nur vermeintliche Erlaubnis geschehen. Was glaubst du, wie ich mich fühle?«

Der Tonfall passte nicht zu den Worten. Bei jeder anderen Gelegenheit hätte er voller Verbitterung gesprochen. Jetzt blieb er so ruhig, dass es mir unheimlich war.

»Ich kann mir ganz bestimmt nicht vorstellen, wie Ihr Euch fühlt, Captain. Deshalb habe ich ja gefragt.«

Ich verfluchte mich selbst, kaum dass die Worte heraus waren, doch er drehte sich zu mir herum. »Die Frage ist berechtigt. Du kannst es dir nicht vorstellen. Betrogen und verletzt, nicht nur mit Wissen meiner Männer, sondern sogar auf deren Veranlassung und mit deren Billigung. Und natürlich mit deiner. Glaube ja nicht, dass ich nicht weiß, welche Rolle du gespielt hast.«

Der Drang, mich abzuwenden, war überwältigend. Die Hinterteile der Pferde oder meine Füße anstarren, den Wald auf beiden Seiten der Straße betrachten. Irgendetwas, nur nicht das

Gesicht des Anklägers. Aber das hätte ihn nur in seiner Haltung bestärkt. »Captain, das war doch die einzige Möglichkeit, die wir ...«

»Nein, nein, es gibt immer andere Möglichkeiten, Arki. Manchmal muss man sich zwischen zwei ähnlich abscheulichen Wegen entscheiden, aber es gibt immer eine andere Möglichkeit.«

»Na gut. In diesem Fall blieb aber nicht genug Zeit, eine andere Lloi zu finden. Die Entscheidung bestand darin, Euch sterben zu lassen oder Eure Schwester zu holen.«

»Da stand nicht nur mein Leben auf dem Spiel, Schreiber.« Braylar hob die Hand und pochte sich mit einem Finger an die Schläfe, während er mich ansah. »Hier drinnen stecken Informationen – auch wenn es dir vielleicht nicht bewusst ist –, die nicht nur für mich und meine Männer, sondern für unseren ganzen Turm den Untergang bedeuten, falls sie den falschen Leuten in die Hände fallen. Hier steht mehr auf dem Spiel als meine geistige Gesundheit oder sogar mein Leben.« Er betrachtete wieder die Straße. Genauer gesagt, die Syldooner, die vor uns ritten. »Keine Angst, ich mache dir keinen Vorwurf. Oder zumindest keinen großen. Wie gesagt, du konntest nicht wissen, wie gefährlich es war, eine Memoridin einzuladen, in meinen Erinnerungen herumzutrampeln. Aber Mulldoos? Hackspeer? Vendurro?« Er blieb ruhig, schüttelte aber den Kopf. »Sie haben alles aufs Spiel gesetzt. Alles, was uns wichtig war, alles, für das wir gekämpft haben.«

Ich suchte nach einer überzeugenden Erwiderung und entschied mich für die offensichtlichste. »Sie haben Euch das Leben gerettet.«

»Ja. Ja, das haben sie getan. Vorübergehend. Aber damit haben sie möglicherweise uns alle zum Tode verurteilt.«

»Hätten wir Euch denn dahinsiechen und sterben lassen sollen?«

Ich machte mich auf ein meisterhaftes Verwirrspiel oder einen abrupten Themenwechsel gefasst, doch er antwortete: »Nein. Wir haben zu viel riskiert, und womöglich sogar für nichts und wieder nichts, wenn wir nach der Rückkehr in die Hauptstadt ohne Gnade aufgehängt werden. Um ehrlich zu sein, ich bin noch nicht bereit zu sterben. Das ist das Geständnis eines Feiglings, aber so ist es nun mal.« Immer noch blieb er seltsam ruhig. Das war fast genauso verstörend wie seine schonungslose Ehrlichkeit.

So dachte ich mir, ich hätte noch ein oder zwei Augenblicke, ehe er sich erholte und den Tarnmantel wieder überstreifte. »Was hat Eure Schwester gemeint, als sie Euch zur Rede gestellt hat, nachdem Skeelana fertig war? Worauf hat sie sich bezogen?«

Er antwortete nicht gleich, und ich saß schweigend da, während wir durch die Landschaft rollten. Die eigenartige Ruhe verflog nicht, und das Schweigen war bei Weitem nicht so bedrückend wie früher. Obwohl mir noch viele weitere Fragen auf der Zunge lagen, wartete ich ab. Braylar hob den Kopf und beobachtete einige Eichhörnchen, die über uns in den Zweigen keckerten. Offenbar gefiel es ihnen nicht, bei ihren Eichhörnchengeschäften von einer menschlichen Karawane gestört zu werden. Braylar deutete auf ein schwarzes Tier. »Die Vorlu, so heißt mein Stamm, halten viel von Vorzeichen. Die Natur gibt uns Fingerzeige, wenn man nur klug genug ist, genau hinzusehen; ein schwarzes Eichhörnchen soll beispielsweise Glück verheißen. Wie die meisten abergläubischen Primitiven wurden sie bitter enttäuscht.«

Braylar hielt inne. Ich fürchtete schon, er werde das Gespräch einfach einschlafen lassen, aber dann seufzte er gedehnt und fuhr fort: »Ich war noch ein Junge und hatte erst zwölf Winter erlebt. Das Eis brach, der Frühlingsregen setzte ein, und mit dem Frühling kehrten die Syldooner in die Stammesgebiete zurück. Alle drei Jahre kamen sie auf unsere Inseln, und die Stämme schickten bereitwillig einige ihrer Kinder mit. Hackspeer hat dir doch mehr als weitschweifig die syldoonischen Traditionen geschildert, oder?«

Ich nickte, worauf er fortfuhr: »Auf unsere Insel kamen die Syldooner im Frühling, ein paar Wochen nach dem Tauwetter. Sie schickten unserem Stamm ebenso wie den Zundovu, den Bandovar und allen anderen in der Gegend eine Nachricht, die uns in die Freistatt einlud.«

»Davon habe ich schon mal gehört. Was genau ist diese Freistatt?«

»Das ist ein sehr alltäglicher und wenig einfallsreicher Name für das Treffen zwischen den Syldoonern und den Stämmen. Alle Feindseligkeiten zwischen den Stämmen – und es kam immer wieder zu Feindseligkeiten – mussten ruhen. Es gab einen vorübergehenden Waffenstillstand. Das Treffen fand auf neutralem Gebiet in einem Lager statt, wo alle zusammenkamen, Handel trieben und sich vorstellten.«

»Also eine Art Jahrmarkt?«, warf ich ein.

»In sehr bescheidenem Maße, ja. Der Platz lag zwischen den Dörfern, es war keinesfalls mit den Festen zu vergleichen, wie man sie in Zechingen und anderswo feiert. Es gab keine Jongleure oder Stelzenläufer, keine Menagerien mit Reißern. Keine großen Menschenmassen. Die Freistatt sollte vor allem dazu dienen, die Beziehungen zwischen den Syldoonern und den Stämmen zu verbessern. Normalerweise erfüllte sie ihren Zweck.«

Ich dachte an die bruchstückhaften Informationen, die ich bei der Auseinandersetzung am Vorabend gewonnen hatte. Im Grunde wusste ich nur, dass sein Vater irgendwie ermordet worden war. »Obwohl die Stämme, wie Ihr erwähnt habt, ständig gegeneinander gekämpft haben ...«

»Häufig.«

»Häufig, ja. Trotz der Kriege oder der Überfälle hielten sie sich also an den Waffenstillstand? Ist denn auch an der Freistatt mal ein Kampf ausgebrochen?«

Braylar betrachtete immer noch die Bäume. »Nur sehr selten. Wir haben uns zwar gegenseitig die Schafe gestohlen und jeden ermordet, der uns daran hindern wollte, aber es gab doch gewisse Formen, an die sich alle gehalten haben. Die Freistatt war die Freistatt.«

Ich versuchte, mir die Barbaren vorzustellen, die übereinkamen, sich einen Tag lang nicht zu massakrieren. »Sind die Stämme denn unbewaffnet erschienen? Ich nehme doch an, dass die Syldooner Waffen trugen, oder?«

»Die Krieger aus den Stämmen durften jeweils nur eine Waffe mitbringen. Wir hätten uns lieber die Schwänze abgeschnitten, als völlig darauf zu verzichten. Sie musste jedoch mit einem Friedensband gesichert werden.«

»Womit?«

Lächelnd sah er mich an. Der gewohnte Spott fehlte völlig, und die Lippen zuckten nicht. »Manchmal vergesse ich, woher du kommst. Das ist ein Lederriemen an der Scheide, der um das Heft gewickelt wird. Ein Friedensband hindert den Krieger daran, die Klinge überhastet im Zorn zu ziehen. Es wurde bei den Hochzeiten zwischen den Stämmen, bei Bestattungen, Verhandlungen und Kapitulationen benutzt. Und in der Freistatt. Für mich war es das erste Mal. Mein Vater nahm uns mit, Soff und mich. Es war zugleich auch mein letztes Mal.«

Ich zögerte, ehe ich die nächste Frage stellte, aber da er so großzügig mit Antworten war, hakte ich nach. »War Euer Vater ein Krieger?«

»Ha! Nein, nicht einmal widerwillig.« Braylar holte tief Luft, atmete durch die Nase aus und machte eine nachdenkliche Miene. Er war jedoch nicht so gereizt, wie ich es erwartet hätte.

»Ich weiß nicht, ob auch nur einer unter uns seinen Vater wirklich gut kannte. Oft sehen wir mehr oder auch weniger in ihnen, als es den Tatsachen entspricht. Ich weiß nur, dass er dick war. Er war weich und unterwarf sich oft unserer Mutter. Er mochte Bienen und Honig. Er war ein guter Schafzüchter und konnte recht gut auf der Flöte spielen. Er konnte sehr guten Met brauen, trank aber nur selten, obwohl er oft ein rotes Gesicht hatte und die Adern auf seiner Nase geplatzt waren. Und er tat alles andere lieber, als zu kämpfen. Dieser letzte Umstand hat mich stark beeinflusst. Die Vorlu sind ein Kriegerstamm. Ein Mann wird danach beurteilt, wie gut er das Schwert oder den Speer führt und an wie vielen Überfällen er sich beteiligt hat. Ein Mann, der gut kämpft, wird mit Liedern und Gedichten geehrt, seine Heldentaten werden gefeiert und der Nachwelt überliefert. Wer sich außerordentlich gut schlägt, wird in außergewöhnlichen Liedern verehrt, die ewige Zeiten gesungen werden. Ein Mann, der schlecht kämpft, wird im Stamm trotzdem geschätzt, wenn er ein guter Viehzüchter, ein Handwerker oder ein Gesetzeskundiger oder sonst etwas ist. Aber man wird ihn nie rühmen, selbst wenn er in seinem Fach über die Maßen begabt ist. Man wird ihn sehr schnell wieder vergessen.«

»Wie war das mit Eurem Vater?«, fragte ich.

»In meinen Augen war mein Vater ein schwacher, ängstlicher Mann. Ich mochte ihn nicht besonders. Er zeigte uns, wie man ein Schwert führte oder mit dem Speer zustieß, aber er tat es mit wenig Begeisterung und noch weniger Geschicklichkeit. Ich schämte mich für meinen Vater und für mich selbst. Ich war ein dummer Junge, der nicht zu schätzen wusste, was er hatte, verspottete ihn oft und tat alles, um seinen Zorn zu erregen, was mir trotz meiner Bemühungen nur selten gelang. Trotzdem.«

Er machte eine Geste, als wollte er die unangenehmen Erinnerungen wegwischen. »Ich war aufgeregt, weil ich ihn zur Freistatt begleiten durfte. Als ich auf dem Hinweg ein schwarzes Eichhörnchen sah und ihn darauf hinwies, lachte mein Vater und sagte, an diesem Tag müssten gute Dinge geschehen. Es war ein kalter Morgen, und die Erde war noch kälter, aber die Sonne ging auf, und viele Vorlu nahmen an dem Treffen teil, weil sie sehen wollten, welche Waren die Fremden dieses Jahr mitgebracht hatten. Sie waren froh, wieder hinauszukommen, nachdem sie so viele Monate am Feuer gehockt hatten. Das Lager war nicht groß – ein paar Zelte, ein paar Wagen, sonst nicht viel. Es war nicht die Größe, die mich beeindruckte, sondern die Bewohner. Für die meisten Stammesleute war ihr Geburtsort auch der Ort, an dem sie starben. Sie verbrachten ihr ganzes Leben in einem Umkreis von zehn Meilen. Aber in der Freistatt bekamen wir außergewöhnliche Fremde zu sehen. Soldaten, die so gewesen waren, wie wir heute sind. Sie waren aus den Stämmen gekommen, reisten jetzt aber über das Meer und streiften über Kontinente, eroberten, trieben Handel und übten auf weit entfernte Länder einen Einfluss aus, den wir uns in den kühnsten Träumen nicht vorstellen konnten.«

»Haben sie sich denn so stark von den anderen unterschieden?«

»Oh ja. Einige hatten helle Haut, rote Wangen und Bärte wie Vogelnester. Sie rasierten sich den hinteren Teil der Schädel, ließen aber den vorderen Teil stehen und flochten die Haare zu Zöpfen, die sie über den Ohren trugen. Unter ihnen waren Männer mit Haut wie dunkler Lehm, die sich die Lippen durchbohrt und Runen in die Wangen gekerbt hatten. Einige hatten sich den ganzen Körper rasiert – Arme, Kopf, Augenbrauen – und sich die Ohren gelb gefärbt.«

Ich dachte an die Syldooner in seiner Truppe, die wirklich ein bunt gemischter Haufen waren. Derart wilden Schmuck trug allerdings keiner von ihnen. »Aber Eure eigene Mannschaft ...«

»Ah ja, ich habe für diese Mission eher unauffällige Männer ausgewählt. Die Syldooner in der Freistatt sollten jedoch die Stammesleute mit ihrer wilden Vielfalt beeindrucken.«

»Hattet Ihr die Syldooner vorher schon einmal gesehen?«

»Wie gesagt, sie kamen alle drei Jahre und hinterließen immer einen bleibenden Eindruck. Viele Syldooner waren meinem eigenen Volk ähnlich, mit dunkler Haut und dunklen Haaren wie die Vorlu, aber andere kamen eindeutig aus fernen Ländern mit einem anderen Klima. Die Hautfarben, der Körperbau und die Gesichter unterschieden sich sehr. In dieser Hinsicht war es die größte Menagerie der Welt. Und mein erster Besuch der Freistatt bot mir endlich eine Gelegenheit, sie aus der Nähe zu betrachten. Unser Vater zeigte uns den syldoonischen Kommandanten, einen kleinen Mann mit grauen Augen und kurz geschnittenem Haar. Er hockte vor einer Landkarte und blickte auf, als die Stämme in das Lager kamen, zeigte aber sonst keine Reaktion. Sie hatten Tische und Bänke aufgestellt, auf denen die syldoonischen Waren bereitlagen. Weinschläuche und fantastische Flaschen aus buntem Glas – blau, braun, grün und rot. So etwas hatte ich noch nie gesehen. Ballen mit Tuch, das so seltsam und fremdartig war wie die Menschen, die es trugen. Sattelzeug, Früchte mit spitzen Auswüchsen, die an purpurne Seesterne erinnerten. Scharfe Gewürze in kleinen gebleichten Schachteln. Aus vielen Ländern brachten sie Dinge mit, die wir noch nie gesehen hatten und die uns in Erstaunen versetzen sollten. Das gelang ihnen leicht, denn wir waren ja nur Barbaren aus der Provinz.«

»Haben die Stämme auch eigene Waren mitgebracht?«, fragte ich.

»Ja. Wir hatten natürlich nichts, was die Syldooner nicht schon kannten, aber Tradition ist Tradition. Schwertscheiden und Gürtel, mit Marderfell gefütterte Stiefel. Mäntel aus Seehundfell. Krüge mit Met. Aus Knochen geschnitzte Kämme. Halsringe aus Silber und Gold. Harfen, Flöten, mit Muscheln und Hirschhorn geschmückte Köcher. Und mein Vater brachte Honig mit.«

Die letzte Bemerkung klang ein wenig verbittert, doch er sprach gleich weiter.

»Die Syldooner und die Stämme beschnüffelten einander wie Hunde. Vorsichtig und unsicher, in welche Richtung sich die Beziehung entwickeln könnte. Die Stämme beäugten einander misstrauisch, die Syldooner schauten mit verschlossenen Mienen zu. Ohne Wärme wurden ein paar Grüße gewechselt. Langsam begann das Feilschen. Mit jedem Angebot und Gegenangebot, auch wenn manche einen Dolmetscher brauchten, nahm die Spannung ab. Unser Vater wandte sich an einen Mann mit großen Ohren, den er zu kennen schien. Sie lächelten vorsichtig. Der Mann wechselte ein paar Worte mit unserem Vater und hob eine Kiste Zitronen hoch. Ich hatte diese Früchte noch nie gesehen. Mein Vater nahm einen Topf Honig aus dem Ranzen, dann begutachteten sie gegenseitig ihre Waren und schwatzten wie die Vögel am Morgen. Ich interessierte mich nicht für Früchte, so seltsam sie auch aussahen, und noch weniger für Honig. Deshalb wandte ich mich ab und sah mich weiter um.«

Er schien sich nicht mehr für Eichhörnchen von irgendeiner Farbe zu interessieren.

»Ich ging zu einem Tisch voller bunter Flaschen. Soff sah sich ein paar schöne Stoffe an. Ich hatte gerade eine kleine Ampulle in der Farbe von Sumpfwasser in der Hand, als ich meinen Vater rufen hörte und mich umdrehte.«

Seine Augen waren offen, aber der Captain sprach, als beschriebe er gestohlene Erinnerungen, die er in allen grässlichen Einzelheiten noch einmal durchleben musste, obwohl es Jahrzehnte her war.

»Zwischen meinem Vater und dem Zitronenmann stand ein junger Syldooner. Klein, mit ein paar Stoppeln im Gesicht, mit dunklem Haar und dunklen Augen. Der junge Syldooner schien zornig zu sein, mein Vater war verwirrt. Der Syldooner fluchte, trat näher an meinen Vater heran und schlug ihm den Tontopf aus den Händen. Er fiel ins welke Gras, ohne zu zerbrechen. Der Zitronenmann schrie den jüngeren Mann an - Slinger hieß er - und sagte noch etwas, das ich nicht verstehen konnte. Mein Vater bückte sich, um den Topf aufzuheben. Der junge Syldooner trat den Behälter weg, ehe mein Vater ihn erreichen konnte. Dieses Mal prallte der Topf gegen einen Stein und zerbrach. Der Honig floss in den Staub. Mein Vater blickte zu dem Syldooner hoch, schüttelte traurig den Kopf und machte Anstalten, die Scherben aufzuheben. Der Syldooner packte meinen Vater am Ärmel und zog so fest, dass er fast das Gleichgewicht verloren hätte. Der Zitronenmann verfluchte den jungen Syldooner, deutete auf ihr Lager und rief wieder etwas. Mein Vater richtete sich mit rotem Gesicht auf. Der Syldooner öffnete seinen Mantel und griff nach dem Schwert. Da riss mein Vater die Augen auf und tastete nach der eigenen Waffe. Er war jedoch kein Krieger und wäre schnell gestorben, auch wenn er die Klinge gezogen hätte. Selbst dieser betrunkene Gegner hätte ihn mühelos besiegt. Mein Vater griff nach dem Heft und zog, aber das Friedensband hielt die Waffe fest. Der junge Syldooner stieß dagegen auf keinerlei Hindernisse.«

»Hatte er kein Band um seine Waffe geschlungen?«, fragte ich.

»Nein«, antwortete Braylar. »Das hatte er nicht getan. Der Dreckskerl zog mühelos die Klinge, sie blitzte in der Morgensonne, und stach sie meinem Vater in den Bauch. Mein Vater starrte sie ungläubig an. Bei manchen Erlebnissen sagt man, die Zeit würde stillstehen. Das war ein solcher Augenblick für mich. Jede Einzelheit, der Schlamm am Rocksaum des Syldooners, die Nähte im Ranzen meines Vaters, die bewegungslose Luft, die Skelette der Bäume in der Ferne, das gelbe Gras unter den Füßen, das alles steht vor meinem inneren Auge, als wäre es erst heute Morgen geschehen. In dieser Hinsicht dauerte dieser Moment ewig. Aber an diesem Tag ging alles blitzschnell, die Zeit lief weiter, und das Chaos brach aus. Ich schrie, der Zitronenmann wich zurück, seine Kiste war neben dem zerbrochenen Honigtopf umgekippt, und er fuchtelte in der Luft herum, als könnte er abwenden, was er gesehen hatte. Ich hörte Soff schreien, wusste aber nicht, wo sie war. Ich wollte mir eine Flasche vom Tisch schnappen, sie zerschlagen und dem Syldooner die Scherben ins Gesicht rammen. Ich wollte zu meinem Vater laufen, ich wollte wegrennen, irgendetwas tun. Ich konnte es nicht, sondern stand nur da und sah zu, wie der Syldooner das Schwert aus dem Bauch meines Vaters zog. Wie gebannt beobachtete ich meinen Vater, der auf die Knie sank und nach vorne kippte, die Hand immer noch auf das Heft der eigenen Waffe gelegt. Ich hörte die Schreie und wusste nicht einmal, ob ich auch selbst schrie. Dann stampfte mein Onkel Sirk mit dem Schwert in der Hand an mir vorbei. Er schritt langsam und gemessen zu dem Burschen, der gerade seinen Bruder erstochen hatte. Er sah aus wie ein Standbild. Gesicht und Augen waren versteinert.«

»Ich nehme an, er war ein Krieger.«

»Das ist richtig. In vieler Hinsicht ein böser Schweinehund, aber ein Krieger von höchstem Rang. Ein anderer Syldooner sah ihn kommen, befreite sein Schwert und trat ihm in den Weg. Keiner sprach ein Wort. Sirk schätzte den Mann ein und schlug von oben zu. Es war nur eine Finte, die Klinge sauste nach unten und nach rechts und traf das ungeschützte linke Bein des Mannes. Ehe der Syldooner aufschreien konnte, wechselte die Klinge die Richtung, kam hoch und nach links, traf die Innenseite des Schwertarms und zerschnitt Kleidung, Fleisch und Knochen. Der Syldooner ließ das Schwert fallen und wusste nicht, welche Wunde er mit der unverletzten Hand verschließen sollte. Mein Onkel ging an ihm vorbei. Ein anderer Syldooner mit einer Zweihandaxt trat vor, um ihn aufzuhalten. Er forderte Sirk auf, die Waffe einzustecken, doch mein Onkel hörte nicht auf ihn. Da der Soldat gesehen hatte, wie schnell sein Kamerad besiegt worden war, wartete er nicht, bis Sirk die Initiative ergriff. Er stieß vor und ließ einen Schlag los, der meinem Onkel den Schädel gespalten hätte, wenn er denn getroffen hätte. Er traf nicht, weil mein Onkel nach links auswich. Die Axt pfiff durch die leere Luft, und dann griff Sirk an.«

Als Braylar mir auf den Bauch tippte, zuckte ich zusammen. »Sirks Schwert bohrte sich über der rechten Hüfte in den Leib des Mannes und kam auf der anderen Seite wieder heraus. Der Soldat kreischte und starrte benommen die Wunde an. Sirk legte ihm die linke Hand flach auf die Brust und stieß ihn weg, um das Schwert herauszuziehen. Der Mann brach zusammen und krümmte sich. Sirk stieg über ihn hinweg, als wäre er ein dampfender Kothaufen, an dem er sich nicht die Schuhe schmutzig machen wollte. Nun endlich heftete er den Blick auf den Mann, der seinen Bruder getötet hatte. Ich hatte meinen Onkel noch nie im Kampf beobachtet, sondern immer nur Geschichten gehört. Sie hatten mir nicht vermitteln können, wie kraftvoll, zielstrebig und sparsam er sich bewegte.«

Er sagte es, als sei ihm gar nicht bewusst, wie gut die Beschreibung auf ihn selbst passte.

»Die Wucht und die brutale Genauigkeit eines Trebuchets hätte nicht beeindruckender sein können. Mein Onkel lehrte mich nicht viel, aber einmal sagte er mir, dass viele Männer im Kampf wüten und schreien, weil sie hoffen, sich selbst zu beflügeln und die Feinde einzuschüchtern, doch die besten Krieger wären jene, die ihre Gefühle zu zügeln wussten und mit sauberer Technik und klaren Zielen kämpften. In diesem Moment, als er so kühl vorging, als wanderte er allein durch den Wald, stellte ich mir vor, das ganze syldoonische Heer träte gegen Sirk an, ein Mann nach dem anderen, und jeder würde mit der gleichen Mühelosigkeit niedergestreckt, während die Rache ihren Lauf nahm. Ich lachte, ich lachte so laut wie ein Mann, der den Verstand verloren hatte. Ich hatte gute Gründe, meinen Onkel zu hassen, aber in diesem einen Augenblick liebte ich ihn. Dann traten vier weitere Syldooner an, um ihn aufzuhalten. Der Bann war gebrochen, sie hatten die Schwerter gehoben. Auch sie forderten ihn auf, die Waffe wegzustecken, doch er ging weiter, als wäre er taub. Zwei Vorlu rannten herbei, um ihm zu helfen, einige Zundovu lösten die Friedensbänder, um sich ebenfalls einzuschalten. Mir war allerdings nicht klar, wen sie angreifen würden. Da schnappte ich mir, viel zu spät, eine blaue Flasche und rannte los, um meinem Onkel und meinem Vater zu helfen, wenn ich konnte.«

Leise sagte ich: »Aber Ihr habt es nicht geschafft.«

»Ich habe es nicht geschafft«, bestätigte er. »Ich hörte eine Bogensehne summen, und dann steckte ein Pfeil im Bein meines Onkels. Er gab einen Laut von sich, den ich nur als Knurren beschreiben kann, und drehte sich, das blutige Schwert in der Hand, herum. Der syldoonische Kommandant stand auf einem Tisch, fünf Bogenschützen waren bei ihm, sie hatten die Sehnen gespannt und die Pfeile eingelegt. ›Streckt die Waffen. Ihr alle‹, rief der Kommandant. Ringsum hatten die Stammesleute und die Syldooner längst zu den Waffen gegriffen und waren drauf und dran, sich gegenseitig zu töten. Sirk sah den Kommandanten und die Bogenschützen an, spuckte aus und drehte sich wieder zu den Syldoonern vor ihm um. Er machte noch einen Schritt und zog das verletzte Bein hinterher. Der nächste Pfeil traf ihn ins Kreuz. Er kippte nach vorn, stützte sich aber mit dem Schwert ab und hielt sich mit beiden Händen am Heft fest. Das Schwert bog sich, brach aber nicht. Soffjian lief hinüber und stellte sich zwischen Sirk und die Bogenschützen, um ihn mit dem eigenen Körper zu decken. Wieder rief der Kommandant: ›Ein drittes Mal werde ich es nicht sagen. Wer nicht gehorcht, wird erschossen. Streckt die Waffen.‹«

»Und? Haben sie gehorcht?«

»Alles andere hätte zu einem Blutbad geführt, das auch mein Leben sehr schnell beendet hätte. Langsam ließen die Leute die Klingen sinken und steckten sie in die Scheiden. Sirks Schwert brach schließlich doch unter seinem Gewicht. Soff wollte ihn halten, als er stürzte, doch sie war nicht stark genug. Er brach zusammen. Ich rannte zu ihnen. Erst da erinnerte ich mich, dass ich immer noch die dumme Flasche in der Hand hatte. Ich warf sie weg und kniete mich neben sie. Er atmete mühsam. Um die Pfeile wuchsen blutige Kreise. Soff wiegte seinen Kopf im Schoß und weinte. Da gab der Kommandant den nächsten Befehl. ›Vorlu, Zundovu, Bandovar. Kehrt heim. Kehrt jetzt in eure Dörfer zurück. Diese Freistatt ist beendet.‹ Ich blickte zu meinem Vater und wollte aufstehen und zu ihm gehen. Er lag reglos auf dem Bauch, den Kopf zur Seite gedreht. Oft sagt man, eine Bauchwunde sei die schlimmste aller Wunden. Ein Mann, der einen Stich oder einen Pfeil in den Bauch bekommt, kann noch Stunden oder sogar Tage auf grässlichste Weise leiden. Das Fieber schüttelt ihn, er fleht den Tod an, ihn endlich zu holen, oder seine Kameraden, ihn zu erlösen. Es gibt seltene Ausnahmen. Manche Männer überleben, manche sterben schnell. Mein Vater war vielleicht noch nicht tot, als er auf den Boden geprallt war, aber irgendwo tief in ihm war etwas zerstört, und er starb schnell. Die Augen standen offen. Ich setzte mich und weinte, wie ich noch nie im Leben geweint hatte, während mich mein toter Vater anstarrte.«

Er hielt kurz inne, lachte abgehackt und fuhr fort: »So viel zu den schwarzen Eichhörnchen, was?«

Ich wusste nicht, was ich dazu sagen sollte, oder ob er überhaupt eine Antwort erwartete. Nach einem kurzen Schweigen fragte ich: »Der Schwur, dieser erste Schwur, den Soffjian erwähnt hat ...«

»Den habe ich später abgelegt.«

Anscheinend wurde er jetzt wieder wortkarg und abweisend. »Habt Ihr geschworen ... Euren Vater zu rächen? So kam es mir vor, als sie darüber gesprochen hat.«

»Mein Volk kennt fünf Todesarten. Muli - der Tod durch einen Unfall. Ein Kind isst giftige Pilze, ein Mann verwechselt seinen Fuß mit Feuerholz und verblutet im Schnee. Droos - der natürliche Tod. Ein Mann stirbt unter der Last seiner Jahre, eine Frau stirbt bei der Geburt. Nince - der Tod durch die Elemente. Ertrinken, Feuer, Blitzschlag. Vali - der ruhmreiche Tod. Ein Mann stirbt bei einem Überfall, im Kampf oder bei der Verteidigung des Viehs. Und schließlich Buntu - der Mord. Mein Vater wurde erstochen.«

»Aber ...« Ich hielt inne.

Er beäugte mich, und der gereizte Ausdruck war wieder da. »Ja?«

»Vielleicht gibt es da feine Unterschiede, die ich nicht kenne, aber könnte es bei Eurem Vater nicht Vali gewesen sein, also ein Kampf?« Als sich seine Miene verfinsterte, stotterte ich: »In gewisser Weise?«

Braylar bedachte mich mit einem Blick, der einem Bären das Fell abgezogen hätte. »Ein Kampf kann ein Zweikampf oder eine Schlacht sein, oder sogar ein Überfall, wenn zwei Bewaffnete aufeinandertreffen, denen die Gefahren bekannt sind, und sie sich bewusst in den Kampf stürzen oder einen Feind verfolgen. Wenn ein Mann eine Waffe zieht, um den anderen zu töten, und der andere versucht unfähig und ohne Hoffnung, sich zu verteidigen, dann ist das kein Kampf. Es ist Mord. Buntu. Man sagt, dass unter den fünf Todesarten nur Buntu von den Göttern nicht gebilligt wird, denn diese ist die einzige, die sie nicht vorhergesehen haben. Der Vater, Bruder oder Sohn eines Ermordeten muss diese Art von Tod rächen, weil er sonst fast so schuldig ist wie der Mörder. Ein ungerächter Tod ist ein doppelter Tod – Bunturu – und doppelt so abscheulich und entsetzlich für die Ahnen und die Götter und damit auch für die Lebenden. Mein Onkel hat es versucht und wurde niedergemacht. Meine Schwester durfte es nicht versuchen. Ich galt als zu jung und war noch kein Mann, aber ich war der Einzige, der zwischen Buntu und Bunturu stand. Deshalb verleitete mich meine Schwester, den Schwur zu leisten.«

»Sie sagte auch ...«

Er klatschte mit der flachen Hand auf die Bank. »Genug. Du hast eine Aufgabe, und es wird höchste Zeit, dass du dich um sie kümmerst.«

Ich nickte und nahm an, ich sollte schnell die jüngsten Ereignisse aufzeichnen, doch als ich aufstehen wollte, sagte er: »Hast du im ungünstigsten Augenblick, den man sich denken kann, keine Fragen mehr?«

Unsicher hielt ich inne.

»Willst du nicht fragen, welche Aufgabe ich meine?«

Ich hatte keine Ahnung, worauf er anspielte, und setzte mich wieder. »Äh, welche Aufgabe meint Ihr denn?«

»Du bist aus einem ganz bestimmten Grund hier bei mir im Wagen. Aus diesem Grund wurden auch die Kisten mit den geheimnisvollen Pergamenten hierher umgeladen.«

Manchmal dämmerte das Verständnis ausgesprochen langsam. »Die Kisten?«

»Du hast bisher gute Arbeit geleistet und alles aufgezeichnet, aber wie du jetzt weißt, ist das nur die Hälfte deiner Aufgabe. Die andere Hälfte, die zweifellos viel wichtiger und wertvoller ist, besteht darin, die Texte zu übersetzen.« Er zog einen kleinen Messingschlüssel aus einem Beutel am Gürtel. »Ich glaube, mit der ersten Kiste hast du dich schon vertraut gemacht.«

Auf einmal wurde ich sehr aufgeregt. Ich nickte eifrig und nahm den Schlüssel entgegen.

»Sehr gut. Wir werden den ganzen Tag fahren, ehe wir Henlesters Unterschlupf im Totmooswald erreichen. Ich schlage vor, dass du gleich beginnst.«

Endlich bekam ich Gelegenheit, das zu tun, wozu ich ausgebildet worden war. »Soll ich alles Wort für Wort übertragen, oder soll ich eine Auswahl treffen und nur diejenigen übersetzen, die ...«

»Alles. Ich habe dich wegen deiner Bildung und deiner Fähigkeiten in Dienst genommen, aber nicht, um zu entscheiden, wie du beides einsetzt. Das Urteilen überlässt du mir.«

»Ihr hofft doch, Informationen über die Fluchtgötter oder frühe Dokumente über die Memoridinnen zu finden, oder wie sie auch hießen, ehe man sie Memoridinnen nannte. Trifft das nicht zu?«

»Und dazu alles, was sich auf eigenartige Waffen und Artefakte bezieht, die sich wie dieses Ding hier benehmen.« Er trommelte mit zwei Fingern auf Blutrufers Heft. »Du wirst wahrscheinlich viele Dokumente finden, die mit beidem nichts zu tun haben. Das ist mir egal. Übertrage alles und überlasse es mir, die Funde zu bewerten.«

Natürlich brannte ich darauf zu beginnen, aber ich hätte nie gedacht, dass ich auf einem Wagen übersetzen sollte, der unterwegs war, um einen der höchsten Geistlichen des Landes zu fangen oder zu töten; in dieser Hinsicht war ich mehr als unsicher. »Es wird schwierig, alles zu entziffern. Die Sprache wird nicht mehr gesprochen, soweit ich weiß. Es wird eine Weile dauern. Noch schwieriger ist es in einem fahrenden Wagen, und ...«

»Ich erinnere mich nicht mehr genau. Habe ich behauptet, es würde ein Spaziergang? In diesem Fall wäre mir ein schrecklicher Fehler unterlaufen. Aber das ist die Aufgabe, die ich dir zuteile, und wenn du ein Wissensbröckchen findest, das mir nützlich ist, dann erhöht sich damit auch deine Nützlichkeit. Also beginne zu übersetzen. Jetzt sofort.«

Der stählerne Klang der Stimme und der Befehlston waren wieder da. Oder vielleicht waren sie nie weg gewesen, sondern nur verwahrt wie ein Schwert in der weichen Lederscheide, und ich hatte die schönen Verzierungen betrachtet und vergessen, dass die ganze Zeit eine blutige Klinge darin steckte, die nur darauf wartete, wieder blankgezogen und eingesetzt zu werden.

19

»Alt-Anjurisch« war vermutlich nicht die richtige Bezeichnung. Dieser Begriff legte die Annahme nahe, dass es ein direkter Vorläufer der heute gesprochenen und geschriebenen anjurischen Sprache war. In Wirklichkeit gab es zwischen den beiden mehr Unterschiede als Gemeinsamkeiten.

Die Aufgabe war zeitraubend und unglaublich schwierig. Ich hatte seit Jahren nicht mehr übersetzt, und jede Sprache, die man nicht ständig benutzt und übt, wird verschwommen, unvertraut und schließlich sogar fremd.

Als ich die Plane des Wagens zufallen ließ und mit der Kordel festband, war ich aufgeregt und wusste doch, dass ich viele ermüdende und frustrierende Meilen vor mir hatte, bis ich endlich etwas Bemerkenswertes entdeckte, falls überhaupt. Ich hielt den Schlüssel in der Hand und überlegte mir, dass ich nicht einfach die Kiste öffnen und irgendwo beginnen konnte. Ich brauchte ein System, um die Dokumente zu katalogisieren, einzuordnen und möglichst methodisch und systematisch durchzuarbeiten.

Kaum dass ich den Kopf wieder vorne herausstreckte, hörte ich ein gereiztes Seufzen. »Ich will keine Kommentare oder Anmerkungen auf die Dokumente selbst schreiben, aber darf ich wenigstens die Seiten markieren, die ich bearbeitet habe?«

»Hast du schon mal was von Stapeln gehört?«

»Stapel können umfallen. Besonders in einem Wagen auf einer holprigen Straße ist es vermutlich schlimmer als auf einer glatten Ebene.«

Ich sah ihn nur von der Seite und konnte seine Miene nicht erkennen. Nach einer kurzen Pause erwiderte er: »Eine kleine Markierung, und nur eine Einzige pro Blatt. Verschandele nicht die Dokumente, Archivar. Hast du das verstanden?«

»Ja.« Ich kehrte an meinen Platz unter einem pendelnden Topf zurück.

Zugleich hocherfreut und etwas ängstlich, hockte ich vor der Kiste. Erfreut, weil es aufregend war, endlich wieder etwas zu tun, das ich gut beherrschte, und die Fähigkeiten anzuwenden, die ich seit längerer Zeit nicht mehr genutzt hatte. Besonders begeisterte mich die Tatsache, dass ich Material untersuchen würde, das jahrhundertelang, wenn nicht länger, in einem Verlies oder in einer Gruft vermodert war. Zugleich fürchtete ich die langen, schwierigen Phasen, wenn ich mich in die verstaubten Texte hineinfinden und die ursprüngliche Bedeutung der Worte erfassen musste. Dabei galt es, sprachliche Eigenheiten und ungewohnte kulturelle Zusammenhänge zu berücksichtigen, die mir nicht immer bewusst waren.

Ich nahm meine Schreibkiste, klemmte das Pergament auf den Deckel, schärfte meine Federn, entstöpselte die Tinte und schob langsam den kleinen Schlüssel ins Schloss. Mit einem eher alltäglichen Klicken öffnete sich der Riegel, und ich konnte beginnen.

Die ersten Stunden waren genauso holprig wie die Straße. Es war lange her, dass ich solche Schriften gesehen hatte. Fast kam es mir vor wie eine Sprache, mit der ich überhaupt nicht vertraut war. Ich stolperte, musste zurückspringen und starrte allzu oft verständnislos die Wörter an.

Mit der Zeit wuchs die Verzweiflung, weil ich fürchtete, die Worte auf der Seite niemals ganz zu verstehen. Doch mit jeder Meile und jeder Stunde erwachten nach und nach auch meine Erinnerungen. Als wir mittags rasteten, zitterte ich und war verschwitzt und frustriert, nachdem ich so lange in dem staubigen Wagen gehockt hatte. Zum Glück forderte Braylar mich auf, alles abzusperren und eine kleine Pause zu machen.

Vendurro versuchte, eine Unterhaltung in Gang zu bringen. Erst nachdem ich ihm ein paar ausweichende Antworten gegeben hatte, wurde mir bewusst, dass ich meine Gereiztheit an ihm ausließ. Ich entschuldigte mich und wanderte ein Stück über ein unbestelltes Feld.

Als wir endlich aufbrachen, nahm ich sofort meinen Platz ein und fühlte mich etwas gelassener und ruhiger als zuvor. Der Wein half, auch wenn er beinahe schon Essig war.

Nachmittags lief es allmählich etwas besser, und ich vertiefte mich in die Dokumente, ohne mir große Sorgen um die genaue Übersetzung zu machen oder mich zu fragen, wie lange es dauern würde, bis ich die Sprache wieder einigermaßen flüssig beherrschte. Die Arbeit faszinierte mich, auch wenn ich nur einen Vertrag über Unterstützungszahlungen vor mir hatte. Dieses Thema war so staubig wie die Schriftrolle selbst. Danach waren die ersten drei Kapitel einer zwölfteiligen Dokumentation über die frühen religiösen und weltlichen Gesetze in Anjurien an der Reihe. Es ging dort um die Übereinstimmungen, viel häufiger aber auch um die Spannungen und Unterschiede zwischen den beiden Bereichen. Hinzu kamen weitschweifige Details über die Grenzen zwischen den Kasten und wie sie an den örtlichen Gerichten vertreten sein sollten, Abhandlungen über das Erbrecht und andere komplizierte Analysen der alten Rechtsprechung. Dennoch vertiefte ich mich in die Arbeit und bemühte mich, alles ganz genau abzuklären.

Als der Wagen mit einem Ruck anhielt, hatte ich längst vergessen, dass ich mich auf einem Fahrzeug befand, das uns zu einer unangenehmen Aufgabe trug. Das änderte sich sofort, als Braylar die Plane wegzog und mich rief. »Du hast für heute genug Tinte verspritzt, Archivar. Komm zu dir.« Er betrachtete die Flecken an meinen Fingern und dann mein Gesicht, wo ich mich beim Schreiben offenbar berührt hatte. »Ja, du hast mehr als genug verspritzt. Ich habe dir befohlen, die Blätter nicht zu besudeln. Offenbar hätte ich dir auch einschärfen sollen, dich selbst nicht zu bekleckern.«

Beinahe hätte ich noch einmal mein Gesicht berührt. Ich hielt mich gerade noch zurück. »Haben wir das Jagdhaus erreicht?«

»Ja, Arki. Henlester ist schon herausgekommen und hat dich persönlich eingeladen, mit ihm zu Abend zu essen und über die Vorzüge verschiedener Tinten zu diskutieren.«

Die Plane fiel wieder zu. Ich wusste nicht, was schlimmer war: aufgehalten werden, als ich endlich einen Zugang gefunden hatte, oder aufhören müssen, weil wir dem Ort nahe waren, wo bald frisches Blut das Gras und die Blätter färben würde.

Ich verstaute meine Siebensachen und kletterte mit steifen Gelenken und Muskeln vom Wagen herunter, auf dem ich so lange vorgebeugt gehockt hatte. Kaum stand ich unten auf dem Boden, da schoben die Syldooner den Wagen schon zwischen den Bäumen am Straßenrand ins Unterholz. Sie arbeiteten schnell und methodisch und versteckten ihn so gut, dass man ihn nur bemerkte, wenn man sich ihm bis auf Armeslänge näherte oder mit dem Schienbein dagegenstieß. Wenn es um List und Täuschung ging, besaßen sie unvergleichliche Fähigkeiten.

Der Wald war sehr dicht, dicke Farnwedel reichten bis zum Boden, knorrige Eichen mit purpurnen und schwarzen Blättern standen eng beisammen. Aus dem rot-orangefarbenen Moos, das für diese Gegend typisch war, ragten Ulmen mit dicken Stämmen auf, und die schmalen Fichten wuchsen so hoch, dass sie fast die Wolken zu durchbohren schienen. Obwohl wir uns immer noch auf einer Art Straße befanden, schloss sich über uns beinahe das Blätterdach. Die dunklen Bäume sperrten das Sonnenlicht größtenteils aus, und die Büsche und Ranken hatten sich verflochten, als wollten sie jeden fernhalten, der auf die Idee kam, den Weg zu verlassen.

Braylar brachte mir mein langsames, aber zuverlässiges und meist wohlwollendes Pferd, als die anderen schon aufgestiegen waren. Die Pferde, die den Wagen gezogen hatten, führten sie mit.

Der Captain gab mir die Zügel. »An Bord mit dir, Schreiber. Dieses Schiff steuert sich nicht von selbst.«

Ich zögerte und betrachtete mein Pferd. »Ich könnte auch beim Wagen bleiben und ihn bewachen. Oder Euch warnen, falls sich jemand umsieht. Dafür sorgen, dass niemand ...«

»Deine Sorge um meinen Besitz ist lobenswert, aber unnötig. Zwei meiner Männer bleiben hier. Steig auf, Arki.«

Widerstrebend kletterte ich hoch, warf mein Bein über den Rücken des Tiers und zuckte zusammen, als die wunden Stellen, die noch nicht abgeheilt waren, sofort wieder wehtaten. Aber vor allem setzte mir nicht etwa die Unbequemlichkeit oder die Sorge zu, was im Wald geschehen würde, sondern die Tatsache, dass ich die Übersetzung unterbrechen musste, als ich mich gerade richtig hineingefunden hatte.

Auch die Memoridinnen waren aufgesessen. Soffjian ritt zu Braylar, ihre Haltung war so beherrscht und makellos wie seine.

»Schwester«, sagte er.

»Bruder«, antwortete sie. »Wie geht es dir heute? Ich hoffe, du bist nicht mehr so belastet?«

»Willst du das wirklich wissen?«

»Es ist natürlich nichts Persönliches. Ich selbst wünsche dir, dass du Qualen leidest, was dir offensichtlich auch ohne jede Hilfe von mir überraschend gut gelingt. Aber jetzt habe ich auch ein berufliches Interesse an dir.« Soffjians Blick fiel auf Blutrufer, was Braylar demonstrativ ignorierte.

»Immer der Beruf.«

»Skeelana schien zu glauben, dass sich in dir eine ganze Menge ... Reste angesammelt hatten. Anscheinend war es eine größere Reinigungsaktion. Fühlst du dich jetzt genügend erleichtert? Bist du wieder bereit, aus keinem nachvollziehbaren Grund Hals über Kopf in die Wildnis zu preschen?«

Braylar ließ die Frage unbeantwortet. Schließlich drehte Soffjian sich um, als könnte sie Henlester irgendwo im dichten Wald entdecken. »Jedenfalls bin ich neugierig. Willst du möglichst schnell wieder von gestohlenen Erinnerungen überwältigt werden, oder willst du vor allem den Zorn des Kaisers auf dich ziehen, der dir nicht ausdrücklich die Erlaubnis gegeben hat, den Priester in der Wildnis zu jagen?«

»Der Kaiser hat es zumindest nicht ausdrücklich untersagt. Er gab mir den Befehl zurückzukehren, und das werden wir auch tun, mach dir da mal keine Sorgen.«

Soffjian warf ihm einen langen Blick zu, der verschlossen und gefasst schien. Dahinter verbargen sich gewiss eine Menge brodelnde Gefühle. »Im Augenblick bist du der Befehlshaber, Captain. Aber ich muss dich darauf hinweisen, dass ...«

»Die Einwände werden hiermit gebührend zur Kenntnis genommen, bedacht, verworfen und vergessen. Gibt es sonst noch etwas, Memoridin, oder bist du damit fertig, dich einzumischen? Ich hoffe, das war es, wenigstens für den Augenblick.«

Sie lächelte und deutete auf den Wald. »Nur voran, du mächtiger Krieger.«

Wortlos ritt er zu den Bäumen, ob dort nun ein Weg zu erkennen war oder nicht. Mulldoos, Hackspeer und Vendurro folgten ihm als Erste, dann die übrigen Syldooner. Ich zögerte und verpasste damit die Gelegenheit, in der Nähe des Captains und seiner Leutnants zu reiten. Da ich keine große Lust verspürte, mich zu den anderen Syldoonern zu gesellen, die mich anscheinend nicht viel besser leiden konnten als die Memoridinnen, blieb ich bei den unwillkommenen Frauen.

Soffjian ignorierte mich, beobachtete mit ihrer beunruhigenden kalten Miene unverwandt ihren Bruder und ritt voraus, sobald Skeelana zu mir stieß. Skeelana wartete, bis Soffjian ein Stück vor uns war, dann beugte sie sich herüber. »Anscheinend hat man dich weggesperrt.«

Sie hatte die Stimme nicht gehoben, also anscheinend keine Frage gestellt, aber offensichtlich war es eben doch eine Frage oder mindestens eine Einladung, mich näher zu äußern. »Ich habe mich nicht so gut gefühlt. Ich habe wohl das Kaninchen nicht vertragen. Wild bekommt mir meist nicht so gut. Wie geht es dir? Ich hoffe, es geht dir besser?« Ich bekam ein schlechtes Gewissen, weil mich die Übersetzungen so sehr in Anspruch genommen hatten, dass ich noch gar nicht daran gedacht hatte, mich nach ihrem Befinden zu erkundigen.

Skeelana nickte. »Es war heftig. So übel war mir im ganzen Leben noch nicht, aber es war schnell wieder vorbei. Nachdem ich mit dir gesprochen hatte, war ich noch eine Weile benommen, habe mich aber schnell wieder erholt.«

»Ich hätte bei dir bleiben sollen.« Sie sah mich an und zog eine durchbohrte Augenbraue hoch. »Draußen, meine ich«, fügte ich rasch hinzu. »Gestern Abend. Um sicherzugehen, dass du wohlauf bist. Ich hätte dich nicht allein da draußen lassen sollen.«

»Vielleicht erinnerst du dich, dass es mein Wunsch war.« Sie lächelte. »Außerdem finde ich deine unbeholfene Galanterie zwar reizend, aber ich kann mich ganz gut selbst verteidigen. Vielleicht erinnerst du dich auch daran.«

Und ob ich mich daran erinnerte, wie sie den Hornmann geblendet hatte. Sie hatte den Gegner nicht verkrüppelt oder getötet, wie Soffjian es vermochte, aber es gab keinen Zweifel, dass sie sich wehren konnte. Zumindest lange genug, um einem Angreifer zu entkommen. Auch wenn ihr das in dem toten, verlassenen Seuchendorf rein gar nichts genützt hatte. »Aber wenn der Zauber nicht so schnell verflogen wäre oder wenn es dir den Verstand geraubt oder dich niedergestreckt hätte? Außer mir wusste doch niemand, dass du dort warst.«

»Nicht ganz so unbeholfen, aber immer noch sehr reizend.« Sie duckte sich unter einem niedrigen Ast hindurch, ich folgte ihrem Beispiel. »Die andere Frau, diese Nomadin, die zu eurer Truppe gehört hat – hieß sie nicht Lloi?«

Ich nickte.

»War sie jemals überwältigt? Oder so krank, dass sie sich nicht mehr erholen konnte?«

»Ich habe nur einmal beobachtet, wie sie den Captain behandelt hat, und da ist ihr nichts passiert. Aber nach allem, was ich hörte, ist es ihr beim ersten Mal nicht gut ergangen. Ich weiß auch nicht, wie viel Erfahrung sie brauchte, um so damit umzugehen. Ohne das Bewusstsein zu verlieren und am Erbrochenen zu ersticken und so weiter.«

»Sehr galant und reizend.«

Ich errötete, als ich den Sarkasmus hörte, aber sie lächelte und fuhr fort, ehe ich etwas Ungeschicktes sagte. »Sie war keine ausgebildete Memoridin. Ich habe so etwas noch nie versucht, weiß aber, was ich tun und was ich nicht tun kann; außerdem kann ich mich während der Arbeit selbst beobachten und kontrollieren. Trotzdem, danke für die unangebrachte Sorge.«

Wir ritten schweigend weiter zwischen Brombeerhecken entlang in den dichten Wald hinein. Die Buchen und Pappeln standen sehr dicht, über uns rauschte der Wind in den Kronen.

»Sind wir jetzt im Totmooswald?«

Sie sah sich um, der Ring in der Nase glitzerte. »Moos gibt es hier ja genug. Ich glaube, ich habe am Waldrand hinter einer Wiese eine Steinmauer gesehen. Das war vermutlich die Grenze des Priesterwaldes.«

Obwohl es helllichter Tag und weit und breit keine Bedrohung zu entdecken war, konnten wir natürlich nicht wissen, ob Henlester seine Männer als Wächter durch den Wald schickte und ob womöglich auch schon Brunemänner in der Nähe waren. Es war klug, möglichst leise vorzugehen. Trotzdem, meine Gedanken führten zu immer neuen Fragen, die ich nicht unterdrücken konnte.

Ich versuchte zu flüstern, aber auch das kam mir im Wald schrecklich laut vor. »Befindet sich Sonnenmatt in der Nähe des Götterschleiers?«

Da war es wieder, das beinahe spöttische und doch einnehmende Grinsen. »Ist überhaupt etwas in seiner Nähe? Dort lebt doch niemand, der es irgendwie vermeiden kann, oder?«

»Hast du ihn denn mal gesehen?«

»Aber natürlich. Er stellt die Ostgrenze von Urglovia dar.«

»Manche Leute sagen, die Memoridinnen – oder vielmehr eure Vorgänger – hätten ihre Kräfte von den Fluchtgöttern bekommen. Hältst du das für wahr?«

Skeelanas Grinsen wurde noch breiter. »Es klingt ein wenig anmaßend, aber ich habe das Gerücht auch schon gehört.«

Ich bemühte mich, es zu formulieren, als plauderte ich müßig, ohne den Eindruck zu erwecken, ich wollte sie aushorchen. »Glaubst du denn, es gibt da einen wahren Kern?«

»Ich war nicht dabei, Arki. Das ist lange, lange her. Als die Götter flohen, haben sie sich große Mühe gegeben, nicht zu viele Hinweise zu hinterlassen. Deshalb kann es niemand mit Gewissheit sagen.«

»Vielleicht nicht. Aber hältst du es für möglich? Ich meine, was ihr tun könnt, ist doch offensichtlich ...«

»Ja?« Wieder der fragende Blick, den ich langsam zu schätzen lernte.

»Nun ja, abgesehen von den Syldoonern würde euch die ganze Welt lieber umbringen als zulassen, dass ihr eure Fähigkeiten anwendet. Ihr besitzt starke Kräfte, und das macht den Leuten Angst. Erfahrt ihr denn in eurer Ausbildung etwas über die Ursprünge?«

»Allerdings.«

Ich wartete, und als sie nichts mehr sagte – zweifellos spielte sie mit mir –, fügte ich hinzu: »Uuuund? Was haben sie euch erzählt?«

»Dass Leute wie wir als Hohepriester der Fluchtgötter ausgebildet wurden. Natürlich ehe sie geflohen sind.«

Ich widerstand dem Impuls, an den Zügeln zu reißen. »Was? Gerade hast du noch behauptet, du wüsstest es nicht. Und es sei anmaßend.«

»Richtig, ja.«

»Aber ...«

»Ich habe nicht gesagt, dass ich es glaube. Aber dies hat man uns gelehrt, ja.«

»Und du glaubst nicht daran?«

»Auch das habe ich nicht gesagt, oder?« Sie lachte, beherrschte sich und blickte nach vorn zu Soffjian, ob diese etwas bemerkt hatte. Etwas leiser fuhr sie fort: »Ich glaube, Skepsis ist sehr gesund. Meiner Ansicht nach werden wir es nie erfahren. Ich mache mir eher Sorgen um das Hier und Heute als um das, was vor einem Jahrtausend passiert ist.« Sie sah mich scharf an. »Warum bist du so neugierig?« Sie lächelte immer noch, aber nicht mehr ganz so breit.

»Das entspricht eben meinem Wesen und meiner Ausbildung. Ich stelle Fragen und suche Antworten.«

»Verstehe. Auch wenn sie unmöglich zu finden sind?«

Mein Pferd trottete dahin und zertrampelte die Blätter unter den Hufen, als es bergauf ging. »Es gibt immer Antworten. Man muss nur störrisch sein und darf die Suche nicht aufgeben.«

Sie zuckte mit den Achseln. »Oder man redet sich etwas ein. Warum hast du nach dem Götterschleier gefragt?«

Ich beugte mich etwas vor, um die Steigung auszugleichen. »Die Götter haben ihn hinter sich errichtet. Ich dachte, auf der anderen Seite müssten doch die Antworten auf viele Fragen liegen.«

Als ich nicht weitersprach, äffte sie mich nach: »Uuuund?«

Jetzt war es an mir, mir ein Lachen zu verkneifen. »Ich dachte, wenn die Fluchtgötter wirklich den Memoridinnen einige ihrer Kräfte und ihr Wissen geschenkt haben, auch wenn es schon lange her ist ... Also, wenn das stimmt, dann habt ihr vielleicht den Schlüssel in der Hand, um den Schleier zu lüften. Um ihn wirklich zu teilen und hindurchzugehen.«

Sie nickte langsam. »Da niemand genau weiß, woher diese schönen Gaben gekommen sind - auch wenn manch einer gerne glauben möchte, sie stammten von allerhöchster Stelle, weil das eine wundervolle Stärkung für das Selbstbewusstsein ist –, halte ich es für unwahrscheinlich, dass wir mit ihrer Hilfe ein Hindernis überwinden können, das die Götter selbst geschaffen haben. Ganz egal, wie sehr man es sich wünscht oder nach Möglichkeiten sucht ...«

Wir hörten vor uns einen leisen Pfiff und zügelten die Pferde. Soffjian hatte einen Arm gehoben. Die Syldooner hatten nicht weit vor ihr angehalten und stiegen ab.

Auch Soffjian glitt aus dem Sattel, und Skeelana folgte ihrem Beispiel. Wie so oft war ich der Langsamste. Skeelana und ich führten die Pferde zu den anderen Mitgliedern der Truppe. Braylar band Grimm an einen Baum, und nun wussten wir, dass wir zu Fuß weitergehen würden.

Der Captain wandte sich an die kleine Truppe und deutete den Hügel hinauf. »Wir nähern uns einem kleinen Höhenzug. Wir laufen jetzt, bis wir fast oben sind. Dann kriechen wir auf dem Bauch weiter. Die Jagdhütte liegt auf der anderen Seite auf einem gerodeten Stück Land. Wir sind nicht als Erste hier eingetroffen, aber das ist keine Überraschung. Foss berichtet, dass unser lieber Freund Hauptmann Gurdinn eine Abteilung der Brunemänner hergeführt hat. Wir nehmen also unsere Position kurz vor dem Gipfel ein«, er starrte mich und die Memoridinnen an, »und zwar lautlos, wie ich wohl nicht eigens betonen muss, um nicht das ganze Tal darauf aufmerksam zu machen, dass wir an der kleinen Feier teilnehmen wollen. Dann sehen wir weiter. Alles klar?«

»Aye, Captain«, sagten einige Männer in der Nähe. Die anderen nickten. Dann sah er mich und die Memoridinnen an, um sich zu vergewissern, dass wir ihn nicht missverstanden hatten.

Die Syldooner gingen in die Hocke. Sie hatten wieder die Rüstungen unter Umhängen versteckt und Lederhüllen über die Schilde gezogen. Die Helme waren mit Ruß verschmiert. Auch dieses Mal wollten sie also wieder heimlich vorgehen.

Ich schlang mir die Armbrust auf den Rücken und den Köcher um die Hüfte und hielt mich an den Baumstämmen fest, um nicht das Gleichgewicht zu verlieren, als wir ganz hinaufstiegen. Auch Llois Krummschwert hing an meiner Hüfte, aber wenn wir so in Bedrängnis kämen, dass ich mich gezwungen sah, es zu ziehen, wären wir vermutlich sowieso erledigt.

Skeelana war direkt vor mir. Ich ertappte mich dabei, wie ich den Schwung ihrer Hüften beobachtete. Selbst auf ebenem Grund tänzelte sie, dass ich kaum den Blick abwenden konnte. Aber als ich sie den Hügel hinaufsteigen sah, war ich wie hypnotisiert. Dann stolperte ich über eine Wurzel, schüttelte den Kopf, riss mich zusammen und achtete besser auf den Weg.

Irgendwie hoffte ich, Foss habe sich geirrt. Vielleicht befand sich das Jagdhaus im nächsten kleinen Tal oder sogar in einem ganz anderen Wald. Mit der Zeit kam ich ins Schwitzen, obwohl die Luft recht kühl wurde. Ich atmete schneller, auch wenn der kleine Anstieg im Grunde nicht sehr anstrengend war. Die Aussicht, schon wieder Zeuge eines Kampfes zu werden, war mir mehr als unangenehm. Nachdem ich mich sogar schon aktiv beteiligt hatte, verspürte ich nicht die geringste Lust, diese Erfahrung bald zu wiederholen.

Ich blickte zu Skeelana und bemühte mich, den Blick oberhalb ihrer Hüften zu halten, während ich mich fragte, wie es ihr ging. War sie so nervös wie ich? Immerhin war sie in gewisser Weise noch unerfahrener und noch schlechter ausgerüstet. Oder war sie sich ihrer Kräfte völlig sicher - ob von den Göttern verliehen oder durch einen seltsamen Zufall entdeckt - und ging davon aus, dass sie sich ausreichend schützen konnte?

In der Nähe der Hügelkuppe hockten wir uns hin und schlichen langsam hinauf, dann legten wir uns auf den Bauch und krochen durch das Laub und die Zweige weiter. Ich kam an einer großen Gruppe eigenartiger Pilze vorbei, deren Köpfe eingekerbt statt kuppelförmig waren, als wollten sie das Regenwasser auffangen und nicht ablaufen lassen. Gleich danach wäre ich beinahe gegen Skeelana geprallt.

Ehe ich etwas sehen konnte, hörte ich auf der anderen Seite Geräusche. Stimmen hallten durch den Wald, ein Hammer schlug auf irgendetwas, ein Pferd wieherte. Ich roch auch Rauch und sogar den Duft von Fleisch, das auf einem Spieß briet. Mir lief das Wasser im Mund zusammen, als ich an das brutzelnde Essen dachte. Das war ein seltsames Gefühl, weil wir jeden Augenblick auf die Feinde schießen oder von ihnen durchbohrt werden konnten.

Ich war nicht der Einzige, der auf einmal Hunger bekam. Auch Vendurro leckte sich die Lippen.

Braylar befahl dem Großteil der Männer und den Memoridinnen, an Ort und Stelle zu bleiben. Dann kroch er mit Hackspeer und Mulldoos ganz auf die Kuppe hinauf. Ich folgte ihnen auf Händen und Knien, bis ich einen kräftigen Schlag auf die Beine bekam. »Arsch runter, Federkielchen«, flüsterte Vendurro. »Der Captain sagte, wir sollen kriechen, nicht krabbeln wie ein Opossum.«

Ich gehorchte und kroch flach auf dem Bauch weiter. Als ich schließlich über die Kuppe spähen konnte, wünschte ich, ich wäre unten geblieben. Auf der anderen Seite stand das Haus des Priesters in einer flachen Senke, die kaum groß genug war, um als Tal durchzugehen. Ich hatte mit einem überwiegend aus Holz gebautem Landsitz gerechnet, aber das zentrale Gebäude bestand fast völlig aus Stein. Es war drei Stockwerke hoch und hatte an einer Ecke einen rechteckigen Turm. Außerdem war das Gelände von einem dicken und hohen Wall mit weiteren Wehrtürmen umgeben, auf den sogar eine kleine Burg stolz gewesen wäre. Davor lag ein tiefer, trockener Graben. Die Zugbrücke war hochgezogen und verriegelt.

Es war kein Jagdhaus. Oder anders als jedes Jagdhaus, das ich bislang gesehen hatte, und ich hatte eine ganze Reihe davon gesehen, als ich halbwegs betuchten Adligen gedient hatte, die die Jagd fast ebenso liebten wie ihre Gattinnen und Mätressen. Nein, dies war eine befestigte Anlage.

Und sie wurde belagert. Gerade außer Reichweite der Bogenschützen hatten Baron Brunes Soldaten in einem Wäldchen hinter dicken Bäumen ihr Lager aufgeschlagen, das aus mehreren großen und zahlreichen kleineren Zelten bestand. Dort waren eine ganze Menge Brunemänner versammelt.

Der Hohepriester Henlester hatte eine ordentliche Versammlung angelockt.

Vendurro pfiff leise durch die Zähne. »Da hol mich doch dieser und jener. Der Baron will sich den verdammten Priester unbedingt schnappen.«

Hackspeer und Mulldoos schätzten die Lage ein – wahrscheinlich zählten sie die Männer, die sie im Jagdhaus erkennen konnten, oder die Anzahl der Lagerfeuer oder etwas anderes, das ihnen half, über das weitere Vorgehen zu entscheiden.

Auch Braylar sah sich um, allerdings schien sein Blick weiter zu schweifen als der aller anderen. Er bedachte alle Möglichkeiten und ging eine Vielzahl von Szenarios durch.

Mulldoos schirmte die Augen vor der untergehenden Sonne ab. »Ich muss schon sagen, der Hohepriester ist zwar ein betrügerischer mörderischer Dreckskerl mit einer seltsamen Vorliebe für verstümmelte Huren, aber er weiß, wie man sich einen guten Ort aussucht, um einer Belagerung standzuhalten. Er hat sich gut verschanzt.«

Hackspeer stimmte ihm zu. »Stabile Mauern, eine ganze Reihe von Wächtern, die patrouillieren oder den Wall bemannen, falls es einen Angriff abzuwehren gilt.«

»Was meinst du, wie viele sind es?«

»Mit dem Priester?«

»Nein, wie viele Männer braucht man, um eine Kuh zu melken?«, gab Mulldoos zurück. »Natürlich mit dem Priester, du alter Hurensohn. Wie viele Männer hat er dabei?«

Hackspeer ignorierte den Seitenhieb und betrachtete das Jagdhaus. »Schwer zu sagen, aber nach der Größe der Unterkünfte und Ställe zu urteilen, könnten es dreißig sein. Vielleicht sogar noch mehr.«

Mulldoos rutschte herum und wandte sich an Vendurro. »Und du mit deinen Knopfaugen, wie viele Männer sind da unter Brunes Fahne angetreten? Was meinst du?«

Vendurro fuhr mit dem Finger unter der Nase hin und her, öffnete den Mund und schloss ihn wieder, während er rasch zählte.

»Das kann man mit Gewissheit kaum sagen.«

»Ich will keine Gewissheit, sondern eine Einschätzung, du Hungerhaken. Nenne mir eine Zahl.«

Vendurro zählte weiter. »Fünf große Zelte, eine Menge Pferde im Wald angepflockt, zwei Wagen. Vierzehn ...« Er unterbrach sich und bewegte die Finger in der Luft, als wollte er die Plane abheben und nachsehen. »Nein, fünfzehn kleine Zelte. Ich würde sagen, das sind vierzig Brunemänner. Vielleicht fünfzig.«

Mulldoos sah Braylar an. »Da haben wir also ein befestigtes Haus und ungefähr siebzig oder achtzig Männer mit spitzen scharfen Sachen, die alle nicht froh wären, uns zu sehen. Ich sehe schon, dir gefallen die Zahlen auch nicht. Aber darüber hat dich sicher schon ein Späher informiert, was?«

»Deshalb setzen wir sie ein. Ich hasse Überraschungen«, antwortete Braylar.

Mulldoos wandte sich wieder an Hackspeer. »Der Priester hat auch einen Brunnen, oder? Genau da, fast in der Mitte des befestigten Geländes. An Trinkwasser wird es ihm wohl nicht mangeln, was?«

Hackspeer regte sich unbehaglich. Der harte Untergrund tat seinen Rippen nicht gut. »Nein, nein, daran mangelt es ihm nicht. Und wenn ich mich nicht sehr irre, hat das Jagdhaus auch eine gut gefüllte Vorratskammer.«

Mulldoos nickte, der bleiche Kopf wippte auf dem dicken Nacken. »Wir sind also einer Meinung, und es scheint so, als könnten es die Priesterjungen hier noch eine ganze Weile aushalten. Besonders mit diesem Fischteich da auf der anderen Seite. Vielleicht haben sie nicht so viel Proviant wie eine richtige Burg, aber mehrere Wochen könnte es schon reichen. Oder was meinst du?«

Hackspeer zog sich ein Stückchen zurück und setzte sich aufrecht, damit er leichter atmen konnte. »Ich war nicht da drin und weiß nicht, ob der Seneschall sein Handwerk versteht oder ein unverbesserlicher Trunkenbold ist. Das ist schwer zu sagen. Aber wenn sie sich bei den Vorbereitungen nicht ausgesprochen dumm angestellt haben, reicht es sicher für zwei Wochen, wenn nicht länger.«

Auch Mulldoos verließ die Hügelkuppe. Er hatte genug gesehen. »Äh, ja. Wir sind wohl einer Meinung. Nur eine Sache verwirrt mich immer noch sehr.«

Er hielt inne, blickte den Captain an und wartete auf eine entsprechende Frage. Als Braylar sich nicht darauf einließ, fuhr Mulldoos fort: »Ich frage mich, warum wir nicht schon längst wieder im Sattel sitzen und nach Sonnenmatt reiten.«

Braylar antwortete, ohne ihn anzusehen. »Die Antwort ist ganz einfach. Unsere Beute ist noch dort unten.«

Mulldoos stützte sich auf die Ellenbogen und blickte zwischen dem Captain und der Hügelkuppe hin und her. »Ja, klar doch.

Umgeben von einer Menge Stein und vielen Männern, die uns nicht gut leiden können.«

»Das trifft es viel besser, als es dir selbst bewusst ist.«

Mulldoos dachte einen Augenblick darüber nach. »Tatsächlich? Dann bin ich jetzt sogar noch stärker verwirrt. Wenn ich mich hätte sagen hören, dass wir uns verziehen sollen, und wenn ich mit mir einer Meinung wäre, dann würden wir zwei jetzt Händchen halten, den Hügel hinuntermarschieren und so schnell wie möglich wegreiten, um noch ein ordentliches Stück zurückzulegen, ehe die Nacht anbricht. Aber du hörst mir zu, gibst mir recht – was wirklich äußerst selten geschieht, sodass ich gar nicht weiß, was ich davon halten soll –, aber dann machst du das genaue Gegenteil. Ehrlich, ich bin sehr verwirrt.«

Braylar nahm Blutrufer vom Haken am Gürtel. Die Ketten klirrten wie ein Tier, das einen Warnlaut ausstieß, ehe es angriff. Dann hob er den Kopf eines Fluchtgottes hoch und starrte das gequälte Gesicht an. »Gurdinn ist da unten.«

»Na gut, du hast ihn gesehen«, stimmte Mulldoos zu. »Und? Ich weiß nicht, wie uns das weiterbringt. Vielleicht ist das sogar ein umso besserer Grund, hier zu verschwinden. Er ist ja ein recht fähiger Kommandant. Höchstens noch etwas vernagelter als du.«

Braylar hob den Kopf des Flegels vor sein Gesicht. »Ich habe ihn nicht gesehen.«

»Aber warum ...« Mulldoos hielt inne und nickte langsam. Die bleichen Stoppeln im Gesicht sahen aus wie Zuckerkrümel. »Ah, ich hätte es mir denken sollen. Blutrufer flüstert dir mal wieder etwas ins Ohr.«

Wir warteten darauf, dass Braylar etwas sagte, und als er es nicht tat, stellte Mulldoos die Frage, die uns allen auf der Zunge lag. »Sollen wir jetzt um Brosamen betteln? Was hast du gesehen,

Cap, dass du so leichtfertig einen guten Rat in den Wind schlägst und das Gegenteil von dem tust, was wir tun sollten?«

Braylar kehrte der Kuppe den Rücken und stand mit knackenden Kniegelenken langsam auf. Er hakte den Flegel wieder an den Gürtel. »Mit letzter Gewissheit kann ich es nicht sagen. Blutrufer war nicht sehr mitteilsam, und die Bilder waren alles andere als klar. Aber so viel weiß ich: Wenn die flüchtigen Eindrücke zutreffen, dann sollte sich eine Möglichkeit ergeben, den Hohepriester zu schnappen, ohne einen Angriff zu beginnen, der nur unser Untergang wäre.«

Nun schaltete sich Hackspeer ein. »Captain, ich halte viel von deinen Warnungen und Vorahnungen, sie haben mehr als einmal das Schlachtenglück zu unseren Gunsten gewendet. Aber ich muss schon sagen, selbst wenn das, was du gesehen hast, zutrifft, läuft uns die Zeit davon. Zwischen den Brunemännern und dem Priester herrscht ein Patt – vorläufig wird keiner der beiden angreifen. Henlester wird keine Ausfälle machen und die Feinde attackieren, weil er sich in einer strategisch günstigen Verteidigungsposition befindet. Und Gurdinn bleibt nichts anderes übrig, als die Garnison auszuhungern, denn er hat keine Belagerungsmaschinen dabei und verfügt wahrscheinlich auch nicht über Ingenieure, um welche zu bauen. So oder so ...«

»Keiner der beiden bewegt sich«, griff Mulldoos den Faden auf. »Sie starren einander knapp außerhalb der Bogenschussreichweite an und träumen von wirklich hässlichen Wegen, sich gegenseitig umzubringen, aber keiner der beiden wird vorläufig etwas unternehmen. Wenn wir zu lange hier hocken bleiben, wird uns deine biestige Schwester das Leben zur Hölle machen, sobald wir wieder in Sonnenmatt sind. Da wir also auf absehbare Zeit keine günstige Gelegenheit bekommen werden ...«

Nun fiel Braylar ihm ins Wort, und sein Tonfall stellte klar, dass es keine Diskussion mehr war, sondern das Vorspiel zu einem Befehl. »Ich habe etwas mehr Fantasie erwartet. Ihr habt genügend Belagerungen erlebt und unzählige weitere studiert, um es besser zu wissen. Die meisten Belagerungen ziehen sich hin und enden damit, dass eine Seite ausgehungert oder krank ist und sich ergibt oder das Feld räumt. Nur selten kommt es zu einem großen Angriff. Es gibt aber auch viele Beispiele dafür, dass etwas Überraschendes eintritt, das über das Schicksal der Männer entscheidet. Ein vergifteter Brunnen. Verrat innerhalb der Festung, eine nicht verriegelte Ausfallpforte. Der wagemutige Angriff einer Eliteeinheit. Die Ankunft weiterer Belagerer, die das Gleichgewicht verändern. Ich kann nicht sagen, was genau geschehen wird, aber ich weiß mit Sicherheit, dass wir höchstwahrscheinlich unsere Gelegenheit bekommen werden, und zwar bald. Manchmal irrt Blutrufer sich, oder meine Interpretation ist falsch, aber ich habe das starke Gefühl, dass dem dieses Mal nicht so ist.«

Wir zogen uns weiter von der Hügelkuppe zurück. Braylar wandte sich an Hackspeer. »Wir beobachten und warten ab. Mindestens einen Tag, vielleicht zwei. Wenn in dieser Zeitspanne nichts passiert, reisen wir ohne unsere Beute und ohne Blutvergießen weg. Stelle zwei Männer ab, die die Hügelkuppe und die schier unglaublichen Feindseligkeiten dort unten beobachten.«

Mulldoos schaute mürrisch drein, doch Braylar ließ ihm keine Zeit, irgendwelche Einwände zu erheben. »Die Männer sollen sich bei der Wache ablösen. Ich gehe davon aus, dass die Brunemänner sehr beschäftigt sind, aber wie du schon gesagt hast, ist Gurdinn kein völliger Dummkopf. Möglicherweise schickt er Streifen durch den Wald. Dem begegnen wir mit unseren eigenen Männern. Verstanden?«

Die Befehle gefielen Mulldoos überhaupt nicht, doch er wusste, dass er so weit gegangen war, wie er es überhaupt wagen durfte. »Aye, Cap.«

Braylar nickte uns anderen zu. »Kalte Rationen, leise sprechen, die Rüstungen bedecken, die Waffen bereithalten. Möglicherweise müssen wir sehr schnell vorgehen, wenn der richtige Augenblick gekommen ist. Und ihr könnt sicher sein, dass er kommen wird.« Ohne ein weiteres Wort zu sagen, marschierte er den Hügel hinunter.

Mulldoos stand auf und klopfte sich Staub und Blätter von den Hosenbeinen. »Also, das war es dann. Ihr habt gehört, was der Cap gesagt hat. Sucht euch ein Gebüsch und ruht euch aus. Vendurro, du passt auf der Kuppe auf, bis du abgelöst wirst. Es wird nicht lange dauern.«

Auch er ging hinunter.

Hackspeer richtete sich zu seiner ganzen Größe auf. Er bewegte sich sehr vorsichtig. Gern hätte ich ihm meine Hand angeboten, aber ich wollte ihn nicht beleidigen. »Wollen wir, Arki? Unten wartet ein Festmahl aus gedörrtem Ziegenfleisch, getrockneten Datteln und abgestandenem Wasser auf uns.«

Bei jedem Schritt stemmte er den Schaft seines Speers in die dunkle Erde und stützte sich ab, um nicht das Gleichgewicht zu verlieren. Ich sah mich rasch zu Vendurro um. Er kroch auf dem Bauch wieder nach oben zur Hügelkuppe. Einmal drehte er sich um und lächelte, dann richtete er die Aufmerksamkeit wieder auf das Jagdhaus und das Lager.

Ehe ich zu den Syldoonern gestoßen war, hatte ich nicht viele Gelegenheiten bekommen, Soldaten näher kennenzulernen. Allerdings hatte ich genug von ihnen gehört und gesehen, um zu wissen, dass die meisten von ihnen außerordentlich begabte Nörgler waren, denen es nie an Dingen mangelte, über die sie sich beklagen konnten. Die Syldooner waren nicht weniger menschlich als alle anderen, und sie hassten sicherlich manchmal ihre Pflichten, Aufträge oder Unannehmlichkeiten wie jeder andere, aber sie wetteiferten auf eine eigenartige Weise darum, auch die schlimmsten Situationen stoisch zu ertragen, als hätten sie einfach dadurch, dass sie Syldooner waren, eine viel größere Toleranz gegenüber allem, was hässlich, kalt und widerlich war. Jeder Auftrag war eine neue Herausforderung, die es zu meistern galt.

Ich beeilte mich, zu Hackspeer aufzuschließen. Am Ende war er es, der den Arm ausstreckte und mich festhielt, als ich über ein verborgenes Loch im Boden stolperte. Anscheinend knirschten dabei die gebrochenen Rippen aufeinander, denn er zuckte vor Anstrengung zusammen. Es war jedoch schnell vorbei, und die gleichmütige Miene kehrte zurück.

Ja, sie waren wirklich ein eigenartiger Menschenschlag.

20

Am Fuß des Hügels hatten die anderen im Gebüsch schon ihre Schlafplätze gefunden und aßen die Rationen, die sie mitgebracht hatten.

Als ich mir selbst eine gute Stelle suchte, die von keinen großen Wurzeln durchzogen und möglichst von faulendem Laub frei war, bemerkte ich Braylar und den gerade abgelösten Vendurro, die abseits der anderen standen.

Langsam näherte ich mich ihnen, weil ich kein angeregtes Gespräch unterbrechen wollte, doch anscheinend musste ich mir in dieser Hinsicht keine Sorgen machen. Ich räusperte mich.

Die Männer sahen mich an. Braylar sagte: »Eins musst du lernen, wenn du mit Soldaten reist. Leg dich immer hin oder schließe die Augen, sobald du eine Gelegenheit dazu bekommst, denn manchmal gibt es nicht viele Gelegenheiten.«

»Nun ja«, antwortete ich lächelnd, »da Ihr ja selbst Soldat seid, geht Ihr nicht gerade mit gutem Beispiel voran.«

»Ha! Das ist wahr. Da gebe ich meinen Leuten ein schlechtes Beispiel. Hast du ein bestimmtes Anliegen?«

Unsicher, ob es der richtige Augenblick war, die Frage zu stellen, zögerte ich.

»Sei nicht so schüchtern, Archivar. Wir haben weniger Zeit, als du denkst. Sprich direkt oder überhaupt nicht.«

»Also, der Tod Eures Vaters …«, begann ich langsam. Ich rechnete damit, dass er mich unterbrechen würde, doch er tat es nicht. Also fuhr ich fort: »Es scheint mir ein entscheidender Augenblick gewesen zu sein. Ein Schüsselerlebnis, wenn Ihr nichts dagegen habt.«

»Ich glaube, ich habe etwas dagegen. Was ist damit?« Die Antwort war knapp, aber nicht feindselig. Noch nicht.

Vendurro beobachte mich aufmerksam und neugierig und fragte sich wohl, wie tief ich wieder ins Fettnäpfchen treten würde oder wie viel der Captain offenbaren würde. »Was ist danach passiert?«

»Meinst du die Schwüre? Das gebrochene Versprechen, meinen Vater zu rächen, das ich vor den Göttern und den Menschen abgab? Und den Schwur, unser Volk vor der syldoonischen Geißel zu schützen, den ich viele Jahre später ebenfalls brach?«

Ich nickte langsam.

»Dazu werde ich jetzt nichts sagen«, antwortete der Captain. Ich nickte wieder, etwas enttäuscht zwar, aber nicht überrascht. Zugleich war ich froh, einer verbalen Abreibung entgangen zu sein. Doch er fuhr fort: »Ich will dir aber erzählen, was direkt nach dem Tod meines Vaters geschehen ist.« Leise, wie zu sich selbst, fügte er hinzu: »Warum ich das will, weiß ich selbst nicht so genau. Wer spricht schon gern über einen Augenblick des Kummers und der Scham? Ich habe nie darüber gesprochen, und nur zwei weitere Menschen wissen, was geschehen ist. Einer davon ist diese Schurkin von Schwester. Deshalb ist es vielleicht gut, wenn du es aus meinem Munde hörst. Oder vielleicht bin ich einfach nur melancholisch. Vielleicht sterben wir morgen auch alle, sodass es sowieso keine Rolle mehr spielt. Wer weiß das schon?«

»Oh, Cap, wenn es um etwas geht, das du lieber nicht …«, setzte Vendurro an. Es klang höchstens halbherzig, und offensichtlich brannte er ebenso wie ich darauf, die Geschichte zu hören.

Braylar winkte ab. »Nach der Ermordung meines Vaters vergingen mehrere Tage. Ich weiß nicht, wie viele es waren. Ich bin sicher, dass ich aß, mich erleichterte und schlief, aber ich habe keine Erinnerung daran. Das Erste, an das ich mich erinnere, ist meine Mutter, die mich an der Schulter berührte, als ich auf der Matratze lag und die Wand anstarrte. Ich drehte mich um und sah sie an. Mit versteinerter Miene sagte sie, Grubarr sei da und wolle mich sprechen.«

»Grubarr?«, fragte Vendurro. Insgeheim verfluchte ich mich, weil ich den Captain gefragt hatte, während ein anderer Angehöriger seiner Truppe in der Nähe war. Meine Fragen reichten gewöhnlich schon aus, um ihm jegliche Lust zu nehmen, irgendetwas zu offenbaren.

»Ah, natürlich, das kannst du nicht wissen. Mein Stamm hatte drei Priester, für Erde, Sonne und Mond. Unter anderem waren sie auch die Gesetzeshüter. Grubarr war der Erdpriester und der freundlichste der drei. Als meine Mutter mich weckte, blickte ich sie an, ohne ihr Gesicht zu sehen, und begriff nicht, was sie gesagt hatte. Ihre Worte waren wie der Wind, ein bedeutungsloses Geräusch, das mir keine Antwort oder Reaktion entlockte. Wie die alten Männer in meinem Dorf, die nur noch dahindämmerten und kaum mehr auf menschliche Ansprache und auch sonst auf nicht mehr viel reagierten. Das Einzige, was sie noch wahrnahmen, waren das Licht und die Dunkelheit. In der Nacht schliefen sie, tagsüber starrten sie ins Leere. Oft fragte ich mich, worüber sie nachdachten, da sie so tief in sich selbst versunken schienen. Jetzt weiß ich es. Sie dachten über gar nichts nach. Über rein gar nichts.«

Sobald er begonnen hatte, darüber zu sprechen, gab es kein Halten mehr. »Ich glaube mich zu erinnern, dass sie mich schüttelte und mir beim Aufstehen half. Einer von uns zog mich an, wahrscheinlich war sie es. Dann war ich draußen und stand mit meiner Schwester vor Grubarr. Er sah uns und dann meine Mutter an. Daran erinnere ich mich noch genau. An seine Miene. Er war sehr traurig, auch wenn er schon viel Trauer gesehen hatte. Und dann sagte er mir etwas, an das ich mich mit aller Klarheit erinnere. Er erzählte uns, wir sollten unseren Vater für sein Begräbnis vorbereiten. Diese Worte nahm ich auf, sie erschütterten mich, und doch begriff ich es nicht. Auch Soff antwortete nicht. Grubarr wandte sich an unsere Mutter und dann wieder an uns und versuchte es noch einmal. Ich weiß noch jedes einzelne Wort, was wirklich überraschend ist, weil ich so benommen war. Er sagte: ›Ich wünschte, es wäre anders, aber du musst heute helfen, die Beerdigung vorzubereiten. Also folge mir bitte. Ich will dir das Schlimmste ersparen, aber du musst bei mir sein, und wir können nicht länger warten.‹ Dann fragte er, ob wir das verstanden hätten. Soff nickte langsam, mit geschlossenen Augen, das Kinn fast auf der Brust, als erwachte sie gerade aus einem tiefen Schlaf. Ich nickte nicht und antwortete nicht. Grubarr legte mir eine Hand auf die Schulter. ›Braylar‹, sagte er, ›es tut mir leid. Du hast hier keine andere Wahl. Ich weiß, du hast gelitten, und ich werde mich bemühen, damit es schnell geht. Das schwöre ich dir. Aber wir müssen jetzt gehen, ja?‹ Natürlich irrte er sich. Bis zu diesem Punkt hatte ich überhaupt noch nicht gelitten. Aber an diesem Morgen begann es, und mir wurde bewusst, oder mir dämmerte wenigstens, dass ich unendlich tief und lange leiden würde. Ich wollte an den Ort zurückkriechen, wo Worte nur Wind und ohne Bedeutung waren. Doch es war zu spät. Ich befand mich wieder unter den Lebenden, und die Wahrheit seiner Worte traf mich. Ja, wir hatten keine Wahl. Ich sah meine Mutter an, die nichts sagte. Sie schien nur müde zu sein, sehr müde. Da ich nicht wusste, was ich sonst tun sollte, drehte ich mich wieder zu Grubarr um und nickte. Dann folgte ich ihm über das zertrampelte gelbe Gras durch das Dorf. Einige Einwohner sahen uns, wandten aber rasch den Blick ab und widmeten sich wieder ihren Aufgaben.«

So unwillkommen mir auch Vendurros Unterbrechung gewesen war, jetzt hatte ich selbst eine Frage. »Warum musstet Ihr bei den Vorbereitungen helfen? War es üblich, dass die Kinder ...«

»Das war die Strafe für einen Grabraub. Man hatte Soff und mich während des Winters erwischt.«

»Ich habe dir doch gesagt, dass der Cap mit solchen Dingen Erfahrung hat, auch wenn ich angenommen hätte, dass er, na ja, dass er erfolgreicher war«, meinte Vendurro.

Braylar ging nicht darauf ein. »Meine Schwester und ich wurden Grubarr zugeteilt, um beim Begraben der Toten zu helfen. Bei allen. Ich war nicht auf das vorbereitet, was wir sehen und tun sollten. Im Winter waren einige Leute gestorben, und da es ein kleines Dorf war, kannten wir sie alle. Aber all die anderen waren keine Verwandten, sie waren nicht mein Vater.«

»Verdammt auch«, murrte Vendurro. »Konnten sie bei deinem Vater nicht mal eine Ausnahme machen?«

Sogar im Dunklen erkannte ich Braylars zuckendes Lächeln. »Mein Volk hält nicht viel von Ausnahmen. Grubarr führte uns zu seinem Langhaus. Es war größer als die meisten anderen und hatte mehrere mit Türen und Fellvorhängen abgetrennte Kammern. Ganz hinten war die Totenkammer, wo die Vorbereitungen stattfanden. Ehe wir eintraten, hielt Grubarr uns an den Armen fest und sah uns an. ›Alle Worte, die ich sagen könnte, vermögen den Schmerz nicht zu lindern, so viel weiß ich. Aber eines kann ich euch sagen, und nur darauf kommt es an. Als ich ungefähr in deinem Alter war, Soffjian, starb meine Mutter. Sie hieß Droos. Gerade noch war sie stark, gesund und jung, am nächsten Tag lag sie schon im Fieber. Sie war viele Monde lang krank, und dann starb sie. Die Priester untersuchten sie, aber es war vergebens. Sie konnten nichts finden.‹

›Es brach mir das Herz, da will ich nicht lügen‹, fuhr der Erdpriester fort. ›Ich hatte weder Bruder noch Schwester, und mein Vater ... nun ja, es geht jetzt nicht um meinen Vater. Nein. Ich will euch jetzt nur sagen, dass ich litt. Ich trug einen großen, schweren Kummer und war ganz allein. Ich wollte sterben. Und die Vorstellung zu sterben ängstigte mich nicht einmal. Es tat nicht weh, es war fast ein Trost. Ich spielte mit dem Gedanken und trug ihn in mir, Tag für Tag. Aber eines Tages verlor ich ihn. Der Kummer blieb, nur den Todeswunsch verlor ich damals. Ich weiß nicht, wer ihn gefunden hat. Vielleicht wart ihr es.‹ Er sah uns scharf und nachdenklich an. ›Vielleicht auch nicht. Aber falls ihr ihn gefunden habt, dann solltet auch ihr ihn möglichst bald wieder verlieren. Ihr werdet weiterleben, ihr werdet durchhalten. Und eines Tages werdet ihr euch erholen. So ging es mir, mit der Zeit geht es jedem so. Auch euch wird es so gehen. Mir hat es niemand gesagt, als meine Mutter starb, aber wenn sie es gesagt hätten, dann hätte ich es nicht geglaubt. Das ist bei euch nicht anders, würde ich meinen. Eines Tages, vielleicht dauert es noch Jahre, aber eines Tages werdet ihr genau dies jemand anders sagen, und dann ist er an der Reihe, es nicht zu glauben.‹

Ich wusste nicht, ob ich weinen oder schreien, ihn schlagen oder in seine Arme sinken sollte. Also tat ich gar nichts. Soff öffnete den Mund, als wollte sie etwas erwidern, bekam aber kein Wort heraus. Und dann sagte er noch etwas. Wenn wir jemals reden wollten, dann würde er zuhören. Damit ließ er die

Hände sinken, griff in einen Holzeimer und holte drei feuchte Tuchstreifen heraus. Zwei reichte er uns, den dritten wickelte er sich einige Male um den Kopf, um Mund und Nase zu bedecken.«

»Wegen des Geruchs?«, fragte Vendurro. »Tut mir leid, Cap«, fügte er gleich darauf hinzu.

»Ja. Die Streifen waren in frischer Pferdepisse eingeweicht. Ein Mensch kann aus vielen Gründen stinken, aber er stinkt nie so stark wie im Tod. Nach ein paar Tagen beginnen die Leichen innerlich zu verwesen, sie verflüssigen sich, und der Gestank ist wie Schwefel und Sumpfgas. Das dreht auch dem stärksten Mann den Magen um und lässt ihn würgen. Damit verglichen ist Pferdepisse sogar angenehm. Wir banden uns die Streifen vor die Nase und den Mund. Grubarr zog den Fellvorhang weg, und wir traten ein. Unser Vater lag fast mitten im Raum auf einem Tisch. Sein Oberkörper war nackt, aber sonst war er so gekleidet wie an dem Tag, an dem man ihn erstochen hatte. Die Haut hatte sich allerdings verändert, sich inzwischen gespenstisch grün und blau verfärbt. Der Körper war aufgedunsen, aber nicht gleichförmig. Einige Teile waren stärker angeschwollen als die anderen. Unter der Nase und im Mundwinkel hatte sich Flüssigkeit gesammelt. Trotz des Tuchs vor dem Gesicht wurde mir übel.«

Er sah mich scharf an. »Vielleicht ist es ein Segen, dass du deinen Vater nie getroffen hast und dass dich deine Mutter für einen Beutel Münzen weggegeben hat. So musstest du sie nicht sterben sehen.«

Er meinte es nicht grausam, und doch traf es mich. Ich fragte mich, ob meine Mutter noch lebte.

»Soff und ich standen beieinander und starrten ins Leere«, fuhr Braylar fort. »Wir weinten beide nicht. Nicht in diesem Augenblick. Kurz nach dem Mord hatte ich bis zur Ohnmacht geweint, und ich war nicht bereit, schon wieder damit zu beginnen. Also stand ich einfach nur da und fühlte mich leer, klein, verloren und erschöpft. Und wie Grubarr gesagt hatte, wollte ich es nicht glauben. Obwohl ich die Beweise vor mir sah, weigerte ich mich zu glauben, dass es geschah. Soff nahm meine Hand.« Braylar hielt einen Augenblick inne, ehe er fortfuhr. »Ich sehe eure Skepsis. Aber vergesst nicht, dass dies vor den gebrochenen Schwüren geschah. Früher gab es eine Art grobe Zärtlichkeit zwischen uns.«

Als keiner von uns darauf antwortete, fuhr er fort: »Der Raum hatte keine Fenster. Niemand im Dorf wollte den Tod riechen, und Grubarr wollte nicht, dass perverse neugierige Kinder seine Arbeit störten. Allerdings gab es ein Loch in der Decke, das an einen Rauchabzug erinnerte, obwohl in dieser Kammer sicherlich niemals ein Feuer entfacht wurde. Es war ein bewölkter Tag, Regen kündigte sich an, und es war recht finster in der Totenkammer. Nur in den hinteren Ecken brannten einige Kerzen, und durch das Loch in der Decke drang ein wenig Licht herein. An den Deckenbalken hingen Blumen und Kräuter mit den Köpfen nach unten zum Trocknen. Es waren so viele, dass man fast glauben konnte, über uns schwebte eine umgekehrte Wiese. Außerdem gab es viele, viele Bretter, auf denen Schalen, Ampullen, Krüge mit Deckeln und kleine Kisten standen. Einige hatte ich im Laufe des Winters kennengelernt. Zerstampfte Blüten oder Zähne und Nägel von hundert verschiedenen Tieren, zahlreiche Farben, Pilze, kleine Pelze, Öle, getrocknete Milch, Kalk, Holzkohle und so weiter.«

»Verdammt auch, welchem Zweck diente das alles denn?«, wollte Vendurro wissen.

»Grubarr hatte uns einmal gesagt, dass einige in unserem Stamm die alten Überlieferungen nicht mehr verstanden, weder die kunstvolle Behandlung der Toten noch die der Lebenden.

Einige meinten, wenngleich hinter vorgehaltener Hand und sicher nie in der Gegenwart der Priester, man sollte die Toten einfach verbrennen und ihre Asche verstreuen oder sie einfach bestatten und vergessen.«

»Aye«, stimmte Vendurro zu. »So hält man es in meinem Volk.«

Braylar nickte. »Ich weiß noch, wie Grubarr lächelte, als er uns dies erzählte, während er mit den starken Händen eifrig Stechpalmenblätter in einem Steinmörser zerrieb. ›Alte Männer halten sich an die alten Bräuche. Wäre ich jung, dann würde ich mich vielleicht auch für eine Veränderung einsetzen. Aber ich bin alt und mache das, was ich schon immer getan habe. Eines Tages wirst auch du alt sein und dich an das Hergebrachte klammern wie das Moos an den Stein.‹ Ich versuchte, mir einen anderen Tag vorzustellen als denjenigen, den ich gerade erlebte. Es gelang mir nicht. Der Gestank war zu stark und meine Fantasie zu schwach. Grubarr schritt an uns vorbei zu meinem Vater und krempelte sich die Ärmel hoch. Seine Unterarme waren dick, und auf ihnen wuchs dichtes graues Haar, fast schon ein Pelz. An jedem anderen Tag wäre mir das komisch vorgekommen und hätte mich sogar an diesem Ort beruhigt, aber jetzt half es nicht. Er nahm ein feuchtes Tuch aus einer Holzschale und wischte unserem Vater das getrocknete Blut vom Bauch. Der Bauch war dick, und es war eine Menge Blut. Soff und ich ließen einander los und traten vor. Sobald wir etwas näher kamen, stockte mir der Atem in der Brust. Nachdem wir den Winter über vier Tote für die Bestattung vorbereitet hatten, wussten wir, was uns erwartete – steife, unnachgiebige Muskeln, kalte Haut, geronnenes Blut. Aber die Erfahrungen des Winters hatten uns nicht auf dies hier vorbereiten können.«

Vielleicht hatte Braylar in Bezug auf meine Eltern doch recht. Manche Dinge sah und erfuhr man am besten gar nicht erst.

»Vor den Füßen meines Vaters blieb ich stehen und hatte Angst, noch näher heranzugehen. Auf den Stiefeln und an der Hose klebte noch der rote Schlamm, der nach dem Sturz hängen geblieben war. Es war schwer zu sagen, wo der Schlamm aufhörte und wo das Blut begann.

Soff war tapferer als ich, aber nur ein wenig. Sie blieb gegenüber von Grubarr an der Hüfte unseres Vaters stehen. Das Tuch vor ihrem Gesicht hob und senkte sich rasch. Grubarr arbeitete weiter, als wären wir nicht da, er wischte, wrang aus, wischte, wrang aus. Schließlich sagte Soff ganz leise: ›Er ... werden wir ihn begraben?‹

Grubarr schaute nicht auf, sondern machte weiter. ›Ein schlichtes Grab, ja.‹

Soff streckte die Hand aus, um unseren Vater zu berühren, zog sie aber wieder zurück. ›Und was werden wir ihm mit ins Grab geben? Wir geben ihm doch etwas mit, oder?‹

Grubarr wrang das Tuch aus. ›Ja. Jeder bekommt etwas mit, vom Kleinsten bis zum Größten, vom Jüngsten bis zum Ältesten. Das wird eure Mutter entscheiden. Sie wird ihm sicherlich Honigwaben ins Grab legen, oder?‹ Er lächelte Soff an, die jedoch ernst blieb. ›Wenn ihr andere Vorschläge habt, wird sie es bestimmt hören wollen.‹

Soff nickte, sagte aber nichts weiter dazu. Kurz danach fragte sie ihn so leise, dass ich es kaum verstehen konnte: ›Was ... was werden wir tun, wenn du ihn gereinigt hast?‹

›Hm, wir werden sehen. Die Wunde wird mit einer Paste aus Dill und Asche verschlossen, aber das werde ich tun. Ich werde das meiste von dem erledigen, was nötig ist. Wenn ich etwas aus den Regalen brauche, werdet ihr es mir holen, und wenn etwas gemischt werden muss, dann werdet ihr das tun. Sonst aber nicht viel. Es reicht aus, dass ihr hier seid. Ihr seid da, also ist es gut.«

Braylars Fähigkeit, sich so viele Jahre später noch derart genau an die Unterhaltung zu erinnern, war erstaunlich. War sein Gedächtnis wirklich so gut? Hatten sich die Worte eingebrannt, weil es ein so entscheidendes Erlebnis gewesen war? Oder ergänzte er beim Erzählen, was die Erinnerungen nicht hergeben wollten? Hatte Blutrufer irgendwie sein Erinnerungsvermögen geschärft?

Ich stellte keine dieser Fragen, und schon fuhr er fort: »Schließlich hatte Grubarr den Bauch meines Vaters sauber gewischt und warf das Tuch in die Schale mit dem blutigen Wasser. Jetzt erst betrachtete ich die Wunde und konnte den Blick nicht mehr von ihr wenden. So klein, so schmal, nicht einmal so lang wie meine Hand. Kaum zu glauben, dass daran ein Mann gestorben war, und doch war es geschehen. So schnell, so entsetzlich schnell.

Ich weiß noch, wie ich dachte, es sei doch seltsam, dass der dicke Bauch meines Vaters die Klinge nicht aufgehalten hatte, dass ihn die Fülle nicht gerettet hatte, und dann schämte ich mich schrecklich. Es schien, als könnte ich ihn nicht einmal im Tod achten. Da begann ich wieder zu weinen. Ich spürte es kommen und bemühte mich, es zu unterdrücken. Ich wollte unbedingt stark sein oder wenigstens stark scheinen. Aber ich konnte mich nicht beherrschen, das Blut hatte meine Willensstärke weggeschwemmt. Ich starrte die alten Stiefelsohlen meines Vaters an, konzentrierte mich auf den trockenen Schlamm und wollte alles andere ausblenden. Nur an den Schlamm denken und dass es bald wieder regnen würde, es konnte sogar jeden Augenblick anfangen. Dann gäbe es neuen Schlamm, überall wäre Schlamm. Der Regen würde das ganze Dorf und die ganze Welt in Schlamm verwandeln. Aber das half mir nicht. Die Tränen flossen, mir lief die Nase. Zitternd trat ich zurück. Ich biss mir auf die Zunge und ballte die Hände zu Fäusten, dass sich die Nägel tief in die Handflächen bohrten. Aber als ich die Tränen wiedergefunden hatte, wurde ich sie nicht mehr los.«

Er berichtete es distanziert, fast als beschriebe er die gestohlenen Erinnerungen eines Toten. Wenn das eine Art Beichte sein sollte, dann fehlte ihr jegliche Leidenschaft oder Seelenqual, als beträfe das alles jemand anders.

»Soff sah es und kam zu mir«, fuhr Braylar fort. »Da begann ich zu schluchzen. Ich sank auf die Knie, genau wie mein Vater vor einigen Tagen, und wünschte, ich fände auf dem Boden Schlamm, den ich schlucken und in dem ich ertrinken konnte, aber es war nur Lehm. Ich nahm einige Handvoll davon und schmierte sie mir in die Haare, auf das Gesicht und die Augen. Soff wollte meine Hände wegziehen und mich halten. Ich ertrug es nicht mehr, stand wieder auf und rannte in den nächsten Raum, in den dahinter und noch weiter, hinaus aus dem Langhaus. Ich rannte in den Wald, nur fort von dem Dorf, bis sich meine Lunge anfühlte, als wollte sie mir im Brustkorb zerplatzen. Immer weiter lief ich und hoffte, sie würde wirklich platzen, sie würde zerreißen und entzweigehen und ich wäre der Nächste, den Grubarr für das Grab vorbereiten musste. Aber das geschah nicht, ich stürzte einfach nur hin und wollte wieder weinen, aber dazu hatte ich keine Kraft mehr. Ich lag da, von lautlosem Schluchzen geschüttelt, wollte sterben und schlug auf den Boden ein, weil ich nicht einmal schreien konnte.

Erst da wurde mir bewusst, wohin ich gerannt war. Es war der Hain mit den sterbenden Buchen in der Nähe des Dorfes. Ich war lange nicht so weit gekommen wie vermutet. Als ich wieder atmen konnte und im Regen stand, wurde ich auf einmal ärgerlich. Nein, ich wurde wild vor Wut. Darüber, dass mein Vater getötet worden war, und auf die Götter, die es zugelassen hatten. Schon wieder liefen mir die Tränen über das Gesicht, und jetzt konnte ich endlich alles herausschreien.«

Es war schwer, sich den Captain so überwältigt vorzustellen, und noch schwieriger zu erkennen, was er durchgemacht hatte.

»Ich lief zu der nächsten Birke, die noch stand, und trat und stieß gegen sie. Der verfaulte Baum stöhnte, fiel aber nicht um. Deshalb zog ich mich zurück und rannte, traf ihn mit Schulter und Kopf und prallte ab. Ich stürzte ins nasse Gras und blickte zu dem Baum hoch. Jetzt bewegte er sich, wenngleich sehr langsam. Er knarrte und stöhnte und gab alle Geräusche von sich, die er mit seiner Baumstimme nur erzeugen konnte, und dann kippte er mit einem letzten Schmatzen und Knacken um. Der verfaulte Baum fiel, prallte gegen einen anderen und riss auch diesen um.

Mir tat die Schulter weh, der Rotz quoll aus meiner Nase, in meinem Kopf pochte es, als wäre er eine große Trommel, und ich hatte das Gefühl, die ganze Welt wäre eine klaffende, pulsierende Wunde, in der man das tiefere Gewebe sehen konnte, das absterben würde, wenn man die Wunde nicht rasch verschloss. Damals hätte ich es nicht in Worte kleiden können, aber es war eine Wunde, die man kauterisieren musste. Ausbrennen, bis das Blut nicht mehr floss und die Haut schwarz wurde und die Wunde sich von selbst schloss. Ich kannte nicht die richtigen Worte dafür, aber ich wusste oder spürte, dass ich genau dies tun musste.

Ich sprang auf und rannte zu dem nächsten Baum. Daneben lag ein Stamm, stabiler als die halb tote Birke. Ich hob den kleinen Stamm und schlug auf die andere sterbende Birke ein. Die weiße Borke flog umher, immer wieder schlug ich zu, bis meine Hände Blasen und Risse bekamen und mir das klebrige Blut über die Handfläche lief. Dann fiel auch dieser Baum um. So ging es weiter. Ich stieß und schlug, ich schrie und kreischte und fällte die sterbenden Bäume, einen nach dem anderen. Ich tötete sie und verfluchte unablässig alles, was mir einfiel. So rodete ich den sowieso schon lichten Wald wie ein verrückter Druide. Ich weiß nicht, wie lange ich weitermachte, aber ich hörte erst auf, als ich nicht mehr konnte, als die Wunde wieder geschlossen war und ringsum ein Dutzend Bäume auf dem Boden lag.«

Braylar hielt einen Moment inne und blickte zwischen uns hin und her, als hätte er völlig vergessen, dass er Zuhörer hatte. Dann sagte er: »Statt zu helfen, meinen Vater für die Beerdigung herzurichten, floh ich in den Wald, warf Bäume um und riss mir die Hände auf.«

Vendurro war sicher nicht daran gewöhnt, seinen Captain zu beschwichtigen, aber er versuchte es wenigstens. »Du warst doch noch ein Junge, Cap. Und es war falsch, dass du bei der Leichenwäsche deines Vaters helfen solltest. Es tut mir leid, wenn du das anders siehst, aber ich muss schon sagen, dass ist hart, selbst für Leute, die keine Ausnahmen machen. Du warst doch nur ein Junge.«

»Das ist wahr, ich war nur ein Junge. Aber ich war auch der einzige Verwandte, der meinen Vater rächen konnte, und hatte diesen Weg auf eine elende, beschämende Weise begonnen. Da schwor ich, dass der Augenblick der Schwäche in der Totenkammer der letzte gewesen sein sollte. Ich schwor, den Mann zu bestrafen, der meinen Vater getötet hatte, der mich daran gehindert hatte, meinen Vater schätzen zu lernen und ihm nicht mehr auszuweichen. Ich leistete die Schwüre und einige weitere und wusste nicht, dass sie die ersten waren, die ich brechen würde.« Er blies sich auf die Hände, schüttelte den Kopf und sagte: »Ruht euch aus, solange ihr es noch könnt.« Damit verschwand er hinter einigen Bäumen.

Vendurro sah mich an. »Sich zu einer feigen Tat zu bekennen ist so ziemlich das Heldenhafteste, was ein Mann tun kann. Nicht, dass ich sagen will, er habe sich feige verhalten, als er weggelaufen ist. Ich hätte bestimmt das Gleiche getan oder geheult wie ein Baby, ehe ich überhaupt das Totenhaus betreten hätte. Sie hätten mich kreischend und tretend hineinschleppen müssen. Aber in seinen Augen war es feige. Und ... verdammt will ich sein, aber ich habe in all den Jahren noch nie gesehen, dass er so außer sich war. Das macht mich ein bisschen nervös.«

Da wollte ich ihm nicht widersprechen.

Vendurro ging und suchte sich einen Schlafplatz, ich ließ unterdessen den Blick über unsere Truppe wandern. Da Syldooner auf der Kuppe, beim Wagen und im Wald waren, um auf feindliche Patrouillen zu achten, war unsere Gruppe stark geschrumpft. Ich wickelte mich in meine dünne Decke, schwor mir, nicht darüber nachzudenken, dass ich wahrscheinlich in diesem Wald sterben würde, und suchte mir eine Stelle am Boden, die nicht ganz so unangenehm war wie die meisten anderen. Selbst nachdem ich alle Kiefernzapfen, Steine und Äste weggeräumt hatte, die ich nur finden konnte, blieb der Boden uneben und hatte keine große Mühe, mich vom Schlafen abzuhalten.

Ich warf mich eine Weile hin und her, und mit jeder Bewegung wurde alles nur noch schlimmer. Immer noch staunte ich, weil Braylar so ausführlich und mit wenig Widerstreben über sich selbst gesprochen und obendrein etwas sehr Persönliches und Schmerzliches preisgegeben hatte. Schließlich legte ich mir die Decke über die Schultern und verließ unsere kleine Lichtung. Dabei musste ich aufpassen, nicht gegen einen anderen Schläfer zu stoßen. Trotz der Dunkelheit fiel es mir leicht, ihnen auszuweichen, weil die Syldooner schwer atmeten oder in verschiedenen Tonarten schnarchten.

Ich stieg über einen umgestürzten Baum, duckte mich unter einen Baum und suchte mir eine Stelle, um mich zu erleichtern. Da ich in einem Wald war, gab es eigentlich keine wirklich schlechte Stelle, aber man hatte mir eingeschärft, immer ein Stück weit wegzugehen, damit ich nicht versehentlich jemandem auf den Kopf pisste. Nur eben nicht so weit, dass ich mich im Wald verirrte.

Sobald ich sicher war, dass ich die Anforderungen erfüllt hatte, und Anstalten machte, die Hose herunterzuziehen, spürte ich eher, als es zu sehen, dass jemand in der Nähe war. Ich hielt auf der Stelle inne und hoffte, es wäre nur ein anderer Syldooner und nicht etwa ein Brunemann, der durchs Unterholz schlich, oder ein wildes Tier. Vielleicht hatte ich mich auch geirrt.

Ich sah mich um, und da der Viertelmond hoch am Himmel stand, brauchte ich nicht lange, um Skeelanas Silhouette zu erkennen. Ich schlich ein Stückchen weiter und näherte mich ihr von der Seite. Allmählich schälten sich die Einzelheiten ihres Profils aus der Dunkelheit - die großen Lippen, die kecke Stupsnase, die Haare, die anscheinend in alle Richtungen gleichzeitig vom Kopf zu fliehen drohten. Gerade wollte ich sie leise ansprechen, da bemerkte ich, dass sie die Augen geschlossen hatte. Längere Zeit verharrte sie, wie sie war, stand völlig gerade, die Augenlider flatterten leicht. Da sie kein Pferd war, konnte ich mir nur vorstellen, dass sie zu den Menschen gehörte, die im Schlaf umherspazierten. In meinem Wohnheim an der Universität hatte ein Mann gelebt, dem es ebenso ging. Manchmal stand er nachts auf und lief umher. Der Rektor hatte uns unter Androhung von

Stockschlägen eingeschärft, ihn in Ruhe zu lassen. Wir hatten uns daran gehalten. Niemand hatte auch nur versucht, ihn zu wecken.

Aber das war ein eingefriedetes Gelände gewesen. Hier befanden wir uns in der Wildnis, eine halbe Meile entfernt lagerte eine feindliche Truppe. Ich überlegte noch, ob ich sie wachrütteln sollte oder sie sanft zu dem Schlafplatz geleiten konnte, den Soffjian ihr angewiesen hatte, da öffnete Skeelana auf einmal die Augen.

Sie wirkte keineswegs desorientiert, was ich seltsam fand, sondern wandte sich sofort um und kehrte zu unserem kleinen Lager zurück. Als sie mich dort stehen sah, wie ich sie beobachtete, fuhr sie zurück und hob die Hände – entweder, um sich zu verteidigen oder mich mit irgendeiner schrecklichen Hexerei auszuschalten.

»Skeelana, ich bin es, Arki«, zischelte ich rasch und so laut, wie ich es eben wagte.

Langsam ließ sie die Hände sinken, als wäre sie nicht sicher, ob sie mir glauben konnte. Vielleicht spielte sie immer noch mit dem Gedanken, einen unsichtbaren Zauber zu wirken. »Verdammt, was tust du hier draußen?«

Sie schien nervös, verlegen oder beides.

»Es tut mir leid, ich musste, äh, ich wollte mich erleichtern ... aber was machst du eigentlich hier?«

Skeelana verschränkte die Arme vor der Brust. Ich wusste nicht, ob es nur wegen der Kälte war, oder weil sie die standhafte beleidigte Haltung einnehmen wollte, die nur Frauen auf so unnachahmliche Weise beherrschten. »Das geht dich rein gar nichts an.«

Damit war die Frage nach der Pose unmissverständlich beantwortet. »Ich wollte dich nicht erschrecken oder ... es tut mir leid.«

»Du hast mich nicht erschreckt. Du …«, fauchte sie. Sie zögerte, dann sprach sie etwas freundlicher weiter. »Doch, du hast mich erschreckt. Ein wenig. Vor allem bin ich wütend auf mich selbst, weil ich nicht vorsichtiger war. Du hast nichts Falsches getan. Nein, du warst immer freundlich zu mir. Um ehrlich zu sein, finde ich das sogar etwas beunruhigend.« Sie sah sich um. In der Nähe raschelte ein kleines Tier im Gebüsch. »Wir müssen wirklich damit aufhören, uns im Dunklen zu treffen. Die Leute könnten über uns reden.«

Sie wollte einen Scherz machen, aber sie hatte nicht ganz unrecht. Ich stellte mir vor, was Mulldoos sagen würde, wenn er mich hier draußen mit einer Memoridin ertappte. Angenehm wäre es sicher nicht.

Ich wollte mich entschuldigen, weil meine Blase zum Platzen voll war und weil es in diesem Moment sowieso das Vernünftigste gewesen wäre, doch ich blieb stehen. »Du hast gesagt, das ginge mich nichts an, und das respektiere ich. Ehrlich.«

»Wirklich?« Es klang belustigt, doch ich konnte nicht erkennen, ob dahinter Koketterie oder Gereiztheit stand.

»Ja, wirklich. Aber bitte sag mir eines. Du bist doch keine Schlafwandlerin, oder? Hast du etwa meditiert? Offensichtlich hast du dich nicht erleichtert. Was hast du denn nun eigentlich hier gemacht?«

»Für jemanden, der angeblich Grenzen respektiert, stellst du viel zu viele Fragen.«

Damit hatte ich gerechnet. Ich nickte. »Du hast recht. Ich sollte wohl lieber …«

»Ich habe eine Nachricht geschickt«, erklärte sie rasch, als hätte sie damit mehr offenbart, als sie durfte. »Wenn du es schon wissen willst.«

Ich zog die Decke enger um mich, um den kalten Wind abzuhalten, und fragte mich, ob es unhöflich war, sie ihr nicht anzubieten, oder ob es aus ganz anderen Gründen aufdringlich und unhöflich wäre, es zu tun. Ich entschied mich für die zweite Unhöflichkeit. Als sie ablehnte, fragte ich: »Eine Botschaft? An eine andere Memoridin, nehme ich an?«

»Das ist außerordentlich klug.« Ich war nicht sicher, aber es kam mir so vor, als lächelte sie.

»Du kannst ... was? Gedanken an andere übermitteln? Gedanken lesen?« Die Frage klang gar nicht so lächerlich, wie ich es erwartet hätte. Hätte ich vor meinen Begegnungen mit Lloi und den Memoridinnen von solchen Dingen gehört, dann hätte ich sie als dummen Aberglauben oder zumindest stark übertrieben abgetan. Allmählich war ich bereit, so gut wie alles zu glauben.

»Nein«, antwortete sie. »Das trifft es nicht ganz. Zumindest ist es nicht ganz so, wie du glaubst. Wir können keine komplexen Gedanken übermitteln oder uns austauschen, wie du und ich es jetzt gerade tun. Ein schneller Wortwechsel mit Fragen und Antworten und Nebenbedeutungen ist nicht möglich. Wir übermitteln einander Erinnerungen.«

»Erinnerungen? Das verstehe ich nicht. Erinnerungen woran? An das, was du in letzter Zeit gesehen und gehört hast?«

Skeelana schüttelte den Kopf. »Nein. Das heißt, die begabtesten und erfahrensten Memoridinnen können so etwas tun, wenn sie nicht sehr weit voneinander entfernt sind. Aber über diese Entfernung können wir nur kleine Bilder und Geräusche übermitteln, die wir uns genau eingeprägt haben.«

Das klang immer noch erstaunlich, schien aber nach meinen Erlebnissen nicht völlig ausgeschlossen zu sein. »Ist das eine Art Code? Und was für Erinnerungen sind es?«

»Man könnte es eine Art Code nennen«, bestätigte sie. »Kleine und kurze Erinnerungen sind am einfachsten zu übertragen. Ein Fisch, der im Kreis im Wasser schwimmt, hat eine bestimmte Bedeutung. Ein Falke, der auf die Beute herabstößt, bedeutet etwas anderes. Das Bild ist aktiv und gut zu erkennen, aber dabei auch von sehr kurzer Dauer. Wenn man solche Bilder miteinander verbindet, kann man eine Menge übermitteln.«

Das war mir fremd, und ich fand es verblüffend, aber alles, was sie sagte, warf nur neue Fragen auf. »Warum prägt ihr euch nicht einfach das Alphabet ein? Ihr könntet einen Buchstaben nach dem anderen übertragen wie beim Schreiben. Wäre das nicht viel einfacher?«

»Vielleicht. Ja, es wäre einfacher. Aber zwei Dinge sprechen dagegen, es auf diese Weise tun. Einmal ist es, wie schon gesagt, die große Entfernung. Auch die Begabtesten können immer nur wenige Bilder auf einmal übertragen. Niemand, den ich kenne, könnte diese Konzentration lange genug halten, um ... Gedanken zu schreiben, wie du es dir vorstellst. Oder wenn, dann käme nicht viel dabei heraus.«

»Und das Zweite?«

Sie kam einen Schritt näher. »Jetzt würde ich gern die Decke in Anspruch nehmen.«

Ich brauchte einen Moment, bis ich es begriffen hatte, dann gab ich ihr die Decke, die sie sich über die Schultern legte. »Der andere Grund ist, dass es leichter ist, etwas Lebendiges, Farbiges und Bewegliches zu übermitteln. Das kann man leichter empfangen, weitergeben und festhalten. Den Grund kenne ich nicht. Aber in unserer Sprache, in unserem Code, haben alle Bilder eine bestimmte Bedeutung. Sie sind fast nie statisch, sondern immer etwas, das man leicht mit Gefühlen verbinden kann. Dadurch werden die Erinnerungen besonders lebhaft. Pass auf, ich zeige es dir.«

Ehe ich Einwände erheben konnte, schloss sie die Augen, und auf einmal nahm ich einen sehr starken Ingwergeruch wahr. Es kribbelte sogar in der Nase, und der Eindruck war so intensiv, dass ich den Ingwer beinahe schmecken konnte. Mein Magen knurrte. Der Geruch wurde noch stärker, dann verflog er abrupt, als hätte er nie existiert. Sofort kam ein neuer Geruch, der hier im Wald ähnlich fehl am Platze war – Bananen. Überreif, aber noch nicht verdorben. Diese Früchte hatte ich nur ein einziges Mal gerochen, weil sie in Anjurien nicht wuchsen, aber der Duft war unverwechselbar.

Auch das verschwand so schnell, wie es gekommen war, und wich einem durchdringenden Parfüm, das nach Vanille und Lavendel duftete und einige andere Aromen enthielt, die ich nicht einordnen konnte. Darauf wiederum folgte der kräftige Geruch von Salzwasser und toten Fischen.

Hätte ich nicht gewusst, dass sie nur mit mir spielte, ich hätte befürchtet, den Verstand zu verlieren.

Als der letzte Geruch endlich verflog, war die Nachtluft neutral und fast trostlos. »Erstaunlich. Waren das alles deine Erinnerungen an Gerüche?«

»Nein, das sind gemeinsame Erinnerungen. Sie stammen aus der Anfangszeit der Ausbildung. Erinnerungen an Gerüche sind aus irgendeinem Grund leichter zu übertragen als Bilder. Vielleicht weil sie stärker mit Gefühlen verbunden sind. Ich bin mir aber nicht sicher. Jedenfalls waren das einige der ersten Empfindungen, die wir aufzufangen und weiterzugeben lernten.«

Da sie so offen mit mir redete, kam ich auf meine Eingangsfrage zurück. »Worin bestand die Botschaft denn?«

»Hm?«

»Die Botschaft, die du nach Sonnenmatt geschickt hast.«

Abrupt gab sie mir die Decke zurück. »Ich habe schon viel mehr geplappert, als ich es hätte tun dürfen. Und dir platzt sicher bald die Blase. Ruh dich aus, Arki.«

Genau wie am vergangenen Abend verschwand sie auf einmal in der Dunkelheit. Ich stand allein da und verfluchte mich selbst, weil ich so ungeschickt vorgegangen war. Außerdem war ich sehr beeindruckt.

Der Schlaf würde sich mir jetzt erst recht entziehen, aber ich musste es wenigstens versuchen.

21

Jemand schüttelte mich kräftig an der Schulter. Anscheinend war ich trotz der Kälte und der Feuchtigkeit auf dem unebenen Boden, der nur geringfügig bequemer war als ein Lager aus Glassplittern, tief eingeschlafen.

Langsam kam ich zu mir. Es war noch dunkel, und die Hand schüttelte mich immer noch. Ich richtete mich auf und erklärte demjenigen, der mich schüttelte, dass ich wach sei.

Die Hand zog sich zurück. »Ich dachte, du wärst tot oder so«, sagte Vendurro. »Du hast nicht mal geschnarcht, sondern dich zusammengezogen wie eine Kröte im Winterschlaf.«

Ich sah mich um. Die anderen waren schon auf den Beinen, sammelten die Schlafrollen ein und verpackten ihre Habseligkeiten. Allerdings hatten wir nicht viel dabei, denn die meisten Dinge waren in den Wagen oder auf den Packpferden verstaut.

Vendurro stand auf, und auch ich erhob mich steifbeinig, ohne mich aus der Decke zu wickeln. Der Atem stand den Männern als weiße Fahne vor den Mündern. Anscheinend hatten wir es eilig. »Was ist denn los?«

»Genau kann ich es nicht sagen. Der Captain hat sehr darauf gedrungen, die Truppe in Marsch zu setzen. Aber was es auch ist, es wird eine große Sache, und es wird bald passieren. Also los jetzt.«

Mir wurde schlagartig bewusst, dass ich als Letztes vor dem Einschlafen an Skeelana gedacht hatte. Jetzt sah ich mich um und versuchte, sie ausfindig zu machen.

Unwillig schüttelte ich den Kopf und konzentrierte mich darauf, mit Vendurro Schritt zu halten, als wir uns durch Brombeerranken und Büsche einen Weg zum Fuß des Hügels bahnten. Ich brauchte eine Weile, um es zu erkennen, nachdem man mich so abrupt aus dem Schlaf gerissen hatte, aber nun fiel mir auf, dass die Krieger, abgesehen von den unverhüllten Lamellenpanzern, den Waffen am Gürtel und den Schilden auf dem Rücken, auch mit geladenen Armbrüsten ausgerüstet waren.

Vendurro hatte anscheinend meine Gedanken gelesen. »Es könnte bald sehr hässlich werden. Im Dunklen kämpft es sich schlechter als bei hellem Tageslicht. Da sieht man zwar die Verletzungen und das Blut nicht so gut, und das kann ein Segen sein, aber du kannst Freund und Feind kaum unterscheiden. Da trifft man schnell mal eine falsche Entscheidung und macht blutige Fehler oder gerät sogar in Panik. Man muss die Truppe mit fester Hand führen. Zum Glück haben wir den Captain. Er wird uns durchlotsen, auch wenn wir schon vor Sonnenaufgang losschlagen. Schnall dir den Köcher um und nimm dir die Armbrust.« Ich war nicht ganz sicher, aber ich glaubte zu hören, dass er lächelte.

Die kleine Truppe versammelte sich und blickte zu Captain Killcoin und den Leutnants, die etwas abseits standen und sich allem Anschein nach mit Soffjian stritten. Der Captain grollte, weil sie dabei war, aber sie schaffte es immer wieder, ihn und seine wichtigsten Ratgeber zu einer geeinten Front zusammenzuschweißen. Hackspeer und Mulldoos hatten die Erlaubnis, unter vier Augen bis zu einem gewissen Punkt die Entscheidungen ihres Captains zu hinterfragen, aber vor der Truppe unterstützten sie ihn bedingungslos, und natürlich erst recht vor Soffjian.

Skeelana wartete ein Stück entfernt und beobachtete alles und niemand im Besonderen. Für einen Kampf war sie sogar noch schlechter gerüstet als ich. Nun ja, abgesehen von ihrer Fähigkeit, den Verstand eines Menschen zu verwirren.

Soffjian schüttelte heftig den Kopf und ging zu Skeelana, auf die sie, offenbar unzufrieden mit der Situation, leise und erregt einredete.

Sobald Captain Killcoin Vendurro bemerkte, winkte er ihn mit einer raschen Geste zu sich. Da ich ihm nicht sofort folgte, winkte er energischer. Ich rannte, um wieder aufzuschließen, und ignorierte die Blicke der anderen Soldaten. Die meisten kümmerte es nicht, dass ich so oft in der Nähe ihres Captains war, aber einige waren offenbar überhaupt nicht darüber erfreut, auch wenn die Zugehörigkeit zu Braylars innerem Kreis bedeutete, dass ich öfter eine verbale Abreibung bekam.

Kaum dass sich Soffjian zurückgezogen hatte, stieß ein weiterer Syldooner, der vorher auf der Hügelkuppe gewacht hatte, zu der Gruppe. Als ich mich den fünf Männern näherte, fragte Hackspeer gerade den Soldaten: »Gab es Bewegungen? Oder sonst etwas Ungewöhnliches?«

Der Soldat hatte geschwollene Lippen und Knopfaugen. »Nein, Leutnant. Wir haben uns wie befohlen abgewechselt und die ganze Nacht genau beobachtet. An der Mauer hängen Fackeln, bei den Brunemännern gingen nach und nach die Lagerfeuer aus. Es war schwer, noch etwas zu erkennen, aber passiert ist nichts.«

Mulldoos trommelte mit den Fingern auf den kleinen Schild an der Hüfte und wandte sich an Braylar. »Was sollen wir tun, Cap? Alle sind für den Kampf bereit, aber es scheint, als wären wir ein bisschen zu früh zum Fest gekommen.«

Eine Hand auf Blutrufers Heft gelegt, blickte Captain Killcoin den Hügel hinauf. Ich fragte mich, ob er vielleicht wieder die Waffe herumwirbeln musste, um Bilder und Eindrücke zu empfangen, wie er es im Gras getan hatte. Doch selbst wenn einige seiner Männer mit den seltsamen Weissagungen vertraut waren, so galt dies kaum für die beiden Frauen, und er brannte sicherlich nicht darauf, ihnen irgendetwas zu offenbaren, wenn es nicht unbedingt sein musste.

Ich rechnete mit dem Eingeständnis, dass Mulldoos recht hatte, und mit dem Befehl an die Männer, es locker angehen zu lassen und sich vorerst wieder zu entspannen, doch dann sah ich weiter oben am Hügel eine Bewegung und hörte Metall und Waffen leise klirren, als der zweite Soldat, der die Hügelkuppe bemannt hatte, heruntergelaufen kam und Steine und Laub hochwirbelte.

Der Syldooner blieb vor uns stehen und salutierte.

»Berichte, Soldat.«

»Da tut sich was, Cap.«

Braylar trat vor. »Das dachte ich mir schon, weil du dir fast das Genick gebrochen hättest, als du heruntergerannt bist. Ein paar Einzelheiten wären jetzt wirklich hilfreich.«

»Aye, Cap, Entschuldigung«, antwortete der Soldat. »Es scheint, als brächen die Brunemänner das Lager ab.«

Ich konnte nicht erkennen, ob Braylar erleichtert oder enttäuscht war. »Ziehen sie ab?«

»Das kann ich nicht sicher sagen, Captain. Sie bauen die großen und einige kleine Zelte ab, aber das Befehlszelt steht noch. Da die Kommandanten normalerweise nicht gern im Staub stehen oder in den Dreck treten, kommt es mir ziemlich komisch vor, dass sie es stehen gelassen haben. Außerdem sind dort gegen Ende der Nacht viele Leute hin und her gelaufen.«

Braylar wandte sich an den Syldooner mit den Knopfaugen. »Ist dir das nicht eigenartig vorgekommen? So viel Gerenne vor Gurdinns Zelt?«

Der Soldat errötete und schien zugleich verwirrt. »Gurdinn, Herr?«

»Der Mann in dem Zelt, mit dem so viele Leute in der Nacht reden wollten. Erinnere dich bitte in Zukunft an diesen Augenblick, wenn ich dich das nächste Mal frage, ob du etwas Ungewöhnliches bemerkt hast, und sei bereit, heftig zu nicken, wenn du noch einmal so eine Unruhe wahrnimmst. Abgesehen davon, dass sie sich nur ungern die Stiefel beschmutzen, möchten Kommandanten nur dann mehrfach geweckt oder die halbe Nacht wach gehalten werden, wenn es einen wirklich triftigen Grund dafür gibt.« Er wandte sich an die anderen Teilnehmer unserer kleinen Versammlung. »Kommt mit. Lasst uns nachsehen, was da im Lager los ist.«

So schnell er konnte, ohne im Zwielicht das Gleichgewicht zu verlieren, lief der Captain den Hügel hinauf. Die beiden Soldaten folgten ihm und nahmen ihn in die Mitte.

Mulldoos sah Hackspeer an. »Die Teufel sollen ihn holen, aber er hat verdammt oft recht.« Dann stiegen auch sie hügelaufwärts.

Vendurro hatte weniger Mühe als die Leutnants. Er bewegte sich recht gewandt und blieb bei mir, als wir den anderen folgten. Ich fragte mich, ob er fürchtete, ich könnte stolpern und bis nach unten kullern, oder mir im Dunklen einen Fuß verrenken. Vielleicht wollte er auch nur etwas Gesellschaft haben. Wäre Glesswik noch da gewesen, dann wären die beiden zusammen hochgestiegen.

Auf einmal versetzte er mir einen Rippenstoß, dass ich beinahe hingefallen wäre. Offenbar war mein Wohlbefinden doch nicht von vorrangiger Bedeutung. »Mulldoos hat sich mit Blutrufer noch nie wohlgefühlt. Er misstraut dem Ding sehr, obwohl es sich immer wieder als nützlich erwiesen hat. Vorwerfen kann ich ihm das nicht, es ist schon ziemlich unnatürlich. Aber es hat uns mehr als einmal gerettet.«

Ich bemühte mich, nicht allzu laut vor Anstrengung zu schnaufen. »Aber es gab doch auch Fehler, oder? Die Waffe hat ihn auch schon in die Irre geführt.«

Vendurro deutete den Hügel hinauf zu den Offizieren und dem Captain. »Das geschieht eher selten. Er liegt öfter richtig als falsch. Die Leutnants sollten aufhören, sich so sehr gegen diese Tatsache zu sträuben, auch wenn das Ding selbst schon verdammt absonderlich ist.«

Damit hatte er sicher recht. Unterdessen war ich trotz meiner unguten Vorahnungen froh, in diesem Moment keine Rüstung zu tragen. Es war sicher nicht angenehm, mit einer vollen syldoonischen Rüstung bergauf zu krabbeln, selbst wenn Vendurro jung und kräftig genug war, um den Aufstieg anscheinend ohne große Anstrengung zu bewältigen.

Als wir beinahe oben angekommen waren, sah ich, dass die anderen schon auf dem Boden lagen und vorsichtig zur Kuppe krochen. Die Helme hatten sie abgenommen, damit sich auf ihnen nicht das Mondlicht spiegelte. Auch ich legte mich auf den Bauch und kroch langsam weiter, bis ich zum Jagdhaus hinunterblicken konnte.

Auf den Mauern und im hohen Holzturm hingen Fackeln. Einzelheiten konnte man nicht erkennen, aber die Umrisse der Priestergardisten hoben sich deutlich ab. Das Licht spiegelte sich auf Kettenhemden und Helmen.

Auch im kleinen Lager der Brunemänner gab es viele Fackeln, einige abseits der Zelte, einige in den Händen von Soldaten, die umherliefen. Dort war es sogar noch schwieriger, etwas zu erkennen, wenn man davon absah, dass reges Treiben herrschte. Manche Gestalten trugen Gambesons, die das Licht nicht reflektierten, die meisten Soldaten hatten allerdings Rüstungen.

Mulldoos schüttelte den Kopf. »Wenn Gurdinn da unten ist …«

»Er ist da«, fiel Captain Killcoin ihm entschieden ins Wort und deutete auf eine Gestalt, die zwischen den Männern hin und her schritt. Der Anführer trug einen Brustharnisch und darüber noch ein Kettenhemd. Auf den Schulterstücken, den Armschienen und den Panzerhandschuhen spiegelten sich das Feuer und der Mond. Er war unverkennbar der Kommandant dieser Truppe.

»Also gut, da ist er«, lenkte Mulldoos ein. »Aber verdammt noch mal, was hat er vor? Das da ist keine Burg, aber das Anwesen ist viel stärker befestigt als ein normales Jagdhaus.«

»Er plant doch wohl keinen Angriff?«, fragte Vendurro. »Er wäre ein Dummkopf, wenn er es versuchte.«

Hackspeer grunzte, als der kalte Boden gegen seine Rippen drückte. »Er ist ein störrischer Kerl, aber du hast recht. Es wäre dumm, einen derart verschanzten Feind anzugreifen. Zumal er keine Belagerungsmaschinen hat. Wir sind erst eine Nacht hier. Vielleicht hat er schon mehrere Angriffe vorgetäuscht.«

Mulldoos dachte darüber nach. »Meinst du, er will die heiligen Dreckskerle mürbe machen? Gurdinn hat auf jeden Fall mehr Männer. Es zehrt sowieso schon an den Nerven, auf dem Wall Wache zu halten, und wenn man jederzeit mit einem Angriff rechnen muss, ist es noch viel schlimmer.«

»Genau, er führt Scheinangriffe durch, bis die Priestergarde es leid ist und in ihrer Wachsamkeit nachlässt«, warf Vendurro ein.

»Nein, er greift nicht an. Wie die schrumplige Windmühle schon gesagt hat, er ist störrisch, aber nicht dumm. Oder jedenfalls nicht so dumm.«

Wir sahen zu und warteten, während im Osten das perlmuttfarbene Licht über den Horizont kroch. Die Morgendämmerung erfasste die dünnen Wolken über den Bäumen. Ich rieb mir die Hände und freute mich schon auf die Wärme der

Sonne, fragte mich dabei aber auch, wie lange wir im Dreck liegen und warten sollten, bis etwas passierte. Ich beugte mich zu Vendurro und fragte so leise, dass nur er es hören konnte: »Warum wäre es dumm, das Haus anzugreifen? Es ist doch nicht so gut geschützt wie eine Burg.«

Hackspeer hatte es gehört. »Das stimmt, es ist keine Burg, aber man müsste trotzdem über offenes Gelände durch einen Pfeilhagel laufen und dann die Mauern hochklettern. Die Verteidiger sind zwar in Unterzahl, aber in einer stärkeren Position.«

»Was quatscht ihr da?«, wollte Mulldoos wissen.

Hackspeer wiederholte meine Frage, worauf Mulldoos mich ansah. Ich rechnete mit einer feindseligen Bemerkung, doch er hielt sich erstaunlicherweise zurück. »Gurdinn hat mehr Männer, vielleicht doppelt so viele. Aber er würde eine große Zahl verlieren, wenn er den Wall angreift. Das ist es nicht wert. Kein Kommandant befiehlt so einen Angriff, nicht einmal gegen ein befestigtes Jagdhaus. Es sei denn, er muss.«

»Meinst du, wenn seine Männer zu verhungern oder zu erfrieren drohen?«

»Im Winter beginnt man keine Belagerung, Schreiber. Aber verhungern, ja, und man könnte Männer verlieren, die desertieren oder krank werden. Das spielt hier aber keine Rolle, weil sie noch nicht lange da sind. Es ist nicht nötig, die Männer in einem Sturmlauf zu verheizen.«

Hackspeer, der immer darauf brannte, seinem Kameraden zu widersprechen, warf ein: »Es sei denn, es gibt gewichtige Gründe, die dem Kommandanten keine andere Wahl lassen.«

»Und welche wären das?«

Nun schaltete sich Vendurro ein. »Vielleicht will der Kommandant nicht so gern das Spielzimmer des Barons besuchen, von dem ihr mir erzählt habt.«

»Nein, der Baron mag ungeduldig oder sogar impulsiv sein, aber er ist kein Dummkopf«, widersprach Braylar. »Er will nicht, dass seine Männer ihr Leben wegwerfen.«

»Nicht einmal, um einen Flüchtigen zu fangen, der ihn umbringen wollte?«

Braylar schüttelte den Kopf. »Bisher hat er nur einen Verdacht. Das ist der springende Punkt. Dies und die Tatsache, dass er Hauptmann Honigschwanz zu sehr schätzt.«

Ich beobachtete die Fackeln, die sich in Gurdinns Lager bewegten. Die Männer, die vorher beinahe ziellos umhergelaufen waren, schienen sich jetzt zu einer fast quadratischen Aufstellung zu formieren.

»Was ist, wenn der Hohepriester mit Verstärkungen rechnet?«, fragte ich leise.

Mulldoos drehte sich um und spuckte gegen einen Baum in der Nähe. »Nö. Die haben ihre Garde im Haus und ein paar Leute zur freien Verfügung, aber kein nennenswertes Heer. Gurdinn hat auch kein richtiges Heer, aber immerhin eine ansehnliche Truppe. Nein, Henlester bekommt keine Verstärkung.«

»Söldner vielleicht?«, fragte Vendurro.

Mulldoos starrte den jüngeren Mann an. »Hat dich dein Pferd vor Kurzem vor den Kopf getreten? Es war nicht genug Zeit, um solche Hilfskräfte anzuheuern. Ich sag dir, Gurdinn spielt hier nur ein Spielchen. Er …«

Mulldoos ließ den Satz unvollendet. Inzwischen hatten sich weitere Fackeln und dunkle Gestalten zu einem zweiten Quadrat formiert. Sie hatten die Schilde über die Köpfe gehoben und hielten sie in der ersten Reihe vor sich.

Die beiden Quadrate setzten sich in Bewegung, als am Horizont der Morgen dämmerte.

»Nein, er tut es nicht. Das ist eine Finte, nur eine Finte.« Ganz überzeugt war Mulldoos aber wohl nicht.

Die Priestergardisten auf dem Wall schossen Pfeile ab. Ich konnte sie nicht erkennen, hörte aber das Surren der Bogensehnen und sah vor den Brunemännern einige Pfeile einschlagen.

Auf einmal stießen die Angreifer, ohne die Formation zu verändern, im Trott bis zum Wall vor. Der Pfeilhagel prallte an den Schilden ab.

Vendurro klatschte mit der flachen Hand auf den kalten Boden. »Ich werd verrückt, er tut es wirklich. Der verrückte Hund greift den Wall an!«

Wären auf dem Wall mehr Männer mit Bögen postiert gewesen, dann hätten sie die Angreifer mit einem Pfeilhagel rasch dezimieren können, doch es gab nur eine Handvoll Schützen, und die überlappenden Schilde erfüllten ihren Zweck. Nur zwei Angreifer wurden getroffen, keiner von ihnen tödlich.

Die beiden Quadrate erreichten den Wall, und nun traten die Brunemänner vor und warfen brennende Fackeln. Einer bekam einen Pfeil in die Schulter und ließ die Fackel fallen, ein anderer traf den Holzturm. Als ein Pfeil über seinem Kopf vorbeizischte, zog er sich rasch in die Deckung der Schilde zurück. Die Quadrate teilten sich ein wenig, und die Brunemänner stellten Leitern in den trockenen Graben und lehnten sie an den Wall. Henlester hatte offenbar nicht daran gedacht, den trockenen Graben wenigstens mit Dornenbüschen oder anderen Hindernissen zu füllen, und die Belagerer kamen gut voran. Der nächste Pfeilhagel traf mehrere Brunemänner. Die Rüstungen verhinderten schwere Verletzungen, aber trotzdem stürzten mehrere Männer in den trockenen Graben, und einige würden sicher nie wieder aufstehen.

Genau wie die anderen beugte ich mich unwillkürlich vor, um alles genau zu beobachten. Auf einmal hörte ich einen Schrei und dachte, ein Brunemann wäre tot oder liege im Sterben, doch es war ein Bogenschütze auf dem Wall. Er hatte einen

Pfeil in den Hals bekommen, kippte rücklings um und verschwand.

Gurdinn hatte einige Bogenschützen mitgebracht, die im Zwielicht zwischen den Fackeln im Lager und dem beleuchteten Wall standen. Von dort aus konnten sie nach Belieben schießen, ohne selbst in Gefahr zu geraten.

Mulldoos stieß tatsächlich einen Jubelruf aus. »Der Kerl ist eine verdammte Pferdefotze, Cap, und außerdem ein Trottel, aber er hat Mut, das muss man dem Dreckskerl lassen.«

Die Fackel, die im Turm gelandet war, hatten die Verteidiger vermutlich ausgetreten oder über den Wall geworfen. Die Bogenschützen ließen sich inzwischen kaum noch blicken, weil ihre Silhouetten gute Ziele abgaben und immer wieder Pfeile im Holz stecken blieben oder vom Stein abprallten, sobald sie sich aufrichteten und auf die Männer zielten, die am Wall emporkletterten.

Gurdinns Männer hielten die Schilde mit einem Arm über sich und waren so vor den Bogenschützen des Hohepriesters geschützt. Der Wall war nicht so hoch wie der einer Burg, aber auf ähnliche Weise konstruiert. Für die Priestergarde gab es eine Brustwehr, die allerdings nur aus Holz bestand. Zwei Verteidiger warfen eine Leiter um, ehe ein Brunemann oben ankam, aber als zwei weitere die nächste Leiter umwerfen wollten, wurde ein Priestergardist zweimal getroffen und stürzte oder ging in Deckung. Der zweite duckte sich und gab damit zwei von Gurdinns Männern genug Zeit, um herüberzuklettern. Den Ersten traf ein Axthieb im Gesicht. Er stürzte rücklings in den trockenen Graben. Der andere konnte zwei Priestergardisten lange genug beschäftigen, bis weitere Brunemänner oben ankamen und ihm auf dem Wall beistehen konnten.

Die Angreifer stellten drei weitere Leitern an den Wall. Zwei davon wurden umgeworfen, die dritte blieb lange genug stehen, damit einige weitere Brunemänner den Wehrgang erreichten. Die Priestergardisten kämpften erbittert, und mehrere Brunemänner stürzten vom Wall oder wurden hinuntergestoßen.

Wir konnten nur Schemen erkennen, hin und wieder spiegelte sich das Licht der Fackeln auf Rüstungen und Waffen oder den Kanten der Schilde. Das Klirren der Waffen und das Geschrei der Soldaten waren allerdings so laut, dass ich dachte, der Kampf fände direkt vor mir statt.

Mulldoos hatte recht. Die Angreifer mussten einen hohen Preis bezahlen, wenn sie den Wall erobern und halten wollten. Während Gurdinns Bogenschützen aus kurzer Entfernung schossen und einige Priestergardisten töteten, sah ich auch mehrere Brunemänner stürzen - entweder so schwer verletzt, dass sie nicht mehr kämpfen konnten, oder sogar tot. Zahlreiche Kämpfer zogen sich schwere Verletzungen zu, als die Leitern umgekippt wurden und sie unten auf die Steine oder die Erde prallten.

Vendurro deutete auf die andere Seite des Geländes. Dort waren in zwei Holztürmen Brände ausgebrochen.

Braylar nickte anerkennend. »Er hat mit dem Scheinangriff die meisten Verteidiger an den Nordwall gezogen. Die Priestergardisten haben nicht genug Leute, um den ganzen Wall zu bemannen, oder sie waren undiszipliniert und haben ihre Posten im Süden verlassen. Wie auch immer, das war ein kluger Schachzug.«

Auch die Priesterwächter sahen die Flammen. Einige rannten über den Hof, um die Brände zu löschen und die Invasoren abzuwehren, die dort eingedrungen waren.

Einer stürzte, er ließ den Schild fallen und packte den Pfeil, der in seinem Schenkel steckte.

»Sehr klug«, sagte Braylar. »Hauptmann Honigschwanz hat Männer verloren, aber es kommt ihn lange nicht so teuer zu stehen, wie man es hätte erwarten können.«

Die Verteidiger kämpften auf dem Nordwall um jede Handbreit Boden und versuchten, Gurdinns Soldaten zu vertreiben. Wieder stießen sie einige Leitern um, wieder wurden einige Brunemänner niedergestochen oder von Pfeilen durchbohrt, aber Braylar hatte recht. Da sie sich verteilen mussten, war die Verteidigung der Priestergardisten zu schwach. Immer wieder wurden Tote vom Wall in den Graben oder den Hof gestoßen.

Als sich die Waagschale neigte, war es schnell vorbei. Mehrere Brunemänner hatten es geschafft, sich im Hof festzusetzen, und bildeten einen Halbkreis, um die Priestergardisten abzuwehren, während einer ihrer Kameraden das große Holztor öffnete und die anderen Angreifer hereinließ.

In dem Holzturm, der uns am nächsten war, stürmten drei Brunemänner die Treppe hinauf. Der Bogenschütze im Turm hatte auf die Angreifer geschossen, die durch das Tor hereinkamen, und bemerkte die anderen, die ihm näher waren, viel zu spät. Er ließ den Bogen fallen und wollte das Schwert ziehen, doch ein Speer durchbohrte seine Kehle, ehe die Klinge die Scheide verlassen hatte.

Zwei Priestergardisten zogen sich mit erhobenen Schilden und Schwertern zum Haupthaus zurück. Vier Brunemänner bedrängten sie. Ob die Brunemänner sie aufforderten, sich zu ergeben, konnte ich nicht erkennen, aber wenn dem so war, dann gingen die Soldaten des Priesters nicht darauf ein.

Zwei von Gurdinns Männern bedrängten die beiden Verteidiger mit blitzenden Schwertern. Die Schilde wehrten die Hiebe ab, aber die anderen beiden Angreifer fielen den Verteidigern in die Flanke und droschen aus allen Richtungen auf sie ein, bis die Schwerter eine Stelle fanden, die nicht von der Rüstung geschützt wurde. Dann eilten die vier Brunemänner rasch weiter und griffen eine weitere Gruppe der Priestergardisten, die sich gerade vom Wall zurückziehen wollten, von hinten an.

Einige von Henlesters Männern rannten zum Eingang des Jagdhauses, doch Gurdinns Soldaten schnitten ihnen den Weg ab. Als sie sich umsahen und bemerkten, dass sie hoffnungslos in Unterzahl waren, warfen sie die Schilde und Waffen auf die Erde.

Ich dachte, die aufgebrachten Brunemänner wären nicht in der Stimmung, Gefangene zu machen. Trotz der Ablenkungsmanöver war es nicht leicht gewesen, den Hof zu erobern, und einige ihrer eigenen Leute waren verletzt oder getötet worden. Doch Brunes Soldaten waren diszipliniert und ermordeten keine unbewaffneten Männer. Vielleicht fürchteten sie auch, von Gurdinn bestraft zu werden. Oder noch eher vom Baron selbst. Wie auch immer, sie schoben die Waffen mit den Füßen weg, befahlen Henlesters Soldaten niederzuknien und fesselten ihnen die Hände hinter dem Rücken.

Ein paar Priestergardisten leisteten vereinzelt noch Widerstand, doch das Schwerterklirren hörte bald auf. Es dauerte nicht lange, bis die verbliebenen Wächter erkannten, dass der Kampf entschieden war, und ebenfalls die Waffen streckten.

Mitten im Hof stand Gurdinn, das Schwert war schwarz vor Blut. Er machte eine Bestandsaufnahme, während die Priestergardisten gefesselt und zusammengetrieben wurden. Einige Soldaten kümmerten sich um die toten und verletzten Brunemänner. Gurdinn wischte die Klinge ab und steckte sie langsam wieder in die Scheide. Wie Braylar hatte er in vorderster Reihe gekämpft.

»Er hat einige Männer verloren, aber der alte Dreckskerl hat es geschafft«, meinte Mulldoos. »Ein störrischer Esel, aber im Kampf scheint er klüger zu sein als im Frieden.«

Hackspeer stimmte ihm zu. »Ein kluger Plan, gut ausgeführt. Er hat weniger Männer verloren, als man hätte erwarten müssen.«

»Andererseits, auch wenn Henlester den einen oder anderen ehemaligen Soldaten in seiner Truppe hatte, waren die meisten seiner Leute anscheinend völlig unerfahren oder haben wer weiß wie lange nicht mehr gekämpft. Da war kein Zusammenhalt. Sie haben ihren Vorteil verloren, weil sie zu langsam oder zu schnell reagiert haben.«

Da das Tor jetzt offen stand, waren die meisten Brunemänner in das Gelände vorgedrungen. Einige bewachten die Gefangenen und führten sie ins Lager, einige kümmerten sich um die Verwundeten. Die meisten hatten sich um Gurdinn versammelt, der etwas in die Richtung des Jagdhauses rief. Mir fiel auf, dass er sich den Schild noch nicht wieder über den Rücken geschlungen hatte.

»Was meint ihr, wie lange es dauert?«, fragte Vendurro.

»Was denn?«, antwortete Mulldoos. »Bis Henlester rauskommt oder bis ich scheißen muss?«

»Ich dachte an die Kapitulation.«

Braylar wartete nicht, bis Mulldoos etwas erwiderte. »Der Hohepriester hatte eine gute Gelegenheit, Honigschwanz abzuwehren. Er hätte nur den Wall halten müssen. Das Jagdhaus selbst ist nicht dazu gebaut, einem ernsthaften Angriff zu widerstehen. Es gibt zu viele Fenster und Türen. Zwei oder drei sind von den Dächern der Ställe aus zugänglich.« Er zeigte darauf, als wäre ich unfähig, Ställe oder Fenster zu erkennen. »Ich vermute, dass drinnen nur noch wenige Priestergardisten sind. Er hat sie alle zur Verteidigung des Walls abgestellt. Das war natürlich vernünftig, aber jetzt hat er verloren, und wenn ich mich nicht sehr irre und Henlester kein völliger Idiot ist, wird er bald herauskommen. Ihm bleibt kaum eine andere Wahl.«

»Er hat ja die Nase hoch genug getragen.« Mulldoos lachte. »Wenn Henlester sich jetzt den Brunemännern ergibt, soll Gurdinn ihm wohl den Rocksaum küssen und sich dankbar zeigen, dass er eine heilige Pferdefotze von Gefangenem hat.«

»Genau deshalb lässt er Gurdinn womöglich den ganzen Morgen zappeln«, fügte Hackspeer hinzu. »Er kann damit nichts gewinnen, aber jemandem Schwierigkeiten zu machen, der seiner Ansicht nach unter ihm steht, könnte ihm durchaus in den Sinn kommen.«

Wir warteten und sahen Gurdinn beim Warten zu. Schließlich brach ich das Schweigen und sagte: »Und wenn er nun auf Rettung hofft?«

»Rettung?«, schnaubte Mulldoos. »Weißt du etwas, das wir nicht wissen, Kritzler?«

»Du hast selbst behauptet, Gurdinn würde eine befestigte Stellung nur angreifen, wenn es einen zwingenden Grund dafür gibt. Wie du betont hast, hat Henlester keine weiteren Truppen mehr. Aber was ist mit den anderen Priestern? Dieses Jagdhaus gehört doch dem Hohepriester Vustinios, nicht wahr?«

»Das ist richtig. Aber jemandem Zuflucht gewähren ist eine Sache, und Entsatz schicken und mit einem großkotzigen Baron einen Krieg anfangen ist eine ganz andere. Hohepriester Vustinios hat Henlester vielleicht den Schlüssel des Hauses überlassen, aber weiter wird er den Hals nicht in die Schlinge stecken. Es kommt bestimmt keine Entsatztruppe.«

»Warum hat Gurdinn in der Nacht angegriffen? Er hat das Gelände eingenommen, aber trotz seines Tricks hat er Männer verloren. Irgendetwas hat ihn zur Eile getrieben.«

»Keine Ahnung. Vielleicht ist er nur ein ungeduldiger Sack?« Mulldoos gab sich Mühe, so geringschätzig wie möglich zu antworten, was ihm recht gut gelang, aber der Unterton entging mir nicht. Es klang, als setzte ihm die Frage mehr zu, als er sich anmerken lassen wollte. Besonders, als erst mal nichts weiter geschah.

Gurdinn gab sich allerdings nicht lange damit zufrieden, herumzusitzen und zu warten. Er brüllte etwas, zweifellos ein Ultimatum, und als die Tür nicht aufging und ihm nur Schweigen antwortete, befahl er einige Männer mit Äxten zu sich, während die anderen wieder die Schilde und Waffen nahmen.

Ehe die erste Klinge auf das Holz prallte, ging die Tür langsam auf. Die Brunemänner wichen zurück, und ein Mann, der Hohepriester Henlester sein musste, kam heraus. Wie vorhergesagt, gab er sich hochmütig, aber nicht mehr oder weniger als die meisten anderen einflussreichen Lehnsherren. Er ließ den Blick über die Bewaffneten wandern, die vor ihm standen, seine weißen Haare fielen lose auf die Schultern. Das Gesicht war glatt rasiert. Dann raffte er mit einer Hand das Gewand und kam die Treppe herunter, von Kopf bis Fuß ein Gebieter, der die Lage im Griff hatte, und nicht etwa ein Gefangener, der gleich in Eisen gelegt werden sollte.

Er trat vor Gurdinn, die beiden Männer unterhielten sich ausführlich. Dann drehte sich Henlester um und rief einige seiner Jünger, die sich im Jagdhaus versteckt hatten. Nervös kamen sie heraus und blieben dicht beisammen wie eine Schar Küken. Anscheinend waren sie keineswegs überzeugt, dass die Götter sie vor den zornigen Männern mit den blutigen Schwertern beschützen würden. Das war klug, auch wenn Gurdinn jetzt, da er Henlester gefasst hatte, an den Gefolgsleuten kein großes Interesse mehr zu haben schien. Endlich schlang er sich den Schild um die Schulter und ging über den Hof zum Tor. Seine Männer schoben Henlester hinaus. Andere Brunemänner scheuchten die Verteidiger wie eine Schafherde vor sich her. Ein paar betraten das Haus, um die restlichen Priestergardisten oder die heiligen Männer zu suchen, die sich dort verstecken mochten.

Als die Brunemänner ihre Gefangenen zu den Wagen und Zelten trieben, zog Mulldoos sich von der Hügelkuppe zurück und richtete sich auf. »Dummheit, Glück, Geschicklichkeit, vielleicht ein wenig von allem, aber Gurdinn hat den Hühnerficker geschnappt. Was jetzt?«

Braylar antwortete nicht sofort, doch auf einmal schien es, als habe er eine Entscheidung getroffen. Auch er zog sich zurück, und als er weit genug war, um von drüben nicht mehr gesehen zu werden, stand er auf und schüttelte die Steinchen und Blätter von den Händen. »Jetzt haben wir ihn.«

Die anderen Syldooner standen ebenfalls auf. Mulldoos sagte: »Gurdinn hat da unten zwar ein paar Männer verloren, aber er ist uns immer noch deutlich überlegen. Darf ich annehmen, dass du einen Plan hast, Cap?«

Braylar sah die Männer an und lächelte. »Ja, ich habe einen Plan.« Dann ging er den Hügel hinunter.

»Ich habe befürchtet, dass er das sagt.« Mulldoos folgte ihm. Vendurro, Hackspeer und ich blieben ein paar Schritte hinter den beiden.

Ausnahmsweise stimmte ich vorbehaltlos mit Mulldoos überein.

22

Braylar setzte seine Truppe schnell in Bewegung. Es dauerte nicht lange, bis wir wieder im Sattel saßen. Falls die Syldooner neugierig waren, was wir vorhatten, so behielten sie ihre Fragen für sich. Braylar befahl zwei Männern, zu den Wagen vorauszureiten und einige Meilen weiter östlich auf der Straße zu uns zu stoßen.

Alle schienen froh, wieder reiten zu können und sich in Richtung Heimat zu bewegen. Alle außer Soffjian und in geringerem Maße auch Skeelana. Ich hörte, wie Soffjian ihren Bruder fragte, was geschehen sei, da er sich so rasch entschlossen hatte, die Gegend zu verlassen und nach Hause zurückzukehren. Wie es Braylar entsprach, ignorierte er sie beim ersten Mal und wich aus, als sie nachhakte.

Offensichtlich war er nicht bereit, sie einzuweihen, aber abgesehen von einem schiefen, herablassenden Lächeln, tat und sagte sie nichts weiter, sondern hielt sich von ihm fern, während unsere Truppe durch den Wald zog. Anscheinend hatte sie sich entschlossen, einfach abzuwarten und vorerst neben Skeelana zu reiten.

Als ich die beiden überholte, sah Skeelana mich an. Wie immer schien sie ein wenig amüsiert, sie lächelte leicht, und ihre Augen blitzten. Den Grund konnte ich mir nicht vorstellen, aber es schien, als lachte sie über den Zank der Geschwister oder womöglich sogar über die Tatsache, dass unser Leben am seidenen Faden hing. Vielleicht fand sie auch die ganze Unternehmung komisch. Oder mich. Die letzte Möglichkeit bereitete mir die größten Sorgen. Und die Tatsache, dass ich mich deshalb sorgte, beunruhigte mich sogar noch mehr.

Zwischen den breiten gewundenen Wurzeln der bronzefarben schimmernden Bäume suchten wir uns einen Weg. Braylar ritt so schnell wie möglich durch den Wald, am liebsten wäre er wohl galoppiert, ohne sich um die Äste zu kümmern, die ihm ins Gesicht peitschten.

Als ich an den Soldaten vorbei war und mich endlich dem Captain und seinem engsten Gefolge näherte, fragte ich mich, welchen Plan Braylar sich ausgedacht hatte und wie er seine viel kleinere Truppe gegen die überlegenen Feinde führen wollte, die mit dem Blutvergießen anscheinend so viel Erfahrung hatten. Die Einzelheiten kannte ich nicht, aber ich brauchte keinen Blutrufer, um zu wissen, dass es zu Gewalttaten kommen würde. Daran bestand kein Zweifel.

Den ganzen Morgen über ritten wir bergauf und bergab durch die Hügel. Vor uns waren zwei syldoonische Späher unterwegs, die sich ab und zu blicken ließen und Bericht erstatteten. Einmal rasteten wir, um den Pferden eine Pause zu gönnen, aber nicht sehr lange. Der Captain trieb uns an, und die Männer folgten ihm willig, auch wenn er seine Pläne nicht offenbart hatte. Die Stimmung schien sich zu verändern, während wir so eilig ritten. Die Soldaten waren ernst und verschlossen, weil sie wussten, dass ihr Befehlshaber sie in die Schlacht führte.

Am frühen Nachmittag hielten wir an und kümmerten uns wieder um die Pferde. Der kleine Pfad mündete hier in einen breiteren, mit Gras bewachsenen Weg, die hohen Halme wippten im Wind. Es war viel zu früh, um das Nachtlager aufzuschlagen, also war etwas anderes im Gange. Nachdem er einen weiteren Bericht von einem berittenen Soldaten gehört und den Mann wieder weggeschickt hatte, rief Braylar seine Truppe zusammen. Alle sahen ihn erwartungsvoll an. Anscheinend war ich der Einzige, der allmählich nervös wurde.

Captain Killcoin deutete auf den breiteren Weg. »Hauptmann Gurdinn wird seine Männer in den nächsten Stunden über diesen Weg führen. Er hat mehrere Wagen dabei und kommt nur langsam voran. Ich rechne damit, dass er bei Anbruch der Dämmerung um diese Kurve kommt. In seiner Begleitung sind mehr Männer, als wir haben. Viel mehr sogar. Aber wie ihr zweifellos gehört habt, haben sie heute Morgen das Jagdhaus angegriffen und sind nur noch darauf aus, möglichst bald einen passenden Platz zu finden, an dem sie sich zur Nachtruhe betten können. Diese Gelegenheit werden sie nicht bekommen.«

Ein paar Syldooner kicherten, andere beugten sich neugierig vor. Alle bis auf Soffjian, die an einem Baum stand und mindestens so steif wie der Stamm wirkte. Wenn nicht noch steifer.

Braylar fuhr fort: »Sie haben eine ganze Reihe verwundeter Soldaten dabei und müssen auch die Gefangenen bewachen. Der Wichtigste unter ihnen ist Hohepriester Henlester. Das muss eine große Belastung darstellen. Ich würde Gurdinn gern einen Teil dieser Last abnehmen. Die Hälfte von euch geht auf die andere Seite des Weges und wartet dort auf mein Signal. Benk meldet, dass die Verletzten und die Gefangenen im hinteren Teil der Karawane sind. Wenn ein Drittel der Prozession vorbei ist, deckt ihr sie mit den Armbrüsten ein. Wie gesagt, sie sind gut ausgebildet und keine Dummköpfe, aber sie sind auch unbeweglich und werden tun, was man von Anjuriern erwarten kann, die von einem Sperrfeuer aus Bolzen getroffen werden. Die Bäume im Wald stehen zu dicht, dort kommen die Pferde nicht gut zurecht. Also werden sie absteigen und sich formieren. Höchstwahrscheinlich bilden sie einen Schildwall. Wenn sie die zweite Salve überstanden haben, werden sie auf euch losgehen. In diesem Augenblick werden wir sie von hinten angreifen.«

Einige Syldooner nickten, zwei lächelten sogar, als Braylar sagte: »Unser Ziel ist, Henlester zu schnappen. Oder ihn zu töten, falls es unmöglich ist, ihn zu fangen. Wir gehen kein unnötiges Risiko ein. Wir wollen diese Karawane nicht auslöschen oder in die Flucht schlagen. Wir schnappen uns Henlester und verschwinden im Wald. Auf dem Weg zum Opferwinkel vereinigen wir uns wieder mit den anderen. Unterschätzt die Anjurier nicht. Wir sind die besseren Soldaten, aber sie sind uns selbst nach den Verlusten am Jagdhaus noch weit überlegen, und sie sind keine Dummköpfe. Wir greifen sie an und kämpfen gerade lange genug, um unser Ziel zu erreichen. Dann ziehen wir uns zurück. Eine klare Vorgabe, und damit ist es gut.« Er blickte langsam in die Runde und sah jeden in seiner Truppe an. »Gibt es noch Fragen?«

Niemand sagte etwas, doch als ich schon dachte, der Captain wollte die Leute losschicken, sagte Mulldoos: »Also gut. Ich habe eine. Sie sind uns überlegen. Selbst mit einem guten Hinterhalt - und ich räume ausdrücklich ein, dass dein Plan wirklich gut ist - verfolgen wir nur ein einziges Ziel, wie du gesagt hast. Aber ich kenne dich und weiß, wie ungern du einen Feind im Rücken hast oder dich aus einem Kampf zurückziehst. Ich glaube, wir haben hier eine Gelegenheit, sie vollends zu erledigen. Wenn uns die Memoridinnen helfen, meine ich. Das wäre dann meine Frage. Werden uns die Memoridinnen helfen?« Er blickte Soffjian an.

»Ich würde mir niemals anmaßen, für meine reizende Schwester zu antworten, aber ich gehe davon aus, dass die Antwort ein klares ›Nein‹ ist«, meinte Braylar.

Sie antwortete Mulldoos direkt: »Wie du genau weißt, bin ich Kommandant Darzaak unterstellt. Nicht meinem Bruder und gewiss nicht seinem griesgrämigen und beschränkten Leutnant. Wir sollen dafür sorgen, dass ihr wohlbehalten und rasch nach Sonnenmatt zurückkehrt, und das schließt sicherlich nicht ein, eure Kämpfe auszufechten. Also lass mich eines klarstellen: Ich werde nicht bei Angriffen helfen, die ich für unnötig halte und die sogar dem Geist des Befehls widersprechen. Der lautet nämlich, so schnell wie möglich zurückzukehren. Also schließt eure Kriegsspiele im Wald umgehend ab und brecht auf. Wir haben noch einen weiten Weg vor uns.«

Mulldoos spuckte ins Gras aus. »Das dachte ich mir schon. Wenn du ein Mann wärst, würde ich dich einen Feigling nennen, aber du bist nur eine Frau, die sich in Dinge einmischt, die sie nichts angehen, und die nicht hilft, wenn sie helfen sollte.«

Soffjian lächelte wie ein Wolf. »Und wenn du irgendeine Art von Mann wärst, würde ich mich beleidigt fühlen.«

Mulldoos stand auf und legte die Hand an den großen Knauf seines Falchions. »Auch wenn du eine Hexe bist, du Miststück, du kannst trotzdem bluten, oder?«

»Jeden Monat. Aber sonst sehr selten, Syldooner. Sehr selten.«

Die beiden starrten einander an, bis Hackspeer sich räusperte. »Also, die Frage ist wohl ziemlich klar beantwortet, würde ich sagen.«

Braylar wandte sich an den Rest der Truppe. »Sonst noch jemand? Am liebsten wären mir Fragen, die nicht auf Blutvergießen und die Anwendung der Erinnerungsmagie in unseren eigenen Reihen hinauslaufen.« Er war offenbar nicht in der Stimmung, sich auf irgendwelche Diskussionen einzulassen, und wartete nicht lange. »Sehr gut. Hackspeer, führe eine Handvoll Männer auf die andere Seite. Wenn die Brunemänner in der richtigen Position sind, schießt ihr. Ist das klar?«

Hackspeer nickte und suchte sich die Syldooner aus, die ihn begleiten sollten. Sie führten die Pferde auf die andere Seite und verschwanden im dichten Wald.

Ich sah Braylar an. »Was ist, wenn die Pferde wiehern? Werden sie nicht Hackspeers Position verraten?«

Braylar sah Soffjian und Skeelana nach, die ebenfalls im Wald verschwanden. »Hackspeer hat schon ein oder zwei Überfälle durchgeführt, Arki. Er wird die Pferde weit genug entfernt anbinden, damit die Brunemänner keinen Verdacht schöpfen, aber nahe genug, um sie im Notfall schnell zu erreichen.«

Dann wandte er sich an Vendurro. »Sergeant?«

Vendurro nahm Haltung an. »Aye, Cap?«

»Wenn wir die Meldung bekommen, dass ihr Tross sich nähert, führen Mulldoos und ich einige Männer nach hinten, um die Wagen anzugreifen und den Priester zu holen. Du bleibst hier, Hackspeer genau gegenüber. Wenn die ersten Pferde vorbei sind, beginnt er zu schießen. Du musst damit rechnen, dass sie absteigen und sich formieren. Wenn sie das tun, wartest du, bis sie dir den Rücken kehren, ehe du von dieser Seite aus schießt. Wenn sie in den Wald reiten, schießt ihr sofort. Verstanden?«

»Aye, Cap. Sobald ich sie von hinten sehe, schießen wir. Alles klar.«

Braylar zuckte oder lächelte. Es ging so schnell, dass ich es nicht erkennen konnte. »Ich kann immer darauf vertrauen, dass du das Wesen eines Befehls richtig erkennst. Nimm fünf Männer, und auch Arki wird bei euch bleiben.«

Vendurro suchte sich seine Männer aus und gab den Befehl weiter. Sie spannten die Armbrüste und nahmen die mit Fell bedeckten Klappen von den Köchern.

Braylar führte die übrigen Syldooner zur Seite und schärfte ihnen ein, welche Rolle sie bei dem Angriff zu spielen hatten.

So ergab es sich, dass Mulldoos und ich allein ein paar Schritte abseits standen. Er achtete kaum auf mich, sondern setzte sich auf einen umgestürzten Baum, überprüfte die Schnallen seiner Beinschienen und Armschienen und untersuchte die Stahlkante seines Schilds. Ich besaß keine Rüstung und nur Llois Schwert. Zwar war ich in Versuchung, es aus der Scheide zu ziehen, doch mir war klar, dass ich dafür nur Spott geerntet hätte. Deshalb blickte ich zwischen den Zweigen der Bäume nach oben, wo ein Schwarm Gänse in perfekter Formation vorbeiflog.

Nachdem sie außer Sicht waren, lauschte ich den schwächer werdenden Rufen und fragte mich, ob das ein gutes oder ein schlechtes Omen war.

Da bemerkte ich, dass Mulldoos mich anstarrte. Ich riss mich zusammen und wandte mich nicht ab, sondern tat das einzig Männliche, das mir einfiel. Ich nickte rasch, wie ich es bei so vielen Soldaten gesehen hatte. Die kleine Geste übermittelte Achtung und Anerkennung und sonst rein gar nichts.

Mulldoos starrte mich noch eine Weile an, schüttelte den Kopf und widmete sich wieder seiner Ausrüstung.

Vendurro jagte mir einen ordentlichen Schrecken ein, als er plötzlich neben mir stand, ohne dass ich ihn gesehen oder gehört hätte. »Es gibt da eine Sache, die ich mich schon lange frage, Mulldoos.«

Mulldoos hob nicht einmal den Kopf, als er mit den Fingern über einen Riemen des Schildes fuhr und nach irgendetwas tastete. Eine abgenutzte Stelle? Ein Riss? Etwas anderes? »Ach, ja? Da bin ich aber neugierig. Was fragst du dich denn, Ven?«

»Nun ja, wenn du jemanden als Pferdefotze bezeichnest, meinst du damit die einschlägigen Teile einer Hure, oder meinst du das rosafarbene Loch einer Stute? Es könnte so oder so gemeint sein, oder?«

Mulldoos hielt inne und richtete die hellen Augen auf den jüngeren Mann. »Du bist mir aber einer, ehrlich. Über solche Sachen denkst du nach, ehe du ein paar Brunemänner erschießt?«

Vendurro zuckte mit den Achseln. Der Lamellenpanzer klirrte leise. »Ich denke gern über verschiedene Sachen nach, nicht immer nur über das Blutvergießen. Daran denke ich sowieso oft genug. Vorher lenke ich mich gern mal ab. Also, was ist es jetzt?«

»Ich hab niemanden mehr als Pferdefotze bezeichnet, seit ... verdammt, ich weiß gar nicht, wie lange es her ist.«

»Wahrscheinlich nur ein paar Minuten. Also, meinst du eine Hure oder ein Pferd?«

»Verdammt, spielt das denn eine Rolle?«

»Na ja, beides ist ganz sicher kein Kompliment, aber es kommt doch immer auf die Bedeutung an.«

Mulldoos blickte zum Blattwerk hoch und tat so, als müsste er ernsthaft über die Antwort nachdenken. »Tja, es kommt wohl immer darauf an, was?«

»Worauf denn?«

»Auf das, was ich mir so gedacht habe, ehe mich diese dumme Pferdefotze direkt vor dem Kampf etwas Dummes gefragt hat, statt sich um die eigene Ausrüstung zu kümmern, wie er es tun sollte. Jetzt gerade wünsche ich mir, wir hätten mehr Platz. Im Wald habe ich noch nie gern gekämpft. Also denke ich an die Pferde, und dann sage ich zu dem dummen Drecksack, der mich gestört hat, als ich gemacht habe, was ich eben machen muss: ›He, du verdammte Pferdefotze, vielleicht solltest du dir den geradesten Bolzen aussuchen, um ihn zuerst abzuschießen, oder du siehst nach, ob die Riemen deiner Rüstung sitzen, statt deine Gedanken über die ganze Welt wandern zu lassen und dir die dümmsten Fragen auszudenken, auf die man überhaupt kommen kann.‹ Na ja, in so einem Fall denke ich an das Pferd. Du bist der Schlitz eines Pferds. Klärt es das für dich?«

Vendurro schien nicht im Mindesten beleidigt zu sein. »Verstehe. Mehr wollte ich gar nicht wissen.«

»Dein Pferd hat dich vor den Kopf getreten. Mehr als einmal. Ich schwöre, so muss es gewesen sein. Nicht …«

Braylar kehrte mit klirrendem Lamellenpanzer und Kettenhemd zurück. »Vendurro hat recht. Es kommt immer auf die Bedeutung an. Immer.«

»Ach, ja? Wie meinst du das jetzt?«, fragte Mulldoos.

»Es gäbe sicher viel weniger Konflikte auf der Welt, wenn wir uns alle bemühen würden, uns besser auszudrücken.«

»Nö. Dann würden wir bloß ein bisschen besser verstehen, warum uns der andere Kerl so hasst.« Mulldoos pflückte einen Pilz vom Baumstamm und warf ihn in den Wald. Er sah ihm nach, als er im hohen Bogen rotierend durch die Sonnenstrahlen flog.

»Wenn du die Etymologie vergisst, kann es gefährlich werden, Leutnant.«

Mulldoos stand mit klirrender Rüstung auf. »Manchmal könnte ich schwören, dass ich in der ganzen Truppe der Einzige bin, der keinen Huftritt an den Kopf bekommen hat.«

Vendurro sah Mulldoos nach und lachte kopfschüttelnd. »Das ist der größte Dickschädel, den ich je gesehen habe.«

Braylar beobachtete den Weg. »Und trotzdem ist er für seinen Posten hervorragend geeignet.«

»Da will ich nicht widersprechen.«

»Die Brunemänner müssten bald da sein. Halte dich bereit.« Der Captain entfernte sich und führte sein Pferd in den Wald.

Vendurro schüttelte den Kopf und klopfte mir auf die Schulter. »Komm mit. Der Cap hat recht, wir müssen bereit sein.

Spanne die Armbrust, Arki. Es sei denn, du willst Federkiele nach den Bruneburschen werfen.«

Ich wollte einwenden, dass ich nicht die Absicht hatte, auf irgendjemanden zu schießen, wenn ich es vermeiden konnte. Allerdings war es besser, eine geladene Armbrust in Reichweite zu haben und nicht zu schießen, als von einem Brunemann angegriffen zu werden und nur die Federkiele und Tintenfässer zur Hand zu haben. Ich nickte und folgte Vendurro zu dessen Gruppe.

23

Ich hockte mit Vendurro und den anderen Syldoonern im Wald und wartete. Meiner freilich nicht sehr umfangreichen Erfahrung nach schien so etwas im Soldatenleben viel öfter vorzukommen, als man den Liedern und Geschichten entnehmen konnte. Statt der tapferen Angriffe, der dramatischen Duelle, der gewaltigen Schlachten von Armeen und der heldenhaften letzten Aufrechten, von denen man so viel hörte, bekam man es viel öfter mit verkrampften Muskeln, einem steifen Rücken, endlosen Phasen voller Langeweile und erzwungener Ruhe zu tun, und mit ereignislosen Reisen, die nur hin und wieder von kurzen Episoden voll grässlichem Blutvergießen unterbrochen wurden.

Ein kleiner Syldooner mit schwachem Kinn und ewig feuchten Augen fluchte und klatschte auf ein Insekt, das sich auf seinen Hals gesetzt hatte. Seine Hand hinterließ einen blutigen Streifen.

»He, Morrud, ich habe eine Idee«, flüsterte Vendurro. »Wenn du schon herumzappelst, dass deine Rüstung klirrt und klimpert, könntest du vielleicht auch noch ein Liedchen singen und auf dem Baumstamm dort den Takt schlagen, damit die Gegner dazu tanzen können. Was sagst du dazu?«

»Mich hat eine verdammte Bremse gestochen«, erwiderte Morrud. »Direkt hier in den Nacken. Was ...«

»Das ist der schlimmste Haufen von Soldaten, den ich je gesehen habe. Du hältst jetzt die Klappe. Wenn die Sache wegen deines großen Mundwerks schiefgeht, wird der Cap nicht erfreut sein.«

Vendurro war nicht so aufbrausend und aggressiv wie Mulldoos, besaß auch nicht die gelassene überlegene Haltung Hackspeers und war obendrein nur ein Sergeant und kein Leutnant, aber Morrud gehorchte und hielt den Mund. Vielleicht fürchtete er sich nicht einmal vor Vendurro selbst, aber er wollte wohl nicht den Zorn des Captains auf sich ziehen, wenn er es vermeiden konnte. Das war sicher klug.

Vendurro schien erleichtert. Seit Glesswik gefallen war, trug er mehr Verantwortung. Er zeigte sich der Aufgabe gewachsen, fühlte sich damit aber unwohl wie in einer schlecht sitzenden Rüstung.

Wir warteten, während die Sonne langsam hinter den Bäumen versank und dunkle Tupfen über uns wandern ließ, die waberten, sobald der Wind die Äste über uns leicht bewegte. Es war auf eine seltsame Weise idyllisch, in dem friedlichen, stillen Wald das Rauschen der Bäume zu hören. Kaum zu glauben, dass jeden Augenblick das Chaos ausbrechen konnte. Ich wünschte, Gurdinn hätte sich entschieden, seine Truppe über einen anderen Weg und nicht durch den Wald zu führen.

Dann hörte ich es. Das Klingeln des Geschirrs, das weiche Pochen der Hufe auf der festgetretenen Erde. Ich beobachtete die hundert Schritte entfernte Wegbiegung und hoffte, meine Ohren spielten mir einen Streich, aber das taten sie natürlich nicht. Der erste Reiter kam um die Kurve und blickte müde geradeaus. Helm, Kettenpanzer und Speer blitzten, als ihn zwischen den Bäumen hindurch die letzten Sonnenstrahlen trafen und auf dem Metall spielten. Dann erschienen hinter ihm die anderen Berittenen.

Captain Killcoin hatte gut daran getan, mit dem Überfall bis jetzt zu warten. Die untergehende Sonne schien den Brunemännern direkt in die Augen, und die kriegerische Tatkraft, die sie beim Angriff auf das Jagdhaus noch gehabt haben mochten, war der Müdigkeit und dem Wunsch gewichen, möglichst bald den Wald zu verlassen und den Heimweg anzutreten. Die Syldooner hatten längst die Armbrüste gespannt und hielten genau wie ich die Waffen bereit. Gewissenhaft achtete ich darauf, meine Hände, die Zweige und alles andere von dem langen metallenen Abzug fernzuhalten, um nicht versehentlich einen Schuss auszulösen und unseren Hinterhalt auffliegen zu lassen.

Die Syldooner duckten sich hinter die Bäume, ich folgte ihrem Beispiel. Nun tauchte auch der Rest von Gurdinns Truppe auf. Die Soldaten ritten ahnungslos weiter, hielten die Speere entspannt, hatten die Schilde am Sattel oder auf dem Rücken befestigt und ließen die Schultern etwas hängen. Nach zehn Reitern kam der erste Wagen, den vier Ochsen gemächlich zogen. Er hatte ein flaches Holzdach, hinter dem Kutschbock waren Eisenstäbe eingesetzt, und an der Rückseite hatte er ein versperrtes Tor. Drinnen saßen die Gefangenen mit dem Rücken an den Stangen. Der Wagen schaukelte auf dem unebenen Untergrund, die Achsen knarrten. Der Kutscher trieb die Ochsen an, in Bewegung zu bleiben. Dann folgten weitere Reiter und hinter ihnen wieder ein Wagen mit Gefangenen, vor den allerdings Pferde gespannt waren. Anschließend kamen abermals Reiter und zuletzt ein Proviantwagen ohne Gitter, an den die letzten Gefangenen gebunden waren, die mit Armfesseln laufen mussten. Vier oder fünf Berittene bildeten die Nachhut.

Mir war klar, dass die Syldooner das Überraschungsmoment auf ihrer Seite hatten und nicht Mann gegen Mann kämpfen wollten. Als ich aber sah, wie sich die Kolonne näherte, stellte ich mir hundert Möglichkeiten vor, wie es schrecklich schiefgehen konnte, obwohl die Begleitumstände eher für die Syldooner sprachen. Einige dieser Möglichkeiten drehten sich auch darum, dass ich etwas vermasselte.

Also hielt ich den Atem an, lauschte dem Wind in den Bäumen und zählte die Sekunden. Im Westen ging die Sonne dunkelrot unter.

Die Gegner zogen vorbei, aber es kam kein Signal. Ich fragte mich schon, ob Braylar den Überfall abgeblasen hatte, da hörte ich einen trillernden Pfiff.

Dann brach das Chaos aus. Armbrustsehnen summten, die Getroffenen schrien auf. Die Wange an die Rinde geschmiegt, spähte ich um den Baumstamm herum und durch die Büsche vor mir.

Zwei Pferde waren reiterlos, in den Rüstungen mehrerer anderer Soldaten steckten kräftige Bolzen. Allerdings war nicht zu erkennen, wie tief sie eingedrungen waren. Die Brunemänner griffen nach den Schilden, zogen die Waffen und sahen sich im Wald nach Gegnern um, die sie bekämpfen konnten. Ich hörte, wie überall in der Kolonne Befehle gerufen wurden, konnte aber die Worte nicht verstehen. Gurdinn ritt zu den Männern, die als Erste getroffen worden waren, und rief ihnen etwas zu. Einige Reiter näherten sich bereits dem Waldrand, doch Gurdinn schrie sie an, sie sollten sich formieren. Aus den Bäumen jenseits des Weges kam eine weitere Salve geflogen. Ich glaubte auch, einige Syldooner zu sehen, doch sie zogen sich sofort wieder hinter die Bäume zurück. Ein Pferd, in dessen kräftigem Hals ein Bolzen steckte, stürzte und begrub den Reiter unter sich. Der Mann strampelte wie wild und versuchte, das unter dem Tier eingeklemmte Bein zu befreien. Die anderen Brunemänner sprangen von den Pferden und stellten sich mit überlappenden Schilden in einer Reihe auf. Sie ließen die Speere fallen und zogen die Schwerter.

Wieder kamen Bolzen aus dem Wald geflogen, die meisten prallten aber an den Schilden, von den Helmen oder den Beinschienen unter den Schilden ab. Ein oder zwei trafen auch die Brustharnische, aber die Männer hinter dem Schildwall wurden nicht dezimiert. Nun setzte sich die Reihe der Brunemänner in Bewegung und hielt auf den Wald zu. Auch die anderen, die zwischen den Wagen geblieben waren, stellten sich zum Kampf auf.

Ich packte die Armbrust fester und fragte mich, ob Braylars Plan doch noch scheitern sollte. Da gab Vendurro den Syldoonern und mir ein Handzeichen. Sie eilten nach vorn, suchten sich gute Positionen zwischen den Bäumen, zielten und schossen auf die Rücken der Brunemänner, die sich gerade von ihnen entfernten.

Jeder Bolzen traf sein Ziel, die meisten bohrten sich mitten in die Rücken der Gegner. Die Brunemänner waren mit ihren Rüstungen und den gepolsterten Gambesons recht gut geschützt – schlechter gerüstete Gegner wären auf der Stelle tot gewesen –, aber unverwundbar waren sie auch nicht. Einer stolperte und stürzte, ein anderer ging in die Knie und hielt sich an seinem Nachbarn fest, um sich wieder aufzurichten. Allerdings gehorchten ihm anscheinend die Beine nicht mehr.

Als die Brunemänner erkannten, dass sie von beiden Seiten mit Armbrüsten beschossen wurden, rief jemand anders einen Befehl. Sie drangen nicht mehr weiter vor, sondern formierten sich neu und bildeten zu beiden Seiten zwei kleinere Schildwälle und nahmen die Verletzten und die Toten in die Mitte. Die Brunemänner vor den Wagen mussten eilig in Deckung gehen, als von der anderen Seite eine weitere Salve geflogen kam und gegen die Schilde prallte. Dann herrschte einen

Moment lang Unordnung, Pferde kreischten, einige Männer rannten weg, der Kutscher des ersten Wagens wurde zweimal von Bolzen getroffen und stürzte auf den Boden, die Kutscher hinter ihm gingen in Deckung. Die Brunemänner schienen vor Unsicherheit und vielleicht sogar Angst wie gelähmt.

Aber was für seine Männer gelten mochte, traf nicht auf Gurdinn zu. Er ritt an der Reihe entlang, rief Befehle und berechnete zweifellos anhand der Anzahl der Bolzen, dass er es nur mit wenigen Gegnern zu tun hatte, auch wenn sie mit den Teufelskrallen schneller nachspannen und schießen konnten, als es Armbrustschützen normalerweise möglich war. Die vordere Gruppe der Soldaten blieb, wo sie war; hinter ihnen schrien die Verwundeten. Inzwischen hatten sich jedoch auf beiden Seiten des Wegs weitere Linien gebildet. Als Gurdinn einen Befehl brüllte, rannten sie zu den Bäumen und deckten sich mit den Schilden, um die Angreifer auszuschalten.

Vendurro und seine Männer schossen eine weitere Salve ab, zogen sich vom Weg zurück und liefen tiefer in den Wald hinein. Ich stand benommen da und sah die Schilde auf und ab hüpfen, als die Gegner anrückten. Wütende, verletzte und verängstigte Männer, die darauf brannten, das Blut der Angreifer zu vergießen, die sie so überraschend attackiert hatten. Unfähig, mich irgendwie zu bewegen, betrachtete ich die rote Sonne, die sich auf den Helmen spiegelte, bis mich Vendurro am Hemd packte und mich schüttelte. »Wir haben keine Zeit zum Gaffen, Arki!«

Ich riss mich zusammen und rannte durch den Wald hinter ihm her, bis wir die Pferde erreichten. Für Fragen blieb keine Zeit, ich stieg so schnell wie möglich auf und achtete darauf, nicht versehentlich mein Pferd oder die Männer zu erschießen, als ich mit der Armbrust hantierte. Beim ersten Versuch rutschte mein Fuß aus dem Steigbügel, das Herz hämmerte in meiner Brust, der Pulsschlag dröhnte in den Ohren, und ich atmete schneller, als ich hinter mir im Wald die Rufe hörte. So nahe, dass ich Angst hatte, mich könne jeden Augenblick ein Schwerthieb treffen.

Aber dann war ich im Sattel und trat meinem Pferd die Hacken fester in die Seiten, als ich es eigentlich wollte. Es rannte los, und wir schossen zwischen den dicken Stämmen dahin. Ich war in Versuchung, mich umzudrehen, fürchtete aber, ein niedrig hängender Ast könnte meinen Kopf treffen und mich aus dem Sattel werfen. Dann wäre ich eine leichte Beute für die Verfolger gewesen.

Die Vernunft behielt die Oberhand. Wenn sie mich bis jetzt noch nicht eingeholt hatten, würden sie es nicht mehr schaffen. Braylar hatte die beste Stelle ausgewählt, hier gab es nicht viele Brombeerranken und Büsche, die uns bei der Flucht behinderten. Wer uns zu Fuß folgte, konnte uns unmöglich einholen.

Wir suchten uns einen Weg durch den Wald, der allmählich lichter wurde, und erreichten den Saum des Jagdwaldes. Dahinter lag offenes Gelände. Ich hatte keine Ahnung, ob dies dem Plan entsprach und ob der Plan überhaupt wie erwartet funktionierte oder nicht. Mir blieb nichts anderes übrig, als den Kopf einzuziehen, im Sattel zu bleiben und zu versuchen, hinter den viel besseren Reitern nicht allzu weit zurückzufallen.

Dann hatten wir die Bäume hinter uns gelassen und stießen wieder auf den Weg. Die Weite der hügeligen Ebene war fast überwältigend, zumal sie gerade von einem prachtvollen Sonnenuntergang überstrahlt wurde. So rot hatte ich den Himmel noch nie gesehen. Die brodelnden Wolken schienen zu brennen und fast bösartig von innen zu leuchten. Manche Dichter beschrieben rote Sonnenuntergänge als überirdisch schöne Ereignisse, die Glück und Liebesabenteuer verhießen. In Wahrheit schienen sie immer, und jetzt sogar mehr denn je, Blutvergießen, Mord und große Tragödien für die ganze Welt anzukündigen.

Die Syldooner ritten fünfzehn Schritte weit hinaus und hielten an, drehten die Pferde herum und bewachten den Weg. Alle spannten die Armbrüste, setzten die Hebel an und legten neue Bolzen in die Rinnen.

Auf der anderen Seite des Weges kam eine weitere Gruppe von Syldoonern aus dem Wald heraus. Hackspeer hob einen Arm und rief uns etwas zu, während auch seine Männer die Waffen nachluden. Ich fragte mich, was wir tun würden – schnell wegreiten und uns woanders neu formieren? Über den Weg zurückkehren und uns wieder ins Getümmel stürzen? Ich hoffte, wir mussten nicht wieder in den Wald eindringen und gegen die Brunemänner kämpfen. Ich war ein Schreiber und kein Soldat. Wenn ich sie begleitete, würde ich entweder selbst umkommen oder versehentlich einen Kameraden töten, aber wenn ich mich weigerte, zog ich Mulldoos' Zorn auf mich.

Dann hörte ich Pferde in unsere Richtung galoppieren. Fast gleichzeitig hoben die Syldooner die Armbrüste und zielten, weil sie genau wie ich annahmen, Gurdinn und seine Männer hätten uns verfolgt. Doch es war nur ein außer Kontrolle geratener Wagen. Die verängstigten Pferde waren einfach losgerannt, der Kutschbock war leer, die Gefangenen stürzten im wild schwankenden Käfig übereinander und hatten Mühe, sich an den Stangen festzuhalten.

Auf beiden Seiten des Weges sprangen Syldooner herbei, um den Wagen abzufangen. Die Zugpferde waren in Panik geraten und galoppierten aus Leibeskräften, weitere Pferde rannten neben ihnen und trugen nicht unbedingt zur Beruhigung bei. Die Syldooner konnten den Wagen ein wenig Richtung Jagdwald ablenken, doch erst als einer von ihnen nahe genug heranritt und die Zügel ergriff, schien es, als könnten sie den Wagen wirklich unter Kontrolle bringen.

In diesem Augenblick kam es zur Katastrophe.

Der Wagen wurde langsamer, als der Syldooner die Zügel packte. Dann fuhr er anscheinend über eine Wurzel oder durch eine Rinne, auf einmal berührten nur noch zwei Räder den Boden. In dieser schiefen Stellung blieb er länger, als ich es für möglich gehalten hätte. Die Gefangenen schrien und hielten sich erschrocken an den Stangen fest. Ein letzter Ruck, und der Wagen stürzte um. Mit einem schrecklichen Krachen fiel er in einer Staubwolke auf die Seite und rutschte und holperte noch ein Stück weiter. Die angeschirrten Pferde wurden ebenfalls zu Boden gerissen, und der Syldooner konnte sich gerade noch in Sicherheit bringen.

Die beiden oberen Wagenräder drehten sich in der Luft, eines reibungslos, das andere wackelte auf der verbogenen Achse. Die Gefangenen waren nur noch ein wildes Durcheinander von Armen und Beinen. Man konnte nicht erkennen, wie schwer sie verletzt waren oder ob sogar jemand umgekommen war. Ich stellte mir vor, der Hohepriester könnte unter ihnen begraben sein, und der Aufprall hätte ihm das Genick oder das Rückgrat gebrochen und die Lunge zerquetscht, und sein Blut strömte durch die Gitterstäbe, die jetzt den Boden darstellten.

Die Syldooner stiegen ab, Hackspeer deutete auf den Wagen. »Junge, schau mal nach, was da entzweigegangen ist. Wir müssen herausfinden, ob Henlester noch lebt.«

Vendurro nickte und nahm ein paar seiner Männer mit. Die hintere Klappe war fest verschlossen, also rüttelten sie an den Stäben. Mehrere Gefangene standen unsicher auf, andere lagen in einem Knäuel am Boden und wanden sich stöhnend. Einige trugen noch die steifen Priestergewänder. Unter ihnen waren auch Soldaten. Auch ohne Waffen und Rüstung erkannte man es leicht an ihrer Haltung.

Ein Gefangener hob sich von allen anderen ab. Er bewegte sich vorsichtig, als wäre er verletzt oder fürchtete, versehentlich auf die Verletzten unter ihm zu stürzen. Die weißen Haare waren stärker in Unordnung als zuvor und umgaben den Kopf wie ein Heiligenschein. Das Gesicht mit den kreuz und quer verlaufenden Runzeln erinnerte an Pergament, das man nass zusammengeknüllt und trocken wieder entfaltet hatte. Auf der Stirn traten blaue Adern deutlich hervor. Der alte Mann wirkte gebrechlich und schwach, strahlte aber trotzdem eine große Autorität aus, was sich nicht zuletzt darin äußerte, dass die anderen ihm ehrerbietig Platz machten.

Es war beeindruckend, dass er diese Ausstrahlung nicht einmal in dieser Situation verlor. Kalt schätzte Henlester die Syldooner ein, die vor seinem Gefängnis standen und sich darüber unterhielten, wie sie die Gefangenen am besten herausholen konnten.

Obwohl die Syldooner kräftig daran gezerrt hatten, waren die Stangen noch intakt. Vendurro schob einen Syldooner zur Seite. »Da löst sich nichts, Benk. Und du bist nicht so stark, dass du Eisen biegen könntest. Verdammter Idiot. Holt mir eine Axt!«

Benk zog sich einen Schritt zurück. »Willst du etwa das Eisen durchhacken?« Als Hackspeer ihn von der Seite anstarrte, fügte er eilig hinzu: »Sergeant.«

»Der Wagen besteht aus Holz. Ich dachte mir, das könnte man vielleicht mit einer Axt zerstören, du verdammter Idiot.« Das flößte dem Mann zwar nicht ebenso viel Respekt und Angst ein wie eine Bemerkung des großen Keilers, reichte aber völlig aus. »Du weißt doch, wie eine Axt aussieht, oder? Dickes Metall an einem, ein langes Holzstück am anderen Ende?« Benk nickte. »Dann hol mir eine. Und zwar plötzlich, wenn es geht.« Nun betrachtete Vendurro die Männer in der Nähe. »Ihr anderen nehmt die Schilde und die Waffen. Wir bekommen Gesellschaft.«

Ich blickte den Weg hinunter, wo Braylar, Mulldoos und zwei andere Syldooner schnell angeritten kamen, verfolgt von fünf berittenen Brunemännern. Gerade hatte ich noch angenommen, Braylars Plan hätte funktioniert. Wir hatten den Wagen mit Henlester in unserer Gewalt und konnten uns mit dem schrecklichen Priester in Sicherheit bringen. Jetzt, da die ersten Brunemänner auftauchten, denen sicherlich weitere Gegner folgen würden, war zu befürchten, dass wir im Handumdrehen niedergemacht wurden.

Die Syldooner hielten die Waffen bereit. Ich fragte mich, warum sie nicht wieder aufsaßen, und vermutete, sie wollten in der Nähe des Wagens ausharren, bis sie den Hohepriester herausgeholt hatten. Ich blieb lieber im Sattel sitzen, weil ich zu Fuß oder zu Pferd ein schlechter Kämpfer war, aber mit einem Pferd konnte ich mich wenigstens in Sicherheit bringen, wenn es nötig wurde.

Ein Brunemann schloss rasch zu Braylar auf und hackte nach dessen Schulter. Das Schwert rutschte am Lamellenpanzer ab, weil der Angreifer nicht nahe genug gewesen war, um Braylar voll zu treffen. Braylar ritt etwas langsamer, fing den nächsten Hieb mit dem Schild ab und schlug zurück. Die beiden Ketten wirbelten über dem Helm, die Köpfe der Fluchtgötter trafen direkt über dem Panzerhandschuh den Unterarm des Gegners.

Die Rüstung verhinderte zwar, dass die Dornen tief eindrangen, doch der Brunemann ließ das Schwert fallen. Braylar schlug noch einmal zu und traf den Mann mit voller Wucht seitlich am Helm.

Der Brunemann löste sich von Braylar, schwankte, sank in sich zusammen und stürzte vom Pferd.

Benk rannte hinten um den umgestürzten Wagen herum. »Sergeant, hier hat niemand eine Axt. Keiner der Jungs benutzt eine im Kampf, und niemand hat daran gedacht, dass wir bei einem Hinterhalt Holz hacken müssten.«

Vendurro versetzte dem Holzboden des Wagens einen Tritt. »Verdammt noch mal, verdammt! Dann benutzt die Schwerter! Gosswin, hilf ihnen mal. Und ihr zwei, ihr löst ein paar Bretter und ...«

»Auf ein Wort, bitte.« Henlester stieg über einen verletzten Gefangenen hinweg, dessen Schädel voller Blut war, und bückte sich vor den Stangen. Seine Hände waren voller brauner Flecken, und das Gesicht war so runzlig wie ein alter Baum. Dennoch blickten die Augen scharf und befehlsgewohnt. »Seid Ihr Retter oder Häscher?«

Vendurro beäugte ihn. »Was?«

Henlester seufzte. »Ich bin nicht sicher, ob es überhaupt eine Rolle spielt. Ein Käfig ist und bleibt ein Käfig, und man ist lieber draußen als drinnen. Ich glaube, ich habe unter dem Wagen eine Werkzeugkiste bemerkt. Zweifellos liegt Werkzeug darin, und zweifellos gibt es dort auch ein Beil oder eine Axt oder so etwas.«

Vendurro sah Benk erbost an und nickte in Richtung Wagen. Benk lief hinüber und fluchte. Dann spähte er um die Ecke. »Abgesperrt. Man braucht eine Axt, um an die Axt heranzukommen.«

»Verdammter Idiot!« Vendurro zog das Schwert. Ich dachte schon, er wollte seinen eigenen Mann niedermachen, doch er lief zur anderen Seite. Ich lenkte das Pferd hinüber, damit ich ihn beobachten konnte. Er kniete nieder und schlug mehrere Male mit dem Knauf auf das Schloss, bis es sich endlich löste.

Dann klappte er den Deckel auf, und das Werkzeug purzelte ins Gras. Darunter waren auch ein Schlegel und eine kleine Axt. »Benk! Hierher! Los jetzt!«

Die Männer schnappten sich das Werkzeug und wollten sich den Boden des Wagens vornehmen. Der schien mir jedoch besonders stabil zu sein, deshalb rief ich: »Das Dach!«

Die beiden sahen mich an, als hätte ich den Verstand verloren. »Das Dach ist dünner!«

Hackspeer sagte: »Der Bursche hat recht. Öffnet das Dach, und beeilt euch gefälligst.«

Ich blickte zum Wald und sah Mulldoos und einen anderen Brunemann, die im Reiten aufeinander einschlugen. Im Galopp fiel es beiden Männern schwer, den Gegner zu treffen, und die meisten Hiebe verfehlten das Ziel völlig oder prallten von den Schilden ab. Mulldoos war im Nachteil, weil der Brunemann links neben ihm ritt. Deshalb musste er seine Waffe quer vor dem eigenen Körper entlangführen. Dann riss Mulldoos jedoch die Zügel herum und kam dem Gegner so nahe, dass sie sich hätten umarmen können. Er stieß den Schwertarm des Brunemannes weg und donnerte ihm die Kante des Schilds auf den Helm. Der Kopf des Mannes flog zurück. Anschließend rammte er mit dem Schildbuckel die Nase des Mannes. Das Blut spritzte durch die Gegend, und der Brunemann stürzte beinahe aus dem Sattel. Nun konnte Mulldoos auch mit dem Falchion weit ausholen und zuschlagen.

Die breite Klinge traf den Hals des Mannes. Zwar konnte sie die Rüstung nicht durchschlagen, doch der Mann ließ das Schwert fallen, und der Schildarm sank leblos herab. Noch einmal traf das Falchion dieselbe Stelle, und jetzt kippte der Brunemann aus dem Sattel. Sein zuckender Fuß blieb im Steigbügel hängen, das Pferd zerrte ihn durch das Gras.

Vendurro und Benk hämmerten und hackten auf das Holzdach ein. Die Gefangenen wichen vor den Holzspänen und Splittern zurück und zogen auch die Kameraden weg.

Hackspeer und seine Männer schossen eine Salve ab, und wieder stürzte ein Brunemann. Die letzten beiden hatten genug und machten kehrt, um im Wald zu verschwinden. Doch die anderen berittenen Syldooner hatten die Armbrüste bereits angelegt, und auch die Syldooner in meiner Nähe hatten die Waffen längst wieder geladen. Die nächste Salve traf die Ziele, und da die beiden Brunemänner nur Gambesons und keine Rüstungen trugen, stürzten sie aus den Sätteln, ehe sie zwischen den Bäumen verschwinden konnten.

Braylar und seine Männer ritten schnell in unsere Richtung. Als der Captain das Pferd gezügelt hatte, schwang er das Bein über den Hals des Tiers und sprang herab. Wie immer erfassten seine Augen sofort das Wesentliche – seine Soldaten waren bewaffnet und bereit, der Wagen war umgekippt, die toten Pferde hingen noch im Geschirr. Er wandte sich an Vendurro und Benk. »Ich bin zwar kein Wagner, aber mir scheint, ihr seid da auf Schwierigkeiten gestoßen.« Dann blickte er Henlester an, der an den Stangen lehnte und die Augen mit der Hand abschirmte, um sich vor den Splittern zu schützen. »Wenigstens ist der Priester lebendig und wohlauf. Das ist immerhin etwas.«

Vendurro hackte weiter, der Schweiß lief ihm schon über das Gesicht. »Er ist gleich frei, Cap.« Noch zwei Schläge, und er ließ die Axt fallen. Benk warf den Schlegel ins Gras, und dann brachen sie die durchlöcherten Bretter heraus. Die Nägel quietschten protestierend, aber zwei Bretter lösten sich. »Verdammt.« Vendurro wischte sich den Schweiß von der Stirn. »Die haben das Ding solide gebaut.« Nach erfolglosem Rütteln an einem weiteren Brett bückte er sich und hob das Beil wieder auf.

Braylar sah sich zum Wald um, wo im Augenblick keine Brunemänner auszumachen waren. Henlesters Blick fiel unterdessen auf Blutrufer. Zuerst riss der Priester überrascht die Augen weit auf, gleich danach kniff er sie, anscheinend habgierig, wieder zusammen. Das entging dem Captain keineswegs. »Sergeant, wir sollten unseren heiligen Gefangenen möglichst schnell herausholen. Beeile dich doch bitte.« Dann rief er die anderen Syldooner. »Wir müssen jeden Moment mit ungebetenem Besuch rechnen. Die Hälfte sitzt auf. Springt da drüben über die kleine Grenzmauer und versteckt euch. Seht zu, dass die Pferde sich hinlegen, haltet die Armbrüste bereit und wartet auf mein Zeichen. Die Brunemänner sollen glauben, wir seien leichte Beute.«

Die Soldaten gehorchten sofort und saßen auf. Sie ritten ein Stück weg, um Anlauf zu nehmen, machten kehrt und hielten auf die niedrige Mauer zu. Ich hielt den Atem an, weil ich sicher war, dass jemand vom Pferd stürzen oder sich das Genick brechen würde, aber nur eins der Pferde berührte mit den Hufen die Mauerkrone, ohne sich zu verletzen. Nur ein paar kleine Steine flogen herum.

Ich hatte erwartet, dass sie die Tiere an den Zügeln zu Boden ziehen würden, doch dies bewies nur, wie wenig ich von der Reiterei verstand. Sie sprachen leise und ruhig mit den Tieren, berührten sie einmal fest, aber sanft am Hals, und schon legten sich die Pferde nieder und waren hinter der Mauer nicht mehr zu sehen.

Vendurro, Benk und zwei weitere Syldooner bearbeiteten die Bretter und hatten schon beinahe ein Loch aufgerissen, durch das ein Mann klettern konnte, da kam eine große Gruppe Brunemänner aus dem Wald geritten. Gurdinn hatte die Führung übernommen, die rote Abendsonne schimmerte auf seinem Helm, den Schulterstücken und dem Brustharnisch. Er verschaffte sich einen Überblick – die reiterlosen Pferde der Brunemänner, der umgekippte Wagen, an dem eine Handvoll Syldooner beschäftigt war –, dann trieb er sein Pferd an, und die Untergebenen folgten ihm.

Mulldoos bemerkte meinen Blick und drehte sich zu mir um. »Von da oben hast du einen wirklich guten Ausblick, was?«

Mir wurde bewusst, dass ich der einzige Berittene in unserer Truppe war. Als Mulldoos den Kopf schüttelte und in seinen Helm kicherte, stieg ich rasch ab. Der Spott war völlig unangemessen, weil sich uns eine größere Gruppe von Feinden näherte, die uns mühelos niedertrampeln konnte. Andererseits kam es mir auch irgendwie passend vor.

Glücklicherweise konnten wir den Wagen als Deckung benutzen und hatten die Steinmauer direkt hinter uns. Deshalb konnten die Brunemänner nicht geradewegs auf uns losgehen. Sie wurden langsamer und glaubten sich dank ihrer Überlegenheit schon als Sieger. Doch als sie noch zwanzig Schritte entfernt waren, rief Braylar: »Schießt!«, und die Syldooner, die sich hinter der Mauer versteckt hatten, sprangen auf und ließen die Bolzen fliegen. Die Salve störte den Angriff der Brunemänner. Mehrere stürzten aus den Sätteln, andere mussten in alle möglichen Richtungen ausweichen. In vielen Gambesons und Brustharnischen steckten Bolzen.

Gurdinn bekam die Situation rasch wieder unter Kontrolle und brüllte einige Befehle. Er sprang aus dem Sattel, hob Schild und Schwert, und hinter ihm formierten sich die anderen Männer, die seinem Beispiel gefolgt waren. Inzwischen wussten die Angreifer, wie schnell die Syldooner nachladen konnten. Wer aus der Angriffsformation ausgeschert war, wendete das Pferd und kehrte zurück, nachdem die zweite Salve abgeschossen wurde.

Dieses Mal wurden nur wenige Brunemänner getroffen, da sie die Schilde überlappend vor sich hielten, und nur ein berittener Soldat fiel, weil er beim Absteigen einen Bolzen in die Achselhöhle bekam. Schon waren die Angreifer zu Fuß unterwegs und kamen herbeigerannt.. Die Syldooner auf der anderen Seite ließen die Armbrüste fallen, zogen die Schlagwaffen und kletterten über die Mauer, um den Kameraden zu helfen. Obwohl Gurdinns Männer nach dem Überfall dezimiert waren, befanden sich die Syldooner immer noch in Unterzahl.

Ich blieb mit erhobener Armbrust stehen, wo ich war, und zielte auf die Gegner, die sich rasch näherten und eine Art Kriegsruf ausstießen, wie sie es nur wenige Tage vorher, noch auf unserer Seite kämpfend, in einem anderen Wald getan hatten.

Am Ende der Formation ließ ein Soldat den Schild ein Stückchen sinken, um über die Kante zu spähen. Ich zielte, so gut ich konnte, und drückte ab, obwohl ich damit rechnete, dass der Pfeil über ihn hinwegfliegen oder sich in den Schild bohren würde. Zu meiner Überraschung traf ich ihn mitten ins Gesicht. Der Soldat ging zu Boden.

Ich hatte keine Zeit, weiter darüber nachzudenken, denn die Syldooner nahmen die Waffen – Schwerter, Falchions, Speere, Streitkolben – und erwarteten mit erhobenen Schilden die Brunemänner am Wagen. Ich hatte mich bemüht, die Armbrust so schnell wie möglich wieder zu spannen, hob aber im letzten Augenblick den Kopf und sah, wie die Gegner unter dem blutroten Himmel aufeinanderprallten.

Es gab keine Finten und Manöver, keinen Hinterhalt. Im Gegensatz zu dem Kampf im Wald gab es auch keine Deckung außer dem umgekippten Wagen, in dem die verängstigten Gefangenen hockten. Es klirrte und schepperte, und die Kämpfer beider Seiten waren nur noch darauf aus, einander niederzuschlagen, zu zerhacken oder zu Tode zu prügeln.

Zwei Syldooner drängten sich an mir vorbei, um die Brunemänner abzuwehren. Beinahe hätte ich einen Schuss ausgelöst, als sie mich anrempelten. Dann waren sie vorbei, und überall um mich herum tobte der Kampf. Kaum hatte ich einen Brunemann entdeckt, auf den ich schießen konnte, da veränderte sich die Lage, die Kämpfer wechselten die Positionen, und auf einmal stand ein Syldooner dazwischen. Ich hatte Angst, noch einmal zu schießen, weil ich fürchtete, einen von Braylars Männern zu treffen. Dann dachte ich an Llois Schwert, aber wenn ich mich ins Getümmel stürzte, würde ich umgehend sterben.

Die Syldooner versuchten, eine Linie zu halten, aber es war kein Schildwall, und da sie in Unterzahl waren, mussten sie es schließlich aufgeben und in kleineren Gruppen kämpfen, damit die Brunemänner ihnen nicht in die Flanke fallen konnten. Die Mauer in unserem Rücken sorgte immerhin dafür, dass die Brunemänner mehr oder weniger vor uns blieben.

Zwei Brunemänner arbeiteten an der Kante des Wagens gut zusammen und versuchten, einen Syldooner auszuschalten. Er musste sich immer wieder schnell drehen und war ständig in der Defensive, blockte ab und wich den Hieben aus, konnte aber selbst keinen Treffer landen. Fast schien es, als hätten sie ihn bezwungen, und beinahe hätte ich doch noch mit der Armbrust geschossen, da trat Hackspeer vor mich und schlug mit der langen Waffe in einem weiten Bogen zu. Die Brunemänner hatten ihn nicht bemerkt, der vordere konnte gerade noch den Schild heben und wollte den Hieb abblocken. Doch Hackspeer hatte mit diesem Manöver gerechnet oder vielleicht sogar darauf gebaut. Er zog die Waffe zurück und stieß zu. Der Angriff war genau gezielt und traf den Oberschenkel des

Brunemannes gleich unter der Rüstung und über der Beinschiene. Die Spitze drang tief in das Bein ein.

Der Brunemann wich zurück und wäre fast gestürzt, als er das verletzte Bein belastete. Hackspeer schlug abermals zu, der Brunemann konnte diesen Hieb leicht mit der Kante des Schilds abwehren, doch dann stieß Hackspeer die Klinge hinter den Schild und riss dem Mann die Deckung weg, um gleich darauf noch einmal zuzustoßen und dem Soldaten die Spitze in den Bauch zu rammen. Ich konnte nicht erkennen, ob der Stoß die Rüstung durchbohrte oder nicht, aber der Mann krümmte sich, und Hackspeer erledigte ihn mit einem weiteren nach unten geführten Hieb, der den Nacken traf. Dann kümmerte er sich um den zweiten Brunemann, der gerade gegen den anderen Syldooner kämpfte.

Wohin mein Blick auch fiel, überall sah es ähnlich aus. Mal war die eine, dann wieder die andere Seite im Vorteil, und es war unmöglich zu erkennen, wer letzten Endes den Sieg erringen würde. Ein Syldooner wich vor zwei anrückenden Brunemännern zurück, prallte gegen die Steinmauer, wollte sich wieder von ihr lösen und bekam direkt über dem Ansatz der Armschiene eine Klinge in den Arm. Er schrie auf, als das Blut über das Eisen lief, ließ das Schwert fallen, wehrte zwei weitere Hiebe ab und drehte sich um, weil er von der Wand wegkommen wollte. Gleichzeitig zog er das Suroka. Da traf ihn eine weitere Klinge in die Seite, prallte aber vom Lamellenpanzer ab und verletzte ihn kaum. Der nächste Hieb fand jedoch die ungeschützte Rückseite des Oberschenkels. Der Syldooner sank auf ein Knie, und ich war sicher, dass er gleich sterben würde. Schon rückte ein Brunemann vor, trat den Schild zur Seite und wollte den tödlichen Hieb anbringen. Er zuckte zurück, als ihm der Syldooner das Suroka unter den Brustschild stach und entweder den Unterleib oder den Oberschenkel traf.

Der andere Brunemann schlug zweimal auf Gesicht und Hals des Syldooners ein und brachte ihn zu Fall. Unterdessen stürzte sein Kamerad rückwärts ins Gras, ließ das Schwert fallen und griff sich zwischen die Beine, um das Blut zurückzuhalten, das schneller herausschoss, als ich es für möglich gehalten hätte. Er blickte zu seinem Kameraden hoch, stützte sich auf den Schild und schüttelte immer wieder den Kopf. Auf einmal tauchte Mulldoos hinter dem stehenden Brunemann auf und schlug hart mit dem breiten Falchion zu. Anscheinend hatte der Brunemann etwas gespürt oder die erschrockene Miene des anderen Soldaten richtig gedeutet, denn er versuchte noch, sich umzudrehen und den Schild zu heben. Es war zu spät. Das Falchion traf den Nacken des Soldaten und hätte ihn auf der Stelle enthauptet, wäre die Klinge nicht teilweise an der Rüstung hängen geblieben. Der Brunemann stürzte, und das herausspritzende Blut ließ die Verletzung des anderen Mannes bedeutungslos erscheinen.

Als der andere Soldat nach dem Schwert griff, machte Mulldoos zwei rasche Schritte, trat die Klinge weg und drückte dem Mann die Kante des Schildes auf den Bauch. Dann spaltete er ihm mit dem Falchion beinahe den Kopf.

Ich wandte mich ab, weil mir übel wurde. Keine fünf Schritte vor mir kam ein Brunemann angerannt, der zweifellos froh war, in mir einen unbewaffneten Gegner zu finden. Ich stand wie erstarrt da und hätte beinahe vergessen, dass ich eine Armbrust besaß. Endlich hob ich sie und drückte auf den langen Abzug. Der Bolzen prallte vom Helm ab, der Brunemann schüttelte sich und machte die letzten paar Schritte, um mich zu erledigen. Da warf ich mit der Armbrust nach ihm und griff nach Llois Krummschwert, verfehlte jedoch das Heft beim ersten Versuch und konnte es erst packen, als ich schon die Klinge anstarrte, die der Mann hinter dem Schild hob. Ich war so gut wie tot, doch auf einmal stolperte der Soldat und blieb stehen.

Soffjian war da, der Schuppenpanzer glänzte, als stünde er in Flammen, und ihr Umhang, die Haare und die Quasten ihrer Waffe waren im letzten Tageslicht so rot wie Blut. Hinter ihr sammelten sich die Wolken. Sie wirkte wie ein überirdisch schöner und schrecklicher Geist, den die sterbende Sonne auf die Erde losgelassen hatte. Auch die mittlere Zacke ihrer Waffe war rot, und als sich der Brunemann zu ihr umdrehte, bemerkte ich in seinem Kreuz einen großen Blutfleck, wo die Klinge das Gambeson durchdrungen hatte.

Er machte ein paar Schritte auf sie zu, bewegte sich aber sehr langsam und hatte mich völlig vergessen. Ich überlegte, ob ich die Armbrust wieder an mich nehmen und spannen sollte, doch da mich der Mann um ein Haar niedergemacht hätte, war der Drang, ihn körperlich zu verletzen und aus der Nähe anzugreifen, stärker als jede Zurückhaltung oder Furcht. Zum ersten Mal im Leben empfand ich Wut – eine heiße, inbrünstige, mächtige Wut. Ich zog Llois Krummschwert und ging auf ihn los, ohne recht zu wissen, was ich überhaupt vorhatte. Es war mir egal.

Soffjian stieß blitzschnell mehrmals zu: hoch, tief, ein angetäuschter Angriff oben, dann wieder tief. Der Brunemann konnte die Klinge jedes Mal mit knapper Not abwehren, doch die Memoridin hatte seine volle Aufmerksamkeit auf sich gezogen. Deshalb fasste ich das Schwert mit beiden Händen und schlug, so fest ich konnte, nach seinem Rücken. Es war kein Falchion, und ich war nicht Mulldoos, aber Llois Klinge drang durch das schmutzige Gambeson, zerfetzte den Stoff und das Polster und fügte ihm eine tiefe Schnittwunde im Rücken zu.

Er schrie auf und fuhr herum, und über seine Schulter hinweg sah ich, dass Soffjian sich umgedreht hatte, um einen anderen Soldaten anzugreifen. Wie in Zechingen hatte sie die Hand mit gespreizten Fingern ausgestreckt und konnte mir nicht mehr helfen.

Der Brunemann hatte nun zwei Wunden im Rücken, war aber keineswegs kampfunfähig. Mit erhobenem Schild, hinter dem er das Schwert verbarg, ging er auf mich los. Ich schlug wild auf ihn ein, die gekrümmte Klinge prallte von dem Schild ab, und wich sofort zurück, um noch einmal zuzuschlagen. Auch den zweiten Hieb blockte er mühelos ab, um nun seinerseits zuzuschlagen. Sein Schwert kam schnell, unglaublich schnell auf mich zu. Ich schaffte es gerade noch, Llois Klinge hochzureißen, und spürte den Aufprall im ganzen Arm. Eilig zog ich mich zurück.

Als ihm bewusst wurde, dass ich keine große Bedrohung darstellte, stürmte der Brunemann erst recht auf mich ein und kümmerte sich kaum um die Verteidigung. Er stieß mich mit dem Schild rücklings gegen die Mauer. Die unebenen Steine drückten sich mir in den Rücken. Das Schwert sauste herunter, wieder konnte ich es mit dem Krummschwert abwehren, doch als ich ausweichen wollte, versperrte mir sein Schild den Weg. Dahinter sah ich sein Gesicht mit dem verbeulten Nasalhelm, das verschwitzte braune Haar fiel dem Mann fast in die Augen. Die geöffneten Lippen entblößten Zähne in der Farbe von Ohrenschmalz. Das Gesicht meines Mörders.

Er holte aus und stieß mit dem Schwert zu. Ich wand mich und spürte, wie es meine Seite traf. Erschrocken schrie ich auf. Er drückte fester mit dem Schild zu, während ich trat und versuchte, ihn weit genug wegzustoßen oder wenigstens Llois Schwert zu heben.

Wieder holte der Brunemann aus, doch ehe er mich mit der Klinge durchbohren konnte, riss er die Augen weit auf, und plötzlich brach die Spitze von Soffjians Partisane durch seinen

Hals. Ich schob den Schild weg, ohne auf Widerstand zu stoßen, und brachte mich vor ihm und dem Blut, das aus der Wunde spritzte, in Sicherheit. Nun ließ er auch das Schwert fallen, sank auf die Knie und krümmte sich. Soffjian versetzte ihm einen Tritt in den Rücken, als sie die Partisane herauszog. Er kippte nach vorn und prallte mit dem Gesicht gegen die Mauer.

Sie stand da, diese Vision von Sonnenuntergang und Tod, und ich schauderte. Ich hatte nicht einmal bemerkt, dass sie aufgetaucht war und in den Kampf eingegriffen hatte. Zweifellos war genau das ihre Absicht gewesen.

Soffjian betrachtete meine Seite, auch ich sah an mir hinab. Das Hemd war blutig, aber es war lange nicht so schlimm wie befürchtet. Die Wunde brannte zwar, doch meine Eingeweide blieben, wo sie waren.

»Sieh dich nur an.« Beinahe lächelte Soffjian. »Du hast eine Glücksrippe.« Dann wandte sie sich um und mischte sich in ein anderes Gefecht ein.

Mit zitternden Händen schob ich Llois Schwert in die Scheide und holte meine Armbrust. Dabei sah ich mich immer wieder um, weil ich nicht noch einmal überrascht werden wollte. Allmählich beruhigte ich mich und verdrängte das Wissen, dass ich um ein Haar aufgespießt worden wäre. Ich schob einen neuen Bolzen in die Kerbe. Dann sah ich mich um. Captain Killcoin wurde ganz in der Nähe von drei Brunemännern bedrängt. Zwei trugen Gambesons, Schwerter und ovale Schilde, der dritte war mit einem Kettenhemd über dem Harnisch und verschiedenen anderen Teilen aus Stahl und Eisen ebenso schwer gerüstet wie Gurdinn. Zuerst hielt ich ihn sogar für den Hauptmann, aber dem Soldaten fehlte der graue Bart, und er führte mit beiden Händen eine hässliche Axt, deren lange, sichelförmig gekrümmte Schneide an einem dicken Stiel mit einem eigenen Dorn am Ende befestigt war. Auf der anderen Seite des Axtkopfes ragte ebenfalls eine hässlich gekrümmte Spitze hervor.

Die beiden mit den Schwertern waren mir näher. Gerade versuchten sie, Braylar in die Flanke zu fallen. Mit erhobenem Schild zog er sich langsam zurück, dahinter lauerte Blutrufer, die Köpfe ruhten auf seiner Schulter. Der Brunemann auf der rechten Seite machte einen raschen Ausfall, als wollte er angreifen. Braylar drehte sich rasch zu ihm herum, doch es war nur eine Finte, denn nun rückte der andere Brunemann vor, was der Captain allerdings geahnt oder dank Blutrufer gespürt hatte. Ohne sich umzudrehen und sich dem Gegner direkt zu stellen, sauste der Flegel los. Der Brunemann schaffte es nicht mehr, den Schild zu heben, und da er gerade vorgesprungen war, konnte er sich nicht mehr ducken. Die Köpfe der Fluchtgötter trafen unterhalb des Helms sein Gesicht. Hätte er einen Nasalhelm gehabt, dann hätte ihn das Metall möglicherweise ein wenig besser geschützt, doch er hatte keinen und verlor ein Auge, vielleicht sogar beide. Der Blutschwall verdeckte alles andere, sodass ich es nicht genau erkennen konnte. Er schrie auf und ließ das Schwert fallen, stolperte, stürzte und presste sich die Hand mit dem Handschuh auf das Gesicht.

Auch der andere Brunemann war vorgestoßen und hoffte, der gleichzeitige Angriff verleitete den Captain zu einem Fehler, doch Braylar zog die Flegelköpfe sofort zurück und schwang sie gleich wieder. Arm und Handgelenk bewegten sich kaum. Der Brunemann blockte den Hieb ab, während er vortrat, und lenkte die Köpfe ein wenig zur Seite ab, konnte Braylar jedoch einen Augenblick lang nicht mehr sehen. Das war mehr als genug. Braylar sprang vor, brachte den Brunemann aus dem Gleichgewicht und zog die Köpfe herum. Sie donnerten dem stürzenden Soldaten von hinten auf den Helm. Der Brunemann versuchte, sich mit dem Schild abzustützen, doch Braylar kannte kein Erbarmen. Er setzte sofort nach und schlug abermals zu, ehe der Soldat sich wieder aufrappeln und sich orientieren konnte. Die Köpfe der Fluchtgötter trafen den Helm von oben. Der Brunemann fiel aufs Gesicht und rührte sich nicht mehr.

Gerade rechtzeitig, als der schwer gepanzerte Brunemann mit der großen Axt angriff, fuhr Captain Killcoin herum. Der Soldat zögerte mit dem Angriff und schätzte Braylar ein. Seine Bewegungen verrieten, dass er auch ohne Schild ein schwieriger Gegner war. Er war nicht hektisch und hatte es nicht eilig, sondern blieb stets wachsam und gefasst. Er bewegte sich wie Captain Killcoin.

Der Axtträger hatte den Vorteil der größten Reichweite, und es schien, als könnte er mit einem einzigen Schlag entsetzlichen Schaden anrichten. Ich konnte mir nicht viele Waffen vorstellen, die gefährlicher aussahen als Blutrufer, aber diese Axt konnte sich mit den Fluchtgöttern messen.

Der Brunemann rückte vor, veränderte die Haltung und hob die Waffe über den Kopf. Braylar verlagerte den Schild ein wenig und wich nach rechts aus. Der Brunemann drehte sich mit, folgte Braylar und griff blitzschnell an. Er holte aus, um die Axt herabsausen zu lassen. Braylar war jedoch nach einem raschen Schritt rückwärts außer Reichweite des Gegners. Der Brunemann brach den Hieb ab und stach mit der langen Waffe schneller zu, als ich es für möglich gehalten hätte.

Braylar zog den Schild herunter und drückte die Spitze zur Seite. Ich dachte, nun käme sein Gegenangriff und er würde die Entfernung verringern, um Blutrufer mit frischem Blut zu benetzen. Doch der Brunemann hatte die Axt schon wieder gehoben und ging auf Braylar los. Der Captain zog sich zurück, konnte dem Hieb aber nicht völlig ausweichen. Er musste ihn mit dem Schild abwehren, hielt allerdings nicht direkt dagegen, sondern lenkte die Klinge zur Seite ab und sprang zugleich rückwärts und nach rechts.

Ich zielte, sobald ich eine Schussmöglichkeit sah, doch als die Gegner weiterkämpften und sich ihre Position wieder veränderte, riss ich die Armbrust im letzten Augenblick hoch, und der Bolzen zischte harmlos in den Himmel.

Braylar umkreiste den Gegner knapp außerhalb der Reichweite der Axt, doch von dort aus konnte er seinerseits keinen Hieb anbringen. Ich fragte mich, warum er nicht näher heranging. War es Achtung vor der Waffe oder vor dem Mann, der sie schwang? Schätzte er den Gegner noch ein, ließ sich mit den Hieben und Bewegungen Zeit und wartete auf die richtige Gelegenheit?

Wieder griff der Brunemann an, riss die Waffe hoch und täuschte einen Schlag von links nach rechts an, veränderte die Richtung und zog die Klinge in die andere Richtung, während er auf Braylar eindrang. Dieser schlug die Axt zur Seite, zog sich aus deren Reichweite zurück und entging dem nächsten Hieb ganz und gar. Dann rückte er blitzschnell vor. Der Brunemann griff an, Braylar blockte ab, doch nun drehte der Brunemann die Waffe herum und fing die Kante von Braylars Schild mit der gekrümmten Spitze an der Axtschneide ein, zog kräftig und brachte Braylar aus dem Gleichgewicht.

Der Captain rutschte im Gras aus und fiel auf die Knie.

Diese Gelegenheit ließ sich der Brunemann nicht entgehen. Mit überraschender Geschwindigkeit hob er die große Klinge und ließ sie heruntersausen. Dieses Mal, erst halb wieder aufgestanden, konnte Braylar dem Hieb nicht entgehen und ihn nicht ablenken. Der Axtkopf fuhr herab und traf Braylars Schild, dass die Späne flogen.

Wieder griff der Brunemann an und hob die Axt, um den Captain in Stücke zu hacken. Braylar rollte sich nach rechts ab und konnte mit knapper Not der Waffe ausweichen, die sich wie eine Pflugschar in die Erde grub. Sofort riss der Brunemann die Waffe hoch, um erneut zuzuschlagen. Grashalme und Erdbrocken rieselten von der Klinge, als Braylar auf die Beine kam und sich ein paar Schritte zurückzog, um den zerstörten Schild abzulegen und das Suroka zu ziehen.

In der Hocke, Blutrufer in einer und das Suroka in der anderen Hand, wartete er ab. Die beiden Waffen waren nicht gut geeignet, die Axt abzuwehren, und möglicherweise war der Arm, der jetzt das Suroka hielt, sogar angeschlagen. Der Brunemann griff wieder an. Ich hatte schon einmal gesehen, wie der Captain auf dem Schlachtfeld in Gefahr geraten war, aber diese Situation war gefährlicher als alles, was ich bisher beobachtet hatte. Ich sah mich um. Die anderen Syldooner bekämpften die Brunemänner und konnten nicht helfen. Auch Soffjian war mit einem Gegner beschäftigt.

Eilig lud ich nach und lief los, um in eine gute Schussposition zu kommen und Braylar beizuspringen, ehe er in blutige Stücke gehackt wurde.

Der Brunemann schwang die Axt, stieß zu und bedrängte Braylar, eine Attacke ging fließend in die nächste über, beinahe beiläufig kamen die Hiebe, während Braylar immer in der Defensive blieb, sich zurückzog und der großen, aber überraschend schnellen Waffe auswich, bis er kaum noch Platz hatte und mit dem Rücken fast an der Mauer stand.

Ich dachte, ich hätte freie Schussbahn, hob die Armbrust und zielte, aber da war die Gelegenheit auch schon wieder vorbei. Ich verfluchte mich selbst, weil ich gezögert hatte, und rannte weiter.

Der Brunemann bewegte sich nach links und versuchte, den Captain festzusetzen und sofort wieder anzugreifen. Die

Axt bewegte sich fast zu schnell, um die Klinge mit den Augen zu verfolgen. Auch Braylar stürmte los und geriet in die Reichweite der Axt. Das Heft traf ihn seitlich und ließ den Lamellenpanzer klirren, die Wucht warf den Captain nach rechts. Braylar konnte den Sturz abfangen, indem er Blutrufers Heft auf den Boden stemmte. Die Köpfe des Flegels polterten über das Gras. Dann blickte er nach oben zu der hocherhobenen Axt.

Ich zielte und war sicher, dass meine Hilfe zu spät kam, da tauchte Braylar unter dem Axthieb weg, prallte gegen die Knie des Brunemannes und warf den größeren Gegner auf den Rücken. Der Helm des Brunemannes donnerte auf den Boden, Braylar kletterte auf den Soldaten, drückte dessen Arm weg und drosch ihm dreimal die Armschiene ins Gesicht. Dann zog er die Halsberge weit genug auf, um dem Mann das lange Suroka in den Hals zu bohren.

Kaum hatte er sich von dem toten Gegner gelöst und sich wieder aufgerichtet, da ging ein schwer gepanzerter Speerträger mit einem großen Helm und einem ovalen Schild auf ihn los. Braylar lenkte die Speerspitze mit dem Suroka ab, sodass sie harmlos über den Lamellenpanzer kratzte, doch der Brunemann zog die Waffe zurück und stieß immer wieder zu. Jeder Angriff verfehlte das Ziel nur knapp, der Brunemann rückte vor, und Braylar stand schon wieder mit dem Rücken zur Wand.

Als ich die Armbrust hob, bemerkte ich hinter dem Brunemann eine schnelle Bewegung und hörte Metall klirren. Eine Wurfaxt fiel auf den Boden, und der Brunemann fuhr herum und stellte sich der neuen Bedrohung. Er wusste nicht, dass die Gefahr von Mulldoos ausging, der zehn Schritte entfernt war.

Dieses Mal machte ich mir keine Gedanken um einen möglichst perfekten Schuss, sondern hob einfach nur die Armbrust und löste aus. Der Bolzen traf die Halsberge des Brunemannes und blieb stecken. Der Soldat zuckte zusammen, und schon sprang Braylar ihn von hinten an, presste ihm den Flegel an den Hals und packte auf der anderen Seite die Ketten.

Der Brunemann war einen Kopf größer als Braylar und hob den Captain von den Füßen, als er herumfuhr und versuchte, den Angreifer abzuschütteln. Dann ließ er den Speer mit einer Hand los und stieß mit dem Ellenbogen nach Braylar.

Unterdessen legte Braylar im Nacken des Brunemannes das Heft und die Ketten des Flegels übereinander, stemmte ihm das Knie ins Kreuz und drückte den großen Mann nach vorn. Dessen Ellenbogen traf nur den Lamellenpanzer und konnte nicht viel Schaden anrichten. Der Captain zog kräftig am Heft und an den Ketten, um den Brunemann zu erdrosseln, während der Soldat nach hinten langte und Braylars Unterarm, den Kopf oder sonst etwas packen wollte. Er erwischte eine Armschiene und zerrte daran, um den Captain abzuschütteln.

Wieder zog Braylar mit aller Kraft die Ketten und das Heft an, half mit dem Knie nach und würgte den Brunemann, bis dessen Widerstand erlahmte. Noch einmal griff der Brunemann nach der Armschiene, dann sackte er in sich zusammen, fiel auf die Knie und ließ den Kopf hängen.

Der Captain zog noch einmal, um ganz sicher zu sein, löste die Kette und ließ den Toten seitlich auf die Erde fallen. Er schüttelte den linken Arm aus, beugte sich kurz vor und blickte zu Mulldoos, der jetzt direkt vor ihm kämpfte, danach über die Schulter zu mir. Ich war schon dabei, mit der Teufelskralle die Armbrust neu zu spannen.

Braylar schüttelte den Kopf, richtete sich auf und hob das Suroka auf.

Auf einmal ertönte ein schriller Pfiff, gleich darauf noch einer, und die wenigen Brunemänner, die keine direkten Gegner hatten, rannten zurück zu den Pferden.

Das Schlachtenglück hatte sich gewendet.

Mulldoos hob die Wurfaxt auf und schob sie in die Lederschlaufe hinten im Gürtel. »Cap, ich muss schon sagen, ich habe noch nie gesehen, dass du mit diesem Ding einen Mann erwürgt hast. Das war wirklich mal was Neues. Eine gute Idee.«

Das Gesicht war hinter dem Visier nicht zu erkennen, doch es war unverkennbar, dass der Mann lächelte. Dann fragte Mulldoos: »Lässt du Gurdinn davonkommen?«

Braylar versetzte seinem zerstörten Schild einen Tritt und sah den paar Brunemännern nach, die gerade auf die Pferde stiegen. »Sie haben einen Teil ihrer Soldaten im Wald zurückgelassen. Wir sind nicht genug, um sie endgültig zu erledigen. Außerdem haben wir, was wir uns holen wollten.« Er sah uns beide an. »Ich hoffe, ihr erwartet keine Dankbarkeit«, sagte er zu mir. »Ich hatte alles im Griff.«

Mulldoos nickte bedächtig. »Aye. Du hast den großen Mistkerl glauben gemacht, er hätte dich im Sack und könnte dich an die Mauer pressen, aber in Wirklichkeit hast du ihm die ganze Zeit böse zugesetzt.«

Captain Killcoin ignorierte die Bemerkung des Leutnants und wandte sich an mich. »Ich muss widerwillig zugeben, dass du mir einmal das Leben gerettet hast, aber jetzt hättest du mich beinahe umgebracht.«

Ich wollte protestieren, besann mich aber und hielt den Mund. Mulldoos war diese Zurückhaltung fremd. Ich erschrak ein wenig, als er mich in Schutz nahm.

»Du solltest dich glücklich schätzen, dass du einen Schreiber hast, der so dumm ist, sich in den Kampf zu stürzen. Die letzten beiden hätten sich hinter ein Wagenrad geduckt. Damit habe ich auch bei dem hier gerechnet. Das Leben ist voller Überraschungen.« Er sah den Brunemännern nach, die im Wald verschwanden. »Was jetzt, Cap?«

»Jetzt wollen wir sehen, ob es das alles wert war.« Er ging zum umgestürzten Wagen.

Die Syldooner waren in Unterzahl und leichter bewaffnet gewesen und hatten eine Steinmauer im Rücken gehabt.

Trotzdem hatten sie die Feinde getötet oder vertrieben. Die Beziehung zu Baron Brune war nun endgültig zerrüttet, aber die Syldooner hatten den Gefangenen übernommen.

Sie hatten gesiegt. Blutig, verletzt und dezimiert, aber sie hatten gesiegt.

24

Captain Killcoin ließ den Blick über unsere angeschlagene, ramponierte Truppe gleiten. Da die Brunemänner geflohen und die Kampfhandlungen vorbei waren, setzte nun eine eigenartige Stille ein. Gelegentlich stöhnte oder grunzte jemand, einige Laute drangen auch aus dem umgekippten Wagen. Braylar ging hinüber. Seine Brünne und der Lamellenpanzer klirrten leise.

Die Gefangenen hatten sich so weit wie möglich in eine Ecke verkrochen. Einige Verwundete schrien auf, als sich die anderen in der Nähe bewegten und gegen die gebrochenen Knochen stießen. Der Captain löste den Helmgurt und nahm den Kopfschutz ab. Sein Haar war schweißnass, und auf der Stirn zeichnete sich ein roter Streifen ab, wo ihn die Polsterung des Helms gedrückt hatte. Die tätowierte Schlinge am Hals wurde von einer Prellung überlagert.

Henlester suchte Braylars Blick, bemerkte die Tätowierung und sagte: »Ah, dann seid Ihr also die mächtigen Syldooner? Nun, das ist wirklich eine Überraschung. Tatsächlich hatte ich mich einen Augenblick der Hoffnung hingegeben, ich würde gerettet, aber nun scheint es, als wäre ich doch nur neuen Häschern in die Hände gefallen. Wollt Ihr meinen Käfig nur aufsperren, um mich gleich wieder in einen anderen zu stecken, Syldooner?«

Mit zuckendem Lächeln wandte Braylar sich an Vendurro. »Die Gefangenen haben es unbequem, Sergeant. Das wollen wir gleich ändern, ja? Brecht den Wagen auf. Jetzt sofort. Ich will mir doch nicht nachsagen lassen, wir Syldooner seien schlechte Gastgeber. Nicht einmal, wenn wir nur Häscher sind.«

»Aye, Cap«, bestätigte Vendurro. Er ging zu einer Gruppe Soldaten und gab den Befehl an Benk und den anderen Syldooner weiter, der schon vorher auf den Wagen eingehämmert und eingehackt hatte.

»Es ginge viel einfacher, wenn wir zwei Äxte hätten. Oder eine größere«, meinte Benk. »Hatte nicht ein Brunebursche eine große alte Axt? Sie müsste irgendwo im Gras liegen.«

»Sofort, sagte der Cap«, fauchte Vendurro. »Weißt du, was das heißt? Es heißt jetzt sofort und hier. Halt den Mund und fang an.«

»Ich weiß, was sofort bedeutet, Sergeant. Ich bin doch nicht blöd. Ich meine nur, dass es mit der Axt schneller geht.«

»Brich den Wagen auf. Jetzt sofort.«

Benk salutierte halbherzig, verdrehte die Augen und antwortete: »Also los.« Zusammen mit dem anderen Soldaten ging er zu dem Wagen. Braylar eilte ihm jedoch nach und hielt Benk am Arm fest.

Unsicher sah Benk den Vorgesetzten an. »Cap?«

»Wenn ich jemals wieder höre, dass du einem Offizier widersprichst, nehme ich dir die Waffen, die Rüstung und das Pferd weg und überlasse dich den Feinden. Hast du das verstanden?«

Benk lief puterrot an und schluckte erschrocken. »Aye, Cap.«

»Sehr gut.« Braylar ließ ihn los, und nun rannte Benk zu dem Wagen, nahm das kleine Beil und hackte eifrig auf den Wagen ein, während der andere Syldooner das nächste Brett herausbrach.

Es schien mir eine sehr harte Zurechtweisung zu sein, zumal Braylar seinen Leuten sonst sehr viel Freiraum ließ, aber vielleicht störte den Captain vor allem die Tatsache, dass sich der Soldat in aller Öffentlichkeit aufsässig gezeigt hatte.

Als die Syldooner endlich genug Bretter herausgebrochen hatten, stiegen die Gefangenen heraus, zuerst Henlester, dann die Priestergardisten und schließlich die unversehrten Priester, die den Verletzten halfen.

Captain Killcoin befahl einem Mann vorauszureiten, dann wandte er sich an Vendurro. »Setz den Priester auf ein Pferd. Wir brechen auf.« An Benk gewandt, fügte er hinzu: »Du bleibst hier. Warne uns, falls uns die Brunemänner verfolgen. Ich rechne damit, dass sie es tun. Hauptmann Gurdinn wird eine Weile toben, aber dann wird er rasch die Verfolgung aufnehmen.«

Benk salutierte erheblich eifriger als zuvor, indem er den Arm kreisen ließ und sich mit der Faust auf die Brust schlug.

Die anderen stiegen entweder auf dieser Seite auf oder sprangen über die kleine Mauer, um die Pferde zu holen. Vendurro hatte Henlester schon auf ein Pferd gesetzt, doch jetzt rief der Hohepriester: »Syldooner!«

Der Tonfall machte deutlich, dass er mit niemand anderem außer Captain Killcoin sprechen wollte.

Mein Pferd tänzelte im Kreis herum, und ich versuchte vergeblich aufzusteigen. Währenddessen antwortete Braylar: »Wie kann ich Euch helfen, mein verehrter Geistlicher? Würdet Ihr gern noch eine Erfrischung zu Euch nehmen, ehe wir aufbrechen? Darf es ein Honigkuchen und etwas Tee sein?«

Als ich endlich den Fuß in den Steigbügel bekam, antwortete Henlester: »Was ist mit meinen Männern? Ihr wollt sie doch nicht hier zurücklassen, oder?«

Braylar betrachtete das traurige Häuflein. »Genau das habe ich vor. Wie Ihr schon so scharfsinnig festgestellt habt, haben für Euch nur die Häscher gewechselt. Eure Leute wären in unserer Gesellschaft nicht besser dran. Es könnte ihnen sogar sehr schlecht ergehen. Schließlich sind wir grausame Menschen, beinahe Wilde. Ich fürchte, wir haben es außerdem etwas eilig.«

Henlesters ohnehin schon schmale Lippen wurden noch schmaler und schienen sich kaum zu bewegen, als er sagte: »Die Brunemänner bringen sie möglicherweise um.«

Braylar lächelte. »Nichts würde mich mehr erfreuen, denn dazu müssten die Brunemänner sie zuerst einmal einfangen. Es braucht Zeit, entflohene Gefangene wieder zu fassen, selbst wenn sie nur zu Fuß unterwegs sind. Diese Zeit können wir gut gebrauchen.« Er wandte sich an Vendurro. »Du kümmerst dich um ihn. Wenn er zu fliehen versucht, schlägst du ihn, bis er pariert. Wenn er es zweimal versucht, schneidest du ihm die Kehle durch. So wertvoll, dass wir Zeit verschwenden würden, um ihn wieder einzufangen, ist er dann doch nicht.« Dann wandte er sich wieder an Henlester. »Versteht Ihr jetzt, wie es läuft?«

Anschließend sprach der Captain zu den Priestern und den Gardisten, die ihren Hohepriester anstarrten. »Ihr seid frei. Ich schlage vor, ihr lauft möglichst schnell weg. Diejenigen, die zu schwer verletzt sind, um wegzulaufen ... versteckt euch gut. Ich nehme an, die Brunemänner werden vor allem uns und nicht euch verfolgen. Aber ganz sicher kann man da nicht sein, was?«

Damit ritt Braylar los, und wir reihten uns hinter ihm ein. Den umgekippten Wagen, die toten Pferde, die kauernden Gefangenen und die niedergemachten Männer ließen wir zurück, als am Horizont die letzten Sonnenstrahlen nach den Wolken tasteten.

Ich sah mich über die Schulter um. Henlesters Leute wussten nicht, was sie tun sollten. Ein Wächter deutete zum Wald, ein anderer zur Steinmauer. Wenigstens hatte der Captain sie nicht auf der Stelle getötet. Das war doch immerhin etwas.

25

Wir ritten schweigend und verschärften das Tempo, als die Dämmerung kam. Ich blieb vorne, direkt hinter dem Captain und seinen Leutnants. Sie stritten über irgendetwas, das ich bei all dem Hufgetrappel nur teilweise mitbekam.

»Glaubst du, Gurdinn lässt seine Truppe zurück und reitet mit einer kleinen Abteilung voraus, um uns einzuholen?«, fragte Mulldoos.

Hackspeer gab eine Antwort, die ich nicht verstehen konnte. Nur den letzten Teil von Braylars Bemerkung kriegte ich mit: »... ein störrischer Dreckskerl. Führt die Befehle buchstabengetreu aus. Ich würde sagen, Brune hat ihm eingeschärft, dass es das wichtigste Ziel ist, den alten Priester zu schnappen. Deshalb wird er schnell reiten, und wir reiten noch schneller.«

»Was ist mit unseren eigenen Wagen? Vielleicht sollten wir sie verstecken und in einem Bogen zurückreiten. Mir scheint ...«

»Nein, das können wir nicht riskieren. Das weißt du doch, oder?«

»Ich weiß nur, dass Gurdinn uns kinderleicht einholt, wenn er seine eigenen Wagen zurücklässt.«

»Und wenn er das tut, dann sorgen wir dafür, dass er es bereut. Wir haben den Priester. Wir haben unseren Schatz.« Er deutete mit dem Daumen über die Schulter auf mich. Bisher hatte ich angenommen, er hätte mich noch gar nicht bemerkt.

»Und wir haben den Gelehrten, um die Geheimnisse zu lüften, ja? Also. Wir kehren mit alledem zurück, oder wir kehren überhaupt nicht zurück. Das ist alles. Ihr seid erfahrene Taktiker. Ich schlage vor, ihr setzt eure taktischen Fähigkeiten dafür ein, dass es klappt.«

Mulldoos brummte etwas, worauf Hackspeer bedächtig nickte. Sie redeten oder stritten – bei ihnen war das schwer zu unterscheiden – und ritten so eng nebeneinander, dass zwischen ihren Pferden kaum noch Platz war und sich die Helme beinahe berührten.

Schließlich wagte ich mich auf Captain Killcoins anderer Seite vor. Er drehte sich nicht zu mir um und sprach mich nicht an, sondern beschränkte sich darauf, so schnell zu reiten, wie es in der Dämmerung möglich war. Dennoch schien Braylar meine Unsicherheit zu spüren, oder ihm fielen meine unzulänglichen Reitkünste auf. »Keine Sorge, Arki. Die Pferde haben gute Augen und können nachts wohl sogar besser sehen als wir. Auf einem ausgetretenen Weg wie diesem sind wir ziemlich sicher. Vorausgesetzt, niemand stößt ihnen eine Fackel in die Nüstern. Außerdem müssen wir nicht galoppieren und über Mauern springen.«

»Kann es denn noch einmal passieren? Ich meine, dass wir galoppieren und über Mauern springen müssen?«

Nun drehte Braylar sich zu mir um. Im Schatten des Helms konnte ich seine Augen nicht erkennen, und seine Miene trug nicht dazu bei, meine Nerven zu beruhigen. »Schwer zu sagen. Wenn es so weit kommt, ist aber damit zu rechnen, dass wir am Ende einen Archivar weniger haben.« Meist war kaum zu erkennen, wann er scherzte, und bei dem bisschen Mondlicht, das in den Augen glomm, war es doppelt schwierig.

Ich unterdrückte ein Schaudern und ritt schweigend weiter. Trotzdem musste ich ihn immer wieder anstarren.

Schließlich erwiderte Braylar meinen Blick. »Heraus damit. Noch mehr als diejenigen, die du herausplapperst, reizen mich deine unausgesprochenen Fragen, weil sie unsichtbar, unheildrohend und voll nervöser Energie in der Luft hängen. Sprich.«

Ich sah mich kurz über die Schulter um. Soffjian und Skeelana waren ganz hinten und konnten nichts hören. »Fühlt Ihr Euch ... gut?«

»Ich lebe noch. Davon abgesehen ist Wohlbefinden ein Luxus.«

»Ich wollte damit fragen, ob ...«

»Mir ist völlig klar, was du mich fragen wolltest. Ich habe es sogar schon vermutet, ehe du es ausgesprochen hast. Was mein Befinden angeht, so kann ich dir eines sagen: Die Erinnerungen stürmen noch nicht auf mich ein, aber ich spüre die ersten Vorboten, die vorsichtig das Gebiet erkunden und im Verborgenen mit bösen Absichten umherschleichen. Gäbe es einen Weg, sie zu fangen und zu vernichten, dann würde ich es tun. Aber das ist nicht einmal Lloi gelungen.«

Noch einmal sah ich mich rasch um. »Vielleicht gelingt es einer Memoridin. Die Frauen wissen bereits, dass Ihr bald von Erinnerungen bombardiert werdet, also könntet Ihr doch vielleicht ...«

Braylar schnaufte hinter der Kettenbrünne. »Sie wissen schon viel mehr, als sie wissen sollten. Weitere Blößen werde ich ihnen nicht geben.«

Die nächste Frage formulierte ich sehr vorsichtig, drehte sie im Kopf noch einige Male hin und her und veränderte mehrmals im Stillen den Wortlaut, ehe ich sie aussprach. »Wärt Ihr ebenso widerstrebend, wenn Eure Schwester nicht beteiligt wäre?«

»Nein, ich wäre dann sogar noch zurückhaltender. Es ist immer besser, einen bekannten als einen unbekannten Feind zu haben.«

»Aber warum sind die Memoridinnen Feinde? Diese Beziehung verstehe ich immer noch nicht. Auch sie gehorchen doch Eurem Turmkommandanten, oder nicht?«

»Ihm und nur ihm, Arki. Ihre Aufträge haben mit dem Dienst gewöhnlicher Soldaten nicht viel zu tun, und wenn es um die Erinnerungsmagie geht - Blutrufer und mein eigenartiges Leiden gehören zweifellos in diese Domäne -, dann sind allein sie zuständig. Ich verspüre allerdings nicht das Bedürfnis, ihr Schoßtier oder ihr Versuchstier zu werden oder an irgendwelchen abartigen Forschungen teilzunehmen. Skeelana war schon einmal in meinem Kopf. Ich würde sie kein zweites Mal einladen, solange ich nicht alle anderen Möglichkeiten ausgeschöpft habe. Außerdem haben sie, was ihre Stellung im Reich angeht, im Gegensatz zu den syldoonischen Soldaten keinerlei Entscheidungsfreiheit. Sie gehorchen dem Kommandanten nur, weil sie es müssen. Erzwungener Gehorsam ist keine echte Loyalität.« Damit drehte er sich um und schoss zuvor noch einen drohenden Blick auf mich ab, soweit ihm das in der Rüstung überhaupt möglich war. »Du tust gut daran, das nicht zu vergessen.«

Als ich eifrig nickte, fügte er hinzu: »Sehr gut. Und jetzt sei still. Deine übrigen Fragen muss ich eben unausgesprochen ertragen. Es wird eine lange Nacht und ein langer Ritt.« Geplagt von den unsichtbaren Teufeln, die ihn heimsuchten, trieb er sein Pferd an.

26

Die Stunden vergingen schleppend, als wir im Mondlicht ritten. Einmal hielten wir kurz an, um die Pferde zu tränken und zu füttern und auch selbst zu verschnaufen, aber bald saßen wir wieder im Sattel. Wir entfernten uns vom Totmooswald und dem Jagdgebiet und kamen an Höfen und schlafenden Dörfern vorbei. Meistens sahen wir nur weite Felder.

Mein ganzer Körper war steif und wund gerieben, aber abgesehen von der kleinen Verletzung in der Seite, die schrecklich brannte, war ich in einer gar nicht so schlechten Verfassung. Ich fragte mich, wie es den anderen Syldoonern erging. Noch wichtiger war, wie lange ihr seltsamer Gefangener noch reiten konnte. Er war sicher eher an duftende Kissen als an nächtliche Fluchten gewöhnt. Dennoch hielt er sich viel besser im Sattel als ich. Er ritt aufrecht, und die weißen Haare schimmerten im Mondlicht wie Schnee. Man hätte meinen können, wir hätten einen König entführt.

Ich ließ mich etwas zurückfallen und ritt eine Weile für mich allein, ohne mit irgendjemandem zu sprechen.

Es war mein erster nächtlicher Ritt. Ich hätte nicht gedacht, dass ich bei so viel Rucken und Schütteln einschlafen konnte, musste mich aber mehrmals ins Handgelenk kneifen, um nicht aus dem Sattel zu rutschen. Nach einer Weile half auch das nicht mehr, und ich döste immer wieder eine Weile ein, um erschrocken aufzufahren, wenn mir das Kinn auf die Brust sank. Gleich danach fielen mir schon wieder die Augen zu.

Plötzlich sprach mich jemand an. »Jetzt hast du also zweimal den Abzug durchgedrückt. Wie fühlst du dich?«

Vor Schreck wäre ich beinahe vom Pferd gefallen. Ich hatte nicht bemerkt, dass Skeelana zu mir aufgeschlossen hatte und neben mir ritt.

»Was … was hast du …«

Sie lächelte. »Nein, wahrscheinlich hast du ja unzählige Bolzen abgefeuert, aber wohl nur wenige im Kampf, wie du selbst erklärt hast. Und du hast erst zwei Gegner erschossen. Deshalb frage ich mich, wie es dir geht und ob es beim zweiten Mal leichter war. Oder fühlst du dich jetzt schlechter?«

Ich sah sie an. Ihre Haarnadeln glänzten, bis sich Wolken vor den Mond schoben. »Vielleicht könntest du mir beim nächsten Mal helfen, wenn wir wieder in einen Kampf geraten. Dann kannst du es selbst herausfinden.«

Sie zuckte mit den Achseln. »Wie schon gesagt, ich bin keine Krieger-Memoridin. Wenn es nicht vorgeschrieben wäre, würde ich nicht einmal dieses dumme Suroka tragen. Damit ersteche ich viel eher mich selbst als jemand anders.«

»Also, ich bin nur ein ungeschickter Schreiber, aber ich habe überlebt, weil ich auf den Abzug gedrückt habe, und für jemand anders hätte ich das auch getan.«

»Dann fühlst du dich gut damit?«

Ich schüttelte den Kopf. »Das habe ich nicht gesagt. Ich fühle mich sogar schrecklich.«

Skeelana dachte darüber nach. »Aber es ist besser, lebendig zu sein und sich schrecklich zu fühlen, als zu sterben, nicht wahr?«

»In Zechingen hast du dich verteidigt, als dir nichts anderes übrig blieb. Vielleicht hast du nicht mit blankem Stahl blutige

Wunden geschlagen, aber du hast dich verteidigt und mir geholfen, einen Gegner zu töten. Wie fühlst du dich denn damit?«

Es kam mir so vor, als lächelte sie leicht. »Ebenfalls schrecklich. Ich würde sagen, das spricht eher für uns. Es ist gut, dass wir uns schrecklich fühlen. Jemanden zu töten, ganz egal, unter welchen Begleitumständen, ist niemals angenehm, oder? Aber ich wollte eigentlich wissen, ob es leichter geworden ist, als du es jetzt zum zweiten Mal getan hast.«

Ich nahm eine Flasche vom Gürtel, zog den Korken heraus und trank ein wenig schales Wasser, ehe ich antwortete. Skeelana lehnte ab, also drückte ich den Stöpsel wieder hinein und überlegte mir, wie ich es am besten ausdrücken konnte, um wenigstens teilweise meine Gefühle zu beschreiben. »Der Mann ... nein, die Männer, die ich getötet habe oder bei deren Beseitigung ich geholfen habe, waren nicht nur irgendwie lebendig. Sie hatten ein Leben, sie hatten Freunde, Angehörige, Träume, Ängste und Geheimnisse. Dinge, die sie tun wollten und zu denen sie jetzt nicht mehr kommen. Dinge, die sie gern ungeschehen gemacht hätten und die sie jetzt nicht mehr wiedergutmachen können. Ich bin dankbar, dass ich nicht so leide wie Captain Killcoin. Durch Blutrufer weiß er mehr über die Männer, die er getötet hat, als über einige in seiner Truppe, was sogar die engsten Vertrauten einschließen mag. Aber auch wenn ich nicht all diesen schrecklichen persönlichen Einzelheiten aus dem Leben der Getöteten ausgesetzt bin, fällt es mir schwer, nicht an das zu denken, was ich beendet habe. Ein einfacher Hieb oder ein Druck auf den langen Auslöser aus Stahl. Eine einfache Tat, die so viel auslöscht.«

»Trotzdem haben sie die Rüstung angelegt und zu den Waffen gegriffen. Diese Männer wussten, welches Risiko sie eingingen. Du hast ja nicht wahllos irgendjemanden auf der Straße ermordet.«

»Nein«, stimmte ich zu. »Das ist richtig. Ich weiß, dass es dadurch für mich einfacher sein sollte. Ich sollte die Schuldgefühle in eine Kiste stecken und sie irgendwo vergraben. Aber die Wahrheit ist, dass mir das nicht hilft. Skeelana, du hast mich gefragt, wie ich mich fühle. Ich fühle mich schlechter. Bist du jetzt zufrieden?«

Das Lächeln schien jetzt etwas traurig und verschwand ganz, als der Mond sich wieder hinter den Wolken versteckte. »Nein. Ich hatte gehofft, dass es leichter wird und nicht mehr so schrecklich ist.«

»Warum? Du hältst dich aus den Kämpfen sowieso heraus. Das hast du jedenfalls gesagt.«

»Ich werde es versuchen, Arki. Ich werde es ganz bestimmt versuchen. Ich habe alles vom Wald aus beobachtet. Als ich gesehen habe, wie du den Soldaten erschossen hast, habe ich mir vorgestellt, ich hätte es selbst getan, und mir überlegt, wie ich mich dabei gefühlt hätte. Leider habe ich es mir völlig richtig vorgestellt.«

Wir ritten eine Weile schweigend weiter, bis Skeelana sagte: »Was ist mit Blutrufer? Wie geht es deinem Captain? Du hast ja gesagt, dass er im Gegensatz zu allen anderen hier nicht nur mit seinen eigenen Geistern und Dämonen zu kämpfen hat.«

»So ist es.« Ich nickte langsam und erinnerte mich an Braylars Bemerkungen über die Memoridinnen. Wie viel durfte ich ihr sagen? Ich war auf Gedeih und Verderb an Captain Killcoin und seine Männer gebunden, und er traute diesen Frauen offensichtlich nicht, am wenigsten seiner Schwester. Trotzdem, Skeelana kannte sein Geheimnis bereits, und da sie schon einmal die giftigen Erinnerungen aus ihm entfernt hatte, kannte sie es vermutlich sogar besser als jeder andere. Es war nicht sinnvoll, mich jetzt zu verstellen oder etwas zurückzuhalten. Und doch ... »Der Captain vertraut mir nicht viel an. Eigentlich fast gar nichts. Du müsstest wohl mit ihm selbst sprechen, um seinen Zustand einzuschätzen. Davon würde ich allerdings abraten. Er ist ... reizbar.«

»Ehrlich? Das ist mir noch gar nicht aufgefallen.« Sie kicherte leise, und wie so oft fühlte ich mich wider besseres Wissen und trotz aller Ermahnungen des Captains zu ihr hingezogen.

Danach schwiegen wir eine Weile. Kurz nacheinander gähnten wir. Ich betrachtete die Soldaten vor mir, die halb schlafend im Sattel saßen, dann drehte ich mich um. Der nächste Reiter schwankte ein Stück hinter uns hin und her. Leise sagte ich: »Du hattest den Befehl, rechtzeitig innezuhalten, als du im Captain warst und die fremden Erinnerungen herausgeholt hast.«

»Ja, genau.«

»War das überhaupt möglich? Du bist doch sicher auch auf seine eigenen Erinnerungen gestoßen.«

Sie zögerte. »Nicht absichtlich. Aber ich musste mich im Kopf deines Captains umsehen, um die Erinnerungen zu entdecken, die ihn befallen hatten. Es war ganz bestimmt keine Freude, sich durch diesen trägen Fluss zu kämpfen.«

»Also ...«

»Fragst du mich, ob ich etwas gesehen oder gespürt habe, das ich nicht hätte wahrnehmen dürfen?«

»Ja, so ungefähr.«

Sie ließ die Schultern kreisen und streckte sich. »Keine Angst, ich habe Mulldoos gehorcht. In dem Mann wollte ich sowieso nicht länger bleiben als unbedingt nötig, und ich hatte ja eine Aufgabe. Ich habe ein paar Bruchstücke und ein paar flüchtige Bilder gesehen, aber nichts Wesentliches. Oberflächliche Eindrücke. Ich habe schnell gearbeitet und kann dir nur eins sagen: Er hält dich vielleicht nicht für seinen engsten Vertrauten und fährt dich oft an, aber er empfindet eine gewisse Zuneigung zu dir. Ich glaube, das beunruhigt ihn sogar, aber so ist es nun mal.«

»Manchmal dringst du doch auch in jemanden ein, um ihm die Wahrheit zu entreißen, oder? Du willst aufdecken, was jemand weiß.«

»Leider sind solche Verhöre gelegentlich nötig. Es geht aber nicht immer um die Dinge, an die sich der Betreffende aktiv erinnern kann. Manche Erinnerungen sind weggesperrt und verschüttet und erweisen sich mitunter dennoch als die besten Funde überhaupt. Aber manchmal müssen wir auch alles ganz gründlich erforschen. Warum?«

Ich blickte unverwandt geradeaus. Es war beängstigend, dass eine Memoridin so große Macht hatte und in jeden Menschen eindringen konnte. Ich fühlte mich verletzlich. Aber war da nicht auch noch etwas anderes? Eine Art Reiz vielleicht? Die Vorstellung einer solchen Verbundenheit und Nähe war beunruhigend, aber auch aufregend. Zumindest, wenn Skeelana im Spiel war. Der Gedanke, Soffjian könnte in mich eindringen, war dagegen einfach nur furchtbar.

»Also«, begann ich langsam, »können Erinnerungen auch zerbrechen oder für immer verloren gehen? Sehr frühe Erinnerungen?«

»Ja, Erinnerungen können verfallen oder sich zersetzen wie Essen, das man zu lange in der Speisekammer stehen lässt. Manche Erinnerungen sind flüchtiger und vergänglicher als andere. Kluge Memoridinnen stellen seit ewigen Zeiten Theorien darüber auf, aber niemand kennt den genauen Grund.« Sie sah mich scharf an. »Worauf willst du hinaus?«

Ehe ich antworten konnte, wurden die Reiter vor uns langsamer und hielten ganz an. Wir folgten ihrem Beispiel. Ich spähte in die Dunkelheit und bemerkte schließlich einen einsamen Reiter, der sich ein Stück vor uns aus den Schatten schälte.

Vor Braylar zügelte er sein Pferd. Sie redeten leise miteinander, dann ritt Mulldoos an der Kolonne entlang und rief: »Wir haben die Wagen fast erreicht, ihr Hurensöhne. Dort könnt ihr ein paar Stunden rasten. Je schneller wir eintreffen, desto eher bekommt ihr eine Pause.«

Ich seufzte. Ein paar Meilen waren nicht mehr schlimm, nachdem ich die ganze Nacht geritten war, aber die Wagen standen andererseits auch nicht gleich hinter dem nächsten Hügel. Ich drehte mich zu Skeelana um, doch sie war verschwunden.

27

Als wir die Wagen erreichten, wäre ich fast auf der Stelle zusammengebrochen. Aber wir mussten uns erst einmal um die Pferde kümmern. Jetzt verstand ich, warum meine anjurischen Herren Diener und Stallburschen beschäftigt hatten, auch wenn ich nach und nach und ein wenig widerwillig die Bindung erkannte, die zwischen einem Mann und seinem Pferd entstehen konnte; ich begriff, wie sie in ruhigeren Augenblicken durch das Absatteln, das Striegeln und die Pflege des Tiers vertieft wurde. Trotzdem wünschte ich nichts sehnlicher, als dass es irgendwo ins Gelände lief und auf Nimmerwiedersehen verschwand, damit ich endlich schlafen konnte.

Dennoch überwand ich mich, es nicht zu überstürzen und alles ordentlich zu erledigen, ganz egal, wie müde ich war und wie stark mein Gefühl war, ich würde nur wertvolle Minuten meines Schlafs opfern. Die Syldooner hatten oft genug betont, wie wichtig es war, die Pferde ordentlich zu versorgen. Wenn ich dabei Abstriche machte, konnte mein Pferd lahm oder krank werden, und ich verlor mein Reittier und damit den Anschluss an die Gruppe.

Als ich endlich fertig war, fragte ich Braylar nicht einmal, ob ich im Wagen schlafen durfte. Im Grünen Meer, wo wir bis auf gelegentliche Besuche von Lloi allein gewesen waren, hatte ich damit keine Probleme gehabt. Jetzt schlief zwar niemand in den Wagen, aber es wäre anmaßend gewesen, um eine gesonderte Unterbringung zu bitten. Die Syldooner, die bei den Wagen aufgepasst hatten, übernahmen auch jetzt die Wache. Ich rollte mein Bettzeug auseinander, legte die Armbrust daneben ins Gras und den Köcher in Reichweite, zog mir die Decke bis ans Kinn und igelte mich ein, um die Kälte abzuhalten.

Mir war kalt, ich war wund geritten, erschöpft und hungrig und lag auf dem unebenen Boden alles andere als bequem, und doch fiel ich in einen tiefen Schlaf, ehe ich auch nur über eine dieser Beschwerden wirklich nachgedacht hatte.

Auf einmal schüttelte mich jemand. Ich hatte das Gefühl, gerade erst eingeschlafen zu sein, obwohl die Sonne schon vor einer Weile aufgegangen war. Vendurro sah mich an und zeigte mir breit grinsend die Zähne. »Aus den Federn und die Blase geleert, Arki. Wir brechen auf.«

Wie gern hätte ich noch einen halben Tag länger zum Ausschlafen gehabt. Die anderen waren schon in Bewegung, hatten die Rüstungen angelegt und die Pferde gesattelt. Erstaunlich, dass ich trotz dieses Getümmels so lange geschlafen hatte, zumal wir die ganze Nacht vor einem Feind geflohen waren, der uns jederzeit einholen konnte. Anscheinend waren die Syldooner so gut wie immer vor irgendjemandem auf der Flucht.

Vendurro reichte mir eine Feldflasche. »Der Cap sagt, du sollst mit ihm fahren, du Glückspilz. Hab dein Pferd schon an den Wagen gebunden.«

Ich nahm die Flasche entgegen. Er bot mir einen Arm als Hilfe an, was ich ebenfalls akzeptierte. Wir packten uns gegenseitig an den Unterarmen, und er zog, bis ich auf den Beinen stand. Ich bedankte mich und trank. Es war warmer Wein, der nach Leder schmeckte, aber immer noch viel besser als abgestandenes Wasser. Als Vendurro mir auf den Rücken klopfte, hätte ich mir vor Schreck fast in die Hose gemacht. Ich sah mich um, ob die Frauen in der Nähe waren, und verzog mich eilig ins hohe Gras.

Sobald ich fertig war, ging ich zum ersten Wagen. Braylar saß schon auf dem Kutschbock. Er trug die Rüstung, jedoch nicht den Helm, und zupfte abwechselnd an den Lederhandschuhen. Ich streckte den Arm aus, aber als er mich einfach nur ansah, statt mir beim Hochklettern zu helfen, fragte ich mich, ob es wirklich so erstrebenswert war, auf dem Wagen zu fahren.

»In einem kleinen Beutel hinter der Bank sind ein paar Nüsse und etwas Dörrfleisch unbestimmter Herkunft. Ich würde dir empfehlen, es längere Zeit zu kauen, ehe du es herunterschluckst. Das wird ein schrecklicher Klumpen, aber wenigstens erstickst du nicht daran.«

Mit ihm zu speisen war immer wieder angenehm. Ich ließ mich auf dem Kutschbock nieder, betrachtete die Straße vor uns und widerstand dem Impuls, mich umzudrehen. Eine Frage konnte ich mir allerdings nicht verkneifen: »Hat Benk schon etwas berichtet?«

Captain Killcoin setzte die Pferde in Bewegung. »Nein. Aber du kannst sicher sein, dass du es so schnell erfährst wie ich, wenn er etwas meldet. Vorausgesetzt, du bist nicht zu sehr mit Schreiben und Übersetzen beschäftigt.« Er drehte sich zu mir um und schenkte mir das zuckende Lächeln. »Dein Schreibkasten ist hier im Wagen. Ich bin sicher, ihr zwei habt euch schon sehr vermisst. Sobald du die Aufzeichnungen auf den neuesten Stand gebracht hast, wirst du mit der Übersetzung der Dokumente fortfahren. So zügig, wie du kannst, ohne es an Genauigkeit missen zu lassen, ja?« Damit reichte er mir den kleinen Schlüssel.

Anschließend widmete er seine Aufmerksamkeit sofort wieder den Zugpferden. »Du hast doch nicht gedacht, dass du auf einmal von deinen Pflichten und Aufgaben entbunden bist, oder?«

»Nein, es ist nur ... wenn wir nun angegriffen werden? Gurdinn ist uns auf den Fersen, und ...«

»Und wenn er uns einholt, werde ich dir den Befehl geben, die Feder wegzulegen, ja? Jetzt haben wir jedoch eine Verschnaufpause, also nutze sie. Der sture Priester wird von sich aus nicht viel offenbaren, aber wenn du beim Übersetzen irgendetwas über seinen Orden und dessen Verbindung zu den Hagazussen herausfindest, wird das viel nützlicher sein, als du es dir überhaupt vorstellen kannst.«

Das beflügelte mich, obwohl ich immer noch todmüde war. Endlich konnte ich wieder etwas tun, für das ich ausgebildet war. Und dabei drohte nicht einmal ein Blutvergießen.

Nachdem ich meine Siebensachen geholt und mich eingerichtet hatte, öffnete ich den Schreibkasten, den mir der Captain geschenkt hatte, und legte die kleinen Federmesser und Tintenfässer bereit. Ich war froh, ein Gerät in der Hand zu haben, mit dem ich so schnell niemanden töten oder verstümmeln würde. Wenigstens nicht mit eigenen Händen. Mulldoos hätte sicherlich einen Weg gefunden, mit meinen Schreibgeräten jemanden zu durchbohren oder zu verstümmeln oder ihn zu zwingen, Tinte zu trinken, bis er starb. Mir schauderte bei dem Gedanken, und ich versuchte, nicht mehr an Mord und Totschlag zu denken. Das erwies sich freilich als unmöglich, weil ich die jüngsten Ereignisse aufzeichnen musste, und dazu zählten nun einmal verschiedene Gewalttaten.

Als ich fertig war, konnte ich endlich wieder an etwas denken, das zugegebenermaßen alltäglich und mühsam war, das mir aber dennoch fesselnd und faszinierend vorkam. Ich wühlte mich durch langweilige Aufzeichnungen und schwierige Passagen, in denen es um Käufe und Verkäufe von Getreide oder um die Bestandsaufnahme einer Vorratskammer ging. Doch solange auch nur die entfernte Möglichkeit bestand, etwas Aufregendes oder Nützliches zu finden, war es die Mühe wert.

Ich begann, wo ich die Arbeit unterbrochen hatte, überwand mich und arbeitete gewissenhaft, um ja keine wichtige Einzelheit oder einen verborgenen Bezug zu übersehen. Dokumente über Zuwendungen und Kataloge von Wappen enthielten sicher nichts Weltbewegendes, aber es gab auch Gedichte, die schwer zu entziffern waren und womöglich einen versteckten Hinweis auf irgendeine tief verborgene Wahrheit enthielten. Und selbst wenn nicht, es gab einige wundervoll bebilderte Bestiarien, die ich staunend durchblätterte. Dort musste ich mich sogar überwinden, nicht zu lange zu verweilen.

Nach mehreren Stunden fielen mir die Augen zu. Ich hatte überwiegend langweilige Aufstellungen übersetzt. Steuern, die vor Jahrhunderten irgendein Grundbesitzer oder sonst jemand an den übergeordneten Lehnsherren entrichtet hatte, Notizen zu Zahlungen, die ein Verwalter oder ein Vogt in irgendeinem Dorf, das schon lange nicht mehr existierte, geleistet hatte. Eine Liste der laufenden Baukosten und Schwierigkeiten bei der Konstruktion einer Burg oder eines Tempels, deren Fertigstellung fünfundzwanzig Jahre gedauert hatte. Die Einkünfte aus einem Fischteich, ein wundervoll illustrierter Kalender, der Vertrag und die Abrechnung eines Leichenbeschauers. Zölle und Ladelisten, Stammbäume und theologische Erörterungen. Es gab keine Art von Dokument, die mir nicht unter die Finger kam.

Der Wagen bockte und rüttelte, als wir über den unebenen Weg fuhren. Viele Absätze musste ich mehrmals lesen, weil ich den Faden verloren hatte. Auch das trug zu meiner Müdigkeit bei.

Gegen Mittag hielten wir an und rasteten. Ich kam so langsam voran, dass es mir widerstrebte, den gedeckten Wagen zu verlassen, zumal er endlich einmal ruhigstand. Vendurro brachte mir ein paar alte Haferkuchen, ein paar schrumplige Möhren und etwas Bier, das wie Yakpisse schmeckte. Oder so, wie ich mir den Geschmack von Yakpisse vorstellte, da ich sie noch nie selbst gekostet hatte.

Der Nachmittag verging auf ähnliche Weise. Abgesehen davon, dass ich mich hin und wieder streckte, um keinen Krampf zu bekommen, versenkte ich mich in die Arbeit und las oder rätselte über schwierige Stellen, deren Bedeutung sich mir nicht sofort erschloss, kritzelte meine Notizen auf eigene Blätter und übersetzte.

Als ich mit müden Augen und schmerzendem Rücken nicht allzu lange vor der Dämmerung fast so weit war, eine Pause einzulegen, schlug ich ein altes Buch mit einem hölzernen Einband auf. Das Holz war mit eigenartigen kupfernen Verzierungen geschmückt, die ineinander verschlungene Wirbel darstellten. Es war das Tagebuch eines Hohepriesters der Wahrheit. Schon die ersten Abschnitte waren sehr interessant. Ich wurde das Gefühl nicht los, dass dieses Buch vielleicht einiges von dem enthalten konnte, was Braylar zu finden hoffte. Es war nur ein Gefühl, das ich nicht näher begründen konnte, und als ich den Text Seite um Seite durchblätterte, dachte ich nach einer Weile, es sei wohl doch nur mein Wunschdenken gewesen.

Dann aber entdeckte ich einen Abschnitt, der mich schlagartig innehalten ließ. Ich las ihn mehrmals durch, um den Text nicht etwa falsch zu deuten. Obwohl ich sicher war, dass ich alles richtig verstanden hatte, las ich es noch einmal, um mich endgültig zu vergewissern. Dann schnappte ich mir das Buch und meine Notizen und wäre fast vom Wagen gefallen, als ich die Plane zur Seite zog, über die Bank stieg und gegen Captain Killcoins Schulter prallte.

Mit finsterer Miene drehte er sich um und war drauf und dran, mich scharf abzukanzeln. Ich war so aufgeregt, dass ich mich nicht einmal entschuldigte, sondern mich schwer auf die Bank plumpsen ließ und überstürzt begann: »Ich habe etwas gefunden.«

Er ließ seiner Gereiztheit freien Lauf. »Ach, wirklich?«

Ich sah mich um, ob nicht etwa die Memoridinnen oder sonst jemand in der Nähe war. »Es hat mit dem zu tun, wonach Ihr gefragt habt.«

Er starrte mich an und wartete darauf, dass ich weitersprach, ein kleines erregtes Glitzern in den Augen. Dann aber sagte er ungeduldig: »Also wird es ein Ratespiel, ja? Wie schön. So können wir uns während der restlichen Reise die Zeit vertreiben. Ich versuche zu erraten, was du auf den spröden gelben Blättern gefunden hast. Ich wünschte nur, wir wären schon früher darauf gestoßen. Also, welchen Hinweis gibst du mir als Erstes?«

Ich öffnete das Buch und blätterte es vorsichtig durch, bis ich den interessanten Abschnitt gefunden hatte. Dort tippte ich mehrmals mit dem Zeigefinger auf die Seite. »Das Übersetzen ist schwierig, weil es viele Ungenauigkeiten gibt. Lücken in der Deutung. Oft gibt es mehrere mögliche Auslegungen, und man muss jeweils die nehmen, die angesichts der vorhergehenden und folgenden Teile die sinnvollste ist.«

»Ich weiß, was Kontext ist«, fauchte er.

»Ich habe noch nicht alle Einzelheiten ausgearbeitet, weil ich es gerade erst entdeckt habe, aber ...«

»Heraus damit!«

Wieder sah ich mich um und senkte die Stimme, bis sie über dem Knarren des Wagens und dem Hufgetrappel der Zugpferde kaum noch zu hören war. »In dem Buch wird Blutrufer erwähnt.«

Da sah er mich scharf an und wollte sich zweifellos vergewissern, ob er richtig gehört hatte. »Bist du sicher?« Es war nicht mehr als ein heiseres Flüstern.

»Nein. Es ist eine Übersetzung. Ich bin fast niemals völlig sicher, und Blutrufer wird nicht dem Namen nach erwähnt.«

Er kniff die Augen zu graugrünen Schlitzen zusammen. »Du bist sehr schlecht in diesem Spiel.«

»Ich will damit sagen, dass Blutrufer nicht selbst erwähnt wird, aber hier ist die Rede von Waffen, die Namen tragen, und deshalb ...«

Jetzt sah er aus, als wollte er Blutrufer auf der Stelle einsetzen oder mich zumindest mit dem Buch schlagen. »Du verschwendest meine Zeit. Diesen Brauch gibt es seit Jahrhunderten, wenn nicht seit Jahrtausenden. Der erste Sumpfmann, der irgendwann aus dem Moor gestiegen ist, hat wahrscheinlich seiner Keule einen Namen gegeben, eher er sie jemand anders über den Kopf gezogen hat.«

Ich tippte auf die Seite, suchte die richtige Stelle und las: »*... und der Mann, der die Wächter schwingt ...* oder vielleicht auch die Hüter, aber wahrscheinlich sind Wächter gemeint. Im Alt-Anjurischen gibt es da einen kleinen Unterschied. *Der Mann, der die Wächter schwingt, soll selbst ein Wächter sein, um den Tempel und die Götter zu verteidigen.* Das ist wichtig, denn diese Bezeichnung habe ich schon an mehreren anderen Stellen gefunden. Ich bin sicher, dass die Fluchtgötter gemeint sind. *Und die Waffe, die ihm von den Göttern gegeben ward und die der Mann nun führt, soll auf immer dieselbe sein, auf dass alle sehen, dass die Wächter der Wächter ein und* *denselben Namen tragen und den Göttern dienen, die sie geschaffen haben.«*

»Also besaßen einige heilige Krieger Waffen, die den gleichen Namen trugen wie sie selbst. Das ist ein eigenartiger Brauch, wohl wahr. Aber inwiefern hat das mit Blutrufer zu tun?«

»Ich glaube, hier kommt zum Ausdruck, dass es zwischen dem Mann und der Waffe eine Bindung gab. Eine Gemeinsamkeit, eine Beziehung. Und die Waffen werden als Wächter beschrieben. Was tun Wächter? Sie warnen vor Schwierigkeiten und Gefahren. Was tut Blutrufer? Er warnt Euch vor Gewalttaten und anrückenden Feinden. Ich glaube, Blutrufer ist einer dieser Wächter.«

»Und ich glaube, dass du deine Fähigkeiten als Übersetzer grauenvoll überschätzt.«

»Es geht noch einige Seiten so weiter. Die Tempelhüter und ihre Waffen werden beschrieben, und man erfährt, wie die Männer und die Waffen den Tempel beschützt haben ...«

»Dazu sind bewaffnete Männer normalerweise auch da, Archivar.«

Ich schüttelte den Kopf und begann ein paar Seiten weiter wieder zu lesen. Es ging nur stockend, und ich musste mich einige Male korrigieren. »Hier steht erst einmal nichts Wichtiges, aber dann ... *der Große Wächter der Wächter in unserem Tempel ist Kummerzunge, der Kummerzunge als Waffe führt. Er ist jetzt seit mehreren Jahren bei uns und macht sich sehr gut ...* oder er macht sich göttlich, das ist hier nicht ganz klar, es könnte auch ›außerordentlich‹ heißen.« Als er mir einen finsteren Blick zuwarf, fuhr ich eilig fort: *»Er leistet gute oder göttliche Arbeit und verteidigt den Tempel und alle, die ihn betreten. Sein großartiger Dienst kommt ihn teuer zu stehen. Man kann keine Waffe führen, die vom Göttlichen erfüllt ist, ohne einen hohen Preis dafür zahlen zu müssen. Unsere Priester haben ihn immer wieder ge-*

heilt und gereinigt ...« Ich warf Captain Killcoin einen eindringlichen Blick zu und zog die Augenbrauen hoch. »Gereinigt. Sie haben ihn gereinigt.«

Da er sich unbeeindruckt zeigte, fuhr ich fort: »*... haben ihn immer wieder geheilt und gereinigt. Aber da die Götter jetzt abgedankt haben* - es könnte auch heißen, dass sie weggegangen sind, aber ich glaube ...« Wieder funkelte er mich an. »*... da sie abgedankt haben, blieb die Welt verlassen und ohne ihre Kräfte zurück. Die Priester haben immer mehr Mühe damit, Kummerzunge zu reinigen. Ich fürchte, sie können ihn nicht mehr völlig heilen. Ich hörte, wie Hohepriester Movellent ihm sagte ... den Befehl gab ... die Waffe abzulegen, ehe sie ihn töten würde. Darauf flammte in Kummerzunges Augen ein solcher Hass auf, dass ich fürchtete, er werde seinen Herrn auf der Stelle niederstrecken und zu Ende bringen ... töten, ihn töten ... doch stattdessen verließ Kummerzunge den Tempel. Es heißt, er sei zum Götterschleier gegangen. Man rechnete damit, dass er dort untergehen würde, aber das ist nicht geschehen. Trotzdem hat er diese Welt verlassen. Ich fürchte, er wird nicht der Letzte sein, der uns verlässt. Die Götter haben uns allein gelassen, und auch unsere weltlichen Beschützer gehen fort und nehmen die Wächter mit. Bald wird alles verloren sein. Alles Heilige wird der Welt entrissen. Dies ist unsere Einschätzung: Wir haben es verdient. Das ist die einzige Erklärung. Wir haben auf irgendeine Weise versagt. Wir alle. Und jetzt müssen wir leiden.«*

Ich klappte das Buch zu und sah Braylar an. »Ihr habt mich gebeten, die Dokumente zu übersetzen, weil Ihr hofft, irgendetwas zu finden, das mit Blutrufer, den Memoridinnen oder dem Tempel der Wahrheit zu tun hat. Ich sollte nach Verbindungen suchen. Ich habe schon einige Hinweise auf die Beschützer des Tempels gefunden, und in manchen Texten werden die Wächter beiläufig erwähnt. Dies ist das erste Dokument, das so viele Informationen enthält.«

Der Captain betrachtete das Buch und die Kupferdrähte, die auf dem dünnen Holz des Einbands ein zierliches Muster bildeten. »Ich gestehe dir zu, dass etwas daran sein könnte. Aber es könnte ebenso gut auch gar nichts weiter sein. Wenn du eine Bestätigung findest oder noch mehr zusammengetragen hast, dann können wir …«

Er hielt inne, blickte nach oben und hielt die Zugpferde an. Die andere Hand wanderte zu Blutrufers Heft. Er presste die Lippen fest zusammen, sein ganzes Gesicht war angespannt, als litte er unter irgendeiner großen Belastung. Ich konnte überhaupt nichts hören oder sehen. »Captain, ist es …«

»Sei still!« Er strich mit den Fingern über die Ketten und berührte die Köpfe der Fluchtgötter an der Hüfte.

Ich betrachtete die stählernen schwarzen Köpfe des Flegels mit den spitzen Dornen und dem stumpfen Metall, das beinahe das Licht zu verschlucken schien. War Blutrufer einer dieser Wächter? Hatten die Fluchtgötter jemandem tatsächlich ein so schreckliches Geschenk gemacht? Ich mochte es nicht glauben. Vielleicht hatte sich die Waffe im Laufe der Jahre verändert. Oder die Götter selbst waren bösartig. Beides war nicht gerade beruhigend.

Abrupt stand Braylar auf und riss das Heft hoch, um Blutrufer vor sich zu halten. Dieses Mal ließ er die Köpfe nicht über sich kreisen, doch er hatte den gleichen Gesichtsausdruck wie im Grünen Meer. Alle Muskeln in seinem Gesicht waren angespannt, die Augen leer. Mir war klar, dass er irgendetwas spürte. Kommende Gewalttaten. Ob der Eindruck richtig oder falsch war, er nahm irgendetwas wahr. Ich hoffte, Blutrufer würde ihn dieses Mal täuschen.

Links und rechts neben dem Wagen tauchten Mulldoos und Hackspeer auf und wollten wissen, warum wir angehalten hatten. Mulldoos warf einen Blick auf seinen Captain und strich sich mit der dicken Hand über das helle Stoppelhaar. Wütend spuckte er ins Gras aus. »Verdammt will ich sein.«

Hackspeer schirmte die Augen ab und betrachtete die Straße hinter uns. »Sind es die Brunemänner, Captain?«

Captain Killcoin setzte sich langsam wieder und hängte Blutrufer an den Gürtel. »Leutnants, da kommt eine sehr große Truppe, und ich glaube nicht, dass es Brunemänner sind. Wenn ich recht habe, wird das aber keine Rolle spielen, denn sie sind gewiss nicht unsere Freunde.«

Für jemanden, der keine Rätsel mochte, gab er sich gerade ausgesprochen geheimnisvoll.

»Hornwichser, Captain?«

»Das ist sicher eine naheliegende Vermutung. Wir werden es bald genau wissen.« Er deutete auf die Straße. Gleich darauf tauchte ein einzelner Reiter auf, der uns sehr eilig entgegenkam. Hinter ihm stieg eine Staubwolke auf.

Wir warteten, bis der Syldooner das Pferd gezügelt und salutiert hatte. Der Schweiß rann ihm über das Gesicht, und der Staub, den er aufgewirbelt hatte, blieb daran kleben. Er hustete, hielt sich die Hand vor den Mund und sagte: »Wir haben ein Problem, Captain. Ein großes Problem. Fünfzig oder sechzig Reiter kommen uns entgegen.«

Mulldoos pfiff durch die Zähne. »Verdammt, du hast die Jungs aber ganz schön geärgert.«

»Wie lange brauchen sie bis hierher?«, fragte Braylar.

»Sie sind mehrere Meilen entfernt. Etwas Zeit haben wir noch, aber nicht viel. Bestimmt nicht viel.«

Braylar wandte sich an Hackspeer. »Wie viele Kämpfer sind uns geblieben?«

Mulldoos schaltete sich ein. »Wir sind alle angeschlagen, Cap. Und viele sind gar nicht mehr da. Wer reiten kann, der kann auch kämpfen.«

Braylar heftete den Blick weiter auf Hackspeer. »Wie viele sitzen noch im Sattel, Leutnant?«

Ohne zu überlegen, antwortete Hackspeer: »Zwanzig, Captain. Aber Benk und Jotty reiten hinter uns und halten nach Brunemännern Ausschau.«

Braylar schüttelte den Kopf. »Die Chancen stehen schlecht.« In diesem Augenblick trafen Soffjian und Skeelana bei uns ein.

»Welche Chancen stehen schlecht, Bray?« Als niemand antwortete, sah Soffjian uns der Reihe nach an, während sich der Staub langsam wieder legte. »Bekommen wir Gesellschaft? Über schlechte Chancen reden Männer nur, wenn sie um Münzen oder um ihr Leben spielen. Bitte sag mir, dass du mit Würfeln spielen willst.«

Immer noch antwortete niemand, und Soffjian starrte uns böse an. Endlich bequemte sich Braylar. »Uns kommt eine große Truppe Hornmänner entgegen. Ich glaube, sie haben keine Würfel dabei.«

Soffjian machte eine finstere Miene, als sich Skeelana einschaltete. »Wie schlecht stehen die Chancen denn überhaupt?«

»So schlecht, dass wir umkommen können, wenn wir noch länger hier herumstehen und mit Reden Zeit verschwenden.«

»Was ist mit dem Gefangenen?«, fragte Mulldoos.

»Wir sind jetzt die Gejagten, Leutnant.«

Damit gab sich Mulldoos nicht zufrieden. »Vor ein paar Meilen sind wir an einem verlassenen Haus vorbeigekommen. Wir sollten vielleicht ...«

»Selbst wenn wir es rechtzeitig bis dorthin schaffen und uns verstecken könnten, was ich bezweifle, werden uns die Hornmänner sicherlich suchen und finden. Wahrscheinlich schicken sie Leute aus, um das Gelände zu erkunden, und dann sitzen wir in der Falle und sind umzingelt. Noch haben wir sie nicht gesehen, aber auch die Brunemänner sind hinter uns her.«

»Ich kenne dich, Bruder: Deine Vorstellung von schlechten Chancen ist bei allen anderen gleichbedeutend mit sicherem Tod«, meinte Soffjian. »Wenn wir uns nicht verstecken können, dann können wir ihnen davonreiten. Du hast bekommen, was du hier in der Wildnis gesucht hast.« Sie deutete mit dem Daumen auf den Rest der Kolonne hinter uns. »Du hast deine Beute. Jetzt lass uns weglaufen. Bis nach Sonnenmatt, wenn wir müssen.«

Braylar klatschte mit der flachen Hand auf den Wagen. »Der Priester behindert uns nicht, aber die Wagen halten uns auf. Die Hornmänner können uns leicht einholen.« Er wandte sich an Hackspeer und Mulldoos. »Die einzige Möglichkeit ist, sie anzugreifen. Rotierende Aufstellung, während die Wagen weiterfahren. Damit können wir sie nach und nach dezimieren.«

Mulldoos machte eine finstere Meine. Er biss sich auf die Zunge, weil er seinem Captain vor den Memoridinnen nicht offen widersprechen wollte, und versuchte, seine Ablehnung zum Ausdruck zu bringen, ohne direkt den Befehl zu verweigern. Man sah ihm den inneren Kampf deutlich an.

Soffjian ersparte ihm die Mühe. »Welche Fracht ist so wertvoll, dass du unser aller Leben wegwirfst, statt sie den Hornmännern zu überlassen? Ich weiß Kampftechnik und Geschicklichkeit durchaus zu schätzen, und ich weiß sehr genau, wozu ihr Männer fähig seid, aber selbst mit den Armbrüsten und euren Ausweichmanövern könnt ihr euch nicht gegen eine weit überlegene Truppe behaupten. Und weit überlegen muss sie sein, sonst hättest du nicht eingeräumt, dass die Chancen schlecht stehen. Wie viele Männer kommen da? Vierzig?« Niemand antwortete ihr. »Fünfzig?« Immer noch nichts. »Bei den Götter, sogar noch mehr? Da sollte aber schon der König von

Anjurien in der Kiste liegen, Bruder. Und selbst wenn, eine Niederlage ist eine Niederlage. Also, was ist es? Was schleppst du mit dir herum?«

Hackspeer schaltete sich ein. »Captain, wir sind alle keine Feiglinge. Wenn du den Befehl gibst zu kämpfen, dann werden wir bis zum letzten Mann kämpfen, wenn es nötig ist. Aber dieses Verhältnis ist ... sehr schlecht. Vielleicht ...«

»Wir lassen nicht zurück, was wir unter so großen Opfern ergattert haben.« Der Captain sprang vom Kutschbock ins Gras und ging nach hinten, um Grimm loszubinden.

»Du warst dein Leben lang ein Narr, Bruder. Überstürzt, unverschämt, aufsässig, und manchmal hast du deinem eigenen Leben weniger Wert beigemessen als einem Haufen Dung. Aber so bist du noch nie mit deinen Männern umgegangen. Flieht. Ehe es zu spät ist. Fünfzig oder sechzig Gegner könnt ihr nicht besiegen. Ihr könnt sie zwingen, für den Sieg einen hohen Preis zu bezahlen, aber siegen könnt ihr nicht. Ich habe die entsetzliche Aufgabe, dich nach Hause zu holen, und das will ich tun. Aber ich habe jetzt zweimal wider besseres Wissen für dich gekämpft, und das werde ich kein drittes Mal tun. Flieht. Ich flehe dich an.«

Captain Killcoin stieg auf sein Pferd und ritt vor den Wagen. Eins der angeschirrten Pferde scheute vor Grimm.

»Es tut mir richtig weh, einer Hexe auch nur halbwegs zustimmen zu müssen, Cap, aber ich glaube, deine Schwester hat recht«, sagte Mulldoos. »Wir haben Henlester, und der Rest ... na ja. Es war schon schwierig, das alles zu finden. Wenn wir es jetzt verlieren, ist es nicht mehr so weit weg wie früher. Wir können es uns von den Hornmännern zurückholen. Aber nicht, wenn wir alle tot sind.«

Braylar schien hin- und hergerissen. Er war der härteste Mann, den ich je gesehen hatte, aber Soffjian hatte in einer

Hinsicht völlig recht. Er opferte nicht leichtfertig das Leben seiner Männer. Doch er schüttelte den Kopf, nahm die Armbrust und spannte sie. »Das Gelände ist hügelig, aber nicht sehr. Das wird unsere Reichweite nicht verringern. Die Hornmänner sind nicht so gut gerüstet wie die Brunemänner. Das sind sie nie, und besonders nicht eine Truppe dieser Größe. Wir umkreisen sie, schießen auf sie und dezimieren sie, bis die Chancen nicht mehr ganz so schlecht stehen.« Er schob einen Bolzen in die Rinne und verstaute die Teufelskralle wieder am Lauf. Dann blickte er nach oben und grinste wild. »Es ist ein guter Tag für Armbrüste. Macht die Männer bereit.«

Soffjian schüttelte den Kopf und wollte ihr Pferd herumnehmen. Sie hatte offensichtlich nicht die Absicht, in der Nähe zu bleiben. Da sagte Skeelana: »Vielleicht müsste man jetzt verhandeln.«

Alle sahen sie an, die anderen hatten völlig vergessen, dass sie da war. Sie fuhr fort: »Jetzt könnte eine Krieger-Memoridin sehr nützlich sein. Sie könnte das Kräfteverhältnis stark beeinflussen. Vielleicht sogar dafür sorgen, dass Zahlen völlig bedeutungslos sind, sofern sie dem Feind auf einem Schlachtfeld begegnet, das sie selbst ausgewählt hat.«

Soffjian runzelte die Stirn. »Und warum sollte ich das tun? Dieser Kampf ist lächerlich. Eine unnötige Verschwendung von Menschenleben.«

»Wenn der gute Captain so freundlich wäre, uns zu offenbaren, worin seine schrecklich geheime Fracht besteht, könnte eine hier anwesende Krieger-Memoridin vielleicht bereit sein, den alten Groll zu vergessen, und die Truppe retten, damit alle heil nach Sonnenmatt zurückkehren können und niemand mehr sterben muss. Das ist natürlich eine rein theoretische Überlegung, da ich selbst keine Krieger-Memoridin bin.« Sie lächelte leicht und war ungeheuer selbstzufrieden, obwohl uns nur noch wenige Minuten von der Begegnung mit einem kleinen Heer trennten, das uns vernichten wollte.

Ich rechnete damit, dass Braylar und Soffjian den Vorschlag auf der Stelle verwerfen würden, doch sie schwiegen, und die Idee gewann an Kraft, je länger sie unwidersprochen blieb.

»Es gefällt mir nicht, dass wir die Hilfe von so einer brauchen, Cap, aber vielleicht kann sie das Blatt wenden«, meinte Mulldoos.

»*Sie* ist genau hier«, sagte Soffjian, »und wenn man berücksichtigt, wie energisch ich mich gerade noch gegen diesen Kampf ausgesprochen habe, hat meine vorlaute Begleiterin den Bogen womöglich überspannt. Ich würde keine Träne vergießen, wenn ich euch hier zurücklassen müsste, wo ihr niedergemacht werdet. Aber der Turmkommandant und der Kaiser wollen euch zurückhaben.« Sie machte eine kurze Pause. »Wenn ihr Skeelanas Vorschlag zustimmt, dann werde ich ...«

»Es sind Schriftrollen.« Soffjian wartete, und er fuhr fort: »Bücher. Einzelne Seiten. Alle alten Aufzeichnungen, die ich nur finden konnte. Mehrere Kisten voll. Die Suche nach ihnen hat drei Jahre gedauert.« Er zeigte auf mich. »Da wir jetzt einen fähigen Schreiber haben, sollen sie alle übersetzt werden.«

Soffjian war neugierig, aber noch nicht völlig überzeugt. »Bringst du wirklich deine ganze Truppe wegen einiger Dokumente in Gefahr?«

»Sie sind in Alt-Anjurisch oder Mittel-Anjurisch geschrieben. Deshalb kann man ihren Wert nicht auf den ersten Blick bestimmen. Aber ich hoffe sehr, das Geheimnis zu lüften und die Bindung an dieses schwarze Ding, das mir so zusetzt, aufzuheben.« Er hob die Flegelköpfe und ließ sie wieder fallen. »Die Dokumente wurden bei Sammlern gekauft, aus Tempeln gestohlen, in staubigen Grüften geplündert. Gerade dir sollte doch die Ironie dieser Geschichte nicht entgehen.« Der Captain grinste seine Schwester verschlagen an. »Blutrufer bekümmert mich und zerstört mich auf eine Art und Weise, die ich dir unmöglich beschreiben kann. Ja, ich würde fast alles riskieren, um ihn loszuwerden. Oder um ihn wenigstens zu kontrollieren. Von mir aus kannst du ›selbstsüchtiger Drecksack‹ auf die Liste setzen.«

Sie lächelte, und es sah nicht weniger wölfisch aus als bei ihm. »Dieses Wort steht sowieso schon ganz weit oben auf meiner Liste. Und hätte ich nicht einen Auftrag vom Kaiser, dann würde ich dir zu deiner selbstsüchtigen Reise in den Tod applaudieren.« Sie warf Skeelana einen kurzen, verärgerten Blick zu. »Aber mir ist bewusst, dass dir das Eingeständnis schwergefallen ist und dir sogar wehgetan hat, was mir ein wenig Freude bereitet.«

Soffjian blickte zur Straße und nickte knapp. »Ich werde tun, was ich kann. Ich kann dir nicht versprechen, dass es ausreicht, und ich tue es widerwillig, aber ...«

»Schon verstanden«, fiel Braylar ihr ins Wort. »Schon verstanden.« Er blickte zu Hackspeer und Mulldoos. »Macht die Männer bereit und streut ein paar Krähenfüße. Im zweiten Wagen müssten noch einige sein.« Damit drehte er sich um, hielt aber gleich wieder inne. »Oh, und kette Henlester im Wagen an. Uns ist schon einmal ein Priester entwischt. Das soll nicht noch einmal passieren.«

Hackspeer und Mulldoos nickten und ritten zurück, um die Männer einzuweisen. Soffjian warf ihrer kleineren Begleiterin einen Blick zu, der Stahl schmelzen konnte, und ritt voraus, um die Straße, das Land oder sonst etwas zu erkunden. Vielleicht wollte sie auch einfach nur in Abgeschiedenheit warten und sich vorbereiten.

Braylar dagegen sah Skeelana anerkennend an, als hätte er sie erst jetzt bemerkt. »Gut gemacht, kleine Meisterin. Manchmal vergesse ich, wie klug ihr Memoridinnen sein könnt.«

Sie verneigte sich übertrieben. »Manche von uns besitzen nicht die Fähigkeit, mit einem Blick ein ganzes Heer auszuschalten, aber wir sind alle auf irgendeine Art und Weise nützlich.«

Mir schossen so viele Fragen durch den Kopf, dass ich mich kaum auf eine bestimmte konzentrieren konnte. »Was ist ein Krähenfuß?«, platzte ich heraus.

Vendurro hatte sich auf der linken Seite genähert. Er hob einen großen Sack hoch und schob die Hand hinein. »Hässliche kleine Dinger sind das.« Dann zog er einen Gegenstand hervor und warf ihn mir zu. Im Grunde waren es nur vier braun lackierte, miteinander verschweißte Dornen. Das Ding stach mich in den Daumen, und ich hätte es beinahe fallen lassen. Vendurro erklärte es mir. »Ganz egal, wie es auf den Boden fällt, ein Dorn zeigt immer nach oben. Das verkrüppelt ein Pferd nicht völlig, tut aber ziemlich weh, sodass es den Reiter abwirft, den Angriff abbricht oder das Marschtempo drosselt.«

Ich hielt das kleine Ding hoch und betrachtete es von allen Seiten. Bei dem Gedanken, dass es sich in einen Pferdehuf bohren konnte, zuckte ich zusammen. »Warum sind sie braun?«

»Die meisten Straßen und die Erde sind braun. Es nützt ja nichts, wenn man das Ding schon aus hundert Schritt Entfernung glitzern sieht.«

»Legt sie ungefähr fünfundsiebzig Schritte vor uns und vor Soffjian aus«, befahl Braylar. »Die Hornmänner sollen uns sehen, sie sollen erkennen, wie wenige wir sind, und vor Gier geifern. Sie sind kaum besser als eine Dorfmiliz. Ihnen mangelt es an Disziplin, und ich vermute, dass sie sofort losstürmen, wenn sie zu erkennen glauben, wie sehr sie im Vorteil sind. Vermutlich wollen sie uns in die Zange nehmen, daher werden sie weit aufgefächert reiten. Verteilt die Krähenfüße also gut.«

Vendurro nickte und rief zwei weitere Syldooner zu sich, die ebenfalls Säcke trugen. Zu dritt ritten sie voraus an Soffjian vorbei. Nur Vendurro grüßte die Memoridin mit einem knappen Nicken.

»Captain, was wird sie tun?«, fragte ich. »Wird sie eine große Zahl der Angreifer töten oder sie in den Wahnsinn treiben, wie sie es in Zechingen getan hat?«

Braylar nahm seinen Helm, drehte ihn herum und zog die Kettenbrünne heraus, um Platz für seinen Kopf zu schaffen. »Ich weiß nicht genau, was sie vorhat. Nicht alle Krieger-Memoridinnen haben die gleichen Fähigkeiten. Aber – die kleine Meisterin kann mich korrigieren, wenn ich falschliege – es erfordert viel Konzentration, einen Gegner durch Erinnerungsmagie zu töten. Das kann man jeweils nur mit einer einzigen Person tun, und es ist anstrengend. Ist das richtig?« Skeelana nickte, und Braylar fuhr fort: »Deshalb rechne ich damit, dass sie sich etwas anderes in den Kopf gesetzt hat, falls du mir den Ausdruck verzeihen willst.«

Er setzte den Helm auf, zurrte ihn fest und sagte zu mir: »Bleib beim Wagen und halte die Armbrust bereit. Wenn du schießen musst, dann heißt dies vermutlich, dass Soffjian versagt hat, dass wir versagt haben und dass wir alle dem Untergang geweiht sind. Wenn es zum Schlimmsten kommt, würde ich vorschlagen, dass du dir ein Pferd nimmst und fliehst. Nur dass du vermutlich nicht sehr weit kommen wirst.« Er wandte sich an Skeelana. »Und du? Tu, was immer du tust, wenn du mich nicht gerade erfreust, indem du meine Schwester in die Nase kneifst.«

Skeelana lächelte und verneigte sich abermals übertrieben. »Jeder so, wie es seinen Begabungen entspricht.«

Hackspeer, Mulldoos und die anderen überlebenden Syldooner ritten auf beiden Seiten vorbei. Sie hatten die Armbrüste geladen, die Lamellenpanzer und die Helme angelegt und die Zweitwaffen griffbereit am Gürtel hängen.

Captain Killcoin drehte Grimm herum und sprach zu seinen Soldaten. Grimm ergriff die Gelegenheit und ließ einen dampfenden Urinstrahl auf die Erde regnen. »Unsere Freunde, die Hornmänner, wollen uns einen Besuch abstatten. Es sind ziemlich viele. Anscheinend hat es ihnen nicht gefallen, dass wir sie in Zechingen niedergemacht und obendrein einen Grenzturm zerstört haben. Meine Schwester wird sie stören und tun, was sie kann, um sie zu behindern. Ich rechne damit, dass immer noch recht viele zu uns durchdringen werden. Zu viele, um sie im Nahkampf zu besiegen. Deshalb werden wir rotierend angreifen. Rotierender Angriff, Soldaten. Lasst euch nicht auf den Nahkampf ein, solange wir sie nicht weit genug dezimiert haben, um die Schlacht zu unseren Gunsten zu wenden.«

Die Männer nickten und spannten die Armbrüste. Braylar fuhr fort: »Die Hornmänner sind gut darin, Reisende zu erschrecken und Steuern einzutreiben, aber sie kämpfen kaum besser als ein Haufen Banditen. Ich rechne damit, dass sie aufgeben und fliehen, sobald wir das Verhältnis zu unseren Gunsten verändert haben. Verfolgt sie, wenn ihr könnt, aber nicht zu weit. Formiert euch wieder hier, und dann reiten wir so schnell wie möglich nach Sonnenmatt. Ist das klar?«

Die Syldooner riefen »Aye« oder salutierten oder taten beides zugleich und schwärmten aus.

Ich erinnerte mich an die Begegnung mit den Hornmännern im Grünen Meer und dachte, Braylar hätte vielleicht etwas übertrieben. Selbst wenn die Gegner jung und unerfahren waren, so waren sie uns doch deutlich überlegen. Ganz egal, was Soffjian tat, ich konnte mir nicht vorstellen, dass die Hornmänner an den Reihen der Syldoonern einfach zerschellen würden wie ein Schiff an einem Riff.

28

Nachdem ich mir eine Armbrust und einen Köcher geholt hatte, nahm ich wieder meinen Sitzplatz ein. Vendurro und die anderen beiden Reiter kehrten zurück, sobald sie die Krähenfüße im Gras und auf der Straße verteilt hatten, und gesellten sich zu ihren Kameraden vor unserem Wagen. Soffjian blieb mitten auf der Straße auf ihrem Pferd sitzen und konzentrierte sich auf einen Punkt ein Stück vor ihr.

Unterdessen überprüfte ich das stählerne Visier der Armbrust und zielte dabei geflissentlich auf die Felder. Die mit Fell bedeckte Klappe des Bolzenköchers war geöffnet, und ich beherrschte mich mannhaft, um nicht die Sekunden zu zählen, bis die Hornmänner eintrafen. Hätte ich aber gezählt, dann wäre ich jedenfalls nicht sehr weit gekommen. Im Gegensatz zu den Syldoonern setzten die Hornmänner keine Späher ein. Anscheinend fühlten sie sich in ihrer großen Gruppe sicher, zumal sie ja als die Beschützer der Straßen bekannt waren. Weit vor uns zog ein großer Trupp über die Hügelkuppe, immer sechs oder sieben nebeneinander. Aus dieser Entfernung war es schwer, die Einzelheiten zu erkennen, aber anscheinend trugen nur wenige Soldaten Metallrüstungen. Die meisten hatten offenbar Kappen oder Helme aus anderem Material und Gambesons oder Lederrüstungen. Allerdings bemerkte ich eine Menge Speerspitzen.

Immer mehr Hornmänner tauchten auf. Die schiere Zahl ließ mir den Atem stocken, auch wenn sie ein bunt zusammengewürfelter Haufen waren. Ein richtiges Heer waren sie nicht, aber fast sechzig bewaffnete, wütende Männer zu Pferd, die sich rächen wollten, boten einen beeindruckenden Anblick. Ich konnte mir nicht vorstellen, wie viel Mut es erforderte, eine große feindliche Truppe anrücken zu sehen und auf den Kampf zu warten, der bald ausbrechen musste. Ich wollte nur noch auf ein Pferd springen und möglichst schnell wegreiten.

Soffjian wartete ganz allein auf der Straße – die Partisane steckte im Lederköcher an der Seite ihres Pferdes – und sah zu, wie sich die Gegner langsam näherten, bis der Anführer die Truppe anhalten ließ, um die Lage einzuschätzen. Eine einsame Frau im Schuppenpanzer, die noch nicht einmal die Waffe bereithielt, und ein Stück hinter ihr eine kleine Schar Gegner und ein paar Wagen, als wollte man verhandeln – das war nicht gerade ein Anblick, der den Angreifern Angst machte oder sie zögern ließ.

Zwei oder drei Hornmänner waren an der Spitze zusammengekommen und redeten aufgeregt miteinander. Sie zeigten hierhin und dorthin, machten Gesten und schwärmten, wie Braylar es erwartet hatte, auf der Hügelkuppe aus.

Skeelanas Pferd wieherte. Mir war ganz entgangen, dass sie sich nicht zum hinteren Wagen zurückgezogen hatte. »Ich werde die Männer nie verstehen«, sagte sie. »Besonders nicht diejenigen, die Krieg spielen.«

Als sie meinen fragenden Blick bemerkte, fügte sie hinzu: »Ich fände es seltsam, wenn eine viel kleinere Truppe einfach so die Stellung hält. Du nicht? Du bist ein Mann, aber kein Krieger. Das ist übrigens ein Kompliment. Würdest du da nicht misstrauisch?«

Soffjian hob langsam die Arme und breitete sie weit aus. »Wir haben im Grünen Meer einen kleinen Trupp getötet. Es gab ein paar Überlebende. Einer hat mich in Zechingen erkannt, und als sie uns dort überfallen wollten, haben wir eine größere Zahl von ihnen getötet. Dann haben wir sie in ihrem eigenen Wachturm umgebracht und das Gebäude niedergebrannt. Das Einzige, was wir noch nicht getan haben, ist, ihre Frauen zu vergewaltigen und ihre Hunde zu töten. Ich glaube, sie sind ziemlich wütend und denken nicht klar.«

Skeelana nickte langsam. »Ich verstehe. Männer sind eben so. Aber die Syldooner würden sich trotzdem nicht in den Kampf stürzen, solange sie nicht vorher alles ganz genau durchdacht haben.«

»Ja. Die da drüben sind allerdings keine Syldooner.«

»Du bist auch keiner.« Skeelana sah mich mit ihren blauen Augen aufmerksam an. »Weiß dein Captain, dass dich ein Hornmann aus der Prärie wiedererkannt hat und du dieses Unheil über die Truppe gebracht hast?«

Ich versuchte, mir nichts anmerken zu lassen, und scheiterte wie immer kläglich.

Skeelana zwinkerte mir zu. »Keine Sorge, dein Geheimnis ist bei mir gut aufgehoben.«

Dann griffen die Hornmänner an.

Sie galoppierten den kleinen Hügel herunter, auf der Straße wirbelten die Pferde den Staub auf, und neben dem Weg flogen Erdbrocken und Grasbüschel hoch. Sie waren kein Heer, aber eine große berittene Truppe, und ganz egal, welche Tricks oder Fallen wir einsetzten, wir konnten dem Tod oder der Gefangennahme nicht entgehen.

Dennoch warteten die Syldooner, hoben nicht einmal die Armbrüste und trieben auch die Pferde nicht an. Vor ihnen saß

Soffjian mit ausgebreiteten Armen im Sattel, als wollte sie die Hornmänner willkommen heißen.

Nachdem ich gesehen hatte, was in Zechingen passiert war, wusste ich, dass es keine magischen Flammen geben würde. Aus dieser Entfernung konnte ich nicht einmal das leichte Flimmern erkennen, das ich damals bemerkt hatte. Ich fragte mich, wie ich überhaupt erfahren würde, dass sie etwas getan hatte, da spreizte sie die Finger beider Hände und warf den Kopf zurück, als wollte sie das Sonnenlicht auf dem Gesicht genießen.

Plötzlich geschahen sehr schnell nacheinander mehrere schreckliche Dinge.

Zahlreiche Hornmänner rissen an den Zügeln, einige stürzten aus den Sätteln. Andere hatten anscheinend völlig die Kontrolle über die Tiere verloren und prallten gegeneinander. Auch dabei stürzten wieder mehrere Reiter. Viele Hornmänner schüttelten die Köpfe, einige schlugen sich auf die Helme oder griffen vor den Gesichtern ins Leere. Die Reihe der angreifenden Reiter war in Auflösung begriffen, sie stürmten in verschiedene Richtungen davon, keiner näherte sich uns.

Die hinteren Soldaten ritten zunächst weiter. Es war nicht zu erkennen, ob sie unter dem litten, was ihre Kameraden befallen hatte. Soffjian zog ihr Pferd herum und eilte zu den Syldoonern zurück. Höchstens die Hälfte der Hornmänner verfolgte sie, manche waren deutlich langsamer als die anderen.

Bald erreichten die verbliebenen Angreifer die Stelle, wo Vendurro und die anderen die Krähenfüße versteckt hatten. Einige kamen ungehindert durch, aber viele Pferde stiegen hoch, stießen fast menschliche Schreie aus und warfen die Reiter ab oder waren vor Schmerzen nicht mehr beherrschbar.

Es war schrecklich anzusehen. Und es wurde immer schlimmer.

Die Syldooner hoben die Armbrüste, zielten und schossen fast gleichzeitig. Die Hornmänner waren nicht halb so gut gerüstet wie die Brunemänner, ein halbes Dutzend oder mehr wurden von der ersten Salve getroffen und verletzt oder gar getötet. Die Schilde boten ein wenig Schutz, der aber bei Weitem nicht ausreichte.

Die Syldooner luden mit geübten Bewegungen nach, ritten den Feinden entgegen und schossen. Jetzt verstand ich, was mit dem »rotierenden Angriff« gemeint war. Braylars Männer zielten im Reiten auf einen Gegner, lösten den Schuss aus und drehten sofort nach links und rechts ab, um nachzuladen und wieder von vorne zu beginnen.

Wieder kreischten Pferde, wieder stürzten Hornmänner aus den Sätteln. Die übrigen stürmten jedoch weiter und hatten vermutlich gar nicht bemerkt, wie schnell ihre vermeintlich überwältigende Überzahl dezimiert wurde.

Die Syldooner ritten in Kreisen, luden und schossen und schalteten die Feinde aus, während sie selbst außerhalb der Reichweite der Wurfspeere blieben. Die Hornmänner fielen und fielen. Falls sie einen Kommandanten gehabt hatten, der die schlagartig zu ihren Ungunsten veränderte Lage richtig einzuschätzen wusste, dann war er tot oder längst geflohen.

Dank Soffjians Wirken, einer raffinierten Taktik und der syldoonischen Disziplin wurden die Hornmänner in die Flucht geschlagen und vernichtet. Es war schockierend zu sehen, wie schnell das alles ging.

Als die letzte Handvoll Hornmänner erkannte, dass es vorbei war, drehten sie um und wollten fliehen, bekamen jedoch Bolzen in die Rücken. Einige Syldooner verfolgten die geflohenen Feinde und machten um die Stelle, wo die Krähenfüße verborgen waren, einen großen Bogen. Ein oder zwei Hornmänner, die nicht aufgepasst hatten, ritten noch einmal mitten durch die Krähenfüße. Ein Pferd stürzte auf die Seite und zerquetschte den Hornmann, das andere konnte nur noch langsam laufen, sodass es nicht lange dauerte, bis zwei Syldooner den Reiter eingeholt hatten und ihn mit ihren Bolzen aus dem Sattel holten.

Etwas zurück am Hügel hatten etwa zehn Hornmänner die Pferde schon früher gezügelt. Anscheinend ziellos ritten sie hin und her, beugten sich vor, hielten sich die Köpfe und schüttelten sie heftig. Sie wussten noch nicht, dass ihre vermeintlich so starke Streitmacht im Handumdrehen ausgelöscht worden war.

»Was ...«, flüsterte ich betroffen. Dann hob ich die Stimme. »Was hat sie da getan?«

Skeelana beugte sich vor und beobachtete die Syldooner, die gerade die letzten Hornmänner ausschalteten. »Wenn ich mich nicht sehr irre, hat sie die Gegner blind gemacht.«

Jetzt verstand ich das Verhalten der Hornmänner etwas besser. Zugleich war ich entsetzt. »Sie hat sie blind gemacht?«

Ausnahmsweise war Skeelana nicht belustigt. »Du erinnerst dich doch, dass jeder innere Blenden oder Schleier hat, die ihn vor der unablässigen Flut der Sinneseindrücke schützen?«

»Ja, auch wenn ich das immer noch unglaublich finde.«

Skeelana deutete auf die Szene, die sich vor uns abspielte. »Noch unglaublicher als das da?«

Ich musste ihr recht geben, zumal in diesem Moment schon wieder ein gestürztes Pferd oder ein Reiter schrie. Sie fuhr fort: »Wenn man die Schleier wegreißt, treibt man den Betreffenden in den Wahnsinn oder tötet ihn. So ist es in Zechingen geschehen. Aber Killcoin hat recht mit dem Einwand, dass man sich dazu äußerst stark konzentrieren muss. Hier hat sie den Angriff breit gestreut, um so viele Männer wie möglich zu treffen. Deshalb hat sie die Schleier nicht völlig zerstört, sondern nur Löcher hineingerissen. Ich habe schon einmal gesehen, wie sie es getan hat.«

Ich beobachtete die Hornmänner, die am Rand des Schlachtfelds ziellos umherwanderten. »Ist das dauerhaft?«

»Für manche schon. Wahrscheinlich vor allem für diejenigen, die direkt vor ihr waren. Je weiter die Männer entfernt waren, desto weniger waren sie betroffen. Einige werden nur für ein paar Stunden oder Tage blind bleiben. Aber das spielt doch eigentlich keine Rolle, oder?« Es klang traurig.

»Warum denn nicht?«

»Weil der Tod auf jeden Fall dauerhaft ist.«

Mein Magen verkrampfte sich, als ich ihrem Blick folgte und beobachtete, wie die Syldooner die blinden Männer niederritten. Ein paar von ihnen versuchten wegzulaufen, ein paar andere zogen die Pferde wild hin und her und stocherten mit den Speeren herum, ehe die Bolzen sie aus dem Sattel holten.

Die Syldooner holten sie ein, trieben sie zusammen und töteten sie.

Ich stand auf, ich wollte zu ihnen rennen und sie davon abhalten. Es war eine Sache, einen Mann zu töten, der sich wehrte, aber das hier war kaltblütiger Mord. Ungerecht. Gewissenlos. Man hätte die Gegner auch einfach entwaffnen können.

Ich wollte schon hinunterspringen und mein Pferd holen, das hinten angebunden war, um den Captain anzuflehen, ein wenig Milde walten zu lassen, da fiel mir ein, dass dies alles auf jenen verhängnisvollen Augenblick der Gnade im hohen, sich wiegenden Gras zurückging. Ich hatte Braylar davon abgehalten, einen unbewaffneten Mann zu töten, obwohl er dabei kein gutes Gefühl hatte, und das Ergebnis war die Schlacht in Zechingen gewesen, weil ich nicht rechtzeitig zugegeben hatte, dass ich den verschonten Mann wiedergesehen hatte. Von dort aus waren die Vernichtung des Wachturms, der Tod seiner Besatzung und dieses blutige Scharmützel die nächsten logischen Schritte gewesen.

All das ging auf mich zurück.

Dieses Mal konnte ich ihn nicht davon abbringen. Nicht in dieser Situation. Was ich auch sagen würde, ich konnte ihn sicher nicht umstimmen. Langsam setzte ich mich wieder und wollte das Elend nicht mehr sehen, konnte aber den Blick nicht abwenden.

Gnade war eine Tugend, die von Priestern, Königen und Eltern gepriesen wurde. Doch die Entscheidung, einen Mann nicht kaltblütig zu ermorden, hatte dazu geführt, dass unzählige andere Männer gestorben waren.

Skeelana schien zu spüren, was in mir vorging. »Im Krieg gibt es keine Freundlichkeit, Arki. Aber wenigstens musstest du heute niemanden töten. Das ist doch schon mal was.«

Langsam und benommen nickte ich, während ich den Syldoonern zusah, wie sie die Hornmänner erledigten. Schließlich starrte ich meine Füße an und seufzte, dann legte ich die Armbrust auf den leeren Platz des Kutschbocks.

Als ich den Kopf wieder hob, näherte sich Soffjian dem Wagen. Sie war abgestiegen und führte das Pferd. Ihr Gesicht war ungewöhnlich blass, die Augen hatte sie fast geschlossen, auf der Stirn zeichnete sich eine Ader wie ein Blitz ab. Wortlos ging sie an uns vorbei.

Skeelana stieg vom Pferd, versuchte sich an einem kleinen Lächeln und gab es auf. Dann folgte sie der erschöpften Memoridin.

Ich ließ den Blick über das Schlachtfeld wandern und stellte erschrocken fest, dass Braylar und Mulldoos eine Handvoll Gefangene zu uns führten. Blinde Gefangene. Sie torkelten, rempelten sich gegenseitig an und stolperten über jede kleine Erhebung im Boden. Einige hielten sich an den Armen und Gürteln fest, um nicht umzufallen. Wenn sie ein Geräusch hörten, drehten sie abrupt die Köpfe.

Warum hatte Braylar diese Gegner verschont? Es war sicher keine plötzliche Anwandlung von Mitgefühl. Wie Lloi einmal gesagt hatte, tat der Mann nichts, ohne gründlich darüber nachgedacht zu haben. Wenn es also kein Mitgefühl war, welchen Grund gab es dann? Die Syldooner wollten sicherlich nicht noch mehr Gefangene mitschleppen, da die Brunemänner uns verfolgten, und jemanden zu verschonen, der sich umdrehen und sich später wieder dem Feind anschließen würde, widersprach allem, was Braylar mir am Wachturm gezeigt hatte. Wider besseres Wissen hatte es mir der Captain im Grünen Meer erlaubt, um das Leben eines Mannes zu feilschen, und ich hatte gesehen, wie übel das geendet hatte. Was hatte sich jetzt geändert?

Der Captain nahm den Helm ab. Er schwitzte, hatte sich sonst aber nicht sehr angestrengt. Anscheinend war dies der lässigste Sieg, den er je errungen hatte. Bis auf einen Syldooner, der von einem Speer eine Schnittwunde im Arm abbekommen hatte, und einem zweiten, der dummerweise einem blinden Hornmann zu nahe gekommen war und sich einen ungezielten Schlag eingefangen hatte, gab es auf unserer Seite keinerlei Verletzte und ganz gewiss keine Toten, solange sich die kleineren Wunden nicht entzündeten. Zu Beginn des Kampfes war ich noch sicher gewesen, dass wir alle sterben würden, und nun hatten wir einen überwältigenden Sieg errungen. Noch erstaunlicher war, dass die Syldooner jetzt die blinden und besiegten Hornmänner mitbrachten. Warum lebten die Gegner noch?

Als Braylar am Wagen stehen blieb, las er die Frage in meinem Gesicht so klar ab, als wäre sie auf Pergament geschrieben. »Bin ich denn ein Ungeheuer, dem man nicht zutraut, dass es einen besiegten Gegner leben lässt?«

Ich antwortete vorsichtig, da die anderen Männer in der Nähe waren und es hören konnten. »Nein, aber Ihr seid ein ... ein kompromissloser Mann.«

Mulldoos sah sich auf dem Schlachtfeld um und ließ den Blick über die blinden Männer wandern, die bei jedem Laut zusammenzuckten, ganz anders als diejenigen, die blind geboren wurden oder sich im Laufe der Jahre an den Zustand gewöhnt hatten. »Ich muss schon sagen, Cap, das frage ich mich auch. Warum treiben wir sie wie verkrüppelte Kälber zusammen? Wir hätten sie einfach laufen lassen sollen, das hätte uns etwas Zeit erspart. Warum sammeln wir sie ein?«

Captain Killcoin antwortete nicht, sondern betrachtete die kleine Gruppe der verängstigten, schockierten Gefangenen. »Wer unter euch bekleidet einen höheren Rang und kann für die anderen sprechen?«

Die meisten Hornmänner trugen fleckige Gambesons oder nicht zusammenpassende Teile aus Leder, zwei von ihnen hatten Brünnen. Der vorderste, ein Mann von mittlerer Größe mit schütterem Haar und grauen Bartstoppeln, rief: »Ist Bull hier? Oder Corrviss?« Keine Antwort. »Nein? Oder Seddwin oder Nails?« Er seufzte, richtete sich ein wenig auf und berührte die Schulter des Mannes, der vor ihm stand. Zögernd kam er ein paar Schritte weiter nach vorn. »Dann bin ich wohl dran. Ich heiße Rozvert, die Männer nennen mich Rose. Mit wem spreche ich?«

Mir fiel auf, wie viel Mut es erforderte, sich damit abzufinden, dass er nun die Rolle des Befehlshabers spielen musste. Blind, geschlagen und wahrscheinlich seine Hinrichtung befürchtend, hielt er sich viel besser, als ich es je vermocht hätte.

»Ich bin Captain Braylar Killcoin, Befehlshaber der Vorreiter des Schakalturms. Das ist der fünfte Turm des Syldoonischen Reichs. Auch wenn deine Position vielleicht nur von kurzer Dauer ist, freue ich mich, einen Mann mit etwas Mumm vor mir zu sehen.«

Roses Augen wanderten unstet hin und her, er hörte den Captain, jedes Sattelknarren und jedes Räuspern in der Umgebung. Ich wäre in Panik geraten, er aber schien nun den Blick auf Grimms Mähne zu heften. Offensichtlich konnte er immer noch nichts sehen. »Seid ihr diejenigen, die vor einigen Tagen den Wachturm vernichtet haben? Und davor unsere Brüder in Zechingen? Es würde mir nicht gefallen, wenn wir die falschen Männer gehetzt hätten.«

Ich fragte mich, ob Braylar sich eine Lügengeschichte ausdenken würde, aber er antwortete völlig offen. »Das waren wir. Um ehrlich zu sein, haben wir versucht, ohne Zwischenfall am Wachturm vorbeizukommen. Und in Zechingen waren es deine Brüder, die uns angegriffen haben.«

Hinter Rose erhob sich Gemurmel. Er drehte sich um und spuckte ins Gras. »Nun ja, ich muss schon sagen, Syldooner, ich wünschte wirklich, jetzt wären die Rollen vertauscht, denn dann würde ich dich an den höchsten Ast hängen, den ich finden kann.«

»Würdest du blinde Männer hängen? Wie wundervoll wild du bist. Dann bin ich glücklich, dass die Lage ist, wie sie eben gerade ist. Und du kannst es auch sein. Obwohl mich einige erbarmungslose Männer hier drängen, habe ich nicht die Absicht, euch aufzuhängen oder eurem elenden Leben auf andere Weise ein Ende zu setzen.«

Rose hob die Hand, um sich mit dem Ärmel das schweißnasse Gesicht abzuwischen. »Verdammt, was hast du mit uns gemacht, du elender syldoonischer Hund?«

»Du tätest gut daran, dich zu erinnern, dass die Rollen eben *nicht* vertauscht sind, Hornmann«, erwiderte Braylar. »Und was die Antwort angeht, so war ich es nicht. Ich bin nur ein bescheidener Soldat, allerdings kein ganz schlechter. Nein, das war das Werk einer Memoridin. Und es ist keine besonders freundliche gewesen.«

»Die Blindheit? Ist es ...« Er leckte sich über die Lippen, überwand sich und sprach weiter. »Ist das für immer?« Offensichtlich ängstigte ihn diese Vorstellung mehr als die Befürchtung, gehängt zu werden.

Braylar wandte sich jedoch an Vendurro. »Räum die Krähenfüße weg. Wir brechen bald auf.« Vendurro nickte, und Braylar beantwortete Roses Frage. »Ich bin keine Memoridin und weiß es nicht genau, und da sich die Verantwortliche zurückgezogen hat, kann ich nur raten.«

Die Miene des Hornmannes verhärtete sich. Da schaltete ich mich ein. »Nur diejenigen, die Soff… die der Memoridin sehr nahe waren, werden dauerhaft blind. Die anderen werden sich mit der Zeit erholen.« Sofort bereute ich, die Worte ausgesprochen zu haben. Braylar sah mich neugierig an, Mulldoos wurde rot vor Wut, und die anderen Syldooner reagierten überrascht oder feindselig. Nur Hackspeer schien sich zu amüsieren.

Rose legte den Kopf schief, weil er eine neue Stimme gehört hatte, und sagte: »Das ist ein Knabe. Wenn sich da drüben im Reich nicht einiges verändert hat, besitzt keine einzige eurer Hexen einen Schwanz. Was weiß dieser verdammte Junge darüber?«

Braylar ließ mich nicht aus den Augen, während er antwortete: »Das ist eine ausgezeichnete Frage. Um die Antwort werde ich mich allerdings ein andermal kümmern.« Nun sprach er wieder den Hornmann an. »Im Augenblick dürfte dich aber nichts mehr als die allernächste Zukunft interessieren.«

Es schien, als wollte Rose wieder ausspucken, dann hielt er sich zurück. »Was soll das werden, Mistkerl? Ich kann mir nicht vorstellen, dass es besser ist als das, was du den Jungs im Wachturm angetan hast.«

»Ich habe euer Leben verschont, doch ich kann es euch blitzschnell nehmen. Dankbarkeit erwarte ich nicht, aber wenigstens ein bisschen Demut und Höflichkeit, selbst wenn du dich verstellen musst. Vielleicht hast du noch eine Zukunft vor dir, wenn du es schaffst, deine stolze Zunge zu hüten und zu tun, was man dir sagt. Glaubst du, du schaffst das, Hornmann?«

Rose sah nicht so aus, als könnte er es schaffen, aber nach einer langen Pause willigte er ein. »Du solltest nicht mit mir allein sprechen. Was mich betrifft, das betrifft im Guten wie im Schlechten auch die anderen Jungs hier.«

Braylar setzte ein unangenehmes Lächeln auf, das auf den Blinden allerdings nicht wie gewünscht wirkte. »Ihr Wohlergehen liegt in deiner Hand, blinder Mann. Reize mich nicht zum Zorn.«

Rose starrte geradeaus und presste die Lippen zusammen. An seinen Schläfen traten die Adern hervor.

Braylar fuhr fort: »Wie es aussieht, seid ihr nicht die Einzigen, die mich gerade verfolgen. Deshalb ...«

»Das wundert mich nicht. Mich wundert nur, dass es nicht noch mehr sind ...«

Der Bolzen, der ihm in die Kehle fuhr, unterbrach ihn mitten im Satz. Der Hornmann hob die Hand und wollte ihn packen, das Blut sprudelte aus dem Mund, die blicklosen Augen schossen hierhin und dorthin, dann sank er auf die Knie und stürzte auf die Seite. Die meisten anderen Hornmänner wichen entsetzt einen Schritt zurück. Nur der zweite Mann mit einer Brünne tastete sich vorwärts, kniete neben Rose nieder und versuchte unsicher, den Sterbenden zu beruhigen, der zuckend im Gras lag.

Braylar spannte die Armbrust neu. »Also, für diejenigen, die das gurgelnde Geräusch nicht richtig einordnen konnten: Euer vorlauter selbst ernannter Anführer verblutet gerade direkt vor euch. Ich habe nicht den Wunsch, unbewaffnete blinde Männer zu töten – das ist keine Herausforderung und verschafft mir keine Freude –, aber uns läuft die Zeit davon. Du dort, der einzige andere Hornmann, der eine Rüstung trägt. Steh auf.«

Der Hornmann gehorchte langsam und streckte die Hände aus, als rechnete er damit, dass auch ihn jeden Moment ein Bolzen treffen konnte.

»Wie heißt du, Hornmann?«

»Crowder«, stammelte der Mann widerstrebend.

»Gut, Crowder. Glaubst du, du kannst ein guter Soldat sein, Befehle befolgen und dafür sorgen, dass in deiner kleinen Truppe niemand mehr stirbt? Ich muss dir sagen, dass meine Geduld erschöpft ist, der Köcher mit Bolzen aber noch lange nicht. Wenn du diese Aufgabe nicht bewältigen kannst, hören wir sofort damit auf, einen Anführer zu suchen. Dann sterbt ihr alle.«

Crowder senkte den Kopf, als Rose zum letzten Mal hustete, spuckte und starb.

»Hornmann!«, schrie Braylar.

Der Mann riss den Kopf wieder hoch.

»Ich werde nicht noch einmal fragen. Kannst du Befehle befolgen und den Rest deiner traurigen Truppe retten?«

Crowder nickte langsam und fügte mit etwas Verspätung hinzu: »Aye. Ja. Ja, sagt uns, was Ihr von uns wollt.«

Da er nicht mehr auf Widerstand stieß, fuhr Braylar fort: »Sehr gut. Endlich ein vernünftiger Kerl. Also, jetzt höre mir genau zu. Baron Brunes Soldaten sind hinter uns auf der Straße. Ihr Anführer ist Hauptmann Gurdinn, ein unwirscher Mann. Wahrscheinlich treffen sie in einem halben Tag hier ein, vielleicht sogar schon früher. Wenn sie deine traurige Truppe finden, wirst du ihnen eine einfache Botschaft übermitteln. Genau genommen ist es eher eine Warnung. Kannst du mir so weit folgen?«

Crowder nickte mehrmals sehr schnell hintereinander.

»Gut. Du wirst ihnen das sagen, was eure Verfassung sowieso schon bezeugt. Wir haben eine volle Kompanie Hornmänner ausgeschaltet, nachdem unsere Krieger-Memoridin beinahe sechzig Männer geblendet hat. Teile den Brunemännern mit, dass wir euch nur am Leben gelassen haben, damit ihr davon Zeugnis ablegen könnt. Wenn sie sich entscheiden, uns zu verfolgen, haben wir reichlich Zeit und Gelegenheit, ihre viel kleinere Truppe auf die gleiche Weise zu dezimieren. Sie können sicher sein, dass ich kein zweites Mal so freundlich sein werde, Überlebende zu hinterlassen.«

Als Crowder sicher war, dass nichts mehr kam, fragte er: »War das alles?«

Braylar wollte nicken, hielt aber sofort inne. »Das war alles. Bleibt auf dieser Straße und überbringt wie befohlen diese Warnung, dann werdet ihr überleben. Ich glaube, sogar eine Gruppe blinder Männer müsste dazu imstande sein.«

Crowder starrte das Gras zwischen ihnen an, nickte eifrig und fügte hinzu: »Und danach?«

»Danach?«, antwortete Braylar. »Gurdinn ist kein Ungeheuer. Ich nehme an, er wird sich um euch kümmern oder dafür sorgen, dass ihr in gute Hände kommt. Aber selbst wenn er euch auf der Straße zurücklässt, werdet ihr überleben. Und das ist doch sicher angenehmer als die andere Möglichkeit, oder?«

Er wartete nicht auf die Antwort, sondern rief einen anderen Syldooner zu sich. »Versorge sie mit Essen und Wasser, und gib ihnen die Waffen zurück. Ich bin ein harter Mann, aber nicht durch und durch grausam.«

29

Mulldoos, der neben dem Wagen ritt, murmelte: »Was für eine Verschwendung von anständigem Stahl. Es wäre besser gewesen, ihnen ein paar Gehstöcke zu überlassen.«

Braylar lehnte sich neben mir auf der Bank zurück. »Aber Mulldoos, ich habe ihnen mein Wort gegeben.«

»Und einen hast du ins Gesicht geschossen.«

»Es war die Kehle. Und ich habe ihn gewarnt, oder nicht?«

»Wenn du mich fragst, hättest du ihnen allen ins Gesicht schießen sollen. Wahrscheinlich rennen sie in den Wald, sobald wir außer Sicht sind.«

»Oder so weit weg, wie die Sicht eben reicht«, warf ich ein und bereute den Scherz sofort.

Braylar lachte. »Köstlich. Aber ich denke, Crowder ist zu ängstlich, um nicht zu gehorchen, auch wenn wir längst fort sind. Er wird die Botschaft überbringen.«

Mulldoos schüttelte den Kopf, während wir die Reise fortsetzten und die benommenen Hornmänner am Straßenrand sitzen ließen. Es war schwer zu sagen, ob sie erleichtert waren, dass sie noch lebten, oder ob sie Angst hatten, weil sie blind in der Wildnis hockten. »Einen zurücklassen, um Brunes Dreckskerle zu warnen, na gut. Ein Einziger hätte vollauf gereicht, finde ich. Es war doch nicht nötig, so viele leben zu lassen. Und die

Waffen? Was machen sie mit den Waffen, außer sich selbst zu zerhacken? Wahrscheinlich würden sie sich jetzt sogar mit einem Löffel verletzen.«

Braylar lachte. »Ein einzelner blinder Mann bedeutet gar nichts. Acht ...«

»Sieben«, half ich aus.

»Sieben blinde Männer sind eine viel überzeugendere Warnung, die man nicht mehr so leicht in den Wind schlägt. Und was die Waffen angeht, nun ja, falls Räuber in der Nähe sind, können sich die blinden Hornmänner vorher wenigstens selbst töten.«

Wieder schüttelte Mulldoos den Kopf. »Du hast eine eigenartige Vorstellung von Ritterlichkeit, Cap. Sehr eigenartig.«

»Das hat man mir schon mal gesagt.«

Mulldoos machte kehrt und ritt zurück, um sich zu den anderen Männern zu gesellen. Damit waren der Captain und ich wieder allein. Ausnahmsweise war ich traurig, dass Mulldoos sich entfernt hatte.

Braylar sah mich nicht an und sagte nichts. Das Schweigen war sehr unbehaglich, auch wenn ich nicht bestimmen konnte, ob das Unbehagen eher vom Captain ausging oder in mir selbst entstand. Er hatte niemanden mit Blutrufer getötet – ich glaubte nicht, dass die Syldooner überhaupt eine Nahkampfwaffe gehoben hatten, wenn man davon absah, dass sie mit flacher Klinge ein paar blinde Gefangene niedergeschlagen hatten –, aber das drückende Schweigen war fast noch schlimmer als eine energische Zurechtweisung.

»Geht es Euch ...«

»Wenn du das Wort ›gut‹ aussprichst, werfe ich dich vom Wagen und überlasse es dir, dich um die blinden Wichte hinter uns zu kümmern.«

Na ja, das kam mir wenigstens bekannt vor.

Ich versuchte es anders. »Ich habe nur über etwas nachgedacht.«

»Natürlich hast du über irgendetwas nachgedacht.«

»Normalerweise stimme ich nicht oft mit Mulldoos überein, aber ich bin neugierig, warum Ihr die Hornmänner dort zurückgelassen habt.«

Wir kamen an einem toten Pferd und ein paar Blutflecken im Gras vorbei. »Arki, ich wundere mich über dich, weil du doch so eine zarte Seele bist. Ich hätte gedacht, dass du begeistert bist.«

»Ich bin froh, dass Ihr sie verschont habt. Na ja, die meisten jedenfalls.«

»Ah ... also ist es das, was dich stört? Dass ich einen Blinden erschossen habe?«

»Einen blinden Gefangenen.«

Braylar sah mich an und rang sich ein Lächeln ab, das überraschenderweise nicht zuckte. »Es war klar, dass Rose sich nicht fügen würde. Der Sinn der Sache war, dass sie blind sind und dort bleiben, um Gurdinn zu überzeugen, uns besser nicht zu verfolgen. Rose hätte sie direkt nach unserem Angriff in den Wald geführt. Oder er hätte mich, obwohl er blind war, angegriffen, sobald ich ihm eine Klinge gegeben hätte. Er hat es sich selbst zuzuschreiben.«

Ich beschloss, ihm in dieser Hinsicht nicht zu widersprechen. »Nehmen wir an, Crowder tut, was Ihr verlangt habt. Ich begreife aber immer noch nicht, warum überhaupt eine Warnung nötig war. Versteht mich nicht falsch, ich bin froh, dass Ihr sie am Leben gelassen habt, aber da Soffjian bei uns ist, könntet Ihr doch mit den Brunemännern einfach genau das Gleiche noch einmal tun.«

»Ich hätte mir gleich denken können, dass du mir zu diesem Thema einen Vortrag halten willst«, antwortete er. »Du hast dir ja unlängst eine Menge Wissen über die Memoridinnen angeeignet.«

Damit war die Ordnung auf dem Wagen wiederhergestellt. Ich wurde rot, obwohl ich mich längst gefragt hatte, wann er einen entsprechenden Kommentar abgeben würde. Vielleicht hätte ich lieber über Krähenfüße oder rotierende Angriffe reden sollen. »Ich habe kurz mit Skeelana gesprochen. Sie hat erwähnt, dass die Blindheit vergeht. Oder vielleicht auch nicht.«

»Offenbar har sie zu erwähnen vergessen, dass Soffjian nicht allmächtig ist. Es ist gar nicht so einfach, Dutzende Männer auf dem Schlachtfeld zu blenden. Ehrlich gesagt, bin ich überrascht, dass sie überhaupt noch im Sattel sitzt. Ich stelle mir vor, dass deine kleine Vertraute sie mühsam aufrecht hält und sich um sie kümmert. Selbst wenn sie wollte, was sicher nicht der Fall ist, könnte meine Schwester uns in der nächsten Zeit nicht mehr helfen. Man muss für alles einen Preis zahlen, Archivar. Und manche Dinge sind eben teurer als andere, ja?«

Anscheinend verlangte die Erinnerungsmagie dem Anwender einiges ab. Braylar war allerdings eine Art unfreiwilliger Benutzer. Ich war in Versuchung, noch einmal zu fragen, wie es ihm ging, aber dann erinnerte ich mich an die Warnung. »Gibt es viele wie sie? In den syldoonischen Türmen, meine ich?«

»Krieger-Memoridinnen? Nein. Wahrscheinlich ist es auch gut so.«

»Warum denn das?«

Er verscheuchte einen Mückenschwarm. »Es stimmt schon, wenn wir mehr Leute mit Soffjians gefährlichen Fähigkeiten hätten, dann wären wir so gut wie unbesiegbar. Anjurien hätte sich nie gegen uns gestellt, oder wenn doch, dann wäre es ein Königreich der Blinden und Verrückten geworden, falls wir ihnen zu überleben erlaubt hätten. Aber die Syldooner halten die Memoridinnen teilweise auch deshalb unter Kontrolle, weil es so wenige sind, und von denen, die ganze Kompanien auslöschen können wie meine Schwester, gibt es noch viel weniger. Es gibt strenge Regeln, an die sich alle Türme halten müssen. Allgemein akzeptierte Regeln. Wer sie verletzt, muss mit schweren Strafen rechnen.«

»Wie sehen diese Strafen aus?«

Braylar sah mich an und lächelte zuckend. Allmählich gewöhnte ich mich daran. »Der fünfte Mann.«

Ich wartete darauf, dass er es erklärte, und er genoss es, mich zappeln zu lassen, bis ich schließlich den Mund öffnete und um nähere Erklärungen bitten wollte. Da sagte er: »Ein Turm, der die erlaubte Zahl an Memoridinnen überschreitet, muss ein Fünftel seiner Kräfte auswählen - durch Benennung, eine Lotterie, Freiwillige, wie auch immer - und sie hinrichten. Das schließt die Memoridinnen des Turms ein, sodass auch sie keine Lust haben, ihre Zahl heimlich zu erhöhen.«

»Ein Fünftel. Das ist eine strenge Strafe. Haben es viele Türme riskiert, auf diese Weise belangt zu werden?«

»Das kommt darauf an, was du unter ›viele‹ verstehst«, meinte Braylar. »Vier Türme haben diese Strafe erdulden müssen, aber dies geschah im Laufe von mehreren Jahrhunderten. Der größte war der Hirschturm. Sie bildeten eine bedeutende Fraktion und zählten fast vierzigtausend. Es dauerte mehrere Tage.«

»Der Kaiser hat achttausend Mann hingerichtet?«

Das zuckende Lächeln fror ein. »Das hast du missverstanden. Der Hirschturm musste die Hinrichtungen selbst durchführen.«

»Und wenn sie es nicht getan hätten? Wenn sie sich geweigert hätten? Ist das schon einmal vorgekommen?«

Braylar nickte langsam. »Einmal. Vor zehn Jahren. Der Trümmerturm.«

»Habt Ihr ... dann habt Ihr es gesehen? Wart Ihr in Sonnenmatt?«

Braylar schloss die Augen. »Ich war da. Der Trümmerturm ... nun ja, so wird er heute genannt. Vorher war es der Fuchsturm. Der Trümmerturm hat sich geweigert, die eigenen Männer niederzumetzeln. Es war ein kleinerer Turm, etwa zehntausend Mann stark. Sie weigerten sich, und deshalb lag es bei den anderen Türmen.«

»Dann habt Ihr und die anderen die zweitausend Männer getötet?«

»Nein. Wir haben sie alle hingerichtet. Bis auf den letzten Mann. Die meisten Türme, die den Befehl bekommen, den Fünften Mann durchzuführen, sträuben sich zunächst, spielen auf Zeit und flehen um Gnade. Aber bis dahin hatte sich noch keiner rundheraus geweigert. Der Fuchsturm tat es und forderte uns heraus, an seiner Stelle das Urteil zu vollstrecken. Vielleicht dachten sie, wir würden es nicht tun. Wie gesagt, so etwas war bis dahin noch nie vorgekommen.«

»Aber ...«

»Aber der Kaiser gab den Befehl. Das Gesetz gilt für alle. Deshalb griffen die anderen Türme an. Einige aus dem Fuchsturm entkamen und kämpften draußen weiter. Wir jagten sie, Bezirk um Bezirk, Straße um Straße. Bis der Letzte der zehntausend Männer tot war. Hinzu kamen noch zahllose Thurvacier und viele Tote unter den anderen Türmen. Selbst Sonnenmatt, die Hauptstadt der Intrigen, hatte in seiner langen, blutigen Geschichte bis zu diesem Tag noch nie ein solches Blutbad in ihren Straßen gesehen.«

Wir schwiegen eine Weile, dann fragte ich: »Und was jetzt?«

»Jetzt kehren wir nach Sonnenmatt zurück und begegnen hoffentlich keinen großen bewaffneten Trupps mehr, die mich töten wollen. Und du machst dich wieder ans Übersetzen. Du hast doch gesagt, dass du nur auf die passende Gelegenheit wartest? Nun ja, solange wir nicht wieder angegriffen werden, ist die Gelegenheit da. Vor uns liegen noch viele, viele Meilen, bis wir Sonnenmatt erreichen. Das dürfte ausreichen, damit du große Fortschritte machst.«

Die Aussicht, etwas Nützliches zu tun, bei dem ich nicht die Armbrust schwingen musste, fand ich sehr angenehm. Trotzdem zögerte ich und stellte noch eine Frage. »Was ist mit Henlester?«

»Was soll mit ihm sein?«

»Ihr sagtet, Ihr braucht ihn aus politischen Gründen und weil er vielleicht etwas über die Memoridinnen weiß. Oder wenigstens über die früheren Hexen, ehe die Syldooner sie eingesetzt haben. Wollt Ihr ihn nicht, äh, verhören?«

Der Wagen rumpelte über eine Bodenwelle, sodass ich beinahe von der Bank gestürzt wäre. »Ich hoffe, der Hohepriester ist das Risiko wert. Ich will ihn nicht mit den Memoridinnen behelligen, solange ich nicht irgendetwas Brauchbares habe, über das ich mit ihm reden kann. Wenn es in der langen Geschichte seines Ordens irgendetwas Bedeutsames gab, dann müsste er es wissen. Es wäre weitaus besser, etwas Konkretes vorweisen zu können, das ich ihm vorhalten kann. Also setze deine Fähigkeiten ein, Arki, und hör auf zu trödeln.«

Obwohl es im Wagen ziemlich warm wurde, war es eine willkommene Ablenkung, mich zurückzuziehen und mir wieder die Dokumente vorzunehmen. Die mittel-anjurischen Abschnitte waren nicht leicht, aber die Sprache war mir nicht völlig unbekannt, und mit der Zeit ging es besser. Nicht unbedingt zügig, aber etwas flüssiger. Manchmal musste ich mich sogar zügeln, um nicht zu schnell zu arbeiten und womöglich etwas Wichtiges zu übersehen oder in eine der größten Fallen zu tappen, die es beim Übersetzen gab: nur das zu sehen, was ich sehen wollte.

Die Stunden kamen und gingen. In der ersten Kiste war nicht viel Interessantes. Oder vielmehr stieß ich dort auf nichts, was für Braylar interessant gewesen wäre, während ich selbst den Inhalt durchaus faszinierend fand. Hier und dort gab es vereinzelte Hinweise auf die Fluchtgötter, aber keiner war wirklich aufschlussreich oder enthielt irgendetwas Neues oder Bemerkenswertes. Außerdem entdeckte ich ein paar indirekte Hinweise auf Waffen wie Blutrufer. Eine Quelle bestätigte, dass Träger und Waffe den gleichen Namen trugen und auf irgendeine körperliche und seelische Weise miteinander verbunden waren. Diese Einzelheit war bemerkenswert und sicher für den Captain interessant, aber darüber hinaus verlief die Durchsicht den ganzen Tag lang ergebnislos.

Schließlich lagerten wir in einem Wäldchen neben der Straße und versteckten die Wagen so gut, wie es uns möglich war.

Der nächste Tag verging, und ich war so in die Arbeit vertieft, dass ich beinahe die Brunemänner vergessen hätte, die uns möglicherweise immer noch verfolgten, bis ein Späher zurückkehrte und berichtete, dass sie mindestens eine Tagesreise zurücklagen. Sie waren langsamer geritten oder hatten es aufgegeben. Oder sie wollten zumindest diesen Eindruck erwecken. Braylar vermutete eine Finte und wich nicht vom üblichen Vorgehen ab. Er befahl den Spähern, wachsam zu bleiben und weiter Informationen zu sammeln. Anscheinend hatten die blinden Männer aber wirklich als Warnung gedient.

Obwohl uns die Hornmänner hatten töten wollen, hoffte ich, die Blindheit sei nur vorübergehend. Sonst wäre es wahrscheinlich gnädiger gewesen, sie sofort umzubringen. Niemand kam leicht und mühelos durchs Leben, aber den Krüppeln erging es besonders schlecht.

Da die letzte unmittelbare Bedrohung abgewehrt war und keine neue auftauchte, stellte sich in den folgenden beiden Tagen eine Art Alltagsleben ein. Wir hielten jeweils fast zur gleichen Tageszeit an, damit die Pferde ausruhen, trinken und fressen konnten. Solange die Sonne schien, saß ich schwitzend im Wagen und ging die alten Dokumente durch, machte mir Notizen und fasste in Gruppen zusammen, was ich entdeckte. Braylar überraschte mich, als er mir erlaubte, am Abend eine Lampe anzuzünden, damit ich weitermachen konnte.

Wir erreichten den Opferwinkel und bogen nach Norden ab. Nur wenig veränderte sich, wenn man davon absah, dass die Hänge und Hügel steiler und höher wurden und es weniger Wälder und Bäume gab, während die freien, mit Steinen übersäten Flächen zunahmen. Mein rollendes Skriptorium ruckelte ungehindert weiter. Die Syldooner erholten sich von den Verletzungen und pflegten die Rüstungen und die Waffen. Gelegentlich konnte ich ihre Gespräche belauschen, hörte ihre Scherze und die Lieder und war froh, etwas tun zu können, das ich gerne tat. Zugleich fühlte ich mich isoliert, weil Braylar den Soldaten befohlen hatte, mich in Ruhe zu lassen. Vendurro schaute einige Male vorbei, aber die meiste Zeit konzentrierte ich mich auf die Arbeit und war ganz zufrieden mit meinem Federkiel und den Pergamenten.

Abgesehen von mir, gab es noch drei andere Personen, die unsere Gruppe begleiteten, ohne ihr wirklich anzugehören. Henlester fuhr angekettet im anderen Wagen oder wurde, wenn wir hielten, ein Stück von den anderen entfernt von zwei Soldaten bewacht. Ich sah ihn nur selten, aber das war mir ganz recht. Zwar kannte ich ihn nicht gut, aber was ich wusste, reichte aus, um mir einen Schauer über den Rücken zu jagen. Ganz abgesehen von seiner Vorliebe für verkrüppelte Huren, die er höchstwahrscheinlich gelegentlich auch getötet hatte, von seiner Untreue dem Baron gegenüber und davon, dass er uns am zerstörten Tempel eine Falle gestellt hatte, um uns zu töten, und ganz unabhängig davon, dass wir mit seinem Priester das Gleiche getan hatten – der Mann besaß eine ungeheure Überheblichkeit. Obwohl er unverkennbar der Gefangene war, benahm er sich wie ein Herrscher.

Soffjian hielt sich von den Syldoonern fern, nahm ihre Mahlzeiten alleine ein und sprach nur, wenn es unbedingt nötig war. Als wir auf dem Herrenweg nach Norden abbogen, schien sie allerdings erleichtert, auch wenn sie immer noch reizbar war und jeden im Umkreis von zwanzig Schritten nervös machte, nachdem sie die Hornmänner so schwer getroffen hatte.

Skeelana war oft bei ihr. Manchmal versuchte sie auch, mit den Männern zu plaudern. Die Gespräche schliefen jedoch rasch wieder ein. Sie war lange nicht so überheblich oder gefährlich wie Braylars Schwester, aber sie war und blieb eine Memoridin. Ein Wesen, mit dem die Syldooner nichts zu tun haben wollten.

Manchmal wünschte ich mir, wir fänden mehr Gelegenheiten zum Plaudern, aber abgesehen von einigen kurzen Begegnungen, ließ auch sie mich in Ruhe. Ob sie nun auf mich Rücksicht nahm, ob sie einen Befehl von Braylar befolgte oder ob es eine unerklärliche Laune war, es machte mich wütend. Obendrein war ich wütend auf mich selbst, weil ich wütend war.

Ich musste mich konzentrieren und durfte mich nicht durch lächerliche Unterhaltungen mit unglaublichen Frauen ablenken lassen. Trotzdem musste ich immer wieder an unsere bisherigen Gespräche denken, und ich hoffte, noch öfter eine Gelegenheit zu finden, sobald ich die Aufzeichnungen in den Kisten der Syldooner durchgearbeitet hatte. Das war ungeheuer dumm, aber so war es nun einmal.

Und dann geschah es. Endlich.

Ich war ganz zufrieden damit gewesen, meine Fähigkeiten einzusetzen, und der Captain hatte mich nicht besonders gedrängt, irgendwelche Ergebnisse vorzulegen, aber ich konnte seinen Blicken und den knappen Fragen entnehmen, dass er ungeduldig wurde. Und er war frustriert, obwohl ich ihm versicherte, dass ich lieber sorgfältig und präzise arbeiten wollte, als irgendetwas zu übersehen oder falsch zu übertragen.

Ehrlich gesagt, ich hatte schon fast die Hoffnung aufgegeben, nach den ersten spärlichen Hinweisen auf geheimnisvolle Waffen noch irgendetwas zu finden, das mit Braylars Anliegen zu tun hatte. Als ich dann auf ein Dokument stieß, das anscheinend ein Priester im alten Tempel der Wahrheit verfasst hatte, war ich zugleich erleichtert, fasziniert und aufgeregt.

Ein großer Teil des Textes drehte sich um die verwirrende Politik des Ordens und das angespannte Verhältnis zwischen den Priestern und den weltlichen Herrschern jener Zeit. Manche Dinge änderten sich anscheinend nie. Dann ging es um alltägliche Dinge – der Zehnte, Essensvorbereitungen und Versorgung, Notizen zu Besuchen anderer Priester. Das zog sich über Jahre hin. Meine anfängliche Begeisterung schwand dahin.

Als ich endlich einen Abschnitt fand, der sich auf die Vorläufer der Memoridinnen bezog, war ich hocherfreut. Es fiel mir sehr schwer, den Text nicht zu überfliegen, um den Inhalt möglichst schnell ganz zu erfassen. Ich wollte umgehend Captain Killcoin über meinen Erfolg unterrichten.

Dennoch überwand ich mich und arbeitete langsam weiter, quälend langsam sogar, beschäftigte mich mehrere Stunden lang mit dem Quellenmaterial und spielte verschiedene Interpretationsmöglichkeiten durch, um der ursprünglichen Ausdrucksweise so gut wie möglich gerecht zu werden. Dann überprüfte ich den Text noch einmal und schließlich sogar ein weiteres Mal, um ganz und gar sicher zu sein, dass ich alles richtig erfasst und den Inhalt und die Bedeutung der Worte zutreffend wiedergegeben hatte. Ich widerstand dem Drang, zu pfuschen und es zu überstürzen. Endlich hatte ich etwas Wichtiges, Bedeutendes und Aufregendes gefunden.

30

Nachdem ich die letzten Notizen niedergeschrieben hatte, wurde mir bewusst, dass wir irgendwann angehalten hatten, was mir in meinem Arbeitseifer völlig entgangen war. Also schnappte ich mir das Pergament, blies auf die Tinte, um die letzten Worte zu trocknen, und stieg vom Wagen. Beinahe hätte mir ein Windstoß alle Papiere entrissen.

Anscheinend hatte ich eine ganze Weile versunken übersetzt, denn die Pferde waren schon abgesattelt, die meisten sogar schon gestriegelt und gefüttert. Einige Männer zündeten gerade das Lagerfeuer an. Mulldoos und Hackspeer lagerten ganz in der Nähe. Sie lehnten an den Sätteln, Mulldoos hatte die Hände hinter dem Kopf verschränkt. Hackspeer saß aufrecht und etwas unbequem. Zweifellos taten ihm immer noch die Rippen weh. Ich fragte mich, wie lange gebrochene oder geprellte Rippen zum Abheilen benötigten. Vor langer Zeit hatte ich mir mal einen Zeh an einem großen Weinfass gebrochen, und das war schon recht übel gewesen. Und ich hatte nicht den ganzen Tag durch die Gegend reiten und kämpfen müssen.

Die beiden Offiziere beobachteten zwei jüngere Syldooner, die mit Schilden und stumpfen Klingen übten. Da Braylar nirgends zu sehen war, ging ich zu seinen Leutnants, blieb ein paar Schritte vor ihnen stehen und fragte sie, wo ich den Captain finden konnte.

Hackspeer wollte etwas sagen, da schlug Mulldoos sich auf den muskulösen Oberschenkel. »Fusko, du blöder Hurensohn. Du hast jetzt sechsmal nacheinander die gleiche Finte benutzt. Glaubst du wirklich, er fällt noch mal darauf herein?«

Der kleine und dürre Mann mit dem völlig unpassenden Mondgesicht, das inzwischen vor Anstrengung gerötet war, rief über die Schulter zurück: »Zweimal ist er schon hereingefallen, nicht wahr, Quaddel?«

Der andere Soldat umkreiste schwer atmend den Gegner. »Einmal, du Arsch. Und hör auf, mich Quaddel zu nennen.«

»Zweimal, und wenn ich dich nicht mehr erwische, höre ich vielleicht wirklich auf!« Fusko täuschte einen Hieb auf den Kopf des anderen Mannes an, und als »Quaddel« den Schild ein wenig hochzog, fuhr die stumpfe Waffe herunter und sollte das Bein treffen. Quaddel nahm den Schild jedoch wieder herunter und drückte die Klinge weg.

Dann rief er: »Nur einmal, du dummer Arsch!« Er umkreiste den Gegner.

Hackspeer setzte gerade zu einer Antwort an, da rief Mulldoos: »In diesem Fall würde ich sogar Quaddel unterstützen. Du bist ein dummer Arsch. Du bist zwar schnell, aber die meisten erfahrenen Kämpfer fallen nicht auf diese Finte herein. Junge, denk dir lieber einen anderen Trick aus. Und noch was. Jedes Mal, wenn er blockt oder dem Hieb ausweicht, legst du eine Denkpause ein. Du musst sofort nachsetzen, draufhauen, die Technik wechseln und seinen Schild und deine Beine in Bewegung halten. Mehrere Kombinationen nacheinander, ein Hieb muss in den nächsten übergehen.«

»Auch wenn ich ihn getroffen habe?«

»Die letzten paar Male hast du ihn ja gar nicht getroffen, du neunmalkluger Arsch.«

Da konnte Fusko nicht widersprechen. Er drehte sich und umkreiste den Gegner, während Mulldoos sich wieder an den Sattel lehnte. »Wie lange bist du jetzt ein freier Soldat? Fünf Jahre? Dich sollte man nicht mehr an diesen Mist erinnern müssen, Junge.«

Fusko stieß vor, ließ einen Hieb auf Quaddels Helm los, den dieser mit dem Schild abwehrte, dann folgte ein zweiter Schlag auf die andere Seite, der ebenfalls nur den Schild traf. Danach konnte er aber die eigene Schildkante hinter die des Gegners schieben und die Barriere wegdrücken. Endlich konnte er geradeaus zustoßen.

Doch Quaddel hatte damit gerechnet und wich seitlich aus, sodass die stumpfe Klinge an seinem Gambeson vorbei ins Leere stach.

Mulldoos schüttelte den Kopf. »Das ist erbärmlich, Junge. Einfach erbärmlich. Und der Stoß war nicht so gerade, wie du denkst. Schlechte Technik. Aber pass auf, jetzt greift Quaddel an. Wenn du dich so schlecht verteidigst, wie du angreifst, dann hast du bald einen Haufen blauer Flecken, du verdammter Dreckskerl. Worauf wartest du noch, Quaddel? Mach ihn fertig!«

Quaddel folgte der Aufforderung gern und ließ ein Trommelfeuer von Schlägen los. Seine Größe, die Reichweite und seine hervorragende Beinarbeit setzte er ein, bis es Fusko fast schwindlig wurde. Als Fusko stolperte, versetzte Quaddel ihm einen Hieb auf den ungeschützten Oberschenkel. Der kleinere Mann dachte, damit sei der Angriff vorbei, und ließ den Schild sinken. In diesem Moment traf Quaddel seine Schulter.

»Du verdammter Arsch! Wir fangen nach jedem Treffer neu an. Kannst du nicht zählen? Es geht bis eins!«

Mulldoos lachte. »So muss man kombinieren! Und Fusko – jedes Mal, wenn du die Verteidigung vergisst, verdienst du es, geschlagen zu werden.«

Fusko knirschte mit den Zähnen, schüttelte den Arm aus und stand auf. Die Erwiderung, die ihm auf der Zunge lag, schluckte er herunter.

Hackspeer wandte sich an mich. »Ich glaube, der Captain streckt gerade mal die Beine aus.«

»Ist er …«

»Das kann ich nicht sagen. Besonders schlecht schien es ihm aber nicht zu gehen.«

Ich nickte und sah zu, wie Quaddel den kleineren Fusko umkreiste. Trotz seiner Größe bewegte sich der Mann selbstsicher und geschmeidig. »Nachdem wir gerade eine Schlacht hinter uns haben und nicht sicher sind, wann die nächste kommt, hätte ich gedacht, dass ihr alle eine Pause macht und nicht übt. Damit die Wunden heilen können.«

Mulldoos sah mich an, als hätte er mich noch nie gesehen. »Fällt dir nicht auf, dass nur die dummen jungen Burschen schwitzen und sich dreckig machen?« Das war nicht die scharfe Zurechtweisung, die ich erwartet hatte.

»Was hast du Fusko wegen seines Stoßes erklärt? Warum ist die Haltung des Schwerts so wichtig?«

Mulldoos winkte mich mit gekrümmtem Zeigefinger zu sich. Auf einmal fühlte ich mich, als hätte ich den Schild sinken lassen, und zögerte. Er sagte: »Ich tu dir nicht weh, Kritzler. Das ist mir zu anstrengend. Aber ich steh auch nicht auf, um es dir zu zeigen. Komm her.«

Ich beugte mich vor, worauf Mulldoos mit einer großen Hand meine Schulter packte. Die Finger der anderen Hand hielt er gerade, um eine Schwertklinge anzudeuten. Er drehte die Hand, bis die Handkante zum Boden wies. »Wenn du so zustichst«, die Fingerspitzen zuckten nach vorn, und obwohl es kein richtiger Angriff war, trieb mir der Stoß beinahe sämtliche Luft aus der Lunge, »dann können wirklich üble Sachen passieren.

Du bleibst vielleicht am Rippenbogen hängen oder klemmst die Klinge zwischen zwei Rippen ein. Wenn sie hängen bleibt, dringt sie nicht tief ein, und der Mann, den du erstechen willst, wird zurückstechen oder hacken.«

Er zog die Hand zurück und drehte sie, bis die Handfläche zum Boden zeigte. Wieder stieß er zu und traf meinen Magen. Beinahe wäre ich zusammengebrochen. Das Beängstigende dabei war, dass er mir nicht einmal wehtun wollte. »Wenn du es so machst, triffst du vielleicht immer noch eine Rippe, aber dann nur mit der Spitze, und du kannst die Klinge schneller zurückziehen. Dabei kommst du nicht um. Wenn du die Rippen verfehlst, hast du einen sauberen Stoß gemacht und kannst tief stechen und das Schwert leicht wieder lösen.«

Mulldoos ließ meine Schulter los. Ich nickte und zog mich einen Schritt zurück. »Das ist einleuchtend«, stammelte ich.

»Klar ist es das.« Mulldoos blickte zu Hackspeer und trat nach dessen Bein. »Erinnerst du dich an Ultonis? So ist er gefallen, oder? Er ist an einer Rippe hängen geblieben.«

Hackspeer zog das Bein zurück, bis er außer Mulldoos' Reichweite war. »Das stimmt. Aber bei diesem Gerede über Rippen tun mir meine eigenen Knochen weh.«

»Nur ein jammernder alter Ziegenbock ist schlimmer als ein alter Ziegenbock. Oh je, dem Armen tun die Rippen weh.«

»Immer noch besser als ein fußlahmer bleicher Keiler.«

Mulldoos trat ihn noch einmal, doch Hackspeer war zu weit entfernt. Dann sah er wieder mich an. Ich fürchtete, er wollte mir noch etwas demonstrieren, doch er sagte: »Ultonis hat auf einen Anjurier eingestochen, aber die Klinge in einem ungünstigen Winkel gehalten. Hier ist sie eingedrungen und hat ein paar innere Organe verletzt oder so, aber er konnte sie nicht mehr herausziehen. Die Schneide hat sich an einer Rippe verhakt, genau wie ich es gesagt habe. Der Anjurier hatte noch

Zeit für einen letzten Hieb. Ultonis ist mit einem anjurischen Schwert im Bauch gestorben, und der Anjurier mit einer syldoonischen Klinge im Wanst. Die beiden haben ausgesehen wie ein Paar beim Tanz.«

Dann lachte er, und Hackspeer lächelte.

Jedes Mal, wenn ich das Gefühl hatte, die Syldooner allmählich zu verstehen ...

Da kam am anderen Ende unseres kleinen Lagers der Captain um einen Wagen herum und näherte sich uns. Ich sagte zu Mulldoos: »Vielen Dank für die Lektion im Zustechen. Aber jetzt muss ich mit dem Captain reden.«

Mulldoos' Blick fiel auf die Blätter, die ich mir unter den Arm geklemmt hatte. »Du hast was Wichtiges gefunden, oder?«

Ich versuchte, mir ein Lächeln zu verkneifen, und scheiterte. »Ich glaube schon.«

Mulldoos stand auf. »Das will ich mir auch anhören. Der Cap hat uns von der Sache mit Blutrufer erzählt. Ich würde gern erfahren, was du herausgefunden hast.«

Es gefiel mir nicht, es zu erzählen, wenn er zuhörte. Er machte mich immer nervös, auch wenn er mich nicht gerade stupste, bis ich blaue Flecken bekam.

Er bückte sich und bot Hackspeer den Unterarm an. »Komm schon, du Mumie. Ich hab keine Lust, dir später alles noch mal vorzukauen.«

Hackspeer akzeptierte die Hilfe, die beiden Männer hielten sich gegenseitig am Unterarm fest, und der kleinere Mann zog Hackspeer hoch. »Deine Freundlichkeit kennt keine Grenzen, Mulldoos.«

»Dein Sarkasmus stinkt schlimmer als Ochsenpisse.« Dann rief er den übenden Syldoonern zu: »Fusko, hol Vendurro. Schnell. Und behalte die Hexen im Blick. Wenn du sie nirgendwo siehst, sagst du mir auf der Stelle Bescheid, ist das klar?«

Fusko salutierte, legte die Übungswaffe und den Schild auf eine Decke im Gras und rannte zum anderen Wagen.

Die Leutnants und ich gingen Captain Killcoin entgegen. Er blieb stehen und verschränkte die Hände hinter dem Rücken. »Drei unerwartete Verbündete, was? Das können nur sehr gute oder sehr schlechte Neuigkeiten sein. Ich habe gerade Henlester gesehen, also ist er nicht geflohen oder getötet worden. Ist Grimm gestorben?«

Mulldoos klopfte mir so fest auf die Schulter, dass ich fast hingefallen wäre. »Der Kritzler sagt, er hätte in den staubigen Dokumenten etwas Wichtiges gefunden. Ich dachte, wir sparen uns etwas Zeit und reden gleich zusammen darüber. Ven ist schon unterwegs.«

»Tja, selbst wenn es vielleicht gar nicht so fesselnd und überzeugend ist, finde ich das immer noch besser als ein totes Pferd.« Der Captain drehte sich um und entfernte sich von den Wagen und dem Lager. Vendurro bemerkte uns und schloss eilig zu uns auf.

Als wir hoffentlich weit genug von den Frauen und den anderen Männern entfernt waren, hielt Braylar an und sagte: »Nun denn, Archivar. Ich bin bereit für verblüffende, bestürzende, ergreifende Neuigkeiten. Oder wenigstens für etwas Ablenkung. Sag uns, was du entdeckt hast.«

Ich war nicht darauf vorbereitet, es ihm in Anwesenheit seiner Offiziere zu berichten. Es war schon schwer genug, diese Dinge mit dem Captain unter vier Augen zu besprechen. Aber daran konnte ich jetzt nichts mehr ändern.

Also räusperte ich mich und begann mit einer Warnung hinsichtlich der Unzulänglichkeiten jeder Übersetzung, und dass jedes Werk vor Fehlern wimmeln konnte, wenn man es überstürzte, und manchmal sogar, wenn man sich Zeit ließ.

»Also sagst du, dass du nur geraten hast«, behauptete Mulldoos. »In Wirklichkeit hast du keine Ahnung.«

Hackspeer schaltete sich ein, ehe ich etwas erwidern konnte. »Ich glaube, er will damit sagen - korrigiere mich, falls ich damit falschliege, Arki –, dass es keine Perfektion gibt und dass wir dies berücksichtigen sollten, wenn wir ihm zuhören.«

»Mir kommt es so vor, als hätte er keinen blassen Schimmer. Aber mach nur, Kritzler. Sag uns alles, was du nicht weißt.«

Ich wollte den Seitenhieb ignorieren, ihm elegant ausweichen, doch dann entschied ich mich, direkt darauf einzugehen. »Bei jeder Übersetzung stellt sich die Frage der Texttreue. Immer gilt es, sich zwischen Synonymen zu entscheiden und den Originaltext nicht zu sehr zu verfremden. Ja, es bleibt trotz aller Bemühungen immer ein Rest Zweifel. Man könnte etwas übersehen oder verzerren, man könnte irgendwie das Wesen dessen verfehlen, was ursprünglich zu Papier gebracht wurde. Eine absolut korrekte und perfekte Übersetzung ist nur ein Traum. Das ist die bittere Wahrheit. Besonders wenn man es mit einer Kultur zu tun hat, die vor fast tausend Jahren existierte, und berücksichtigt, wie viel sich seitdem verändert hat. Nicht einmal zwischen zwei lebenden Sprachen der heutigen Zeit gibt es die perfekte Übersetzung. Das kann ich nicht leugnen.«

Mulldoos wandte sich an Braylar. »Siehst du, Cap? Ich hab's doch gleich gesagt. Es war eine Zeitverschwendung ...«

»Aber ich bin so gut wie jeder andere Gelehrte, den Ihr hättet auswählen können, dazu imstande, die Texte zu lesen. Die vollkommene Texttreue ist zwar ein Ding der Unmöglichkeit, aber ich bin doch recht sicher, dass ich gewissenhaft übersetzt habe und dem Original gerecht geworden bin. Ich wollte Euch lediglich zu verstehen geben, dass es einige kleine Lücken oder Bedeutungsunterschiede gibt. Nichts ist jemals ganz vollkommen. Aber ich bin sicher, dass das, was ich gefunden habe, vielleicht nicht vollständig ist, aber doch genau das, was Ihr in diesen Dokumenten zu finden hofftet.«

Ich hörte Vendurro hinter mir durch die Zähne pfeifen. Niemand sagte etwas. Mulldoos starrte mich lange an, die hellen Augen waren hart und kalt, die Nasenflügel bebten leicht. »Warum hast du das nicht gleich am Anfang gesagt? Genug herumgestottert, Kritzler. Was hast du gefunden, verdammt noch mal?«

Braylar konnte sich ein kleines Lächeln nicht verkneifen. Ich hob meine Notizen und die Originalseiten und fasste zunächst zusammen, dass es sich um den persönlichen Bericht eines ehrgeizigen Priesters der Wahrheit handelte, der in Bezug auf die Erinnerungshexen, deren Taten damals in aller Munde waren, eine gewisse Besessenheit entwickelt hatte. Im Laufe der Zeit hatte er mit ihnen eine Menge Erfahrungen gesammelt.

Mulldoos warf ein: »Siehst du? Damit hättest du anfangen sollen.«

»Wann war das, Arki?«, fragte Hackspeer. »Wenigstens ungefähr?«

»Nach den Andeutungen im Text muss es recht früh in der Geschichte des Ordens gewesen sein. Ein großer Teil dessen, was sich vor den Abschnitten über die Erinnerungshexen abspielte, dreht sich um die Aufstellung von Verhaltensregeln, um die Einrichtung des Tempels, um die Dinge, die sie von anderen Religionen übernommen haben, und um Riten, die sie meiden und nicht kopieren wollten. Der Priester sagt es nicht direkt, aber ich würde meinen, dass es mindestens achthundert Jahre alt ist.«

Mulldoos schien bereit, sich schon wieder über mich lustig zu machen, hielt aber den Mund. Deshalb berichtete ich eilig weiter: »Anroviak hat viel über die Probleme geschrieben, die sein Orden damals hatte, einmal in der inneren Verwaltung und dann auch, weil sie Schwierigkeiten hatten, neue Anhänger zu finden. Er beklagt den jüngsten Ausbruch der Seuche und …«

»Schau mal an, es ist tausend Jahre her, und sie hatten schon damals die Seuche«, meinte Vendurro.

»Halt die Klappe«, sagte Mulldoos.

»Er notierte alles, was irgendwie schwierig war«, fuhr ich fort, »und kam endlich zu dem Punkt, der für seinen Orden der schwierigste überhaupt war. Anscheinend ging es da um ein neues und bislang unbekanntes Phänomen.«

Verunsichert, weil aller Augen auf mir ruhten, hob ich den Kopf. Zugleich war ich erfreut, dass sie immerhin gespannt zuhörten, wenn sie schon nicht hingerissen an meinen Lippen hingen. Braylar ahnte jedoch, worauf es hinauslief. »Memoridinnen, wie die Syldooner sie genannt haben, oder deren Vorläuferinnen.«

»Genau. Erinnerungshexen. In der Bevölkerung gab es verständlicherweise immer einen großen Tumult, wenn man auch nur den leisesten Verdacht hatte, in ihrer Mitte könne sich eine Hexe befinden, die den Leuten die Träume stahl, in ihre Erinnerungen eindrang und sich in den Köpfen herumtrieb.«

»Man sollte doch meinen, dass sie die Tempeltüren eingerannt hätten«, sagte Mulldoos. »Immer wenn es eine Seuche oder Hungersnot gibt oder wenn die Leute bis zum Hals in der Scheiße stecken, wenden sie sich Hilfe suchend an die Götter.«

»Ah, aber dabei vergisst du eines«, widersprach Hackspeer. »Dies war die Zeit, unmittelbar nachdem die mächtigsten Götter aus der Welt geflohen waren. Sie haben uns den Rücken gekehrt und uns sogar verdammt. Ich kann schon verstehen, dass die Menschen keine Lust hatten, weiterhin an höhere Mächte zu glauben. Tausend Jahre sind vergangen, und die Verletzungen sind immer noch nicht verheilt. Damals waren es klaffende, schmerzende Wunden.«

»Dein Mund ist eine klaffende, schmerzende Wunde. Mach weiter, Kritzler.«

Mit Mühe gelang es mir, nicht zu lächeln. »Trotz der vielfältigen Proteste schien Anroviak anfangs ein wenig Mitgefühl zu haben. Er gab den Hexen nicht direkt die Schuld, sondern zog die Möglichkeit in Betracht, dass sie eine Art Vermächtnis der Fluchtgötter waren. Unglückliche Seelen, die irgendwie lädiert oder verseucht zurückgeblieben waren, nachdem die Götter sich aus der Welt verabschiedet hatten.« Ich las aus meinen Notizen vor: *»Zwar zögere ich, ihnen irgendeine besondere Stellung zuzuweisen oder sie für etwas Höheres zu halten als tollwütige Tiere oder vom Blitz getroffene Bäume. Nein, sie sind elende Geschöpfe, die vielleicht einfach im falschen Augenblick am falschen Ort waren, und nicht etwa die Empfänger irgendwelcher bewusster Gaben der alten oder neuen Götter. Aber ich glaube doch, dass es ein Fehler wäre, sie einfach zu vernichten. Bei meinen Brüdern mache ich mich damit sicherlich unbeliebt, aber möglicherweise kann man doch etwas von diesen Wesen lernen.«*

Mulldoos lachte wiehernd. »Unbeliebt? Was er nicht sagt. Ich wünschte, die hätten einfach alle aufgehängt oder verbrannt. Dann wäre uns einiges erspart geblieben.«

Vendurro vergewisserte sich, dass Soffjian und Skeelana nicht in der Nähe lauschten.

Nun erklärte ich den Männern, dass die nächsten Abschnitte schwer verständlich waren, fügte aber, an Mulldoos gewandt, rasch hinzu, dass dies vor allem an Flecken und verblasster Tinte lag und nicht etwa an meinen mangelnden Fähigkeiten als Übersetzer. »Soweit ich es erkennen konnte, hat Anroviak sehr ausführlich einige der hitzigen Debatten geschildert, die er mit anderen Ordensmitgliedern führte, als er vorschlug, die Hexen zu untersuchen, statt sie einfach auf der Stelle zu töten. Seine Tempelbrüder waren entschieden dagegen, doch aus Gründen, die er nicht nennt, fand er anscheinend bei einem höheren Priester Gehör, oder zumindest bei jemandem, der sich für wichtig genug und befugt hielt, eine Entscheidung zu treffen.«

»Halten sie sich nicht alle für ungeheuer wichtig?«, grinste Mulldoos.

Ich verzichtete auf den Einwand, dass wohl jeder Mensch hier und dort einmal seine Fähigkeiten oder seinen Einfluss überschätzte. Das hätte doch wieder nur dazu geführt, dass meine eigenen Fähigkeiten infrage gestellt wurden. Also ignorierte ich die Bemerkung und sprach weiter. »Anroviaks Argumente konnten die meisten Ordensmitglieder nicht überzeugen, aber er konnte einige wichtige Vertreter für sich gewinnen, die genügend Einfluss besaßen. So bekam er den Auftrag, alle anderen Zauberer zu vernichten, denen er begegnete, aber auch die Erlaubnis, einige Hexen zu untersuchen, wie er es für richtig hielt, vorausgesetzt, er stellte dem Orden seine Erkenntnisse zur Verfügung.«

»Warte mal, andere Zauberer?«, fragte Vendurro. »Über welche anderen Zauberer reden wir jetzt?«

»Über die Sorte, die dumme Leute, die dumme Fragen stellen, in Schlackebrocken verwandeln«, meinte Mulldoos.

Braylar erklärte es ausführlicher. »Erinnerungshexen sind seit vielen Jahrhunderten die ersten Ziele von Hass, Furcht und Unterdrückung, aber gelegentlich wird auch jemand, dem man andere Arten der Hexerei vorwirft, an die Wand genagelt.«

Ich fuhr fort: »Die nächsten Kapitel der Schrift drehen sich um die überwiegend gescheiterten Versuche, die Traumdiebe oder Erinnerungshexen aufzuspüren. Seine Soldaten trafen anscheinend immer zu spät ein, um die Hexen zu retten. Die Dorfbewohner oder Lehnsherren hatten sie stets schon getötet, und wenn sie einmal eine Frau zu fassen bekamen, besaß sie entweder nicht die entsprechenden Fähigkeiten, oder sie verweigerte die Zusammenarbeit.«

»Oh«, machte Mulldoos und sah Braylar an. »Stell dir das mal vor. So etwas hat es seit tausend Jahren nicht mehr gegeben.«

»Hör nicht auf die schnatternden Affen und fahre fort, Archivar«, wies Braylar mich an.

»Anroviak gab nicht auf. Er fing sie ein, experimentierte mit widerwilligen Hexen, bedrängte sie, und wenn sie nicht tun konnten, was er verlangte, ließ er sie aufschneiden. Manchmal erst, nachdem er sie getötet hatte, manchmal schon vorher.« Ich sah Mulldoos an. »Da war die Rede von Knochensägen, entfernten Rippen und Organen, in denen man herumstocherte und die man herausnahm. Auch das manchmal, während die armen Dinger noch lebten.«

Vendurro pfiff leise durch die Zähne. »Der hat seine Aufgabe wirklich ernst genommen, was?«

»Er hielt es für seine heilige Pflicht. Es ist bereits schwierig, bei Schriftstücken in der eigenen Sprache den Tonfall zu erkennen, ganz zu schweigen von einem Dokument, das vor einem Jahrtausend verfasst wurde. Es scheint mir aber so, als sei Anroviak äußerst überheblich gewesen. Er war sicher, dass nur er das Geheimnis der Erinnerungshexen lüften konnte. Das wäre sein Weg gewesen, im Orden aufzusteigen.« Dabei ließ ich unerwähnt, dass es mich große Überwindung gekostet hatte, all die grässlichen Einzelheiten zu lesen, und ich manchmal sogar froh war, wenn ich etwas nicht verstand.

»Anroviaks Enttäuschung und Frustration sind unübersehbar, wenn er ausführlich über die gescheiterten Versuche schreibt, irgendetwas Überzeugendes zu finden, das er vorweisen konnte. Er räumt sogar ein, dass er einmal in Versuchung war, die Aufzeichnungen und Aussagen zu fälschen, gab der Versuchung aber nicht nach.«

»Natürlich nicht«, sagte Mulldoos. »Ein prinzipientreuer Mann. Gut zu wissen, dass die heiligen Drecksäcke vor tausend Jahren wirklich noch heilige Drecksäcke waren. Das beruhigt mich sehr.«

»Ich verstehe das nicht«, warf Vendurro ein. »Du hasst die Memoridinnen oder Hexen oder wie du sie auch nennst. Was kümmert es dich, was er damals getan hat?«

»Das ist mir so was von egal, Ven. Ich habe auch nichts dagegen, wenn jemand sie aufhängt, aber mit den armen Teufeln zu experimentieren, das ist etwas ganz anderes. Besonders wenn einige von ihnen so wenig in die Träume eines Mannes eindringen konnten, wie ich zum Beispiel ...«

Er suchte nach dem richtigen Vergleich, doch Hackspeer kam ihm zuvor. »So wenig, wie du den Mund fest geschlossen halten kannst, während unser Archivar uns eine faszinierende Geschichte erzählt, die tausend Jahre lang im Staub begraben war?«

Mulldoos griff sich in den Schritt. »Beiß mir doch den Schwanz ab.«

»Lieber nicht, aber danke für die Einladung.«

Mulldoos wollte noch etwas erwidern, doch jetzt schaltete sich Braylar ein. »Genug, ihr zwei. Mach weiter, Arki. Ich möchte das hier beenden, ehe noch ein weiteres Jahrtausend vergangen ist.«

Ich blätterte um und fuhr fort. »Nach einer Reihe von Fehlschlägen und Rückschlägen konnte Anroviak endlich eine Hexe retten, die mit ihm zusammenarbeiten wollte und die tatsächlich einige der Fähigkeiten besaß, die man ihr vorwarf. Sie hieß Ruenzina.«

»Wie kommt es eigentlich, dass die Hexen immer Frauen sind? Warum kann nicht auch ein Mann ...« Vendurro unterbrach sich, als Braylar ihn anfunkelte. »Entschuldigung, Cap. Ich war nur neugierig. Es kommt mir nur so ...« Wieder unterbrach er sich, als das Funkeln an Intensität gewann. »Na gut, Cap, ein andermal. Mach weiter, Arki.«

»Ruenzina spielte willig mit, weil sie wohl erkannt hatte, dass ihre Lebenserwartung von ihrer Nützlichkeit abhing. Sie führten vor Zeugen des Ordens eine Reihe von Überprüfungen durch, bei denen sie bewies, dass sie tatsächlich die Fähigkeit besaß, sich in den Kopf eines anderen Menschen einzuschleichen. Da Anroviak fürchtete, als Scharlatan verschrien zu werden, gab er sich besonders viel Mühe. Mit allen Einzelheiten und sehr ausführlich notierte er die Versuche, die Ergebnisse, ihre Bedeutung.«

»Genau wie du jetzt«, warf Mulldoos mir vor.

»Sei froh, dass ich die Übersetzung nicht Wort für Wort vortrage. Jedenfalls gab sich Anroviak nicht mit dem Beweis zufrieden, dass die Erinnerungsmagie tatsächlich funktionierte. Vielmehr wollte er auch die Person kontrollieren, die diese Gabe besaß. Bei einer Hexe, die von unzähligen Wächtern beobachtet wurde, war das leicht, zumal sie nicht wie Soffjian eine Kampfausbildung genossen hatte. Doch Anroviak wollte Ruenzina irgendwie an sich selbst binden und setzte die Experimente fort. Zugleich hatten seine Männer die Anweisung, den Berichten über andere Hexereien nachzugehen und die Angeklagten zu retten, falls sie rechtzeitig eintrafen. Das geschah allerdings eher selten. Es gelang Anroviak jedoch nicht, die Frau an sich zu binden, und die Fehlschläge häuften sich.

Ruenzina versuchte zu fliehen, weil sie spürte, dass sie nicht länger nützlich war. Dabei wurde sie niedergestochen.«

»War es das jetzt?«, fragte Mulldoos.

Braylar sah, dass ich mit meinen Notizen noch nicht durch war. »Ich denke nicht.«

Mit einem Nicken fuhr ich fort: »Anroviak trug dem Orden seine Erkenntnisse vor, aber er verfluchte sich selbst, weil er so lange gezögert hatte, ehe er diese Hexe präsentiert hatte. Nun war sie nicht mehr da und konnte seine Behauptungen nicht bestätigen, und der Orden blieb trotz der Zeugen skeptisch. Sie befahlen ihm, die Experimente einzustellen, weil der große dafür notwendige Aufwand eine reine Zeitverschwendung sei. Er sollte die Hexen jagen und töten, und wenn er sich in dieser Hinsicht bewährte, würde man ihm seine Besessenheit verzeihen. Aber er durfte seiner Forschung keine Zeit mehr widmen.«

Hackspeer lächelte ironisch. »Ich vermute, das ist bei dem ehrgeizigen und besessenen Priester nicht gut angekommen.«

»Nein«, antwortete ich. »Ist es nicht. Wütend, weil man ihn öffentlich brüskiert und gedemütigt hatte, stürmte er aus dem Tempel. Er nannte seine Vorgesetzten kurzsichtige Narren und einige andere Dinge, die ich nicht ganz klären konnte. Schmeichelhaft waren sie ganz bestimmt nicht.« Ich sah Braylar an. »Offenbar war er sicher, dass weder sie noch sonst jemand diesen Bericht lesen würde. Wo habt Ihr ihn gefunden?«

Braylar lächelte zuckend. »Es ist erstaunlich, was die Menschen zurücklassen. Fahre fort.«

»Also.« Ich blätterte um, überflog den Text und fasste es zusammen. »Anroviak dokumentierte seine Bemühungen, die Suche fortzusetzen. Das lief seinen Befehlen zuwider, und nun hatte er auch keine Unterstützung mehr. Im Laufe der Zeit gelang es ihm, hier und dort insgeheim noch einige Hexen zu fangen. Es dauerte aber eine ganze Weile, bis er eine fand, die tatsächlich tun konnte, was man ihr vorwarf, und die ihm helfen wollte. Sie tat dann alles, was er wollte, und unterwarf sich ihm völlig.«

»Das musst du Soffjian zeigen«, meinte Mulldoos. »Sie könnte etwas Nachhilfe in Fügsamkeit brauchen.«

Braylar funkelte ihn an, und ich fuhr fort: »Nun ja, Mulldoos, das hier wird dir besonders gefallen. Diese Hexe, sie hieß Vella, war die Tochter eingewanderter Grashunde.«

»Pferdedreck«, fluchte er.

»Kein Pferdedreck«, widersprach ich. »Und anscheinend wussten Vellas Eltern von ihren Fähigkeiten oder ihrem Makel, je nachdem, wie man es nennen will.«

»Das Wort ›Makel‹ ist viel zu niedlich«, wandte Mulldoos ein.

»Da die Grashunde in Anjurien schon damals geächtet und unterdrückt waren, versuchten die Eltern, die Fähigkeiten ihrer Tochter geheim zu halten, weil sie nicht zusammen mit ihr getötet werden wollten, wie es damals manchmal geschehen ist.«

Vendurro schüttelte langsam und etwas wehmütig den Kopf. »Gut, dass Lloi nicht hier ist und das hören muss. Sie wäre sehr eifersüchtig gewesen.«

»Außerdem hätte sie euch allen gesagt, ihr sollt den Mund halten und unseren Gelehrten reden lassen«, wies Braylar ihn zurecht.

Da sie tatsächlich schwiegen, fuhr ich fort: »Vellas Stamm war von einem benachbarten Stamm ausgelöscht worden, aber vor der Flucht hatte man dort von einer Hexe gehört, die ihre Kräfte dämpfen konnte, indem sie sich irgendwie mit dem Götterschleier in Verbindung setzte. Vellas Eltern wollten ihre Fähigkeiten geheim halten und dafür sorgen, dass sie überlebte. Sobald sie in Anjurien waren, suchten sie den Götterschleier auf. Anroviak konnte es nicht glauben. Der Götterschleier war noch nicht lange da, und bis dahin war lediglich bekannt, dass jeder, der sich dem Schleier näherte, den Verstand verlor oder sofort starb. Aus seinem Bericht geht hervor, dass er anfangs glaubte, Vella sei eine Lügnerin, sie irre sich oder sei verrückt. Das sagte er ihr auch. Doch Vella schwor ihm, dies sei das Einzige, was über so lange Zeit ihr Wohlbefinden gewährleistet hätte. Sie hätte immer wieder den Götterschleier aufgesucht und sich gereinigt oder ihre Fähigkeiten gedämpft. An dieser Stelle ist der Text nicht ganz klar.«

»Oder du hast es nicht kapiert«, meinte Mulldoos.

»Es stimmt schon, ich übersetze die Worte eines Mannes, der vor tausend Jahren ihre Worte übersetzt hat. Es klang, als hätten sie Schwierigkeiten bei der Verständigung gehabt und als hätte es eine Weile gedauert, bis Anroviak all das von ihr erfahren hatte. Ich brauche mehr Zeit, um alle Einzelheiten herauszuarbeiten, aber ich weiß, dass ich das Wesentliche richtig erfasst habe. Er war skeptisch, während Vella unbeirrt darauf beharrte, dass der Götterschleier sie heilte oder ihr zumindest vorübergehend Linderung verschaffte.«

Hackspeer kaute nachdenklich auf einem Strohhalm. »Hat der Priester weitere Einzelheiten genannt? Was ist mit der jungen Grashündin passiert, wenn sie sich dem Götterschleier genähert hat? Wie konnte sie sich reinigen?«

Braylar wies den großen Leutnant nicht zurecht. Die drei Syldooner sahen mich erwartungsvoll an. Es war sehr angenehm, mal derjenige zu sein, der mehr wusste als sie und den sie um Antworten angehen mussten, auch wenn ich noch nicht viel zu bieten hatte. Es fiel mir schwer, ein Grinsen zu unterdrücken. Allerdings hatte ich keine schlüssige Antwort. »Wenn Anroviak darüber schreibt, benutzt er öfter den Begriff *en bowzek*. Das kann man als ›Erwachen‹, aber auch als ›Ausleeren‹ übersetzen. Das ist seltsam, weil hier beides zutreffen könnte. Anscheinend fiel es Vella schwer, die Ereignisse zu beschreiben. Sie meinte, es sei einem schrecklichen Traum ähnlich, der nicht enden wollte. Wenn sie zum Götterschleier ging, war es, als wachte sie auf. Der schreckliche Traum fand ein Ende. Wenigstens eine Zeit lang. Und wenn er wieder begann, musste sie sich wieder auf die Wanderung begeben. Jedenfalls wurde ihre Familie weiter nach Westen getrieben. Die Überlebenden ihres Stammes mussten das Grüne Meer verlassen und entfernten sich damit noch weiter vom Götterschleier. Eine erzwungene Wanderung. Sobald sie tief in Anjurien waren, konnte sie den Götterschleier nicht mehr so oft aufsuchen. Da sie nun keine Möglichkeit mehr hatte, sich zu erleichtern oder aufzuwachen oder wie man es auch nennen will, wurde sie entdeckt.«

Mulldoos sah sich um, ob auch niemand in der Nähe wäre. »Das ist jetzt das zweite Mal«, sagte er zu Braylar.

»Was? Dass du eine unverständliche Erklärung abgegeben hast? Ich versichere dir, das ist schon viel öfter geschehen.«

»Das zweite Mal, dass sich jemand dem Schleier nähert.« Mulldoos sah mich an. »Du hast dem Captain ja schon von dem Krieger erzählt, der eine verfluchte Waffe wie Blutrufer hatte. Er ist doch auch in den Schleier gegangen, oder?«

Ich wollte das bestätigen, doch Braylar fiel mir ins Wort. »Nein, das ist nur eine Annahme. Der Text sagte nur, dass er nicht gestorben sei, sondern die Welt zurückgelassen habe. Das könnte dichterische Freiheit sein, eine Heldengeschichte oder wer weiß was sonst. Aber wahrscheinlich nur eine lächerliche Erfindung.« Er wandte sich an mich. »Hat dieser Priester der Wahrheit ihre Geschichte überprüft?«

»Das hat er. Anroviak begleitete sie unter Bewachung zum Schleier und sah zu, wie sie sich ihm näherte. Er war sicher, ihre Eltern wären unwissende Wilde und sie würde Verstand und Seele verlieren wie jeder andere, der in den Schleier ging. Oder sie log und würde gestehen, ehe sie ihm zu nahe kam. Er hatte sich aber auch geschworen, alle Möglichkeiten zu erforschen, ganz egal, wie unwahrscheinlich sie ihm vorkamen. So sahen er und seine kleine Truppe treuer Soldaten zu, wie Vella zum Schleier ging und erstaunlicherweise nicht zusammenbrach. Sie stand völlig unversehrt direkt vor der pulsierenden Barriere.«

Mulldoos wollte etwas einwenden, doch Braylar brachte ihn mit einem Zischen zum Schweigen. Ich fuhr fort: »Sie war bei Bewusstsein, als sie zurückkehrte, und wie versprochen, konnte sie nicht mehr in die Träume oder das Bewusstsein eines anderen Menschen eindringen. Das behauptete sie jedenfalls. Irgendwie hatte sie ihre Kräfte in den Schleier gelenkt und konnte sich befreit zurückziehen. So etwas hatte Anroviak noch nie gesehen. Deshalb wies er sofort einige seiner getreuen Handlanger an, ernsthaft nachzuforschen und andere Belege für ähnliche Vorfälle zu suchen, wie versteckt und unzuverlässig sie auch sein mochten. Ehe er Fortschritte machen oder auch nur notieren konnte, was er gefunden hatte, entdeckte das Triumvirat, dass er den Befehlen nicht gehorcht hatte. Seine letzten Eintragungen klingen verbittert und hasserfüllt. Anscheinend stand ihm ein Prozess bevor. Aus den letzten Zeilen, die er allem Anschein nach recht hastig niederschrieb, geht hervor, dass er glaubte, etwas entdeckt zu haben. *Wenn wir den Götterschleier beherrschen, dann beherrschen wir die Hexen. Der Götterschleier ist der Schlüssel.* Er schrieb etwas über einen ›Rahmen‹, es könnte aber auch ein Zaun oder ein Gefängnis sein. Ich muss es mir noch einmal ansehen. Jedenfalls meinte er, es gäbe einen Weg, einen Teil des Schleiers abzusaugen. Einen kleinen Teil, der nicht tödlich sei. Und damit könne man die Hexen kontrollieren. Damit bricht der Text ab.«

Ich hob den Kopf. Die anderen starrten mich an. Vendurro war der Erste, der wieder etwas sagte. »Das kann doch nicht alles sein. Es muss doch noch mehr geben, oder?«

Ich schüttelte den Kopf. »Nicht in diesem Dokument. Und auch nicht in der betreffenden Kiste. Ich habe die anderen Schriftrollen flüchtig durchgesehen, aber das war alles. Bisher wenigstens. Viele Dokumente habe ich noch nicht gründlich gelesen, und manches klingt verlockend und ist am Ende doch nur quälend, weil es nicht weiterführt. Dies sind aber jedenfalls die Informationen, nach denen Ihr gesucht habt.«

Hackspeer nahm den Strohhalm aus dem Mund. »Es ist eine Schande, dass dort nicht mehr steht. Gut möglich, dass der Priester verrückt war oder sich geirrt hat, oder er ist einer Betrügerin aufgesessen. Es gibt noch viele andere Möglichkeiten, und wenn wir keine Bestätigung finden ... Das ist sicher ein faszinierender und ermutigender Bericht, aber ...«

»Er beweist rein gar nichts«, beendete Braylar den Satz. »Genau wie der andere Bericht über jemanden, der eine Waffe wie Blutrufer geführt hat, nur bedeutet, dass es mal so eine Geschichte gab.« Er tippte auf die Ketten. »Trotzdem. Es ist quälend, das muss ich zugeben. Quälend ist das richtige Wort. Anspielungen, die verlocken und quälen, weil sie zu nichts führen. Ich hatte nicht erwartet, überhaupt etwas so Bemerkenswertes zu finden.«

Ich antwortete: »Es gab viele Hinweise auf Hexen und den Götterschleier, einige Male wurden sogar verfluchte Waffen erwähnt, aber die Textstellen waren immer nur kurz und brachten mich nicht weiter. Diese beiden Berichte waren die einzigen, die überhaupt näher darauf eingegangen sind. Dazu musste ich eine Menge staubige und belanglose Dokumente durchsehen.«

Braylar legte mir eine Hand auf die Schulter. »Du hast ausgezeichnete Arbeit geleistet, Arki.« Dann sah er seine Männer an. »Ich glaube, jetzt ist eine Unterhaltung mit unserem schmallippigen Priester fällig. Vendurro, hole ihn bitte her.«

31

Ich war nicht sicher, ob ich mich zurückziehen sollte, nahm aber an, dass Braylar mir einen entsprechenden Befehl geben würde, wenn er es wollte. Abwesend und gedankenverloren blickte er zum Wald, während er mit den Fingern der linken Hand auf Blutrufers Ketten trommelte.

Mulldoos und Hackspeer hatten sich ein Stück entfernt und sprachen leise miteinander.

Etwas befangen stand ich mit meinen Blättern da, zwischen all den Syldoonern praktisch allein. Zum ersten Mal hatte ich aber auch das Gefühl, eine echte Aufgabe zu haben und mich wirklich nützlich zu machen. In einem schaukelnden, heißen und stinkenden Wagen zu übersetzen war alles andere als angenehm, aber es war ein Lichtblick, es überhaupt tun zu dürfen, und dass diese erfahrenen Soldaten an meinen Lippen hingen, fand ich zugleich eigenartig und wunderbar.

Hackspeer und Mulldoos kehrten zurück, als Vendurro mit Henlester kam. Der Hohepriester wirkte müde, die Augen lagen tief in den Höhlen, das Gesicht war fahl, die Falten sogar noch tiefer als vorher. Trotzdem hielt er sich auf eine Weise aufrecht, die seine Jahre und den Schmerbauch Lügen strafte. Er gab sich so hochmütig wie immer. »Nun, das ist mir aber eine schöne Versammlung von Spitzbuben. Was wollt Ihr von mir, Syldooner?« Er blickte zu dem kleinen Lager zurück und kniff die Augen zusammen. »Und warum holt Ihr mich aus meinem übermäßig bequemen rollenden Gefängnis? Das tut meinen alten Knochen nicht gut.«

Braylar machte eine ausholende Geste, die das ganze Land einschloss. »Das vielleicht nicht, aber frische Luft ist gut für den Körper. Und ich dachte, es sei höchste Zeit, dass wir uns ein wenig unterhalten.«

»Ach, wirklich? Und worüber wollt Ihr Euch unterhalten, Schwarze Schlinge? Über meine Lieblingskräuter? Ob ich lieber hohe oder halbhohe Stiefel trage? Wenn Ihr es schon wissen wollt: Wegen meiner empfindlichen Knöchel bevorzuge ich hohes Schuhwerk.«

Der Captain lächelte. »Meiner Ansicht nach gibt es an Euch nichts Zerbrechliches, heiliger Mann. Ganz egal, wie lange Ihr schon auf der Erde herumschleicht.«

Henlester ließ den Blick über unsere kleine Gruppe wandern und betrachtete uns der Reihe nach. »Da irrt Ihr Euch sehr. Aber da Ihr nicht daran gedacht habt, eine Bank oder einen Stuhl herzuschaffen, wollen wir den ermüdenden Austausch von Artigkeiten vergessen. Was wollt Ihr von mir? Ich finde die Luft hier draußen etwas drückend.«

»Mein Kaiser will mit Euch sicher viele Dinge besprechen, über die ich nicht das Geringste weiß. Aber im Augenblick möchte ich Euch etwas ganz anderes fragen.« Henlesters faltiges Gesicht schien sogar noch mehr Falten zu bekommen. Der Captain ließ ihn einen Augenblick warten und fuhr schließlich fort: »Euer Eminenz, ich interessiere mich sehr für Geschichte. Oh, ich sehe Euch an, wie sehr Euch das überrascht. Dies entspricht überhaupt nicht Eurer lange gehegten Ansicht, die Syldooner seien nichts weiter als Barbaren und wilde Tiere. Das wirft Eure Meinung über uns völlig über den Haufen, ich weiß. Aber so ist es nun mal. Seit einiger Zeit interessiere ich mich sehr für die Geschichte Eures höchst ehrenwerten Ordens. Da gab es faszinierende Ereignisse. Almas der Verkünder war einer der Ersten, die Euren Glauben verbreitet haben. Er schenkte den mutlosen Menschen neue Hoffnung. Jendor von Farmoss, genannt der Ungewaschene, hat anscheinend geschworen, nie mehr zu baden, bis sich alle Seelen auf der Erde der Wahrheit angeschlossen hatten. Wenn Ihr mich fragt, so ist das freilich eine allzu bequeme Ausrede für mangelnde persönliche Sauberkeit.«

»Euch hat aber niemand gefragt«, fauchte Henlester.

Vendurro nickte. »Da hat er recht, Cap.«

»Wie dem auch sei, die Geschichten dieser ersten Priester, auch wenn es nur selbst ernannte Dreckspatzen waren, sind doch wahrlich sehr inspirierend. Eure Vorgänger haben gegen Verzweiflung und Elend gekämpft, gegen die allgegenwärtige Entmutigung, nachdem uns die alten Götter, die großen Götter, die einzigen Götter, die wir je kannten, einfach im Stich gelassen hatten.« Er hob eine Faust. »Und sie sprachen: ›Noch besteht Hoffnung. Noch ist die Welt nicht verloren!‹«

»Habt Ihr mich nur hierhergezerrt, um mich zu verspotten, Schwarze Schlinge?«

Braylar schnalzte mit der Zunge. »Ihr missversteht mich, Euer Eminenz. Ich finde all die Berichte über die Ursprünge Eures Ordens wahrhaft bemerkenswert. Aber ich bin nun einmal ein Soldat, der sich im Kampf bewähren muss, und so fesselnd die Geschichten über die Wunder und Segnungen auch sind, ich fand die Berichte über die Männer, in einigen Fällen waren es wohl auch Frauen, die mehr getan haben als zu predigen und zu bekehren, noch viel spannender.«

Henlesters Misstrauen vertiefte sich noch, als Braylar fortfuhr: »Ich meine jetzt diejenigen, die alles organisiert haben, die den Tribut eingefordert und die Tempel gebaut haben, die

Eure Hierarchie und tausend andere Dinge erschaffen haben. Alles, was nötig war, um eine kleine, bescheidene Bewegung in den reichen und mächtigen Orden zu verwandeln, den wir heute sehen.«

Hackspeer nickte beifällig. »Alles sprach gegen Euch, und doch habt Ihr Euch behauptet. Das ist eine faszinierende Geschichte.«

»Ja«, stimmte Braylar ihm zu. »All die kleinen Götter, die auftauchten und wieder verschwanden, während die Alten Götter herrschten, waren kaum mehr als flüchtige Schatten. Sie und die Begründer der Wahrheit und die anderen ergebenen Eiferer konnten erst aufblühen und gedeihen, als die Fluchtgötter fort waren. Die kleinen Götter waren anfangs nicht mächtig genug, um den himmlischen Thron für sich zu beanspruchen, aber sie wussten die Gelegenheit zu nutzen.«

Henlester kniff die hellen Augen zu kleinen Schlitzen zusammen. »Eure Worte und Euer Tonfall passen schlecht zusammen, Syldooner. Außerdem tun mir die Knochen weh. Und noch schlimmer ist, dass die Götter keinen Spott mögen. Seid Ihr nun also fertig mit Eurer falschen Bewunderung? Darf ich in mein fahrendes Gefängnis zurückkehren? Oder wollt Ihr einen alten, besiegten Mann noch weiter quälen?«

Braylar hob beschwichtigend beide Hände. »Ihr missversteht mich, Hohepriester. Ich empfinde Achtung für die Werke Eurer Vorgänger. Besonders für den Willen, aus nichts etwas zu erschaffen, wie ich schon sagte. Eure Annalen sind voller Geschichten über Menschen, die versuchten, der Leere Ordnung und Struktur zu geben. Andererseits gibt es auch Berichte über jene, die von Leidenschaft und Impulsen getrieben wurden, die bei den anderen keine Billigung fanden. Wo es Regeln gibt, da gibt es immer auch Menschen, die sie brechen, nicht wahr?«

Henlester blickte nacheinander die Syldooner an, als fragte er sich, welche Falle man ihm gerade stellte. »Eure Dreistigkeit, Eure Respektlosigkeit und Euer Mangel an Glauben gefallen mir nicht. Und vor allem missfällt mir Euer Geplapper. Wenn Ihr auf irgendetwas hinauswollt, dann kommt endlich zur Sache.«

Braylar fuhr fort, als hätte der Hohepriester kein Wort gesagt. »Ich interessiere mich sehr für die Geschichten über die Frömmsten unter Euch, aber da ich nun mal ein Wilder mit schwarzem Herzen und einer schwarzen Schlinge bin, finde ich diejenigen in Eurem Orden, die als Verräter oder Ketzer galten, viel interessanter. Männer wie Anroviak.«

Er ließ den Namen in der Luft hängen, sei es der dramatischen Wirkung wegen oder auch nur, um Henlesters Reaktion zu sehen. Falls Letzteres zutraf, so sollte er eine Enttäuschung erleben, denn der Hohepriester zog nicht einmal eine Augenbraue hoch. »Was ist mit ihm? Wie Ihr schon sagtet, war er ein Ketzer, der sich mit Dämonen einließ und dafür geächtet wurde. Sonst gibt es nichts Interessantes über ihn zu berichten.«

»Oh, er war allem Anschein nach unerträglich und unverschämt. Das sind Eigenschaften, die ich durchaus bewundere. Aber wie ich hörte, waren es keineswegs Dämonen, mit denen er sich eingelassen hat. Nein, es waren Hexen. Oder habe ich die falschen Berichte gelesen, Euer Eminenz?«

Der Hohepriester winkte ab. »Dämonen, Hexen, wen kümmert es? Er war ein Ketzer und musste dafür büßen.«

Braylar wandte sich an Mulldoos. »Spielt es eine Rolle, ob es Dämonen oder Hexen waren, Leutnant?«

»Die heilige Backpflaume sagt Nein, aber ich glaube, es ist vielleicht doch ein Unterschied.«

»Ich auch.«

Henlesters Gesicht wechselte die Farbe: von vergossener Milch zu, nun ja, zu einer Backpflaume. »Ihr habt meinen Gott, die Gründer unseres Ordens und jetzt mich persönlich beleidigt. Seid Ihr jetzt fertig, unverschämter Hund?«

»Nein, noch nicht ganz. Ich habe gehört, dass Anroviak mit Erlaubnis des Triumvirats Hexen gejagt und studiert hat. Die Ketzerei, wie Ihr es nennt, wurde ihm erst vorgeworfen, als er sich dem Befehl widersetzte, damit aufzuhören.«

Ein warmer Wind wehte und plusterte Henlesters weiße Haare zu einem dünnen Heiligenschein auf. Er reckte das Kinn und gab sich hoheitsvoll und herrisch. Man hätte es beeindruckend finden können, wäre er nicht unser Gefangener gewesen. »Lügen. Verdammte Lügen. Anroviak war ein vielversprechender Adept, den die Dämonen auf Abwege brachten. Das ist alles.«

Braylar schüttelte den Kopf. »Auch das trifft nicht ganz zu. Ihr müsst wissen, dass ich nicht nur Anroviaks persönliche Notizen habe, die für sich genommen nicht unbedingt verlässlich sind, sondern auch Dokumente sah, etwa die Notizen von Angehörigen des Triumvirats, die seine Darstellung der Ereignisse bestätigen.«

Henlester lächelte höhnisch. Er besaß noch alle Zähne, doch sie waren gelb verfärbt. »Und jetzt verlegt Ihr Euch auf Lügen. Ich verstehe schon, warum Ihr Anroviak so mögt.«

»Die Wahrheit ist die Wahrheit, auch wenn sie ein bekannter Lügner ausspricht.« Er deutete auf mich. »Dieser Schreiber hat die Dokumente untersucht. Er hat sie übersetzt, und sie enthalten genau das, was ich gesagt habe.«

Henlester sah mich an und war so unbeeindruckt, als trüge ich einen mit Kot bedeckten Mantel. »Dann wiederholt Ihr seine Lügen und seid deshalb ein Narr. Oder etwas noch Schlimmeres, wenn es nach mir geht. Die einzigen Aufzeichnungen über Anroviaks Missetaten, seinen Prozess und seine Strafe werden in Sezwenna aufbewahrt, der heiligsten unter den heiligen Städten.«

»Was glaubt Ihr denn, wo wir sie gestohlen haben?«

Zum ersten Mal schien Henlester um Worte verlegen, und sei es nur für einen kleinen Moment. Er fing sich rasch wieder. »Anscheinend seid Ihr unfähig, auch nur zwei Worte auszusprechen, ohne zu lügen.«

Braylar wandte sich an mich. »Den Schlüssel.«

»Für die Kiste?«

»Nein, für das Herz einer schönen Maid. Ja, die Kiste, du Tropf. Die Kiste mit Anroviaks Aufzeichnungen. Mach schnell, damit seine Eminenz keine Gelegenheit bekommt, noch einmal meine Integrität in Zweifel zu ziehen. Das Buch und die Schriftrolle. Sie sind in der Kiste hinter dem Fass mit Datteln, ja?« Ich nickte und gab ihm den Schlüssel. »Vendurro, sei so gut, mir beides zu holen. Und beeil dich. Aber sei vorsichtig. Das Papier ist außerordentlich spröde. Im Gegensatz zu unserem Gast hier, auch wenn er noch so sehr über sein Alter stöhnt.«

»Aye, Cap. Aber Vorsicht und Eile sind gewöhnlich keine guten Verbündeten.«

Henlester sah Vendurro nach, als dieser zu den Wagen rannte. »Ob auf der Zunge oder auf Papier, eine Lüge ist eine Lüge. Oder eine Fälschung. Das läuft auf das Gleiche hinaus. Was soll dieser Mummenschanz, Schwarze Schlinge?«

»Ganz egal, wie verbissen Ihr auf dem Gegenteil beharrt, Anroviak war nicht einfach nur ein Ketzer oder ein ungehorsamer Priester. Was er tat, geschah mit Billigung des Ordens. Jedenfalls, bis es ihm verboten wurde. Und er hat etwas entdeckt, nicht wahr, Hohepriester? Anhaltspunkte, wie man die Hexen kontrolliert, wie man ihnen Zaumzeug anlegt und sie beherrscht. Ob für schändliche Zwecke oder einfach nur, weil der Mann eine abartige Neugierde besaß, er fand einen Weg, Erinnerungshexen seinem Willen zu unterwerfen, nicht wahr?«

Der Hohepriester ließ sich nicht beeindrucken. »Ihr irrt Euch, oder Ihr lügt. Egal, was es ist, Ihr sagt nicht die Wahrheit.«

Braylar wandte sich an Mulldoos. »Allmählich keimt in mir der Verdacht, dass unser guter Priester mir nicht glauben will.«

»So sieht es aus. Normalerweise hätte er dazu allerlei gute Gründe, aber heute kann er dich in einer ausgesprochen wahrhaftigen Stimmung erleben.«

»So sehe ich mich von allen Seiten geschmäht. Aber egal. Da kommen unsere Beweise.« Vendurro überreichte dem Captain das Buch und die Schriftrolle. »Wenn Ihr einen Blick darauf werfen wollt, Euer Eminenz?«

Seine Eminenz wollte nicht, sondern schniefte nur. »Ein paar alte Wälzer beweisen rein gar nichts.«

Braylar hielt das Buch hoch. »Ah, verstehe. Ihr könnt kein Alt-Anjurisch lesen.«

Henlester ließ sich nicht ködern. »Wenn Ihr wirklich irgendetwas über unseren Orden wüsstet, dann müsste Euch klar sein, dass selbst unsere Novizen schon das alte Anjurisch lesen, schreiben und sprechen können.«

»Siehst du?«, meinte Mulldoos. »Da hättest du gar keinen Kritzler gebraucht, Cap. Du hättest schon vor Jahren den Hohepriester in einen Sack stecken und ihn die Sachen übersetzen lassen können.«

»Irgendwie glaube ich, Seine Eminenz würde sich ... widerstrebend zeigen. Anscheinend ist er nicht sehr entgegenkommend. Aber das spielt keine Rolle. Die Berichte existieren, wie ich schon sagte. Aber das wisst Ihr ja schon. Ihr wusstet nur nicht, dass ich sie mir beschafft habe. Das findet

Ihr womöglich überraschend, aber nicht den Inhalt. Der sollte einem gebildeten und belesenen Mann wie Euch bekannt sein.«

Henlester presste die sowieso schon schmalen Lippen zusammen und öffnete sie kaum, als er sagte: »Was ich vermute, ist dies: Wären die anjurischen Herrscher weniger zersplittert, gierig und sektiererisch, dann hätten sie Euer Volk schon vor langer Zeit besiegt. Gegen einen entschlossenen Gegner seid Ihr wertlos. Ich wüsste allerdings gern, warum die Schwarzen Schlingen sich die Nasen staubig machen und in alten Wälzern wühlen. Ihr seid unter den zivilisierten Nationen die einzige, die Erinnerungshexen gezähmt hat. Damit habt Ihr Euch selbst besudelt. Ich habe das Wirken der schwarzen Künste selbst beobachtet. Selbst wenn es irgendwo Aufzeichnungen gäbe, was soll's? Welche Teufeleien könnten wir Euch noch lehren, die Ihr nicht schon längst beherrscht?«

Braylar verging der Humor. »Ein Priester, der verkrüppelte Huren fickt und ermordet und seinen Lehnsherren betrügt, hält einen Vortrag über Anstand und Sitten. Oh welche Ironie. Aber Ihr müsst wissen, Euer Eminenz, dass ich mich nicht für die Beherrschung der Erinnerungshexen interessiere. Wie Ihr schon sagtet, die Syldooner verstehen davon mehr als jeder andere. Allerdings ich bin sehr daran interessiert zu erfahren, wie Anroviak und alle, denen er seine Geheimnisse anvertraute, einen Weg gefunden haben, die Bindung zu übertragen, sobald sie hergestellt war. Ja, das interessiert mich sehr.«

Henlester lachte trocken und heiser. Es klang wie aufgewühltes Laub. »Selbst wenn ich dieses Wissen besäße, was nicht der Fall ist – Euch und Euresgleichen würde ich niemals irgendetwas enthüllen. Im Gegensatz zu Baronen und Königen sind die Priester der Wahrheit willensstark.«

Braylar machte einen Schritt auf ihn zu. »Traurig, aber ich habe auch nicht damit gerechnet, dass Ihr Euch fügt. Jedenfalls nicht freiwillig. Wir könnten Euch jetzt auf die altehrwürdige Weise mit Feuer und Stahl verhören. Aber wir als einfache Soldaten können zwar gut töten, doch wir sind nicht sonderlich geschickt darin, einem Mann wehzutun und ihn dabei lange genug am Leben zu lassen, damit er seine Geheimnisse ausplaudert. Allerdings waren wir so vorausschauend, zwei Memoridinnen mitzubringen. Wie Ihr schon bemerkt habt, sind sie sehr gut darin, unsere übereifrigen Feinde zu blenden. Darüber hinaus besitzen sie aber noch viele andere Fertigkeiten. Die wichtigste ist diese: Sie sind Expertinnen darin, Geheimnisse zu lüften. Verglichen mit ihren Fähigkeiten sind die besten anjurischen Folterknechte nichts als ungeschickte Dummköpfe, und die Wahrhaftigkeit ihrer Erkenntnisse kann nicht bezweifelt werden. Wenn eine Memoridin in einen Mann eindringt und seine Erinnerungen durchsucht, gibt es keine Verstellung, keine Hinterlist und keine Halbwahrheiten mehr.«

Henlester presste die Lippen so fest zusammen, dass sie fast verschwanden.

Braylar wandte sich an Hackspeer. »Aber trotz ihrer erstaunlichen Fähigkeiten mangelt es ihnen oft an ... an Mitgefühl für ihre Opfer, nicht wahr?«

Hackspeer nickte bedächtig. »So ist es. Sie sind zwar fähig, in einen Mann einzudringen und alle Geheimnisse aufzudecken, die er in seinem Kopf hütet, aber es ist ein feindseliger Akt wie eine Invasion. In den meisten Fällen richten sie dabei unvorstellbare Verwüstungen an. Viele Männer ...« Er seufzte. »Viele Männer sterben zwar nicht, erlangen aber nie wieder ihre vollen Geisteskräfte zurück. Ich glaube, die Memoridinnen nennen sie leere Hüllen. Sie sind innerlich hohl und von einfachstem Gemüt. Oft können sie nicht einmal mehr die leichtesten Aufgaben verrichten und sind den Tieren kaum überlegen.«

»Ein Tier weiß wenigstens genug, um sich nicht selbst zu besudeln«, ergänzte Vendurro. »Sie sind einfältig. Ich habe mal einen Mann gesehen, den die Memoridinnen entlassen haben. Er wusste seinen Namen nicht mehr, konnte nicht mehr sprechen, hat in der Luft herumgefuchtelt und Unsinn gestammelt. Und er hat auch nicht mehr daran gedacht, dass man sich nicht in die Hose machen sollte. Irgendwann war es jemand leid, ständig hinter ihm herzuputzen, und konnte wohl auch den Gestank nicht mehr ertragen. Da hat er den armen Teufel mit dem Kopfkissen erstickt. Ein Kleinkind oder ein alter Mann kann sich ja besudeln, da erwartet man nichts anderes. Da halten sich die Leute die Nase zu und nehmen es hin. Aber ein Mann in mittleren Jahren, der den Verstand verliert und dem jeden Tag die Scheiße am Bein runterläuft, na ja, das tun sich nicht viele an.«

»Das machen sie nicht nur mit fremden Mistkerlen wie diesem Hühnerficker«, ergänzte Mulldoos. »Erinnerst du dich an Weeze?«

»Vom Greifenturm?«, fragte Vendurro zurück.

»Genau der. Er stand im Verdacht, ein Verräter zu sein. Die Memoridinnen des Turms haben sich Zutritt verschafft und ihn umgekrempelt und die Wahrheit herausgefunden. Wie sich herausstellte, war an dem Vorwurf nichts dran. Nur, dass es dem armen alten Weeze nicht mehr geholfen hat.«

»Der arme Kerl«, stimmte Hackspeer zu. »Lebt er noch?«

»Und ob«, erwiderte Mulldoos. »Der Kommandant des Greifenturms bekam Gewissensbisse, nachdem sich herausgestellt hatte, dass der Mann unschuldig war. Er brachte es nicht übers Herz, ihn zu töten, obwohl das eine Gnade gewesen wäre. Der arme Hund zieht immer die Knie an die Brust, wiegt sich hin und her und murmelt nichts als Unsinn. ›Die Schafe sind die Strafe, wenn ich schlafe.‹ Solche Sachen. Ich glaube nicht, dass er sich in die Hose macht. Vielleicht hat ihn das bisher gerettet. Aber trotzdem, wenn eine Memoridin in mir herumwühlt, dann wissen alle Männer hier, dass sie mich lieber erledigen sollen, als mich so weiterleben zu lassen.«

Jetzt hatte Henlester genug. »Damit könnt Ihr mich nicht erschrecken, Schwarze Schlinge.« Es klang allerdings nicht mehr sehr überzeugend. »Ihr könnt es Euch nicht erlauben, mich zu Euren Seelenschlächtern zu schicken. Ihr braucht mich für irgendeinen heimtückischen Plan. Sonst hättet Ihr mich ihnen längst ausgeliefert.«

Braylar hielt das Buch hoch und ließ die Fingerspitzen über den abgenutzten Ledereinband und die angelaufenen Messingverzierungen wandern. »Ihr irrt Euch nicht, was die Pläne angeht. Wenn Ihr mit mir zusammenarbeitet – woran ich aber immer weniger glauben mag –, dann könntet Ihr uns in gewisser Weise nützlich sein. Zweifellos wärt Ihr nur eine kleine Figur auf einem großen Brett, aber das ist besser, als völlig heruntergenommen zu werden, oder? Wenn ich es mir recht überlege, könntet Ihr durchaus die Informationen haben, die ich brauche. Ehrlich gesagt, brauche ich sie sogar sehr dringend. Im Idealfall hätten wir beides, aber wenn es nur eins von beidem sein kann, dann soll es Anroviak und die Übertragung der Bindung sein. Deshalb frage ich Euch zum letzten Mal, Euer Eminenz. Wie ging das vor sich? Sagt mir, was ich wissen will, und Ihr entkommt vielleicht nicht nur den Memoridinnen, sondern stellt auch Eure Nützlichkeit unter Beweis. Die Syldooner sind grausam, das ist wahr, aber wir können gelegentlich auch großzügig sein. Vor allem jenen gegenüber, die unsere Pläne unterstützen. Also, Priester, was wollt Ihr heute von uns haben? Grausamkeit oder Großzügigkeit?«

Henlester schüttelte langsam den Kopf, doch es war klar, dass ihn Braylars Worte ein wenig erschüttert hatten. »Dazu kann ich nichts sagen. Anroviak war ein Verräter. Was er über die Bindung von Hexen gewusst haben mag, ist im Laufe der Zeit wie Wasser im Sand versickert und für immer für die Welt verloren. Ich ... ich habe Euch nichts zu sagen.«

»Das habt Ihr schon einmal behauptet.« Braylar schnappte sich einen Leuchtkäfer, der gerade vorbeiflog, zerquetschte ihn zwischen den Fingern und trat einen Schritt vor. Er packte Henlester, der sich entziehen wollte, bei den Armen, und schmierte dem Hohepriester die leuchtenden Überreste auf die Stirn. »Aber selbst wenn Ihr überzeugt seid, die Wahrheit zu sagen, so könnte es doch sein, dass Ihr Euch einfach nicht mehr an die Einzelheiten erinnert. Ihr seid unglaublich alt, wie Ihr selbst gesagt habt. Wahrscheinlich habt Ihr von der Geschichte Eures Ordens mehr vergessen, als irgendein anderer lebender Priester überhaupt weiß. Aber dies ist das Schreckliche an den Memoridinnen - sie können alles durchstöbern, was ein Mann jemals gesehen oder getan hat, bis sie finden, was sie suchen. Dabei hinterlassen sie ein Trümmerfeld, aber das kann man nicht ändern. Ich beneide sie nicht um ihre Aufgabe. Ihr habt schreckliche Dinge getan, vor denen sogar ein Syldooner erbleichen würde, Priester. Ich bin sicher, dass es für sie eine unschöne, grässliche Arbeit wird, und wenn sie fertig sind, müssen sie sich sicherlich mit sehr viel Lauge abwaschen. Aber uns läuft die Zeit davon. Genau wie Euch.«

Der Captain wandte sich an Vendurro. »Sergeant, bring den Priester in den Wagen und unterrichte die Memoridinnen. Wir holen uns die Antworten, und dann ist es gut.«

»Aye, Cap.«

Braylar wartete, während Vendurro den Hohepriester am Arm packte. »Ihr habt den Cap gehört. Kommt schon, Euer Prächtigkeit.«

Wir sahen den beiden nach, wie sie zum Wagen gingen. Ich wartete, bis sie außer Hörweite waren, und flüsterte: »Ihr wollt doch nicht wirklich Skeelana oder ...«

»Natürlich nicht«, entgegnete Braylar.

»Aber was werdet Ihr tun, wenn er ...«

»Wenn Henlester es darauf ankommen lässt, werde ich einfach sagen, meine Leutnants hätten mich mit viel Mühe überzeugt, noch zu warten, bis wir nach Sonnenmatt zurückgekehrt sind. Aber ich glaube nicht, dass es so weit kommen wird. Sieh nur.«

Henlester machte kleine schlurfende Schritte, jeder war langsamer als der vorherige. Als er die Hälfte des Weges zu den Wagen hinter sich gebracht hatte, riss er den Arm weg und rief: »Schwarze Schlinge?«

»Euer Eminenz?«, rief der Captain zurück.

Henlester zögerte. Dann nickte er, und Vendurro führte ihn zurück. Er versuchte, sein Lächeln zu unterdrücken, und scheiterte kläglich. Noch vor wenigen Tagen hatte der Hohepriester eine der wichtigsten Positionen in Anjurien bekleidet und im Wohlstand gelebt; er hatte sich sogar mehr genommen, als ihm zustand, er hatte die untergeordneten Priester im Baronat und darüber hinaus kontrolliert, und seine treuen Diener hatten ihm für seine schrecklichen Gelüste verstümmelte und verkrüppelte Huren beschafft. Doch jetzt wirkte er auf einmal sehr niedergeschlagen. Und alt. Wenn man gefangen und eingesperrt wurde, konnte man sich immer noch einen Weg überlegen, um zu fliehen, oder man wartete auf die Rettung durch die Verbündeten. Solange man lebte, konnte man Hoffnung haben. Besonders, wenn man mächtig war. Doch die Aussicht, dass ihm unwiderruflich der Verstand genommen werden sollte, dass ihn Hexen aussaugen sollten, die er noch mehr verachtete als die Syldooner – das war zu viel für ihn. Diese Aussicht war schlimmer als der Tod, und nun lenkte der mächtige und schreckliche Priester endlich ein.

Henlesters Augen waren voller Hass, als er sich geschlagen gab. »Ich werde Euch alles sagen, was ich weiß. Alles.«

Was er dann auch tat.

32

Den Rest des Weges legten wir seltsamerweise völlig unbehelligt und ungefährdet zurück. Gurdinn und seine Männer hatten uns entweder verloren oder auf die Warnung gehört, die übrigen umherstreifenden Hornmänner waren anscheinend anderswo unterwegs, und der Reißer in Zechingen blieb der Einzige, den ich zu sehen bekam.

Skeelanas Behandlung hatte den Captain offenbar gründlich gereinigt, denn er litt nicht mehr wie früher. Nicht einmal nachdem er abermals Blutrufer eingesetzt hatte, um die Gegner zu töten.

So zogen wir gemächlich nach Norden. Die vertrauten sanften Täler und Weiden wichen nach und nach rauem, felsigem Gelände, auf dem unsere Wagen nicht mehr so gut vorankamen. Wir fuhren an Höfen und Dörfern, Obstgärten und Steinbrüchen vorbei und sahen auch mehrere zerstörte Tempel der Fluchtgötter. Jeden Tag ließen wir fünfzehn oder zwanzig Meilen hinter uns, und die Veränderungen der Landschaft sprangen deutlicher ins Auge. Die dichten Wälder wurden licht und waren öfter von Feldern unterbrochen, die hohen Fichten, Ulmen und Roteichen wichen verkümmerten Platanen und Zwergkiefern. Je weiter wir kamen, desto öfter sah ich Pflanzen, die ich nicht kannte. Es gab Haine mit Bäumen, deren dicke Stämme sich umeinanderschlangen, als hätten Riesen sie verknotet. Die Äste waren kurz und voll dorniger, rautenförmiger Blätter.

Allmählich wichen die Apfelbäume Birnen und Feigen. Als wir eines Tages unser Lager aufschlugen, stand ich vor höchst eigenartigen Bäumen; sie schälten sich ab wie Birken, nur dass sie nicht weiß, sondern rötlich oder orange waren, und an allen Ästen hingen Schoten, die wie poliertes Metall glänzten. In der Sonne strahlten sie so hell, dass man sie kaum anschauen konnte.

Ich fragte, was das war, und Vendurro, der gerade das Pferd absattelte, antwortete mir: »Stahlmotten.«

»Heißen sie so, weil sie wie Stahl glänzen?«

»Nein«, half Mulldoos aus. »Sie heißen so, weil sie voller Motten mit scharfen Stahlflügeln sind. Wenn sie da rauskommen, kriechst du am besten unter einen Wagen, weil sie dir die Kehle aufschlitzen oder dir die Augen zerschneiden.«

Ich sah ihn an, die Unsicherheit stand mir ins Gesicht geschrieben.

»Die Götter können grausam sein. Du bist vielleicht ein naiver Arsch.« Lachend befreite er sein Pferd vom Geschirr. »Kriech unter den Wagen, Kritzler. Und schnall dir ein Lederlätzchen um. Leck mich doch.«

Die Landschaft hatte sich allmählich verändert, aber die Übersetzungsarbeit blieb eintönig. Schlüpfrige und schlecht gebaute Gedichte, dazu erotische Zeichnungen am Rand, die keiner Übersetzung bedurften, lächerliche Bestiarien voller Mantikore und riesiger Elefanten, durchsichtiger Riesenfledermäuse und fliegender Wesen, die stark an Fransenfische erinnerten.

Nur wenige Werke enthielten Hinweise auf Erinnerungshexen, verfluchte Waffen oder andere Dinge, die ich in Braylars Auftrag katalogisieren sollte. Es war nichts zu entdecken, was meine bisherigen Erkenntnisse und Henlesters Beiträge weiter ergänzen konnte. Dennoch schienen die verstreuten Andeutungen, auch wenn sie nur knapp gehalten waren, das zu untermauern, was wir schon herausgefunden hatten.

Genau wie in Zechingen nahm der Verkehr auf der Straße zu, je tiefer wir nach Thurvacia und in das Syldoonische Reich eindrangen. Hier lag dies aber an der Anziehungskraft der Hauptstadt und nicht an irgendeinem berühmten Jahrmarkt. Wir begegneten Karren und schwerfälligen Wagen, einer Frau, die Ziegen trieb, während eines ihrer kleinen, aufsässigen Kinder auf einem stämmigen Tier saß. Männer ritten auf Eseln oder führten sie, viele gingen zu Fuß, nur wenige waren reich genug, um sich ein Pferd leisten zu können. Da die tätowierten Schlingen nicht mehr verhüllt waren, wichen die einheimischen Thurvacier schnell aus und ließen uns passieren. Sie lebten seit Jahrtausenden in diesem Land und waren zweifellos schon hier gewesen, als die Wüstengötter noch verehrt wurden und dem Namen nach bekannt waren. Damals hatten Sklaven, Lehnsmänner und Lehnsherren noch ein und demselben Volk angehört. Jetzt war unverkennbar, wer die Macht besaß. Wer eine Schlinge und erst recht eine größere Gruppe von ihnen sah, verneigte sich oder räumte unterwürfig das Feld.

Glücklicherweise waren weit und breit keine Wachtürme oder Hornmänner zu sehen. Letztere ritten in Anjurien und weiter im Süden über die Straßen und hatten im Norden nichts zu suchen. Im Reich, das über ein stehendes Heer verfügte, gab es keinen Bedarf an Soldaten, die auf den Straßen patrouillierten und die Reisenden beschützten – oder ausraubten.

Auch die Straße selbst veränderte sich. In Anjurien waren wir überwiegend auf unbefestigten Straßen gereist, die sich bei starkem Regen in Schlammlöcher verwandelten. In einigen Baronaten waren die Straßen wenigstens in der Nähe größerer Ansiedlungen mit Kopfsteinen oder Ziegeln gepflastert. Überwiegend herrschten aber tiefe Rinnen oder Matsch vor, in dem die Räder und die Hufe stecken blieben. Dort kam man nur langsam voran, und manchmal brach man sich sogar den Fuß. Sobald wir Thurvacia erreicht hatten, sah die Sache ganz anders aus.

Der Herrscherweg unterschied sich stark von den wenigen gepflasterten Straßen in Anjurien. Er war das Ergebnis einer umfassenden Planung, breit und gut unterhalten und offensichtlich dazu gedacht, ganze Heere oder auch Zivilisten möglichst schnell und reibungslos von einem Ort zum anderen zu bringen. Er war gewölbt, damit das Wasser in die Gräben ablaufen konnte, und wurde manchmal von Fußwegen oder sogar Reitwegen begleitet. Braylar versicherte mir, dass es auch schlechtere Straßen gab, doch die gut ausgebauten Hauptwege verbanden alle größeren Städte oder Vorposten in den syldoonischen Provinzen miteinander, und die meisten führten früher oder später nach Sonnenmatt.

Unabhängig vom Gelände, ob felsig oder von Schluchten und Flüssen durchzogen, ob hügelig oder bergig, die Straßen waren immer gleich. Ein Triumph der Landvermessung und der Ingenieurskunst. So ein Verkehrsnetz war einzigartig auf der Welt. Wie ich hörte, hatte man sogar in den Sümpfen im Osten Straßen auf eigens aufgeschütteten Dämmen gebaut.

Während das Land hügeliger und felsiger wurde, überquerten wir mehrere tiefe Schluchten auf massiven Brücken. Als wir uns der dritten oder vierten dieser Schluchten näherten, bemerkte ich im Westen etwas auf einem höheren Hügel. Zuerst dachte ich, es wäre ebenfalls eine Brücke, aber als wir nahe genug waren, erkannte ich, dass dort kein Verkehr herrschte. Dann wurde mir bewusst, dass es eine Art Aquädukt sein musste, der das Wasser aus dem Gebirge nach unten leitete. Bisher hatte ich nur ein einziges Mal von solchen Bauwerken gehört. In Anjurien und besonders in der Nähe des Grünen Meeres gab es Hunderte, wenn nicht Tausende Windmühlen, doch Aquädukte waren anscheinend nur im Syldoonischen Reich zu finden.

Ich saß neben Braylar und konnte, während wir über eine Brücke fuhren, den Verlauf des Aquädukts bis ins Tal verfolgen. Anscheinend bemerkte er, wie erstaunt ich war, und lächelte, als hätte er das Bauwerk selbst errichtet. »Je weiter wir nach Norden kommen, desto weniger große Flüsse und Seen gibt es. Das Land ist gebirgig, deshalb muss man das Wasser von dort heranschaffen, wo man es eben findet. Ohne die Aquädukte könnte das Reich nicht überleben. Sie haben das Wachstum in einem nie gekannten Maßstab ermöglicht.«

»Das Bauwerk ist groß. Viel größer, als ich es erwartet hätte.«

»Pah, das ist noch gar nichts. Wenn wir eine Gelegenheit bekommen, die Provinz Urglovia zu besuchen, wirst du wirklich beeindruckende Aquädukte sehen. Sie sind berühmt, und manche sind so breit, dass man mit Booten auf ihnen fahren kann.«

Ich starrte ihn an und war nicht sicher, ob er mich auf den Arm nehmen wollte. Als er es bemerkte, sagte er: »Ehrlich. Sie werden zum Transport benutzt und überqueren andere Brücken, Schluchten oder Straßen. Munsellik, der frühere Gouverneur der Provinz, neigte ein wenig zum Prunk und segelte mit einer Barkasse den Aquädukt hinunter. Es war ein fliegender Herrschersitz. Dieser Aquädukt war groß genug für Flachboote, aber seine Barkasse war einfach zu viel des Guten. Oder die Götter wollten Munsellik für seine Eitelkeit bestrafen. Jedenfalls gaben die Bögen nach, der Aquädukt brach zusammen, und er und sein ganzer prächtiger Hofstaat stürzten in eine tiefe Schlucht. Der nächste Gouverneur nahm sich die Lektion zu Herzen und beschränkte den Verkehr nach dem Wiederaufbau auf leichtere, bescheidenere Fahrzeuge. Aber die größeren gibt es noch, besonders in Urglovia. Man kann heute noch Flachboote auf den Aquädukten fahren sehen.«

»Das ist erstaunlich.«

»Das ist noch gar nichts. Hausboote sind verboten, aber im Herzen der Provinz gibt es Aquädukte, die einzig und allein als Rennstrecken für Sportboote dienen.«

»Aber Ihr sagtet doch, das Wasser sei kostbar.«

»Das ist es auch. Das syldoonische Volk liebt verschwenderische Schauspiele. Du wirst niemals ein Volk treffen, das zugleich praktischer und eitler ist.«

Ich schüttelte den Kopf und versuchte, mir den Reichtum, die Zeit und die Mühe vorzustellen, die notwendig waren, um solche Dinge zu bauen. Und das war nur der erste von vielen Anblicken und Eindrücken, die mich in Thurvacia, dem Kerngebiet des Syldoonischen Reichs, in Erstaunen versetzen und schockieren sollten.

Nach einer Reise, die kein Ende nehmen wollte, näherten wir uns endlich doch noch Sonnenmatt.

Braylar wies mich an, die Übersetzungen zu unterbrechen und vorne neben ihm zu bleiben. Das kam mir gerade recht. Die beschlagenen Hufe und die mit Eisen bereiften Wagenräder machten auf der Pflasterstraße einen Höllenlärm, der meine Konzentration erheblich störte. Vielleicht wäre es noch möglich gewesen, dieses eintönige Holpern und Poltern zu ignorieren, doch je näher wir der Hauptstadt kamen, desto mehr andere Geräusche übertönten unsere eigenen. Viele Menschen kamen uns entgegen, nachdem sie die Stadt verlassen hatten, andere hielten an und machten uns Platz. Esel blökten, ein Kind weinte, Pferde wieherten, und dazu kamen noch Hunderte anderer Störungen, die jede Konzentration sofort zunichtemachten. Immer wieder, bis mein Kopf pochte, las ich dieselben Zeilen und verstand nicht, was sie bedeuteten.

Außerdem war es ein heißer und trockener Tag. Obwohl die Plane vorne und hinten geöffnet war, wehte kein Lüftchen durch den Wagen. Mir klebte das Hemd auf der Haut. In manchen Badehäusern hatte ich weniger geschwitzt als hier.

Also war ich froh, vorne auf den Kutschbock klettern zu dürfen. Ich schwenkte ein Bein über die Bank und wollte gerade ganz hinübersteigen, da hob ich den Kopf und hielt den Atem an.

Sonnenmatt. In all seiner alten, schmutzigen, wundervollen und exotischen Pracht.

»Oh, nun setz dich doch, Arki. Du siehst aus wie ein Esel, wenn du rittlings über der Bank hockst.«

Ich gehorchte und setzte mich benommen hin. Vor gar nicht so langer Zeit war Flusstal der größte Ort gewesen, den ich je gesehen hatte. Dann waren wir nach Zechingen gereist, dem Sitz des Barons und der Heimat eines der größten Jahrmärkte in Anjurien, und die Größe der Stadt und die vielen Anblicke und Geräusche hatten mich beinahe überwältigt. Eine noch gewaltigere Stadt hatte ich mir kaum vorstellen können.

Offensichtlich hätte ich mir mehr Mühe geben sollen.

Zechingen war eine befestigte Stadt, und die Verteidigungsanlagen waren stark genug, um fast jedem Angriff zu widerstehen. Die vom Möwenkot befleckten Mauern waren beeindruckend, alle paar Hundert Schritte erhob sich ein Turm. Aber Sonnenmatt ... gegenüber diesen Mauern erschienen die von Zechingen winzig. Der Wall war mindestens zwanzig Schritte hoch, vielleicht noch höher, und die vielen massiven Türme konnte man kaum zählen. Jeder einzelne von ihnen war mächtiger als die Bergfriede vieler Burgen, und auf jedem flatterte ein anderes Banner mit anderen Farben und Motiven. In Zechingen hing an einem Fahnenmast meist eine Flagge aus Seide. Diese riesigen Türme hier waren jeweils mit mehreren Masten ausgestattet, die ringsum entlang der Mauerkrone standen. Die Fahnen besaßen seitlich Schlaufen, mit denen sie an den Masten befestigt waren.

Hackspeer, der rechts von uns ritt, bemerkte, wie ich die Banner betrachtete. »Der Hechtturm, der Leopardenturm, der Greifenturm, der Schlangenturm. So ziemlich jedes Symbol, das du dir vorstellen kannst, kommt hier vor: Adler, Elch, Mond, Fuchs, Bär, Kranich, Otter, Falke …«

»Ziege, Wasserhirsch, Galeere, Storch, Abendstern …«, half Vendurro aus, der neben Mulldoos auf der anderen Seite ritt. »Aber es gibt keinen Dungturm. Einen Hühnchenturm wohl auch nicht.«

»Aber es gibt einen Hahnenturm, dessen prächtig schwellender Kamm weithin zu sehen ist«, meinte Hackspeer lächelnd.

»Ich könnte jetzt wirklich ein paar Hühnchen gebrauchen. Oder Wachteln. Selbst ein paar Spiegeleier wären nett. Irgendetwas, das warm und fettig ist, solange es sich nicht um Dung handelt.«

Die kleineren Türme hatten normale Zinnen, aber die größeren Türme, in denen die Syldooner lebten, waren wundervoll verziert, und überall war das Symbol der jeweiligen Fraktion angebracht.

»Kaum zu glauben, dass wir wieder daheim sind, was, Cap?«, meinte Mulldoos. »Ich habe die anderen Schakal-Drecksäcke … wie lange ist das her? Länger als drei Jahre habe ich sie nicht mehr gesehen.« Es klang tatsächlich erleichtert und müde, vielleicht auch ein wenig wehmütig. Hätte ich nicht gesehen, wie er die Lippen bewegte, ich hätte angenommen, dass jemand anders gesprochen hatte.

Braylar nickte. Ausnahmsweise wirkte er einmal sehr friedlich.

Das Verhalten der beiden war ungewöhnlich, und ich hatte keine Ahnung, was es zu bedeuten hatte. Dann erinnerte ich mich an Vendurros Worte. Dies war auf eine Weise, die ich niemals ganz und gar verstehen würde, die Heimat dieser Männer.

Ich staunte über die Größe der Hauptstadt und die unzähligen riesigen Türme, und da wir uns ihr von der Ebene näherten, bemerkte ich erst ein paar Hundert Schritte vor den gewaltigen Mauern, dass die Vertiefung, die ich für einen trockenen Graben gehalten hatte, etwas ganz anderes war.

Zuerst einmal war der Einschnitt so breit, dass man ihn mit einem Bogenschuss nicht überwinden konnte. Außerdem handelte es sich nicht um einen trockenen Graben oder eine Schlucht. Es war ein wahrer Abgrund. Ein riesiger Spalt in der Erde, der Sonnenmatt vom umgebenden Land trennte. Ich nahm an, es müsse eine Art Brücke geben, und das war auch der Fall. In gewisser Weise jedenfalls. Der geschäftige Herrscherweg führte zu einem massiven Torhaus am Rand des Abgrunds. Als wir uns dem Gebäude näherten, erkannte ich, dass dahinter eine herabgelassene Zugbrücke den Abgrund überspannte. Sie ruhte auf einer breiten Steinsäule, die sich unten in der Dunkelheit verlor. Jenseits der Plattform setzte eine weitere Zugbrücke an, und dahinter sicherte ein zweites Torhaus auf einer weiteren riesigen Steinsäule den Zugang. So ging es weiter. Wir mussten noch vier weitere Torhäuser auf ebenso vielen Steinsäulen passieren. Das letzte und sechste diente als Einlass in die Stadt und war größer als die anderen.

Als wir über die Steinflächen und die hölzernen Zugbrücken polterten, sah ich, warum sich alle so weit wie möglich mitten auf der Brücke hielten. An den Seiten gab es zwar Geländer, aber der Abgrund war so tief, dass man den Boden nicht erkennen konnte. Ich verrenkte mir den Hals, um es mir anzusehen, und war froh, dass ich nicht am Geländer entlanglaufen musste. Auf dem Weg nach Sonnenmatt waren wir über einige tiefe Schluchten gekommen, aber keine war so breit und so tief wie diese hier. Der Boden verlor sich im Schatten.

»So etwas habe ich noch nie gesehen.«

»Nein, hast du nicht«, erwiderte Braylar lächelnd.

»Verläuft der Abgrund rings um die ganze Stadt?«

»So ist es. Sonnenmatt hat vier Zugänge, die alle auf ähnliche Weise konstruiert sind.«

»Ist dies eine natürliche Felsformation? Haben sich die Gründer der Stadt deshalb für diese Stelle entschieden?«

»Da ich nicht zu ihnen zähle, kann ich nicht sagen, warum sie diesen Ort ausgewählt haben. Dir ist doch bewusst, dass Sonnenmatt nicht erst gestern erbaut wurde, oder?«

»Ja, natürlich.« Ich spähte über den Rand der nächsten Zugbrücke. »Aber das hier ... das ist eine Insel aus Stein.«

»Das liegt daran, dass sie nicht natürlich entstanden ist.«

»Ich wusste es!«

»Warum hast du dann gefragt?«

Ich hörte kaum hin, sondern starrte den Abgrund an, der die Stadt umgab. Ein Stück entfernt war eine andere Brücke gerade noch erkennbar. »Wenn Menschen diesen Abgrund ausgehoben haben, dann muss das ... wie lange hat es gedauert, wie lange haben sie gebraucht?«

Hackspeer hatte meine Frage gehört. »Zwanzig Jahre«, sagte er. »Hätten sie gewöhnliche Arbeiter eingesetzt, dann hätte es noch viel länger gedauert, aber Sklaven können sich nicht beschweren, wenn sie bis zur völligen Erschöpfung angetrieben werden. Unzählige Menschen verloren beim Bau ihr Leben.«

Ich nahm mir vor, mich nie wieder über mein schweres Schicksal zu beklagen. »Sie waren wohl keine Syldooner, oder?«

Er lächelte. »Nein. Syldooner beginnen als Sklaven, aber ihr Leben ist wertvoll und wird gewöhnlich nicht vergeudet. Gewiss nicht bei einem Bau, der sich als Massengrab entpuppt.«

Ich dachte an die gequälten und geschundenen Menschen, die Felsen und Erde weggeschafft und das tiefste Loch ausgehoben haben, das je gegraben wurde, tiefer als jeder Steinbruch und sehr breit. Rings um eine Stadt, in der mindestens eine Viertelmillion Menschen lebte, wenn nicht noch mehr. Warum das alles? In allen Ländern gab es befestigte Städte, aber keine war beim Bau der Verteidigungsanlagen so weit gegangen. So viele Leben waren verschwendet worden. Ich fragte mich, wie viele Skelette unten am nicht einsehbaren Boden lagen.

»Hat dies ein früherer Kaiser erschaffen?«

Hackspeer schüttelte den Kopf. In den langen Zöpfen seines Barts klingelten die eingeflochtenen Münzen. »Nein. Die Anlage ist mindestens einige Jahrhunderte älter als die Syldooner.«

Auf der anderen Seite des Abgrunds bewegte sich etwas in der Felswand. Zuerst dachte ich, meine Augen hätten mir einen Streich gespielt, und ich wäre einfach nur müde, nachdem ich so lange die alten Dokumente durchgesehen hatte. Aber als ich die Augen mit der Hand abschirmte und genauer hinsah, entdeckte ich sogar mehrere bewegliche Objekte. Sie huschten auf dem Fels hin und her und waren ziemlich groß.

Braylar hatte mich beobachtet und lachte. »Bullenkrabben.«

Ich ließ die Tiere nicht aus den Augen. Der gefleckte Panzer verschmolz fast mit dem Stein. Sie hatten zehn Beine, die vorderen beiden liefen in langen Greifzangen aus. Aus dieser

Entfernung war es schwer zu erkennen, aber die Bullenkrabben schienen größer zu sein als große Schilde.

»Diese Tiere ...«, setzte ich an.

»Sie könnten dich mit einer Schere zerquetschen«, beendete er meinen Satz. »Sie sind bösartig, können aber glücklicherweise nur kurze Strecken schnell laufen.«

Wir kamen durch ein Torhaus. Die Soldaten trugen die eigenartigen Schilde, die bei den Syldoonern in Gebrauch waren. Bisher hatte ich sie nur in bebilderten Manuskripten gesehen, denn Braylars Truppe hatte die runden Schilde benutzt, die normalerweise in Anjurien bevorzugt wurden. Diese Schilde hier hatten eine gezackte obere Kante, die an die Zinnen eines Turms erinnerten. Unten liefen sie spitz zu und waren nicht abgerundet wie viele andere Exemplare, die ich gesehen hatte. Alle waren dunkelgrün und mit weißen Widderköpfen verziert.

Auf dem nächsten Abschnitt der Brücke beobachtete ich Hackspeer, Mulldoos und Vendurro. Offensichtlich hatten sie den Abgrund und seine Eigenheiten so oft gesehen, dass sie es kaum noch wahrnahmen. »Und wie würdest du Sonnenmatt angreifen, wenn du müsstest?«, fragte ich Mulldoos.

»Äh, wie war das, Kritzler?«

»Immer wenn du dich einer Stadt näherst, streitest du mit Hackspeer darüber, wie du sie einnehmen würdest, wenn du es müsstest. Sonnenmatt scheint mir völlig uneinnehmbar zu sein. Wie würdest du es angehen, wenn du die Stadt belagern würdest?«

Mulldoos wollte anscheinend etwas Abfälliges oder Geringschätziges erwidern, hielt aber inne. »Ehrlich gesagt, habe ich noch nie darüber nachgedacht. Was meinst du, Hacker?«

Hackspeer schüttelte wieder den Kopf. »Ich auch nicht, so seltsam es klingt. Wir sind Hunderte Male in die Stadt gekommen, aber darüber haben wir noch nie nachgedacht.«

»Das scheint auch ein wenig treubrüchig zu sein, was?«

»Mag sein. Aber unser junger Freund hier hat schon recht. Sonnenmatt ist uneinnehmbar.«

»Das sagst du über jede verdammte Stadt, in die wir kommen.« Mulldoos zauste seinen nicht vorhandenen Bart und ahmte Hackspeer recht treffend nach. »›Die Befestigungen sind buchstäblich undurchdringlich. Dicht wie das Arschloch eines Priesters.‹ So geht es jedes Mal.«

Hackspeer lachte. »Also, mein belagerungswütiger Freund, wie würdest du Sonnenmatt zerstören, wenn du den Befehl hättest? Wie würde dein brillanter Plan aussehen?«

»Sonnenmatt ist auf jeden Fall eine harte Nuss. Die härteste, die ich je gesehen habe. Keine Frage.« Er deutete auf einen der riesigen Türme. »Die Trebuchets da oben können dank ihrer Höhe mühelos jeden Angreifer zerschmettern, der so dumm ist, seine eigenen Wurfmaschinen auf der anderen Seite des Grabens aufzubauen.«

»Das ist wahr.«

»Und sobald die Zugbrücken hochgezogen sind, gibt es keine Möglichkeit mehr, die Mauern anzugreifen.«

»Auch wahr. Du zählst meine Argumente auf«, meinte Hackspeer.

»Halt den Mund, du alter Schrumpelschwanz.«

»Verschrumpelt ja, aber voller Weisheit.«

Vendurro blickte zu den Mauern und den Türmen hoch. »Diese Stadt kann man nicht angreifen. Aber man könnte sie vielleicht aushungern.«

Mulldoos schüttelte sofort den Kopf. »Dies ist eine verdammte Stadt, du vorlauter Bursche. Die haben Proviantlager, mit denen sie es jahrelang aushalten. Länger als jedes Heer im Feld.«

»Ein Frontalangriff ist vielleicht zum Scheitern verurteilt«, überlegte Vendurro. »Aber was, wenn eine kleine Gruppe in der Nacht in den Graben hinunter und auf der anderen Seite wieder hinaufklettert und über die Mauer steigt? Dann könnten sie von innen das Tor öffnen.«

Nun starrte Mulldoos den jüngeren Mann böse an. »Und was wäre erst, wenn die Belagerungsarmee eine Kompanie Pferde mit hübschen Flügeln hätte, mit denen sie über die Mauern schweben und die Verteidiger aus der Luft mit brennenden Pferdeäpfeln bombardieren könnte?« Er deutete auf das große Torhaus, dem wir uns näherten. »Diese raffinierte Truppe von Bergsteigern müsste erst einmal den Weg durch den Grund der Schlucht überleben. Da unten gibt es Ratten, die so groß sind wie Wiesel, die sich vom Abfall ernähren. Bullenkrabben, die größer sind als Hunde und von den Ratten leben. Manche Leute behaupten, im Dunkeln lauerten noch ganz andere Dinge, die alle beide fressen. Du willst mir also sagen, eine Gruppe könnte es überleben, mitten in der Nacht dort hinunterzusteigen, sich an den hässlichen Viechern vorbeizukämpfen, die da unten im Graben umherstreunen, und irgendwie auf der anderen Seite wieder hinaufkommen, ohne von irgendjemandem bemerkt und mit Pfeilen durchlöchert zu werden? Willst du mir das wirklich sagen?«

»Vielleicht könnten sie es schaffen. So etwas ist doch nicht völlig ausgeschlossen.«

»Pferdekacke. Doppelte Pferdekacke. Das ist unmöglich. Da hättest du schon bessere Aussichten, fliegende Ponys zu finden.«

»Was ist mit dem Aquädukt?«, fragte ich.

Mulldoos' Blick verriet mir, dass er nichts von meinem Einwurf hielt und noch viel weniger von meinen nächsten Worten erwartete. »Was soll damit sein?«

»Also«, ich deutete auf den Hügel, von dem aus ein Aquädukt in die Stadt führte. »Durch den Graben kann man vielleicht nicht klettern, aber wenn man nun ...«

»Ganz richtig, das geht nicht.«

»Schön. Das ist unmöglich. Aber wenn sie nun über den Aquädukt in die Stadt schleichen?«

Vendurro zeigte auf mich. »Aye, das ist es! Das könnte klappen!«

»Das klappt nicht«, widersprach Mulldoos. »Da würden sie ertrinken oder in den Tod stürzen. Aber selbst wenn sie irgendwie auf dem Wasserweg nach Sonnenmatt kommen, auch dort sind Wachen postiert. Außerdem vergesst ihr zwei etwas. Selbst wenn ein Trupp irgendwie den Graben oder den Aquädukt überlebt, was so gut wie unmöglich ist, aber nehmen wir es mal an ...« Er deutete auf die Zugbrücke vor uns. »Sie dringen um Mitternacht ein und schaffen es sogar, die Wächter in einem Torhaus zu töten und von innen die Zugbrücke herabzulassen. Auch das ist nicht sehr wahrscheinlich, aber vielleicht sind sie ja die härtesten Hunde, die je gelebt haben, und sie schaffen das. Aber dann stoßen sie ziemlich schnell auf das nächste wirklich große Problem, oder?«

Vendurro dachte darüber nach und sah sich über die Schulter zu dem Torhaus um, durch das wir gerade gekommen waren. »Jo. Die tapferen Männer müssten außerdem von ganz unten aus dem Graben bis zu den vier Torhäusern hochklettern und sie einnehmen. Sie müssten alle Wachen töten und die Brücken herablassen. Und das alles, ohne einen Alarm auszulösen. Und alles gleichzeitig.«

»Jo«, äffte Mulldoos ihn nach. »Und wenn sie auch das wie durch ein Wunder schaffen – obwohl es ja völlig unmöglich ist, aber nehmen wir mal spaßeshalber an, sie erobern alle Tore und lassen die Brücken gleichzeitig herab –, dann ist es immer noch schwer, über die Brücken ein ganzes Heer rasch heranzuführen. Für den normalen Verkehr sind sie breit genug, aber für große Truppenbewegungen sind sie zu schmal. Hacker, wie lange hat unser Turm das letzte Mal gebraucht, als wir mit einer großen Streitmacht ausgerückt sind?«

Hackspeer lächelte. »Mehr als einen halben Tag. Auch jetzt hast du wieder meine Einwände wunderbar zusammengefasst.«

Mulldoos ging nicht darauf ein, weil er den jüngeren Sergeant widerlegen wollte, auch wenn er damit seine eigenen Argumente zunichtemachte. »Aye. Und wir haben jetzt noch nicht mal berücksichtigt, dass von den Mauern massenhaft Pfeile und Bolzen geflogen kommen. Du kannst nicht mal eine Brücke einnehmen, aber selbst wenn, die Stadt wirst du nicht erobern.«

»Außerdem gibt es in Sonnenmatt mehr als fünfzig Türme. Nehmen wir an, die Hälfte ist draußen im Einsatz, sodass unser eingebildeter Feind nicht alle gleichzeitig bekämpfen muss. Damit bleiben aber immer noch fünfundzwanzig als Verteidigung der Stadt übrig, dazu kommen noch die Hilfstruppen und die Stadtwache. Nein, ein direkter Angriff wäre eine Katastrophe und von vornherein zum Scheitern verurteilt. Die Stadt auszuhungern ist keine Option. Ich muss schon sagen, Mulldoos, so elegant hat noch nie jemand seinen eigenen Standpunkt widerlegt.«

»Wenn du näher wärst, würde ich dich anspucken.«

Braylar hatte die ganze Zeit geschwiegen und die Gesichter der Menschen betrachtet, die Sonnenmatt verließen, oder die Gruppen vor uns beobachtet, die das große Torhaus passieren durften. Der Captain ließ anscheinend nie in seiner Wachsamkeit nach, auch wenn alle anderen offenbar recht entspannt waren. Es überraschte mich, dass er den Wortwechsel verfolgt hatte. »Der Wasservorrat«, sagte er auf einmal.

Alle sahen ihn an und warteten auf eine Erklärung. »Wenn er gut gesichert ist, kann man die Stadt nicht einnehmen. Das ist offensichtlich. Aber wenn Sonnenmatt eine Schwäche hat, dann ist es die Versorgung mit Wasser. Sicher, es gibt einige sehr, sehr tiefe Brunnen. Aber das ist eine mühsame Sache, und sie reichen allein nicht sehr lange aus, um die Stadt zu versorgen. Deshalb gibt es Höhlen, Zisternen und Leitungen. Und den Aquädukt. Wenn es in der Stadt genug Verräter gibt und wenn sie sich sehr gut aufeinander abstimmen, könnten sie möglicherweise die Brunnen vergiften und die Wasserspeicher zerstören. Währenddessen würden die Belagerer weiter oben in den Hügeln den Aquädukt entweder abreißen oder ebenfalls das Wasser vergiften.« Er hörte nicht damit auf, jeden in der Nähe genau zu mustern, als suchte er nach Verrätern.

Mulldoos lachte schnaubend. »Cap, du hast einen teuflischen Verstand. Wirklich hinterhältig. Da hast du es, du alter Ziegenbock. Es war zwar nicht meine Idee, aber so könnte es gehen.«

So leicht ließ Hackspeer sich aber nicht beeindrucken. »Möglich. Aber abgesehen davon, dass es viele sein müssten, die außerordentlich gut zusammenarbeiten und sich perfekt abstimmen, müssten diese gerissenen Saboteure außerdem bereit sein, für ihren Plan zu sterben, denn die Speicher und Brunnen sind gut bewacht. Im Übrigen müssten sie außerdem alle Fässer mit Wein und Bier vergiften. Wir reden hier ja nicht über eine einzelne Burg. Diese Art Koordination und die Durchführung, nun ja ...«

Braylar antwortete: »Gut möglich, dass so ein Plan scheitert. Sehr wahrscheinlich sogar. Aber das scheint mir die einzige Vorgehensweise zu sein, mit der man überhaupt Erfolg haben könnte. Sonnenmatt ist uneinnehmbar, aber kein Ort ist völlig sicher vor Verrat. Am allerwenigsten eine Stadt, deren Fraktionen ständig lautlose Kriege gegeneinander führen und in der ein erheblicher Teil der Einwohnerschaft die syldoonischen Herren am liebsten den Bullenkrabben vorwerfen würde.«

Dann kamen wir durch das große Torhaus und ließen die mächtigen Mauern hinter uns. Wir waren in Sonnenmatt, der Hauptstadt der Intrigen, dem Zentrum des Reichs, wo Geheimnisse, Listen und Verrat zu Hause waren.

33

Zumindest in körperlicher Hinsicht unterschieden sich die Thurvacier nicht sehr von ihren anjurischen Nachbarn. Vielleicht waren sie ein wenig dunkler, und vielleicht kamen schwarze Haare und braune Augen etwas öfter vor. Die Hauptstadt war schließlich weniger als zweihundert Meilen von der Grenze des Königreichs Anjurien entfernt. Aber da das Getrennte Meer und der Götterschleier im Osten eine undurchdringliche Barriere bildeten, während die Mondschwurberge und das Knochenmeer im Westen fast ebenso unüberwindliche Hindernisse darstellten, gab es zwischen dem Königreich und dem Reich nur einen schmalen Korridor, und nach den jahrhundertelangen Feindseligkeiten war es kein Wunder, dass der Austausch von Ideen, Erfindungen, Kleidungsstilen und kulturellen Entwicklungen fast zum Erliegen gekommen war.

Soffjian und Skeelana hielten auf uns zu. Man durfte die Memoridinnen nicht vergessen. In den meisten Ländern wurden Erinnerungshexen verfolgt und gehetzt, aber die Syldooner duldeten ihre Gegenwart und setzten sie und ihre Kräfte sogar gezielt ein. Selbst wenn alle anderen Bedingungen günstig waren, hätte die Anwesenheit der Memoridinnen alle bis auf die abenteuerlustigsten Anjurier davon abgehalten, das Reich zu besuchen.

Abgesehen von den körperlichen Ähnlichkeiten, gab es zwischen den beiden Völkern tatsächlich große Unterschiede. Die

Anjurier bevorzugten Cotehardies und eng anliegende Waffenröcke, welche die Figur des Trägers betonen sollten, was manchmal allerdings eher unvorteilhafte Ergebnisse zeitigte; dazu setzten sie gern Kapuzen der unterschiedlichsten Arten auf. Die Thurvacier trugen lieber fließende Gewänder mit weiten, hängenden Ärmeln oder Hosen, Waffenröcke und große Übermäntel, breite Schärpen und kleine Kappen aus Wolle oder Fell, die mit Eichhörnchen- oder Fuchspelzen besetzt waren, manchmal auch mit gefärbten Federn. Die Anjurier mochten zurückhaltende, gedämpfte Farben, während die thurvacischen Kleidermacher gern leuchtende, strahlende Farben in jeder nur denkbaren Schattierung einsetzten.

Auch die Bauwerke unterschieden sich. Im Königreich Anjurien herrschten Flechtwerk und Lehmbewurf vor, manchmal auch Holz, während der Stein den reichen Mitbürgern vorbehalten blieb. In Sonnenmatt sah man vor allem rote Tonerde und Ziegel, und die Zahl der aus Stein gebauten Häuser war viel größer. Türen und Fenster hatten Bögen, ebenso das Tragwerk der terrassenförmig angelegten Gärten, und die meisten Häuser waren mit Platten aus Kupfer oder Messing gedeckt, die hell glänzten und jeden Funken Sonnenlicht einfingen, sodass man den Eindruck gewann, die ganze Stadt sei in Brand geraten.

Die Syldooner auf den Straßen boten meinen Augen einen sehr ungewöhnlichen Anblick, was nicht allein an den tätowierten Schlingen und den aus Zinn gegossenen Abzeichen der Türme lag, die sie trugen. In Anjurien hatten Captain Killcoin und seine Leute versucht, sich unauffällig unter das Volk zu mischen. Hier begegnete ich nun wirklich erstaunlichen Gestalten. Große Männer mit kupferfarbener Haut hatten sich anscheinend die Gesichter mit rituellen Narben verziert. Andere hatten sich den vorderen Teil des Schädels kahl rasiert und die Haare am Hinterkopf bunt gefärbt. Mehr als einmal sah ich auch Menschen mit blauen tätowierten Raben auf den Wangen. Die Syldooner waren wirklich außergewöhnlich.

Da fiel mir etwas ein. »Die Syldooner sind anscheinend immer zu zweit oder sogar in größeren Gruppen unterwegs. Ist das so vorgeschrieben?«

»Wenn du möchtest, dass dein Herz weiter Blut pumpt, solltest du es so halten«, erwiderte Hackspeer.

»Das verstehe ich nicht. Dies ist doch die Hauptstadt, und die Syldooner sind die Herren. Ist es denn so gefährlich, allein unterwegs zu sein?«

»Du hast dir die Antwort schon beinahe selbst gegeben Archivar«, antwortete Braylar. »Wir herrschen über eine viel größere Zahl von Thurvaciern. Es gab nur wenige Aufstände, aber gelegentlich werden einzelne Syldooner ermordet.«

»Ich könnte mir vorstellen, dass die Mörder mit einer ziemlich strengen Strafe rechnen müssen.«

»Wenn sie erwischt werden, steht ihnen eine sehr langwierige öffentliche Hinrichtung bevor. Wenn sie nicht erwischt werden, wird gewöhnlich jemand anders an ihrer Stelle haftbar gemacht und ebenfalls hingerichtet. Das sorgt dafür, dass gegen uns gerichtete Gewalttaten nur sehr selten vorkommen. Aber man kann gar nicht vorsichtig genug sein. Und auch die anderen Türme sind nicht unsere Freunde.«

Braylar bog in eine Straße ab, die mitten in die Stadt führte, was Soffjian zu erzürnen schien. »Über die Turmallee ginge es schneller.«

»Ja«, stimmte Braylar zu. »Das ginge schneller.«

Sie wartete darauf, dass er noch etwas sagte, und als er es nicht tat, wurde sie wütend. »Dann wählst du also den langsamsten Weg, weil ...«

»Weil dort zwar am meisten Verkehr herrscht, meine liebe Schwester, während zugleich jedoch nur wenige Syldooner unterwegs sind. Solange wir nicht mit unserem Turmkommandanten gesprochen haben, möchte ich nicht alle anderen Türme in Sonnenmatt wissen lassen, dass wir wieder da sind. Du hast uns eilig hierhergerufen. Jetzt sind wir da. Ein oder zwei Stunden machen nun keinen Unterschied mehr. Du kannst aber gern vorausreiten und den Weg einschlagen, den du bevorzugst.«

Sie sah ihn finster an. »Es ist meine Aufgabe, euch auf dem ganzen Weg zu begleiten, und ...«

»Du willst dich deiner Verantwortung nicht entziehen. Nicht einmal in der Hauptstadt. Das ist ein wirklich beeindruckendes Pflichtgefühl. Hast du Angst, ich gebe den Pferden die Peitsche und treibe sie aus Sonnenmatt heraus, sobald du hinter der nächsten Ecke verschwindest?«

Soffjian ritt ein Stück weiter, verschwand aber keineswegs hinter einer Ecke.

Wir kamen durch das Stadtzentrum. In Zechingen war dies eine unübersichtliche Gegend mit vielen kreuz und quer verlaufenden Straßen, wo die Gebäude so dicht beisammenstanden, dass man kaum den Himmel sah. In Sonnenmatt waren die meisten Straßen und Gassen ordentlich angelegt und orientierten sich an den Himmelsrichtungen. Einige Gebäude waren zwar höher als alles, was es in Zechingen gab, aber sie standen, wenigstens an den Hauptstraßen, nicht so dicht beisammen.

Große Glocken wurden angeschlagen, das Läuten klang freilich stark gedämpft. Ich konnte nicht erkennen, woher die Geräusche kamen, aber es musste irgendwo vor uns sein. Braylars Augen strahlten ein wenig, und er hielt den Wagen an. Die anderen Syldooner zügelten die Pferde. Ein paar Männer in groben Hemden und Hosen mussten uns auf der Straße ausweichen. Ihr Drang, sich zu beklagen, verflog sofort, als sie die Schlingen bemerkten.

Der Captain wandte sich an Hackspeer. »Wann hast du das letzte Mal eine Zeremonie gesehen? Das muss doch fünf oder sechs Jahre her sein.«

»Eher sieben, glaube ich.«

»Und du, Mulldoos?«

Der Angesprochene blickte zu den stillstehenden Wolken hinauf. Die Glocken schlugen weiter. »Ungefähr genauso lange. Willst du es dir ansehen? Es ist nicht unser Turm, und deine Schwester wird nicht gerade begeistert sein.« Anscheinend gefiel auch ihm die Idee nicht besonders.

»Sie wollte, dass wir uns beeilen. Wir erfüllen ihr den Wunsch und sehen rasch nach, was der andere Turm da treibt, nicht wahr?«

Wir überquerten mehrere Seitenstraßen. An jeder Ecke wurde das Läuten lauter, bis Braylar schließlich seine Schwester rief, weil er nach Osten abbiegen wollte. Sie zog ihr Pferd herum und trabte zu uns zurück. Ja, sie war alles andere als begeistert.

Die Straße endete an einem Platz, auf dem ich als Erstes eine große Menschenmenge bemerkte, die eine Art Darbietung verfolgte.

Dann sah ich die Galgen. Ein breites Podium mit zehn Schlingen in der Mitte und zehn Männern, die neben ihnen standen. Auf jeder Seite warteten zwei Bewaffnete.

»Gerade rechtzeitig«, bemerkte Braylar, als wir am Rand des Platzes anhielten.

Der Captain blieb völlig ruhig, während die anderen Syldooner aufgeregt waren. Das kam mir seltsam vor, weil sie in der kurzen Zeit, die ich sie kannte, viele Menschen auf eine erheblich schmutzigere und quälendere Weise getötet hatten. Ich verspürte jedenfalls keinerlei Neigung, den Henkern bei der Arbeit zuzusehen.

Soffjian und Skeelana ließen sich nichts anmerken. Braylars Schwester sagte nur: »Ich hätte doch gedacht, dass du so etwas wirklich schon oft genug gesehen hast, Bruder.«

Er ging nicht darauf ein, sondern sah genauso ruhig zu wie die Menge, die sich vor uns versammelt hatte. Auch das war ungewöhnlich. So makaber es war, wenn jemand gehenkt wurde, fanden sich doch oft recht ungebärdige Zuschauer ein, die das Opfer mit verdorbenen Lebensmitteln und Beleidigungen eindeckten. Aber dabei hingen gewöhnlich nur ein oder höchstens zwei Verurteilte am Strang. War es so ein großer Unterschied, wenn hier gleich zehn hingerichtet werden sollten? Meiner Ansicht nach war das nicht der Grund. Oder wenn, dann hätte die Menge eigentlich noch renitenter sein müssen. Blutrausch blieb Blutrausch.

Dann fielen mir noch einige weitere Besonderheiten auf. Die Männer, die unter den Schlingen standen, waren nicht gefesselt. Dennoch standen sie in Habachtstellung da, einen Schritt vom Galgen entfernt, und sie trugen nicht die Kleidung der einheimischen Miliz, die ich schon gesehen hatte. Sie trugen überhaupt keine Rüstung, sondern waren von Kopf bis Fuß in Schwarz gekleidet. Einige hatten helle Haare, andere Locken und Bärte, die so dunkel waren wie Pech, einige auch Haare in der Farbe von Rost oder getrocknetem Blut.

»Sind sie ... sind das Syldooner?«

»Allerdings«, bestätigte Braylar.

»Warum werden sie gehenkt? Welches Verbrechen haben sie begangen?«

Ein Mann, der ganz in Grau gekleidet war, trat vor und sprach zu den Männern unter dem Galgen. Was er sagte, konnte ich allerdings nicht verstehen.

»Sie sind keine Verbrecher. Das ist ihre Freilassung, Arki. Von heute an sind sie freie und vollwertige Syldooner. Nun ja, die meisten von ihnen, nehme ich an. Man kann nie ganz sicher sein.«

Die Männer auf dem Podium antworteten auf eine Frage oder eine Anweisung, die sie erhalten hatten.

»Befreit? Aber ... sie sollen doch gehenkt werden, oder?«

»So ist es.«

Hackspeer erklärte es mir. »Du wirst gleich sehen, wie syldoonische Sklaven ihre Fesseln ablegen und sich in syldoonische Soldaten verwandeln. Man hat sie vor die Wahl gestellt, Sonnenmatt für immer zu verlassen oder sich dem Ritual der Freilassung zu unterziehen. Die dort haben sich entschieden zu bleiben und sich an ihren Turm und die Kameraden zu binden, aber nicht mehr als Sklaven. Es ist ... das muss man gesehen haben.«

Ich verstand es immer noch nicht und wollte eine weitere Frage stellen, doch Braylar hieß mich schweigen. »Genug. Sei still und schau zu, dann bekommst du deine Antworten.«

Irgendwie bezweifelte ich das, aber ich hielt den Mund. Wieder antworteten die Männer an den Galgen mehrmals und gleichzeitig auf Fragen oder Befehle. Dann traten sie an den Rand des Podiums, legten sich die Schlingen um die Hälse und zogen sie zu.

Abgesehen von leisem Gemurmel, schwieg die Menge erwartungsvoll. Ich fand es beinahe bedrückend.

An beiden Enden des Podests erschienen zwei Frauen. Beide trugen die gewohnten Surokas an den Hüften, waren sonst aber unbewaffnet und ohne Rüstungen. Mit türkisfarbenen Jacken, braunen Hosen und Gürteln waren sie völlig gleich gekleidet. Die Memoridinnen standen still wie Statuen, und die Männer warteten am Rand des Podiums. Noch waren die Stricke nicht gespannt, und die Zuschauer sahen in tiefem Schweigen zu. Man hätte meinen können, sie beobachteten Leichen, die ins Grab gelegt wurden, und nicht etwa Männer, die jeden Augenblick erwürgt werden konnten.

Der Mann mit der grauen Kleidung sagte etwas und hob den Arm, dann sprangen alle zehn Männer freiwillig von dem Podium, pendelten an den Stricken und würgten. Sie strampelten ein ganzes Stück über dem Boden. Die bewaffneten Syldooner zogen die Schwerter und sahen von oben zu.

Ich wollte mich abwenden. Mir war nicht klar, wie dies irgendeine Frage beantworten sollte, wenn man von der absah, wie lange die zehn Gehenkten brauchten, um zu ersticken. Da traten die Memoridinnen näher an die Männer heran und hoben die Hände, berührten zwei von ihnen an Brust und am Rücken und neigten die Köpfe.

Die beiden Syldooner strampelten heftiger, als wären sie verletzt oder hätten sich verbrannt, und hörten abrupt fast im gleichen Augenblick damit auf. Nun ließen sie die Köpfe hängen, und die Soldaten, die auf dem Podium bereitstanden, schnitten sie ab. Die Männer stürzten auf den Boden und blieben reglos liegen. Dann gingen die Memoridinnen zu den nächsten Männern in der Reihe und legten auch ihnen die Hände auf, wie sie es bei den ersten beiden getan hatten.

Die Memoridin auf der linken Seite brauchte etwas länger als die andere, aber sonst lief alles auf die gleiche Weise ab. Sie arbeiteten sich durch die ganze Reihe, das Würgen und Zucken hörte auf, sobald die Memoridinnen die Männer berührten, und dann wurden die Syldooner abgeschnitten, nachdem sie anscheinend dem erlegen waren, was man ihnen angetan hatte.

Doch beim vorletzten Paar sagte Soffjian auf einmal leise: »Sie brauchen zu lange, es dauert zu lange.«

Die Memoridin auf der linken Seite war mit ihrem Syldooner fertig, er wurde abgeschnitten, und dann trat sie vor den letzten Mann auf ihrer Seite und berührte ihn an der Brust und am Rücken. Ihre Kollegin hatte jedoch Mühe, weil der betreffende Mann wild strampelte und sich drehte, sodass sie ihn nicht berühren konnte. Der nächste Mann in der Reihe lief schon rot an und trat heftig um sich. Er traf die Memoridin und schleuderte sie von dem anderen Syldooner weg, der gerade gerettet werden sollte.

Dann war die Frau endlich fertig, und der Wächter auf dem Podium schnitt den Mann ab. Der letzte Syldooner strampelte jedoch so heftig, dass sie ihn nicht zu packen bekam. Er hatte den Mund geöffnet und die Zunge herausgestreckt, die Augen waren verdreht, und die Adern und Muskeln zeichneten sich am Hals ab, als er um den Atem rang, den er nicht mehr schöpfen konnte. Die andere Memoridin war auf ihrer Seite fertig und eilte hinüber, um den hängenden Mann so weit zu beruhigen, dass ihre Partnerin die Arbeit vollenden konnte, doch auf einmal erschlaffte er. Sie legte ihm die Hände auf und versuchte, das zu tun, was sie tun musste. Es war zu spät.

Die Memoridin sah einen Syldooner auf dem Podium an und schüttelte langsam den Kopf. Er schnitt den Mann ab. Die anderen neun regten sich allmählich wieder und zogen sich die Schlingen von den Hälsen, schnappten nach Luft und richteten sich langsam und mit benommenen Mienen wieder auf.

Der Zehnte rührte sich nicht. Er würde sich nie mehr rühren.

Trotzdem jubelten jetzt die Syldooner, die den größten Teil der Zuschauer stellten. Einige rannten los, um die Kameraden zu stützen und sie in die Arme zu nehmen. Zwei Syldooner trugen den Toten fort. Erst hatte ich angenommen, alle würden sterben, und als man sie der Reihe nach abgeschnitten hatte, war ich davon ausgegangen, dass sie alle verschont bleiben sollten. Irgendwie war der eine Erstickte so schlimm, als hätte es alle zehn getroffen.

Soffjian schüttelte betrübt den Kopf. Ich nahm allerdings an, dass sie eher die unzulängliche Leistung der Memoridinnen als den Tod des Mannes bedauerte. »Viel zu langsam.« Damit zog sie ihr Pferd herum. »Hast du genug gesehen, Bruder? Ich bin sicher, dass sich dein Kommandant freuen wird, dich wieder zu Hause zu begrüßen, und der Kaiser wird zweifellos begeistert sein, dass nun auch die letzten Agenten wie befohlen zurückgekehrt sind. Wenngleich erheblich später als erwartet.« Die beiden Memoridinnen entfernten sich. Entzückt und zugleich gereizt, sah ich, dass Skeelana sich noch einmal zu mir umdrehte, ehe sie hinter einer Hausecke verschwand.

Der Captain gab den Befehl zum Weiterfahren, der Wagen setzte sich knarrend in Bewegung und bog in eine Seitenstraße, die uns zur Turmallee bringen würde.

Ich wartete und hoffte, irgendjemand würde es mir erklären. Als mir aber dämmerte, dass sich niemand erbarmen würde, stellte ich die Frage so laut, dass es alle in der Nähe hören konnten, um meine Aussichten zu verbessern, tatsächlich eine Antwort zu bekommen. »Was haben die Memoridinnen da gemacht? Und warum nennt man es das Ritual der Freilassung?«

Alle schienen abwesend und gedankenverloren. Hackspeer antwortete mir schließlich. »Wenn ein syldoonischer Sklave nach zehn Jahren die Ausbildung absolviert hat, muss er sich entscheiden. Er kann Sonnenmatt und das Reich verlassen und darf nie wieder herkommen. Er kann in seine alte Heimat zurückkehren oder sich wenden, wohin er will, solange er nur verschwindet. Oder er kann bleiben und unterzieht sich dem Ritual.«

»Wie erkennt man diejenigen, die nicht hierhergehören und ins Exil geschickt wurden?«

»Statt einer Tätowierung bekommen sie an der Seite des Halses ein Brandzeichen, und sie erhalten eine Schriftrolle, aus der hervorgeht, wie viel Zeit ihnen für die Reise zugestanden wird, je nachdem, in welche Richtung sie wollen.«

»Aber wenn sie nun das Dokument verlieren?«

»Ein ehemaliger Syldooner mit einem Brandzeichen, der kein Dokument besitzt, wird erhängt oder auf andere Weise hingerichtet. In diesem Fall gibt es kein Erbarmen.«

Ich blickte ein letztes Mal zu den Galgen, ehe wir um die Ecke bogen. »Und wenn sie bleiben und sich dem Ritual unterziehen, das wir gerade gesehen haben, was passiert dann mit ihnen? Was haben die Memoridinnen mit ihnen getan?«

»Sie haben eine Bindung zu ihnen hergestellt«, erklärte Hackspeer.

»Nein, sie haben sie verhext«, hielt Mulldoos dagegen. »Es sei denn, die Miststücke machen die Sache nicht richtig, und ein guter Mann stirbt aus keinem vernünftigen Grund.«

Ich zog es vor, lieber weiter mit Hackspeer zu reden. »Eine Bindung? Wie geht das vor sich, und warum?«

»Eine Memoridin kann fast jedem anderen Menschen in den Kopf kriechen, wenn sie genug Zeit und die Gelegenheit dazu hat. Aber wenn der Betreffende hilflos ist, dann fällt es ihr besonders leicht. Man kann kaum hilfloser sein, als wenn man am Ende eines Stricks in der Schlinge baumelt. Die Memoridinnen wählen diesen Augenblick, um eine enge Bindung herzustellen, die sich von allen anderen unterscheidet.«

»Wenn du mit ›Bindung‹ meinst, dass sie dich in den Arsch ficken, dann ist das eine ziemlich gute Bindung, ja«, warf Mulldoos ein.

Hackspeer ging nicht darauf ein. »Wie du gesehen hast, kann ein Mann nur eine gewisse Zeit am Strick hängen. Deshalb müssen sich die Memoridinnen beeilen. Soffjian hatte recht. Und manchmal geraten die Männer in Panik.«

»Ja«, meinte Mulldoos. »Manche Leute reagieren ganz komisch, wenn sie erwürgt werden. Wer hätte das gedacht.«

Hackspeer sprach etwas gereizt weiter. »Sobald die Memoridinnen die Bindung hergestellt haben, kann man sie nicht mehr so leicht aufheben. Mit der Zeit oder bei großer Entfernung wird sie schwächer und so zart, dass man sie kaum noch spürt. Aber ganz auflösen lässt sie sich nicht. Besonders dann nicht, wenn die Memoridin geschickt und stark ist. Nicht so wie die dünne Pfuscherin, die gerade den Mann am Galgen sterben ließ.«

Mulldoos spuckte auf die Straße aus.

»Welchem Zweck dient das? Warum ist es nötig, so eine Bindung herzustellen?«, fragte ich.

»Was glaubst du denn, wie uns meine liebe Schwester im *Traurigen Hund* in Zechingen finden konnte?«, warf Braylar ein.

»Dann war Soffjian eine der beiden, die sich, äh, mit Eurer Truppe verbunden haben? Als Ihr aufgehängt wart?«

»Nicht mit der ganzen Truppe, aber mit den meisten von uns, ja. Eine Memoridin kann nur eine begrenzte Anzahl von Bindungen unterhalten. Aber Soffjian schafft mehr als die meisten anderen. Sie ist ein schrecklich begabtes Mädchen.«

»Wie kann Euch eine Memoridin aufspüren? Euch oder einen anderen Syldooner?«

»Normalerweise kann eine Memoridin nur in den Erinnerungen eines Menschen wühlen, dem sie sehr nahe ist. Aber sobald sie bei der Freilassung eine tiefe Bindung hergestellt hat, kann sie den Erinnerungen folgen, oder vielleicht auch deren Überbleibseln, und feststellen, wem sie gehören.«

Wir näherten uns der hohen Außenmauer und der Turmallee, die direkt davor verlief. »Wartet mal, das verstehe ich nicht. Wie ist das möglich? Die Erinnerungen stecken doch in den Menschen. Oder nicht?«

»Überwiegend trifft das zu. Da ich kein Erinnerungsmagier bin, kann ich nicht erklären, wie es funktioniert. Aber ich habe die gleiche Frage gestellt wie du, und die Erklärung war, dass man Fußabdrücke hinterlässt, wenn man durch die Welt geht. Das Gleiche tust du auch mit deinen Erfahrungen und den Erinnerungen daran. Eine Memoridin, die eine Begabung als Spürhund hat, wird darin ausgebildet, diese Spuren zu erkennen und zu identifizieren. Der Unterschied ist der, dass die Abdrücke in der Erde durch Sand und Schnee irgendwann verdeckt werden. Manchmal sogar sofort. Eine Welle oder der Neuschnee kann alle Spuren verwischen. Manchmal dauert es auch länger. Aber die Erinnerungsabdrücke halten sich viel länger. Es sind so viele, dass die Zeremonie notwendig ist, um eine Verbindung aufzubauen, damit die Memoridinnen eine bestimmte Spur von den Tausenden anderen unsichtbaren Abdrücken unterscheiden können, die wir alle hinterlassen.«

Ich dachte darüber nach. Vor kurzer Zeit wäre mir das alles vorgekommen wie eine völlig übertriebene oder gar frei erfundene Geschichte, aber nachdem ich gesehen hatte, wie Soffjian Menschen getötet oder in den Wahnsinn getrieben hatte, wie sie eine ganze Kompanie Soldaten geblendet hatte, fiel es mir nicht mehr so schwer, es zu glauben. »Warum macht man sich überhaupt diese Mühe? Warum riskiert man, dass beim Aufbau der Verbindung jemand stirbt?«

Braylar lenkte den Wagen auf die Allee, und nun antwortete mir Hackspeer. »Damit hat ein Turmkommandant jederzeit die Möglichkeit, den Standort seiner Soldaten zu bestimmen. Es gibt viele Gelegenheiten, bei denen sich dies als nützlich erweist. Im Kampf werden die Krieger-Memoridinnen losgeschickt und müssen ihre Einheit finden. Manchmal nehmen die Feinde Syldooner gefangen.«

Mulldoos ergänzte: »Und es ist ein mächtiges Abschreckungsmittel. Wenn ein Syldooner auf die dumme Idee kommt, er hätte genug, und setzt sich in die Hügel ab, nun ja. Kein Hügel ist weit genug entfernt. Die Fluchtgötter konnten den Schleier hochziehen und die Menschen daran hindern, ihnen zu folgen, aber das ist einem syldoonischen Deserteur nicht möglich. Wenn er wegläuft, lässt das Reich die Jagdhunde los, und dann hetzen sie ihn bis ans Ende der Welt.«

Ich fragte mich, ob Mulldoos Soffjian deshalb so hasste oder ob es noch andere Gründe gab. Mir blieb aber nicht viel Zeit, darüber nachzudenken, und selbst wenn, ich hätte mir die Frage ohnehin verkniffen.

Die Memoridinnen erwarteten uns an einem Stall, der neben einigen anderen zweistöckigen Gebäuden vor einem der mächtigen achteckigen Türme stand. Über uns flatterte eine Fahne träge im leichten Wind: oben drei schwarze Schakalköpfe auf einem weißen Streifen, die untere Hälfte war dunkelrot.

»Nun habe ich euch abgeliefert«, erklärte Soffjian. »Endlich. Ich nehme an, ihr müsst jetzt Bericht erstatten. Genau wie wir.« Nach diesem knappen Abschied verschwand sie im dunklen Stall. Skeelana folgte ihr.

Captain Killcoin wusste nicht, ob er finster dreinschauen, zuckend lächeln oder sonst etwas tun sollte, als er mit hartem Blick seiner Schwester nachstarrte. Endlich überwand er sich und sagte heiter: »Jungs ... wir sind wieder zu Hause.«

Dann sprang er vom Wagen, hob die Arme hoch und streckte und drehte sich. Als die anderen Syldooner abstiegen, legte Braylar die Hände wie einen Trichter vor den Mund und rief: »Stallburschen! Nun kümmert euch schnell und verdient euren Sold! Oder kümmert euch langsam und verdient euch Striemen!«

34

Schon stürzten die Stallburschen heraus, holten sich beim Captain ihre Standpauke ab und übernahmen die Pferde, die Wagen und alles, was die Syldooner ihnen sonst noch übergaben. Danach ging unsere Gruppe zum Schakalturm. Ich blickte hoch, als wir uns der steinernen Außentreppe näherten. Vom Fuß bis zu den Zinnen maß der Turm gut und gern vierzig Schritte, und die vier kleinen Wehrtürme ganz oben waren fast so groß wie normale Türme irgendeiner Festungsmauer in Anjurien. Ich taumelte leicht, hielt meinen Ranzen und die Schreibkiste fest und stieg mit den anderen die Treppe hinauf. Sie wand sich außen um den Turm herum, und da sie kein Geländer hatte, blieb ich dicht an der Mauer, obwohl die Stufen sicherlich drei Schritte breit waren. Ich war froh, als ich sah, dass ich nicht der Einzige war, der sich so verhielt. Sogar die Syldooner waren vorsichtig, und auch Hohepriester Henlester schmiegte sich eng an die Steine. Ich fragte mich, ob er Höhenangst hatte, und hoffte von Herzen, dass dem so sei.

Der Eingang des Turms lag etwa auf einem Viertel seiner Höhe gleich neben der Außenmauer der Stadt. Dort standen zwei Wächter mit Rüstungen, deren Schuppen abwechselnd rot und weiß lackiert waren. Sie trugen offene, hinten mit Helmbüschen aus schwarzem Pferdehaar verzierte Helme. Bewaffnet waren sie mit langen Speeren und den seltsamen schartigen und unten zugespitzten Schilden. Einer von ihnen war noch jung, nicht viel älter als ich. Er schien Braylar und sein Gefolge nicht zu erkennen. Zwar bemerkte er die Schlingen, doch er behandelte die Neuankömmlinge wie Fremde, die womöglich sogar feindlich gesinnt waren. »Nennt Euer Anliegen«, sagte er und legte so viel Autorität und Schroffheit in die Worte, wie es ihm nur möglich war.

Der ältere Soldat knuffte ihn in die Rippen. »Du dummer Tölpel«, sagte er. Man konnte nicht erkennen, ob es freundlich gemeint war oder nicht. »Das ist Captain Killcoin, mit dem du da sprichst.«

Als der junge Wächter den älteren verständnislos anglotzte, fügte dieser hinzu: »Aus unserem Turm.«

»Ich habe ihn noch nie gesehen«, erwiderte der junge Mann. Es klang, als rechnete er damit, zum Narren gehalten oder auf die Probe gestellt zu werden.

»Natürlich nicht. Der Captain war mehrere Jahre im Einsatz. Wie lange ist es her, dass du gehenkt wurdest?«

Der jüngere Wächter richtete sich ein wenig auf. »Ein Jahr. Beinahe ein Jahr.«

»Genau. Dann halt jetzt die Klappe.«

Braylar stieg die letzten Treppenstufen zu den Wächtern hinauf. »Der Mann tut nur seine Pflicht. Ich hätte nichts anderes erwartet.« Er klopfte dem jüngeren Wächter auf die Schulter. »Aber der Kommandant erwartet uns schon. Und wenn ihn die Jahre nicht milde gestimmt haben, dann vermute ich, dass er ungeduldig ist.«

Die Wächter salutierten rasch und wichen zur Seite, um uns einzulassen. Wir betraten eine weite Halle. Braylar übernahm zusammen mit den beiden Leutnants die Führung, Vendurro bugsierte Henlester hinter den dreien hinein, und dann folgten ich und der Rest der dezimierten Truppe. Vier Syldooner trugen die Kisten mit den Dokumenten, die ich übersetzt hatte. Auf einmal erwachte mein Beschützerinstinkt. Ich wollte in der Nähe der Kisten bleiben, aber ich beherrschte mich.

Die Wände waren kahl, hier und dort ließ ein kleines Fenster etwas staubiges Licht herein. Wir kamen an einer Reihe geschlossener Türen vorbei. Eine stand offen, dahinter befand sich ein Büro voller Schreibtische und Stühle, an denen syldoonische Schreiberlinge saßen. Bei dem Anblick verspürte ich eine große Sehnsucht – so eine Aufgabe hätte ich verrichtet, wenn ich als Syldooner zur Welt gekommen wäre.

Natürlich hätte man mich nie auserwählt, und selbst wenn, ich wäre sicherlich bei der Ausbildung oder beim Hängen umgekommen. Trotzdem empfand ich eine seltsame Verbundenheit, wann immer ich jemanden mit einem Federkiel und einem Tintenfass sah.

Ein dürrer Mann bemerkte uns und kam sofort auf uns zu. Seine Finger trugen Tintenflecken, und sogar auf der glatten Wange war etwas Tinte verschmiert. Die paar Haare, die er noch hatte, waren weiß wie Milch. Trotz der tiefen Falten im Gesicht strahlte er jugendliche Tatkraft und Entschlossenheit aus. »Ich muss schon sagen, Captain, ich hatte befürchtet, wir hätten nie mehr die Freude, Eure Gesellschaft zu genießen. Willkommen daheim.«

Braylar nickte. »Es ist gut, wieder hier zu sein, Vorris. Könntest du so freundlich sein, uns Kommandant Darzaak zu melden?«

Vorris schien belustigt. »Ich glaube, das hat Eure Schwester schon getan, Herr.«

»Aber gewiss hat sie das getan. Nun gut. Es ist jedenfalls schön, wieder hier zu sein.«

Der Schreiber lächelte noch breiter und eilte in sein Büro oder Skriptorium zurück.

Wir kamen um eine Ecke, traten durch eine weitere bewachte Tür und liefen einen Flur hinunter, in dem sich meiner Vermutung nach die Mannschaftsunterkünfte befanden. Jedenfalls bemerkte ich in einem Raum mehrere Kojen, niedrige Tische und Bänke, auch ein paar Truhen, hölzerne Spinde und mehr Syldooner, als ich zählen konnte.

Alle bis auf die jüngsten Krieger erkannten Braylar und seine Männer sofort und begrüßten sie, indem sie sich bei den Unterarmen packten, aufgeregte Fragen stellten und plumpe Witze rissen. Mulldoos und Braylar entzogen sich jedes Mal und trieben uns an. Häufig versprach man uns mehr Becher, als irgendeine Schenke überhaupt liefern konnte, doch nach ein paar knappen Worten eilten wir weiter.

Als wir außer Hörweite der letzten Gruppe waren, erklärte Mulldoos: »Ich hab dir doch gesagt, dass es ein Fehler ist, am helllichten Tag hier anzukommen.«

In diesem Augenblick trat auf der linken Seite ein wahres Ungetüm von einem Mann in eine Tür. Er musste sich ducken und sich etwas zur Seite drehen, um herauszukommen. Er war mindestens eine Elle größer als Hackspeer, wenn nicht noch größer, und hatte Arme und Beine, um deren Umfang ihn jeder Baumstamm beneidet hätte. Ein dunkler Bart bedeckte das Gesicht fast völlig. Aus irgendeinem Grund bemerkte Braylar ihn nicht. Der riesige Mann bewegte sich überraschend geschmeidig und leise und hob einen Finger von der Größe einer Bärenwurst an die Lippen beziehungsweise an die Stelle, wo ich unter all den Haaren die Lippen vermutete.

Dann schlang er die mächtigen Arme um Braylar und hob ihn hoch wie eine Strohpuppe.

Als er Braylar endlich wieder auf den Boden stellte, war dieser rot angelaufen. »Dann bist du wohl doch nicht tot, was?«, fragte der riesige Mann.

Braylar setzte das echteste Lächeln auf, das ich je bei ihm gesehen hatte, auch wenn es immer noch ein wenig schief war. »Ich hab's ehrlich versucht. Aber ja, ich lebe noch.«

Der Bart des großen Mannes teilte sich gerade weit genug, um etwas zu entblößen, das wohl ebenfalls ein Grinsen sein musste. »Eine Schande. Aber du hast ja noch Zeit. Ich bin froh, dass du wieder da bist. Ich bin es leid, immer wieder die alten Kriegsgeschichten zu hören. Es wird gut tun zu erfahren, was da draußen in der Welt wirklich los ist.«

»Kein Krieg jedenfalls. Noch nicht.«

»Auch das ist eine Schande.« Damit drehte er sich wieder um, trat durch die Tür, durch die er gekommen war, und verdunkelte mit seiner Gestalt den Raum dahinter.

Wir gingen weiter. Ich tippte Vendurro auf die Schulter. »Wer war das?«

»Azmorgon. Manche nennen ihn auch ›Oger‹, ›Riese‹ oder ›Eulenbär‹.«

»Er war beeindruckend. Wie würdest du ihn nennen?«

»Azmorgon Hau-ab-oder-ich-hau-dich-um. Hast du gesehen, wie groß der Kerl ist? Wenn ihm danach ist, könnte er deinen Kopf zwischen Daumen und Zeigefinger zerquetschen.«

Am Ende des Flurs ging es wieder eine Wendeltreppe hinauf. In manchen Stockwerken waren die Gänge mit großen Türen versperrt, in anderen schienen sich weitere Unterkünfte oder Vorratslager zu befinden. Ich sah auch einen großen Saal und mehrere Räume, deren Zweck ich nicht erkennen konnte.

Als wir die Gemächer des Turmkommandanten erreichten, brannten mir die Beine und die Lunge, und an den Rändern meines Gesichtsfeldes schienen dunkle Motten zu flattern. Auf diesem Treppenabsatz gab es einen großen, mit einer Tür gesicherten Bogengang, und zusätzlich waren zwei Wachtposten aufgestellt. Sie rührten sich nicht und hielten uns nicht auf. Vorris hatte sich nicht geirrt, man erwartete uns schon.

Wir betraten den Wohnsitz des Kommandanten. Es waren keine königlichen oder luxuriösen Gemächer, doch der Hauptraum war schöner geschmückt als alles andere, was ich bisher im Turm gesehen hatte. Die gewölbte Decke war mit verschiedenen Szenen bemalt: Eine Jagdgesellschaft verfolgte in einem Wald einen goldenen Hirsch, zwei Heere standen auf einem öden Schlachtfeld unter einem großen silbernen Vollmond kurz vor dem Zusammenprall, ein Greif flog von einem Gehöft auf und schleppte in den Klauen eine Kuh mit, während der Bauer mit der Mistgabel hinterherlief, und viele andere Dinge.

An den Wänden gab es kleine Nischen, in denen zierliche Metallstatuen standen.

Mitten im Raum befand sich ein langer Holztisch, der von mehreren kräftigen, mit Leder bezogenen Holzstühlen umringt war.

Der Kommandant lehnte an der Fensterbank, die Hornblenden waren geöffnet, damit das Tageslicht in den Raum fiel. Er war kleiner, aber stämmiger als Mulldoos, über die besten Jahre hinaus und hatte große Geheimratsecken. Die verbliebenen, ehemals schwarzen Haare waren ergraut, die starken Koteletten reichten weit hinab und halb bis nach vorne zum Kinn. Ich war nicht sicher, was man von einem Turmkommandanten zu erwarten hatte, aber er war eine Art Herrscher, und deshalb hatte ich mit Brokat und Ringen oder kostbaren Gewändern mit bestickten Säumen gerechnet. Seine Kleidung war zwar aus gutem Tuch, aber schlicht und ohne jeden Schmuck, wenn man von der roten Schärpe absah, die über dem grauen und blauen Hemd, der Jacke und der Hose lag.

Er drehte sich um, betrachtete Braylar und dessen Männer und verschränkte die Hände hinter dem Rücken. »Captain, Ihr seht beschissen aus.«

Braylar salutierte. »Das kann gut sein, Kommandant. Ich hätte lieber gebadet und erst einmal zehn Tage geschlafen, und ich bin sicher, meinen Männern geht es ähnlich. Aber meine Schwester bestand darauf, dass wir sofort Bericht erstatten.«

»Der Kaiser hat aus irgendeinem Grund Hummeln im Hintern. Ihr wisst doch, dass er Euch und alle anderen Agenten der Türme zurückgerufen hat?« Braylar nickte, und Kommandant Darzaak fuhr fort: »Ein schlechter Zug, wenn Ihr mich fragt. Natürlich hat mich niemand gefragt, am allerwenigsten der aufgeblasene Wicht. Aber so ist das nun mal. Also, Soffjian sagte, Ihr hättet unterwegs Schwierigkeiten bekommen.«

Das war offensichtlich zugleich eine Frage und eine Aussage.

»Das ist richtig.«

Offensichtlich eine Bestätigung, aber keine Antwort.

»Ich nehme an, Ihr habt etwas vorzuweisen, um die Trödelei zu entschuldigen.« Sein Blick war bereits zu Henlester gewandert. »Ist das der Hohepriester?«

»Er ist es.«

Der Kommandant veränderte nicht die Haltung, den Tonfall oder die Miene, wechselte aber unvermittelt ins Anjurische, das er beinahe perfekt beherrschte. »Ihr fragt Euch sicher, warum Euch meine Männer aus Eurer Heimat zu einer Audienz bei mir hergeschleppt haben. Ich übrigens auch.«

Hohepriester Henlester antwortete auf Syldoonisch, wenngleich stockend und mit unverkennbarem Akzent. »Sie waren recht ...« Er warf Braylar einen Blick zu. »Sie waren recht nachdrücklich.«

»Natürlich waren sie das, Henlester. Aber darüber können wir bald in Ruhe reden. Im Augenblick sollt Ihr Euch als sehr wichtigen Gast betrachten, der viele Wächter für seinen Schutz und als Begleitung benötigt.«

Henlester lächelte völlig humorlos. »Erspart mir die Artigkeiten, Schwarze Schlinge. Nennt es so, wie es ist, und hört mit diesem Mummenschanz auf.«

»Und Ihr erspart mir diese hochmütige Entrüstung, Priester. Wollt Ihr den Rest Eures elenden Lebens in einer dunklen Zelle auf schimmeligem Stroh verbringen und Schweinemist fressen? Das lässt sich machen. Wollt Ihr in einem so tiefen Loch stecken, dass Ihr den Verstand verliert und Euch die Handgelenke zerbeißt, um das Elend zu beenden? Da unten gibt es reichlich Platz. Oder werdet Ihr lieber rasch gehenkt? Hier werden viele Leute gehenkt, auch das lässt sich also leicht einrichten. Oder Ihr spielt artig mit und benehmt Euch vernünftiger als bisher. Dann können wir Euch ein angenehmes Quartier geben, das besser ist, als Ihr es verdient. Wir füttern Euch mit Feigen, Tee und Honigkuchen, und wenn Ihr wollt, könnt Ihr gepuderte Pantoffeln tragen, den Kopf auf ein weiches Kissen betten und auch sonst alles bekommen, was Eurer Ansicht nach einem Mann Eures Standes an Annehmlichkeiten zusteht. Eure Behandlung hängt völlig von Euch ab. Bisher sieht es eher so aus, als würdet Ihr das dunkle Loch bevorzugen. Aber ich bin immer für eine angenehme Überraschung zu haben. Glaubt Ihr, Ihr könnt mich überraschen und Eure Zunge hüten, Hohepriester?«

Henlesters Lächeln gefror, und er presste die Lippen so fest zusammen, dass die Falten um den Mund zu beben schienen. Dann verneigte er sich leicht. »Ich werde mich bemühen, fügsam und unterwürfig zu sein, Kommandant Darzaak. Ich fürchte, das erfordert einige Übung, aber ich will es versuchen.«

»Und ich lasse Euch dafür nicht in Ketten legen und in den Kerker werfen.« Darzaak winkte einige Wächter herbei. »Begleitet unseren vornehmen Gefangenen in sein Quartier. Sorgt dafür, dass es ihm an nichts mangelt. Abgesehen von seiner Freiheit, natürlich.«

Henlester drehte sich abrupt um, übernahm sofort die Führung und schritt vor den Wächtern hinaus, als wäre ihm der Weg bekannt.

Der Turmkommandant sah ihm nach, bis die Tür geschlossen war, dann schüttelte er den Kopf und sah Braylar an. »Anscheinend fangt Ihr nie jemanden, der fügsam ist. Warum ist das so?«

»Nun ja«, antwortete Braylar. »Das liegt wohl vor allem daran, dass die meisten meiner Fallen die Mächtigen und keine Müller und Bäcker einfangen.«

Darzaak setzte sich an den großen Tisch und schien überrascht, dass die anderen noch standen. »Oh, setzt Euch doch.«

Braylar und seine Männer ließen sich an dem großen Tisch nieder. Ich setzte mich neben Vendurro.

Der Kommandant deutete mit dem Daumen zur Tür. »Ich habe die Nachricht bekommen, dass Ihr die Priester gegen den Baron ausspielen wollt, und ich glaube mich zu erinnern, dass noch mehr dahintersteckte. Ihr habt angenommen, dieser runzlige Arsch könnte der Schlüssel für eine große Sache sein. Ich will doch hoffen, Ihr habt ihn nicht allein seines umgänglichen Benehmens wegen den ganzen Weg hierhergeschleppt. Also, was hat das nun zu bedeuten, Captain?«

»Was den ersten Punkt angeht, so hat unser Kaiser wahrscheinlich einen großen Teil unserer guten Arbeit zunichtegemacht, als er uns ohne Vorwarnung aus Anjurien abberief«, erklärte Braylar. »Teilweise habe ich mich entschlossen, den Priester zu entführen, um zu sehen, was noch zu retten ist, sofern wir immer noch die Absicht haben, das Baronat zu destabilisieren.«

»Soweit ich weiß, hat sich in dieser Hinsicht nichts geändert. Und der zweite Punkt?«

Braylar setzte zu einer Antwort an, doch Darzaak fiel ihm ins Wort. »Wartet. Ehe wir dazu kommen, sollten wir uns vorstellen.« Darzaak heftete den Blick auf mich. »Du weißt, wer ich bin, aber das Gleiche kann ich nicht von dir sagen. Du siehst mir sehr nach einem Schreiber aus. Bist du demnach Arkamondos, den man Arki nennt?«

Alle sahen mich an. Ich schluckte schwer. »Der bin ich.« Dann fügte ich hinzu: »Kommandant Darzaak. Ich bin der Schreiber, den man Arki nennt.«

»Nun, Arki, macht es dich nicht nervös, dass zwei deiner Vorgänger tot sind?«

Das war eine sehr direkte Frage. »Über meine Vorgänger kann ich nichts sagen, Kommandant, denn ich bin ihnen nie begegnet. Sie waren sicherlich fähige Leute, sonst hätte der Captain sie gar nicht erst eingestellt. Aber es gab wohl gute Gründe dafür, dass sie ihre Positionen nicht sehr lange behalten haben. Ich hoffe, meine Aussichten zu überleben sind ... etwas besser, solange ich hervorragende Arbeit leiste.«

Hackspeer und Vendurro kicherten. Braylar und Mulldoos lächelten. Der Kommandant jedoch war keineswegs erheitert. »Dann sage mir, Arki, bist du ein vertrauenswürdiger Mann?«

»Ja, Kommandant. Ja, Herr, ich glaube schon.«

»Glaubst du es, oder willst du es mich glauben machen?«

»Beides, wenn es recht ist.«

Darzaak wandte sich an Braylar. »Was soll das nun, Captain? Ich nehme an, Ihr hättet den Jungen längst umgebracht, wenn er Euch zu viel Ärger bereitet hätte. Aber erklären müsst Ihr es mir trotzdem. Warum glaubt Ihr, der dritte sei besser als seine verräterischen Vorgänger?«

»Unser junger Schreiber hätte mich beinahe erschossen«, antwortete Braylar. »Zweimal sogar. Aber in beiden Fällen hat er es getan, um mir das Leben zu retten. Er hat sich hervorragend bewährt und den Schatz übersetzt, den wir geborgen haben. Er hatte die Gelegenheit, sich auf die Seite des Feindes zu schlagen, und hat es nicht getan. Was die Vertrauenswürdigkeit angeht, so war der erste Schreiber lediglich in Bezug auf seine Fähigkeiten unehrlich. Er war lange nicht so fähig, wie er mich glauben machte, aber verraten hat er uns nicht. Der dumme Kerl geriet einfach nur in die Flugbahn eines Pfeils, der für mich gedacht war. Sein einziges Verbrechen war seine Unbeholfenheit. Erst der zweite hat tatsächlich versucht, uns zu verraten. Arki hat diesen Fehler nicht begangen. Er ist loyal, allerdings auch ungeschickt, was ich, wie ich gestehen muss, gelegentlich empörend fand.«

Der Turmkommandant wandte sich an Hackspeer und Mulldoos. »Seid Ihr der gleichen Meinung wie Euer Captain?«

Hackspeer sagte: »Ich habe große Hoffnungen in ihn gesetzt, als er zu uns kam, und bisher hat er mich nicht enttäuscht. Er hat es sogar geschafft, in ein paar Kämpfen nicht umzukommen, was an ein Wunder grenzt, wenn man bedenkt, wie beschränkt seine Fähigkeiten in dieser Hinsicht sind.«

Mulldoos sah mich an, die hellen Augen verrieten nicht, was in ihm vorging. Besonders angenehm war es aber nie. Nach längerem Schweigen sagte er: »Ich vertraue meinen Brüdern vom Schakalturm. Ich vertraue dem Captain. Da endet und beginnt mein Vertrauen. Der Schreiber hier ist kein Syldooner. Er wird in tausend Jahren keiner sein.« Ich dachte, das wäre es gewesen, doch dann fuhr Mulldoos fort: »Aber er hat mehr Mut und Entschlossenheit in sich, als man vermuten würde, wenn man den dürren Kerl anschaut. Und ein- oder zweimal hat er sich als nützlich erwiesen.« Das Letzte sagte er widerwillig, aber immerhin sagte er es. »Ob ich ihm vertraue? Nein, nicht so weit wie einem Bruder. Ob ich ihm misstraue?« Er zuckte mit den breiten Schultern. »Nicht so sehr wie den meisten anderen.«

»Eine wahre Lobeshymne«, bemerkte Hackspeer.

»Da er erst seit kurzer Zeit bei der Truppe ist, könnte er der allergrößte Halunke sein. Und wenn ihr Schwachköpfe ehrlich wärt, dann würdet ihr das auch zugeben.«

Darzaak dachte darüber nach und betrachtete die Hände, die er auf den Tisch gelegt hatte. »Nun gut. Also, Arki, dein Captain hat eine Menge alte Pergamente beschafft. Konntest du sie übersetzen?«

»Nein. Das heißt, ja. Ich habe eine ganze Reihe davon übersetzt, aber nicht alle. Noch nicht.«

Der Kommandant sah Braylar an. »Er ist an solche Nachbesprechungen nicht gewöhnt, oder?«

Braylar lächelte fast unmerklich. »Er ist klüger, als er aussieht, das kann ich schwören. Arki, erkläre, was du bisher herausgefunden hast.«

Mein Schreibkasten stand auf meinem Schoß, aber alles andere war zusammen mit den Kisten und den Dokumenten abtransportiert worden. »Natürlich, Captain. Aber meine Notizen ...«

»Die brauchst du jetzt nicht. Der Kommandant will nicht alle Einzelheiten hören. Berichte nur das, was du über den Tempel der Wahrheit und über die Bemühungen herausgefunden hast, damals die Erinnerungshexen zu kontrollieren. Bitte nur in groben Zügen.«

Mir fiel auf, dass er Blutrufer und die mit ihm vergleichbaren Waffen, wie etwa das Schwert Kummerzunge, nicht erwähnt hatte. Ich sammelte mich und fasste alle anderen Erkenntnisse zusammen.

Als ich fertig war, sah Turmkommandant Darzaak wieder Braylar an. »Kommen wir zu dem Runzelarsch. Konnte er etwas beisteuern?«

»Das konnte er«, bestätigte Braylar. »Er sagt, der Priester Anroviak sei nach dem Prozess auf dem Scheiterhaufen hingerichtet worden. Das hätte alle anderen davon abbringen sollen, in eine ähnliche Richtung zu denken oder zu forschen. Der Tempel fuhr damit fort, die Hexen zu jagen und zu töten. Es gab jedoch einen anderen Priester, der einige der früheren Aufzeichnungen entdeckte. Höchstwahrscheinlich war es sogar das Tagebuch des Anroviak, das bis heute erhalten blieb, und dazu einige andere Dokumente. Dieser Priester namens Untwik führte Anroviaks Arbeiten insgeheim weiter. Anscheinend fand er dabei einiges heraus.«

»Haben sie nicht auch die Rahmen entdeckt?«

»Die Syldooner haben schon immer Ideen von anderen Kulturen übernommen und verbessert«, meinte Hackspeer. »Wir wussten nur nicht, dass dieses Wissen so weit zurückreicht.«

Darzaak nickte. »Demnach haben die Anjurier ein paar Hexen kontrolliert. Das dachten wir uns schon, unsere eigenen Aufzeichnungen legen diese Vermutung nahe. Aber es ist gut, eine Bestätigung zu bekommen. Bleibt immer noch die wirklich große Frage, der Grund, warum ich Euch überhaupt auf die Reise geschickt habe. Haben sie herausgefunden, wie man die Kontrolle überträgt oder wie man sie von jemand anders stiehlt? Wie man die Bindung bricht und neu aufbaut? Etwas in dieser Art?«

»Das waren jetzt schon mehrere Fragen, Kommandant«, wandte Braylar ein.

»Eher immer die gleiche Frage in verschiedenen Gewändern.«

»Nun gut. Die Antwort auf die eine oder auf alle lautet: Nein. Bisher haben wir nichts dergleichen entdeckt. Henlester besitzt anscheinend über diese Dinge kein Wissen. Er ist aalglatt, aber alles, was er bisher preisgegeben hat, bestätigte das, was Arki schon herausgefunden hatte. Deshalb neige ich dazu, ihm zu glauben. Man könnte ihn natürlich den Memoridinnen überlassen, um das zu überprüfen. Aber wie dem auch sei, Arki muss mindestens noch eine weitere Kiste durcharbeiten. Vielleicht finden wir dort, was wir suchen.«

Der Turmkommandant nickte langsam. »Aye, das ist möglich.« Ganz überzeugt schien er nicht. Dann sagte er: »Ihr habt gute Arbeit geleistet. Ich habe die Berichte gelesen. Ihr habt Verluste erlitten, und seit den letzten Nachrichten sind es sicher noch ein paar mehr geworden. In seiner unendlichen Weisheit hat Euch der Kaiser ein Bein gestellt, aber vielleicht finden wir doch noch einen Weg, das Beste daraus zu machen.«

Braylar beugte sich ein wenig vor und legte die Hände an die Tischkante. »Warum hat uns der Kaiser überhaupt zurückgerufen? Was ist hier los?«

»Es betraf nicht nur Euch. Cynead hat alle Agenten zurückbeordert. Ihr seid vermutlich die Letzten, die eingetroffen sind. Es spielt keine Rolle, falls noch ein paar draußen sind. Der Kaiser leidet an einem Mangel an Geduld und einem Übermaß an Geltungssucht. Er hat ein Forum der Türme einberufen, das in zwei Tagen stattfinden soll.«

Mulldoos ballte die Hände zu Fäusten, und seine Miene verriet, dass er die Fäuste gern gegen irgendjemanden eingesetzt hätte. »So ein Forum ist nie eine gute Sache. Das nimmt immer für irgendjemanden ein böses Ende. Was hat er Eurer Ansicht nach vor?«

»Das letzte Mal war es gewiss eine blutige Angelegenheit«, erwiderte Darzaak. »Man kann nicht sagen, was er sich jetzt dabei denkt. Er leidet an einem Übermaß an Geltungssucht und Geheimniskrämerei, hätte ich wohl sagen sollen. Aber es wird sicher nicht angenehm, nein.«

»Glaubt Ihr, er ...«, setzte Vendurro an und hielt inne, um es noch einmal auf andere Weise zu versuchen. »Ob es mit Thumaar zu tun hat? Sollten wir uns Fluchtpläne zurechtlegen?«

Braylar schüttelte den Kopf. »Nein. Das hätte er insgeheim erledigt und es erst hinterher bekannt gegeben, nachdem er die Opposition ausgelöscht und vernichtet hätte. Das ist kein Grund für ein Forum. Er hat etwas anderes vor. Er würde nicht alle Agenten zurückrufen und die Türme zusammentrommeln, wenn es nicht um eine große Sache ginge.«

Darzaak stimmte dem zu und ergänzte: »Das meiste von dem, was Ihr getan habt, war eine Fortsetzung der Arbeit, die Thumaar vor Jahren begonnen hat. Ehrlich gesagt, überrascht es mich, dass Cynead Euch nach Thumaars Vertreibung überhaupt noch einmal nach Anjurien gelassen hat. Nein, ich vermute, Captain Killcoin liegt völlig richtig. Es ist ein kühner Streich, alle Agenten zurückzubeordern, aber es dient zweifellos einem größeren Plan. Das beruhigt mich so sehr, als hätte ich den Schwanz in ein Hornissennest gesteckt.« Er hielt inne und sah wieder mich an. »Wasch dich, Arki. Nimm ein Bad, wenn du willst. Iss etwas und ruhe dich aus. Dann musst du wieder an die Arbeit gehen. Übersetze weiter. Wegtreten.«

Ich stand linkisch auf und hätte beinahe meinen Schreibkasten fallen lassen. »Ja, Kommandant Darzaak«, antwortete ich mit einem Nicken. Ich war nicht sicher, wohin ich gehen sollte, und hatte Hemmungen zu fragen.

Darzaak sah es mir anscheinend an. »Ven, zeige ihm den Weg.«

Vendurro stand auf und kam zu mir. »Aye, Kommandant.«

»Oh, und noch etwas, Bursche.«

Vendurro war schon zur Tür unterwegs. Auf halbem Wege hielt er inne und drehte sich um.

»Es tut mir leid, dass Gless gefallen ist. Er war ein guter Soldat.«

Vendurro richtete sich auf und nickte. »Danke, Kommandant. Vielen Dank.«

35

Als wir durch den Gang liefen, sagte ich: »Wie immer habe ich das Gefühl, es gibt hundert Dinge, die ich nicht verstanden habe.«

Vendurro lachte. »Hundert nur? Eher tausend. Wir sind hier in Sonnenmatt. Sogar diejenigen, die den größten Teil ihres Lebens hier verbracht haben, wissen die meiste Zeit nicht, was hier vorgeht oder was in zwei Tagen geschehen wird. Die Stadt wird nicht von ungefähr Hauptstadt der Intrigen genannt. Die Türme vernichten sich gegenseitig, gehen Bündnisse ein und brechen sie genauso schnell wieder. Alle ringen um die Macht oder wollen verhindern, dass jemand anders sie bekommt. Wenn wir keinen Krieg führen, ist es sogar noch schlimmer. Nichts schweißt die Syldooner so fest zusammen wie ein gemeinsamer Feind.«

»Oder wie ein Forum. Was ist das eigentlich? Ich habe angenommen, die Turmkommandanten beraten sich regelmäßig mit dem Kaiser. Oder jedenfalls nicht so selten, dass es Aufsehen erregt, wenn es dann doch einmal geschieht. Aber jetzt geht es anscheinend um etwas anderes, nicht wahr? Was hat das zu bedeuten?«

»Die meiste Zeit arbeiten die Türme relativ unabhängig voneinander. Zweimal im Jahr versammeln sie sich. Das sind die regelmäßigen Treffen, an die du denkst. Aber das Forum ist etwas ganz anderes. Nur der Kaiser kann es einberufen. Die Turmkommandanten müssen kommen, wenn sie nicht tot sind oder im Sterben liegen. Sie und ihre Captains und die wichtigsten Offiziere. Wer nicht erscheint, macht sich des Verrats schuldig.«

Nun verstand ich Soffjians Drängen ein wenig besser. Offenbar wusste sie oder hatte zumindest geahnt, was sich zusammenbraute. Wir stiegen die Treppe hinunter. »Wenn wir nicht rechtzeitig eingetroffen wären ...«

Vendurro nahm immer zwei Stufen auf einmal. »Ah, nein. Sie hätten uns nicht gejagt oder so. Der Cap ist ein wichtiger Mann, aber kein Turmkommandant. Trotzdem, es hätte schon sehr seltsam ausgesehen. Wenn eine Memoridin kommt und mit der Peitsche knallt, sollten sich die Syldooner sputen. Besonders wenn der Ruf vom Kaiser persönlich kommt und nicht vom Turmkommandanten.«

»Darf ich dich etwas fragen, Vendurro?«

Er führte mich durch einen Flur. »Aber natürlich darfst du das. Ich hoffe, es macht dir nichts aus, wenn ich vielleicht nicht antworte.«

»Machst du dir Sorgen wegen des Forums? Es klang wie etwas, das wir beunruhigend finden müssten. Aber du scheinst nicht besonders beunruhigt zu sein.«

»Hast du wirklich ›wir‹ gesagt?« Er blieb stehen und sah mich mit einem kleinen Lächeln an.

»Ich werde vielleicht nie ein richtiger Syldooner. Mulldoos hat ja erklärt, dass ich nicht aus dem rechten Holz geschnitzt bin. Aber mein Schicksal ist mit dem Captain und mit euch allen verknüpft. Deshalb dachte ich ...«

»Ich habe dich nur auf den Arm genommen, Buchmeister.« Da entspannte ich mich ein wenig. »Foren, Kaiser, Turmkommandanten, das ist mir alles zu hoch. Ich bin nur ein Soldat.«

Er deutete zur gewölbten Decke hinauf. »Darüber sollen die da oben nachdenken. Ich mache meine Arbeit, so gut ich kann. Ich vertraue dem Cap, Hacker und Mull, dass sie für mich und die anderen Jungs alles richtig entscheiden.«

Wir bogen um eine Ecke und begegneten einer syldoonischen Sklavin, die mir einen seltsamen Blick zuwarf. »Ich habe Thumaars Namen schon mehrmals gehört. Er ist doch der abgesetzte Kaiser, oder?«

»Ja, er wurde abgesetzt. Dies ist die Hauptstadt der Intrigen.«

»Aber getötet wurde er nicht?«

»Keineswegs. Thumaar ist gesund und munter. Und wie die meisten, die mal auf dem Thron gesessen sind, juckt es ihn mächtig in den Fingern, ihn zurückzubekommen.«

Ich nahm an, dass es wohl allen abgesetzten Herrschern so erging, aber ich musste trotzdem fragen. »Woher weißt du das so genau?«

»Oh, der Schakalturm hilft ihm, sein Ziel zu erreichen.«

Er sagte es so beiläufig, dass ich einen Augenblick brauchte, um die Ungeheuerlichkeit der Aussage wirklich zu begreifen. »Was tut ihr?«, rief ich beinahe. Dann beruhigte ich mich und versuchte es noch einmal. »Arbeitet ihr wirklich darauf hin, ihn wieder einzusetzen?«

»Ganz genau. Wir sind Thumaars Männer. Einige andere Türme sehen das auch so. Thumaar war als Kaiser zweimal so gut wie Cynead. Immer die Flasche in der Nähe, immer zum Lachen aufgelegt. Oder zur Rache, je nachdem. Ein harter Mann, aber gerecht. Wenn wir ihn dorthin zurückbringen können, wo er hingehört, dann werden wir es tun.«

Ich sah mich nervös im Gang um und fragte mich, ob es nicht unklug war, so offen von Verrat zu sprechen.

»Oh, wir sind hier unter uns, wir Schakale. Draußen beißen wir uns auf die Zunge und lächeln hübsch und salutieren, wie es sich gehört, aber hier würde jeder Mann auf Cyneads Leiche pissen, wenn er die Gelegenheit dazu bekäme.«

»Aber ... macht ihr euch keine Sorgen wegen des Forums und dem, was sich daraus ergeben könnte? Wenn Cynead nun erfahren hat, dass ihr gegen ihn arbeitet?«

»Wie gesagt, ich überlasse die großen Probleme den großen Männern. Wir vertreiben Cynead oder kommen bei dem Versuch ums Leben. Es gelingt, oder es gelingt nicht. Um ehrlich zu sein, ich mache mir viel mehr Sorgen über das, was ich morgen zu tun bekomme, als über das Forum am Tag danach.«

Ich dachte darüber nach und überlegte, was er wohl damit meinte. Dann fiel mir ein, was der Turmkommandant gesagt hatte, und ich erkannte, dass es mit dem Verlust eines Kameraden noch nicht getan war. Wenigstens nicht für Vendurro. »Willst du morgen die Witwe aufsuchen?«

Er blickte seine Füße an und rieb sich heftig den Hinterkopf. »Ich sollte sogar heute schon hingehen. Bis Sonnenuntergang ist noch etwas Zeit. Und morgen wird es nicht besser sein. Vielleicht sogar schlimmer, wenn ich es mir recht überlege. Aber ich habe meine Turmkameraden lange nicht mehr gesehen. Jetzt richte ich mich erst einmal ein und begrüße die Brüder, trinke zu viel und verliere mehr Münzen, als ich mir leisten kann.« Rasch hob er wieder den Kopf. »Aber mach dir keine Sorgen. Das Witwengeld ist in einer anderen Börse. Morgen werde ich eine Frau zum Weinen bringen, und sie wird mich schlagen, aber ich will dreimal verdammt sein, wenn ich ihr nicht wenigstens das gebe, was ihr zusteht. Wie ich Mervulla kenne, wird sie es mir ins Gesicht werfen. Entweder bevor oder nachdem sie versucht hat, mir die Augen auszukratzen. Eine stolze Frau, oft voller Zorn. Wenn wir uns das nächste Mal sehen, trage ich vielleicht einen Verband. Womöglich sogar zwei, weil ich blinder bin als die elenden Hornmänner.«

Er versuchte, es humorvoll zu nehmen, aber man sah ihm an, wie schwer es ihm fiel.

»Ich kann dich begleiten, wenn du willst. Wenn es dadurch ... na ja, wenn es erträglicher wird. Leichter.«

Vendurro blieb vor einer Tür stehen und holte tief Luft. »Das ist freundlich von dir, Arki. Sehr freundlich. Es bedeutet mir viel. Aber Kommandant Darzaak lässt die Peitsche knallen, damit du die übrigen Schriftrollen durcharbeitest. Davon will ich dich nicht abhalten.«

Ich nickte erleichtert, denn der Besuch würde sicherlich bedrückend verlaufen, und ich wäre nur ein Eindringling. Andererseits hatte ich Gewissensbisse, weil ich sah, welche Bürde Vendurro trug. »Ich bin sicher, dass ich ein wenig Zeit erübrigen kann. Wir müssen ja nicht bis Zechingen reiten, um sie aufzusuchen, oder?«

Vendurro blies die Wangen auf und atmete langsam aus. »Ich wünschte, ich könnte dich mitnehmen. Aber ich muss es allein tun. Es ist meine Pflicht. Trotzdem, dein Angebot bedeutet mir mehr, als ich sagen kann.« Er rüttelte an einer Tür, fand sie unverschlossen und stieß sie auf. »Anscheinend war der Verwalter schon da. Du wirst im freien Zimmer des Captains untergebracht. Ich weiß nicht, ob sie inzwischen Staub gewischt haben, aber abgesehen davon, dass der Raum jahrelang abgesperrt war, müsste er in Ordnung sein.«

Ich stand da und hielt den Ranzen und den Schreibkasten fest. »Was ist mit dir und den Leutnants?«

»Oh, Mull und Hackspeer sind Offiziere und haben eigene Quartiere.«

»Aber du bist doch auch Offizier, oder?«

»Der einzige Unterschied zwischen mir und den normalen Leuten ist der, dass ich mehr Meckerei und Bauchgrimmen ertragen muss. Gelegentlich wiederhole ich die Befehle des Captains, wenn sich die Leute zu langsam bewegen. Ein Sergeant ist bloß ein aufgemöbelter Gemeiner. Ich habe zwar ein eigenes Zimmer, aber es befindet sich bei meinen Brüdern in der Kaserne. Aber das ist schon in Ordnung. Da kann man nach ein paar Krügen Bier oder saurem Wein viel leichter hineinstolpern. Weniger Stufen.«

Er zog sich einen Schritt zurück und wollte gehen. Ich blickte in den leeren Raum und hatte wieder einmal das unangenehme Gefühl, am Rande einer Klippe zu stehen. Jedes Mal, wenn ich den Eindruck hatte, in der Gesellschaft der Syldooner könne es nicht mehr schlimmer kommen, spielte mir das Schicksal einen grässlichen Streich. Unterstützten sie tatsächlich den abgesetzten Kaiser und arbeiteten insgeheim gegen den neuen?

Vendurro bemerkte meine Miene. »Willst du nicht vielleicht mitkommen? Die Kameraden kennenlernen und ein Bier trinken?«

Beinahe hätte ich eingewilligt. Diese Aussicht schien mir viel erbaulicher zu sein als die Vorstellung, allein in einem staubigen Zimmer zu hocken. Aber ich war für staubige Zimmer gemacht und konnte mir nicht vorstellen, dass die anderen Syldooner bereitwilliger als Braylars Gefolge einen Krug mit mir teilte.

Ich schüttelte den Kopf. Vendurro nickte zum Abschied. »Wir sehen uns, Arki.«

»Gute Nacht.«

Ich sah ihm nach, wie er durch den Flur zurückging. Um seine Aufgabe am nächsten Tag beneidete ich ihn nicht, aber ich war eifersüchtig, weil er alte Freunde hatte, mit denen er sich am Abend ablenken konnte. Beinahe hätte ich ihm doch noch nachgerufen, er solle warten und mich mitnehmen.

Beinahe.

36

Captain Killcoins Quartier war geräumig, und in einer Wand gab es glücklicherweise mehrere Bogenfenster. Ich blickte hinaus und sah ganz Sonnenmatt unter mir liegen. Obwohl ich mich mehrere Stockwerke unter dem Dach des Turms befand, war der Ausblick erstaunlich – die schachbrettartig angelegten Straßen, die weiten Plätze, auf denen es vor bunt gekleideten Menschen wimmelte, Brunnen mit Wasser aus den Aquädukten, ummauerte Gärten mit Feigen, Datteln und den seltsamen Bäumen, auf denen die Stahlmotten lebten. Tempel in allen Größen, manche mit großen Kuppeln, andere mit zierlichen schmalen Minaretten, verziert mit schwarzen und weißen Bändern. Überall sah ich bröckelnde Fassaden und alte Bögen. Auf den Messingdächern blitzte das Licht der untergehenden Sonne, sodass die ganze Stadt zu brennen schien. Und dann natürlich die gewaltigen Mauern und Türme, die den Ort umgaben – ein Ring aus Burgen und Bergfrieden, die das Herz des Reichs schützten.

Es war wirklich erstaunlich. Und ein wenig schwindelerregend. Ich wich zurück.

Durch einen offenen Bogengang erreichte ich das benachbarte kleinere Zimmer. Da es innen lag, gab es keine Fenster, aber zu meiner Überraschung ein kleines rechteckiges Oberlicht mit Wänden aus glasierten Ziegeln, um das einfallende

Licht zu verstärken. Über dem kleinen Schreibtisch und dem Stuhl war ein Haken angebracht, an dem eine Laterne hing.

Das Zimmer war nicht so angenehm wie manche Räume, die ich in den Häusern früherer Dienstherren zeitweilig bewohnt hatte, aber verglichen mit dem schwankenden Wagen wäre es ein Vergnügen, hier zu schreiben. Alle fünf Schritte waren die Räder über ausgefahrene Rinnen gerumpelt, sodass die Tinte aus den Fässern gespritzt war, und meine Schrift war derart unleserlich, dass ich sie einige Stunden später kaum noch entziffern konnte.

Dem Schreibtisch gegenüber stand ein einfaches Bett, aber auch das war ein Luxus, wenn man neben einem Wagenrad schlafen musste, bei jedem Geräusch im Dunklen aufschreckte und sich fragte, ob Hornmänner, Brunemänner oder andere unbekannte Feinde durch das Lager gedonnert kamen und uns alle umbringen wollten.

Ich stellte meine Sachen ab und sah, dass irgendjemand – der Verwalter, die Sklaven oder wer auch sonst die Räume herrichtete – sogar eine kupferne Badewanne hereingeschleppt hatte. Vielleicht stand sie auch immer dort. Aber als ich das Wasser mit dem Finger prüfte, stellte ich fest, dass sie erst vor Kurzem gefüllt worden war. Es war lauwarm, und das Kupfer speicherte die Wärme.

Ein Bad. Ein warmes Bad. Es war Ewigkeiten her, dass ich so etwas genossen hatte.

Ich holte neue Kleidung aus dem Ranzen und zog rasch das schmutzige Hemd und die Hose aus. Die Wolle war verfilzt und voller Blutspritzer. Nachdem ich die Unterwäsche ausgezogen und den Verband abgenommen hatte, stieg ich in die Badewanne und war erleichtert, dass das Wasser nicht siedend heiß war. Es stieg mir bis zum Brustbein, und die Wärme war köstlich. Endlich vergaß ich die juckende Wunde.

An der Seite hing eine Bürste, und dort gab es auch ein kleines Tablett mit einem Brocken Seife, die so rau war wie ein Mühlstein. Ich schrubbte mich ab, seifte mich ein und spülte die Seife ab, dann rutschte ich ins Wasser, so tief ich konnte, und ließ mit geschlossenen Augen die Arme über dem Rand baumeln.

Ich wollte mich nur etwas ausruhen, war aber anscheinend eingeschlafen, denn auf einmal hörte ich eine Stimme. »Wenn das nicht gemütlich aussieht.«

Ich riss die Augen auf. Eine Frau. Skeelana.

Ich setzte mich aufrecht und bedeckte mich.

Sie hockte im Schneidersitz auf dem Stuhl am Tisch. »Oh, der Seifenschaum ist wie Lilienblüten, und du hast das Wasser hübsch braun gefärbt. Ich habe nichts gesehen.«

»Was ... wie bist du hereingekommen?«

Sie deutete zur Tür. »Das war nicht so schwer. Es war ja nicht abgeschlossen.«

»Was willst du hier?«

»Das Gleiche wie du. Mich etwas entspannen. Bevor ich dich erschreckt habe, hast du sehr behaglich ausgesehen. Ich habe beinahe ein schlechtes Gewissen.« Das war freilich schwer zu glauben. »Aber jetzt wirkst du gar nicht mehr so friedlich.«

Ich hatte keine Ahnung, was ich tun oder sagen sollte. Noch nie hatte mich eine Frau beim Baden überrascht, und ganz bestimmt keine, zu der ich mich auf eine seltsame Weise hingezogen fühlte. Obendrein sprach sie mit mir, als schlenderten wir über eine belebte Straße.

»Äh, was ich sagen wollte, ich freue mich, dich zu sehen, aber was tust du gerade jetzt hier? Der Captain könnte jeden Augenblick kommen, und ich bin ziemlich sicher, dass er die gleiche Frage stellen würde, aber viel unfreundlicher.«

Das schien sie nicht weiter zu beunruhigen. »Oh, ich bin ihm vorhin begegnet. Die Turmkameraden, die er seit Jahren nicht gesehen hat, haben ihn zum Trinken abgeschleppt. Ich glaube, wir sind jetzt ziemlich sicher.«

Ich fühlte mich allerdings überhaupt nicht sicher, aber nicht auf die gleiche Weise wie bei meiner unerwarteten Unterhaltung mit Soffjian im Dunklen in der Scheune. Jetzt war ich eher nervös und errötete trotz des lauwarmen Wassers. »Ich steige jetzt aus der Wanne.«

Skeelana lächelte. »Unbedingt.«

»Das heißt, ich will mich anziehen. Also ...«

Sie stand auf. »Keine Angst, Arki. Ich necke dich nur. Ich sehe woanders hin.«

Tatsächlich drehte sie sich um. Schaudernd, obwohl es gar nicht so kalt war, stieg ich aus dem schmutzigen Wasser und zog so schnell wie möglich die saubere Unterwäsche, das Hemd und die Hose an. Dabei blieb ich im Hosenbein hängen, stolperte und stürzte beinahe.

Skeelana sah sich über die Schulter um und lachte. »Alles klar da hinten?«

»Ja.« Ich befreite den Fuß, versuchte es noch einmal und wäre beinahe wieder gestürzt. »Ja, alles in Ordnung, danke.«

Als ich angezogen war, drehte sie sich um und lehnte sich zurück. »Es tut mir leid, dass wir auf dem letzten Abschnitt der Reise kaum noch reden konnten. Soffjian dachte, wir sollten am besten auf Abstand bleiben. Besonders nachdem ich Captain Killcoin behandelt hatte. Das hat sein Gefolge und ihn selbst sehr nervös gemacht. Aber ich habe unsere Gespräche vermisst.«

Ich errötete noch stärker. »Ich auch«, gab ich zu und setzte mich aufs Bett.

So saßen wir eine Weile schweigend da, bis sie sagte: »Siehst du, genau das ist es, das ist der Unterschied. Bei den meisten

Menschen wäre dieses Schweigen unglaublich peinlich. Bei dir ist es nur ein bisschen peinlich.«

Ich lachte, und es fühlte sich gut an. Wirklich gut.

Skeelana sah mich an. Ihre blauen Augen sorgten unweigerlich dafür, dass alles, was ich sagte, dumm oder ungeschickt klang, und trotzdem erwiderte ich gern ihren Blick. »Machst du dir keine Sorgen? Ich meine, dass dich jemand gesehen haben könnte? Ist das nicht ...«

»Was? Unschicklich? Nein, wahrscheinlich nicht. Die meisten Syldooner wollen mit uns nicht mehr zu tun haben als unbedingt nötig, aber wir dürfen uns im Turm aufhalten. Immerhin gehören wir dazu, auch wenn es diese Spaltung gibt. Wir dürfen durch die Gänge wandern, und die meisten Leute, die ich gesehen habe, sind so schnell wie möglich in die andere Richtung gerannt und haben sich nicht darum gekümmert, wohin ich wollte. Deshalb mache ich mir keine Sorgen. Aber ich will auch nicht lange bleiben. Vor allem wollte ich wissen, was du bisher von Sonnenmatt hältst.«

Ich widerstand dem Impuls, zum Fenster zu gehen und noch einmal hinauszublicken. »Es ist ... gewaltig. Atemberaubend. So etwas habe ich noch nie gesehen.«

»Die Stadt ist sehr groß«, stimmte Skeelana zu. »Wenn man lange hier lebt, vergisst man, dass der Rest der Welt ganz anders aussieht.«

»Vor allem?«

»Was?«

»Du hattest ›vor allem‹ gesagt. Gibt es noch einen Grund?« Ich bemühte mich, mir die Nervosität und Erregung nicht anmerken zu lassen und schalt mich einen dummen Jungen, weil ich dachte, eine ausgebildete Memoridin könnte sich auch nur am Rande für mich interessieren. Und weil ich mir wünschte, es wäre so. Das war eine Dummheit der schlimmsten Art.

Sie spielte mit dem Schakalabzeichen auf ihrer Jacke. »Vor einigen Tagen hast du etwas erwähnt, über das ich nachgedacht habe.«

Ich war enttäuscht und erleichtert zugleich. »Ja?«

»Du hast nach Erinnerungen gefragt, und wie leicht oder schwer es sei, diejenigen aufzudecken, die verloren oder zersplittert sind. Etwas in dieser Art.«

»Du bist eine Memoridin. Erinnerst du dich denn nicht?«

Skeelana legte lächelnd den Kopf schief. »Oh, du neunmalkluger Bursche. Ja, ich erinnere mich, und ich hatte das Gefühl, dass es nicht nur die Neugierde war, die dich zu dieser Frage veranlasst hat. Du hast um deiner selbst willen gefragt, nicht wahr?«

Nach einer langen, drückenden Pause fasste ich mir ein Herz und gestand es ihr. »Nein. Das heißt, es war tatsächlich keine reine Neugierde.« Ich überlegte, ob ich das Thema wechseln oder das Gespräch beenden sollte. Aber dann sagte ich: »Ich bin meinem Vater nie begegnet. Jedenfalls weiß ich nichts davon. Natürlich erinnere ich mich an meine Kindheit. An meine Mutter. Einigermaßen jedenfalls. Aber ich habe mich gefragt, ob …«

Sie wartete geduldig, bis ich fortfuhr. »Ob ich ihn nicht vielleicht doch gesehen habe. Vielleicht hat er nach mir und meiner Mutter gesehen, als ich noch klein war, und ich weiß es nicht mehr. Ich bin seinem Gefolgsmann begegnet, aber nie meinem Vater selbst. Jedenfalls glaube ich das. Und als du gesagt hast, dass die Erinnerungen manchmal verschüttet sind oder zerbrechen, da habe ich gedacht …«

Das kam mir viel zu jämmerlich vor, und ich bereute sofort, überhaupt etwas gesagt zu haben. Skeelana lächelte jedoch ohne jede Arglist, ohne Spott und Sarkasmus. »Das könnte möglich sein. Vielleicht.«

»Ich dachte, du könntest einfach in mir nachsehen und herausfinden, was dort ist, und es wiederherstellen.« Sie öffnete den Mund, doch ich sprach schon weiter. »Ich weiß, wie lächerlich das klingt. Ich meine, selbst wenn eine Erinnerung existiert, wenn ich ihn mal gesehen habe, wird es nicht mein Leben verändern, wenn ich es erfahre. Aber trotzdem.«

Sie nickte langsam. »Ich könnte nachsehen. Das wäre möglich.«

Ich wollte ebenfalls nicken, doch dann hielt ich inne. »Ist es gefährlich? Könntest du ... mich verletzen?«

Skeelana schüttelte den Kopf. »Soffjian würde dich wie eine Orange abschälen und dich in Einzelteile zerlegen, aber ich kann vorsichtig vorgehen. Ich könnte mich umsehen, ohne einen Schaden zu verursachen.« Sie zögerte. »Trotzdem glaube ich, dass es keine gute Idee wäre.«

»Warum denn nicht?«

»Als ich in Captain Killcoin nach den gestohlenen fremden Erinnerungen gesucht habe, konnte ich sie wirklich leicht finden und seine eigenen ohne Weiteres ignorieren. Meistens jedenfalls. Aber was du jetzt willst ... das ist zu intim, Arki. Ich müsste deine eigenen Erinnerungen durchsuchen. Ich bin zwar sehr geschickt und entdecke normalerweise alles, was ich suche, aber du würdest dich vor mir entblößen. Ohne es zu wollen, könnte ich auf Dinge stoßen, die ich nicht sehen sollte. Die du mich nicht sehen lassen willst. Peinliche Erinnerungen. Als du die Gurke geschält und dabei an deine Schwester gedacht hast, oder ...«

»Ich habe keine Schwester, und wenn, dann würde ich so was nicht machen!«

Sie stand auf und kam zu mir. »Das mag ja sein, aber jeder hat beschämende Erinnerungen. Schreckliche oder schmerzliche Erinnerungen. Niemand lädt mich freiwillig ein. Dafür gibt es einen guten Grund. Nein, ich würde mich dabei nicht wohlfühlen. Es tut mir leid.«

Skeelana hatte recht, und ich war ein selbstsüchtiger Trottel, weil ich überhaupt auf diese Idee gekommen war. Ich wusste Dinge über den Captain, für die er mich töten würde, wenn ich sie einer Memoridin offenbarte, und sei es nur unwissentlich. Dennoch sah sie mir an, wie traurig ich war, und empfand offenbar Bedauern.

Sie beugte sich vor und strich mir mit den Fingern über die Wange. Ihr Gesicht kam näher, die dunkle Haut füllte mein Gesichtsfeld aus, ich heftete den Blick auf ihre Stupsnase, und dann pflanzte sie mir die breiten Lippen auf den Mund.

Mir stockte der Atem, dann schloss ich die Augen, drehte den Kopf ein wenig und erwiderte den Kuss. Ihre Finger spielten in meinem Nacken, sie zog mich an sich, öffnete die Lippen ein wenig. Ich folgte der Einladung. Nur als der Brunemann mich abstechen wollte, war mein Herz noch schneller gerast als jetzt. Ihre Zunge wagte sich vor, glitt über meine Zähne, neckte, lockte und drängte. Ich hob die Hand, fuhr mit den Fingern durch ihre Haare und ritzte mir den Daumen an einer Haarnadel. Sie lachte und küsste mich leidenschaftlicher, legte mir die Hand auf die Brust.

Skeelana roch nach Baldrian und schmeckte nach Mandeln. Ich wollte sie verschlingen, alles auf einmal spüren, ihre Haut und ihre Rundungen fühlen, ihre Wärme. Ich hatte schon mehrmals Mädchen geküsst, war aber nur mit einem einzigen wirklich zusammen gewesen, und das war eine unbeholfene, lächerliche Sache gewesen. Ellenbogen waren gegen Köpfe geprallt, viele hastige Entschuldigungen, alles war in Eile, ohne Anmut und ungeschickt geschehen. Jetzt aber spürte ich eine Erregung, wie ich sie noch nie erlebt hatte, stark, brennend und urtümlich. Ich wollte Skeelana erforschen und in Entzücken versetzen.

Auf einmal war es vorbei, sie zog sich zurück. Ich ließ die Augen noch einen Augenblick geschlossen, weil ich ihr nicht zeigen wollte, wie enttäuscht ich war, und als ich sie aufschlug, war sie fort. Das war unmöglich – sie hatte keine Zeit gehabt, hinauszugehen oder sich zu verstecken. Dann erinnerte ich mich an den Hornmann, den sie in Zechingen verzaubert hatte, und sah genauer hin.

An einer Wand bemerkte ich ein Flimmern und konnte ihre Gestalt als leichtes Wallen erkennen, wo nur Stein und Holz hätten sein sollen.

Skeelana lachte, während sich die Illusion zur Tür bewegte. »Ich habe gewartet, bis du sauber bist. Das wurde aber auch Zeit.«

Dann war sie wirklich fort, und ich blieb, schwer atmend und beinahe keuchend, zurück. In meinem Kopf drehte sich alles. Ich schmeckte sie noch und sehnte mich nach ihr.

37

Nachdem Skeelana gegangen war, legte ich mich aufs Bett und wartete, bis ich mich wieder beruhigt hatte, während ich immer wieder an das dachte, was gerade geschehen war. Völlig unerwartet fiel ich in einen tiefen Schlummer, auf den ein Toter stolz gewesen wäre.

Stunden später wachte ich auf. Mein Kissen war nass geschwitzt, im Zimmer war es dunkel, und aus Braylars Raum drang ein schwaches Licht. Ich stieg aus dem Bett und hatte das Gefühl, mein Gewicht habe sich verdoppelt. Meine Augenlider waren schwer, doch mir knurrte der Magen. Ich hätte Skeelanas Besuch für einen Traum gehalten, nur dass ich immer noch den Baldrian auf meinem Hemd riechen konnte.

Ich ging in Braylars Zimmer hinüber und überlegte, wie spät es sein könnte.

Er saß am Mosaiktisch am Fenster neben dem Kamin, der anscheinend nur selten benutzt wurde. Vor ihm brannte ein Talglicht, sein Schatten tanzte auf der Wand. Seine Haare waren zerzaust und nicht so glatt zurückgekämmt wie sonst. Er hatte sich über einige Pergamente gebeugt, die auf dem Tisch verstreut lagen. Vor ihm stand ein Holzteller mit ein paar kleinen Knochen, einer Lache geronnenem Fett, einem Kanten Brot und ein paar Olivenkernen.

Und wie immer ein Krug Bier und daneben ein Becher aus Horn.

Ich fragte mich, ob er gegen die Nachwirkungen der gestohlenen Erinnerungen ankämpfte, doch anscheinend war er einfach in Trinklaune.

Mein Magen knurrte so laut, dass er es hörte. Er wusste längst, dass ich da war, denn er blickte nicht einmal von dem Dokument auf, das er gerade las. Wortlos winkte er mir, mich neben ihn zu setzen.

Ich gehorchte, während mein Magen schon wieder hemmungslos protestierte.

Braylar sah mich an. »Ich habe mich schon gefragt, wann dich die Grundbedürfnisse aus dem Schlaf reißen. Als du dich gerade gerührt hast, habe ich auch für dich einen Teller bestellt. Willst du Bier?« Er nahm den Krug, füllte seinen eigenen Becher nach und hielt über dem zweiten inne.

Selbst mit vollem Magen vertrug ich nicht viel, aber der Vorschlag klang gut, und das Getränk würde meinen Magen beruhigen, bis das Essen kam.

Noch bevor ich nicken konnte, füllte er den Hornbecher bis zum Rand. Ich nahm ihn und trank einen Schluck von dem recht schmackhaften, kräftigen Bier. »Ich dachte, Ihr wolltet Euch mit den alten Turmkameraden in einer Schenke treffen.«

»Dazu habe ich mir etwas Zeit genommen, und ich werde noch reichlich Zeit dafür haben. Oder vielleicht auch nicht. Im Augenblick gibt es aber erst einmal viele andere Dinge, um die ich mich kümmern muss.« Er trank ein paar Schluck Bier. »Trotzdem soll es uns natürlich an nichts mangeln.«

Es klopfte, und Braylar sagte: »Siehst du? Alles zu seiner Zeit.« Dann rief er: »Herein!«

Ein junger Syldooner, oder vielmehr ein syldoonischer Sklave, denn der Junge war noch nicht gehenkt und tätowiert, brachte das Essen auf einem Tablett herein. Ich hielt mir die Hände vor den Bauch, um das peinliche Grollen zu unterdrücken.

Der Junge kam zu uns, stellte das Tablett auf den Tisch, verneigte sich tief und vermied jeglichen Blickkontakt mit uns. »Wünscht Ihr sonst noch etwas, Herr?«

»Captain reicht völlig aus. Captain Killcoin, wenn du förmlich sein willst. Wie sollen wir dich nennen, Junge?«

Der Bursche dachte lange über die Antwort nach, ohne den braunen Lockenkopf zu heben. »Wie immer es Euch beliebt, Herr ... äh, Captain.«

»Und wie belieben deine Eltern, dich zu nennen, mein unterwürfiger kleiner Mann?«

Nun hob er einen Moment den Kopf, schlug aber sofort wieder die Augen nieder. »Meine Eltern, Captain?«

»Ja. Ich werde dich Flitzpiepe nennen, wenn du mir keine andere Wahl lässt.«

Der Junge stammelte etwas, gab aber keine verständliche Antwort.

»Gefällt dir ›Flitzpiepe‹, mein Junge?«

Er zuckte zusammen, hielt inne, überwand sich und schüttelte lebhaft den Kopf. »Nein, Captain. Nicht besonders.«

»Dann verschwinde lieber aus meinem Zimmer und zieh den Kopf aus deinem Arsch, ehe du dich noch einmal hier blicken lässt. Hast du das verstanden?«

»Ja. Ja, mein ... Captain. Captain Killcrown.«

»Killcoin, du Tropf. Und jetzt verschwinde, Flitzpiepe.«

Der Junge wich zurück und verneigte sich dabei, drehte sich um und prallte fast gegen die Tür. Als er sie hinter sich schließen wollte, hantierte er ungeschickt mit dem Tablett.

Braylar schüttelte den Kopf. »Und damit müssen wir uns herumschlagen. Wenn das Rohmaterial Mist ist, dann wird das fertige Produkt nicht viel besser.« Er deutete auf meinen Teller. »Iss.«

Ich nahm mir einen großen Kanten dunkles Brot, das überraschend fest und schwer war. »Ich würde meinen, dass ein Rohmaterial ... nun ja, gar nichts anderes sein kann als roh.«

»Zwischen ›roh‹ und ›unrein‹ besteht ein großer Unterschied. Da kannst du jeden Schmied fragen, Arki. Wenn die Eisenbarren von schlechter Qualität sind, kann man zwar mit dem Schmiedehammer eine Sichel formen, aber du wirst nie eine schöne Klinge für den Kampf bekommen. Mit den Männern ist es das Gleiche. Deshalb wählen wir nur die Besten aus. Jedenfalls haben wir das früher getan.« Er funkelte die Tür an, als könnte er den Jungen, der gerade den Flur hinunterlief, dadurch zum Stolpern bringen. »Pah, vielleicht bilde ich es mir auch nur ein. Vielleicht war ich zu lange weg und bin mürrisch geworden. Oder die Dinge stehen wirklich so schlecht, wie sie scheinen, und wir stürzen in den Abgrund. Das wird sich zeigen.«

Braylar schob den Stuhl zurück und stand auf. Er blieb sicher auf den Beinen, doch die roten Wangen verrieten mir, dass er schon eine Menge getrunken hatte. »Wie du gehört hast, nehmen wir in zwei Tagen an dem Forum teil. Bleibe bis dahin hier im Zimmer. Übersetze weiter, mache dir Notizen und genieße die Einsamkeit.«

Als er zu seiner Schlafkammer ging, fragte ich lauter, als es meine Absicht war: »Habt Ihr eine Ahnung, was geschehen wird?«

»Heute? Morgen? Bis in alle Ewigkeit?«

»Beim Forum.«

Er sah sich über die Schulter um, das Gesicht lag größtenteils im Schatten. »Ich habe immer Ahnungen, Arki. Immer. Man sollte meinen, dass sie auf vertrautem Grund und in der Gegenwart von Verbündeten verschwinden, aber wer das denkt, ist ein Idiot. Die Fraktionen hier nehmen begeistert jede Gelegenheit wahr, die anderen ins Wanken zu bringen und zu vernichten, und die Bündnisse sind flüchtig wie Spinnweben. Das Einzige, worauf man sich hier verlassen kann, ist der eigene Turm. Alles andere? Die schlimmsten Befürchtungen können wahr werden, und dies umso mehr, wenn ein Kaiser die Fäden zieht. Du kannst sicher sein, dass er das Forum nicht einberufen hat, um kandierte Aale und hübsche Spitzendeckchen zu verteilen.«

Der Captain ging hinaus und nahm beinahe meinen Appetit mit.

Auf einmal fand ich Vendurros Haltung sehr empfehlenswert: Tu, was du tun kannst, und lasse allem anderen einfach seinen Lauf.

Ich wünschte nur, ich hätte auch seine Entschlossenheit gehabt, diesen Rat zu beherzigen.

Den nächsten Tag verbrachte ich einsam in meinem Zimmer und war zufrieden damit, dass ich ruhig und friedlich übersetzen konnte. Es fiel mir jedoch schwer, die Unruhe zu unterdrücken, wann immer ich eine Pause machte oder meine Gedanken wandern ließ. Braylar hatte recht. Nachdem ich mich mit der Tatsache ausgesöhnt hatte, dass wir Zechingen und Anjurien verließen, und die verschiedenen Gefahren auf der Straße überlebt hatte, war es ein Fehler, davon auszugehen, Sonnenmatt wäre ein relativ sicherer, wenngleich fremdartiger Zufluchtsort. Ein Ort, wo es kein Blutvergießen und keine Angriffe und Hinterhalte mehr geben würde. Nach allem, was ich gehört hatte, boten die dicken Steinmauern, die loyalen Soldaten und deren Gemeinschaftsgeist nicht mehr Schutz als ein paar Schatten und ein Blatt Papier. Wenigstens galt dies, solange der gegenwärtige Kaiser herrschte und der Schakalturm aufseiten des abgesetzten Regenten stand. Unsere Position schien äußerst heikel zu sein, und die politischen Intrigen verliefen hier auch an den besten Tagen brutal und blutig.

Es war sicher besser, mich durch Texte zu wühlen, die von längst verstorbenen Männern verfasst worden waren, als darüber zu grübeln, wie leicht und schnell ich den Toten Gesellschaft leisten konnte.

Aber am zweiten Tag kam mir der Raum viel kleiner und stickiger vor, und ich hatte große Mühe, mich zu konzentrieren. Die Worte verschwammen mir vor den Augen, die Gedanken entflohen mir, ehe ich sie greifen konnte, und die Zeit stand still wie in Bernstein gegossen.

Deshalb war ich überrascht, aber vor allem dankbar, als Vendurro vorbeischaute. Ich hatte angenommen, er vergnügte sich mit seinen Turmkameraden oder schliefe seinen Rausch aus, doch dann erinnerte ich mich an den Besuch, den er inzwischen der Witwe abgestattet hatte. Es widerstrebte mir, ihn auszufragen, aber ebenso widerstrebte es mir, überhaupt nichts zu sagen, nachdem er sich mir anvertraut hatte. Nach einem kurzen Wortwechsel, der sich um die Datteln und Feigen auf meinem Teller drehte und ob ich so etwas Köstliches schon einmal gegessen hätte, da er der Ansicht war, besonders die Feigen hätten in dieser Gegend einen ganz einzigartigen Geschmack, entstand eine Pause. Deshalb fragte ich ebenso plump wie direkt: »Hast du die Witwe aufgesucht?«

Er kratzte sich am Hinterkopf und sah sich in dem Zimmer um, als wüsste er nicht mehr, warum er überhaupt hergekommen war. »Allerdings. Es ist verlaufen wie erwartet.«

»Also nicht sehr gut?«

»Eher noch schlimmer, um ehrlich zu sein. Mervulla erbleichte sofort, kaum dass sie mich allein vor der Tür stehen sah. Ich weiß nicht, ob sie mich überhaupt schon mal allein gesehen hat. Gless war ja immer dabei. Sie sah mich also nach drei Jahren allein vor der Tür stehen und wusste es sofort, noch ehe ich den Mund geöffnet hatte. ›Nein, nein‹, sagte sie immer wieder. Dann wich sie von der Tür zurück und stolperte über ihr Kind. Ich war so lange fort gewesen, dass ich die Kleine kaum noch erkannte. Die Tatsache, dass das Mädchen da war, machte alles nur noch schlimmer. Ich hatte angenommen, Mervulla ginge auf mich los, um mich zu schlagen, zu kratzen und mir vielleicht sogar ein Messer in den Bauch zu rammen. Damit hätte ich umgehen können. Aber sie saß nur da und hauchte ›Nein‹. Sie sagte es nicht einmal laut, die Tränen liefen ihr über die Wangen, und die Kleine hielt sich an ihren Röcken und den Beinen fest und sah mich vorwurfsvoll an, weil ich ihre Welt aus keinem ihr verständlichen Grund so auf den Kopf gestellt hatte. Das Mädchen erkannte mich natürlich nicht mehr. Das war so ziemlich das Traurigste, was ich mir überhaupt vorstellen konnte.«

»Dass die Kleine dich nicht erkannte?«

»Nein, das nicht, sondern weil sie ihren Papa vermutlich auch nicht mehr erkannt hätte, wenn er an meiner Stelle in der Tür gestanden hätte. Und weil sie ihn nie mehr kennenlernen würde.«

Beinahe hätte ich gesagt, dass dieses Kind den Vater wenigstens eine kurze Zeit gehabt hatte, aber ich hielt den Mund. Die andere Variante, dass es manchmal besser war, einen schlechten Vater überhaupt nicht kennenzulernen, verkniff ich mir ebenfalls. Beides wäre gemein und ungerecht gewesen. Glesswik war vielleicht kein guter Vater gewesen, aber es hieß, dass manche Männer in diese Aufgabe hineinwuchsen. Vielleicht wäre das auch ihm gelungen.

Außerdem bezogen sich beide Varianten viel eher auf mich selbst als auf das Kind, das ich gar nicht kannte.

Vendurro ließ auf dem Tisch ein Messer kreiseln und sah zu, wie das Licht auf der Klinge blitzte. »Ich wollte gehen. Ich wollte unbedingt gehen. Mervulla wusste, was geschehen war, obwohl ich noch kein Wort gesagt hatte. Ich dachte mir, ich würde die Klinge nur in der Wunde herumdrehen, ganz egal, was ich jetzt noch von mir gab. Aber manchmal muss man eine üble Aufgabe erledigen, ob man nun Scheiße schaufelt oder einer Frau sagt, dass ihr Mann irgendwo da draußen aus keinem Grund, den man irgendwie in Worte fassen kann, gestorben ist. Da muss man sich einfach zusammennehmen und es tun. Wir standen uns nicht gerade nahe, deshalb konnte ich sie nicht umarmen oder sie auch nur berühren. Aber als sie auf die Knie sank, legte ich ihr die Hand auf die Schulter. Sie zitterte, starrte den Boden an, schluchzte leise und flüsterte nicht einmal mehr ›Nein‹. Einen Arm hatte sie locker um die Hüfte des Kindes gelegt, das lauter weinte als sie, auch wenn es gar nicht verstand, warum. ›Er ist im Kampf gefallen, wie man es von ihm erwarten konnte‹, sagte ich. ›Er hat bis zum Ende tapfer gekämpft.‹ Das war natürlich eine Lüge, oder es hätte eine sein können, denn ich hatte als Letzter erfahren, dass er gefallen war. Oder als Vorletzter vor der schluchzenden Witwe, die vor mir auf dem Boden hockte. Aber trotzdem, es war eine gute Lüge. ›Ich weiß, er war nicht hier, wie du es gern gehabt hättest. Ich will gar nicht so tun, als wäre das gut gewesen. Aber du musst wissen, dass er ein guter Soldat war. Er hat sich so wacker geschlagen wie jeder andere, den ich kannte.‹ Natürlich war das auch wieder nur eine Lüge, aber sie war nicht schlimmer als die erste. Mehr wusste ich nicht zu sagen.

Sie wischte sich mit dem Handrücken die Augen aus und sah mich an. Sie hat ein schmales Gesicht wie ein Pferd, rote Augen und eine Rotznase, aber da fiel mir auf, wie schon ein- oder zweimal vorher, dass sie eine hübsche Frau war. Keine echte Schönheit, aber ich hatte schon hässlichere gesehen. Und sobald sie aufhörte zu weinen, war sie bestimmt nicht mehr unansehnlich. Sie konnte einen anderen Ehemann finden. Dank des Witwengeldes musste sie nicht betteln oder ins Hurenhaus gehen, und vom gemeinsamen Besitz blieb ihr sicherlich auch noch ein wenig übrig. Ich dachte, sie würde hoffentlich jemand anders finden, nur keinen syldoonischen Soldaten. Einen Mann, der nicht wegritt, um woanders zu sterben. Aber ich glaubte, das wäre für sie kein Trost, und deshalb behielt ich es für mich. Das wäre die einzige Wahrheit gewesen, die ich hätte sagen können, aber damit hätte ich wohl alles nur noch schlimmer gemacht.«

»Wahrscheinlich war es gut, dass du geschwiegen hast.«

»Aye. Stattdessen nahm ich den Beutel mit Silber vom Gürtel und sagte ihr, sie könne einmal im Monat zum Schakalturm kommen, um noch mehr zu erhalten, bis die Zuwendung erschöpft sei, oder wir könnten, wenn es ihr lieber wäre, auch einen Boten schicken. Da kniff sie die Augen zusammen, und die Wut, auf die ich gefasst gewesen war, brach aus ihr hervor. Ihr ganzer Körper verkrampfte sich, sie ballte die Hände zu Fäusten, richtete sich auf und ignorierte das Kind, das hemmungslos heulte. Sie starrte mich und den Geldbeutel an, als wäre er voller Skorpione, sodass ich dachte, sie würde ihn mir gleich ins Gesicht werfen oder mich mit bloßen Händen angreifen. Aber sie streckte nur langsam die Hand aus und sagte leise: ›Das ist das Witwengeld, ja?‹ Ich nickte und sagte: ›Captain Killcoin – du erinnerst dich sicher an ihn – kümmert sich um die Gefallenen und diejenigen, die sie hinterlassen. Glesswiks Anteil ...‹

Da unterbrach sie mich. ›Erst jetzt sprichst du seinen Namen aus. Das erste Mal, seit du bei mir angeklopft hast. Weißt du das, Ven?‹

Ich schüttelte den Kopf, obwohl ich wusste, dass sie recht hatte. Sie schob das Kind hinter ihr Bein, richtete sich ein wenig auf und sagte: ›Es ist auch das letzte Mal. Ich will nie wieder hören, dass ein syldoonischer Dreckskerl seinen Namen ausspricht. Nur ich werde ihn noch aussprechen, wann immer ich will. Ihr alle habt das Beste von ihm gesehen. Die besten Jahre und den besten Gless, den es gab. Mir bleibt die Rinde. Die Rinde und ein paar Münzen. Und jetzt verschwinde hier, du Hurensohn, und wenn du jemals wieder über meine Schwelle trittst, dann wirst du nicht mehr hinauskommen.‹«

»Das ist hart.«

»Aber wahr. Ich wollte etwas erwidern, irgendetwas, aber es gab nichts mehr zu sagen, und sie kam mir sowieso zuvor. ›Geh weg. Geh jetzt. Zeig mir deinen Rücken, Syldooner, und zeig mir nie wieder etwas anderes.‹ Da begann sie wieder zu weinen, aber beherrscht und mit zusammengebissenen Zähnen, und ihre Augen schimmerten wie feuchte Steine. So erbärmlich habe ich mich noch nie gefühlt. Gless war für mich so etwas wie ein großer Bruder, und sie hatte völlig recht. Ich kannte Gless besser als sie, und ich hätte sogar mehr trauern können als sie. Das stieß ihr besonders übel auf. Sie hatte recht, wir gaben ihr so gut wie nichts, auch wenn sie die Münzen bekam. Also ging ich. Und egal, wann ich die Frau mit dem Pferdegesicht wiedersehe, es wird für uns beide zu früh sein.«

Ich wünschte, ich hätte irgendetwas tun oder sagen können, um ihm die Bürde zu erleichtern, aber wir wussten beide, dass es nichts gab.

Vendurro schien zu spüren, was in mir vorging. Er zuckte mit den Achseln. »Wie auch immer, tut mir leid, dass ich dir was vorgejammert habe.«

Ihm ein mitfühlendes Ohr zu leihen, wenn er sich den Kummer von der Seele redete, war nicht viel, aber immer noch besser als gar nichts. Es sei denn, es wurde beim Reden noch schlimmer. »Es tut mir leid, dass du die Neuigkeit überbringen musstest. Aber wie du schon gesagt hast, jetzt hast du es hinter dir. Wenn du irgendwann darüber oder über Glesswik reden willst, dann höre ich gern zu.«

Er nickte und wollte gerade etwas fragen, doch da kamen Braylar, Hackspeer und Mulldoos herein.

»Es wird Zeit. Komm mit«, sagte Braylar.

»Zeit für das Forum?«, fragte ich.

»Nein, es wird Zeit, eine Latrine auszuheben. Ich hab dir eine Schaufel mitgebracht, du dürrer Drecksack«, erwiderte Mulldoos.

Ich stand auf und folgte ihnen mit Vendurro nach draußen. Eine Latrine auszuheben wäre möglicherweise sogar die angenehmere Art und Weise gewesen, den Nachmittag zu verbringen.

38

Wir machten einen großen Umweg und gingen an der Außenmauer von Sonnenmatt und all den großen und kleinen Türmen vorbei. Unsere kleine Gruppe bestand aus dem Turmkommandanten, drei wichtigen Captains und einigen Offizieren. Ich fragte mich, ob Soffjian oder die anderen Memoridinnen an dem Treffen teilnehmen würden, vermutete aber, dass die Foren ausschließlich den syldoonischen Soldaten vorbehalten waren. Damit fühlte ich mich als einziger Nicht-Syldooner in der Gruppe sogar noch seltsamer. Alle trugen pechschwarze Hemden und Hosen und das Abzeichen des Schakalturms auf der linken Brust, und um die Hüften hatten sie sich weinrote Schärpen geschlungen. Außerdem trugen sie natürlich Gürtel mit Waffen. Unbewaffnet setzten sie anscheinend keinen Fuß vor die Tür.

Das überraschte mich ein wenig. In Anjurien und den meisten anderen zivilisierten Ländern der Welt mussten die Untertanen stets unbewaffnet vor den Herrscher treten. Dies erst recht, wenn die Herrscher Könige und Hohepriester waren. Ich hatte angenommen, dass für einen Kaiser das Gleiche galt.

Mulldoos lief neben mir. Ich hätte die Frage lieber jemand anders gestellt, aber da er nun einmal da war, fragte ich ihn.

Er blickte an sich herab, als hätte er ganz vergessen, dass er das Ding am Morgen angelegt hatte, und tippte auf das Heft seines Falchions. »Was, das hier? Ohne das Ding gehe ich nirgendwohin.«

»Aber wenn es so viel Streit zwischen den Türmen gibt, könnte doch leicht ein blutiger Kampf ausbrechen.«

»Das Blutvergießen kommt, ob man es herausfordert oder nicht. Das Blutvergießen ist ein berüchtigtes Miststück.«

Ich beobachtete die Anführer eines anderen Turms, die in der Nähe marschierten, und senkte vorsichtshalber die Stimme. Sie waren gekleidet wie die Syldooner des Schakalturms, trugen allerdings andere Abzeichen, da sie dem Elchturm angehörten. »Aber wird es nicht wahrscheinlicher, wenn alle die ganze Zeit bewaffnet sind? Und macht sich der Kaiser keine Sorgen?«

Vendurro hatte meine Frage gehört. »Es ist immer gut, sich Sorgen zu machen, wenn man Kaiser ist. Ich glaube, die Klingen erinnern ihn daran, aufzupassen und nicht nachlässig zu werden. Und was die Wahrscheinlichkeit von Kämpfen angeht«, er deutete auf den Lederriemen, mit dem der Knauf und das Heft seines Schwerts gesichert waren, »so tragen wir alle die Friedensbänder. Das hält dich nicht lange auf, wenn du wirklich die Waffe ziehen und jemanden töten willst, aber irgendjemand, der einen kühlen Kopf bewahrt hat, wird dir hoffentlich Vernunft beibringen, solange du noch versuchst, das verdammte Ding aufzuknoten. Natürlich kann man das Band auch geschickt verknoten, dass es nur so aussieht, als wäre die Waffe fest gesichert, obwohl man lediglich kräftig ziehen muss, um sie herauszubekommen.«

Mulldoos fügte hinzu: »Aber wenn jemand sieht, dass du bei dem Ding einen falschen Knoten gemacht hast, und besonders wenn das auch zwei oder drei deiner Freunde tun, na ja, dann musst du dir über gar nichts mehr Sorgen machen.«

»Warum denn das?«, fragte ich.

Mulldoos wackelte mit den Fingern. »Weil du die hier brauchst, um irgendetwas zu verknoten. Oder um ein Schwert oder auch nur einen Löffel zu halten. Wenn du einen armen Kerl mit einer verstümmelten Hand ohne Finger siehst, dann spricht einiges dafür, dass er einen falschen Knoten geknüpft hat.«

Vendurro sagte: »Ich habe mich immer gefragt, warum Llois Volk ihr die Stummel gelassen hat. Da wäre es doch besser, überhaupt keine Finger mehr zu haben.«

»Es ist grausamer, denke ich«, meinte Mulldoos. »Das erinnert dich immer an die Finger, die du mal hattest. Ja, da hätte man besser gar keine mehr.«

»Glaubt ihr, man hat ihr deshalb die Finger nicht ganz abgehackt?«

»Woher soll ich das wissen?«, erwiderte Mulldoos. »Ich bin kein Wilder aus der Steppe, der sich den Arsch mit Gras abwischt.«

Vendurro nickte, dann fragte er: »Tun sie das wirklich? Sich den Arsch mit Gras abwischen?«

Mulldoos sah den jüngeren Mann an und schüttelte den Kopf. »Junge, manchmal stellst du aber wirklich abartige Fragen.«

Wir gingen weiter, die meisten Angehörigen des Schakalturms schwiegen. Die anderen Türme liefen vor oder hinter uns und hielten respektvoll Abstand. Auch von ihnen war nicht viel zu hören, alle wirkten angespannt. Man hätte meinen können, wir besuchten eine Beerdigung oder eine Hinrichtung. Friedensbänder oder nicht, ich befürchtete, dass dies sogar zutreffen konnte. Was Braylar mir über seinen ermordeten Vater erzählt hatte, trug nicht dazu bei, meine Ängste zu beschwichtigen.

Obwohl jeder Turm nur eine begrenzte Zahl Männer zum Forum schicken durfte, wanderte eine recht große Schar von Kriegern durch die Straßen. Manche nahmen einen anderen

Weg, aber die meisten Syldooner aus den Türmen liefen in der Nähe der mächtigen Außenmauer über die Allee und achteten darauf, genügend Abstand zu den anderen zu wahren.

Ich schloss zu Hackspeer auf, der mit seinen langen Beinen ausschritt, und fragte mich, ob der Besuch in seinem Fall besser verlaufen war als bei Vendurro. Es widerstrebte mir ein wenig zu fragen, aber wie immer räumte mein Wissensdrang alle Hemmnisse aus dem Weg.

»Hat sich dein Enkelsohn über die Flöte gefreut, die du ihm mitgebracht hast?«

Hackspeer sah mich an. Die Waffe, nach der er benannt war, hatte er im Turm gelassen. An seiner Hüfte hing der Streitkolben. Auch diese Waffe war mit einem Friedensband gesichert, das allerdings anders geknotet war als bei den anderen. »Er hat sich gefreut, aber ich hatte nicht viel Gelegenheit, ihn in seiner Freude zu beobachten.« Es klang so traurig, dass ich gleich wieder bereute, ihn gefragt zu haben. Kein Wunder, dass Vendurro und ich recht gut miteinander auskamen. Wir wussten beide nicht, wann es ratsam war, den Mund zu halten.

»Seine Mutter?«, fragte ich, obwohl ich die Antwort schon wusste.

Hackspeer nickte. »Ich hatte gehofft ... nun ja, es spielt keine Rolle, was ich hoffe. Die Hoffnungen eines alten Mannes sind nicht von Bedeutung.« Er richtete sich ein wenig auf, und seine Stimme bekam einen stählernen Klang. »Trotzdem, mein Enkel ist die letzte Verbindung zu meinem Sohn, und ich will nicht, dass so eine diese Verbindung abschneidet.«

Das kam unerwartet. Mir war klar, dass ich doch nur traurig, enttäuscht oder entsetzt reagieren würde, wenn ich das Gespräch jetzt noch fortsetzte, und doch musste ich fragen. »Was wirst du tun?«

Ernst und gefasst blickte er geradeaus. Nun kam er mir gar nicht mehr wie ein gütiger Großvater vor. »Sie wird mir erlauben, meinen Nachkommen zu sehen. Und sie wird nicht seine Gedanken vergiften und ihn nicht gegen mich einnehmen, sonst wird sie aus der Stadt vertrieben und darf nie mehr zurückkehren. Das Kind, ihre Schwester, ihre Mutter und alles, was ihr hier wichtig ist, muss sie zurücklassen. Sie kann selbst über ihr Schicksal bestimmen. Ich hatte gehofft, nicht so streng mit ihr verfahren zu müssen, aber mir bleiben nicht mehr viele Jahre, und meine Geduld ist nicht mehr die gleiche wie früher.«

Nachdem wir an gut zwanzig großen Türmen mit ihren Kasernen, Kornspeichern und Ställen vorbeigekommen waren, entfernten wir uns von der Außenmauer und gingen durch Wohnviertel nach Westen. Nun näherten wir uns der Färbergasse, die überwältigend nach Urin, Fäkalien und verwesendem Fleisch stank. Einige Kinder waren mit Beuteln unterwegs und lasen den Kot von den Straßen auf. Wegen des Gestanks und des Unrats wurden die Färber gewöhnlich in die Außenbezirke der Städte verbannt, doch da die Türme ganz Sonnenmatt umgaben, blieb hier nichts anderes übrig, als sie im ärmsten Stadtviertel anzusiedeln. Ein paar Straßenecken weiter hatten wir den Gestank hinter uns gelassen.

Von hoch droben im Schakalturm hatte alles so ordentlich ausgesehen, doch hier unten herrschte das Chaos. Das Haus der Geldwechsler war voller Menschen, die lautstark verschiedene Währungen feilboten. Überall waren Tiere zu sehen; Ochsen zogen Karren, Ziegen mit eigenartigen gewellten Hörnern und Schweine stöberten umher. Ausrufer schwenkten mit Schellen besetzte Stäbe, marschierten zwischen den Thurvaciern einher und gaben irgendetwas über diesen Markt oder jenen Basar bekannt. Mädchen und Jungen, die einfache Kleidung trugen, schleppten Tabletts und Kisten mit Pfirsichen, Datteln und Apfelsinen, die man für wenig Geld erstehen konnte.

Wir überquerten einen Platz mit einem runden Brunnen. Als wir uns näherten, flogen Tauben auf und ließen sich hinter uns wieder auf dem Boden nieder. Auch hier draußen hatten Händler Zelte und Stände aufgebaut, doch die größte Anziehung übte die Markthalle aus, wo Tuch und Gewürze verkauft wurden. Dort überstieg die Zahl der bunt gekleideten Thurvacier sogar noch die der Tauben, nur dass Erstere nicht ganz so schnell das Weite suchten.

Ein Stückchen weiter erreichten wir einen anderen großen Platz, an dem ein riesiges Gebäude stand, größer als jede Burg oder Zitadelle. Die halbrunde Frontseite des gewaltigen Bauwerks war über eine Treppe zu erreichen. Es war mindestens ein Dutzend Stockwerke hoch und sehr lang. Auf der untersten Ebene gab es zahllose Säulen, in der Mitte sah ich Bogengänge zwischen kleineren Säulen, und ganz oben standen noch schmalere Säulen.

»Was ist das für ein Gebäude?«, fragte ich.

Hackspeer antwortete mir: »Das, mein junger Gelehrter, ist das kaiserliche Hippodrom. In den Außenbezirken von Sonnenmatt gibt es noch einige kleinere Anlagen, von denen eine dem Schakalturm gehört, aber sie alle können sich nicht mit der Größe und der Pracht dieses Hippodroms hier messen.«

Es war ein wirklich außergewöhnlicher Anblick. Vor dem Gebäude erhoben sich zwei frei stehende Säulen fast so hoch wie das Hippodrom selbst. Beide waren von unten bis oben mit wundervollen Reliefs geschmückt. Die Verzierungen setzten unten an, wanden sich spiralförmig nach oben und erzählten die Geschichte zweier Feldzüge. Unglaublich detailliert waren syldoonische Krieger dargestellt. Einige waren beritten und griffen den Feind an, andere marschierten als Fußsoldaten in eine große Schlacht gegen anjurische Truppen. Auf jeder Säule waren sicherlich Tausende von Figuren dargestellt – vor allem Soldaten, aber auch einige Memoridinnen, Seeleute, Ingenieure, Baumeister, Hilfstruppen und so weiter.

Auf der Spitze der linken Säule glänzte eine goldene Sonne, rechts war ein goldener Leopard dargestellt.

Als ich danach fragte, erklärte Braylar: »Die Statue auf der linken Seite symbolisiert die Herrschaft des Kaisers, dessen Wappen die stilisierte Sonne ist. Die rechte wird ersetzt, wenn ein neuer Kaiser den Thron besteigt. Heute prangt dort Cyneads Abzeichen, da er vom Leopardenturm kommt.«

Kaiserliche Gardisten standen links und rechts neben dem Haupteingang des Hippodroms. Mit den Schuppen ihrer Panzer, die abwechselnd pechschwarz und golden gefärbt waren, und den glänzenden Helmen samt schwarzen Federbüschen aus Pferdehaar boten sie einen prächtigen Anblick. An den Hüften trugen sie schön gearbeitete Köcher und Bogen, an den Seiten hingen die langen Schilde mit den seltsamen Scharten, und vor sich hatten sie Speere mit merkwürdig verdrehten Spitzen.

Die Motive der großen Säulen wiederholten sich auf jenen, die das Hippodrom trugen, wenngleich Letztere viel kleiner waren. Jede Säule war mit den Tieren oder Gegenständen geschmückt, die einem der vielen Türme entsprachen: fliegende Kraniche oder Adler, springende Löwen, ein aus dem Unterholz angreifender Eber, ein Streitwagen, der über den Boden donnerte, sich aufbäumende Pferde, eine Galeere, die gegen eine Welle ankämpfte, Ziegen, die auf den schmalen Vorsprüngen einer Felsklippe Halt fanden, Greifvögel, die in der Luft miteinander kämpften.

Wir gingen zwischen den größten tragenden Säulen hindurch und betraten das kaiserliche Hippodrom. Es war nicht überdacht, nur einige Leinentücher boten denen, die ganz oben saßen, etwas Schutz vor Sonne und Regen. Im Zentrum erstreckte sich eine riesige ovale Kampfbahn, die mit tiefdunkler Erde bedeckt war. An beiden Enden waren kleinere rechteckige Bereiche abgetrennt. Klein waren sie jedoch nur im Vergleich zu der ganzen Anlage. In Wirklichkeit waren sie immer noch größer als jedes Feld, auf dem die Anjurier Turnierkämpfe durchführten.

Vendurro bemerkte, wie ich starrte, und lachte. »In der Mitte finden an Feiertagen alle Arten von Wettrennen statt. Außerdem werden dort Schlachten inszeniert.«

»Und wozu dienen die abgetrennten Bereiche an den Enden?«

»Die sind zum Üben da. Für Ringkämpfe, zum Bogenschießen, zum Exerzieren.«

Kommandant Darzaak führte unsere kleine Gruppe zwischen den Bankreihen die Treppe hinauf. Anscheinend waren bereits zwei Drittel der Türme eingetroffen. Sie versammelten sich mehr oder weniger im gleichen Bereich des Stadions, ließen zwischen sich aber immer einige Reihen frei. Einige Männer sahen sich misstrauisch um, und die Vertreter der Türme, die gerade ein Bündnis geschmiedet hatten, begrüßten einander und plauderten. Die meisten Anwesenden ignorierten die Tatsache, dass in der Nähe die Abordnungen der anderen Türme eingetroffen waren.

Unsere Plätze waren weit oben, nur wenige andere Türme saßen auf den Reihen über uns. Der Kaiser war bisher noch nirgends zu sehen. Im Hippodrom hätten gut und gern hunderttausend Menschen Platz gefunden. Deshalb verloren sich die paar Hundert Syldooner beinahe in dem weiten Oval, obwohl die Türme zueinander Abstand hielten und immer noch einige Nachzügler eintrafen.

Nachdem die letzten Turmkommandanten und ihre Begleiter Platz genommen hatten, bemerkte ich zu meiner Überraschung, dass einige Memoridinnen eintraten und die obersten Reihen belegten. Wie stumme Schatten glitten sie hinter die Versammelten. Sie sollten an dem Forum teilnehmen und blieben dennoch von den Türmen abgesondert, denen sie dienten.

Ich wollte schon fragen, ob dies so üblich sei, da schwang das breite Holztor am anderen Ende des Hippodroms nach innen. Vier kaiserliche Soldaten führten die Prozession an. Über den Lamellenpanzern hatten sie Leopardenfelle so tief an den Hüften befestigt, dass die Tatzen hinter ihnen über den Boden schleiften. Sie waren mit großen Hörnern aus Messing ausgerüstet, die vor dem Mundstück schmal und zierlich wirkten wie Blumenstängel. Unter den Armen wurden die Windungen größer und liefen über der Schulter in einem großen Trichter aus. Die Hornisten hießen die Türme mit einem Signal schweigen und kündigten die Ankunft des Herrschers an.

Den Hornisten folgten weitere Männer, die jeweils zu zweit eine riesige hölzerne Trommel trugen. Deren Felle waren so groß, dass sie aus den Häuten mehrerer Tiere bestehen mussten. Die Hornisten bliesen wieder, während die Trommler ihre Instrumente in der Mitte des Hippodroms, direkt vor den versammelten Türmen, schräg an ein hölzernes Podium lehnten.

Dann stellten sich die Hornisten etwas abseits auf und gaben weiter Signale, bis hinter jeder Trommel ein Mann mit entblößtem Oberkörper stand, dann setzten die Trommler ein. Die Männer bearbeiteten die Instrumente, bis sie nass vor Schweiß waren. Schlagartig hörten auch die Trommler auf, und die Hörner gaben drei schnelle und laute Signale. Dann kehrte Stille ein. Ich war schon drauf und dran, Vendurro eine Frage zu stellen, doch als ich mich zu ihm beugte, ging es weiter.

Durch das Tor am anderen Ende rollten zwei Streitwagen herein und rasten in entgegengesetzten Richtungen durch das

Stadion. Sie passierten einander, die Räder drehten sich so schnell, dass man die Speichen nicht mehr sehen konnte. Hinter ihnen flog die dunkle Erde hoch. Die Fahrer hielten gebückt die Zügel in einer Hand, ihre kegelförmigen Messinghelme blitzten, und hinter ihnen hielt ein zweiter Mann im Streitwagen die kaiserliche Fahne aufrecht.

Als sie einander zum zweiten Mal begegneten, beugte ich mich zu Vendurro hinüber. »Benutzen die Syldooner heute noch Streitwagen in der Schlacht?«

Mulldoos hatte die Frage gehört und kam Vendurro zuvor. »Nein, die werden schon seit Jahrhunderten nicht mehr eingesetzt. Aber der aufgeblasene Wicht mag die Tradition. Ungefähr so, wie ein Hund seine Eier mag.«

Nun ja, damit war das geklärt.

Nach der dritten Begegnung bremsten die Streitwagen ab, und die Pferde blieben schwer atmend links und rechts neben dem Podium stehen.

Wieder blökten die Hörner, und aller Augen richteten sich auf das Tor, durch das der Kaiser auf einem großen gescheckten Hengst hereinritt. Von seiner Schulter fiel ein langer weißer Umhang bis auf die Hinterhand des Reittiers herab. Links und rechts neben ihm führten zwei Sklaven Leoparden an langen Ketten. Die großen Raubkatzen trugen dicke lederne Halsbänder und bewegten sich mit fließender Eleganz.

Der Kaiser hatte dunkle, beinahe pechschwarze Haare, die den runden weißen Fleck mitten auf dem Kopf besonders deutlich hervortreten ließen. Das Gesicht wies einige Falten auf, ohne alt zu wirken. Der Herrscher war in mittleren Jahren und trat auf, wie man es von einem Kaiser erwartete: aufrecht, selbstbewusst, den Kopf erhoben und entspannt. Ein Mann, der sich jeder Situation gewachsen fühlte und damit vermutlich auch recht hatte.

Eine lange Kolonne kaiserlicher Syldooner folgte ihm ins Stadion. Es waren genug, um jeder möglichen Bedrohung durch die Versammlung zu begegnen. Die Soldaten waren alle gleich bewaffnet: lange Schilde, oben mit gezackten Kanten und unten spitz zulaufend, auf einer Seite mit Leopardenköpfen und auf der anderen mit stilisierten Sonnen geschmückt. Auf den Köpfen trugen sie leicht verdrehte kegelförmige Stahlhelme, und die Kettenhemden waren mit mehreren Eisenbändern verstärkt. Außerdem besaßen sie Schulterpanzer und Beinschienen aus Messing. Die langen Speere mit den spiralförmigen Spitzen hatten sie sich über die Schultern gelegt, und an der linken Hüfte trugen sie Pfeilköcher und Kompositbögen. Die obligatorischen Surokas durften natürlich nicht fehlen.

Die Hörner gaben ein letztes lautes Signal, woraufhin der Kaiser absaß und das kleine Podium bestieg. Der Mantel schleifte hinter ihm ganz unzeremoniell durch den schwarzen Dreck. Ich war überrascht, dass er keine Diener hatte, die ihm die Schleppe trugen. Meine Erwartung, dass der Kaiser die Treppe langsam hinaufsteigen und den Augenblick auskosten würde, wurde enttäuscht. Vielmehr sprang er rasch hinauf – aber nicht eilig, sondern zielstrebig, als könnte er es nicht erwarten, vor seine Untertanen zu treten und die Botschaft zu verkünden, für die er sie eigens zusammengerufen hatte.

Die Vertreter der Türme warteten schweigend ab. Das Schweigen roch nach Anspannung, Enttäuschung und Unzufriedenheit. Mehrere Gruppen, besonders in unserer Nähe, schienen den Kaiser nicht besonders zu mögen.

Ein Herold trat vor und verkündete in einem Singsang: »Alle in diesem Forum Versammelten, hört nun den erlauchten Kaiser Cynead, den Ersten seines Namens, den Herrscher des großen Reichs, den Lordprotektor der Fürstentümer, den Ersten Prinzen der …«

Da legte der Kaiser dem Herold die Hand auf die Schulter. »Pah. Sie wissen, wer ich bin, Isquinn. Erspare uns das bitte.« Er sprach laut genug, damit es alle Anwesenden hören konnten. Die Bemerkung war nicht allein für die Ohren des Herolds gedacht.

Isquinn lief puterrot an, verneigte sich und zog sich zurück, bis Cynead allein auf der Bühne stand.

Mit kräftiger, lauter Stimme sprach der Kaiser zu den Versammelten. »Ihr wisst natürlich nicht, warum Ihr heute hergerufen wurdet. Seit dem letzten Forum ist viel Zeit vergangen. Wenn ich mich recht entsinne, war das bei meiner Vereidigung oder kurz danach. Es war also höchste Zeit, wieder einmal eine Versammlung einzuberufen. Nun ja, immer vorausgesetzt, es gäbe etwas Wichtiges zu besprechen, was aber jetzt tatsächlich der Fall ist.«

Obwohl ich den Mann noch nie gesehen hatte und trotz der unguten Gefühle, die rings um mich brodelten, verstand er es, meine Aufmerksamkeit zu fesseln.

Cynead fuhr fort: »Wie Ihr alle wisst, überlebt und gedeiht unser Reich, weil jeder Turmkommandant und jeder Soldat eines Turms die gleichen Qualitäten verkörpert - Ehrgeiz, Mut, Schläue. Und natürlich die Bereitschaft, schnell und hart zuzuschlagen, um die Feinde zu treffen und unsere Ziele zu erreichen. Untereinander kämpfen wir unablässig um Positionen, Macht und Reichtum. Das gilt natürlich auch für die anderen Königreiche. Die anjurischen Barone zanken und fallen einander in den Rücken, die Fürsten streiten sich mit ihren Brüdern um die besten Lehen. Aber in unserer Kultur sind diese brutalen Manöver und Machtkämpfe nicht bloß erlaubt. Sie sind erwünscht und sogar notwendig. Das ist die Art der Syldooner, und sie hat mich genau wie jeden anderen Ränke schmiedenden und blutrünstigen Kaiser vor mir auf den Thron gebracht.«

Darauf erhob sich missbilligendes Murmeln und Grollen, doch Cynead hob die Hand. »Oh, missversteht mich nicht. Ich erkenne durchaus an, dass manche durch außerordentliche Arglist und Diplomatie an die Macht gekommen sind und ihre Feinde nicht im offenen Kampf besiegen mussten. Aber ganz egal, wie ein Kaiser von seinem Vorgänger die Krone errungen hat, eines müsst Ihr zugeben: Nur sehr, sehr wenige sind an Altersschwäche gestorben, nachdem sie den Thron erobert hatten. Das entspricht einfach nicht unserer Art.«

Jemand in der ersten Reihe rief: »Ein Kaiser bleibt so lange auf dem Thron, wie er dazu fähig ist, und keinen Augenblick länger!«

Ich rechnete damit, dass die Wachen losstürzen und ihn für diesen Ausbruch verhaften würden oder dass Cynead ihn wenigstens zurechtweisen würde. Doch der Kaiser lächelte nur. »Genauso ist es. Doch selbst der stärkste, fähigste und klügste Kaiser bleibt nur kurze Zeit auf dem Thron. Es ist die Art der Syldooner, sich zu nehmen, was sie wollen, den Herrscher zu stürzen, zu manipulieren und Pläne zu schmieden. Dieser Ort heißt nicht umsonst die Hauptstadt der Intrigen.«

Einige Zuhörer kicherten. Cynead fuhr fort: »Aber hier liegt zugleich auch unser größtes Problem. Das gilt nicht nur für unser Zeitalter, sondern auch für die Zeit vor uns. Unsere Stärke ist zugleich unsere größte Schwäche. Wir sind so sehr damit beschäftigt, uns auszumanövrieren, zu schikanieren, Abkommen zu schließen und zur Ergreifung der Macht geheime Abmachungen zu treffen, dass wir nicht so viel erreichen, wie wir erreichen könnten. Unser eigenes System setzt uns die Grenzen.«

Zwei Reihen unter uns stand ein Syldooner auf und rief: »Wir sind das mächtigste Reich, das es je auf der Welt gegeben hat! Solche Grenzen lasse ich mir gefallen!«

Einige andere in der Nähe lachten und murmelten zustimmend. Souverän entkräftete Kaiser Cynead die Gegenrede. »Das sagen wir uns selbst. Aber, meine Brüder und Schwestern, wir stagnieren.«

Ein Syldooner, der hinter mir saß, zischelte, und Mulldoos sagte so laut, dass ich fürchtete, der Kaiser könne es hören: »Verdammtes Geschwätz.«

Der Mann wusste sich auszudrücken.

Cynead lächelte ungerührt und blieb gelassen, als noch einige andere zischelten oder buhten. »Wann haben wir das letzte Mal unsere Grenzen erweitert? Kommt mir nicht mit der Seuche. Während einer Seuche gibt es keine Eroberungen. Aber denkt weiter zurück. Wann haben das letzte Mal unsere Nachbarn gezittert und unseren Ansturm gefürchtet, wann haben sie Tribut gezahlt, damit wir nicht in ihr Land stürmen und das tun, was wir am besten können, und uns nehmen, was wir haben wollen?«

Jemand rief: »Das Reich ist riesig. Größer als zwei beliebige andere Königreiche zusammen. Und die Reichsten sind wir auch. Wie sonst könnte man bestimmen, wer der Mächtigste ist?«

»Diese Größe und Stärke entstand lange vor uns. In den letzten hundert Jahren haben wir nichts getan, außer die Grenzen und Handelswege zu sichern, unsere verschiedenen Staatsstreiche und Mordanschläge zu überleben und auf der Stelle zu treten. Die Geschichte vergisst, was stagniert. Nur an Größe, Leistung, Wachstum und Macht wird man sich erinnern.«

Ein Turmkommandant stand auf. »Wachstum oder nicht, jedes andere Königreich beneidet uns um die Macht, die wir haben.«

»Seit wann messen wir uns an dem, was andere Königreiche denken oder wollen?«, gab der Kaiser zurück. »Nein. Wir sind Syldooner, und wir haben mehr verdient, als uns einfach nur an das Land zu klammern, das unsere Vorväter uns hinterlassen haben. Wir verdienen viel mehr als das. Aber unsere eigene Natur hindert uns daran, es zu bekommen. Vor drei Jahren habe ich den Thron bestiegen. Davor hat Thumaar länger als gewöhnlich geherrscht, aber er musste sich mit der Seuche herumschlagen, und es war ein Glück, dass er nicht noch viel mehr verloren hat als den Thron. Vor ihm hat sich jeder Herrscher nur wenige Jahre gehalten. Keiner von ihnen hatte genug Zeit, um einen wahrhaft großen Plan zu entwerfen, ganz zu schweigen davon, ihn in die Tat umzusetzen. Unsere Herrscher kommen und gehen, die Machthaber wechseln, und unsere Söhne erben nichts. Alles, was die Syldooner tun, ist kurzlebig, endlich und beschränkt. Selbst unsere Größe. Es sei denn, wir sind so klug, das Erforderliche zu tun, um daran etwas zu ändern. Um selbst wieder zu wachsen. Damit wir nicht bloß festigen, was wir haben und wer wir sind, sondern die Grenzen, unseren Einfluss und unsere Macht erweitern und vergrößern. Deshalb habe ich Euch heute hierhergerufen.«

Mehrere Syldooner standen auf und riefen einander etwas zu, das ich nicht verstehen konnte. Es wunderte mich, dass der Kaiser sie nicht zum Schweigen brachte und ihre Unterwerfung verlangte. Anscheinend gingen die Syldooner mit solchen Dingen anders um als die Anjurier. Auch wenn sie insgeheim gegeneinander Ränke schmiedeten, war es offenbar nicht verboten, einfach das Wort zu ergreifen und sogar dem Kaiser zu widersprechen.

Cynead wartete, bis sich die Unruhe gelegt hatte, und hob schließlich beide Hände. Es wurde still im Hippodrom. Er fuhr fort: »Ich will Euch meinen Plan erklären. Ausführlich und in allen Einzelheiten. Ich weiß jetzt, wie wir Fortschritte erzielen und erreichen können, was wir unbedingt brauchen. Aber heute will ich Euch vor allem eines mitteilen. Ich habe einen Weg entdeckt, wie wir uns vor uns selbst retten können. Wie wir genug Zeit bekommen, um etwas aufzubauen, das die Geschichte nie vergessen wird. Wie ich schon sagte, ist unser Ehrgeiz unsere größte Stärke, doch er führt allzu oft auch dazu, dass der Herrscher getötet oder ins Exil getrieben wird. Dann kommt ein neues Regime, und wieder ersinnen die Türme Pläne und Gegenpläne, um auch diesen Herrscher zu stürzen. Und so geht es weiter. Das hilft uns nicht. Die Königreiche, die uns umgeben, mögen in vieler Hinsicht keine leuchtenden Vorbilder sein, aber sie haben doch etwas, was uns fehlt. Etwas, das ihnen Stabilität schenkt und es ihnen erlaubt, weitreichende Ziele zu verfolgen. Sie haben Monarchen, die lebenslang herrschen.«

Nun waren an mehreren Stellen Buhrufe und Gezischel zu hören. Der Lärm hielt sich länger und war lauter als vorher.

Wieder nickte Cynead, als hätte er nichts anderes erwartet. Nach einer kleinen Pause hob er wieder die Stimme. »Unsere Kultur, unsere Herrschaft, unsere ganze Lebensart belohnen Ehrgeiz und Rücksichtslosigkeit, Kraft und Antriebsstärke. Aber zugleich hindert uns der Mangel an Stabilität daran, alles zu erreichen, wozu wir fähig wären. Heute beginnt eine neue Ära. Von heute an ist meine Herrschaft dauerhaft.«

Unser Turmkommandant stand auf und schrie: »Ihr maßt Euch zu viel an! Drei Jahre auf dem Thron! Drei Jahre! Beruft ein Forum ein, wenn Ihr zehn Jahre darauf sitzt!«

Es gab Gelächter. Ein weiterer Kommandant mit gerötetem Gesicht erhob sich. »Lasst uns ihn anhören. Welche Veränderungen schlagt Ihr vor, Eure Kaiserliche Majestät?«

»Natürlich willst du ihn anhören, du dummer Lakai!«, rief der Erste zurück.

Andere standen auf und meldeten sich zu Wort. Einige unterstützten den Kaiser, andere widersprachen heftig, richteten den Zorn aber eher gegen die Unterstützer als gegen den

Herrscher selbst. Trotzdem staunte ich, welche Freiheit die einstigen Sklaven genossen, wenn sie ihre Ansichten kundtaten. Im Versammlungssaal eines anderen Königreichs hätte man einige längst als Verräter gebrandmarkt und in Ketten gelegt.

Inzwischen wusste ich, dass Zischeln Ablehnung und Pfiffe Zustimmung bedeuteten.

Cynead hob die Arme und hielt sie hoch, bis im Hippodrom Ruhe einkehrte. »Die syldoonische Macht war immer zu gleichmäßig verteilt. Ich rede nicht über unsere Soldaten, sondern über die Memoridinnen. Jeder Turm durfte nur eine bestimmte Zahl von Memoridinnen haben. Und bis heute durfte nicht einmal ich mehr von ihnen in Dienst nehmen als irgendjemand anders. Dies wird sich nun ändern. Ab heute ist alles möglich.«

Er klatschte einmal in die Hände, und irgendwo ertönte ein Gong oder etwas Ähnliches. Es klang gedämpft, als befänden sich mehrere Mauern zwischen uns und dem weit entfernten Instrument, aber es war eindeutig ein langes Hallen und Klingen, wie es Messing oder Kupfer hervorbringen mochten. Gleichzeitig spürte ich etwas Seltsames. Es war, als umwehte uns ein Wind, obwohl sich kein Lüftchen regte. Es war eine heiße Bö, die kein Haar bewegte und keine Wellen durch den Baldachin über uns laufen ließ. Einige Syldooner hatten es ebenfalls gespürt. Mit weit aufgerissenen oder misstrauisch zusammengekniffenen Augen drehten sie sich um und suchten nach der Quelle.

In allen Abordnungen der Türme reagierten die Kommandanten auf ähnliche Weise. Es war, als hätten sie durch eine unsichtbare Kraft einen heftigen Schlag gegen den Kopf bekommen. Einige stürzten gegen ihre Kameraden, andere rutschten von den Bänken, einige wenige standen auf und schwankten, bis sie einer ihrer Captains auffangen konnte.

Dann schritten die Memoridinnen, die ganz hinten gesessen hatten, langsam durch die Gänge zwischen den Sitzreihen nach unten zur dunklen Erde des Hippodroms. Einige blickten kurz zu den niedergestreckten Turmkommandanten. Die meisten starrten Cynead an, viele mit bleichen Gesichtern, in denen die Muskeln spielten, einige mit offener Angst.

Mulldoos sah Soffjian vorbeigehen. »Ich wusste doch von Anfang an, dass man diesem Miststück nicht trauen konnte.«

Sie ignorierte die Bemerkung, sie würdigte die Vertreter des Schakalturms keines Blicks und ging weiter.

Skeelana sah mich allerdings an und lächelte leicht. Es drehte mir den Magen um. Niemand sonst schien es zu bemerken. Dann sah sie wieder nach vorn und folgte Soffjian nach unten.

Hackspeer half Kommandant Darzaak, sich wieder zu setzen, und fragte: »Er hat es wirklich gemacht, was? Nicht nur mit uns, sondern mit allen Türmen.«

Kommandant Darzaak nickte nur. Die Adern auf seiner Stirn traten hervor wie dunkle Wurzeln. Die Lippen hatte er fest zusammengepresst, das Gesicht war rot angelaufen.

Braylar sah mich an. »Nun, mir scheint, er hatte einen schnelleren Leser.«

Ich wollte einwenden, dass ich viel weiter gekommen wäre, wenn er mir schon früher vertraut hätte, oder dass er sein Forschungsmaterial vielleicht etwas früher hätte einsammeln sollen. Oder dass er die früheren Übersetzer nicht vorschnell hätte töten sollen. Am Ende zog ich es vor, den Mund zu halten.

Allerdings hätte es sowieso keine Rolle gespielt, wenn ich etwas gesagt hätte. Das ganze Hippodrom schien zu explodieren. Die meisten Syldooner sprangen auf und riefen, fluchten, schüttelten die Fäuste und zeigten auf den Kaiser. Einer wollte sogar das Friedensband vom Schwert abnehmen, doch sein Turmkommandant befahl ihm, das zu unterlassen, und zwei seiner Turmgefährten hielten ihn zur Sicherheit fest.

Alle Syldooner in der Nähe brüllten wie aus einer Kehle. Alle bis auf die Kommandanten, die noch etwas benommen auf den Bänken saßen oder sich sogar vorgebeugt und die Hände vor die Gesichter geschlagen hatten.

Cynead war etwas gelungen, das noch kein Kaiser vor ihm geschafft hatte. Er hatte alle Memoridinnen in Sonnenmatt unter seine Kontrolle gebracht. Wenn das, was Soffjian und Skeelana gezeigt hatten, als Maßstab für die Fähigkeiten dieser Frauen gelten konnte, dann verfügte Cynead jetzt über eine fast grenzenlose Macht. Daran konnten noch so viele Flüche nichts mehr ändern. Wer es wagte, eine Klinge zu ziehen, würde dem Irrsinn verfallen oder sterben, ehe er auch nur einen Schritt unternommen hatte, sie einzusetzen. Irgendwie war es Cynead gelungen, mit dem größten Handstreich in der syldoonischen Geschichte sich die absolute Herrschaft zu sichern, ohne auch nur einen einzigen Tropfen Blut zu vergießen.

Die Memoridinnen versammelten sich vor der Tribüne. Viele schienen verwirrt oder gedankenverloren und wechselten unsichere Blicke oder sahen ihre ehemaligen Kommandanten an. Einige wandten sich auch dem Kaiser zu und kehrten ihm ebenso schnell wieder den Rücken. Soffjian starrte ins Leere; sie hielt sich sehr aufrecht und fixierte direkt vor sich den Boden.

Auf ein Nicken des Kaisers setzten die Hornisten ein und spielten, bis sich der Zorn der Syldooner allmählich legte. Schließlich beruhigten sie sich so weit, dass Cynead sich wieder Gehör verschaffen konnte. »Mir ist klar, dass dies wie ein Schock kommt. Ich entschuldige mich dafür, dass ich die Neuigkeit nicht viel früher verkündet habe. Aber es ist jetzt, wie es ist. Die hier versammelten Herren befehligen die ganze Macht der syldoonischen Heere. Ihr seid der Körper des Reichs. Aber ich bin der Kopf. Jemand sagte, dass ein Kaiser die Befehlsgewalt nur so lange behält, wie er stark genug ist, sie auszuüben. Das ist wahr. Ich versichere Euch, dass ich jetzt stark genug bin, um sehr, sehr lange Zeit zu regieren. Ich fürchte, das wird so bleiben, bis ich sterbe, selbstverständlich eines natürlichen Todes.«

Einer der tapfersten Turmkommandanten stand auf. »Dieb. Feigling. Ihr habt gestohlen, was von Rechts wegen uns gehört. Aber wenn Ihr glaubt, dadurch sicher zu sein, dann irrt Ihr Euch.«

»Oh, Kommandant Caruvik«, entgegnete Cynead lächelnd. »Niemand ist wirklich sicher. Aber manche sind weniger sicher als andere.« Er hob den Arm und ließ ihn wieder sinken. Eine seiner Memoridinnen trat vor und zielte mit gespreizten Fingern auf Caruvik.

Der Kommandant sank auf die Knie, presste sich die Hände auf die Ohren und schlug nach unsichtbaren Insekten, die seinen Kopf attackierten. Dann prallte er mit dem Gesicht auf die Bank. Die meisten in der Nähe zogen sich zurück, nur zwei seiner Captains traten vor und versuchten, ihn wieder aufzurichten. Doch Caruvik begann zu heulen, schlug nach ihnen und trieb sie zurück. Das Heulen wurde schriller. »Genug!«, befahl Cynead. Die Memoridin ließ den Arm sinken und reihte sich bei den anderen ein.

Kommandant Caruvik verharrte gekrümmt und zuckte, allmählich ließen die Krämpfe nach. Nun rief Kaiser Cynead: »Also gut. Ihr seid die Herren des Reichs. Daran hat sich nichts geändert. Ich will Euch an meiner Seite sehen, ich brauche Eure Unterstützung. Was ich nicht hinnehmen werde, ist Auflehnung, sei es in Worten oder Taten. Das Zeitalter der Handstreiche ist vorbei. Zusammen werden wir Dinge erreichen, die unsere Vorväter nicht im Traum für möglich hielten. Wir werden dieses Reich zu einer Größe führen, an die noch niemand zuvor zu denken wagte. Gemeinsam. Arbeitet mit mir zusammen, und Ihr werdet unermessliche Belohnungen bekommen. Man wird Euch in den Geschichtsbüchern und in Liedern preisen. Aber eines dürft ihr nicht vergessen: Wer gegen mich arbeitet, den werde ich zerschmettern. Ohne Nachsicht und Erbarmen. Morgen beginnt ein neuer Tag. Wir werden ihm gemeinsam entgegengehen, und ich werde Euch in die Einzelheiten meines Plans einweihen. Aber heute vertraue ich darauf, dass Ihr kluge Anführer seid. Sprecht mit Euren Türmen. Berichtet ihnen, wie die Dinge jetzt stehen, und bereitet Euch darauf vor, den nächsten Schritt zu tun. Das ist alles. Wegtreten.«

Wütend, mürrisch und zähneknirschend sahen die Syldooner zu, wie ihr Herrscher das Podium verließ und aufs Pferd stieg. Er warf den langen Umhang über die Flanken des Tiers. Die Hornisten gaben ein letztes Signal, worauf die kaiserliche Prozession das Stadion verließ, der Herrscher zuerst, die Leopardenführer danach und die Memoridinnen ein Stück dahinter. Dann folgten die Soldaten, die Streitwagen und die Musiker.

Kommandant Darzaak betrachtete seine Captains. Rings um seine Koteletten zeichneten sich rote Flecken ab. »Also, das kam unerwartet. Los, auch wir müssen jetzt Pläne schmieden.«

Er ging die Treppe hinunter, und wir anderen folgten ihm. Da hörten wir hinter uns eine weiche, sinnliche Stimme. Einladend und verheißungsvoll. Wir drehten uns um. Es war eine Frau, deren kurz geschnittenes Haar in der Sonne glänzte. Auf der Brust der aschgrauen Jacke trug sie das Leoparden-Symbol, und über dem Hemd hatte sie eine rote Schärpe angelegt.

»Rusejenna, du siehst so lieblich aus wie immer«, sagte Braylar.

Sie musterte ihn von oben bis unten. »Captain Killcoin, du siehst ... genauso aus wie immer. Deine Anwesenheit ist erforderlich. Auch die deiner Männer.«

»Unser Kaiser hat sich für heute viel vorgenommen. Wo erwartet er uns?«, fragte Kommandant Darzaak.

Rusejenna lächelte. Ich konnte mir nicht helfen, die Miene kam mir ein wenig grausam vor. »Oh, das war mein Fehler. Ich hätte mich deutlicher ausdrücken sollen. Nur Ihr, Kommandant Darzaak, und Euer Captain Killcoin und dessen Gefolge. Im Zirkus. Die anderen Captains und die Soldaten können gehen.« Sie wandte sich wieder an Braylar. »Und bemüht Euch, nicht zu spät zu kommen. Es ist eine Sache, einen Kaiser warten zu lassen, wenn er viele Meilen entfernt ist. Aber wenn Ihr vor seinen Augen trödelt, stellt sich das ganz anders dar.«

»Ihr und meine Schwester habt viel gemeinsam«, erwiderte Braylar. »Ihr passt zusammen wie zwei Katzen.«

»Wie hübsch. Ich bin sicher, dass sich der Kaiser sehr darüber amüsieren wird.« Rusejenna drehte sich um und ging, ohne auf eine Antwort zu warten.

Es war schwer zu sagen, ob die anderen Captains des Schakalturms ungehalten oder erleichtert waren, weil man sie ausgeschlossen hatte.

Ein Offizier mit dicken, lila verfärbten Lippen und Doppelkinn meinte: »Dieses überhebliche Miststück. Sie tut so, als wäre sie was Besonderes, nur weil sie dem Kaiser den Schwanz lutscht. Aber damit ist sie einfach nur eine besonders teure Hure.«

»Und eine mächtige«, ergänzte Braylar. »Und sehr aufmerksam. Vergiss das nicht, Belvick. Was du auch sonst über die kaiserlichen Memoridinnen sagen kannst, du weißt, dass sie früher oder später hören, was du von dir gibst.«

Belvick funkelte Braylar an und schnaubte vernehmlich. »Von dir brauche ich keine Lektionen in gutem Benehmen.«

»Nein, das war nur eine Lektion fürs Überleben. Aber wie du willst. Mache dich über die Memoridinnen lustig, wie du willst. Warte damit aber bitte, bis ich ein paar Straßen entfernt bin, ja?«

Belvick wandte sich ab und sagte etwas zu einem anderen Captain, verlor aber kein Wort mehr über Rusejenna. Vielleicht war er doch nicht so dumm, wie es den Anschein hatte.

Die anderen Captains der Schakale wollten offenbar so schnell wie möglich in den Turm zurückkehren.

Kommandant Darzaak verbarg seine Verärgerung, indem er die Lippen zusammenpresste, aber anscheinend biss er ständig die Zähne zusammen. »Ich fürchte, wir werden jetzt alle von einem großen wütenden Pferd in den Arsch gefickt. Da kann man nichts machen. Ihr habt die Schlange gehört. Setzen wir uns in Bewegung.«

39

Wir entfernten uns in nördlicher Richtung vom Kaiserlichen Hippodrom, während der Rest unserer kleinen Delegation nach Süden zum Schakalturm zurückkehrte. Sie sahen sich nicht nach uns um, und wir drehten uns nicht zu ihnen um. Abgesehen von mir. Ich drehte den Kopf hin und her und kam mir vor wie ein Trottel.

Unsere kleine Gruppe zog durch Seitenstraßen und wich damit dem Verkehr aus, der auf den Hauptstraßen von Sonnenmatt herrschte. Hier war der Weg frei, nur hin und wieder begegneten uns Thurvacier und ein paar streunende Hunde.

»Eins muss ich dem raffinierten Drecksack lassen, er hat ein Gespür für dramatische Auftritte«, meinte Mulldoos.

»Zweifellos«, bestätigte Braylar.

Kommandant Darzaak hatte die Führung übernommen und blieb trotz der kurzen krummen Beine ein paar Schritte vor uns. Anscheinend sah er der Begegnung erheblich gelassener entgegen als ich. Näher als bis auf hundert Schritte war ich in meinem ganzen Leben noch keinem König gekommen, und jetzt sollte ich an einer Audienz bei einem Kaiser teilnehmen, der wahrscheinlich nicht gut auf uns zu sprechen war. Ich senkte die Stimme, um den Kommandanten, der einige Schritte vor uns war, nicht zu verärgern, und fragte: »Ob Cynead weiß, dass die Schakale auf Thumaars Seite stehen?«

Hackspeer antwortete: »Oh, das weiß er ganz sicher. Die Schakale waren an Thumaars Handstreich beteiligt und haben ihn während seiner Regentschaft unerschütterlich unterstützt. Cynead ist zweifellos bewusst, dass wir Thumaar gern zurückbekommen würden, falls sich die Gelegenheit böte. Was er möglicherweise nicht weiß, ist, wie sehr wir aktiv daran arbeiten, dies Wirklichkeit werden zu lassen.«

»Wenn ein Kaiser mit Gewalt an die Macht kommt, wird er doch ... ich meine, er müsste doch ...«

»Alle Fraktionen vernichten, die den vorherigen Herrscher unterstützt haben? Ja, manchmal geschieht das. Manchmal auch nicht.« Hackspeer ging einige Schritte weiter. »Oft behalten sie die Gegner einfach nur genau im Auge.«

»Damit sie nicht das tun, was ihr tut, um Thumaar wieder an die Macht zu bringen?«

Er beäugte mich und lächelte wie ein wohlwollender Großvater. »Genau, Arki.«

»Dann weiß er es womöglich? Oder er hat wenigstens einen starken Verdacht?«

Ehe Hackspeer antworten konnte, drehte sich Mulldoos um. »Haltet den Mund. Wir sind da.«

Wir waren auf eine breite Hauptstraße gelangt. Ein Stück vor uns stand ein riesiges Gebäude mit einer Kuppel. Es war sicherlich das größte Bauwerk in diesem Viertel. Mehrere Seitenflügel mit kleineren Kuppeln schlossen sich seitlich an. Das Hauptgebäude war gewiss über hundert Schritte hoch, mit strahlenden Farben getüncht und mit zahlreichen schimmernden Fenstern aus Buntglas versehen. Ein großer Teil der Anlage war von Gerüsten verdeckt. An mehreren Stellen lagen oder standen Arbeiter auf Plattformen, aber es war schwer zu erkennen, was sie dort oben taten.

Ein Säulengang führte zu dem von Statuen flankierten Portal. Ich nahm an, es handelte sich bei den Figuren, die gebührend düster und drohend dreinschauten, um Kaiser oder berühmte Turmkommandanten.

»Was ist das für ein Gebäude?«, fragte ich.

»Das ist der Große Zirkus«, antwortete Vendurro. »Mit solchen Namen schmücken sich normalerweise Häuser, die sich am Ende als enttäuschend erweisen, aber ich war ein- oder zweimal hier, und es ist wirklich sehenswert.«

Wir betraten die Eingangshalle, von der aus man die verschiedenen Kuppeln erreichen konnte. Die grauen und rosafarbenen Marmorwände wurden von großen Fenstern mit Rahmen aus Mahagoni, Steinbänken und dazu passenden kupfernen Urnen aufgelockert. Als wir den breiten Gang hinunterliefen, wurde mir bewusst, dass das Gebäude bis auf einige schmutzige Arbeiter menschenleer war.

»Sobald die Arbeiter fertig sind, wird das Gebäude doch sicherlich ...«

»Es ist verlassen«, unterbrach mich Braylar. »Das ist gewiss kein Zufall.«

Der Gang führte uns zu einem der kleineren Anbauten. Von innen war das Kuppeldach mit Gemälden geschmückt. Einige Bilder hatten Risse und mussten restauriert werden, aber sie waren immer noch prächtig, und die Apsis am Ende war nicht weniger wundervoll anzusehen. Dort gab es herrliche Mosaike und Gemälde zu bestaunen, in den Nischen standen die Statuen alter syldoonischer Helden, und die Buntglasfenster stellten in strahlenden Farben Schlachten, Gärten, Tiere, Gelehrte, Priester, Handelsfürsten und so weiter dar. Der ganze Raum hatte etwas über die Maßen Großartiges und war mit so vielen wundervollen Dingen ausgeschmückt, dass mir der Atem stockte.

Wir liefen durch einen weiteren kurzen Gang und traten schließlich durch drei Torbögen. Obwohl mir klar war, dass wir uns der großen zentralen Kuppel näherten, war ich nicht auf den Anblick dieses gewaltigen Raums vorbereitet. Schon die Tribünen waren hoch wie Türme. Das Hippodrom war offen, hier gab es ein fast völlig geschlossenes Dach. Nur am höchsten Punkt der Kuppel, mehr als hundert Schritte über uns, klaffte eine recht große runde Öffnung. Mehrere Teile der Kuppel bestanden aus Buntglas. Die abgebildeten Szenen waren groß genug gestaltet, dass man sie auch von unten erkennen konnte. Durch die Fenster strömte vielfarbiges Licht herein.

Hier bestand der Boden nicht mehr aus Marmor, sondern aus dunklem und hellem Holz, das wie ein riesiges Schachbrett ausgelegt war. Erst jetzt bemerkte ich, dass das Innere der Kuppel nicht völlig menschenleer war. Mitten darin saß jemand auf einem Holzstuhl. Drei weitere Gestalten warteten hinter ihm. Außerdem stellte ich überrascht fest, dass mehrere Akrobaten etwas einstudierten. Zwei von ihnen hingen an langen Bändern, die unter der Decke an irgendwelchen Vorrichtungen befestigt waren. Sie befanden sich allerdings außer Hörweite. Dann sah ich auch die kaiserlichen Syldooner, die sich allerdings weit zurückgezogen hatten. Sie standen mit den Rücken zu den Wandbildern, die ringsum den ganzen Raum schmückten, im Schatten.

Kommandant Darzaak klatschte sich mit den fleischigen Händen auf die Oberschenkel. »Na gut, wir wollen es hinter uns bringen.« Damit marschierte er ins Zentrum der Kuppel.

Braylar sagte: »Ich freue mich immer über eine Privataudienz. Das ist so altmodisch und intim.«

Wir folgten Kommandant Darzaak zu der Gruppe in der Mitte. Kaiser Cynead beanspruchte natürlich den Sitzplatz, und hinter ihm standen Rusejenna, Soffjian und Skeelana.

Der Kaiser lehnte sich auf dem Stuhl zurück. Den weißen und inzwischen zweifellos verschmutzten Umhang hatte er abgelegt, doch sonst war er, genau wie kurz zuvor im Hippodrom, mit kostbarem Tuch, aber gewiss nicht protzig bekleidet. Selbst der emaillierte Gürtel, auf dem sich stilisierte Sonnen und Leopardenköpfe abwechselten, war einigermaßen dezent. Man hätte ihn eher für einen reichen Kaufmann als für das Oberhaupt des größten Reichs auf der Welt halten können.

»Willkommen, Männer vom Schakalturm. Es freut mich, dass Ihr mich so kurzfristig und an so einem ungewöhnlichen Ort aufsuchen konntet.« Er machte eine Geste, die den ganzen riesigen Kuppelbau einschloss.

Kommandant Darzaak verneigte sich leicht, aber nicht so tief, wie ich es erwartet hätte. »Ich bitte um Verzeihung, Kaiserliche Majestät, aber ich fürchte, in dieser Hinsicht blieb uns wohl nichts anderes übrig.«

Cynead lachte erheitert und entspannt wie ein Mann, der mehr Macht besitzt, als einem einzigen Menschen zustehen sollte. »Ich muss schon sagen, Kommandant Darzaak, es ist eine wundervolle Ironie, dass einer der verschlagensten und hinterhältigsten Türme von einem so außerordentlich offenen Mann angeführt wird.«

Darzaak biss empört die Zähne zusammen. »Ich muss noch einmal um Verzeihung bitten, aber Ihr habt uns doch gewiss nicht hergerufen, um uns zu beleidigen. Das hättet Ihr an jedem anderen Ort tun können, und vor einem größeren Publikum in der Zitadelle wäre auch das Vergnügen größer gewesen. Da Ihr also die Offenheit so schätzt, könntet Ihr vielleicht auch selbst auf ähnliche Weise antworten. Warum sind wir hier?«

Cynead schlug die Beine übereinander, lehnte sich noch weiter zurück, tippte sich zweimal ans Kinn und sah Rusejenna lachend an. »Siehst du? Ich habe dir doch gesagt, dass es nicht lange dauert.« Er wandte sich wieder an Darzaak. »Ihr habt recht, wir treffen uns aus einem bestimmten Grund nicht in der Zitadelle. Dort gibt es zu viele Ohren. Hier sind wir unter uns.« Sein Blick schweifte durch die Kuppel, während ich die Akrobaten hinter ihm und den Memoridinnen beobachtete. »Vielleicht ist dies einer der wenigen Orte in der geschäftigen Stadt, wo dies überhaupt möglich ist.«

Der Kaiser rutschte ein wenig hin und her, wandte sich dann an Braylar. »Also, da wir offen sein wollen, beginnen wir mit Euch, Captain Killcoin. Wie man hört, habt Ihr in Anjurien viele Abenteuer erlebt.«

Ich rechnete damit, dass Braylar, dieser geschickte Lügner, auswich, ablenkte oder alles herunterspielte, aber offenbar hielt er sich an das Vorbild seines Kommandanten. »Das ist richtig, Euer Majestät. Alles im Namen des Reichs.«

»Ah ja, natürlich. Die Frage bleibt aber, wessen Reich Ihr meint?«

Der Captain wich dem Blick des Herrschers nicht aus und sprach unerschüttert weiter. »Aber mein gnädiger Herrscher, ich hoffe doch, es war im Namen aller Menschen im Reich, ob groß oder klein.«

Kaiser Cynead klatschte sich mit der Hand auf den Schenkel. »Ja, das ist die Art Offenheit, an die ich besser gewöhnt bin. Verschlagen und aufs eigene Wohl bedacht. Aber sosehr ich den Tanz genieße, ich folge dem Beispiel Eures braven Kommandanten und mache keine weitere Umschweife. Ihr wart auf Thumaars Veranlassung in Anjurien unterwegs.« Kommandant Darzaak wollte etwas einwenden, doch Cynead kam ihm zuvor. »Wagt es nicht, Euren Kaiser zu unterbrechen, und erst recht nicht, wenn Ihr vergeblich um Vergebung bitten wollt. Es *waren* Thumaars Anweisungen, da gibt es keinen Zweifel. Damals habe ich sie nicht aufgehoben, und von da an waren es meine Anweisungen. Die Besitzverhältnisse interessieren mich allerdings viel weniger als das, was Ihr in der betreffenden Region getan habt.«

Der Kommandant wartete, bis er sicher war, dass er den Herrscher nicht wieder unterbrach. »Captain Killcoin hat Befehle ausgeführt, die Ihr bestätigt habt.«

»Ja, natürlich.« Er sah sich über die Schulter um. »Und was hat der treue Captain sonst noch in dem Königreich unternommen, Rusejenna?«

Sie grinste wie ein Fuchs. »Oh, er hat das Gleiche getan wie Ihr, Euer Majestät, nur langsamer und ungeschickter.«

Kaiser Cynead nickte lächelnd. »Das hatte ich schon vermutet. Tatsächlich haben mehrere Fraktionen nach dem Geheimnis gesucht, wie man die Memoridinnen beherrscht.« Er wartete auf Proteste oder Unschuldsbeteuerungen, und als nichts kam, fuhr er fort. »Oh ja, ich weiß von Euren kleinen Ausflügen in die Bibliotheken und Grüfte und staubigen Verliese. So viel ist sicher. Eure heimlichen Bemühungen, die Memoridinnen zu kontrollieren, kann ich durchaus verstehen, denn dieses Vergehens habe ich mich auch selbst schuldig gemacht, wenngleich mit größerem Erfolg. Dennoch wäre es durchaus berechtigt, den Fünften Mann zu befehlen. Ihr habt einen Treuebruch begangen und Nachforschungen durchgeführt, ohne mich darüber zu unterrichten. Das verletzt die Memoridendoktrin, also einen der wichtigsten Grundsätze, der unmittelbar nach meiner Thronbesteigung erlassen wurde.«

Darzaak wollte etwas sagen, doch wieder kam Cynead ihm zuvor. »Das ist aber noch nicht alles. Euer Mann, Kommandant Darzaak, hat ein Grab aufgebrochen und geplündert und eine Waffe aus unserer mystischen Vorzeit an sich genommen, ohne es zu melden. Dieser Mann zog außerdem wilde Hexen hinzu, um sich unterwegs zu heilen. Auch das verletzte die

Doktrin. Und als ich ihn aus Anjurien zurückrief, gehorchte er keineswegs sofort, sondern eilte mit seiner kleinen Bande ohne Befehl durch das halbe Königreich. Jedermann ist bekannt, dass die Schakale meine Regentschaft zwar ertragen, aber niemals gutgeheißen haben.«

Cynead nickte. »Ja. Es wäre durchaus mein Recht, den Fünften Mann zu befehlen. Andere Kaiser haben dies aus geringerem Anlass getan. Der einzige Grund dafür, dass ich es noch nicht getan habe, ist der, dass heute so ein unruhiger Tag war. Die Türme werden Mühe haben, sich auf den Verlust der Memoridinnen einzustellen. Ich will ihnen die Anpassung nicht noch schwerer machen, indem ich heute auch noch den Fünften Mann befehle. Aber wenn es darauf ankommt, könnt Ihr mir durchaus als warnendes Beispiel dienen. Es hängt jetzt von Euch ab, wie es weitergeht. Dank meiner gut platzierten Informantin weiß ich wenigstens, was meine Türme im Schilde führen.«

Mulldoos funkelte Soffjian an. »Ich hab doch prophezeit, dass uns das Miststück verrät. Sie hat uns alle verraten.«

Soffjian rührte sich nicht, sondern blickte ins Leere, die Hände hinter dem Rücken verschränkt, die Zähne zusammengebissen. Nur die Ader, die auf der Stirn pulsierte, verriet, wie wütend sie war.

Mulldoos legte die Hand auf das Falchion, obwohl es ihm hier kaum helfen konnte. Er schien bereit, sie niederzustrecken und damit ins eigene Verderben zu rennen. »Ich habe ihm immer gesagt, dass es nur eine Frage der Zeit war. Denen von deiner Sorte kann man nicht weiter trauen, als man spucken kann, aber dir am allerwenigsten. Du bist die schlimmste lebende Pferdefotze, wenn du den eigenen Bruder hintergehst.«

Soffjian blickte weiter geradeaus und sagte kein Wort.

Nun schaltete sich Skeelana ein. »Du hast recht, was den Verrat angeht, aber in Bezug auf das Miststück irrst du dich. Soffjian wusste nichts davon.«

Mulldoos hätte am liebsten auf den Holzboden ausgespuckt, Kommandant Darzaak reagierte ähnlich, und Braylar sah seine Schwester neugierig an. Ich dagegen wich einen Schritt zurück und dachte sofort an den Kuss, den Skeelana mir in meinem Zimmer gegeben hatte. »Warum?«, platzte ich heraus.

Alle starrten mich an, doch ich heftete den Blick auf Skeelana, die mich traurig ansah. »Der Kaiser hatte noch nicht die Kontrolle über alle Memoridinnen erlangt. Trotzdem hast du uns verraten. Die Schakale, meine ich. Warum?«

Der Kaiser ließ die Frage im Raum stehen. Skeelana war nicht anzumerken, ob sie die geballte Aufmerksamkeit aller Anwesenden unangenehm fand. Sie zuckte mit den Achseln. »Der Kaiser hat mich vor einer Weile zu einer Audienz gerufen. So eine Einladung kann man schlecht ablehnen. Er machte mir nachdrücklich klar, dass die Dinge in Bewegung kamen und dass ihm bald alle Memoridinnen gehören würden. Ich war nicht sicher, ob ich ihm das glauben konnte.« Sie wandte sich an Cynead. »Bitte um Verzeihung, Euer Majestät.«

»Schon gut.« Überheblich und gelassen lächelte er. Offenbar war er entzückt, weil sich alles wie geplant entwickelte.

Skeelana sah mich und dann die anderen Syldooner vom Schakalturm an. »Ich habe daran gedacht, es Euch sofort zu sagen, Kommandant. Vielleicht hätte ich das tun sollen. Aber ich setzte darauf, dass der Kaiser tatsächlich tun konnte, was er mir erklärt hatte. Es schien mir nicht sinnvoll, mich auf die Seite der Verlierer zu schlagen. Deshalb stellte ich Nachforschungen an, wie er es mir befohlen hatte, und erstattete nach unserer Rückkehr Bericht. Hätte er sich geirrt, dann hätte ich lediglich die Schakale verraten. Aber wenn er recht behielt, durfte ich mit einem einflussreichen Posten bei den Leoparden und im Sonnenturm rechnen. Wie sich herausstellte, war das eine kluge Entscheidung.« Sie deutete auf die Kuppel und unsere kleine Versammlung.

»Ja«, bestätigte Kaiser Cynead. »Eure reizende Memoridin hat mir alles über Eure kleine Schatzsuche erzählt. Das ist noch kein Beweis dafür, dass Ihr dieses Wissen direkt gegen mich einsetzen wolltet, sofern Ihr überhaupt etwas finden konntet, aber es weckt doch einen gewissen Verdacht. Das alles war sicher nicht überraschend, aber es hat auch nicht dazu beigetragen, mein Herz zu erwärmen. Es entspricht eben der Art der Syldooner, immer auf den eigenen Vorteil bedacht zu sein. Genau aus diesem Grund hatte ich ja gehofft, die entsprechenden Geheimnisse selbst zu lüften.«

Der Kaiser setzte die Füße nebeneinander auf den Boden und beugte sich vor. »Aber nein. Wirklich faszinierend fand ich diese eigenartige Waffe.« Mit glänzenden Augen deutete er auf Blutrufer. »Ja, das kam wirklich unerwartet. Ich hatte schon von derlei Gerätschaften gehört, aber angenommen, es wären nur Märchen oder sie wären längst verrostet und vergessen, falls sie wirklich einmal existiert haben. Dann konnte Skeelana bestätigen, dass tatsächlich eine solche Waffe gefunden worden war. Eine Waffe, die vor Feinden warnt und irgendwie mit der Erinnerungsmagie zusammenhängt, könnte dem Reich von großem Nutzen sein. Ja, so etwas muss man unbedingt erforschen. Zeigt sie mir.«

Alle sahen Braylar an. Er lächelte zuckend und starrte Skeelana voller Mordlust an. Langsam nahm er Blutrufer vom Gürtel und hielt ihn vor sich, die Ketten über eine Hand gelegt, das Heft in der anderen.

Als der Kaiser die Waffe betrachtete, wechselten rasch nacheinander die Mienen: Gier, Freude, Triumph und vielleicht auch

Furcht oder mindestens ein Zögern. »Ja, Skeelana hat die Fluchtgötter erwähnt. Oh, das ist ein wundervoller Fund. Wundervoll. Zwei- oder dreimal dachten meine Männer, sie hätten eine Waffe entdeckt, von der die Dichter gesungen haben, ein Werkzeug aus einer Legende. Jedes Mal war ich skeptisch, und jedes Mal behielt ich recht. Aber dies hier ... es ist wundervoll.« Er winkte Braylar zu sich. »Kommt näher und zeigt mir die Köpfe.«

Der Captain näherte sich dem Kaiser, bis dieser eine Hand hob und Braylar knapp außerhalb der Reichweite stehen bleiben ließ. Ein einziger weiterer Schritt hätte ausgereicht. Trotzdem schien Cynead nicht besonders nervös. Vielleicht lag es daran, dass drei Memoridinnen hinter ihm standen. Nur Rusejenna schien angespannt. Sie hielt die Arme unten, doch die Finger waren schon gespreizt.

Braylar nahm die Flegelköpfe mit einer Hand und drehte sie herum, damit der Kaiser sie besser sehen konnte. Cynead klatschte mit der Hand auf die Armlehne. »Sie sind beängstigend. Ich hoffe, die Götter haben freundlichere Gesichter, falls wir sie jemals wiedersehen.« Dann rutschte er auf dem Sitz nach vorn. Anscheinend zog ihn die Waffe magisch an, auch wenn er sich sichtlich zurückhielt. »Skeelana sagte, Ihr würdet von Schmerzen geplagt, wenn Ihr zu lange von der Waffe getrennt werdet. Ist das wahr?«

Ich starrte die Memoridin an und erinnerte mich an all die Dinge, die ich ihr anvertraut hatte, weil ich annahm, sie sei eine treue Dienerin des Schakalturms.

»Ich wünschte, es wäre nicht wahr, aber ich kann es nicht leugnen«, erwiderte Braylar.

»Wenn Ihr mir jetzt die Waffe übergebt, würdet Ihr also leiden?«, wollte der Kaiser wissen.

Braylar zog die Ketten straff und lachte, als Rusejenna einen Schritt vortrat. »Reg dich ab«, sagte er.

Sie hielt inne und antwortete mit schmalem Lächeln: »Eines Tages werde ich tanzen, weil du weinst, Killcoin.«

»Und ich auf deinem Grab.« Er wandte sich wieder an Cynead. »Eine kurze Trennung quält mich nicht. Ich überlasse sie Euch gern. Ich muss Euch aber warnen, Euer Majestät. Ich weiß nicht, wie man die Bindung oder den Fluch, der mich getroffen hat – mir fällt kein anderes Wort dafür ein –, wieder auflösen kann. Ich weiß auch nicht, wie man die Waffe veranlassen kann, sich an jemand anders zu binden, und ich würde nur ungern etwas tun, das Euer Wohlergehen gefährden könnte.«

Cynead lächelte schief. »Oh, gewiss doch. Eure Umsicht wird wohlwollend zur Kenntnis genommen, Captain Killcoin. Aber keine Sorge, solange wir die Waffe und ihre Bindung an Euch nicht gründlich untersucht haben, lege ich keinen Wert darauf, sie selbst zu führen. Tretet zurück.«

Braylar gehorchte, und Kommandant Darzaak sagte: »Eine Untersuchung, Euer Majestät?«

Der Kaiser klatschte einmal laut in die Hände. »Gewiss. Es ist eine bemerkenswerte Entdeckung, aber wie Euer Captain freundlicherweise bemerkt hat, ist die Waffe auch gefährlich. Wir wollen verstehen, wie sie wirkt, warum sie sich bindet, wir wollen ihre Geheimnisse lüften und ihre Kräfte so nutzbringend wie möglich einsetzen. Sie könnte sich als ein großes Geschenk für das Reich erweisen. Aber das erfordert gründliche Untersuchungen.«

Wie üblich gab Darzaak sich keine Mühe, seine Verärgerung zu verbergen. »Alle meine Captains sind über jeden Zweifel …«

»Gewiss doch. Sonst hättet Ihr sie nicht befördert. Es sei denn, Ihr wart kurzsichtig und dumm, was Ihr aber nicht seid. Was wollt Ihr mir sagen?«

»Kaiser Cynead, ich …«

»Kommandant Darzaak«, äffte er Darzaak nach. »Kommt zum springenden Punkt.«

»Captain Killcoin kann die Waffe nicht abgeben. Jedenfalls nicht lange. So viel wisst Ihr bereits.«

»Und?«

»Die Untersuchung der Waffe erfordert seine Anwesenheit«, erwiderte Kommandant Darzaak. »Ich will ihn aber nicht ausliefern, damit an ihm experimentiert werden kann, Euer Majestät.«

Der Kaiser stand langsam auf. Nach Hackspeer war er der größte Mann in der Kuppel. »Was Ihr wollt, ist nicht von Belang, Kommandant. Meine Memoridinnen werden die Waffe und die Bindung an Euren Captain untersuchen. Ich kann Euch versichern, dass ich weder die Waffe noch den Mann vernichten oder über Gebühr schädigen will. Aber wenn es darauf ankommt, ist Blutrufer ein unermesslich kostbarer Fund, ein Werkzeug, das direkt den Sagen entsprungen scheint. Das ist tausend Captains wert.«

In diesem Moment verlor eine Akrobatin den Halt am langen Band und stürzte vier Schritte tief auf den Boden. Ein Mann versuchte, sie aufzufangen, konnte aber nicht verhindern, dass sie auf das Holz prallte. Wir sahen zu, wie ihr zwei Männer halfen, sich wieder aufzurichten. Auf einem Bein konnte sie stehen, das andere war unnatürlich verdreht. Die Frau legte ihnen die Arme über die Schultern und ließ sich bis zum Ausgang auf der anderen Seite des riesigen Raumes helfen.

Cynead seufzte. »Seht Ihr? Jeder geht irgendein Risiko ein. Sie sind eine Investition und aufgrund ihrer Fähigkeiten schwer zu ersetzen. Manchmal gibt es leider Unfälle und Verluste. Ob ganz oben oder ganz unten, jeder geht ein Risiko ein.« Er schüttelte den Kopf und richtete die Aufmerksamkeit wieder auf uns. »Männer vom Schakalturm, ich danke Euch, dass Ihr so kurzfristig und freiwillig gekommen seid. Ihr könnt wegtreten.«

Der Kaiser wollte sich schon von dem Stuhl entfernen, da ergriff Captain Killcoin das Wort. »Sprechen wir immer noch offen, Euer Majestät? Ich muss zugeben, dass ich nicht daran gewöhnt bin, aber ich würde es heute gern noch einmal versuchen, wenn Ihr erlaubt.«

Cynead schien zugleich gereizt und neugierig. Er nickte knapp.

»Was ist, wenn ich mich weigere?«, fragte Braylar. »Wenn ich nicht bereit bin, mich auf dem Altar des Fortschritts und des Wissens opfern zu lassen? Ich muss gestehen, dass mich diese Aussicht mit mehr Furcht erfüllt, als ich ausdrücken kann.«

Der Kaiser kniff die Augen zusammen. Er hatte die Lippen gekrümmt, aber das Lächeln war kalt wie das eines Reptils. »Oh, ich glaube, das wisst Ihr schon. Aber um es ganz offen und unmissverständlich zu sagen: Dann werdet Ihr gehenkt. Ich glaube, dass dürfte die Bindung nachhaltig aufheben.«

Kommandant Darzaak trat vor. »Ich bin sicher, dass der Captain kommt, wenn Ihr ihn ruft.«

»Ja, sorgt dafür. Oh, noch etwas, Kommandant Darzaak. Ihr sollt der Erste sein, der es erfährt. Die Einzelheiten gebe ich später bekannt. Ihr empfindet es sicher als vernichtenden Schlag, die Memoridinnen verloren zu haben, aber es ist nicht meine Absicht, ein Despot zu werden. Sie sind jetzt alle an mich gebunden und gehorchen mir oder meinen eigenen Memoridinnen. Aber ich weiß, dass sie dem Reich am besten dienen, wenn sie ihre alltäglichen Rollen in den Türmen weiterhin ausfüllen. Sie werden genau das Gleiche tun wie bisher.

Ihr könnt ihnen weiterhin Befehle erteilen, vorausgesetzt, die Befehle widersprechen nicht meinen Anordnungen oder gefährden auf irgendeine Weise das Reich.«

Kommandant Darzaak lief puterrot an. »Dann sind sie Spione.«

Jetzt lächelte Kaiser Cynead wieder. Breit und überlegen und beinahe selbstzufrieden. »Dienerinnen des Reichs, Kommandant. Ihr könnt wegtreten. Schakale, kehrt in Euren Turm zurück.«

Wir marschierten hinaus, der Kommandant vorneweg, dann die Captains und Leutnants. Ich war hinten und blieb gleich wieder stehen, als mir jemand die Hand auf die Schulter legte.

Ich drehte mich um und sah Skeelana vor mir stehen. Unwirsch zog ich die Schulter zurück. Sie sagte: »Ich kann verstehen, dass du wütend bist, aber es wird noch schlimmer. Ich muss es dir nicht sagen, aber ich habe das Gefühl, ich bin es dir schuldig. Die Syldooner können nicht weglaufen, ohne von einer Memoridin aufgespürt zu werden, und das gilt jetzt auch für dich.«

»Was? Was redest du da?«

Sie zog sich mehrere Schritte zurück und zeigte wieder das traurige Lächeln, das mich nur noch wütender machte. »Es war jedenfalls ein schöner Kuss.« Dann drehte sie sich um und folgte dem Kaiser.

Ich stand benommen da, bis mich Vendurro antrieb. »Komm schon, Arki!« Ich fühlte mich dumm und elend, als ich ihm eilig folgte.

Als wir die Eingangshalle verließen, war ich Mulldoos nahe genug, um zu hören, was er sagte. »Wir dürfen uns nicht mehr auf Geheimtreffen mit mächtigen Ärschen einlassen. Das geht für uns alle übel aus.«

»Damit hast du durchaus recht, Leutnant«, antwortete Braylar. »Da nun der Kaiser seine unerwünschte Aufmerksamkeit ganz und gar auf mich richtet, würde ich euch allen empfehlen, mich nach Möglichkeit zu meiden.«

Kommandant Darzaak schüttelte den Kopf, während er uns auf seinen krummen Beinen eilig zum Schakalturm führte. »Falsch, Captain. Ganz falsch. Die Schakale geben für einen Kerl wie Cynead keinen Mann auf. Niemanden und niemals.«

Hackspeer sah sich rasch um, ob uns auch niemand folgte. »Das stimmt, Captain. Wir stecken alle zusammen da drin.«

Vendurro ergänzte: »Aye, Cap. Und die Männer gehen dorthin, wo wir hingehen. Jeder Einzelne von ihnen. Ist das nicht so, Arki?«

Ich dachte über das nach, was Skeelana mir gesagt hatte. Selbst wenn ich mich nicht sowieso schon ganz und gar auf die Seite des Captains geschlagen hätte, jetzt gab es keinen Raum mehr für Vorbehalte oder Reue. »Ich kann nur für mich selbst sprechen, und ich bin ein schlechter Schütze und kein Syldooner, aber es stimmt, ich bin Captain Killcoins Mann.«

Braylar nickte zweimal. »Was soll ich tun, Kommandant?«

Der Anführer antwortete nicht sofort. Eine Weile liefen wir schweigend über die Turmallee. Ich dachte an die hitzigen Debatten, die jetzt in den Türmen stattfanden, nachdem sich die Kunde vom unblutigen Handstreich des Kaisers in ganz Sonnenmatt verbreitet hatte. Es würde nicht mehr lange dauern, bis alle Thurvacier und Syldooner wussten, dass etwas Beispielloses geschehen war.

Als wir an einem großen Ochsenkarren vorbeikamen, sagte Darzaak: »Dieser Hurensohn Cynead hat uns überlistet. Dagegen können wir jetzt nichts tun. Aber er weiß viel mehr, als mir lieb ist. Es ist nur eine Frage der Zeit, bis er eine unserer

Memoridinnen ... nein, es sind jetzt seine, dieser Dreckskerl ... bis er sie einsetzt und unser Bündnis mit Thumaar aufdeckt. Wenn das geschieht ...«

»Dann wäre der Fünfte Mann noch eine sehr großzügige Wendung«, ergänzte Braylar den Gedanken.

»Das ist wahr. Wir haben weniger Zeit, als wir dachten. Es ist schon schlimm genug, dass er uns die Memoridinnen gestohlen hat, aber jetzt ist ihm auch noch klar, dass wir im Schatten herumgestochert und das Gleiche versucht haben. Nein, die Zeit arbeitet gegen uns. Wir rufen die Captains zusammen. Jetzt sofort. Ich will Thumaar verständigen. Vielleicht haben wir nicht einmal dafür genug Zeit, zumal uns der Hurensohn Cynead im Auge behält.«

Einige Schritte weiter sagte Mulldoos: »Ich weiß ja, das klingt jetzt ein wenig verrückt ...«

»Das ist das erste Mal, dass du so etwas einräumst«, warf Hackspeer ein.

»Verdammter Ziegenbock. Aber Ihr habt recht, Kommandant. Cynead wird herausfinden, was wir planen. Wahrscheinlich, indem er den Captain foltert, aber er könnte auch mich oder Hacker oder sonst ein armes Schwein von einer Erinnerungshexe schnappen und abgreifen lassen, was wir wissen. Und dann hängt er uns alle als Verräter auf. Nein, wir haben keine Zeit. Also sollten wir vielleicht das Lager abbrechen und zu Thumaar in die Berge gehen.«

Hackspeer antwortete leise: »Schlägst du vor, dass wir desertieren? Dass wir den ganzen Schakalturm aus Sonnenmatt herausnehmen?«

»Das schlage ich vor, du runzliger Drecksack, und du weißt das ganz genau.«

»Du hast recht, das klingt ziemlich verrückt«, erklärte Hackspeer. »Völlig verrückt. Der Kaiser ist misstrauisch und kein

Dummkopf. Er behält uns im Auge und hat sogar Spione bei uns, sobald die Schwester des Captains und ihre Begleiterinnen wieder im Turm sind. Sie werden Cynead jede unserer Bewegungen melden. Wir können unsere Truppen nicht unbemerkt hinausbringen und würden völlig vernichtet, ehe auch nur die Hälfte das Tor erreicht hat. Und selbst wenn wir irgendwie Tausende Soldaten aus Sonnenmatt herausbekommen, wir wären als Deserteure, Verräter und Feinde des Reichs gebrandmarkt.«

Ehe Mulldoos eine unwirsche Antwort geben konnte, erklärte Braylar: »Es ist ein verrückter Plan, aber es gibt einen Grund, weshalb er gelingen könnte. Kaiser Cynead ist außerordentlich klug, aber auch außerordentlich überheblich. Ihm ist gerade der größte Handstreich in der syldoonischen Geschichte gelungen, und er sonnt sich in seinem Triumph. Aufgrund unserer bekannten Verbindung zu Thumaar war er sowieso schon misstrauisch. Jetzt ist er es erst recht, doch nachdem er von unseren bislang erfolglosen Versuchen erfahren hat, die Memoridinnen selbst zu übernehmen, fühlt er sich in seiner Position völlig sicher.«

»Soll heißen?«, fragte Kommandant Darzaak unwirsch.

»Soll heißen, Kommandant, dass er im Augenblick auf keinen Fall mit der Möglichkeit rechnet, jemand könnte sich gegen ihn wenden, nachdem er den Türmen genommen hat, was ihnen seit Jahrhunderten gehörte. Vielleicht bietet sich uns da eine Gelegenheit.«

Hackspeer nickte langsam, wandte aber dennoch ein: »Das trifft zu, Captain. Aber es wäre äußerst gefährlich. Wir haben Tausende Soldaten mitten in der am stärksten befestigten Stadt der Welt, und unser Herrscher besitzt jetzt Waffen wie noch kein anderer vor ihm. Wenn wir nicht hinauskommen, werden wir vernichtet.«

Mulldoos erwiderte: »Aye. Und wenn wir bleiben, sind wir wieder bei dem, was der Kommandant gesagt hat. Die Zeit arbeitet jetzt gegen uns. Wenn wir bleiben, ist die Frage nicht mehr, ob die Pferdefotze Cynead uns auf die Schliche kommt, sondern nur noch, *wann* es geschieht. Es ist besser, wir verschwinden von hier, ehe er uns die Hexen wie Blutegel ansetzt und über alle unsere Bewegungen Bescheid weiß. Dann ist es zu spät.«

Hackspeer wollte noch etwas sagen, doch der Kommandant hob eine Hand. »Genug. Wir treffen uns heute Abend, wo wir hinter den Mauern geschützt sind. Dann höre ich Euch alle an, ehe ich mich für eine Vorgehensweise entscheide. Aber vergesst eines nicht – jeder Weg ist schwierig, und auf beiden Seiten droht ein Abgrund. Die Frage ist nur, welcher tiefer ist.«

Als wir den Schakalturm erreichten und die Außentreppe hinaufstiegen, salutierten die Wächter vor dem Kommandanten. Die Männer erweckten nicht den Eindruck, als sei etwas Ungewöhnliches geschehen, also hatten die anderen Captains anscheinend den Mund gehalten.

Offensichtlich war aber Eile geboten.

Vendurro entfernte sich als Erster, dann folgten Hackspeer und Mulldoos. Kommandant Darzaak verabschiedete sich und ging in seine Gemächer hinauf.

Braylar schloss hinter uns die Tür. Ich wich seinem Blick aus, weil ich immer noch Schuldgefühle hatte, nachdem ich Skeelana so viel anvertraut hatte, ganz zu schweigen von dem Kuss. Seltsamerweise tat es auch weh, und ich war enttäuscht.

»Der Kommandant wird mich bald rufen«, begann Braylar. »Es wird eine Weile dauern. Vielleicht Stunden. Übersetze weiter, wenn es sein muss die ganze Nacht. Ich will wissen, ob es abgesehen von dem, was Henlester bestätigt hat, in den Texten sonst noch etwas gibt. Besonders in Bezug auf das, was Cynead jetzt erreicht hat. Selbst wenn es nur Andeutungen sind. Suche Hinweise darauf, wie man es ungeschehen machen kann. Oder auf Waffen wie Blutrufer.«

Ich setzte mich an den Tisch. »Natürlich.«

»Sehr gut.« Als er in sein Zimmer gehen wollte, rief ich: »Captain?«

Ich rechnete mit einer gereizten Reaktion, doch er drehte sich nur um und sah mich ruhig an. »Archivar?«

»Ich ... jetzt stecken wir in Schwierigkeiten, oder?« Ich versuchte, mir die Angst nicht anmerken zu lassen. »Ich meine, was heute geschehen ist, das ist doch ...«

»Es verheißt nichts Gutes für uns, nein. Allerdings haben wir in dem abgesetzten Kaiser einen angeschlagenen, aber immer noch mächtigen Verbündeten. In einigen anderen Türmen gibt es überdies Kräfte, die Cynead und seine Herrschaft ablehnen. Das war schon vorher so. Der Kaiser hat heute etwas Außerordentliches vollbracht, aber der Preis ist hoch. Selbst seinen aufrechtesten Unterstützern wird es übel aufstoßen, wenn er ihre Macht so abrupt beschneidet.« Er schenkte mir ein Lächeln, das wohl aufmunternd sein sollte, aber dafür zuckte es viel zu stark. »Verzweifle nicht, Arki. Wir sind nicht verloren. Noch nicht.« Dann zwinkerte er mir zu und zog sich in sein Zimmer zurück. »Wecke mich, wenn es so weit ist«, wies er mich über die Schulter an.

Nicht zum ersten Mal staunte ich und beneidete ihn um seine Fähigkeit, sich auszuruhen, wenn alles drunter und drüber ging. Ich hatte keine Lust, in den verstaubten Wälzern zu blättern, aber er hatte es mir befohlen und nicht nur darum gebeten, und ich hoffte, die Arbeit würde mich von den Gedanken an Abgründe, Verrat und rachsüchtige Monarchen ablenken.

Also öffnete ich den Schreibkasten, schloss die Truhe auf, machte weiter, wo ich aufgehört hatte, und versuchte, mich so gut wie möglich zu konzentrieren.

Als der junge Sklave eine Stunde später Braylar abholte, hatte ich kaum Fortschritte gemacht und gewiss nichts Neues entdeckt. Doch als er fort war, dauerte es nicht lange, bis ich auf einige interessante Einzelheiten stieß, und als die Stunden vergingen und das Talglicht niederbrannte, als das Essen gebracht wurde und fast unberührt kalt wurde, machte ich noch einige weitere aufregende Entdeckungen.

40

Jemand schüttelte mich wach. Nicht eben sanft. Benommen schlug ich die Augen auf. Ich war mit dem Kopf auf dem Tisch eingeschlafen, vor dem Mund hatte sich eine Pfütze Speichel ausgebreitet, ein Blatt klebte an meinen Lippen. Die anderen Blätter und das Tintenfass standen noch vor mir, den Federkiel hatte ich sogar noch in der Hand. Die Finger waren voller Flecken und die Muskeln verkrampft. Außerdem brummte mir der Schädel.

Braylar pochte auf den Tisch, was meinem Kopf nicht guttat. Langsam richtete ich mich auf. »Pack deine Sachen. Wir brechen auf.«

»Aufbrechen?« Ich wischte mir den Mund ab und sah aus dem Fenster. Es war mitten in der Nacht, oder zumindest hatte die Dämmerung noch nicht begonnen. »Wohin? Warum? Was ist los?«

»Ich erkläre es dir unterwegs. Pack deine Sachen. Jetzt sofort. Wir kehren nicht zurück, also lass nichts hier.«

Als ich aufstand, schwankte ich und fühlte mich beinahe, als wäre ich betrunken. Es hätte mir sicher geholfen, etwas zu essen. Ich trank einen Schluck warmen Wassers aus meinem Becher. »Wir kehren nicht zurück? Ich verstehe nicht …«

Der Captain war schon in seinem Zimmer und hörte mich entweder nicht, oder er hatte keine Lust zu antworten. Erst als er zurückkam, bemerkte ich, dass er von Kopf bis Fuß die volle Rüstung trug: die verstärkten Armschienen, das Kettenhemd, den Lamellenpanzer, die Waffengürtel. Den Helm mit der Kettenbrünne hatte er sich unter den Arm geklemmt, und an der Hüfte hing natürlich Blutrufer.

Als ich meinen Schreibkasten zugeklappt hatte, hielt ich inne. »Ich habe etwas entdeckt!«

»Ich hoffe, es war ein Gefühl der Dringlichkeit.«

»Was? Nein, im Text! Ich habe die ganze Nacht gelesen ...«

»Das dachte ich mir schon.«

»Dabei entdeckte ich drei weitere Hinweise auf Wächter. Auf Waffen wie Blutrufer.«

Braylar blieb an der Tür stehen und sah mich an. »*Vermutlich* sind sie wie Blutrufer. Beweise haben wir keine.«

»Nein«, räumte ich ein. »Aber der Kaiser hatte auch keine Beweise dafür, dass die Riten oder Rituale, die er in den Texten fand, wirklich dazu geeignet waren, die Kontrolle über alle Memoridinnen zu übernehmen. Trotzdem ist es ihm gelungen, und jetzt hat er den Beweis.«

Er dachte kurz darüber nach. »Also gut, heraus damit, aber schnell. Was glaubst du entdeckt zu haben?«

Ich blätterte meine Notizen durch, drehte Pergamente hin und her und überflog sie. Er unterbrach mich. »Schnell. Fasse es zusammen.«

Also legte ich die Blätter weg und sprach frei. »Ihr erinnert Euch sicher an die Wächter, die aus den Tempeln verschwunden sind und die Waffen mitgenommen haben.«

»In der Tat. Und ich erinnere mich, dass ich dir gesagt habe, sie seien wahrscheinlich gestorben oder hätten sich im Sumpf verlaufen.«

»Es gibt hier zwei Berichte von Wächtern, die zurückgekehrt sind, nachdem sie den Götterschleier durchbrochen hatten.«

Ich wartete, bis die Neuigkeit ihre Wirkung tat und Braylar irgendeine Reaktion zeigte. Ebenso gut hätte ich mit seinem Helm reden können. »Was genau beweist das nun? Es sind Geschichten von bierseligen Priestern oder dummen Jungen. Nichts weiter.«

»Vielleicht. Diese Möglichkeit besteht immer. Aber in einem Bericht werden ein Dutzend Zeugen, die den Wächter beobachtet haben, namentlich genannt. Er hieß Frostbann und ging durch den Schleier, kehrte für eine Weile zurück und ging wieder hinüber. Nur, dass er dann noch einen weiteren Priester mitgenommen hat.«

Braylar schien darüber zu erschrecken, wenngleich nicht sehr heftig. »Er hat jemanden mitgenommen? Wie denn?«

»Der Wächter – ich meine die Waffe – war eine Art Schlüssel und hat den Wächter und den Priester beschützt. Beide sind durch den Schleier gegangen. Keiner der beiden ist gestorben.«

Er zuckte und lächelte. »Sofern man der Geschichte glauben kann, die wahrscheinlich zwischen Bestiarien voller Kobolde und einer Sammlung nicht eingetroffener Prophezeiungen gefunden wurde.«

»Es war ein beglaubigter und genehmigter Bericht, der bei den offiziellen Dokumenten des Tempels aufbewahrt wurde.«

»Wird auch berichtet, was er auf der anderen Seite sah und was er erzählte, als er vor all diesen Zeugen das erste Mal zurückkehrte?«

Ich zögerte. »In der Tat, aber es war verwirrend. Der Tempelwächter bekam Fieber oder einen Anfall und ...«

»Er verfiel dem Wahnsinn. Genau wie die Person, die das Ganze niedergeschrieben hat. Gibt es sonst noch etwas?«

»Captain, Ihr habt mich gebeten, mich nach solchen Hinweisen umzusehen. Ich mache nur das, was Ihr mir befohlen habt. Es beweist natürlich noch nichts, aber ...«

»Gibt es sonst noch etwas?«

Ich seufzte. »Ja, es gibt noch etwas. Ein anderer Priester namens Vortniss stieß auf Anroviaks oder Untwiks Aufzeichnungen. Ihm fehlte der Eifer und die Besessenheit seiner Vorgänger, er war sogar sehr skeptisch ...«

»Eine sehr gesunde Einstellung.«

»Dennoch war Vortniss von dem, was er entdeckte, gefesselt. Er suchte nach ähnlichen Hinweisen darauf, wie man die Erinnerungshexen kontrollieren konnte. Es klingt bei ihm, als wäre es zunächst nur eine akademische Übung gewesen oder als hätte er sich einen kleinen Zeitvertreib erlaubt, aber je mehr er zusammentrug, desto größer wurde sein Interesse. Die Dokumente sind nicht vollständig, doch es scheint, als hätte er kurz davorgestanden, etwas zu erschaffen. Seine Arbeit beruhte auf dem, was Untwik entdeckt hatte, oder vielleicht gab es noch andere Anregungen. Die Schilderungen waren nicht ausführlich genug. Jedenfalls erwähnt er mehrmals ›Rahmen‹. Und ...«

»In der Mehrzahl?« Braylar kniff die Augen zusammen. »Mehrere Rahmen? Bist du sicher?«

»Ja. Also, so sicher, wie ich überhaupt sein kann. Ich würde mir das gern näher ansehen, und ich würde wirklich gern die restlichen Notizen finden.«

»Das ist interessant.« Braylar zog die Tür auf. »Aber wir müssen aufbrechen. Nimm deinen Ranzen und den Kasten. Schließe alles gut ab. Die Syldooner tragen die Kisten zum Wagen. Wir treffen uns in den Ställen. Es geht sofort los.«

Damit verschwand er. Ich packte unterdessen kopfschüttelnd meine Sachen zusammen. Es war eine bescheidene Sammlung. Selbst die reisenden Handwerksgesellen trugen mehr auf dem Rücken als ich. Anscheinend wurde ich jedes Mal, wenn ich daran dachte, ich könnte mich irgendwo dauerhaft niederlassen, im Handumdrehen eines Besseren belehrt. Die Vorstellung, mich als völliger Außenseiter in Sonnenmatt niederzulassen, war beängstigend und keine sehr angenehme Aussicht gewesen, aber ich hatte angenommen, dass mir für längere Zeit genau dies beschieden wäre. Zumindest, bis der Captain und seine Truppe wieder auf irgendeinen Feldzug geschickt wurden. Ich hatte mir nicht vorstellen können, gerade einmal zehn Tage nach unserer Ankunft auf Nimmerwiedersehen zu verschwinden.

Nun mussten wir also aufbrechen, nachdem wir erst wenige Male die Kleidung gewechselt hatten, und zogen in eine dunkle, ungewisse Zukunft. Das sah nicht gut aus.

Solange ich mit den Syldoonern zu tun hatte, durfte ich schlichtweg keine Erwartungen mehr haben. Ganz egal, was ich mir vorstellte, es wurde doch jedes Mal wieder über den Haufen geworfen.

Als ich in den weitläufigen Stallungen eintraf, erwartete ich, Braylar und sein kleines Gefolge anzutreffen, doch dort hatten anscheinend beinahe hundert Syldooner in voller Rüstung die Pferde gesattelt. Überall rannten Stallburschen umher, und vor mehrere Wagen waren Zugpferde gespannt. Wohin wir auch wollten, wir waren zahlreich.

Vendurro sprang geduckt aus einem gedeckten Wagen, winkte mir und setzte sich auf den Kutschbock.

Als ich zu ihm ging, fiel mir auf, dass im ganzen Stall nur ganz hinten ein paar Laternen brannten. Sofort dachte ich daran, dass wir vielleicht beobachtet wurden. Selbst wenn wir nichts Verbotenes taten, wir verhielten uns ausgesprochen verstohlen. Das schien freilich hervorragend zum Schakalturm zu passen.

Wahrscheinlich würde es uns allen den Tod bringen.

Ich stieg hoch und setzte mich neben Vendurro. Er biss von einem gekochten Ei ab und bot mir eines an, das noch nicht gepellt war. Ich war fast verhungert, nahm es dankbar entgegen und entfernte die Schale. »Was ist hier los? Der Captain war nicht gerade gesprächig.«

»Nein«, erwiderte er und spuckte ein paar Krümel Eigelb aus. »Gesprächig ist er ganz bestimmt nicht.«

»Er sagte nur, wir müssten aufbrechen, und es kam mir so vor, als sei es für immer.«

»Damit war wohl zu rechnen.« Vendurro schob sich die zweite Hälfte des Eis in den Mund.

»Dann ist es wahr? Wir verlassen Sonnenmatt für immer?«

»Falsch ist es jedenfalls nicht.« Dieses Mal flogen ihm keine Krümel aus dem Mund.

Ich biss ab. Etwas Salz wäre gut gewesen. Erstaunlich, dass ich an so etwas dachte, während der Schakalturm jeden Augenblick zusammenbrechen konnte. »Was ist denn nur los? Du bist fast so schlimm wie der Captain.«

Vendurro lachte und wischte sich die Hände an den Knien ab. »Letzte Nacht haben sich die Captains beraten. Aber deine wissende Miene verrät mir, dass dir das schon bekannt war.«

Erstaunlich, dass er immer noch scherzen konnte, obwohl unser Leben auf dem Spiel stand. »Kommandant Darzaak hat dem Cap und einem guten Teil seiner Männer befohlen, Sonnenmatt zu verlassen«, fuhr er fort.

Ich sah mich im Stall um. »Wie viele sind es?«

»Nun ja, eigentlich nur ein kleiner Teil. Zweihundert.«

»Zweihundert sind ein kleiner Teil?«

»Genau. Der Cap befehligt im Turm tausend Männer.«

Ich hatte nie gefragt, aber es schien stimmig, wenn man berücksichtigte, dass Kommandant Darzaak zum Forum nur sehr wenige Captains mitgenommen hatte.

Vendurro zwinkerte mir zu. »Es heißt ja nicht umsonst ›Captain von Eintausend‹.«

»Aber warum wird er, warum werden wir weggeschickt?«

»Erst einmal, um den Cap zu beschützen. Damit Cynead ihn nicht in die Klauen bekommt. Und zweitens, um Thumaar ins Bild zu setzen. Der Kommandant ist der Ansicht, der Cap kann da draußen viel mehr erreichen, als wenn er hier von Memoridinnen durchleuchtet wird.«

»Aber Kaiser Cynead ...«

»Wird glauben, dass er geflohen ist, statt sich den Experimenten zu unterziehen. Der Kommandant muss sich vom Cap lossagen und ihn einen Deserteur nennen. Er schickt uns sogar Verfolger hinterher und hofft, er könne auf Zeit spielen.«

»Aber wenn Cynead nun dem Kommandanten die Schuld gibt und unterstellt, er sei ein Komplize des Captains?«

Vendurro nickte zweimal. »Genau. Das ist gut möglich. Mulldoos war dabei und wollte uns überzeugen, dass wir lieber alle abhauen sollten, ehe Cynead alles, was er hat, gegen uns wirft und die Schakale auslöscht. Dafür hat er ein wenig Unterstützung bekommen, aber eben nicht genug.«

Es war ein kühner Schachzug, wie es ihn sicherlich noch nie gegeben hatte, aber trotz der Gefahren sprach doch einiges dafür. »Warum denn nicht?«

»Der Schakalturm ist achttausend Mann stark. Nur Syldooner, die Diener und Sklaven nicht mitgerechnet. Der Kommandant meint, selbst wenn Cynead jetzt sehr selbstsicher ist und nicht damit rechnet, dass sich ein ganzer Turm von ihm lossagt, wäre es zu schwierig, so viele Truppen und Vorräte zu verlagern ... wir kämen nicht mal bis zu den Toren, ehe die kaiserlichen Truppen und die Memoridinnen in voller Stärke anrücken und uns vernichten. Das Beste ist es also zu bleiben, durchzuhalten und einen Weg zu finden, um das rückgängig zu machen, was Cynead getan hat, und dann kommt hoffentlich Thumaar wieder ins Spiel.«

Ich sah mich zu Braylars Männern um, die gerade die letzten Vorbereitungen trafen. Bisher war ich nur mit einer kleinen Truppe gereist, daher kam mir dieses Aufgebot riesig vor. Doch gegen die kaiserlichen Truppen, die in der Stadt lagen, konnten sie nicht viel ausrichten. »Wie viele Männer hat Cynead überhaupt in Sonnenmatt?«, fragte ich, obwohl ich die Antwort gar nicht wissen wollte.

Vendurro war gerade dabei, das nächste gekochte Ei zu verdrücken. Er hielt inne. »Hm. Fünfzig- bis sechzigtausend.«

Ja, wenn Cynead Wind davon bekam, dass wir aus der Stadt flohen, würde er uns auf der Stelle restlos vernichten.

Captain Killcoin ritt vor unseren Wagen und gab den Männern in der Nähe seine Befehle. »Wir ziehen zum Osttor. Wenn wir Leoparden oder Stadtwachen begegnen, die uns den Weg versperren, reiten wir sie nieder. Wenn das aus irgendeinem Grund nicht möglich ist, schlagen wir uns zum Nordtor durch. Auf die eine oder andere Weise werden wir uns heute aus Sonnenmatt verabschieden. Wir werden siegen und frei sein. Ich habe euch allen die Wahl gelassen, ob ihr bleiben oder mit mir reiten wollt, und ihr seid alle hier angetreten. Ihr seid Dummköpfe, so viel ist sicher, aber es ist mir eine Ehre, in eurer Gesellschaft zu sein.« Einige Männer kicherten. Braylar klopfte auf den Köcher, der am Sattel hing. »Syldooner, es ist ein guter Tag für Armbrüste. Ein sehr guter Tag.« Dann lächelte er und setzte den Helm auf, breitete die Kettenbrünne auf den Schultern aus und griff darunter, um den Helm festzuschnallen.

Vendurro wandte sich an mich. »Du steigst lieber in den Wagen, Arki. Hoffentlich kommen wir ohne Kampf hinaus, aber wenn nicht, bist du da hinten sicherer. Eine Spur besser aufgehoben jedenfalls. Da gibt es wenigstens ein paar Sachen, zwischen denen du in Deckung gehen kannst.«

Ich zog die Plane zur Seite, sah die Armbrust und den Köcher mit den Bolzen, beugte mich vor und nahm beides an mich. Vendurro trieb die Pferde an, während ich die Armbrust spannte und die Teufelskralle wieder am Lauf verstaute. »Ich bin vielleicht kein guter Schütze, aber wenn wir kämpfen müssen, dann bin ich hier und schieße auf die Feinde.«

Er lachte, und meine Angeberei kam mir gar nicht mehr so dumm vor. »Wie du willst. Aber beim nächsten Mal müssen wir dir ein Gambeson oder wenigstens eine Rüstung aus gekochtem Leder geben. Dein Hemd bietet nicht den geringsten Schutz.«

Captain Killcoin und die beiden Leutnants übernahmen die Führung, und wir fuhren aus dem Stall. Vor uns waren vier Dutzend Berittene, hinter uns folgten einige weitere Wagen, und die übrigen Bewaffneten bildeten den Abschluss.

Es dämmerte schon fast, die Wolken jenseits der hohen Außenmauer von Sonnenmatt waren lang und schmal und stellenweise schon wie Pfirsich oder Lachs gefärbt. Das Einzige, was den schönen Morgen störte, war der Dunggeruch, der aus dem Stall drang, und die Tatsache, dass wir alle bald sterben konnten.

Zuerst zogen wir ein Stück weit über die Turmallee, dann bogen wir in eine schmale Seitenstraße ab. Wahrscheinlich konnten wir einigen Türmen, an denen wir sonst vorbeigekommen wären, nicht trauen. Als wir das letzte Mal so früh aufgebrochen waren, hatten wir in Zechingen die Hornmänner überrumpelt. Jetzt hofften wir, eine dreimal so große Stadt zu durchqueren, ohne selbst überfallen zu werden. Beinahe sehnte ich mich nach dem ungünstigen Zahlenverhältnis zurück, als wir die Hornmänner angegriffen hatten, zumal uns jetzt weder ein Reißer noch eine Memoridin helfen würde.

Das Pochen der Hufe und das Klappern der mit Stahl beschlagenen Wagenräder klang auf den fast menschenleeren Straßen schrecklich laut. Hier und dort begegneten wir einigen Thurvaciern. Drei stolperten aus einem Hurenhaus, das so schief stand, dass man meinen konnte, es müsste jeden Augenblick umkippen. Zwei andere Männer trugen Holzkäfige mit Hühnern. Hinter ihnen schwebten ein paar Federn auf den Boden. Zwei Bettler stritten sich auf der Treppe vor einem Gebäude in einem Dialekt, den ich noch nie gehört hatte. Ein Wilderer zog eine tote Bullenkrabbe an einer Schere hinter sich her und rannte in eine Gasse, als wir uns näherten. Verschiedene Händler öffneten gerade die Läden, kleine Basare wurden geöffnet, im Schatten trieben sich vermutlich Einbrecher herum. Die meisten Thurvacier ignorierten uns einfach, denn sie waren daran gewöhnt, dass Tag und Nacht militärische Abteilungen durch ihre Stadt zogen. Zweimal schlug mein Herz schneller, als wir Stadtwächtern begegneten, doch falls sie Misstrauen geschöpft hatten, ließen sie es sich nicht anmerken.

Wir bogen in eine andere Straße ein und bewegten uns jetzt in östlicher Richtung zum Tor. Es war noch ein Stück entfernt, doch allmählich keimte in mir die Hoffnung, wir könnten tatsächlich Sonnenmatt ohne Zwischenfall verlassen. Als wir durch einen riesigen steinernen Bogen fuhren, hatte ich das Gefühl, irgendetwas tropfte herab. Der Bogen gehörte zu einem Aquädukt, der hoch über uns die Straße überspannte. Ich wollte schon etwas zu Vendurro sagen, da kam Unruhe auf. Die Reiter hoben die Armbrüste und waren bereit, auf irgendetwas zu schießen, das sich vor uns befand. Ich stand auf und hielt mich am Kutschbock fest. Weit vor uns auf der Straße hatten sich kaiserliche Fußsoldaten aufgestellt. Sie ähnelten denen im Hippodrom und waren mit langen Schilden und Speeren bewaffnet. An den Hüften trugen sie die Köcher und die Hüllen der Bögen. Sie hatten die Bögen schon herausgenommen und schossen schneller, als Braylars Leute nachladen konnten. Die Pfeile trafen mehrere Pferde und Reiter in der vordersten Reihe.

Ein Pfeil flog direkt über uns hinweg. Vendurro zog mich auf den Sitz herunter und ließ die Zugpferde schneller laufen. Die Reiter direkt vor uns bogen in eine Seitenstraße ab. Wir folgten ihnen, und ich verlor unsere Vorhut aus den Augen. Sie hielt die kaiserliche Infanterie in Schach, während wir weiterrasten. Die Pferde galoppierten jetzt, unser Wagen schaukelte und schwankte auf den Federn.

Vor uns in einer Seitenstraße flogen die Pfeile, ein Schakalreiter galoppierte um die Ecke. In seinem Oberarm steckte ein Pfeil. Wir bremsten ab, damit er Bericht erstatten konnte. Braylars Befehle wurden über mehrere Stationen zurück übermittelt. Jetzt kamen aus der Seitenstraße kaiserliche Soldaten in unsere Richtung marschiert. Sie durften uns nicht in die Flanke fallen, deshalb mussten wir schnell weiterfahren.

Wir setzten uns in Bewegung, und die Pfeile flogen, als die Reiter an der Seitenstraße vorbeikamen. Ich riskierte einen kurzen Blick. Dort hatte sich eine große Abteilung der kaiserlichen Infanterie aufgestellt und schoss auf uns, als wir vorbeirasten.

Knapp hinter mir bohrte sich ein Pfeil in den Wagen, ein anderer zerfetzte die Plane. Dann waren wir an den Kaiserlichen vorbei. Das alles ging so schnell, dass ich erst zusammenzuckte, als die Seitenstraße schon hinter uns lag. Wenigstens waren unsere Pferde nicht getroffen worden. Und wir selbst auch nicht. Ein Pfeil hatte mich knapp verfehlt, und ich trug nur Leinensachen.

Ich wandte mich an Vendurro. »Werden wir es bis zum Tor schaffen? Sie könnten doch die Tore versperren.«

Vorgebeugt und mit zusammengebissenen Zähnen hielt er die Zügel fest. »Kann ich nicht sagen, kann ich nicht sagen, kann ich nicht sagen.«

Wir kamen an zwei weiteren Seitenstraßen vorbei, begegneten aber keinen verletzten Spähern und keinen kaiserlichen Soldaten mehr. Während wir über Pferde und Wagen verfügten, waren die kaiserlichen Truppen bisher zu Fuß unterwegs. Vielleicht konnten wir ihnen entkommen, ehe sie noch mehr Leute zusammentrommelten. Vielleicht waren wir schnell genug.

Ein weiterer Späher stieß zu uns und erstattete Braylar Bericht. Er führte unsere Kolonne durch die nächste Seitenstraße zum Osttor. Gleich darauf trafen wir jedoch auf eine noch viel größere Abteilung der kaiserlichen Infanterie. Sie hatten sich mit Bögen und Speeren zu einer Phalanx aufgestellt. Unterstützt wurden sie von einem Dutzend Reitern. Einer hielt die Fahne mit der stilisierten Sonne und dem Leoparden. Vor den Soldaten warteten zwei berittene Memoridinnen. Beide trugen Schuppenpanzer. Eine hatte kurze blonde Haare, die andere trug einen roten Umhang und war mit einer Partisane bewaffnet, an der rote Quasten baumelten.

Rusejenna und Soffjian. Wir waren dem Untergang geweiht.

Braylar ließ uns anhalten. Links und rechts rasten zwei Späher an dem Wagen vorbei. Einer, der den Pfeil in den Arm bekommen hatte, blutete stark. Sie erstatteten Braylar und den Leutnants Bericht. Der Captain drehte das Pferd herum und beobachtete die Straße hinter uns. Ich verrenkte mir den Hals und spähte am Wagen vorbei nach hinten. Die Gegner waren mindestens noch dreihundert oder vierhundert Schritt entfernt, aber es war eine große Abteilung kaiserlicher Fußsoldaten, die von hinten zu uns aufschloss.

Vendurro hatte sich auf der anderen Seite umgesehen. Anschließend setzte er sich wieder gerade hin und drosch die Faust auf den Kutschbock. »Das dürfte deine Frage beantworten, Buchmeister. Wir schaffen es nicht bis zu dem verdammten Tor.«

Gegen die Soldaten allein hätten wir uns vielleicht noch behaupten können, obwohl das Kräfteverhältnis ungünstig war. Braylar hatte schon Schlimmeres überstanden. Aber konnten wir wirklich gegen zwei Krieger-Memoridinnen antreten?

Nein. Sie würden uns fangen oder töten. Wie ich Braylar kannte, würden sie uns wohl eher töten. Jeden Augenblick rechnete ich mit dem Befehl, einen wahnwitzigen Angriff zu wagen.

Die kaiserlichen Soldaten schossen noch nicht mit Pfeilen auf uns. Rusejenna lenkte ihr Pferd mitten auf die Straße. Offenbar kostete sie den Augenblick aus. Sie tanzte nicht zu den Tränen des Captains, aber sie war offensichtlich die Siegerin und hatte keine Eile, die Sache zu beenden.

Ich rechnete damit, dass Braylar einem seiner Männer befehlen würde, auf sie zu schießen, oder dass er es selbst tun würde, aber vielleicht wollte er vermeiden, dass seine ganze Truppe abgeschlachtet wurde. Kein einziger Bolzen flog. Stattdessen ritten der Captain, Hackspeer und Mulldoos der Memoridin entgegen, um zu verhandeln. Die Armbrüste hingen an den Sätteln.

Rusejenna hielt an und wartete, während sich ihr die drei Männer näherten. Als sie noch fünfzehn Schritte voneinander entfernt waren, hob sie die Hand, und auch die Syldooner blieben stehen.

Vendurro drosch noch einmal mit der Faust auf den Wagen. »Verdammt will ich sein. Wir haben es nicht mal bis zum Tor geschafft. Ich kann nicht glauben, dass der Captain so schnell aufgibt. Lieber im Kampf sterben, als gehenkt zu …« Er unterbrach sich und beugte sich vor. »Verdammt will ich sein.«

Rusejenna deutete auf die kaiserliche Phalanx hinter sich. Soffjian drehte ihr Pferd herum und wandte sich mit gestreckten Armen an die Soldaten. Selbst aus dieser Entfernung sah ich, wie die Luft um die gespreizten Finger waberte. Ehe die kaiserlichen Truppen die Bögen heben konnten, hatte sie schon ihre Magie gewirkt. Sie stürzten, taumelten gegeneinander, die Reihen lösten sich auf, und Dutzende Männer starben an der unsichtbaren Magie, die sie auf sie losließ.

Der Captain und seine Leutnants gaben den Pferden die Sporen und versuchten, Rusejenna zu erreichen. Jetzt hatten sie auch die Waffen gezogen. Doch die Memoridin zielte schon mit erhobenen Armen auf sie. Hackspeer ließ den Speer fallen, schmiegte sich eng auf das Pferd und galoppierte an ihr vorbei. Mulldoos kam noch nicht einmal so weit, sondern stürzte gleich aus dem Sattel und prallte schwer auf den Boden. Er überschlug sich einmal und blieb auf dem Bauch liegen, die Hände an den Helm gepresst.

Braylar jedoch blieb völlig unbeeindruckt. Rusejenna griff ihn mit gestreckten Armen an und konzentrierte ihre ganze Energie auf ihn, doch es nützte nichts. Der Zauber, den sie bei den Leutnants gewirkt hatte, versagte bei ihm. Dann war er bei ihr, Blutrufer sauste durch die Luft, die Köpfe des Flegels fanden ihr Ziel und rissen der Memoridin fast das halbe Gesicht weg, als er an ihr vorbeiritt. Sie stürzte aus dem Sattel und rührte sich nicht mehr.

Der Captain winkte uns weiter, und schon setzte sich unsere Kolonne wieder in Bewegung. Ich sah mich um. Die Fußtruppen folgten uns, die Soldaten zogen die Bögen aus den Hüllen, doch wir befanden uns am Rande ihrer Reichweite. Unterdessen ritt der Captain zu Hackspeer, packte das Zaumzeug seines Pferds, führte ihn zu unserem Wagen und befahl zwei Syldoonern, ihn nach drinnen zu bringen. Der Leutnant war benommen und fast betäubt, konnte aber mit Mühe aufrecht sitzen. Das Kinn war ihm auf die Brust gesunken. Zwei andere Syldooner halfen Mulldoos auf die Beine. Er machte ein paar trunkene Schritte, konnte aber wieder in den Sattel steigen und fluchte, als die Männer ihm helfen wollten. Er schüttelte den Kopf, schwankte leicht und schonte eine Körperhälfte.

Weiter unten auf der Straße war Soffjian nicht mehr zu sehen, allerdings formierten sich einige kaiserliche Syldooner, die nicht völlig geblendet oder ausgeschaltet worden waren. Braylars Truppe griff an und schoss zuerst mit den Armbrüsten, dann zogen sie die Nahkampfwaffen. Die feindlichen Soldaten hatten nicht genug Männer und nicht genügend Zeit, um sich erneut als Phalanx aufzustellen, doch sie bemühten sich und fanden sich hier und dort zu Schildwällen zusammen, aus denen die langen Speere ragten.

Ein Schakal bekam einen Speer in die Brust und stürzte vom Sattel direkt auf die überlappenden Schilde. Einem anderen wurde das Pferd unter dem Sattel abgestochen. Er stürzte auf die Steine, überschlug sich und wurde vom nächsten Pferd niedergetrampelt. Doch die anderen Schakale kamen an den Speeren vorbei und warfen die Gegner um. Hufe keilten aus, die Schwerter, Äxte und Streitkolben schlugen zu und rieben die kleinen Nester der Kaiserlichen auf.

Als Vendurro unseren Wagen durch das Getümmel lenkte, rumpelten wir über einen Toten. Ich wäre beinahe vom Sitz geflogen. Auf meiner Seite drehte sich ein Soldat des Kaisers mit erhobenem Schild herum und zielte mit der Speerspitze auf mich. Die Waffe traf direkt hinter mir die Bank, und dann hob ich die Armbrust und schoss. Der Bolzen traf ihn im Gesicht. Er taumelte zurück, wir rasten vorbei.

»Guter Schuss!« Vendurro schlug mir auf den Arm. »Beim nächsten Mal versuchst du lieber, auf den Hurensohn zu schießen, ehe er nach dir sticht. Lade nach.«

Ich sah ihn einen Augenblick an, dann nahm ich mir einen neuen Bolzen. Wir fuhren um eine Ecke und hätten beinahe einen Thurvacier überfahren, der einen Weidenkorb auf dem Kopf trug.

»Aus dem Weg, du dummer Hund! Die Schakale kommen!«, rief Vendurro. Er lachte wie ein Irrer, und auch ich musste kichern.

Dann wurde die Straße breiter, und die erstaunlichen Morgenwolken waren besser zu sehen, weil weniger Gebäude im Weg standen. Direkt vor uns erhob sich die gewaltige Mauer mit dem Osttor. Der Captain wurde langsamer und hob den Arm. Wir folgten seinem Beispiel. Hier waren erheblich mehr Zivilisten mit bunten Mänteln und langen Umhängen unterwegs. Einige verließen die Stadt, andere kamen herein. Die Fallgatter waren hochgezogen. Und es war immer noch recht früh, deshalb war die Straße nicht verstopft.

Das Osttor. Vor uns ging die Sonne auf. Das musste doch ein gutes Zeichen sein.

Ich blickte nach hinten. Die Infanterie des Kaisers war nirgends zu sehen. So bot sich uns eine Gelegenheit zur Flucht.

Wir zogen weiter. Einige Thurvacier maulten, als sie ausweichen mussten, aber dann sahen sie, dass es syldoonische Soldaten waren, deren Rüstungen obendrein mit eigenem oder fremdem Blut bedeckt waren.

Wir überquerten den kleinen Platz vor dem Tor und befanden uns nun im Schatten der Mauer. Ich blickte zu den hölzernen Hürden hinauf und stellte mir vor, wie von dort aus Steine oder kochendes Wasser aus den Falltüren herabregneten. Als ich mich umsah, stieß Vendurro mich am Arm an. »Ruhig, Arki. Und ziele mit der Armbrust nach unten, ja? Wenn du versehentlich einen Syldooner im Torhaus erschießt, gelangen wir nie auf die andere Seite.«

Ich befolgte den Rat und beobachtete Braylar, der forsch zum ersten Torhaus ritt. Er sprach mit einem Wächter, deutete zum Zentrum Sonnenmatts und dann in die Richtung der Brücke, die zum nächsten Torhaus führte.

Der Wächter nickte, trat zurück und schickte einen anderen Wächter im Laufschritt zum nächsten Torhaus auf der Brücke. Dann brüllte er einige Thurvacier an, sie sollten Platz machen, und winkte uns durch. So passierten wir ohne Schwierigkeiten die nächsten beiden Torhäuser, obwohl die Schakale offensichtlich gerade eben erst einen Kampf überstanden hatten. Vielleicht waren die Wächter in der Hauptstadt der Intrigen daran gewöhnt, dass es hin und wieder blutige Kämpfe gab, oder die Wächter kamen aus einem Turm, der mit den Schakalen verbündet war.

Was auch der Grund war, als wir drei Viertel des Weges geschafft hatten, entstand hinter uns eine Unruhe. Ich sah mich um, obwohl Vendurro mir wieder auf den Arm schlug. Jetzt hatten die kaiserlichen Truppen das erste Torhaus erreicht. Ich konnte das Banner mit der Sonne und dem Leoparden erkennen.

Gleich darauf ertönte ein Horn, und Braylar rief: »Reitet, ihr Hurensöhne, reitet!«

Schon stürmten wir los. Der Wagen holperte und schaukelte, und ich biss mir fast die Zunge entzwei, als wir über einen Spalt in der Steinbrücke fuhren. Vom Torhaus hinter uns und aus dem letzten vor uns kamen Pfeile geflogen. Oben rannte ein Syldooner über den Wehrgang und schrie Befehle. Dann hörte ich ein grässliches Knirschen. Unter uns bewegte sich die Brücke. Die Teile wurden in die Türme zurückgezogen, in der Mitte entstand ein Spalt. Die Schakale gaben den Pferden die Peitschen, und Vendurro ließ die Zügel unseres Wagens knallen. Wir schossen los, Pfeile regneten herab, zwei oder drei drangen hinten in den Wagen ein. Auf beiden Türmen waren jetzt Syldooner mit Armbrüsten. Auch ich schoss und sah meinen Bolzen vom Stein abprallen. Vielleicht hatte ich wenigstens einen Bogenschützen daran gehindert, einen Schakal zu erschießen.

Als wir durch das letzte Tor rasten und den festen Grund erreichten, der Sonnenmatt umgab, ratterte hinter uns das Fallgatter herab. Wir fuhren weiter, bis wir außer Reichweite der Bögen waren. Dann blickte Braylar zur Brücke zurück. Eine ganze Reihe Soldaten war mit uns entkommen, aber mehr als ein Dutzend Schakale saßen in der Falle. Die Brücke verschwand unter den Hufen ihrer Pferde, die Pfeile trafen sie, als sie vor dem klaffenden Spalt in der Mitte flohen, und auf beiden Seiten versperrten ihnen die Fallgatter den Weg. Obwohl sie gute Rüstungen trugen, gab es zu viele Pfeile und keine Rückzugsmöglichkeit mehr. Die Pferde wurden erschossen, die Schakale nacheinander niedergemacht, oder sie stürzten in den Abgrund, als die Brücke in die Torhäuser zurückgezogen wurde.

Hilflos sahen wir zu, bis ich einen gedämpften Knall und dann ein seltsames schrilles Pfeifen hörte. Ich sah mich um, aber es dauerte einen Moment, bis ich in der Luft die Ladung entdeckte, die ein Trebuchet abgeschossen hatte. Der große Stein prallte höchstens zwanzig Schritte entfernt auf den Boden und rollte ein Stück weiter. Hätte er uns getroffen, dann hätte er die Wagen zerstört und die Männer und Pferde zerschmettert.

Mulldoos saß immer noch schief im Sattel, eine Schulter hing tiefer als die andere, und er hatte den Körper etwas verdreht. Als er den Helm abnahm, sah ich, dass ein Augenlid herabhing, und als er sprach, bewegte er nur die Hälfte des Mundes. Die andere Hälfte war gelähmt. »Wir sollten verschwinden, Cap.« Er hätte wohl gern mehr gesagt, doch nun wurde ihm bewusst, wie schwer er verletzt war.

Captain Killcoin betrachtete unsere zerschlagene, blutige und ramponierte Truppe. Sein Gesicht war hinter dem Visier verborgen. Wir hatten mindestens zwei Dutzend Männer verloren. Vielleicht noch mehr. Ich konnte seine Miene nicht erkennen, aber ich spürte seine Wut, als er rief: »Wir reiten zu Thumaar. Wenn wir weit genug weg sind, können wir unsere Wunden lecken. Seht euch ein letztes Mal um. Wenn wir jemals wieder durch die Tore von Sonnenmatt schreiten, dann werden wir es als Eroberer tun.«

Damit zog er das Pferd herum und ritt los. Wir folgten ihm in die ungewisse Zukunft. Nun waren wir Deserteure und hatten das Reich verraten. Der Kaiser, der das mächtigste Heer und alle Memoridinnen befehligte, würde uns zu Tode hetzen.

Den größten Teil des Tages über ritten wir scharf und hielten nur kurz an, um die Pferde zu füttern und zu tränken, ehe es weiterging. Obwohl die Wagen unser Tempo verlangsamten, hatte ich Sorge, die Tiere könnten am Ende lahmen oder völlig erschöpft sein. Die Syldooner kannten ihre Pferde natürlich besser als ich und wussten, was sie ihnen abverlangen durften.

Häufig stand ich auf und sah nach Hackspeer, der jedoch unverändert ohnmächtig im Wagen lag, das Kinn auf der Brust und schwach atmend, der Körper steif. Er verweigerte die Nahrungsaufnahme, und als ich ihm Wasser einflößen wollte, wurde nur sein Bart nass. Jedes Mal, wenn ich nach vorne zurückkehrte, sah Vendurro mich hoffnungsvoll an, worauf ich zu seiner Enttäuschung den Kopf schüttelte.

Mehrmals sah ich mich auch nach dem Rest unseres Zuges um und fragte mich, ob die kaiserlichen Truppen schon hinter uns über die Straße donnerten. Die Späher berichteten jedoch, dass keine Verfolger in der Nähe waren.

Während der Fahrt sprach Vendurro kaum, doch er spürte anscheinend meine Ängste, denn nachdem ich mich zum zehnten Mal umgedreht hatte, sagte er: »Buchmeister, es gibt mehrere Umstände, die für uns von Vorteil sind. Cynead dachte, die Truppen und die Memoridinnen könnten uns gleich in Sonnenmatt ausschalten. Er hat keine bewegliche Truppe aufgestellt, die uns verfolgen könnte. Deshalb haben wir einen ordentlichen Vorsprung. Außerdem haben ihm die Überlebenden berichtet, dass Soffjian sich gegen ihn gewandt hat. Deshalb rechnen sie vermutlich damit, dass sie mit uns reitet. Das tut sie natürlich nicht, aber das wissen sie nicht.«

»Sie ist eine Macht, mit der man rechnen muss.«

»Genau. Sie werden sehr vorsichtig sein und genau nachdenken, ehe sie uns angreifen. Der Kaiser hat Soldaten und Krieger-Memoridinnen, aber er darf nichts überstürzen. Auch ohne die Schwester des Captains haben sie Memoridinnen, die uns aufspüren können. Deshalb haben sie es nicht so eilig. Vielleicht glauben sie sogar, wir könnten sie zu Thumaar führen.«

Ich setzte mich auf den Kutschbock und holte tief Luft, was mir allerdings nicht half, mich zu entspannen. »Und drittens?«

»Drittens?«

»Du sagtest, es gäbe einige Umstände, die für uns von Vorteil sind.«

»Richtig. Das habe ich wohl falsch ausgedrückt. Ich dachte nur an diese beiden. Wir haben uns etwas Zeit erkauft, das ist alles. Trotzdem, das ist immer noch besser, als tot unten im Graben zu liegen.«

Danach schwiegen wir. Vendurro dachte vermutlich an die vielen Schakale, die am Morgen in den Tod gestürzt oder aus dem Sattel geschossen worden waren. Ich versuchte, ebenfalls an sie zu denken, scheiterte aber kläglich, und wenn es mir einmal gelang, dann diente es ohnehin nur dazu, meine Enttäuschung in Bezug auf Skeelana zu überspielen. Wir waren auf der Flucht und wahrscheinlich dem Tod geweiht. Als wir endlich anhielten und das Nachtlager aufschlugen, stand der Mond hoch am wolkenlosen Himmel.

Ich bot Vendurro an, ihm bei den Pferden zu helfen, doch er schien sich auf die Ablenkung zu freuen und sagte, er wolle es lieber allein tun, nachdem er nach Hackspeer gesehen hatte.

Also würgte ich etwas kaltes Essen hinunter, stieg vom Wagen, streckte meine Beine und bemühte mich, den übrigen Syldoonern nicht in die Quere zu kommen. Ich kannte nur wenige Soldaten. Die meisten versammelten sich zu bedrückten, schweigenden Gruppen und richteten das Nachtlager ein. Es wäre mir aufdringlich vorgekommen, mich ihnen zu nähern. Mulldoos sonderte sich ab und fluchte laut, als er mit dem Geschirr seines Pferds kämpfte. Er stolperte und wäre beinahe gestürzt. In einem Auge blitzte die Mordlust, das andere Augenlid hing herab. Ich zog mich rasch zurück und machte einen noch weiteren Bogen um ihn als sonst. Selbst so angeschlagen, wie er war, konnte er mich mühelos mit einem Arm töten, und im Augenblick war er äußerst reizbar.

Als ich zum Wagen zurückkehren wollte, fiel mir eine einsame Gestalt auf, die draußen auf einem Feld stand. Die Rüstung schimmerte im Mondlicht. Schon aus der Ferne spürte ich die Wut, die von dem Mann ausstrahlte, doch ich beschloss, mich ihm vorsichtig zu nähern. Ein paar Schritte hinter ihm blieb ich stehen und fragte mich schon, ob es wirklich eine gute Idee war, ihn zu behelligen, da sagte der Captain: »Gern würde ich mir vorstellen, dass du mich in diesem Augenblick nur belästigst, weil du dank der Übersetzungen einen Weg gefunden hast, alle Memoridinnen in Sonnenmatt an uns zu binden, oder weil du weißt, wie man den Kaiser auf der Stelle töten kann. Du würdest sicherlich nicht meinen Zorn auf dich ziehen, indem du mich mit weniger wichtigen Dingen belästigst. Also, welche Wunder hast du entdeckt, Arki? Erleuchte mich. Versetze mich in Erstaunen. Ich flehe dich an.«

»Ich ... also ...«

»Nein?« Braylar sprach, ohne sich zu mir umzudrehen. »Das dachte ich mir schon. Fort mit dir.«

Vielleicht hätte ich seine Warnung beherzigen sollen. Aber mir gingen so viele Fragen durch den Kopf, dass ich nicht an mich halten konnte. »Als Rusejenna Euch angreifen wollte, gelang es ihr nicht, weil Ihr immun wart. Ihr wart irgendwie geschützt, oder? Lag es an Blutrufer?«

Endlich drehte er sich um und sah mich an, die linke Hand auf das Heft des Flegels gelegt, das Gesicht im Schatten. Nur die zornigen Augen konnte ich erkennen. »Darüber wolltest du mit mir reden? Wie ich unversehrt überleben konnte, während so viele meiner Männer gefallen sind?«

Rasch wechselte ich das Thema. »Ihr wusstet, dass man uns verraten würde, nicht wahr? Deshalb wolltet Ihr Skeelana und Eurer Schwester nichts über Blutrufer und die Schriftrollen oder ...«

»Natürlich wusste ich, dass man uns verraten würde.«

»Hat Blutrufer Euch gewarnt, ehe wir heute Morgen ...«

»Verrat war unvermeidlich, du Dummkopf. Weil wir sind, was wir sind. Umgekehrt wollten wir Cynead verraten und Thumaar wieder auf den Thron setzen. Wir sind Syldooner. Das entspricht unserem Wesen.« Er funkelte mich an, er sprach heiser, zornig, enttäuscht und verbittert. »Genau deshalb wäre ich lieber gestorben, als Blutrufer oder sonst etwas, das wir gefunden haben, dem Kaiser auszuliefern. Ich dachte, wir hätten den Schlüssel zu Cyneads Niederlage in der Hand. Deshalb gab ich den Befehl, keine Memoridin in meinen Kopf zu lassen. Deshalb wollte ich dich und Mulldoos und die anderen niederschlagen, als ihr den Befehl missachtet habt. Die Tatsache, dass es dieses kleine Miststück Skeelana und nicht meine Schwester war, spielt keine Rolle. Verrat war unvermeidlich, sobald unsere Geheimnisse bekannt wurden. Nicht nur mein Leben, sondern auch das aller meiner Männer stand auf dem Spiel.«

Der Captain machte zwei Schritte auf mich zu. Ich musste mich beherrschen, nicht vor ihm zu fliehen, weil er seinen Zorn kaum noch zügeln konnte. »Jeder einzelne meiner Männer, der wie ein Hund verendet ist, als wir aus der Stadt geflohen sind, und all jene, die morgen und danach noch fallen werden – sie alle sind tot, und mein Turm und mein Kommandant schweben in Gefahr, weil ihr, du und meine Offiziere, meine Befehle missachtet und mich in diesem verdammten Seuchendorf gerettet habt.«

Dazu konnte ich nichts sagen. Ich konnte nicht einmal mehr stammeln. Braylar schüttelte den Kopf, wandte sich wieder ab und ließ Blutrufers Heft langsam wieder los. »Zurück in den Wagen mit dir, Archivar. Wenn du mich noch einmal störst, wirst du es bereuen.«

Damit schritt er in die Dunkelheit und ließ mich mit meinen Gedanken, meinen Ängsten und meiner Reue zurück. Als ich den Hornmann im Gras verschont hatte, als ich dem Captain im Dorf der Toten das Leben gerettet hatte – jedes Mal hatte ich gedacht, ich handelte aus Mitgefühl und hätte das Richtige getan. Ich hatte mir nicht vorstellen können, dass daraus Tragödien und noch größere Verluste, Tod und Vernichtung erwachsen konnten.

Ich litt an einem schrecklichen Mangel an Fantasie.

Danksagung

Wie immer gibt es viele Menschen, denen ich danken möchte, und viel zu wenig Worte dafür.

Zuerst und vor allem danke ich meiner wundervollen Frau Kris. Auf dem Weg zur Verwirklichung dieses Traums hat sie mich unerschütterlich und unermüdlich begleitet und ermutigt. Eine größere Quelle der Inspiration kann ich mir gar nicht vorstellen. Sie findet sich mit mehr Stimmungsschwankungen à la Sydney Pollack, Grübeleien à la Woody Allen und Verirrungen à la Salyards ab, als es überhaupt ein Mensch verdient hätte. Ohne sie wäre ich nicht hier.

Mein Agent Michael Harriot bot mir eine ausgezeichnete Resonanzfläche und war ein kluger Testleser. Er gab mir kundige Ratschläge und wichtige Anleitungen und rettete mich vor mehr als einem Abgrund.

Die Leute bei Skyhorse/Night Shade Books legten eine unendliche Geduld an den Tag und schlugen sich mit meinen zahllosen Fragen und Vorschlägen herum. Jason Katzman und Lauren Bernstein gilt mein besonderer Dank, weil sie den größten Teil davon bewältigen mussten. Hinter den Kulissen gibt es noch eine Reihe von Menschen, deren Namen ich nicht einmal kenne. Ich wünschte, ich wüsste sie, weil ich auch ihnen dankbar bin für ihre harte Arbeit und ihre Anstrengungen, als es galt, dieses Buch Wirklichkeit werden zu lassen.

Mein Redakteur Jeremy Lassen steuerte fantastische Vorschläge bei, die mir halfen, diese Geschichte stärker zu machen; und was man jetzt noch an Fehlern finden mag, geht allein auf meine Kappe.

Michael C. Hayes hat ein wundervolles Titelbild geschaffen. Er nahm all die Notizen und Fotos von Waffen und Rüstungen, mit denen ich ihn bombardierte, und verwandelte sie in ein dynamisches, mitreißendes Bild. Da wir gerade von Künstlern sprechen, soll auch Will McAusland erwähnt werden, der eine groteske Menge an Feedback von mir ertrug und meine primitiven Kritzeleien in eine wundervolle Karte verwandelte.

Natürlich danke ich auch jedem Leser, der dieses Buch in die Hand nimmt. Da draußen gibt es Millionen von Büchern, also vielen Dank, dass Sie gerade dieses hier gewählt haben. Ich hoffe, Sie haben Freude daran.